中国皮影木偶戏剧本集成

华北东北卷·蕉叶扇、灵飞镜

7

主编 朱恒夫 副主编 刘衍青

『十四五』国家重点图书出版规划项目

上海大学出版社
·上 海·

图书在版编目(CIP)数据

蕉叶扇、灵飞镜/朱恒夫主编;刘衍青副主编.—上海:上海大学出版社,2023.8
(中国皮影木偶戏剧本集成;7.华北东北卷)
ISBN 978-7-5671-4650-1

Ⅰ.①蕉… Ⅱ.①朱… ②刘… Ⅲ.①皮影戏—剧本—中国②木偶剧—剧本—中国 Ⅳ.①I238.7

中国国家版本馆CIP数据核字(2023)第064245号

责任编辑 庄际虹
封面设计 柯国富
技术编辑 金 鑫 钱宇坤

中国皮影木偶戏剧本集成
主编 朱恒夫 副主编 刘衍青
华北东北卷·蕉叶扇 灵飞镜
上海大学出版社出版发行
(上海市上大路99号 邮政编码200444)
(https://www.shupress.cn 发行热线021-66135112)
出版人 戴骏豪
*
南京展望文化发展有限公司排版
江阴市机关印刷服务有限公司印刷 各地新华书店经销
开本710mm×1000mm 1/16 印张33 字数554千
2023年9月第1版 2023年9月第1次印刷
ISBN 978-7-5671-4650-1/I·684 定价 98.00元

总序：中国皮影戏的历史、现状与剧目特征

皮影戏是我国产生较早的戏剧种类之一，也是一门古老的传统民间艺术。它以羊、牛、驴皮以及纸等为基本材料，制作成能活动的形象造型即影人，由艺人手执竹扦在幕后操作，通过光线的透视，配以演唱及丝竹鼓点的伴奏，在影窗上展现各式的人物和故事。皮影戏是一种集文学、绘画、雕刻、音乐、表演于一体，融进历史、哲学、宗教、民俗、伦理等多种文化的民间艺术形式，是中华民族的艺术瑰宝。

一、皮影戏发展历程溯源

中国皮影戏源远流长，但其最早起源于何时，尚无文献典籍可考。皮影戏，历史上称为“影戏”，关于影戏产生的时间，众说纷纭。近人顾颉刚在《中国影戏略史及其现状》中说：“影戏之性质与傀儡全同，不同者只其表现之方法，是以影戏亦必自始即模仿戏剧者，其兴起虽确知当后于傀儡，然或亦在周之世也。”① 他猜测周代就有了影戏。稍有一点根据的是“汉代说”。宋代高承《事物纪原》卷九《博弈嬉戏部》“影戏”条云：“故老相承，言影戏之原出于汉武帝。李夫人之亡，齐人少翁言能致其魂，上念夫人无已，乃使致之。少翁夜为方帷，张灯烛，帝坐他帐，自帷中望见之，仿佛夫人像也，盖不得就视之。由是世间有影戏。”② 但是，这出“招魂戏”只是借灯光投影之术，没有“人影”的表演，也没有情节，所以还不是真正意义上的皮影戏。《稗史》亦说汉代就有了影戏，云：秦武王作角

---

① 顾颉刚：《中国影戏略史及其现状》，《文史》第 19 辑，中华书局 1983 年 8 月，第 111 页。

② （宋）高承撰：《事物纪原》，（明）李果订，金圆、许沛藻点校，中华书局 1989 年版，第 495 页。

抵，始皇作曼延鱼龙水戏，汉武帝益以幻眼、走索、寻撞（橦）、舞输（轮）、弄碗、影戏……①大概所说的“影戏”是从武帝“设帷招魂”之事推断而来。

在隋代的佛事活动中，似乎有弄影戏的迹象。《隋书·五行志》云：“唐县人宋子贤，善为幻术。每夜，楼上有光明，能变作佛形，自称弥勒出世。又悬大镜于堂上，纸素上画为蛇、为兽及人形。有人来礼谒者，转侧其镜，遣观来生形象。或映见纸上蛇形，子贤辄告云：‘此罪业也，当更礼念。’又令礼谒，乃转人形示之。”② 用灯光照影作为幻术以惑人，也不等于后代的影戏。

近人多认为影戏产生于唐代。齐如山在《影戏——故都百戏考之四》中认为：“此戏当然始于陕西，因西安建都数百年，玄宗又极爱提倡美术，各种伎艺由陕西兴起者甚多，则影戏始于此，亦在意中。”③ 力主戏曲源起于影戏、偶戏的孙楷第在《近代戏曲原出宋傀儡戏影戏考》中断言：“余意影戏殆仁宗时始盛耳。若溯其源，则唐五代时，似已有类似影戏之事。”并进一步说与唐代的俗讲有关：“说话与影戏，仅讲时雕像有无之异，其原出于俗讲则一也。”④

齐如山和孙楷第之说均属推测，缺少文献依据。一些唐诗倒是直接说明唐代已经有了影戏。中唐人元稹《灯影》云：“洛阳昼夜无车马，漫挂红纱满树头。见说平时灯影里，玄宗潜伴太真游。”⑤ 很显然，彼时的洛阳已经有了皮影，玄宗与贵妃的故事是表演的内容之一。又，雍裕之的《两头纤纤》诗也对影戏作了描绘：“两头纤纤八字眉，半白半黑灯影帷。腷腷膊膊晓禽飞，磊磊落落秋果垂。”⑥ 影帷即是今日的影窗，“晓禽飞”和“秋果垂”当是表演的一些场景。晚唐韦庄的《途次逢李氏兄弟感旧》诗云：“御沟西面朱门宅，记得当时好弟兄。晓傍柳阴骑竹马，夜限灯影弄先生。”⑦ 康保成认为：“‘夜限灯影弄先生’就是玩影戏，‘先生’即影偶。”⑧

---

① （清）赵吉士辑《寄园寄所寄》卷七“獭祭寄”，清康熙三十五年刻本。

② 《隋书》第三册，中华书局1982年版，第662—663页。

③ 齐如山：《影戏——故都百戏考之四》，《大公报·剧坛》1935年8月7日第12版。

④ 孙楷第：《近代戏曲原出宋傀儡戏影戏考》，《傀儡戏考原》，上杂出版社1952年版，第62、63页。

⑤ 《全唐诗》卷四一二，中华书局1999年版，第4580页。

⑥ 《全唐诗》卷四七一，中华书局1999年版，第5383页。

⑦ 《全唐诗》卷七〇〇，中华书局1999年版，第8131页。

⑧ 康保成：《佛教与中国皮影戏的发展》，《文艺研究》2003年第5期，第91页。

随着时间的推移，影戏艺术有了很大的提高，剧目也不断地增加。北宋张耒在《明道杂志》中记载："京师有富家子，少孤，专财，群无赖百方诱导之，而此子甚好看弄影戏，每弄至斩关羽，辄为之泣下，嘱弄者且缓之。"① 可见，此时的影戏剧目中有三国故事。此为高承《事物纪原》证实，该书云："宋朝仁宗时，市人有能谈三国事者，或采其说，加缘饰作影人，始为魏、吴、蜀三分战争之像。"② 影戏为人们喜爱后，玩皮影的人就多了，于是，便出现了著名的艺人。孟元老《东京梦华录》卷五《京瓦伎艺》云："……杂剧、掉刀、蛮牌董十五、赵七、曹保义、朱婆儿、没困驼、风僧哥、俎六姐。影戏丁仪，瘦吉等弄乔影戏。"③ 吴自牧《梦粱录》卷二十"百戏伎艺"条云："更有弄影戏者，元汴京初以素纸雕簇，自后人巧工精，以羊皮雕形，用以彩色妆饰，不致损坏。杭城有贾四郎、王升、王闰卿等，熟于摆布，立讲无差。其话本与讲史书者颇同，大抵真假相半，公忠者雕以正貌，奸邪者刻以丑形，盖亦寓褒贬于其间耳。"④ 由此可见，北宋的影戏已经发展到了相当成熟的水平，其成绩可以归纳为四点：其一，演唱不再随意，而是遵照脚本的内容，其内容相当于彼时开始流行的话本。可以讲述史书，三国故事更是其常演的剧目。其二，已经形成一批专业的艺人队伍，还分为"影戏"与"乔影戏"（"乔"字在当时作"伪装"解。瓦子诸艺中有一种"乔相扑"的表演艺术，就是扮演摔跤的样子，而不是真摔跤。"乔影戏"可能是由真人模拟影人的动作形式，做出种种滑稽的样子，以引人发笑。）两个品种。其三，有了人物的脸谱，并按照性格、品性分别饰以图案色彩。其四，演出水平极高，能使观众忘乎所以，以假当真。影戏艺术在北宋之所以能飞速发展，与当时城市的发展、市民人口的大幅增多有很大的关系。

至南宋，影戏的发展进入一个前所未有的辉煌时代。周密《武林旧事》卷二《元夕》记载道："又有幽坊静巷好事之家，多设五色琉璃泡灯，更自雅洁，靓妆笑语，望之如神仙。……或戏于小楼，以人为大影戏，儿童喧呼，终夕不绝。"⑤

---

① （元）陶宗仪等：《说郛三种》卷四十二，上海古籍出版社1989年版，第2003页。

② （宋）高承撰：《事物纪原》，（明）李果订，金圆、许沛藻点校，中华书局1989年版，第495页。

③ （宋）孟元老撰：《东京梦华录笺注》，伊永文笺注，中华书局2006年版，第461页。

④ （宋）吴自牧：《梦粱录》，浙江人民出版社1984年版，第194页。

⑤ （宋）四水潜夫辑：《武林旧事》，浙江人民出版社1984年版，第31页。

此大影戏，孙楷第认为是人扮演的，相当于“乔影戏”。周贻白认为是人的影子在表演。当时还有一种称为“手影”的影戏形式。南宋洪迈《夷坚志·夷坚三志》辛卷第三“普照明颠”条记载：“华亭县普照寺僧惠明者，常若失志恍惚，语言无绪，而信口谈人灾福，一切多验，因目曰明颠。……尝遇手影戏者，人请之占颂。即把笔书云：‘三尺生绡作戏台，全凭十指逞诙谐。有时明月灯窗下，一笑还从掌握来。’”① 悬挂三尺生绡做影窗，用手做出各种形状，投影到影窗上，即为手影。华亭为今日之上海松江，当时影戏在江南是比较普及的，宋代《吴县志》云：“上元，影灯巧丽，它郡莫及，有万眼罗及琉璃球者犹妙。”②

南宋时，宋金对峙，经常发生战争，故影戏艺人常搬演金戈铁马的故事。张戒《岁寒堂诗话》云：“往在柏台，郑亨仲、方公美诵张文潜《中兴碑》诗，戒曰：‘此弄影戏语耳。’二公骇笑，问其故，戒曰：‘郭公凛凛英雄才，金戈铁马从西来。举旗为风偃为雨，洒扫九庙无尘埃。’岂非弄影戏乎？”③ 当然，主要的演出内容还是历史故事，此时，“历史剧”已涉及汉、三国、唐、五代等朝代的人物和事件。由于艺人队伍进一步扩大，影人制作与影戏表演已经成了一个行业，于是，产生了“绘革社”这样专业的行业组织。

金元的影戏，文献记载不多。既然戏曲在彼时极为兴旺，作为戏剧的一种形式，影戏就不可能衰弱，只不过那时文人的兴趣主要放在人演的院本、杂剧上罢了。不过，有两幅壁画倒是露出了一点影戏的信息。一是金代山西繁峙岩山寺文殊殿壁画，其中有一个场景，我们不妨称之为“儿童弄影戏图”。画面上，有一影窗，前面三个儿童席地观看，后面有一人正在拽拉影人进行表演。还有一个儿童，在影窗的旁边，学着影戏艺人亦在拽拉着小影人。二是山西孝义出土的大德二年（1298）的元墓壁画。壁画上绘着男耕女织的场景，旁边有一人正手拿着影人在玩耍，墓壁上写着“王同乐影传家，共守其职”几个字④。显然，男耕女织是影戏所表现的内容，“乐影传家”则是影戏艺人标榜自己有着渊源的家学。

明代影戏资料目前见于文献的多为诗文和小说。瞿佑《影戏》云：“灯火光中夜漏迟，风轮旋转竞奔驰。过来有迹人争睹，散去无声鬼不知。月地花阶频出没，

---

① （宋）洪迈：《夷坚志》第三册，中华书局1981年版，第1406页。

② 《吴县志》，民国三年乌程张钧衡影宋刻本。

③ （宋）张戒：《岁寒堂诗话》，中华书局1985年版，第13页。

④ 中国戏曲志编辑委员会：《中国戏曲志·山西卷》，中国ISBN中心出版社2000年版，第7页。

云窗雾阁暂追随。一场变幻如春梦，线索重看傀儡嬉。”① 瞿佑对影戏的兴趣很浓厚，多次写诗记述他观看的情景，田汝成辑撰的《西湖游览志余》卷二十也引了一首他的关于影戏的诗，云：“南瓦新开影戏场，满堂明烛照兴亡，看看弄到乌江渡，犹把英雄说霸王。”②《霸王别姬》是影戏的常演剧目，故徐文长所作的《做影戏》灯谜，也是以这个影戏剧目为素材，云：“做得好，又要遮得好，一般也号做子弟兵，有何面目见江东父老？”③

由于影戏在明代是一种普及性的表演艺术，所以，小说所描写的社会生活中亦有所反映。明末无名氏小说《梼杌闲评》第二回就描写了一个家庭戏班的演出情况：

> 朱公问道：“你是那里人？姓甚么？”妇人跪下禀道：“小妇姓侯，丈夫姓魏，肃宁县人。”朱公道：“你还有甚么戏法？”妇人道：“还有刀山、吞火、走马灯戏。”朱公道：“别的戏不做罢，且看戏。你们奉酒，晚间做几出灯戏来看。”传巡捕官上来道：“各色社火俱着退去，各赏新历钱钞，唯留昆腔戏子一班，四名妓女承应，并留侯氏晚间做灯戏。”巡捕答应去了。……侯一娘上前禀道：“回大人，可好做灯戏哩？”朱公道：“做罢。”一娘下来，那男子取过一张桌子，对着席前放上一个白纸棚子，点起两枝画烛。妇人取过一个小篾箱子，拿出些纸人来，都是纸骨子剪成的人物，糊上各样颜色纱绢，手脚皆活动一般，也有别趣。④

因皮影戏被人们高度认同，它的功能就不仅仅是娱人了，还可以同人戏一样酬神祭祀。明末张仁熙在《皮人曲》诗中有这样的描述：“年年六月田夫忙，田塍草土设戏场。田多场小大如掌，隔纸皮人来徜徉。虫神有灵人莫恼，年年惯看皮人好。田夫苍黄具黍鸡，纸钱罗案香插泥。打鼓鸣锣拜不已，愿我虫神生欢喜。神之去矣翔若云，香烟作车纸作屣。虫神嗜苗更嗜酒，田儿少习今白首。那得闲钱倩人歌，自作皮人祈大有。”⑤

明朝影戏初步形成了地方流派，河北、江苏、浙江、山东、陕西、山西、云

① （清）俞琰选编：《咏物诗选》，成都古籍书店1987年版，第116页。

② （明）田汝成辑撰：《西湖游览志余》，中华书局1958年版，第356页。

③ （明）徐谓：《徐渭集》，中华书局1983年版，第1066页。

④ 不题撰人：《梼杌闲评》，止戈、韦行校点，齐鲁书社1995年版，第12—13页。

⑤ 邓之诚：《清诗纪事初编》，上海古籍出版社2013年版，第192页。

南等地的皮影艺人结合当地的人文风俗、民间曲调，各自创新，形成了不同于他地的特色。

清代尤其是乾隆之后以及民国时期，影戏进入了中国影戏发展史上的高峰阶段，无论是技艺水平、剧目数量，还是艺人人数和观众人次，都是前所未有的。这与当时戏曲特别是花部戏的整体勃兴的大环境紧密相关。影戏的审美效果，不逊于人戏，富察敦崇《燕京岁时记》云："影戏借灯取影，哀怨异常，老妪听之多能下泪。"① 其普及程度，可以从日常的俗语中看出来，如《红楼梦》第六十五回云："见提着影戏人子上场，好歹别戳破这层纸儿。"②

根据清代各地皮影戏的历史流变及其皮影戏影人的造型特征，可以将我国皮影戏分为北方影系、西部影系和中南部影系三大系统。

北方影系：包括今河北、东北三省、内蒙古等地的皮影戏。这一影系的皮影戏始于金代。1127 年金兵入侵中原时，曾经将包括皮影戏艺人在内的各类艺人掳掠到北方，北方的皮影戏由此发展而来，而以河北滦州（今唐山）一带为中心。

西部影系：涵盖陕西、四川、甘肃、青海、晋南、豫东、鄂西、冀中和北京西部等地。该系统的皮影戏是由北宋躲避靖康之乱而向西迁徙的中原皮影戏艺人带来，并经历代发展而形成。西部影系以陕西华县、华阴一带的皮影戏为主要代表。还有晋南皮影戏、川北皮影戏、陇原皮影戏、陇东皮影戏、环县道情皮影戏和青海皮影戏等。

中南部影系：包括中原地区及其以南地区的皮影戏。自北宋灭亡之后，中原地区的皮影戏艺人与其他各类艺人一起随着都城的南迁，到了临安（今浙江杭州），还有一部分艺人流落到江苏、湖北、湖南等地，后又陆续流转到广东、福建、台湾一带。这些地区加上中原地区的皮影戏，属我国中南部影系。中南部影系没有自己单独的唱腔，而是借用当地的戏曲、说唱、民歌小调的唱腔进行演唱。

清代文献中有关影戏的记载较多，尤其是方志中"民俗"栏目，可谓比比皆是。如清代乾隆年间进士李声振《百戏竹枝词·影戏》云："机关牵引未分明，绿

---

① （清）潘荣陛：《帝京岁时纪胜》；（清）富察敦崇：《燕京岁时记》，北京古籍出版社 1981 年版，第 94 页。

② （清）曹雪芹、高鹗：《红楼梦》，中国艺术研究院红楼梦研究所校注，人民文学出版社 1996 年版，第 908 页。

绮窗前透夜檠。半面才通君莫问，前身原是楮先生。”[①] 乾隆《永平府志》“岁时民俗”条云：“通街张灯、演剧，或影戏、驱戏之类，观者达曙。”[②] 滦州学正左乔林《海阳竹枝词》有句云：“张灯作戏调翻新，顾影徘徊却逼真。环佩珊珊莲步稳，帐前活现李夫人。”[③] 清代澄海人李勋《说诀》卷十三云：潮人最尚影戏，其制以牛皮刻作人形，加以藻绘，作戏者于纸窗内爇火一盏，以箸运之，乃能旋转如意，舞蹈应节，较之傀儡更觉优雅可观。[④] 说者谓此唯潮郡有之，其实非也。

民国年间，战争不断，社会动荡不安，许多时候，老百姓在生死线上挣扎，这自然会影响皮影戏的演出。但只要局势稍微稳定，皮影戏就会活跃起来，而在兵祸较少的地方，它还得到了长足的发展。

民国二十三年（1934），高云翘对滦州的皮影做了调查，感慨地说：“高粱地里，唱影的不绝，梆子或有一二，皮黄绝无。”[⑤] 卓之在《湖南戏剧概观》中记述了20世纪30年代湖南一些地方的皮影戏情况：“影戏班在湖南，地位远不及汉班（即今之湘剧）及花鼓班，大概用为酬神还愿之工具而已。是以无论在城在乡，到处皆得见之。平日常演于各寺庵内，唯每届旧历中元节，则居民多演以祀祖，该省戏班异常忙碌，甚至从黄昏起演至通宵达旦，可演四五本之多。”[⑥] 1934年刊的辽宁《庄河县志》“民间文艺·影戏”条对本县的皮影戏有较为详细的介绍：“有所谓驴皮影者，即影戏也。其制，酷似有声电影，不过彼为电灯机唱，此为油灯人唱耳。其法，以白布为幔，置灯其中，系以驴皮制人马牲畜、楼台建筑及飞潜动植等物，用灯幻照，俨在目前，并能活动自如，唯妙唯肖。司事者在幔歌唱，词多俚俗。农民凡有吉庆、酬神等事，多醵金演唱。”[⑦]

民国年间的影戏在与时俱进上，有三个方面的表现：一是灌制唱片，向全国

---

① 雷梦水等编：《中华竹枝词》，北京古籍出版社1997年版，第81页。该诗自注云：“剪纸为之，透机械于小窗上，夜演一剧，亦有生致。”

② 《永平府志》，乾隆三十九年刻本。

③ 张工明编著：《滦县志诗歌集》，河北人民出版社2015年版，第151页。

④ 中山大学中国非物质文化遗产研究中心编：《中国非物质文化遗产第十一辑》，中山大学出版社2006年版，第113页。

⑤ 高云翘：《滦州影调查记》，《剧学月刊》第三卷第十一期，1934年。

⑥ 卓之：《湖南戏剧概观》，《剧学月刊》第三卷第七期，1934年。

⑦ 丁世良、赵放主编：《中国地方志民俗资料汇编·东北卷》，北京图书馆出版社1989年版，第152页。

发行，借此将地方皮影戏声腔与故事传播到全国。冀东的皮影戏艺人就曾经和胜利、百代、昆仑、丽歌、宝利等唱片公司合作，灌制了100多个剧目的唱段。二是借助新的印刷技术，刻印皮影戏的脚本。这当然是文人和出版商合作所为，出于射利的目的，但在客观上对于皮影戏的传播和帮助人们深刻认识其思想内容起到了积极的作用。三是自觉地将其作为救亡图存与革命斗争的工具。如日军占领嘉兴海宁时，皮影戏艺人张九元为揭露日本侵略者的暴行，唤起人们的抗日热情，创编了皮影戏《打皇兵》，演出后产生很大的影响。至于中国共产党建立政权的地区，影戏的政治功能则更为明显，从剧目的名称《田玉参军》《齐心杀敌》《土地改革》《送夫参军》《破除迷信》等，就可以看出它们的思想倾向性。

二、当代影戏的现状与分布

中华人民共和国成立后，因实行新的社会制度和倡导新的思想，无论是生产关系，还是意识形态，都发生了根本性的变化。作为一种艺术形式的皮影戏，在党的方针路线的指引下，在戏班组织、剧目编创、皮影绘制与表演形式上也进行了一系列的改革。新中国成立之初，皮影戏与戏曲的其他剧种一样，“改戏、改人、改制”。在“百花齐放，推陈出新”的政策的指导下，各地皮影剧团对传统剧目进行整理和改编，出现了一批思想性和艺术性较高的表现古代生活的剧目，如浙江海宁的皮影戏《蜈蚣岭》、陕西的碗碗腔皮影戏《快活林》、青海的皮影戏《牛头山》、湖南的皮影戏《梁红玉》《火焰山》，等等。配合不同时期的政治需要，编演了反映现代生活的剧目，如宣传新婚姻法的华阴皮影戏《小女婿》等。内容上的变革，一些地方在“文革”后期特别明显，仅在1972年至1976年间，唐山市皮影剧团就编演了《红嫂》《红灯记》《龙江颂》《智取威虎山》《沙家浜》《杜鹃山》《磐石湾》《山庄红医》《唐山人民缅怀毛主席》等。新中国成立之前的皮影戏班全部是民营的，而在新中国成立之后，能够留存下来的所有戏班都改成国有或集体所有制的剧团，艺人则成了“文艺工作者”。据《人民日报》1960年2月18日报道，至20世纪60年代初，我国的皮影戏班约有1 100多个，从业人员大约在6 200名。当然，地区之间是不平衡的。

自20世纪50年代之后，皮影戏在形式上发生的变革，成绩也是很突出的。例如湖南皮影戏艺人何德润、谭德贵与画家翟翊合作，让“影人比原来大出一倍多，变五分脸为七分身材七分脸，甚至由侧面改为正面。有的面部用赛璐珞着色剪制；有的服饰上嵌以彩色透明纸，又以新颖的灯光彩景和大影幕，使得影窗上的形象极其鲜艳生动。在操纵技术上，他们根据各种动物不同的典型动作，进行了特别的制作，利用卷棒、弹簧、拉线，使影人的表情可以活动自如：双眼可以开闭，嘴能张合；龟的四脚和鹤的头颈可以自由伸缩等。……在表现闪电雷鸣时，用两根炭棒相碰，闪出电光。在电唱机的转盘上，装上圆木板，板边装上一圈灯泡，通电后，灯亮木板转，轮番照射幕布上的火、水、云彩等道具，使影窗上的云、水、火都可以动起来，非常逼真”①。其他地方的影戏艺人，也发挥创造力，有许多推进皮影戏艺术发展的发明，像黑龙江皮影戏就使影人一步一步地走路和骑着自行车前进；唐山皮影戏增加了乐器，由原来的一把二胡，变成了扬琴、二胡、琵琶、三弦、大阮、笙、笛、唢呐等众多乐器，甚至小提琴也加入合奏，比起先前自然好听多了。

“文革”时期，皮影戏的繁荣景象戛然而止。剧团解散，剧目禁演，艺人转业，大量珍贵的皮影道具和文献资料被损毁，这种状况，除了个别地方，一直持续到 1976 年。

“文革”结束之后，各地皮影艺术迅速复苏，剧团重建，传统剧目解禁，新的剧目不断产生。仅 1980 年，湖南衡阳一个地区 6 个县就有大小剧团 557 个，从艺人员 1 150 人。然而，随着电视的普及和娱乐形式的丰富，皮影戏与人演的戏曲一样，以不可遏制的趋势一天天衰萎下去，而市场的持续性的收缩又使得皮影戏进入了恶性循环，观众愈少，就愈加没有人从事这个行业，而人才缺乏，则会使皮影戏艺术不能与时俱进而得到观众的欣赏。于是，皮影戏艺术的前景便越来越黯淡。以辽宁凌源县为例，全县原有皮影戏班 120 个左右，进入 20 世纪 90 年代之后，不断缩减，现在可以演出的戏班仅存 4 个，艺人不到 30 位，而 30 岁以下的艺人又只有 2 位，其技艺和知名的老艺人则无法相比。

为了传承民族的优秀文化，保护像皮影戏这类古老的艺术形式，国家于 2011 年 2 月 25 日颁布了《中华人民共和国非物质文化遗产法》。自此之后，皮影戏便得到了中央和地方政府的高度重视，多种皮影戏进入国家级或省市级“非物质文化遗产名录”，得到了财政经费的支持，减缓了衰萎的速度，有的还显示出勃勃的生机。

① 魏力群主编：《中国皮影戏全集》第 1 卷“源流”，文物出版社 2015 年版，第 160 页。

如下表所示，现时的大多数皮影戏剧团主要分布在河北、陕西、甘肃、内蒙古、黑龙江、天津、北京、山东、河南、湖南、山西、浙江、广东、辽宁、青海、上海、湖北、重庆、福建、云南、江苏、安徽、江西等20多个省市、自治区，当然，有的地方多，有的地方少。

所属影系	省（市、自治区）	市（县、区、州）	剧团名称	主要演出区域
北方影系	内蒙古自治区	赤峰	阿鲁科尔沁旗皮影艺术团	内蒙古自治区、北京市等
			赤峰玉龙皮影文化艺术团	内蒙古自治区赤峰市红山区等
			宁城董家古装皮影戏	内蒙古自治区赤峰市宁城县等
			宁城龙雨皮影艺术团	内蒙古自治区赤峰市宁城县汐子镇等
	黑龙江	哈尔滨	哈尔滨儿童艺术剧院	黑龙江省哈尔滨市及周边地区
	辽宁	沈阳	浑南顾景恩皮影	辽宁省沈阳市浑南区及周边地区
		朝阳	凌源市旭日皮影艺术团	辽宁省朝阳市凌源市及辽西地区
			凌源英熙皮影文化产业有限公司	辽宁省朝阳市凌源市及周边地区
			喀左红星皮影团	辽宁省朝阳市喀左县洞子沟等
	河北	秦皇岛	青龙满族自治县百灵皮影剧团	河北省、北京市等
			青龙东方皮影剧团	河北省秦皇岛市青龙满族自治县大巫岚镇等
			卢龙县启明皮影团	河北省秦皇岛市卢龙县等地
			昌黎县向东皮影剧团	河北省秦皇岛市昌黎县及周边地区
		承德	平泉市皮影艺术团	河北省平泉市平房乡等
			河北省雾灵皮影艺术团	河北省承德市兴隆县及周边地区
			承德红星皮影剧团	河北省承德市及周边地区

续 表

所属影系	省（市、自治区）	市（县、区、州）	剧团名称	主要演出区域
北方影系	河北	唐山	圣灯皮影工作室	河北省唐山市乐亭县及周边地区
			滦南县皮影团	河北省唐山市滦南县及周边地区
			中国滦州皮影剧团	河北省唐山市滦州市小马庄镇等
			滦州禾丽皮影剧团	河北省滦州市
			周捞爷皮影艺术团	河北省唐山市
			迁西县燕昆皮影团	河北省唐山市迁西县兴城镇等
			郭宝皮影传承馆	河北省唐山市迁安市城区街道
			夕阳红皮影团	河北省唐山市遵化市
			天宇皮影团	河北省唐山市遵化市刘备寨乡刘南山村
		衡水	腾飞皮影戏班	河北省衡水市景县
		廊坊	庆升平乡村皮影民俗演艺文化基地	河北省廊坊市三河市
	天津	蓟州区	蓟州新城皮影队	天津市蓟州区
		宝坻区	海滨街道天锦园皮影队	天津市宝坻区
	北京	西城区	北京皮影剧团	北京市西城区
			小蚂蚁袖珍人皮影艺术团	北京市西城区
		通州区	韩非子剧社	北京市通州区
西部影戏	陕西	西安	黄河魂艺术团	陕西省西安市
			小雁塔传统文化交流中心皮影戏	陕西省西安市碑林区
			中国汪氏皮影艺术剧团	陕西省西安市

续 表

所属影系	省（市、自治区）	市（县、区、州）	剧团名称	主要演出区域
西部影戏	陕西	渭南	永兴坊皮影戏班	陕西省渭南市华州区胡磊村
			华县魏氏皮影剧社	陕西省渭南市华州区
			魏金全戏班	陕西省渭南市华州区
			陕西民间艺术演艺社	陕西省渭南市临渭区双泉乡
			白水县古调影子社	陕西省渭南市白水县尧禾镇麻家村
	山西	太原	清徐常丰皮影团	山西省太原市清徐县柳杜乡常丰村
		吕梁	王政仁皮影剧团	山西省吕梁市孝义市高阳镇高阳村
			传统文化展演团	山西省吕梁市孝义市贾家庄村
			武俊礼皮影剧团	山西省吕梁市孝义市梧桐镇
		临汾	侯马市皮影剧团	山西省临汾市侯马市
	甘肃	庆阳	环县杨登义戏班	甘肃省庆阳市环县
		定西	甘肃通渭刘氏皮影班	甘肃省定西市通渭县常家河镇
	青海	西宁	大通县新艺皮影社	青海省西宁市大通回族土族自治县黄家寨镇东柳村
	重庆	巫山县	同兴班皮影剧团	重庆市巫山县罗坪镇
	云南	保山	腾冲刘家寨皮影剧团	云南省保山市腾冲市
		楚雄彝族自治州	表演者：额加寿	云南省楚雄彝族自治州禄丰县
		玉溪	表演者：王文跃	云南省玉溪市
中南部影戏	山东	青岛	西海岸金凤皮影艺术团	山东省青岛市西海岸新区薛家岛
			大嘴巴皮影班	山东省青岛市市南区
		烟台	所城皮影艺术团	山东省烟台市芝罘区

续 表

所属影系	省（市、自治区）	市（县、区、州）	剧 团 名 称	主要演出区域
中南部影戏	山 东	泰 安	泰山皮影艺术研究院	山东省泰安市
		枣 庄	山亭皮影徐庄镇邢氏庄户剧团	山东省枣庄市山亭区徐庄镇
			鲁南山花皮影剧团	山东省枣庄市山亭区山亭街道
			山亭皮影凫城镇韩氏庄户剧团	山东省枣庄市山亭区
		菏 泽	定陶荣坤皮影艺术团	山东省菏泽市定陶区张湾镇
			曹县任家班皮影剧团	山东省菏泽市曹县庄寨镇
	河 南	三门峡	灵宝西车道情皮影艺术团	河南省三门峡市灵宝市尹庄镇西车村
		郑 州	河南精灵梦皮影艺术团	河南省郑州市惠济区良库工舍
		南 阳	桐柏县皮影艺术团彭家班	河南省南阳市桐柏县吴城镇邓庄村
			桐柏县皮影艺术团蔡家班	河南省南阳市桐柏县月河镇林庙村
		信 阳	平桥区杜光金皮影戏剧团	河南省信阳市平桥区平昌镇
			罗山皮影戏新秀剧团	河南省信阳市罗山县彭新镇曾店村
			罗山弘馨皮影戏剧团	河南省信阳市罗山县周党镇同兴社区
			光山县任长明皮影戏文化传播有限公司	河南省信阳市光山县泼陂河镇黄涂湾村
	湖 北	孝 感	孝感市皮影艺术团	湖北省孝感市孝南区朋兴乡丹阳古镇
			张望明戏班	湖北省孝感市云梦县义堂镇好石村
			余长永戏班	湖北省孝感市云梦县曾店镇
			湖北省云梦皮影队	湖北省孝感市云梦县城关镇
			陈红军戏班	

续 表

所属影系	省（市、自治区）	市（县、区、州）	剧团名称	主要演出区域
中南部影戏	湖北	孝感	大悟县九女潭皮影团	湖北省孝感市大悟县宣化店镇
			应城市皮影艺术剧团	湖北省孝感市应城市汤池镇方集村
			应城市皮影艺术团	湖北省孝感市应城市
		黄冈	红安县华河镇皮影队	湖北省黄冈市红安县华河镇金桥村
			红安县杏花乡秦昌武皮影剧团	湖北省黄冈市红安县杏花乡长兴村
			红安县七里坪镇典明皮影艺术团	湖北省黄冈市红安县七里坪镇典明村
			红安县城关镇易杨家皮影队	湖北省黄冈市红安县城关镇易杨家村
			红安县城关镇倪赵家皮影队	湖北省黄冈市红安县城关镇倪赵家村
			红安县二程镇赵氏皮影戏团	湖北省黄冈市红安县二程镇新街村
			红安传统戏剧皮影艺术队	湖北省黄冈市红安县华河镇陈河村
			红安县杏花乡兴旺皮影队	湖北省黄冈市红安县杏花乡秦家岗湾
			中南皮影戏团	湖北省黄冈市麻城市中馆驿镇马路口村
			李先耀皮影队	湖北省黄冈市麻城市铁门岗乡谭程村
			东山皮影艺术团	湖北省黄冈市麻城市盐田河镇栗花新村
		武汉	新洲区龙丘黄冈皮影队	湖北省武汉市新洲区三店街道
			黄陂区大余湾皮影戏馆	湖北省武汉市黄陂区木兰乡

续　表

所属影系	省（市、自治区）	市（县、区、州）	剧团名称	主要演出区域
中南部影戏	湖北	天门	天门市豪城传承基地	湖北省天门市
		潜江	周矶雷谭仙潜业余皮影队	湖北省潜江市
		仙桃	仙桃江汉皮影团	湖北省仙桃市
			仙桃市江汉皮影艺术剧团	
		宜昌	夷陵区分乡徐氏皮影	湖北省宜昌市夷陵区分乡镇南垭村
			秭归皮影戏太和班	湖北省宜昌市秭归县郭家坝镇百日场村
		襄阳	沮水乐艺术团	湖北省襄阳市保康县马良镇张家岭村
		十堰	房县兴隆皮影戏班	湖北省十堰市房县窑淮乡
		神农架林区	下谷坪堂戏皮影戏剧团永和班	湖北省神农架林区下谷坪土家族乡
		恩施州	巴东皮影协会（大顺班）	湖北省恩施州巴东县沿渡河镇
	安徽	宿州	泗县古韵皮影剧团	安徽省宿州市泗县草沟镇秦桥村
		合肥	安徽省马派皮影戏剧团	安徽省合肥市
		宣城	皖南皮影戏曲艺术团	安徽省宣城市宣州区水东镇
	江苏	南京	姚其德戏班	南京市夫子庙秦淮人家酒楼
	上海	黄浦区	上海市木偶剧团有限公司	上海市黄浦区
		徐汇区	康健街道艺术团桂林皮影戏班	上海市徐汇区康健街道
		普陀区	上海马派影偶剧团	上海市普陀区
		长宁区	上海长宁民俗文化中心青梦园皮影团	上海市长宁区民俗文化中心

续 表

所属影系	省（市、自治区）	市（县、区、州）	剧团名称	主要演出区域
中南部影戏	上海	闵行区	上海七宝皮影馆	上海市闵行区七宝镇
		松江区	泗泾镇非遗传承基地	上海市松江区泗泾镇
	浙江	湖州	安吉孝丰项家皮影艺术团	浙江省湖州市安吉县孝丰镇大河村
		嘉兴	乌镇皮影艺术团	浙江省嘉兴市桐乡市西栅大街乌镇风景区
			海宁皮影艺术团有限公司	浙江省嘉兴市海宁市盐官镇
			海宁市长陆皮影剧团	浙江省嘉兴市海宁市长安镇陆泽村
		杭州	表演者：马群	浙江省杭州市上城区中国美术学院
	湖南	长沙	湖南省木偶皮影艺术保护传承中心	湖南省长沙市雨花区湖南省木偶皮影艺术保护传承中心
			长沙庆明皮影艺术团	湖南省长沙市望城区白箬铺镇
		湘潭	湘潭升平轩皮影艺术团	湖南省湘潭市雨湖区鹤岭镇凤凰村
		株洲	攸县丫江桥皮影一队	湖南省株洲市攸县丫江桥镇双江社区
	江西	萍乡	上栗县天马皮影戏文化艺术团	江西省萍乡市上栗县上栗镇绿塘村
			萍乡市湘东区永发皮影演艺团	江西省萍乡市湘东区东桥镇界头村
	福建	厦门	厦门市弘晏庄木偶皮影戏传习中心	福建省厦门市思明区曾厝垵文创艺术中心
	广东	汕尾	陆丰市皮影剧团	广东省汕尾市陆丰市
		深圳	深圳百仕达皮影艺术团	深圳市罗湖区翠竹街道
			草埔小学皮影艺术团	深圳市罗湖区草埔小学
			深圳三只猴剧团	深圳市宝安区观澜街道
			杜鹃花皮影文化艺术中心	深圳市龙岗区

每个地方的皮影戏因其渊源、剧目、唱腔、影人制法和表演技艺的不同，便和他地的皮影艺术形态有了差异。我们以甘肃省环县道情皮影戏和浙江海宁皮影戏为例，来看看它们的特色。

环县道情皮影戏是秦陇文化与周边族群文化、道情说唱曲艺与皮影艺术相结合的产物，采取"借灯、传影、配声以演故事"的手段，融民间音乐、美术和口传文学为一体。其独特性主要体现在道情音乐唱腔和皮影制作及表演上。戏班演出时，前台一人挑杆表演，并承担所有角色的做、唱、念、白的工作，后台四五人伴奏并"嘛簧"，一唱众和，其腔调粗犷高亢。道情音乐为徵调式，分为"伤音""花音"，以坦板、飞板两种速度演唱，曲牌体与板式体并存。其伴奏乐器有四弦、渔鼓、甩梆子、简板等。演唱剧目有 180 多部，以表现古代生活为主。

海宁皮影戏。皮影戏自南宋从中原传入海宁后，与当地的"海塘盐工曲"和"海宁小调"相融合，并吸收了"弋阳腔""海盐腔"等声腔，曲调既高亢激越，又婉转悠扬。其唱词和道白用海宁方言。其开台戏和武打戏，以板胡、二胡伴奏为主，其主腔为【三五七】【文二凡】【武二凡】【文三凡】【武三凡】【回龙】【叫王龙】等；正本戏用笛子、二胡伴奏，其声腔有【长腔】【十八板】【当头君官】【日出扶桑】【深深下拜】【上上楼】等。其影人脸谱造型既接近于京剧，又不同于京剧，它按忠、奸、贤、义的不同性格和喜、怒、哀、乐的不同表情来加以夸张塑造。为了符合剧情发展，适应操作上的艺术需要，在表演剧目时，有时候同一个人物要换几次头面。海宁皮影戏剧目近 300 个，有大戏、小戏和文戏、武戏之分。其皮影的主要制作特点是"少雕镂，重彩绘，单线平涂"；脸形圆活，单眼侧面；少夸张，近实像，富"人情"味；整体以单手、并足（侧身）为主。

三、皮影戏剧目的内容与艺术特征

尽管皮影戏历史悠久，但是由于多种原因，宋、元、明三代的剧本都没有留存下来，现存最早的剧本大概产生于清代中叶。

很可能在早期就没有书写的剧本，即纸质剧本，但并不是说，皮影戏的演唱就没有剧本，剧本还是有的，只不过是无文字的。在新中国成立之前，每一个地区的皮影戏，都有不依文字剧本演唱的戏班。由于多数艺人不识字，演唱的内容全凭着师徒间口传心授。当然，由于内容是靠记忆的，所以变化较大。同一个故事，不同的戏班演出的不一样，就是同一个戏班，甚至是同一个人，在不同的时间、不同的地点演出的也不完全一样。随着粗通文墨之人的加入，开始有了叙写故事梗概的“搭桥本”（湖南称“过桥本”“口述本”，湖北称“杠子书”，河北称“书套子”），文雅的说法叫“提纲本”，相当于戏曲的“路头戏”“幕表戏”。艺人在把握了所演唱故事的主要情节后，需要当场发挥，既可以添枝加叶，也可以“偷工减料”。为了演唱得好，显示文采，艺人大都会掌握一些“赋子”，每出现相同的场景时，就套用一下，如有皇帝早朝的场景时，就唱这样的四句：“金殿当头紫阁重，仙人掌上玉芙蓉。太平皇帝朝元日，五色云车驾六龙。”空守闺房而心情郁闷的年轻妻子上场时，则袭用这样固定的诗句：“闺中少妇不知愁，性惯娇痴懒上楼。想到昨宵春梦恶，对花不语自低头。”当然，这些“赋子”不是文盲艺人编写的，而是文人所作。

到了明代，随着教育的普及，许多原致力于科考的读书人，因为长期困顿场屋、功名无望，便将智力、精力与时间投入到皮影剧本的创作上，于是，皮影戏的剧目发生了根本性的变化。之前的剧目，主要来源于曲艺、民间传说和戏曲，而自此之后，产生了大量的原创性的剧目。如清代乾隆时的陕西渭南县举人李芳桂，在几次春闱失利后，为当地碗碗腔皮影戏创作了十部剧本，即《春秋配》《白玉钿》《香莲佩》《紫霞宫》《如意簪》《玉燕纹》《万福莲》《火焰驹》《四岔捎书》和《玄玄锄谷》。又如清道光时人滦州乐亭县戴家河的高述尧，因为人耿直，得罪权贵，被革除了秀才的名号，于是，他在设塾教书之暇，为皮影戏班编写了《二度梅》《三贤传》《定唐》《珠宝钗》《出师表》《青云剑》等剧目。一般来说，文人编写的剧本，比起“提纲本”或艺人自编的戏，质量上要高得多。这些剧本情节曲折，且符合生活与艺术的真实；人物形象鲜明，其行动具有内在的逻辑性；文通句顺，富有文采，唱词合辙押韵，好念易唱。

自古迄今，皮影戏的剧本，当以万计，真可谓汗牛充栋。仅陇东环县皮影戏，据2004年的调查，现存剧本就有2 277本，内容不重复的剧本有188本。滦州皮影戏的传统连本大戏有415部，传统的单出剧目则为323卷①，这些还不包括新中国成立后编创的剧目。

皮影戏剧本从素材的来源上，可以分为五大类。

---

① 魏力群：《中国皮影艺术史》，文物出版社2007年版，第159—168页。

第一类是讲史，多改编自历史演义。从夏商周起，重要人物和重大事件都有演绎，如《大舜王耕田》《禹王治水》《姜子牙下山》《吴越春秋》《战渑池》《黄泉见母》《伐子都》《马陵道》《将相和》《刺秦》《鸿门宴》《霸王别姬》《貂蝉拜月》《未央宫》《苏武牧羊》《昭君出塞》《骂王朗》《白帝托孤》《打黄盖》《单刀会》《讨荆州》《洛神》《铜雀台》《姚献杀妻》《绿珠坠楼》《秦琼卖马》《陈杏元出塞》《罗成叫关》《唐明皇哭妃》《千里送京娘》《陈桥驿》《下南唐》《打关西》《杨家将》《打銮驾》《精忠报国》，等等。

讲史剧目众多的原因在于我国民众对历史有着浓厚的兴趣，他们通过“知古”来反映自己对今日政治的诉求，并通过历史经验获得为人处世的原则，也正因为此，皮影艺人创作排演历史剧便拥有了厚实的观众基础和市场竞争力。而对于统治者来说，颂扬历史上的忠臣孝子，批判奸臣逆子，为人们树立道德榜样，无疑有利于政权的稳定与阶级矛盾的缓和，所以，具有“风化”功能的历史剧也得到了他们的鼓励。

第二类是民间故事，包括神话与传说。如《嫦娥奔月》《哪吒闹海》《天河配》《孟姜女》《赶山塞海》《大香山》《郭巨埋儿》《雪梅吊孝》《白蛇传》《花木兰从军》，等等。

第三类是非历史演义的小说。但凡著名的小说如《封神演义》《水浒传》《西游记》等，皮影艺人都会将它们改编成剧目。当然，不是原封不动地照搬，而是选择其中精彩的人物故事，重新整理改编，如将《水浒传》中的内容编成《乌龙院》《鲁达除霸》《逼上梁山》《打店》《石秀杀嫂》《丁甲山》《三打祝家庄》，等等。既可以连起来演连本的梁山好汉故事，也可以单独演出其中的折子戏。

第四类是戏曲曲艺故事，即是从戏曲剧目和说唱曲艺的曲目中改编而来，如《六月雪》《西厢记》《赵氏孤儿》《白兔记》《十五贯》《绣襦记》《铡美案》《梁山伯与祝英台》《珍珠塔》《杨乃武与小白菜》，等等。“文革”后期，许多地方的皮影戏也将《红灯记》《沙家浜》《智取威虎山》《杜鹃山》《龙江颂》《平原游击队》等“革命样板戏”映上了影窗。

第五类是根据古今生活创编的剧目。文人编写的剧本多属此类，一些篇幅不长的单出戏也是无所依傍的原创剧目，如传统剧目中的《一匹布》《卖杂货》《偷蔓菁》《怕婆娘》《董烂子卖他妈》《老顶嘴》《二姐娃做梦》，现当代剧目中的《穷人恨》《赤胆忠心》《焦裕禄》《新任支书》，等等。

尽管皮影戏剧目多改编自历史演义、民间故事、戏曲剧目、曲艺曲目等，但有许多剧目改编的幅度很大，不但情节不一样，人物的形象也大不相同，如长沙皮影戏《盘貂》虽然改编自湘剧的《斩貂》，但两者比较，差异很大，念白、唱词迥乎不同。湘剧《斩貂》中的关羽出场时这样唱道："【引】雄心赤胆汉英豪，撩袍勒马破奸曹！丹心耿耿，社稷坚牢，万马营中逞英豪，斩华雄，谁人不晓?"而皮影戏《盘貂》的关羽出场时的唱词为："【引】赤胆忠心，不知何日会桃园，徐州失散好惨凄。兄南弟北各一偏，好似鳌鱼吞钩线，各人肝胆费心间。"湘剧《斩貂》中的关羽有着"红颜祸水"的成见，对貂蝉的所作所为，极度蔑视："（唱）【乱弹腔】一轮明月照山川，推去了云雾星斗全。坐虎椅，看几本《春秋》《左传》。《春秋》内，尽都是妖女婵娟。（白）我想权臣篡位，即董卓父子；妖女丧夫，即貂蝉也!"最后毫不留情地将她杀死。而皮影戏《盘貂》中的关羽在听了貂蝉用美人计引起董卓、吕布父子争风吃醋而致董卓丧命的介绍后，以肯定的语气评价道："若还不把美人计献，眼见这汉江山归了董奸。"他欣赏貂蝉的智慧，准备将她送给兄长刘备，给她更好的前程："貂蝉女她生来嘴能舌变，几句话说得某喜笑连天。但愿某大哥早登金殿，封你个班头女子靠君前。"

依据篇幅的长度，皮影戏又可以分为折子戏、连本戏、单出戏。折子戏是一部戏中的一折，多数有一个相对完整的情节，如《游西湖》《拜佛》《精变》《盗草》《水漫金山》《断桥》《合钵》《宝塔压白蛇》《祭塔》是连本戏《白蛇传》的折子，因全本《白蛇传》需要几天才能演完，若时间不允许，可以演出其中的一个或几个折子戏。连本戏规模较大，没有五六个演出单元时间演不完，有的需连演一个多月，如《封神榜》《西游记》《杨家将》《包公案》《施公案》《江湖二十四侠》等。折子戏和连本戏的关系是整体和部分的关系，将内容相关的折子戏连起来就是一个整体，分开来就是折子戏。单出戏是叙事完整但体量不大的戏，往往又称为"小戏"，如《打面缸》《小姑贤》《教书谋馆》《嘎秃子闹洞房》《八仙过海》《兰香阁》《聚宝盆》等。浙江海宁皮影戏选出一些武打的折子戏做"开台戏"，活跃演出的气氛，常演的开台折子戏有《闹龙宫》《闹地府》《闹天宫》《火焰山》《快活林》《蜈蚣岭》《潞安州》《凤凰山》《打石猴》《南天国》《金沙滩》《两郎关》《烈火旗》等。

皮影戏和戏曲，在叙事的立足点上不完全一样。戏曲完全为代言体，每个角色为所扮演的人物代言，而皮影戏受说唱艺术的影响，为代言体和叙事体的结合。

如滦州皮影戏《珍珠塔》中的一个片段：

天子：（唱）天子一见吃一惊。这刺客，甚是凶。杀败侍卫，怎把朕容？忙把宫人叫，赶快撞金钟。聚起阖朝文武，救驾保护主公。惊慌失色逃了命。

陈春：（唱）陈春追，抖威风，提刀前往，上下冲锋，（代白）昏君哪里逃生！

无论是皇帝还是陈春，他们的唱词，代言体与叙述体都是混合在一起的。

皮影戏剧本歌唱多而念白少，唱词的语言通俗易懂，如同常语，但是合辙押韵。如滦州皮影戏《紫荆关》中的一段唱词：

姑嫂二人寻车辆，庄稼地里把身藏。何处万恶贼强盗，行路竟敢抢女娘。

不知何人来救护，你我得便逃了祸殃。也不知哥哥/相公怎么样？唯恐追贼受了伤。

叹咱鞋弓袜又小，不能急快转家乡。恐怕贼人来追赶，汗透衣衫心发慌。

北方的皮影戏唱词，所用韵辙一般有十三道，其名目是：发花、梭波、乜斜、一七、姑苏、怀来、灰堆、遥条、由求、言前、人辰、江阳、中东。之外，还有两道儿化韵的小辙。通常是偶句押韵，压在句末的字上。押平声韵的叫“正韵”，押仄声韵的叫“硬辙”或称“反辙”。南方的方言较多，之间的差别很大，因而南方皮影戏唱词的用韵各地不一样。以吴语地区为例，其唱词的用韵共有十一部，分为阳声韵四部，为东同部、江阳部、真亭部和寒田部；阴声韵七部，为支鱼部、灰回部、萧豪部、皆来部、歌模部、家蛇部和尤侯部。当然，皮影戏的唱词格律没有诗、词或昆曲的曲律那么严格，只要顺口易唱即可。

每一个地方的皮影戏唱腔与流传于该地域的地方戏声腔有着紧密的关系。若皮影戏后起于地方戏，那它就会运用戏曲的曲调，其唱腔与当地戏曲剧种的唱腔基本相同。如陕西、甘肃、宁夏的许多皮影戏多是用秦腔的曲调演唱，长沙一带的皮影戏用湘剧曲调演唱。若是由皮影戏为基础发展起来的戏曲剧种，当然唱的就是皮影戏原先的曲调，如流行于河北唐山一带的影调剧所唱的【平调】【花调】【滦河调】【吟腔】【硬唱】就是当地皮影戏所唱的；现为戏曲剧种的碗碗腔是在皮影戏基础上发展起来的，主要曲调自然还是原先皮影戏所唱的。后一种情况说明，有一些皮影戏已经形成了自己的曲调体系，如滦州皮影的原始曲调为“九腔十八调”，九腔即【梅花腔】【柔腔】【琴腔】【一字腔】【小银腔】【小东腔】【西门腔】【凤凰腔】【纺车腔】，而每腔上下两句的曲调不一样，故成“十八调”；之后，吸收了戏曲和俚歌俗曲的曲调，渐渐由单调而变得丰富起来。

皮影戏剧目的主旨是鲜明的，传统剧目的思想性主要表现在三个方面：一是颂扬忠君爱国之臣的赤诚无畏的精神，二是高度肯定青年男女之间纯真的爱情，三是赞扬慈悲仁爱、行侠仗义、坚忍不拔的品质。而对那些少廉寡耻、自私自利、残忍酷虐、行奸贪婪之人，这些剧目则予以无情的批判。

皮影戏剧目大多故事情节丰富曲折，引人入胜，尤其是连本大戏，能让观众欲罢不能。如海宁皮影戏《聚宝盆》（又名《李金煌买鱼放生》）故事略云：

> 宋时，书生李金煌之父李天笙升为兵部尚书，但不久遭权奸何荣所害而被打入天牢。朝廷命杨文广率军抄家，杨同情李家，掩护其全家逃逸。金煌之叔李天帛与妻为武人，上首阳山为王；金煌与母亲逃至成都，落在瓦窑讨饭度日。其时，成都知府王天佑为官不廉，其女桂香力劝改邪归正，天佑怒，遣家丁上街找一叫花子，逼女嫁之。桂香恨，不带走王家一件衣物，匆匆随叫花子而去。叫花子乃李金煌也。金煌携桂香至瓦窑，见李母，一家相依相亲。桂香有一金钗，让金煌典当后买线绣花度日。不久桂香有孕，金煌欲为桂香煮鱼汤，上街买得鲤鱼一条，然见鱼可怜，放生而去。不料鱼乃是龙宫三太子。后龙王为酬答救子之恩，送来聚宝盆一只，恰逢桂香分娩，生子便名“得宝”。龙王又献大宅予金煌，使之顿成巨富，金煌感恩，改姓为敖，人称“敖百万”。李天帛为惩贪官，劫了绵迪县库银，朝廷命已升为总督的王天佑缉查。王与绵迪县令有隙，不但不查，反而耻笑他。县令怒，上告。王被罚银六十万两，无奈去敖百万家借银，见到了女儿桂香，天佑认罪。后何荣与弟何延海奸事败露，李天笙获释封相；天帛归顺，为兵部侍郎；金煌亦得官，后李得宝被皇上招为驸马。

皮影戏剧目所叙述的故事大都具有传奇性，根本原因是为了迎合观众的审美需要。在旧时的中国，处于底层社会的劳动人民，生活极为单调，日出而作，日落而息，生产与生活是重复的、机械的，因而是乏味的。没有色彩的日子，必然导致身体的疲惫和心理的压抑，而传奇性的故事能如一剂“强心针”，为他们劳苦平淡的生活带来精神的抚慰与快感。另外，再平凡卑微的人都有追求“卓越”的心理，然而，“卓越”并非人人可以实现，但可以借助传奇性的人物和故事来表达自己“卓越”的理想，并获得间接的“卓越”感受。

连本戏的表演和唱白，较为严肃，而小戏因为贴近生活，角色又均为小人物，其言语举止幽默诙谐，或调侃，或自嘲，剧情轻松自如，具有喜剧的风格，如《王七怕老婆》《刘捣鬼》《老渔婆劝架》等。

新中国成立之后，皮影戏界为适应时代需要、拓展观众面，创作了一批短小精悍、生动活泼的童话寓言戏，代表剧目有《鹤与龟》《两个朋友》《野心狼》《东郭先生》《小羊过桥》《小猫钓鱼》《雀之灵》《两只公鸡》《狐狸与乌鸦》《三只老鼠》等。今天皮影戏之所以还有一些生命力，主要是靠为孩子们演出的这类剧目。

历史悠久、曾经遍布全国绝大多数省份的皮影戏，在城市化与现代化进程中，逐渐失去昔日的风光，但是，因受国家非物质文化遗产法的保护和对旅游经济的融入，它会在相当长时间内生存着，或者变更自己的功能，譬如皮影造型像书法、绘画一样成为家庭或一些场所的装饰品。就剧本而言，它们的生命力不会因为整个皮影戏艺术的衰萎而衰颓，反而会因时间的推移而不断地增强，因为它们汇集了千万个故事，能为今日文艺创作提供大量的素材；它们所反映的政治理想、宗教信仰、艺术趣味等会成为今人和后人了解民族过去的精神世界的信息库；它们表现的方言土语、民俗画面、社会活动、生产过程等具有宝贵的学术研究价值。就是作为普通的读物，它们至少也会像明清白话小说一样，给人们带来审美的愉悦。正是考虑到这样的意义，我们才选择它们中的一些精品，整理出版，以飨读者。

编 校 说 明

本丛书第1—10卷主要收录华北、东北地区的皮影戏剧目，对于剧本的编订整理遵循以下原则：

一、所收录的均是当地演出频繁且为百姓喜闻乐见的剧目，剧本以民间手抄本为底本。

二、编校整理时，一律保持剧本原貌，除注释某些较为难懂的方言、俗语外，主要是改正错别字、校补漏字等，在内容上不做改动。对于影响剧情内容的错讹则以按语的形式予以标注。

三、对于演绎历史故事的剧本，其历史人物姓名、地名仍用其称呼，以保持剧本原貌。

四、为便于读者把握剧情，在每个剧目的开篇处设有“故事梗概”，在每本戏的前面设“剧情梗概”，以总括主要情节、提示剧情进展。

五、由于皮影戏剧本的传承大多是口耳相传，手抄本中的很多人物身份及行当都没有标示清楚，为保持作品原貌，“主要人物及行当表”一仍其旧，缺失部分未予增加。

目　录

蕉　叶　扇

灵　飞　镜

华北东北皮影戏概述

华北、东北的地域范围，为今日之河北、内蒙古、北京、天津、辽宁、吉林、黑龙江等地，而这一地域的皮影戏当以滦州为中心。

滦州，在今河北省唐山市，乐亭曾隶属于滦州，故外人将产生在这里的影戏称之为“滦州影”“乐亭影”或“唐山皮影”等。

那么，这一地域的皮影来源于何处？据现有文献来看，当是中原一带。徐梦莘《三朝北盟会编》卷七十七“靖康二年正月二十五日乙卯”条记载道：

> 金人来索御前祗候、方脉医人、教坊乐人、内侍官四十五人；露台祗候、妓女千人，蔡京、童贯、王黼、梁师成等家歌舞宫女数百人。先是权贵家舞伎内人，自上即位后皆散出民间，令开封府勒牙婆媒人追寻之。……杂剧、说话、弄影戏、小说、嘌唱、弄傀儡、打筋斗、弹筝、琵琶、吹笙等艺人一百五十余家，令开封府押赴军前。开封府军人争持文牒，乱取人口，攘夺财物，自城中发赴军前者，皆先破碎其家计，然后扶老携幼，竭室以行。亲戚、故旧涕泣，叙别离相送而去，哭泣之声，遍于里巷，如此者日日不绝。①

由此可见，至迟在金代时，北方就有了皮影戏。元蒙时期，皮影戏已经成了皇室欣赏的一种艺术形式。瑞典学者多桑（C. d'Ohsson）在他的蒙古史中说：“有汉地人在窝阔台前作影戏，影中有各国人。其间有一老人，长髯，冠缠头巾……”②

然而，北方的“滦州影”却没有在金元明清的文献上出现过，直到了民国年间，才有一位叫李脱尘的皮影艺人说他从别人那里得到了一本《影戏小史》，他在此基础上写成《滦州影戏小史》。此书问世后，多被研究皮影的学者引用，佟晶心在《中国影戏考》中引述云：

---

① （宋）徐梦莘撰：《三朝北盟会编》（影印本）上册（靖康中帙五十二），上海古籍出版社 1987 年版，第 583—584 页。

② ［瑞典］多桑著，冯承钧译：《多桑蒙古史》（上册），中华书局 1962 年版，第 206 页。

> 我国自影戏发端于前明嘉靖年，首创者为永平府属滦县人黄素志君。黄君，一生员也，博学而兼精雕刻、绘画。因连仕不第，遂游学关外（即山海关），至辽阳，设帐教读，启蒙该地幼童。唯黄先生素崇佛教，每见社会人心不古，奸诈邪淫，五伦反覆，思挽救之，始有影戏之作。初编制之影戏脚本为《盼儿楼》，系述周昭王误信偏妃之言致使夫妻父子离散，若许苦痛因而生焉，百姓小民更遭涂炭。黄君作影辞毕，复思如何现身说法以使芸芸众生易于了解，遂用厚纸刻成人形，染以颜色。然纸质易坏，屡经修改未获良法。黄君之弟子裴生，敏慧异常，每见先生雕刻，己则思维。后见先生屡次失望，便思以羊皮刮净毛血而刻之或能奏效。因以其意见述之乃师，黄先生采其言，试用果较纸人美观而坚实。后思忠奸邪正、君子小人宜如何分别方能使人一目了然，后于《孟子》书中得之，以眼目之形状分之。大概凡奸人必目似瓜子形，丑角眼外有白圈，即用外表以辨明其内心也。①

但一些学人对于有无黄素志其人持怀疑态度。但无论如何，“滦州影”在明代已经成熟，是一事实，因为在1958年，唐山专区文教局发现了一本标明为“明万历己卯年（1579）手抄”的连台本乐亭影卷《薄命图》，该本行当齐全，唱词有“十字赋”、七字句、“三赶七”等②。

因“滦州影”剧目数以百计，剧旨积极向上，故事内容丰富，情节传奇曲折，人物形象鲜明，唱腔悦耳动人，所以不断地向外扩展，几乎传播至整个华北、东北。自民国年间皮影艺术进入学术研究领域之后，所有的学者都一致认为华北、东北的皮影戏的源发地在滦州。

顾颉刚说：“而负盛名之滦州影戏，则河北东部及东北各地尚为其领域。”③

江玉祥将影戏划分为七大系列，其中“滦州影戏，包括河北东部皮影、北京东城皮影、东北皮影、内蒙古皮影”④。

秦振安认为：“滦州影系，以河北省之滦州（即今之昌黎、滦县、乐亭三县）

---

① 佟晶心：《中国影戏考》，《剧学月刊》第3卷第11期，1934年11月。

② 庞彦强、张松岩主编：《燕赵艺术精粹：河北皮影·木偶》，花山文艺出版社2005年版，第24—25、36页。

③ 顾颉刚：《中国影戏略史及其现状》，《文史》第19辑，中华书局1983年8月，第135页。

④ 江玉祥：《中国影戏》，四川人民出版社1992年版，第196页。

为中心。活动范围，遍及河北全境、北京及天津两特别市和东北各省。”①

魏力群通过调查后得出这样的结论：“清代道光年间至二十世纪三十年代，许多乐亭人到东北各城镇做生意，也就将家乡的影戏带到了东北。起初，这些影戏只在东北农村和小城镇流动演出，后来，乐亭县‘翠荫堂班’‘王华班’等，先后应大商号之邀赴东北大城市沈阳、哈尔滨、营口等地进行职业演出，并获得巨大成功，使乐亭影戏很快风靡东北三省，为东北当地原有影戏充实了新的内容和形式，又结合当地风俗及语言条件的影响，形成了不同的演唱风格和流派。”②

一些地方志也证实了学者们的说法。吉林省《怀德县志》云：“光绪末年，河北省乐亭县移民杨德林等人迁来秦家屯，他们组织皮影戏班，并于乐亭县购进全部影箱、影卷，使皮影戏在怀德落了户。王老箭、于和、孙建、孙跃等为当时四大皮影名人。……艺人除在本地坐堂演出外，还到梨树、双辽、长岭、农安、黑龙江等地演出。”③ 因此，我们将华北、东北的皮影戏合成一卷。

华北、东北皮影经历了影经、流口影与翻卷影三个阶段。影经相当于故事提要，艺人在此基础上充实细节；流口影的内容相对于影经要固定一些，是师徒之间、艺人之间口耳相传的；到了翻卷影，才有了文本。之所以有影经与流口影，是因为彼阶段艺人们多是文盲，不具备阅读文本的能力。到了清代中叶之后，不能翻阅文本的艺人，说唱的随意性太大，无法保证表演的艺术质量，基本上是不受欢迎的，因而艺人多成了识字之人。

经过几百年数代艺人的创造，华北、东北的皮影戏影卷繁富，有上千个之多。其中大多数采用了其他文艺形式的故事，有的改编自章回小说，如《封神榜》《凤岐山》《伐西岐》《前七国》《后七国》《五雷阵》《吴越春秋》《六国封相》《反樊城》《重耳走国》《临潼斗宝》《楚汉相争》《九里山》《白莽山》《东汉》《三国》《瓦岗寨》《隋唐》《江流记》《二度梅》《小西唐》《中西唐》《大西唐》《薛丁山征西》《罗通扫北》《薛刚反唐》《打登州》《破孟州》《天汉山》《绿牡丹》《西游记》《五色英雄会》《刘金定救驾》《杨家将》《天门阵》《牤牛阵》《岳飞传》《五虎传》《九龙山》《十粒金丹》《三侠五义》《金鞭记》《飞龙传》《水浒传》《济公传》《大

① 秦振安编著：《中国皮影戏之主流——滦州影》，台湾省立博物馆出版部 1991 年版，第 31 页。

② 魏力群：《冀东乐亭皮影戏》，《神州民俗》2013 年第 206 期。

③ 怀德县志编纂委员会编著：《怀德县志》，吉林文史出版社 1996 年版，第 769 页。

明英烈》《香莲帕》《于公案》《彭公案》《施公案》《刘公案》，等等；有的来自戏曲，如《蝴蝶梦》《昭君出塞》《狸猫换太子》《渔家乐》《灵飞镜》《蕉叶扇》《五龙图》《目连救母》《党人碑》《宝莲灯》《雷峰塔》《六月雪》《百花亭》《混元盒》，等等；还有的源自民间故事、宝卷、评书、鼓词、弹词等文艺形式。

到了清末之后，创作新影卷成了风气。如创作了《二度梅》《三贤传》《定唐》《珠宝钗》《出师表》和《青云剑》六大部影卷、达百万字之多的高述尧，为清嘉道时人，县诸生，居于乐亭城北关帝庙于庄（今代家河于庄），满族。他博学多才，屡试不第后，在家设塾教学。因性嗜影戏，谙熟音律，便在教学之余，创编影卷。他对影戏唱词结构进行了规范化的整理，摒弃了一些“杂牌子”，规范了“大、小金边”的格律，扩大了“硬辙”的使用范围。所编影卷，艺人视为范本之作①。在高述尧之后，华北、东北许多地方的文人热衷于影卷的创作，如清末辽宁锦县大齐屯齐二黑撰写了《五峰（锋）会》，其女又续写了《平西册》；辽宁凌源北炉乡平房村举人任善树（字老玉）撰写了《十粒金丹》；辽宁喀左县李杖子村皮影艺人李文然（1912 年生）于二十世纪三十年代编撰了《丝绒带》《鲛绡帐》《万灵针》等。

新中国成立之前的传统影卷在内容与艺术上有三个特点：一是剧旨宣扬忠孝节义，二是情节曲折离奇，三是染上了地方特有的文化色彩。当然，编创者都是站在底层大众的立场上，以他们的伦理观、价值观来衡量是非，并表现他们的生活理想。如歌颂“忠君”的品质，很多故事中的“君”，尽是明君，而绝不是昏君，这明君等同于国家，“忠君”实际上就是忠于国家。而对于昏君，不管是哪朝哪代的，影卷都是大加挞伐。再如对女性形象的描写，虽然也以男性的视角写她们愿意在一夫多妻的婚姻中生活，但她们对于男人的选择却是主动的、积极的、高标准的。

新中国成立之后，为了迎合时代的需要，华北、东北的皮影戏的影卷内容发生了显著的变化。首先在剧旨上，体现出主流意识，即揭露封建社会的黑暗和统治阶级的残酷无道、歌颂劳动人民高尚的品质、宣扬爱国主义精神等。其次多以现当代的社会生活为题材，以革命战争时期的英雄和社会主义建设时期的工农兵为主要人物。再次以神话、童话为题材，充分考虑儿童的审美趣味。作品如《九

---

① 张军：《滦州影戏研究》，大象出版社 2010 年版，第 148—149 页。

件衣》《芦荡火种》《女游击队员》《焦裕禄》《红管家》《大闹天宫》《乌龟与兔子》《嫦娥下凡》，等等。

影卷的唱词结构形式有七字句和“十字锦”“五字赋”“三赶七”“大金边”“小金边”“楼上楼”“赞”等，总的来说，较为自由，编创者可以根据叙事、抒情与表现人物性格的需要而选择某种表达形式。

皮影戏艺人在表演时以“影卷”为脚本，依字来建构唱腔。唱词须合辙押韵，一般来讲，有十三辙，即中东、衣期、言前、灰堆、梭波、遥迢、麻沙、人辰、由求、包邪、姑苏、江阳、怀来等。编创者会根据不同行当、人物性格和情节需要，尽量选用适合的辙口。旦行较多使用“衣期”“包邪”“灰堆”“由求”等，生行多用“江阳”“中东”“言前”等。由于韵母所含的字有多有少，含字多的叫宽辙，含字少的叫窄辙，也叫险辙。如“包邪”辙，平声字少，仄声字多，有文字功底的人才能够运用得恰到好处。押平声的叫“正辙”，押仄声的叫“硬辙”或“反辙”。

以“滦州影”为中心的华北、东北皮影戏，所唱的曲调有平调、悲调、花调、侉调、梦调、游阴调、还阳调、凄凉调等调式。“平调”是基本唱腔，男、女腔皆可用，它既能用于抒情性的唱段，又可用于叙事的唱段。“花调”是在平调基础上通过装饰、加花等手法发展而成，唱腔华丽，用于表现欢快、活泼、诙谐的情绪，在传统剧目中，为彩旦、花旦、小旦和丑专用，板式运用上只有大板和二性板。“凄凉调”也叫“路途悲”，用于表现悲哀凄凉的情绪，女腔专用，唱腔速度慢，擅长抒情和叙述，多用于怀念、回忆和痛苦之处。“悲调”一般为大板、二性板，速度缓慢，男、女腔皆有，用于表现声泪俱下、悲恸欲绝的感情，曲调如泣如诉，线条起伏很大，源于当地妇女失去亲人悲极痛哭的音调。“游阴调”传统上是人死后到阴间变成鬼魂时专用的唱腔，因为用途的局限性，很少演唱，也没有严格的规范。“滦州影”还有一个特殊的唱法，即用手指掐捏着喉头，控制声带而发出声音的歌唱。①

华北、东北的皮影戏，近年来一直处于衰落的状态。但由于许多地方将它们列为“非物质文化遗产”而得到传承，政府和业界正在按照“创新性发展、创造性转化”的精神，努力探索，让它能与时俱进，从而重新获得观众的喜爱。

---

① 刘荣德、石玉琢编著：《乐亭影戏音乐概论》，人民音乐出版社 1991 年版，第 137—237 页。

蕉叶扇

杨明忠　蔡雨彤　整理

【剧情梗概】书生裴秀生赴京应试，也为了与经略辛忠之女玉兰完婚。裴家祖传蕉叶扇一对，雌扇已赠辛忠，自留雄扇，作为迎亲信物。路上裴秀生遭遇强人，行李尽失，然得到兵部侍郎卢雄之子卢杞帮助。裴秀生过黄河受阻，渔民花上路、花飞云父女助其渡河。花飞云对裴秀生心生爱慕。辛府管家张成因裴秀生衣衫褴褛，说他冒认女婿，正要拳脚相加，恰值辛忠回府，认出秀生，重责张成。张成怀恨，窃取雌蕉叶扇投奔番邦。番军正入寇雁门关，为襄国公史兴邦夫人殷金花所败。张成献上蕉叶扇，此扇能扇出熊熊大火，唐军败阵，雁门关危急。卢杞为辛忠内侄，垂涎辛玉兰美貌。他用奴仆刁七之计，邀裴秀生前来讲文，暗派刁七杀死丫鬟，并嫁祸给裴秀生。裴秀生被辛府义仆辛青救回辛府说明情况，然后连夜逃走。至黄河渡口，刁七追上裴秀生，却因花飞云出手，反被杀死。花飞云受师父彩霞圣母点化，得知与裴秀生有姻缘之分，便请父亲说合，两人结为夫妇。裴秀生写信给辛玉兰解释重婚之事，辛府一家为裴秀生脱险而欢喜。卢杞为得到辛玉兰，请父亲相助。卢雄与辛忠素来不睦，他上表天子，让辛忠驰援雁门关，以便暗中加害；又说花飞云是妖人，请求剿除。花飞云打败官军，亦避走青石山。卢杞以裴秀生名义，给辛玉兰写了一封休书，辛玉兰大病。裴秀生闻讯赶回辛府，说明休书系人伪造，辛玉兰病情好转。卢杞前来探听消息，辛夫人察知伪造休书者就是卢杞，将他赶走。裴秀生易名春发，考中状元，卢杞亦中榜眼。裴秀生与辛玉兰完婚，又奉旨支援雁门关，卢杞任运粮官。雁门关被卢雄断绝粮草，军心涣散，幸得代州百姓供给，才渡过难关。辛忠奇袭敌军，活捉张成；又用秀生的雄蕉叶扇灭去大火，大破番兵。裴秀生与辛忠等上本细数卢氏父子罪恶，天子命人审问，卢雄拒不交代。辛夫人拿出卢杞伪造的休书，他一一招供。天子将卢府满门抄斩，只有卢杞因运粮有功，被贬为庶民。雁门关前，番兵屡战屡败，番王亦被花飞云擒拿。天子释放番王，令其每岁朝拜、进贡，然后敕封众功臣。

主要人物及行当表

裴秀生：前吏部侍郎之子，文生
花飞云：彩霞圣母弟子，旦
辛玉兰：裴秀生未婚妻，小旦
花上路：花飞云之父，丑
辛　忠：经略、辛玉兰之父
卢　氏：辛忠夫人、卢雄之妹，老旦
辛国泰：辛忠之子，白面武生
张　成：辛府总管
梅　英：辛玉兰丫鬟
辛　青：辛府家仆
刘礼灯：代州草寇
卢　杞：卢雄之子，奸面文生
卢　雄：兵部左侍郎
王　氏：卢雄夫人，老旦
刁　七：卢杞家仆，丑生
春　红：卢府丫鬟
曾　杰：雁门关统帅
史兴邦：襄国公
殷金花：史兴邦夫人
陈日升：无锡书生
宇文太保：锁阳关守将
宇文合：辛忠帐前运粮官，丑、扎巾
贾　英：京兵大元帅
魏正忠：玉林院大学士
秦　海：平西王
尉迟怀：敖国公
牛　猛：保国公
罗遂合：忠孝王

冯乐天：吏部左侍郎
朱　贵：三法司问判
王　忠：户部侍郎
党　进：侍郎
撒里库：番王
撒拉干：撒里库之弟
闹海兔：番邦护国元帅
敖里仑：番邦扶国都督
克尔吉能：花马川元帅
赤　林：赤林川元帅
单林豹：西凉保国大元帅
车元烈：番邦镇国大都督

第　一　本

（长寿山永和班演出）

【剧情梗概】唐朝书生裴秀生赴京应试，并带着信物蕉叶扇欲到京中按婚约与辛忠女儿成婚。然在途中遭遇强人抢劫，鞍马、衣服、盘缠尽失，亏得同是举人的卢杞相助，才得继续行路。在黄河渡口，得到了打鱼父女花上路、花飞云的帮助，过得黄河。花飞云见裴秀生温文儒雅，希望与其成婚，然听说裴秀生已经订婚，只得怏怏与之分别。裴秀生来至辛经略府，管家张成见其衣衫褴褛，以为是乞丐冒充其亲，大打出手。辛经略早朝回府，认出女婿，热情接待，并重责张成。张成怨恨，决计窃取蕉叶扇投奔契丹国。此时契丹王正在率军南侵，在雁门关被唐将曾杰劫营。鉴于番军势大，曾杰向朝廷修表求援。

（出裴秀生，文生）

裴秀生：（诗）耐性读书十有年，坐破家毡铁板凳。

握笔撰写文章斗，幸得秋闱中三元。

（白）学生裴秀生，乃襄阳人氏，先父在玄宗驾下做过侍郎之职。自玄宗被害归天，肃宗继位，我父便与辛经略结亲，小生继了祖传事业。祖传有一对蕉叶扇，此扇乃分雌雄，雌扇已予辛经略，雄扇在我处，日后迎亲，好以此扇为凭。想起此扇，有说不完的万千好处，雌扇能生烟生火，雄扇能生风生雨，俗言水能克火，真乃贵宝也。此也不在话下。自从家父在任去世，母亲相继而亡，小生扶柩原籍，今已五载。自十六岁入泮，十七岁得中。今乃大开科考，取文武进士，学生一心想前去应试，然家中无人照看，如何是好？我不免将家寄托于院公裴忠，此人大仁大义，是小生的忠仆，就此无疑。裴忠快来。

裴　忠：（内白）是，来了。（上）公子有何吩咐？

裴秀生：一旁坐了，听小生对你言讲。

（唱）未曾启齿先陪笑，我有一事对你明。

你自早年来我府，殷勤效力苦用功。

自幼至今无假计，莫问你有报恩心。

深知你是忠义汉，我有一事对你明。

裴　忠： 不知公子有何吩咐？

裴秀生：（唱）我自十六入了泮，十七八做举人公。

我今方交十八岁，天子恩考状元红。

我要娶亲后会试，家中要你看着成。

别无他事是如此，

裴　忠：（白）是，裴忠答应遵从。我奴才想起一件事。

裴秀生： 何事？

裴　忠：（唱）我想起往年事一宗。

迎亲全凭蕉叶扇，是为聘礼作媒红。

公子既然赴秋考，秋闱何愁站龙庭？

我言及此非无故，不知可得不可得？

裴秀生：（唱）秀生回言语有理。

（白）裴忠所言甚是有理，就此今日预备行走，黎明起马登程。

裴　忠： 是，奴才知道。

裴秀生：（唱）参与秋闱考三元，春日专期会婵娟。

帅府入赘无他意，小登朝考在其缘。

（出卢杞，奸面文生）

卢　杞：（唱）满腹锦绣有经纶，文光射斗目龙门。

深通谋略兵机策，奈何身弱是扒门？

（白）小生卢杞，乃是苏州人氏。家父在唐肃宗驾下做兵部左侍郎之职，小生只愿在乡居住，苦苦攻读。我自十六岁入泮，连又中了文举。今秋科考，选取天下文武全才，皇榜宣召，我只得应试赴京走走。刁七哪里？快来。

刁　七：（内白）是，来了。（上）大爷有何吩咐？

卢　杞： 明日随我进京应试。

刁　七： 哈。（下）

卢　杞：（诗）不受十年窗下苦，怎得成名天下知？（下）

（出小道姑花飞云）

花飞云： 奉师之命，下仙山采药，炼成不老之丹。奴家花飞云，乃是长安黄河套人氏。奴自十二岁在河边随父在渔船玩耍，被彩霞圣母度上高山，学艺五载，这也不在话下。方才师父命我下山采药，只得走走便了。

（唱）飞云举步出古洞，拿起竹杖与竹篮。

欲动金莲往洞外，一步一步到山前。

慢步留神观山景，树木森林甚威严。

虎豹狼熊獐与鹿，鸿雁叼草半空喧。

鸳鸯对对池塘内，成双并无一只单。

飞鸟既然成双对，何况人间女共男？

瞅到此间心忧闷，不顾采药坐平川。

只叹奴家真命苦，八岁死母甚是惨。

又无姐妹与兄弟，父亲年迈在家园。

奴家今年十七岁，随师学艺在高山。

不知何日回家转？不晓婚姻在何年？

不知是丑还是俊？又不知百家姓里哪一个？

左思右想又想起，此时还是空竹篮。

慌忙站起采药草，采满竹篮把步还。

（上师妹）

师　妹：（唱）仙童前来忙呼唤，

（白）师姐原来在此。师父等你多时不回命，让我前来寻找，叫你急急回洞，师父有话对你言讲。

花飞云：如此，咱姐妹急急回洞便了。

师　妹：是。（下，又上）师父在上，弟子回来了。

花飞云：是师父命师妹唤回弟子，有何教训？

彩霞圣母：咳，无事不将你唤来。自你上山已五载，今日该咱师徒缘分满，该你下山回家孝父，一来你的红鸾星动，二来去保唐室江山。为师赐你几件贵宝，下山去罢。

花飞云：咳，师父，弟子不愿下山，愿随师父高山学艺。

彩霞圣母：不可不可，你乃红尘之人，无有仙界之福，不必多言。赠你降魔剑一口，保护身体；红云箭两支，专伤铜头铁臂之人，敌人一见，便要落马。锦囊中有柬帖三封，纸中有字。小心行事，下山去罢。

花飞云： 是，弟子遵命。咳，老师父哇，我走了哇。（下，又上）你看出了古洞，只得驾云回家便了。

（唱）手指掐诀口念咒，双足一跺起云端。

霎时之间几百里，过了多少城与关。

今日回家去认父，他老一见心喜欢。

思思想想往前走，飞云回家且不言。

裴秀生：（内唱）又言裴秀生催马走，（上）一心求名上长安。

此去一到辛府内，只想着文采华章夺状元。

侥幸头名身出众，轰轰烈烈站朝班。（下）

（卢杞、刁七马上）

卢　杞：（唱）不言秀生路上走，又说卢杞跨雕鞍。

带领刁七路上行，去上京都考三元。

自觉经纶身出众，不知由命是由天。

众：（唱）暂且不言小卢杞，再说环城众番官。

契丹王爷升大旗，何侯毛袄兵万千。

闹海兔：（诗）凛凛威风站帐前，

敖里仑：（诗）耀武扬威来站班。

闹海兔：（白）闹海兔伺候王爷升大帐。

（诗）练就金钟罩，习成铁布衫。

上阵不骑马，飞腿列阵前。

（白）俺镇国元帅闹海兔。

敖里仑： 俺扶国都督敖里仑。

闹海兔： 王爷升帐在此伺候。

（出撒里库）

撒里库：（诗）独据环城地，自备毛袄兵。

兵足将也广，要夺唐江山。

（白）孤家契丹王撒里库是也。在这塞北环城为王，辖管三川六国九沟十八寨，人马众多，这也不在话下。那年玄宗天子被害，我父要我找奸贼陈登兄妹，发起倾国人马，要与唐玄宗报仇雪恨，意欲推倒李玉风，再找李玉龙登基，不想兵止雁门。谁知曾杰潼关请来了当今皇帝，此时我父王才肯罢战，遂后又将两个妹妹配与南唐贾英为妻，当今皇帝免了我国十年贡赋。五年前孤王就要发兵夺取大唐的江山，怎奈父王不允。三年前父王殡天，孤家即位也已三年，现在粮草丰足，国富民强，何不发去人马攻打雁门关？往下便叫镇国元帅、扶国都督上帐听令。

闹海兔、敖里仑：在。王爷有何调遣？

撒里库：孤家意欲发兵南唐，闹海兔为兵马大元帅，敖里仑为前部先锋，统兵十万，战将百员，攻打雁门关，不得有误！

闹海兔、敖里仑：遵令。（下）

撒里库：（诗）常言有道伐无道，自古无德让有德。（下）

（出张七、李五坐）

张　七：（诗）杀人放火为生意，

李　五：（诗）拦路劫财是本领。

张　七：（白）我张七。

李　五：我李五。

张　七：哥呀。

李　五：弟呀。

张　七：你我指望拦路劫财为生，在这广五山上，过得十分得意。昨日一宗买卖不大，得了点银子，咱们一顿馆子，就把钱花完了。现在手头又空空的了。

李　五：你看今天阴云密布，狂风大作，甚是寒冷，行人稀少，但远走的客商必有，咱何不做买卖一回？

张　七：言之有理，就拿着杠子走走便了。

李　五：（唱）李五回了家，杠子拿在手。

你我去到广五山，快快走，快快走。

张　七：（唱）张七着了忙，拿棍往前走。

今日天气多半阴，冷一宿，冷一宿。

李　五：（唱）狂风眼难睁，胡子粘满口。

满嘴巴子竟是霜，难张口，难张口。

张　七：（唱）拿着杠子到，霎时到山口。

山沟里刮大风，换换手，换换手。

李　五：（唱）紧紧把步走，快快跟我走。

快捡干柴聚成堆，把火燃，把火燃。

张　七：（唱）误了多半天，再把干柴取。

捡了柴火一大堆，把火取，把火取。

李　五：（唱）一点就着了，吹风张着口。

干柴手举着，大风吼，大风吼。

张　七：（唱）登时火着了，干柴烟火吼。

咱们两个烤烤身，再烤手，再烤手。（下）

（上裴秀生）

裴秀生：（唱）不言二贼人，再表一人走。

襄阳举子裴秀生，进山口，进山口。

（上张七、李五二丑）

李　五：（唱）二贼又捡柴，闪目往东瞅。

来了一个骑马的，往直走，往直走。

张　七：（唱）咱俩等着他，来到必烤手。

一棍打倒他，拉马走，拉马走。

李　五：（唱）说罢又捡柴，拢火心事有。

二贼安着害人心，把火呕，把火呕。（下）

裴秀生：（唱）秀生冻得浑身颤。

（白）呀，好冷的天哪，冻得学生浑身乱颤，可叹此处无有避风之处。山高路险风大，小生真是难耐呀。你看那边山口之内烟气冲空，有樵夫取火，我不免前去借火取暖，暖和暖和再走不迟。待我拉马上前。（对上）二位仁兄请了。

张七、李五：请了，请了，烤烤火吧。

裴秀生：多谢了。咳，天气甚冷，路又难走，实难乘马，小生借此火暖和暖和手足，改日再谢。

张　七：好说，好说，求水求火，无非于此，只管的烤罢，要没火咱再堆柴。

裴秀生：如此代劳，我就脱掉鞋子一烤。

（张七动打）

张　七：火没了，看家伙也。

（裴秀生倒）

李　五：你看一下子就把他送到那里去了，一动也不动了。咱们把他马拉着，快跑罢。

张　七：对，一会有人看见，就麻烦了。

李　五：不碍事，咱们把他衣服扒下，再走不晚。

张　七：使得，扒就扒也。

张七、李五：（唱）二贼不消停，急忙动手脚。

将他蓝衫扒，尸首一旁倒。

摸摸衣兜里，东西真不少。

一把小扇子，这是什么宝？

快扔它一边，咱们快快跑。

若是有人来，那有多不好。

二贼拉马去，暂且不用表。（下）

（上卢杞、刁七）

卢　杞：（唱）卢杞与刁七，冻得把牙咬。

打马跑如飞，又把村庄找。

来到广五山，见风小多了。

雾散云也开，日头出来了。

真是天无常，日晴风和了。

走至山口中，山高人变小。

恐怕有贼人，遇见可不好。

裴秀生：（白）咳呀，罢了我了。

卢　杞：（唱）忽听有人声，把人魂吓掉。

主仆催马走，不住往后瞟。

裴秀生：（白）咳呀，救人哪！

卢　杞：（唱）又听叫救人，声音越近了。

闪目一旁观，沟内一人倒。

头上带血光，衣服全无了。

看来不能走，近前连叹悼。

上前用手捡，见他把手咬。

定睛开言问，

（白）请问仁兄哪里人氏？为何头带血迹，倒在此地呢？

裴秀生： 咳，仁兄若问，听我告诉与你。我乃襄阳人氏，姓裴名秀生。不才是壬辰年举人，今乃天子开恩科考，吾乃进京赴试，走至此处，被两个强盗抢走行李鞍马，并将我打昏，幸未丧命。咳，我今虽然活着，然身上无衣，盘缠皆无，天气寒冷，也得活活冻死。

卢　杞： 怎么你也是举子？被贼人所害，实实可恼。我是苏州人氏，也是壬辰年举人，今日进京赴试。罢了，你今遇难，我既视之，岂能掩面而过？刁七，将我行李打开，取纹银五两与他，好作路费，再将我那旧襕衫取来与他穿上。

刁　七： 是。（下，又上）衣服、纹银取到。

卢　杞： 咳，裴兄，这是纹银五两，送你作路费；这件襕衫虽旧，但可蔽体暖身，望不见责。

裴秀生： 好说。仁兄如此见怜，小生刻骨难忘。

卢　杞： 好说，恻隐之心，人皆有之。此处不是久停之所，你快赶路。我主仆二人乘马，难与仁兄相伴。刁七，带马趱行。仁兄请。（下）

裴秀生： 唉，天哪，天地间竟有如此好坏之人。卢仁兄这样的好人，我刻骨难忘，吾这一进京，若是得第，必报大恩。咳，讲不起头疼，只得挣扎而行罢了。好也，幸喜贼人将这鞋子和蕉叶扇扔下，乃是我侥天之幸也。

（唱）秀生见扇心欢喜，幸喜贵宝没失去。

穿上鞋子拿起扇，忍着疼痛把步行。

头昏眼花往前走，慢慢而行而不言。（下）

众： （唱）再表塞北的人马，毛袄酋长众番官。

真是人欢猛如虎，果然马炸如龙欢。

引兵道外民涂炭，一路百姓苦连天。

卒： （白）毛袄报。

撒里库： 何事？

卒： 大兵来在雁门关。

撒里库： 就此安营下寨，不可妄动！

众： （唱）不言番兵安营事，再表雁门关众将官。

当先来了一员将，顶盔掼甲语帐前。

此后来了护城将，大小校尉真精壮。

伺候元帅来站班，三通鼓打炸豆响。

曾　杰：（唱）曾杰坐在大帐间，号令升帐归虎位。

卒：　　（唱）报事跪倒把事传，口内说是祸事到。

（白）报元帅得知，祸从天降了。

曾　杰：有何祸事？慢慢地报来。

卒：　　帅爷容禀。

（唱）报报报，报告元帅早知道。

塞北发来无数兵，人强马壮个个傲。

离城十里扎住兵，安营下马放大炮。

他营兵丁甚是凶，战将百员都不弱。

巨嘴獠牙唇处生，脸面有黄有白皂。

方才扎下番兵营，塘上连台把饭造。

今日正是困乏时，明日一走把阵邀。

要报帅爷你知晓，小人不敢不来报。

曾　杰：（白）再探。

卒：　　得令。（下）

曾　杰：（唱）曾爷座上恨连天，骂声番贼不害臊。

（白）哇呀，哇呀，好一个番王撒里库，太也猖狂，我主有何亏你之处，你竟兴心造反？真是野蛮，反复无常，本帅岂肯饶你？众位将军，今日契丹王造反，兵临城下，尔等意下如何？

众　将：元帅不必心急，我等愿听将令。

曾　杰：好哇。本帅意欲今夜偷营劫寨，趁他远来，人马困乏，咱大兵出其不意，攻其不备，胜败在此一举。

众　将：我等愿听军令。

曾　杰：好哇，卜阳坤将军听令，你接本帅令箭一支，带领三千弓箭手，战马摘铃，紧勒马口，埋伏在牛牯关内，二更听信炮一响，即从贼营东门杀入，违令者斩。

卜阳坤：得令。（下）

曾　杰： 皇甫山听令，接我令箭一支，带领短刀手三千，偃旗息鼓，埋伏朝阳沟中，等二更信炮一响，从敌营西门杀入，违令者斩。

皇甫山： 得令。（下）

曾　杰： 众军校，尔等挑选五百精壮之士，埋伏在马头山内，单闻信炮一响，在敌营门前，擂鼓呐喊，诱敌出营，尔等急速进关，违令者斩。

众　将： 得令。（下）

曾　杰： 本帅自带长枪手三千，从敌营的后营杀入，抢他的粮草兵器。众将官，就此饱食战饭，等候起兵。撒下天罗地网，准备收网捉鱼。（下）

（上会生来、会来生，二丑）

会生来： 查夜巡更，不敢消停，手拿梆子，

会来生： 敲梆摇铃。

会生来： 梆！梆！梆！

会来生： 铃！铃！铃！

会生来： 咚！咚！咚！

会来生： 我名会来生。

会生来： 我名会生来。

会来生： 咳，什么东西？

会生来： 咱俩不会来。

会来生： 咱奉了元帅将令，巡营打更，刚才一更行过，咱俩撒撒尿，找个地方歇歇去。

会生来： 使得，使得。（下）

（上二正卒施章、何吕）

施　章：（诗）奉了帅爷令，

何　吕：（诗）惊鼓乱喧喧。

（白）我何吕。

施　章： 我施章。

何　吕： 咱们乃是雁门关兵头。元帅命咱们在敌营门前埋伏，等二更信炮一响，便击鼓呐喊。敌将若是来，咱们就跑进关去，就无事了。方才敌营打了一更，咱们去敌营等候便了。

施　章： 有理，你看。（下，又上）你看离敌营不远，可要小心。

何　吕：对，就等着二更，好嚷他一通。（下）

（出番卒）

番　卒：啊呀，啊呀，天几时了？

打锣的：快到二更了。

卒：　是吗？快点巡更打锣。

（打锣）

打锣的：是。

（上正卒）

正　卒：打倒番卒起跑。（喊）唔唔唔，番贼，快出来受死！如若不然，我们骂你们祖宗啦。

报　官：报王爷得知，可了不得了，南门来了唐兵，骂你祖宗呢。

撒里库：唔呀，唔呀，再探。

报　官：得令。

撒里库：毛袄兵门就此抬刀备马，不得有误了。

闹海兔：王爷不必急躁，待本帅出去看来。

撒里库：可要小心。

闹海兔：是。（下，又上）果然是唐将偷营。

撒里库：好！都督酋长留一半番兵保卫营盘，其余全出杀贼，不得有误。（下）

（上撒里库）

撒里库：（唱）闻听报，甚发毛。

关内唐将，大事计谋。

我兵方到此，远走甚疲劳。

唐将有计谋，趁夜来把营抄。

趁夜来袭毛袄营，只得率众挡凶盗。（下）

（上闹海兔）

闹海兔：（唱）闹海兔，喊声高。

大骂唐兵，品性不高。

夤夜来劫寨，不算将英豪。

有种天明大战，再显谁低谁高。

帅爷夜间走战马，定把唐兵皮来剥。

（上敖里仑）

敖里仑：（唱）敖里仑，心发毛。

急步上前，便把话学。

唐兵来劫寨，南门喊声高。

快去阻挡唐将，难言远征疲劳。（下）

闹海兔：（唱）海兔闻听说有理，一声令下走前哨。（下）

（上众卒）

番　卒：（唱）众毛袄，抡枪刀。

一齐呐喊，不辞苦劳。

齐至南门关，战场见低高。

（上闹海兔）

闹海兔：（唱）来至阵前细看，唐兵呐喊声高。

莫非其中有奸计，怎么不战竟自逃？

（上敖里仑）

敖里仑：（唱）禀元帅，听根苗。

纵有奸计，不挂心梢。

你是金钟罩，难挡抡大刀。

我练铁布衫，各怀钢剑锋刀。

闹海兔：（唱）都督说话有道理，一声令下如山倒。

齐追赶，喊声高。

火把照耀，兵如海潮。

追出五六里，唐兵远走逃。

定要擒住唐将，破腹再把皮扯。

急急追赶在后面，违令不前定不饶。（下）

（上唐细作）

唐细作：（唱）唐细作，放信炮。

咚咚三声，震天云霄。

放完转身走，高处看热闹。

番兵不战而惧，实实可哭草包。

看了一会回关去。

（白）你看敌营南门大开，涌出人马，定有五六万，战将百员，俱都追赶我国人马，敌营内已经空虚，待我再点起信炮便了。（下，炮响，内白）众将官，这一进营只许厮杀，不许呐喊，违令者斩。

番　卒：妈呀，了不得了。

（硬唱）塞北毛袄魂吓崩，俱被吓得呆呆站。

也不发喊只被杀，好似天崩与地陷。

纵有酋长与都督，幸就一概全有限。

又是害怕又胆吓，唬得个个颜色变。

勉强提刀尚能行，浑身都是哒哒颤。

兵无将帅谁舍命？只得闯出去避难。

番兵心惊魂魄散，（下）

曾　杰：（唱）曾杰北门舞刀剑。

双手使开铁钢矛，番兵遇见遭了难。

一直杀入正中宫，番兵被杀有大半。

曾爷杀贼且不言，（下）

皇甫山：（唱）催马不怠慢。

闯进西门往里杀，不声不语行暗算。

杀了几员番将官，个个狗贼真完蛋。

走死逃亡一个无，不费多力进中间。

帮助元帅杀番贼，

卜阳坤：（唱）东门也不善。

几员番将被刀杀，番兵谁敢再来战？

只见毛袄逃了生，

曾　杰：（唱）帅将三人对了面。

曾杰开言呼二位，

（白）二位将军，贼营被破，番兵将走兵亡，营中并无一人，静悄悄的，快吩咐军校，将粮草器械搬进关城。

卜阳坤、皇甫山：元帅高见。

曾　杰：卜阳坤将军带领军校把粮食搬在车上，疾速进关，从中击鼓，见敌将旌旗回便可进关，如要不转，不可妄动。

卜阳坤、皇甫山：却是为何？

曾　杰：将军有所不知，契丹王手下有二位战将，细作早已探明，一名镇国元帅闹海兔，一名扶国都督敖里仑，俱各能征惯战。镇国元帅铜头铁臂，练就金钟罩，手使压油锤，上阵不骑马，步行走如飞。那厮力大锤重，咱们如何是他的对手？那扶国都督更是如此。

卜阳坤、皇甫山：是，末将知道了。（下）

曾　杰：军校们，天交五鼓速速退兵，不得有误。皇甫山听令，将兵械粮草疾速运走，朝阳合回，不得有误。

皇甫山：得令。（下）

曾　杰：众将官，卷旗息鼓，调转马头，悄悄回关便了。（下）

（步上闹海兔对敖里仑）

闹海兔：都督，你看五鼓，我们紧追至城下，关门紧闭，我兵不能前进，只得回营歇息，明日再来攻城便了。

敖里仑：元帅言之有理。

卒：报！报王爷得知。

撒里库：何事？

卒：唐兵劫了大营。

撒里库：再探。

卒：得令。

撒里库：哇呀，哇呀，这还了得？毛袄们，曾杰劫营，看起来还未回城，快去截杀，救护大营要紧。（下）

（曾杰马上）

曾　杰：本帅曾杰。方才劫营，观其敌营空虚，幸得一计成功，敌将围困城池。关内兵不足一万，将不过数员，寡不敌众，我只得修表，申奏天子，急发人马，保护城池。众将官，急将粮草器械兵马运回城去，不得有误！（下）

（出花飞云，小旦）

花飞云：（诗）绿窗一带迟迟日，紫燕双飞寂寂春。

（白）奴家花飞云。自从下山回到家中，父女相认，喜不自胜。家中无有田园，父亲指靠打鱼为生。爹爹终日在河边打鱼，奴家朝夕送饭于渔船。咳，奴家生来苦，思想起来，好不凄惨人也。

（唱）独坐绣房心思想，想起奴家命不强。

八九岁来母亲死，一十二岁上山冈。

爹爹年迈无后嗣，只有奴家女红妆。

又无近亲与近户，又无伯叔与婶娘。

奴家高山住五载，跟师学艺度时光。

赐了几件值钱宝，又与奴家三锦囊。

上面有字日期在，头道应验在端阳。

还说今岁红运动，不知姓李是姓张？

想到此间心情乱，呆斜二目又思量。

今乃满目是春天，爹爹正在渔船舱。

冰冻河岸难行走，穿冰捉鱼度时光。

端阳还有三个月，只好忍耐看其详。

思想多时忽想爹，该送午饭走一场。（下，又上）

霎时之间收拾妥，装在篮内出家门。

不言飞云去送饭，（下）

（上裴秀生）

裴秀生：（唱）再表秀生走慌张。

这日来在黄河岸，黄河拦路犯惆怅。

（白）呀，你看来至黄河南岸，河内冰酥水融，既无桥梁，又无摆渡船只，怎生过此河？咳，却如何是好？（看介）呀，你看上流有一小船，我不免到那里问问，求求人家渡我过去。（下，又上）来在此处，待我唤来。咳，船家老人在船上吗？

花上路：（内白）谁呀？想买鱼吗？

裴秀生：不是，小生是过路之人，有事要问。

花上路：（内白）如此稍等。（上）咳，原来是个书生。

裴秀生：老人家，晚生这边有礼了。

花上路：好说，还礼。我说这位书生，礼下于人，必求于人。此求有啥勾当？请言上一言。

裴秀生：是。小生是襄阳人氏，姓裴名秀生，进京应试，求取功名，如此这般，差点被贼人所害，幸喜逢人解救，来到此处，然无桥梁，渡不得河，想借老人家船只，将晚生摆渡过去，日后重谢。

花上路： 唉，书生，这事情你叫我为难起来了。

（唱）上路开言叫艰难，书生听我说根源。

此时乃是春天里，开河化冰两岸边。

船在中间去不远，冰冻河岸摆渡难。

有心叫你冰上走，其冰不实怕落水。

老汉本心爱修好，河里冰大怎行船？

上路为难多时会，

裴秀生：（唱）秀生一见心也难。

在家事事容易办，出门宗宗件件难。

仰面含泪把天叫，天爷睁眼把面宽。

小生为何这样苦，层层次次遇艰难？

路费尽无可怎好？偏偏黄河把路拦。

莫非该我遭劫数？不然就是命九泉。

想到此来泪如雨，（下）

（出花飞云）

花飞云：（唱）来了飞云女婵娟。

闪目留神观南岸，河边站立一少年。

看他是有忧愁事，又瞧见二目之中泪涟涟。

不知是为何缘故，我不免唤爹爹向前问一番。

想罢启齿叫生父，

（白）哦，爹爹，女儿我给你送饭来了。

花上路： 送来就放在那呗。

花飞云： 爹爹放到哪去呀？

花上路： 要不送到船上呗。

花飞云： 咳，爹爹春冰甚空，二月之时其冰甚酥，倘若落水，就有性命之忧。

花上路： 无妨，无妨。方才为父上船之时，跳板放在冰上，万无一失。何况春日结冰，节前冰开不酥，朝则坚固，午则发散，夕再变硬，夜则复封。女儿快跳上船来吧。

花飞云： 是，爹爹。那南岸是何人站立？

花上路：他是过路之人，过河去上京都。

花飞云：咳，原来如此。常言恻隐之心，人皆有之，爹爹何必拒绝太甚？

花上路：非也，非也，非相拒之，因离南岸太远，没法摆渡。

花飞云：可也是呢。儿看此人衣服襕衫，甚是寒冷，凄惨可怜，待奴施展施展圣母的法术，叫他上船如何呢？

花上路：那自然好了，你就快办。

花飞云：好。爹爹，将跳板搬在船上。

花上路：使得。

花飞云：好！飞云口中念咒，用手一指跳板：为何不长？等待何时？

（板长）

花上路：哇呀，哈哈，真是好家伙，跳板立即伸长，直到岸边。

花飞云：是。（下）

花上路：那一书生快过来吧。

裴秀生：（内白）是，来了。（上）多谢老丈厚恩，改日再报。

花上路：好说。我说闺女哇，再把跳板抬到那边去。

花飞云：是了。

（唱）口虽答应留神看，好个风流美少年。

面虽黄瘦可风雅，衣服虽破体魄全。

眉清目秀天生俊，天庭饱满地阁圆。

方才想起师父话，说我婚动在今年。

莫非说此人与我有缘分，该我二人配凤鸾。

要是如此倒是好，阿弥陀佛念几年。

哼，忽又想起柬帖事，咳，应验还在五月间。

此人倒遂奴心愿，咳，无此缘分是枉然。

有心打发此人他远去，只觉得心疼难舍总挂牵。

花上路：（白）闺女，快点跳哇。

花飞云：是。

（唱）口虽答应身不动，我何不问问家居哪边？

主意一定把爹叫。

（白）爹爹，这里来。

花上路：又是说啥？

花飞云：哇，你看他如此儒雅，应问此人家乡居处，姓字名谁。

花上路：方才问过了，他是襄阳人氏，姓裴名秀生，是个举子，今日去京都赴试，路遇歹人，将其鞍马行李尽都夺去，后遇好人搭救，才得活生。

花飞云：唉，原来如此。你老再问，家中可有父母、兄弟、哥嫂哇。

花上路：这可没问，问这没用。

花飞云：咳，你老问问，会有用的。

花上路：中。那书生，方才没问，家中可有什么人？

裴秀生：在下父母早亡，又无胞足，小生茕茕孑立。

花飞云：这就是了，女儿也是孑立。

花上路：什么？

裴秀生：孑立。老人家不懂，意思是说小生单孤一人。

花飞云：爹爹，你问他娶了没有。

花上路：怎的还问他取了？哎哟，一分渡钱也没有。

花飞云：呸，净取笑，让你问问他娶媳妇没有呢。

花上路：咳，你问东问西，还问人家娶妻没娶妻，这话可怎问呢？

花飞云：爹爹问问吧。

花上路：咳，问就问问。书生，你可成家无成呢？

裴秀生：虽没成室，早已定盟。

花上路：是哪里人？何人之女？

裴秀生：是经略府辛元帅之女。

花上路：这就是了。女儿，听见没有，虽未完婚，已定辛经略辛元帅之女。

花飞云：咳，真乃丧气。

（唱）听说定下辛家女，默默无言不快活。

但不知奴婿是哪处男儿汉？何月何日结丝萝？

师父说我凤鸾动，莫非就是这阿哥？

如是当真此事妥，奴一天三遍阿弥陀。

飞云正在胡思想，

裴秀生：（唱）秀生带笑把话说。

请问老丈何名姓？日后前来报恩情。

花上路：（唱）上路忙言说不必，听我一句对你白。

老汉姓花名上路，先皇开基有功劳。

虽然贫穷是官后，簪缨之子无罪恶。

人说是俺那高祖，为唐开过锦江山。

传我祖父花成颜，官运不济有风波。

官任总兵职非小，火烧仓廒了不得。

祖父因惊下了地，祖母也就见阎罗。

天子还念功劳大，过错不处免宗荣。

因祖为官是忠心，两袖清风无奈何。

故此御赐黄河岸，后代儿孙打鱼为生度生活。

（白）常言说家已贫，少谈祖宗贵显，英雄不以辈分论。

裴秀生：咳，原来老人家是官宦之家后代。小生此去，如能及第，当在天子面前进言。

花上路：如此多谢了。

裴秀生：好说。老人家，快将小生渡过去吧。

花上路：咳，只顾说话，正是忘了呢。丫儿呀，快搭跳板吧。

花飞云：是，知道了。

（唱）听说叫奴搭跳板，心头小鹿不知怎地乱蹦蹬。

缘分到底是哪一个？我是悦其声来爱其容。

花上路：（白）丫儿，快搭跳板。

花飞云：是。

（唱）将心一定说就此，何必恋起这书生？

瞬时掐诀又念咒，多时间跳板探过北岸冰。

裴秀生：（白）好哇。

（唱）书生一见说奇怪，此女果然有神通。

走下船来行一礼，多谢老人过河情。

别无言语吾去也，顺着大路往北行。（下）

花飞云：（白）唉。

（唱）眼见秀生往北去，心中难舍不转睛。

见他绕过庄村去，转眼之间影无踪。

怎么心爱如似火？人去就像心含冰。

咳，飞云出神灼灼望，

花上路：（唱）上路开言把话明。

（白）天不早了，回家吧。

花飞云：是。

（唱）花飞云念念不忘裴秀生。

花上路：（白）天不早了，该回家了。

花飞云：咳！

（唱）唉声叹气把船下，脚重千斤转家中。（下）

花上路：（唱）花老一见这光景，丫儿心事早已明。

分明是爱裴公子，老花不是糊涂虫。

但等着姓裴的他回家转，一定抓定不放松。

必要招他为女婿，非靠他养老与送终。

呸呀，我还忘了吃午饭，是在此处乱咕哝。

船舱用饭且不表，再说管家名张成。

（平桌，张成书房坐）

张　成：（诗）五永身为贼，贼悔行事偏。

（白）俺张成乃宣花府人氏。自五年前进京，怎奈命运蹇塞，大病缠身，误了科场，一病三月有余。心中急躁，大病甚重，无奈将鞍马行李全然卖尽，才得小余。可恨店东见我无有盘费，便将俺的衣服等物抵扣店账，随后又将俺赶出店外。那时，吾因病体弱如绵，腹内无食，如何行走？万般无奈，横心自尽，谁想经略辛大人公干，偶然见到了我。他见我身高面瘦，又满面泪痕，便命从人把吾带至府中盘问底里，我便实言相告。辛大人见吾是武举之体，十分恭爱，就留在府内居住十有数日。辛老大人朝日无事，摆下酒宴，就与生对酒谈兵。谁料吃醉之时，俺就信口说出愿与辛府为奴。辛爷实实不肯。那时现有纸笔，我便写名画押，立了一张文约，愿永在辛府为奴。辛大人收了文书，入了文册，至今五年有余。老爷待吾甚是宠爱，放俺为一名大总管，手下众多，真是一呼百应，这也不在话下。今日老爷早朝未回，我不免到门外间散散步，有何不可？

（唱）欠身出府来散步，府门之外宽心肠。（下，又上）

一时来在府门外，东张西望看其详。

也有穷来也有富，也有买卖与经商。

看了一会心困倦，坐在门外入梦乡。

张成入了南柯梦，（下）

（上裴秀生）

裴秀生：（唱）再表秀生走慌忙。

身上无衣身寒冷，行走是急免受凉。

霎时进了京城内，访问辛府在南巷。

问明路径来在此，见一大汉睡门旁。

只求此人去禀告，免得在外不安康。

想罢进前忙呼唤，

（白）管家醒来，管家醒来。

张　成：（唱）张成伸手把神清。（上）

舒舒二目睁开眼，瞧见一人站门旁。

见他面貌黄又瘦，身子穿着破衣裳。

此人定是花乞丐，前来讨饭把口张。

看罢一时声断喝，

（白）哇！你这花乞丐，好生无礼，既来讨饭，也应看看是何地界。此地是辛大人帅府，不是尔等乞讨之地。

裴秀生：管家不要动气，小生并不是什乞丐，乃是襄阳裴侍郎之子裴秀生，前来辛府投亲，望管家往里传禀一二。

张　成：住了。好个乞丐，竟敢胡顶冒充来了。

（唱）声断喝，怒冲冠。

堂堂公侯府，竟敢胡乱言。

浑身衣帽不正，面如鬼判一般。

来此府门胡言语，就该斧剁手槌颠。

裴秀生：（唱）裴秀生，生了气。

总管这话，情理太偏。

谁敢来到此？快些进府禀告。

快些禀报辛爷晓，何必在此说非言？

张　成：（唱）你不必，混歪理。

劝你赶早，去奔阳关。

如要再多嘴，叫你染黄泉。

老爷高亲不少，岂有你这穷酸？

快走快走快走，不然立该用绳拴。

裴秀生：（白）住了。

（唱）双眉立，眼瞪圆。

你这奴才，胆大包天。

竟敢小看我，口内出狂言。

我是辛府门婿，入赘前来长安。

你敢绳拴哪一个？见了元帅刻下叫你命捐。

张　成：（白）哇呀。

（唱）张成恼，走向前。

伸手抓住，破衣乱衫。

使劲拉倒地，按在地平川。

方才扬拳要打，（内敲锣喊开道）忽听鼓锣声喧。

知是老爷回来了，暂且饶你狗命全。

裴秀生：（唱）心中怒，忍一忍。

急忙追赶，站一边。

单等岳父到，再说受辱言。

辛　忠：（唱）辛忠早已看见，此人如此面熟。

来在跟前认得了。

（白）咳，你不是襄阳裴秀生姑爷吗？

裴秀生：正是天官之子裴秀生。

辛　忠：好，请到府中再议。

裴秀生：请。（下）

张　成：咳呀，可不好了，这个穷酸果然是姑爷，刚才被我羞辱了一顿，必是怀恨于我，必吃他之害了。咳，无法了，只好去到书房见机而作。（下）

（上辛忠、裴秀生）

辛　忠：贤婿请。

裴秀生：岳父请。岳父大人在上，受小婿一拜。

辛　忠：贤婿免礼，请坐。

裴秀生：是，谢坐。

辛　忠：贤婿此来，必有大事。

裴秀生：岳父不知，一来是进京赴试，求取功名；二来献上蕉叶扇。

辛　忠：这就是了，贤婿来此敝府，卜告成礼。

裴秀生：任凭尊意。蕉叶扇在此。请问岳父，此人是谁？

辛　忠：他是府内总管。

裴秀生：哼，好个胆大的总管哪。

辛　忠：我贤婿何出此言？

裴秀生：咳，岳父不知，原是这般如此，小婿我得他照应了。

辛　忠：哼，我明白了。辛国泰哪里？快来。

辛国泰：（内白）来了。（上）爹爹在上，孩儿有礼。

辛　忠：免礼。

辛国泰：爹爹唤来孩儿，有何吩咐？

辛　忠：这是襄阳府你姐丈到来，快取衣帽给他换了，请在书房。待将蕉叶扇交与你姐姐收过，等之后一并供在佛堂，秋闱之后鸾凤同归。此蕉叶扇乃是雌雄一对，日后物归原主。快去。

辛国泰：是。姐丈请。

裴秀生：请。（下）

辛　忠：张成，是你做的好事？

张　成：老爷，小人并无做什么好事。

辛　忠：哇，哼哼。（张成跪）张成，你做此不良之事，被老夫看得一清二楚，还敢狡辩？

（唱）用手一指骂张成，怒气填胸声断喝。

奴才行走胆包天，做事无端太可恶。

别的事儿倒则可，今日行不该羞辱我贵客。

府门以外亲眼瞧，还想巧辩支吾过。

秀生虽贫是贵人，前来入赘合古礼。

理当见面礼当先，不该门外胡吵闹。

见你把他按流平，还要打骂行可恶。

幸亏老夫下朝来，你才松手躲闪过。
慢说老夫贵客来，就是花子也该赦。
今日无法又无天，老夫一定不饶过。
今日不把你来训，日后必然会惹祸。
越说越恼气攻心，无明大火声断喝。
家人快来听吩咐，
（白）家将快来。

家　将：（内白）是，来了。（上）老爷有何吩咐？

辛　忠：今日张成违反了家规，把他拉下去打三十大棍，以诫下次。

张　成：哈，禀老爷，实实委屈啊。

辛　忠：起过，府门伺候。（下，又上）张成这里来。

张　成：是，来了。（跪）

辛　忠：张成。

张　成：有。

辛　忠：莫怪你老爷心狠责重，因你行事不端，目中无人，妄自为大，纵性胡为，我不过是指教与你。我看你将来不能治国为家，终不过是嫌贫爱富之辈，委实不是可造之才。人来！（内应：有）传辛青来见。
（上辛青，白面武生）

辛　青：老爷在上，家奴辛青叩头。

辛　忠：不必，起来。

辛　青：是。

辛　忠：辛青，因张成如此这般，我看此人难以治事，从今以后，你为总管，凡事须谨慎。上须从家主，下须和众奴，才是总管之道。张成从今只是在府中帮办，一齐下去。

辛　青：是。

辛　忠：（诗）恶奴行事敢无礼，真乃无法又无天。（下）
（急上张成）

张　成：（白）咳，一顿好打。因在府外一时发怒，打了裴秀生，被老爷看见，将我打了三十棍，疼痛难忍，只是无法可施。咳，在此长久，终是无益，裴秀生定是怀恨于我，日后我必吃此人之害。有心归旧，可惜我是入册之奴，老爷必不放过，这可如何是好？真是有家难归，有国难投。我有了，狠心一下，不免弃了辛府，偷偷投契丹王便了。哼，且住，去投契丹王，并无引荐之人，却是一件难事。有了，我今与辛府情义断绝，无了主仆之情，辛府佛堂之中有贵宝一件，名为蕉叶扇，曾听老爷言说此扇为无价之宝，我何不去盗取此宝，好去作投北之礼？

（诗）逃出龙潭虎穴地，跳出一道是非墙。（下）

（完）

第　二　本

【剧情梗概】辛玉兰为了让裴秀生安心读书，求取功名，写信告知裴秀生，婚姻推迟至他金榜题名之时，裴秀生赞成未婚妻的提议。卢杞来看望姑母辛氏，见到了辛玉兰，为其美貌倾倒。回家后，寝食难安。其奴仆刁七为他设下陷害裴秀生的诡计，欲置裴秀生于死地，从而夺取辛玉兰。雁门关守将曾杰向朝廷求援，朝廷便派襄国公史兴邦领兵前来。史兴邦夫人殷金花有异能，凭着神器打败了番国将领闹海兔与敖里仑。闹海兔只得向番王求救，正在番王准备向大唐写降书顺表时，张成献上蕉叶扇这一克敌制胜的宝贝，番王遂决定亲自率兵驰援闹海兔。

（出辛玉兰）

辛玉兰：（诗）春宵一刻值千金，花有清香月有阴。

箫管楼台声细细，鞭挞院落叶叶辛。

（白）奴家辛玉兰，年方二八，自幼聘与襄阳府裴侍郎之子裴秀生为妻。公爹病故，公子扶柩，想今已五载有余，音信全无，好不叫人郁闷。

（上丫鬟）

丫　鬟：哎哟，姑娘，你老可大喜了。

辛玉兰：哇，死娼妇子，我本是深闺之女，哪里来的喜呢？

丫　鬟：姑娘有所不知，我要与你一说，你脖子后都会笑出泪来。

辛玉兰：那是什么好事？快快讲来。

丫　鬟：是，听奴婢告禀。

（唱）未曾说话先带笑，姑娘听我讲分明。

奴家方才请安去，迈步才要进房中。

不意有位贵客到，吓得奴婢转回程。

辛玉兰：（白）哟，是哪里来的客人？

丫　鬟：太爷手拉俊公子进房，那人把礼行。

辛玉兰：行礼是品德么。

丫　鬟：嘿，还有叫头呢，见了太太把妈叫，又把太爷岳父称。

辛玉兰：咳，死娼妇，此人如此称呼，是谁呢？

丫　鬟： 着啥急呢？此人家住湖广襄阳府，姓裴名字叫秀生。

辛玉兰： 咋是他呀？

丫　鬟： 他呀。

（唱）他此到来准有事，小奴我猜八九成。

又听公子说原委，路上如此遭了凶。

辛玉兰：（白）哟，这可活活坑死人了。

丫　鬟：（唱）如此才来咱府外，遇见管家理不通。

府外如此又遭辱，太爷知后打张成。

辛玉兰：（白）张成这奴才真该打。

丫　鬟： 太爷他又叫来辛青为总管，咱府以后他经营。

辛玉兰： 哦，裴公子此来有大事吧？

丫　鬟： 听吧，

（唱）一来进京为赶考，二来入赘把亲成。

辛玉兰：（白）哦，如此，姑爷人品怎样？

丫　鬟：（唱）人品长得天生俊，如同玉帝左金童。

辛玉兰：（白）你太爷、太太意下怎样？

丫　鬟：（唱）他们二老都欢喜，择日就要把亲成。

所以奴婢来道喜，

辛玉兰：（唱）玉兰闻听喜心中。

何不如此这般做？

（白）咳，我想裴秀生此来虽然是喜，可是秋闱开始裴郎才能赴试，只怕是燕尔新婚后，裴郎贪花恋色，误了功名，岂不叫人耻笑？不免给裴郎写书一封，要他奋志攻读，求名后燕尔，如裴郎不愿，奴家也将无奈，只好听之任之而罢。

（上辛国泰）

辛国泰： 姐姐在房么？

辛玉兰： 哦，兄弟来了，请坐。

辛国泰： 不必。姐姐，这是我姐丈的蕉叶扇，爹爹命我送到你的房中，你要好好收存，等花烛之后，同咱府的并蒂，一同供在佛堂。

辛玉兰： 是，姐姐知道了。兄弟，这里有姐姐给你姐丈写的书字一封，烦弟弟传送。

辛国泰： 是，小弟遵命。（下）

辛玉兰： 裴郎啊，奴家耽误你的好事了。

（诗）蝴蝶采花飞得急，焉知此花不开蕊？（下）

（上裴秀生）

裴秀生：（诗）一心要读圣贤书，专心致志几时春。

（白）小生裴秀生。自从来在辛府，岳父将我安置在书房，正合我意，以便攻读诗篇。（内辛忠咳嗽，上）岳父赏军乃是君命，不可违误，且不知秋闱是何日子？

辛　忠： 乃是九月二十一日，监考乃是经略宗师。

裴秀生： 哦，这就是了。

（上辛国泰）

辛国泰： 姐丈在房么？

裴秀生： 吾弟来了，请坐。

辛国泰： 哦，爹爹下朝早回。这有我姐姐的书字一封，请爹爹、姐丈观看。

辛　忠： 拿来。

辛国泰： 是。（掏信给辛忠，又递裴秀生）

辛　忠： 贤婿念来。

裴秀生： 是，待我念来。

（唱）撕去封皮铺桌案，从头至尾看分明。

上写辛氏玉兰拜，字传郎君裴秀生。

文说裴郎未赴试，献扇入赘到府中。

燕尔新婚是喜事，鱼水合欢情义深。

可你是玉堂金马龙之子，切不可因着新婚误功名。

你受十年寒窗苦，今已中举为人公。

彼吾已是乾坤定，尚未花烛大礼行。

想要洞房花烛夜，必须金榜题了名。

今科若是不得中，你想要合古礼万不能。

劝你奋读书斋中，自然双飞鸾凤腾。

别怪奴家是女辈，裴郎不可轻女容。

别无多言了如此，望乞夫郎斟酌行。

看罢书字心大悦，

（白）哈哈，小姐真乃女中魁元。一观此书，正合我意。

辛　忠：贤婿，此乃要你岳母做主，老夫因皇宣在身，不可久在府中。吾女无知，请贤婿担待。

裴秀生：岳父，小姐此意，甚是情理两全。传书广志，惠学圣言，令我止婚，促吾上进，小姐是有节有志之人，多亏岳父有教。

辛　忠：哈哈，贤婿过奖，老夫是言见罪。

裴秀生：好说，不敢。

辛　忠：辛青哪里？快来。

（上辛青）

辛　青：老爷有何吩咐？

辛　忠：你去把花园月明楼打扫干净，命书童伺候。

辛　青：是，遵命。

辛　忠：贤婿请。

裴秀生：岳父请。

（诗）一纸之言警于心，传书递柬有亲情。（下）

（皇甫山马上）

皇甫山：（诗）奉了元帅令，进京求救兵。

（白）俺皇甫山。奉了元帅之将令进京求取救兵，宵到夜宿，未止一日来在长安，只应上兵部府投文便了。（下）

（出卢雄，平桌）

卢　雄：（诗）伶牙俐齿在当朝，位居侍郎俸禄高。

（白）老夫卢雄，在唐肃宗驾下做官，拜兵部左侍郎之职。吾乃苏州人氏，膝下一子名叫卢杞，昨日来在京城，等待秋闱，赴试求取功名。我有个妹妹配了辛忠为妻，吾与妹丈不睦。

卒：报老爷得知。

卢　雄：何事？

卒：今有雁门关曾镇台手下将官皇甫山来咱府投文告急，请爷过目。

卢　雄：呈上来。

卒：　　是。

卢　雄：待我看来。呀，原是奏表，我怎敢自专？人来，带马上朝。（下）

（摆朝，大臣秦海、尉迟怀、牛猛、史兴邦、贾英、魏正忠站）

众　臣：（诗）殿上衮衣明日月，砚中旗影动龙蛇。

纵横礼乐三千字，独对丹墀昧斜。

秦　海：（白）本王平西王秦海。

尉迟怀：本公敖国公尉迟怀。

牛　猛：本公保国公牛猛。

史兴邦：本公襄国公史兴邦。

贾　英：京兵大元帅贾英。

魏正忠：下官玉林院大学士魏正忠。

众　臣：圣驾临轩，文武分班伺候。

（出天子）

天　子：（诗）五夜漏声催晓箭，九重春色醉桃桃。

旌旗日暖龙蛇动，宫殿风微雁雀高。

（白）朕大唐八帝肃宗李玉龙在位。自皇父被害殡天，朕治邦五载，在长寿山陈奎中了陈登的暗箭而死，多亏白鹿血把他治活，罗遂合替朕传旨，多亏了御弟保他。原来陈奎保朕，他去平灭了西凉，朕即位，封了陈奎为并肩王，罗遂合封为忠孝王及代国公之职，又加镇国公，亦是三爵之俸。他二人无事不来参君，有事即可面圣。现已八载，东夷西狄、南蛮北奴，无有不服，真是刀枪入库，马放南山，君正民良，太平景象，这也不在其言。内臣，传朕口旨，哪家大臣有本早奏，无奏本朕就要回宫了。

内　臣：令旨传下，文臣武臣听真，哪家大臣有本早奏，无本圣人就要回宫了。

卢　雄：（内白）慢散朝纲。

内　臣：何人有本？

卢　雄：兵部卢雄有本。

天　子：传旨上殿，奏上一奏。

卢　雄：（内白）万岁，（上）臣卢雄有本奏知陛下。

天　子：卢爱卿有何本章奏来？

卢　雄：万岁，臣接雁门关曾杰本章一道，臣不敢自专，请主御览。

天　子：侍儿，呈上来。

侍　儿：请主御览。

天　子：卢爱卿归班。

卢　雄：万岁。（下）

天　子：待朕看来。

（唱）展开了表一封，从头至尾看分明。

上写曾杰拜，顿首拜主公。

今有北番造反，微臣保守关城。

忽然番兵临境界，大兵十万有余零。

臣闻知，想计谋。

趁番远来，劳乏困穷。

臣领众兵将，一战成了功。

劫营抢了器械，搬运粮草回城。

虽然愚法胜一阵，担心番兵急攻城。

贼兵将，猛又凶。

他国元帅，力大无穷。

名叫闹海兔，北番有大名。

步下行走上阵，战法实在精通。

手使铁锤沉又重，战将锤下伤儿名。

贼将广，兵马精。

臣战不过，退守关城。

免战已有日，不敢把敌迎。

城内兵不足万，战将不过数名。

无奈写表奏圣主，望求我主速发兵。

呀，看完表，怒冲冲。

骂声契丹，真如畜生。

小小撒里库，无知小顽童。

不思与朕报效，反目起了凶心。

我必发兵将你灭，拿住要汝碎尸剐。

望殿下，开了声。
两班文武，细听朕明。
契丹造了反，攻打雁门关。
曾杰求救呈表，我朕要发大兵。
哪家爱卿领人马，与朕雁门走一程？
言未尽，人答应。

魏正忠：（唱）万岁，来了学士名魏正忠。
金殿忙跪倒，口呼我主公。
微臣前来见驾，我主细听臣明。
奉劝我主免忧虑。
（白）万岁，臣魏正忠见驾。

天　子：魏爱卿，有何本奏？

魏正忠：万岁，臣闻契丹造反，我主就发兵消灭。

天　子：哦。爱卿，你看何人能担此重任？

魏正忠：万岁，契丹猖狂，我想朝中能人极多，满朝文武，都是有功之臣，择一人准保马到成功。

天　子：保举何人？

魏正忠：臣荐襄国公史兴邦可挂印为帅。此人足智多谋，能征善战，又有殷氏妇人是仙门子弟，法术奇异，何忧番贼不灭？

天　子：准奏归班。

魏正忠：万岁。（下）

天　子：内臣。

内　臣：伺候。

天　子：宣史兴邦上殿。

内　臣：领旨圣上，有宣襄国公上殿。

史兴邦：万岁，臣史兴邦见驾。

天　子：史爱卿，今有北番契丹兵至雁门，总镇发来急表求救，朕思无人胜任，忽想起爱卿，想命爱卿为帅，领兵前去灭番，不知卿家可愿一往？

史兴邦：万岁，臣既食君俸禄，理当报效，臣愿意往。

天　子：好哇，真是治国的忠良。钦赐精兵五万，战将五十员，东路总管金奎、西路总管终元为左右先锋，择选吉日起兵。

史兴邦：万岁。

天　子：（诗）此太平之日狼烟起，何愁吉日无忠良？

（白）散朝。

（史兴邦升帐，四将站）

金　奎：（诗）往日站龙楼，灭寇把命求。

名标凌烟阁，遇主见宏图。

（白）俺左哨先锋金奎。

终　元：俺右哨先锋终元。

张　兴：俺张兴。

李　成：俺李成。

众　将：元帅升帐，大家列班伺候。

（出史兴邦）

史兴邦：（诗）血气方刚在少年，神枪一杆天下传。

临阵跑开白龙马，雁门关前灭腥羶。

（白）本帅兵部司马、平北大元帅、襄国公史兴邦。圣上赐予精兵五万、战将五十员，兵发雁门。今已集齐众将，就此起兵，不得有误了。

（唱）吩咐了众三军，点起信炮，

兵发雁门。（下）

金奎、终元：（唱）金奎与终元，上了马麒麟。

头前挑哨开路，催马离了京门。

张兴、李成：（唱）张兴李成急催马，不离元帅作都旗云①。

史兴邦：（唱）史元帅，催麒麟。

奉旨领兵，去扫烟尘。

兵精战将勇，兵行快如云。

暂压京都行兵事，

（上卢氏、辛玉兰）

卢　氏：（唱）再把辛家事儿云。

---

① 按：此句疑有误，原文如此。

（白）辛夫人卢氏。

辛玉兰：奴家玉兰。

卢　氏：（唱）妇女房中论诗文，

辛玉兰：（唱）玉兰女，把母遵。

昨晚安好，身爽舒展？

卢　氏：（唱）夫人微微笑，女儿可放心。

老母身体相好，清醒往日精神。

母女正然闲说话，

（上辛国泰）

辛国泰：（唱）国泰进房把话云。

尊声母，听完明。

儿有一事，告诉母听。

咱家来一客，从前卢家亲表兄。

他名本叫卢杞，前日才到京城。

今日特来望你老，现在前堂客厅中。

卢　氏：（唱）亲戚来此，快去迎。

请至后堂，叙叙离情。

辛国泰：（唱）国泰回身走，急忙往外行。

辛玉兰：（唱）玉兰慌忙站起，孩儿回至后楼。

卢　氏：（唱）夫人回言说不必，卢杞是你亲表兄。

你不可，回房中。

礼应见面，姑表之情。

辛玉兰：（白）是，

（唱）玉兰说领训，母后站身形。

辛国泰：（唱）国泰进房禀母，表兄就至屋中。

卢　氏：（白）好，快快请进。

卢　杞：（唱）卢杞进屋忙跪倒，

姑母近日身体康宁？家侄前来望姑母。

（白）姑母近日身体康健？不孝娘侄叩头。

卢　氏：侄儿免礼，坐下叙话。

卢　杞：是，侄儿告坐。

辛玉兰：表兄可好？小妹这边有礼。

卢　杞：好说，不敢，愚兄还礼过去。

卢　氏：卢杞，有多年不见，可想煞姑母了。

卢　杞：姑母，小侄数年不进京城，在院厢苦读孔孟，不能前来与姑母问安，小侄罪甚。

卢　氏：罢了。国泰。

辛国泰：在。

卢　氏：快吩咐厨下摆宴。

辛国泰：是，知道了。

（唱）国泰答应不怠慢，（下，又上）霎时之间酒宴成。

丫鬟端上酒与菜，小心放在桌子中。

辛国泰：（唱）国泰上前斟上酒，双手送与卢表兄。

卢　杞：（唱）表弟不必太客气，为兄感激表弟情。

卢　氏：（唱）夫人带笑开言道，儿们听我说分明。

卢杞不是外来客，他是你们亲表兄。

如此家兄无拘礼，一同坐下饮几盅。

辛国泰：（白）是。

（唱）说声遵命齐落座，各个满面是春风。

推杯换盏多一会，

卢　杞：（唱）卢杞闪目细定睛。

见表妹端端正正一旁坐，素雅端庄是俊美。

真有闭月羞花貌，实有沉鱼落雁容。

好似个天宫七仙女临凡尘，又似嫦娥离月宫。

卢杞越看越爱看，不由想起终身情。

若是配了我卢杞，就是跪着也愿从。

小卢杞目不转睛看，

辛玉兰：（唱）玉兰闪目面绯红。

站起身来唤声母，今日我有大事情。

孩儿要回后楼去，有兄弟陪着卢家表兄。

说罢行步出房去，（下）

卢　氏：（唱）夫人早已看得清。

无奈才把卢杞叫，

（白）卢杞。

卢　杞：在。

卢　氏：你今来到我府是探亲，还是有别的勾当？

卢　杞：侄儿并无别事，一来看望姑母，二来进京赴试。侄儿作了几篇文章，无人批点。听说襄阳表妹丈裴秀生到来，此人文学出众，侄儿特请妹丈批阅。

卢　氏：既然如此，家哥儿。

辛国泰：在。

卢　氏：你去到书房说与你姐丈，就说你卢表兄要见。

辛国泰：是，孩儿领命。（下，又上）禀母亲，我姐丈睡着了，我未敢惊动。

卢　氏：卢杞，你妹丈这几日苦读，想是体乏，要不改日再见罢。

卢　杞：是，小侄告辞。

卢　氏：家哥。

辛国泰：在。

卢　氏：送你表兄。

辛国泰：表兄请。

卢　杞：请。（下）

卢　氏：好个冤家，方才酒席宴上很不儒雅，看起来此人终非正人君子，与他父乃是一样，日后再来，应有内外之别。

（诗）有其父必有其子，见面不雅必不良。

（张成马上）

张　成：（诗）无辜遭侮辱，盗宝投此番。

（白）俺张成。昨日辛府因来了一位穷酸名叫裴秀生，前来投亲。我见他衣帽不整，在府前我羞辱了他一番，不幸被辛老爷看见，责了三十家棍，并不再用我掌管府宅。我想辛府有裴秀生在，我必受其害，无奈我盗出他家瑰宝物蕉叶扇，回到家中。不想父母双亡，无处投奔，忽然想起北番契丹王造反，现至雁门。无法，只好直奔铁锁环城便了。

（唱）打马奔途程，心中暗怀恨。

这一离辛家，去投北国境。

瑰宝在手中，实乃杀气横。

万般无有法，只往北国送。

雁门关难行，张家口过去。

到在北国中，献宝王爷府。

契丹必笑欢，准把我封赠。

封了都督府，豪迈天下闻。

带兵反唐朝，一定能取胜。

老张有大功，定把面子挣。

不言贼张成，（下）又把番兵说。

（升番帐，上众将）

敖里仑：（唱）来了敖里仑，上帐听将令。

奈斯吐：（唱）酋长奈斯吐，听令来帐中。

耶律占：（唱）都督耶律占，不敢不来奉。

众　将：（唱）还有毛袄兵，呐喊山摇动。

伺候元帅升大帐，

（诗）令行山摇动，言出鬼神惊。

勇夺雁门地，英雄有其名。

敖里仑：俺前部先锋敖里仑。

奈斯吐：俺酋长奈斯吐。

耶律占：俺都督耶律占。

众　将：元帅升帐，大家小心伺候。

（出闹海兔）

闹海兔：（诗）身为大元帅，率领众番兵。

铁锤人人怕，要把大唐平。

（白）俺塞北大帅闹海兔。奉了狼主旨意，带领十万人马、战将百员前来攻取雁门，不想兵至此地，就被诡计多端的曾杰用的诱敌之计杀得大败。今日聚齐番兵，定要攻取雁门。众番兵听真，今日攻取雁门，前进者赏，后退者斩，就此起兵，不得有误！

（曾杰升帐，杨堃站）

曾　杰：（诗）威震雁门关，英名四海传。

挂印为总镇，报效于圣上。

（白）本镇曾杰。今日契丹造反，他国兵强马壮，领兵元帅闹海兔和先锋敖里仑武艺高强，又有全身铁体之能，城内众将俱不是对手，多亏那日本帅略施小计，劫了敌营，扫了番兵气焰。久战不能，前日本帅向京告急，不知圣上发兵无有？

卒：报！皇甫山告进。

（上皇甫山）

皇甫山：元帅在上，末将交令。

曾　杰：将军押表进京，不知天子见表，喜怒如何？

皇甫山：元帅不知，天子见表大怒，发来精兵五万、战将五十员，领兵乃是当朝襄国公史兴邦和夫人殷金花。大军离关只有五里之遥，乞令定夺。

曾　杰：好哇，尔等众将关外排开队伍，随本帅出城迎接大军进城，不得有误！

（唱）他说大军来到了，丢去愁容长笑容。

众将快快排队伍，迎接大军进关城。（下，又上）

出了帅府上能行。

霎时来在南门外，瞧见前面土飞空。

吩咐军校带过马，（下马）站在路边把身躬。（下）

（上史兴邦）

史兴邦：（唱）兴邦马上仔细看，城门以外旌旗闪。

关里出来人共马，必是镇台来迎接俺。

本是定国功臣安邦将，不可怠慢这英雄。

吩咐校尉带过马，迈步而行面春风。（下）

（上曾杰）

曾　杰：（唱）曾杰一见忙施礼，急忙跪在地流平。

口称千岁臣接驾，

（上史兴邦）

史兴邦：（唱）兴邦急忙双手扶。

镇台免礼快请起，有劳大人把我迎。

曾　杰： 谢千岁。

史兴邦：（唱）你我俱是微臣，与主报恩尽忠。镇台疾速回人马，进城好退贼兵。

曾　杰：（唱）曾杰吩咐回队伍，人马就此进了城。

史兴邦：（唱）兴邦带兵也上马，并马而行甚谦恭。

不多一时进帅府，（上众将）谦让多时归座中。

兴邦开口问事故，

（上卒）

卒：（唱）军卒上帐报一声。

连连叩头说不好，

（白）报帅爷得知，祸从天降。

史兴邦： 何事？

卒： 今有敖里仑前来邀阵。

史兴邦： 再探。

卒： 得令。

史兴邦： 哪位将军愿建头功？

皇甫山： 有皇甫山愿往。

史兴邦： 可要小心。

皇甫山： 不劳嘱咐，军校牵马来。（下）

（内喊，上卒）

卒： 报元帅得知，皇甫将军出马一冲一撞，被番将打下马来。我等将尸体抢回，乞令定夺。

史兴邦： 再探。

卒： 得令。

史兴邦： 这还了得？军校们！

众： 在！

史兴邦： 看本将出马，不得有误！

曾　杰： 千岁不可出马。

史兴邦： 为何？

曾　杰： 千岁，番国元帅闹海兔练成金钟罩，手使压油锤，重有八十余斤。那先锋敖里仑练就铁布衫，手使狼牙棒，重有七十余斤。他二人刀枪不入，剑戟难伤。千岁就是出马，也难以取胜。

史兴邦： 若依镇台怎样？

曾　杰： 若依末将，恐怕千岁抱怨。

史兴邦： 无妨，镇台有何之策，快快说来，本帅绝不责罚。

曾　杰： 千岁，圣上既命千岁领兵为帅，夫人随征，想来必是夫人艺高，为何不命夫人上阵看是如何？

史兴邦： 哼，好哇。尔等退下，夫人上帐听令。

（上殷金花）

殷金花： 来了，老爷有何吩咐？

史兴邦： 娘子，命你出关去战番贼。

殷金花： 原是这般如此。

史兴邦： 可要见机而作。

殷金花： 是，妾身遵令。军校门，牵马来。（下）

史兴邦： 众将官！

众： 在！

史兴邦： 随本帅城头瞭阵，擂鼓助威便了。（下）

（殷金花、闹海兔对上）

闹海兔： 住了！来这女子报名上来，好做锤下之鬼。

殷金花： 住了！问你奶奶之名，你奶奶是襄国公之妻殷金花，乃是骊山圣母之徒。要知我的厉害，劝你早早退兵，如若不然，定叫你做刀下之鬼。报名上来。

闹海兔： 问你元帅何姓名，我乃是契丹王驾下镇国元帅闹海兔。知我厉害，早早献关，叫唐天子写了降书顺表，尔等不失封侯之位。如若不然，定是死无葬身之地。

殷金花： 少发狠言，看刀！

闹海兔： 来来。

（大杀，殷金花败）

殷金花： 呀，你看反贼真乃厉害。

（唱）殷金花，魂吓飞。

这个反贼，果然英魁。

铁锤沉又重，步下快如飞。
将奴虎口震破，疼得急皱蚕眉。
转眼之间又来到，何不用宝擒反贼？
想到此，拨马回。
降魔神器，把他命追。
神器拿在手，咒语念一回。
口中只说快起，霎时往空而飞。
勒住战马用目看，且在此处等宝归。
且不言，女皱眉。

闹海兔：（唱）再表海兔，迈步急追。
必要打死你，才把我心遂。
正然往前追赶，忽然风响如雷。
才要抬头往上看，呀，瞧见一物头上飞。
心害怕，方要回。
躲之不及，吃了大亏。
将头只一躲，左膀甲胄飞。
打得疼痛难忍，拽开大步而归。（下）

敖里仑：（白）哇呀哇呀。
（唱）一旁气坏先锋将，手抡铁棒喊如雷。
撒开腿，往前追。
喊叫连天，大骂贼妇。
使得什么物，暗里把人亏？
我今活捉于你，剥皮去把阴归。
怪叫连天往下赶，（下）

殷金花：（唱）金花勒马用目看。
见此人，面恼威。
提着铁锤，步行如飞。
定是敖里仑，疆场斗恼威。
不必与他交战，祭宝再打恶贼。
霎时之间取出宝物。

（白）你看来这番贼甚是傲性，我不能与他交战，待我取出打神器打他便了。（口中念念有词）神器起！呀呼。

敖里仑：花奴哪里走？（着打）呀，不好。（下）

殷金花：你看番贼败走。众将官！一齐往前攻杀。（下）

（敌杀一阵，上闹海兔）

闹海兔：哎呀，一鞭的好打，唐营竟出这样怪女，法术多端，我就有霸王之勇，也难免乌江之危，就是练就铁石之身，也难免火炉之焚。一鞭打得我筋骨疼痛，头晕眼黑，实实难以取胜。毛袄们，退四十里安营，再图良策。（下）

（上殷金花）

殷金花：你看番贼退走。众将官！

众　将：在。

殷金花：穷寇莫追，就此打得胜鼓回营。（下）

（出卢杞）

卢　杞：（诗）心高志大气轩昂，欲谋窈窕女娇娘。

（白）小生卢杞。只因昨日到辛府找裴秀生批阅文章，遇见了表妹辛玉兰，美貌绝世，真真沉鱼落雁之容，闭月羞花之貌，让我魂出魄飞。怎奈她早已许人，现今裴秀生来到辛府入赘，且等秋后合欢，好叫我寝寐难忘。思之无计，恼之无策，这却如何是好？有了，何不把刁七唤来？此人素有神鬼未测之才，叫他给我出个计策，好将表妹娶来我的身旁，心已足矣。刁七，哪里？快来。

（上刁七）

刁　七：大爷有何吩咐？

卢　杞：我有一事与你商议。

刁　七：不知有何事？请讲。

卢　杞：听了。

（唱）我那日，出府门。

辛府之内，批阅课文。

未有见裴生，见一女衩裙。

此人是辛忠之女，生得面若仙人。

见人思己终身事，想与此人结朱陈。

刁　七：（白）人家有无婆家？

卢　杞：她早就结亲。

刁　七：与何人结亲？

卢　杞：（唱）襄阳府里，也是举人。

姓裴名秀生，赴考进京门。

秋闱之后合欢，令人枉费精神。

虽然如此忍不下，茶饭懒吃闷在心。

暮思想，日思忖。

无计可支，眼冒火云。

忽然想起你，平日智谋深。

有何神机妙策，疾速快向我云。

若与表妹成鸾凤，我必谢你一锭金。

刁　七：（唱）闻此话，暗思寻。

大爷本是，见色迷心。

叫我献妙策，务必谋婚姻。

低头一计有，抬头就把爷尊。

小人倒是有一计，可行可止在思文。

不知说得对不对。

（白）大爷，奴才倒有一计，不知可否？

卢　杞：有何妙计？快快说来。

刁　七：大爷明日去到辛府，请裴秀生来咱府，与大爷会文，将他留住咱府。单等夜晚，大爷差丫鬟去与裴秀生送茶，小人执短刀一把，将丫鬟杀死。等到天明，大爷亲自去到书房，说他因奸不允，杀死丫鬟，将他送至衙门。大爷再花上银子，叫县官将裴秀生定成死罪。且等处决之后，再往太爷一说，太爷再上金殿奏上一本，将姑太爷治出朝外，然后烦媒提亲，姑太太见咱们门当户对，必然应允。大爷你就等着拜天地吧。姑太爷回家，那时大事已成，他也无可奈何，岂不是好？

卢　杞：裴秀生如果不来怎好？

刁　七：他要不来，咱就住在他府，他府必有家人扶持，等夜晚我躲在幽静之处，暗将家人杀死，咱就悄悄回府，让太爷往辛府拿住裴秀生，硬说姓裴的是杀人犯，难免不抵人命。虽然如此，辛忠是经略元帅，即使他回来，也不能保住裴秀生。常言说王子犯法，与庶民同罪。他虽官居显位，哪有杀人不偿命之理？

卢　杞： 哼，依你所见，倒也有理。由此备马，一到辛府。

刁　七： 是，知道了。（下）

（唱）刁七答应说知道，短刀一把藏身边。

后又备上两匹马，霎时来在府门前。（又上）

卢杞迈步出房内，府门之外上雕鞍。

不言主仆辛府去，（下）

（张成马上）

张　成：（唱）再表张成上北番。

昨日出了张家口，一心北番去做官。

行荐全凭蕉叶扇，契丹一见准欢喜。

不封都督封酋长，强如做奴辛府间。

家住南方投北塞，我必要轰轰烈烈闹一番。

不言张成路上走，（下）

番　官：（唱）再表北国众番官。

营中奉了元帅令，要见王爷把兵搬。

唐营出了奇怪女，望求狼主把兵添。

扬鞭打马疾似箭，在路行程且不言。（下）

（上辛玉兰）

辛玉兰：（唱）书中再言玉兰女，独坐书房把易参。

今日做了一个梦，好叫奴焦躁不住来去不安。

何不上房见老母？

（白）奴辛玉兰。今夜偶生一梦，甚是凶险，奴家告诉母亲，好叫她老解解。

（唱）怪梦似真心不定，幻想茫茫记得清。（下）

（出裴秀生）

裴秀生：（诗）不受寒窗苦，怎能求功名？

（白）小生裴秀生。自从来在辛府，岳父便要择日成婚，可喜小姐为了俺的功名，与我来书，要以功名为重，单等秋后金榜题名，便能龙凤全巢，小生甚是佩服。岳父便将我安置在花园避暑亭上，倒也幽静，正好在这读书作文。

（上辛国泰）

辛国泰：姐丈可好？快些出亭接客。

裴秀生：哦，贤弟，是何贵客来此？

卢　杞：并非别人，乃是卢家表兄前来与姐丈会文。

裴秀生：好哇，快快有请。

辛国泰：是。（下）

（卢杞、裴秀生同上）

裴秀生：表兄哪里？

卢　杞：妹丈哪里？

裴秀生：表兄请。

卢　杞：妹丈请。

裴秀生：表兄请坐。

卢　杞：妹丈请坐。

裴秀生：不知表兄光临，有失远迎，面前赎罪。

卢　杞：好说，愚兄径到静堂，恕愚兄不恭。

裴秀生：好说，不敢。小弟远来，多求表兄照应。

卢　杞：妹丈何必太谦？愚兄闻知表妹丈千里来京赴试，必是才高八斗，秋闱必占鳌头。

裴秀生：哪里？表兄现居文魁，胸有成竹，必是学富五车，临期必为鼎甲之首。小弟不及表兄。

卢　杞：不敢，妹丈过奖。妹丈，今日愚兄来访，并非别事，只因愚兄才疏学浅，在府作了几篇文章，不知可否，特此来接妹丈到府批点批点。

裴秀生：哦，表兄说的哪里话来？咱弟兄正是不谋而合。小弟也曾作了几篇竹卷，望表兄在此指教指教。

卢　杞：吾言及此，妹丈却之太甚，愚兄颜面无光。罢了，妹丈既不肯过府会文，我在此有何脸面？刁七，带马回府。

裴秀生：慢着，罢了。既是表兄大义，小弟从命也就是了。

卢　杞：好哇，妹丈既愿光临，愚兄甚是高兴。刁七，外府带马伺候。妹丈请。

裴秀生：表兄请。（下）

（卢杞、裴秀生马上）

卢　杞：好，也真是幸运也。

（唱）小卢杞，心里欢。

急忙催马，面带笑颜。

口内呼妹丈，心内暗藏奸。

今日到在我府，必定多盘桓几天。

喜笑颜开路上走，府门以外下雕鞍。

卢府到，不必言。（下）

（上卢氏）

卢　氏：（唱）再表夫人，自坐床前。

老爷去赏军，三月未回还。

今日心神不定，腹内好似油煎。

夫人心中犯思想，

（上辛玉兰）

辛玉兰：（唱）玉兰进房带笑颜。

尊声母，身可安。

站在一旁，作揖礼全。

卢　氏：（白）夫人说不必，坐下把话言。

辛玉兰：是。

（唱）复又站起施礼，端坐面带笑颜。

母亲今晚可安泰？怎么今日面不欢？

卢　氏：（唱）女儿，你不晓，听我言。

自从早起，心神不安。

不知为何事，心中不了然？

莫非有何祸事，先兆心中不安？

辛玉兰：（唱）母亲不要心多想，快用点心自安然。

卢　氏：（唱）说也是，道必然。

吩咐梅香，快拾杯盏。

（上丫鬟）

丫　鬟：（白）是。

（唱）丫鬟说知道，霎时齐备全。

茶盅放在桌上，斟酒闪在一边。

正是夫人把食用，

（上辛国泰）

辛国泰：（唱）国泰进房把话言。

儿有一事禀见母，

（白）禀母亲、姐姐，今日卢府表兄将姐夫请至他府会文去了。

辛玉兰：呀，你姐丈是什么时去的？

辛国泰：方去时候不大。

辛玉兰：嗨，你姐丈前去会文，怕有不测。

辛国泰：不过怕他遗漏文章，窃文盗魁，而送功名与他人？除此还有什么祸事？

辛玉兰：母亲，孩儿昨日做了一梦，甚是凶险，今日又有此事相应，怕是裴秀生有祸到来。

卢　氏：女儿是何梦境？

辛玉兰：母亲听了。

（唱）儿梦见，一神童。

从天而降，喜笑盈盈。

左手拿文卷，右手牡丹擎。

正在心中得意，来了一个顽凶。

上前将要夺花去，实实可恼礼不通。

神童怕，快步行。

那人含怒，钢刀手擎。

神童头前跑，那人不容情。

看着神童就砍，把我吓了一惊。

忽然一阵风声响，一只白兔与神同。

那人赶，更是恼。

见那神女，救去神童。

忽然惊动醒，谯楼鼓三更。

孩儿不解梦境，一夜坐睡不能。
故此前来见娘你，圆来梦事告与兄。
孩儿我，闷胸中。
今日之事，梦境相应。
酒席宴前事，饮酒看花容。
正是夺花梦境，卢杞必害裴生。
今日会文去他府，必是心中要行凶。
这梦境，是合情。
母亲想法，快救裴生。

卢　氏：（白）呀。
（唱）夫人闻此话，心中吃一惊。
低头一计有，何不如此而行？
主意一定开言道，快快叫来小辛青。

辛国泰：（唱）辛国泰，往外行。
出去片刻，（下，又上）转回房中。
（上辛青）

辛　青：（唱）辛青把房进，跪在地流平。
太太有何大事？望乞吩咐一声。

卢　氏：（唱）夫人座上把辛青叫。
（白）辛青起来。

辛　青：是，谢过太太。

卢　氏：辛青，有件大事要你做，不知你愿去否？

辛　青：太太只管说来。

卢　氏：好哇，原是如此这般，要你疾速去到卢府，保护你姑爷无事回来，老身自然另眼看待于你。

辛　青：是，太太。小人自幼受老爷、太太恩养成人，无恩可报，不要说保护姑爷，就是赴汤蹈火，小人万死不辞。

卢　氏：好哇，真是义仆。此去难免受些劳苦，不知怎样保护，你要说与我听。

辛　青：太太，小人此去，夜夜不离姑爷，定要救出姑爷。

卢　氏：他家墙高宅深，怎好出入？

辛　青: 太太，小人臂力千斤，善于飞檐走壁，任他家房高墙陡，也无妨于事。

卢　氏: 既然如此，快去方可。

辛　青: 是，小人遵命。

（唱）辛青答应往外走，（下，又上）府门以外上走龙。

卢氏、辛玉兰:（唱）母女也俱归房去，心悬两地俱不明。（下）

（摆帐，众番将立）

众　将:（唱）再说塞北与兵将，站立帐下候王公。

当先来了撒里库，威风凛凛站班中。

又来都督五十六，青面红发须儿红。

众人来在帐前立，依里哇啦话不清。

伺候王爷升宝殿，兵多将广两旁立。

三吹鼓打一声响，

（上撒里库）

撒里库:（唱）撒里库坐帐军中。

毛袄分班两边立，殿上王爷抖威风。

心中喜悦未开口，报声毛袄跪流平。

雁门关的柬信到，酋长殿外把令听。

哦，速去传令说有宣，

（上棍仓）

棍　仓:（唱）棍仓上殿跪流平。尊声下跪将头磕。

（白）千岁在上，臣棍仓叩头。

撒里库: 棍仓，你与元帅去攻打雁门关，不知胜败如何？

棍　仓: 千岁不必问了，如此这般，现有元帅柬书，请千岁过目。

撒里库: 呈上来。

棍　仓: 是。

撒里库: 退下。雁门柬书到来，待孤看来。（看介）呜呼呀，此事有些不好了。

（唱）看完表一封，心中暗打算。

只想夺江山，中华坐金殿。

攻取雁门关，元帅去交战。

不想曾杰他，韬略多谋智。

调虎离山计，众将死大半。
元帅败走逃，先锋更不中。
尔等全无用，束书求救兵。哪有英雄汉？
着急眼看天，袄服汗湿变。
若是退兵回，唐室不能干。
不如写降书，臣服在北番。
想罢意欲绝，提笔写文卷。

（上卒）

卒：（唱）毛袄上银安，跪在银安殿。
口内称千岁，有人来求见。
说是献宝来，本是英雄汉。
特来见千岁，允见不允见？

棍　仓：（唱）他既献宝来，怎说不允见？

撒里库：（唱）将他带进来，快快休怠慢。

卒：（唱）毛袄往外迎，把话讲一遍。

张　成：（唱）张成闻此言，来在银安殿。
慌忙跪倒呼千岁，
（白）千岁在上，南唐张成叩头。

撒里库：你是哪里人氏？姓甚名何？到此何事？

张　成：小人乃是大唐张士贵七代嫡孙名叫张成。如此这般，前来献宝扇，望乞王爷收纳，小人情愿在王爷面前牵马坠镫。

撒里库：既是如此，将扇拿来，孤家看来。哈，原是一把小扇，有何贵处？

张　成：千岁不知此宝来历。

撒里库：有什么来历？快快说来。

张　成：是哈，千岁容禀。
（唱）此扇出在交趾国，能人炼就宝贝珍。
两军阵前要对仗，照人一晃便擒人。
扇了一下火烟起，烧得敌人无有门。
任他铁头金刚汉，遇宝也是命难存。
跑得快的有性命，慢的必然命归阴。

千岁如要不相信，当面可试假和真。

撒里库：（唱）契丹闻听微微笑，欠身离座出殿门。（下）

众　将：（唱）都督毛袄跟在后，酋长也去看奇闻。

一会来在朝门外，

撒里库：（唱）撒里库举手把扇抡。

烈火猛然熊熊起，普地遍野烟雾滚。

此扇真是无价宝，何难夺取唐乾坤。

急急率众回宝殿，满面春风把话言。

开言便把张成叫。

（白）张成。

张　成：在。

撒里库：你今前来献宝，可是要做文武大官？可是求取财物？

张　成：小人文不及孔明，武不及霸王之勇。

撒里库：听你口气，是个能文善武之辈，孤家封你进宝都督，下殿去吧。

张　成：是，谢过千岁。（下）

撒里库：往下便叫二弟上帐听令。

（上撒拉干）

撒拉干：在，皇兄有何军令？

撒里库：御弟，今有元帅柬书，原是这般如此。孤家今日得了宝扇，何愁不得唐室江山？命御弟在国内执掌朝政，孤要御驾亲征。

撒拉干：遵旨。（下）

撒里库：往下便叫五十六上殿听令，你去校场挑兵十万、战将百员，命你做正印先锋，逢山开路，遇水搭桥，违令者斩。

五十六：得令。

撒里库：（诗）欲夺唐室锦江河，应天要做有道君。

（完）

第　三　本

【剧情梗概】卢杞邀请裴秀生到他府中讲文，深夜时分，令丫鬟给裴秀生送茶，然后令恶奴刁七杀死丫鬟，诬陷裴秀生强奸不成而杀人。不料辛玉兰母女让辛青随侍保护秀生，辛青见丫鬟被杀，急带裴秀生逃出卢府。裴秀生与辛青回辛家之后，向辛玉兰母女诉说了卢杞奸计。为不牵连辛家，裴秀生乘夜回家。然走到黄河渡口时，遇见追杀他的刁七。渔夫花上路与女儿花飞云救了裴秀生，并杀了刁七。花飞云拆开师父彩霞圣母给她的柬帖，得知自己与裴秀生有姻缘之分，便让父亲说合。裴秀生开始不允，后被父女诚心感动，答应了婚事，与花飞云成为夫妇。番王因有了蕉叶扇，肆无忌惮，率大军攻打雁门关，火烧唐军。唐军死伤众多，只得又向朝廷求援。

卢　杞：（内白）妹丈请。

裴秀生：（内白）表兄请。

（卢杞、裴秀生同上）

卢　杞：妹丈今日光临，愚兄实为高兴也。

（唱）卢杞假意面带笑，安心夜间把人伤。

早把刁七安排妥，假意殷勤备酒浆。

裴秀生：（唱）裴生不晓其中故，坐在椅上喜非常。

今日来到兄府上，小弟三生有荣光。

（上辛青）

辛　青：（唱）辛青迈步把房进，保护姑爷站一旁。

卢　杞：（唱）卢杞吩咐摆筵宴，酒后再来论文章。

（上刁七）

刁　七：（唱）刁七答应不怠慢，立刻酒宴备妥当。

（白）酒菜已到，请用。（下）

辛　青：（唱）辛青上前斟了酒，此后又把菜来尝。

卢　杞：（唱）卢杞早知其中故，隐而不言话语藏。

裴秀生：（唱）表兄何必置盛宴，赐以山珍和海味？

卢　杞：（唱）妹丈不需太谦让，饭菜不恭望原谅。

裴秀生：（唱）弟我无故来造访，打扰净室不敢当。

卢　杞：（唱）千句之言同然免，且讲读书论文章。

裴秀生：（唱）小弟鲁钝文章差，想比兄长并不强。

卢　杞：（唱）妹丈为何把我却？这让愚兄面无光。

裴秀生：（唱）非是小弟把兄却，怎奈我孤陋寡闻是不强？

卢　杞：（唱）孔夫子乃是天下文人也，却是为何周游列国苦奔忙？

裴秀生：（唱）周游列国求贤士，意在行道安国邦。

卢　杞：（唱）箪食瓢饮居陋巷，何人能够不愁常？

裴秀生：（唱）若非大虞不能够，回也不改乐洋洋。

卢　杞：（唱）孔子自谓参也鲁，我道一贯不改变。

裴秀生：（唱）夫子所传胸中术，参虽心鲁性儿强。

卢　杞：（唱）孟子见了梁惠王，也是学士去安邦。

裴秀生：（唱）末后梁王没任用，孟子辞去至别邦。

卢　杞：（唱）正是二人言不尽，

（上刁七）

刁　七：（唱）刁七进房禀其详。

口说大爷天不早，

（白）禀大爷，天已不早，席食酒冷，换宴再叙吧。

卢　杞：我二人说话投机，不晓饥饿。既然天黑，点烛，看酒宴。

刁　七：是。

卢　杞：你与妹丈少陪，愚兄去去便来。

裴秀生：如此，兄长请便。

卢　杞：刁七，你与辛青厨下用饭。

刁　七：是，小人遵命。辛青随我来。

辛　青：哦，不可。大哥，俺奉太太之命，侍奉姑爷，不敢远去，有饭在此可用，无饭也就罢了。

裴秀生：总管，你自己用饭去吧，此处剩饭，足够他用。

卢　杞：如此甚好。妹丈，愚兄失陪。

裴秀生：好说，表兄请。

卢　杞： 免送。

辛　青： 姑爷，今日不可安寝。

裴秀生： 却是为何？

辛　青： 我今此来，如此这般，奉太太之命，保护姑爷。

裴秀生： 非也。我观卢杞乃是正人君子，非是无端之辈，绝不会加害于我。观其举止，乃是仁义之人；观其面相，好像途中救我之人。他既愿留我，岂有何害我之心？断无此意。不可多言，快去安寝去吧。

辛　青： 小人不困，姑爷安息才是。

裴秀生： 咳，哪有这等闲心？凭你去吧。（下）

辛　青： 你看姑爷去了，我不免和衣而卧，观察动静。

（诗）奉命同己事，严防不法人。

（打二更）

卢　杞：（内白）春红，天交二鼓，你往书房给裴秀生送茶去吧。

春　红： 是，晓得了。

（上春红、刁七）

刁　七：（诗）夤夜做刺客，要害色中人。

（白）俺刁七，奉了大爷之命，至书房以外杀了丫鬟春红，诬陷裴秀生因奸不成，杀死侍女，谅他难逃公道，待我走走。

（唱）手中提钢刀，心中暗盘算。

来在书房下，月照光花现。（下）

春　红：（唱）丫鬟小春红，前来把茶献。

手中端着盘，疾走不怠慢。

到在书院中，恐怕把脚绊。

低头进了门，脚跟底去看。

怎么心发虚，好似把鬼现？

进门加小心，不住往前看。

只顾往前倒，

刁　七：（唱）刁七暗中看。

悄悄跟了来，钢刀手中拿。

举刀下绝情，头掉血光现。（春红死）

凶手贼刁七，急忙出书院。

（上辛青）

辛　青：（唱）辛青早听见。

听得响一声，脚步响得乱。

不知是何情，待我看一看。

隔窗往外瞧，月光有方便。

一人倒院中，待我看一看。

原是一妇人，被杀死得惨。

复又思一会，心中思影见。

必是卢杞他，杀人暗算计。

想罢急回身，（下，内唱）进房忙呼唤。

姑爷醒来祸事到。

（内白）姑爷醒来。

裴秀生：（内白）夜静更深，有何大事？这等大惊小怪。

辛　青：（内白）姑爷快起，原是这般，如此死尸现在院内。

裴秀生：（内白）哦，哪有此事？待我看来。（上）吓死人也，这是哪里所起？

辛　青：姑爷，果不出太太所料，定是卢杞狗子用计谋婚。

裴秀生：呀！果有此事。卢杞呀，我只说你是正人君子，不想你是卑鄙小人，但天定与你讲究。

辛　青：有办法。

裴秀生：他杀人还有什么道理？

辛　青：他今日杀死侍女，必说你因奸不遂才除此人，定将你送至官衙，严刑拷打，难免有杀身之祸。

裴秀生：事已至此，如何避祸？

辛　青：若依小人之见，走为上策。

裴秀生：我？你看他墙高院深，如何出走？

辛　青：小人进府之时，早已看准路径，姑爷不必多言，快随我来吧。

裴秀生：是。

辛　青：（唱）辛青拉着裴秀生，快快随我去逃命。

裴秀生：（唱）秀生又气又害怕，往外疾走神不定。

辛　青：（唱）出了书房到花园，又过角门墙根边。

裴秀生：（唱）来到墙根有阴影，低言巧话把话明。

辛　青：（唱）姑爷扶着我的肩，紧紧抱住不要动。
辛青念起飞跃术，越墙而过是万幸。

裴秀生：（唱）下了肩头站流平，心中害怕发了怔。

辛　青：（唱）姑爷不要发怔了，咱快庵后走出境。

裴秀生：（唱）走不多时用目观，有些房子挡路径。

辛　青：（唱）何不前去借灯光，免得夜间有不幸？
想罢开口寻姑爷，我去借灯照路径。
说罢急忙进房中。
（下，内唱）众位将爷听我讲。

军　卒：（内白）哦，辛总管半夜有何勾当？

辛　青：（唱）原来如此是这般，此时回来路黑，
欲借灯光回府中，明日定然相还送。

军　卒：（内唱）守房军卒说现成，就给你老照路径。

辛　青：（唱）辛青应声多谢了。
不言主仆回府中，（下）

刁　七：（唱）再说刁七把爷奉。
天有五鼓该行事。
（白）大爷，天已五鼓，咱得前去看看。裴秀生见此光景，可不露了形藏？

卢　杞：那是自然。哈哈，这是何物在此？大家上前看来呀，是何人的丫鬟被杀死？方才送茶，前来定有缘故。

刁　七：大爷不用说了，定是裴爷看着春红好美，动了色心。春红不允，裴爷恼怒将她杀死。唔呀！好个色徒，真乃无礼，就此书房捉拿凶手。
（下，又上）

卢　杞：裴家狗子哪里去了？

刁　七：大爷不知，裴秀生是文人，那辛青可是力有千斤，能飞檐走壁，定是辛青将他救走。

卢　杞：刁七，就此带马追赶。

刁　七：大爷何处去赶？

卢　杞：到辛府捉凶手。

刁　七：大爷不可。那辛忠官居显位，为经略元帅，又是皇帝的宠臣，他虽不在府，姑太太不叫进府，谁敢进府拿人？

卢　杞：哦，现有死尸为证，何言职位高低？他府隐匿凶手，国法难容，何论职官？不知王子犯法与庶民同罪的道理？

刁　七：大爷不必如此心急，办事有急缓，小子有一计，不知可否？

卢　杞：有何妙计？讲来。

刁　七：大爷不如将春红尸体掩埋，隐而勿究，小人悄悄出府哨探。姑太太见他人命在身，姑太爷又不在府内，无人保护，太太必然私放裴秀生回家，逃案裴秀生，怎敢走其大路？必然奔走小路，从黄河渡去，我早早去等，突然将他杀死，尸体扔入河中，再令人到辛府传言。那辛小姐见夫婿已死，必然甘心再嫁。那时大爷再托人提亲，岂不易如反掌？一来呢姓裴的为春红偿了命，二来不伤亲戚的和气，岂不两全其美？

卢　杞：此事姑母必信裴秀生之言，得知裴秀生身死，必将其女另嫁他人，岂肯与我结为花烛？

刁　七：无妨，等杀死裴秀生，小的自有妙计，保管智娶大奶奶就是了。

卢　杞：哦，就此依计而行。

（诗）管你飞到天边去，难脱坏种计谋深。（下）

（出卢氏、辛玉兰）

卢　氏：（诗）心乱难眠坐四更，

辛玉兰：（诗）心惦裴郎不安宁。

卢　氏：（白）老身辛夫人卢氏。

辛玉兰：奴辛玉兰。哦，母亲，孩儿我总是心神不定，天已四更，心神越发恍惚，莫非说裴郎有啥祸事不成？

卢　氏：哦，为娘也是如此，望神保佑姑爷太平无事。

（上丫鬟）

丫　鬟：禀太太，辛青与姑爷回来要见太太。

卢　氏：好，快请进屋中说话。

丫　鬟：是。（下。内白）有请姑爷。

裴秀生：（内白）是，来了。（上）岳母在上，小婿拜见。

卢　氏：贤婿免礼，请坐。

裴秀生：是，告坐。

卢　氏：咳，贤婿因何黄夜而归？

裴秀生：哦，可恼哇可恨！

卢　氏：咳，贤婿，这是为何这样怒气？莫非是有什么不快之事？

裴秀生：咳，岳母哇，小婿大祸可要临头了。

（唱）尊岳母，听根由。

如此这般，设了计谋。

小婿卢府去，并没细考究。

结果中了奸计，丫鬟如此命休。

小婿险些被拿住，多亏了辛青救我出。

卢　氏：（唱）老妇人，皱眉头。

辛玉兰：（唱）辛氏玉兰，心也更愁。

此事怎么处？祸事怎了休？

卢　氏：（唱）卢杞这个狗子，真是野性牲畜。

这个事儿怎么处？无非隐匿不出头。

裴秀生：（唱）计不妥，无计究。

卢杞明白，会来寻搜。

府中隐藏我，必生祸根由。

倘若搜寻出我，必得去坐牢囚。

我死倒还不足惜，连累岳母理不该。

卢　氏：（唱）老夫人，闷悠悠。

有心隐藏，又怕来扰。

老爷若在府，必敢来出头。

如今老爷不在，何人出头讲究？

左右为难死我，不住吁气泪交流。

辛　青：（内唱）小辛青，听情由。

眉头一皱，计上心头。

忙把太太叫，小人有计谋。

卢　氏：（白）是哪个？

辛　青：（内白）小人辛青。

卢　氏：快进房中讲说。

（上辛青）

辛　青：（唱）辛青答应把房进，太太听我细讲说。

（白）太太在上，小人叩头。

卢　氏：辛青，你真是义仆，你有何计可救姑爷免去祸端？你快快说来。

辛　青：太太，我想卢杞他既兴心害人，此事断然不能压下，明日必然来府追究，定然经官面圣。舅太爷官职虽小，但是伶牙俐齿，会扰乱圣聪。圣上若是信了谗言，来府搜查，必得姑爷问罪。就是太爷官职虽大，也难落个隐藏凶手之罪名。

卢　氏：如此说来，这真是塌天大祸，你有什么主见？快快说来。

辛　青：若依小人之见，不可留姑爷在府。现在天有四鼓，疾请姑爷用饭，速速备好盘缠；五更之时，令人送姑爷而往；待天亮时，已到南门之外长亭之处。明日卢家追究也无妨，之后半月不见动静，也就无有事了。姑爷回家之后，待秋闱之时，即来考场夺魁，万无一失。明日卢家若来究事，姑爷不在咱府，太太应翻脸，与卢家要裴姑爷。就是面圣，对卢杞来说，也是无济于事。

卢　氏：好哇，此计很妙。丫鬟，快看酒宴。

辛　青：是。

卢　氏：辛青，你也坐下陪你姑爷。

辛　青：小人不敢。

卢　氏：无妨，老身还有话说，快坐。

辛　青：是，小人谢坐

卢　氏：辛青，老身有件心事，不知你肯应否？

（唱）卢氏夫人常叹气，辛青你可听我言。

早知你是个义仆，事到如今过其尤。

办事中正又爽快，一心无二品德贤。

卢府把你姑爷救，尽心效力为主人。

今日又献良谋计，声名留于万古传。

千辛万苦为的我，却叫老身补报难。

辛　青：（白）与主分忧，理所当然，何言“辛苦”二字？

卢　氏：（唱）老身有句不当话，到在嘴边出口难。

辛　青：（白）太太有何心事？请讲。

卢　氏：（唱）有心认你为义子，不知认同不认同？

我的话儿出了口，望你赏脸理当然。

辛　青：（唱）太太高抬我感谢，不敢答应望高攀。

裴秀生：（唱）以德报怨是正理，义子当然更亲近。

辛　青：（唱）辛青答应我心中喜，离座跪在地流平。

卢　氏：（唱）夫人伸手忙拉扯，不必多礼坐下言。

辛玉兰：（唱）玉兰上前施一礼，义兄万福小妹参。

辛　青：（唱）辛青急忙还一礼，有劳妹妹费心肝。

辛玉兰：好说。

（唱）玉兰说罢回房去，（下，又上）去不多时又回还。

上前来把母亲叫，

（白）母亲，天已四鼓多时，女儿有一言，要与裴郎言讲，不知母亲可容否？

卢　氏：女儿有话，只管讲来。

（打五鼓）

辛玉兰：裴郎啊，你听四鼓已尽，五鼓出发，正是相公离开之时，妾身有一言告禀。

（唱）粉面作红轻启齿，止不住二目滔滔眼泪直倾。

凄惨一会开言道，叫声相公听奴明。

你我虽然乾坤定，并未桃夭乐无穷。

我是千金你公子，未过门媳妇见面谈话礼不通。

不想此时为难你，不得不把话说明。

这不是当着母亲与兄长，听奴告诉内里情。

事情由奴而生起，卢杞才把事儿生。

裴秀生：（白）小姐为何知道？

辛玉兰：（唱）如此奴家做怪梦，是梦相应与义兄。

不信你可问兄长，这些事儿记心中。

裴秀生：（白）咳，原来如此。我若得第，必杀卢杞。

辛玉兰：（唱）杀不杀的奴不管，奴还有大事一宗。

裴秀生：（白）讲讲。

辛玉兰：（唱）取舍同凭相公你，我辛玉兰定然遵三从。

这是原聘蕉叶扇，好好收藏未当轻。

唯恐日后不指认，有此证物就是凭。

说罢放在桌子上，二目滔滔泪泱泱。

事到伤心难言语，

裴秀生：（唱）秀生见扇更伤情。

眼里含泪对小姐，

（白）小姐放心，我裴秀生乃是忠义之人，不是失义小人。小姐方才言道，死不再嫁，我裴秀生死不再娶，如有三心二意，苍天难容。

辛玉兰：诶呦，你可别说了。

卢　氏：好哇，若三年不来，贞洁如旧。贤婿今秋赴试，不如更名入场，得第之后，何惧卢杞？

裴秀生：咳，临期再议。

卢　氏：贤婿，你若三年不来，便教你岳父把玉兰送入你府也就是了。

裴秀生：如此也就多谢岳母了。

辛　青：母亲，天似不早，事已如此，快教妹丈早走才为正理。

卢　氏：是。贤婿，这是纹银五十两，好作费用。

裴秀生：多谢岳母、小姐垂青。异日再谢。

（诗）千里投亲争名利，

卢　氏：（诗）不愁扒了是非门。

辛　青：（诗）保护姑爷离虎穴，

辛玉兰：（诗）难舍裴郎闷在心。

裴秀生：（白）请。（下）

（撒里库升帐，番将五十六、张成、棍仓站）

五十六：（诗）钢叉惊神兔，枪杆点长毛。

跑开卷毛马，敌将首级削。

（白）俺正印先锋五十六。

张　成: 俺副先锋张成。

棍　仓: 俺棍仓。

众　将: 王爷升帐，大家小心伺候。

（出撒里库）

撒里库:（诗）御驾亲征领雄兵，一心要夺雁门关。

毛袄大兵整十万，自为马到定成功。

（白）孤家契丹王撒里库是也。自从昨日元帅柬书到来，求救要添兵助将，孤家正无法可施，可巧唐朝张成来献贵宝，真乃天助孤家，大唐国运将尽，该孤继位。今日孤家御驾亲征，必然一战成功。众毛袄们，就此放炮起兵，一奔雁门，不得有误！

（唱）吩咐一声快点炮，炮响三声把兵排。

契丹王爷下大帐，翻身上了马走开。（马上）

人马滔滔尘土起，如同猛虎下山崖。

不言番国发兵事，再表刁七奉令差。

（上刁七）

刁　七:（唱）五更之时出了府，天明到在黄河岸。

为的大爷婚姻事，要害裴生把命送。

裴生必到黄河岸，故我早早头里来。

暗中偷偷把他等，害了他命呜呼哉。

放开脚步急急走，

（上裴秀生、辛青）

裴秀生:（唱）再表裴秀生辛青出城来。

出了京城南门外，霎时就到十里台。

转眼之间天大亮，

辛　青:（唱）辛青止步笑言开。

妹丈你看无动静，大略没有祸事出。

愚兄不能往前送，路上保重免挂怀。

将手摆摆说是请，

（白）妹丈，路上保重，愚兄不能远送了。

裴秀生：好说，兄长请回吧。

辛　青：（唱）回身迈步回了宅。

裴秀生：（白）咳，苦哇。

（唱）裴秀生胆战心惊往前走，转眼到在黄河岸。

大水滔滔浪翻滚，我可怎过苦难哉？

为急无法来回走，叫声苍天泪下来。

不言秀生为难事，

（出花飞云坐）

花飞云：（唱）再表飞云女裙钗。独坐绣房心烦闷。

（诗）自从辞师下山冈，日夜愁盼成鸳鸯。

（白）奴花飞云。自从辞师下山，父女相会，真是喜出望外。咳，奴家下山之时，师父言道，奴家今年动了凤鸾红运，然不知终身该配何人。今日端阳佳节，不免取出师父的柬帖，看上一看，便知消息。（下，又上）待奴拆开看来。咳，原是八句诗词，待奴念来。

（诗）今月今日动红运，裴郎遭难在渔船。

神剑救夫斩贼子，双方相见行地天。

日后京兵还来捕，要你反正上青石山。

秋后夫求官职去，独占鳌头中状元。

（白）好哇，原来是湖广襄阳裴秀生与奴有姻缘之分，真是随心如意。天哪，阿弥陀佛。咳，天似不早，奴家还得给爹爹送饭便了。

（唱）见柬帖，心喜欢。

收拾完饭，急忙化妆。

霎时同完备，装在小竹篮。

高兴出了门户，回手又把门关。

一口神剑身边带，高高兴兴迈开金莲奔渔船。

花飞云，且不言。

（花上路外上）

花上路：（唱）再表上路，两手不闲。

急忙撒下网，用力把绳拴。

打住鲤鱼二尾，急忙提上渔船。

真鲜真鲜，
一条足有四斤半，足够我父女食三天。
见到此，心喜欢。
把鱼装起，又把网翻。
来回拽动走，鱼儿往里钻。
真是走了时运，片刻鱼儿半船。
正是上路兴时起，
（上李四、王三，丑）

李四、王三：（唱）来了渔夫李四、王三。
二人到，河岸边。
叫声老花，快快下船。
今日来请你，过节到那边。
我船有酒有饭，咱们喝上一番。

花上路：（白）不的哇，谢谢！一会我的饭也来啦。

李四、王三：（唱）快点去罢别客套，忸忸怩怩还摆酸。

花上路：（白）那么着，我就去打扰了。

李四、王三：不必多言，快点来为好。

花上路：（唱）二兄弟，真实诚。
请俺喝完，还把饭食。
我就装起网，就去饮杯盏。
说走起身便走，迈步下了渔船。

李四、王三：（白）请。

花上路：请。
（唱）三人谈笑去饮酒，（下）

裴秀生：（唱）裴家秀生在山边。
来回走，仔细观。
河岸无人，心中黯然。
才要把河下，害怕打颤颤。
猛然往东看，不由吃一惊。
那边来了人一个，好像刁七狗贼奸。

怕是狗子来追我。

（白）呜呼，呀，你看东边来了一人，好像卢府刁七狗子，必是受卢杞那贼所差，前来追我，要害我的性命。苍天！可叹我裴某命运之苦，莫非我命在此休了吗？你看那边有一只渔船，待我上前呼救便了。如无人搭救，我只好投河一死。

（唱）秀生两足忙，急走不怠慢。

心中跳得快，着急出了汗。

快步往前赶，上船去避难。（下）

（上刁七）

刁　七：（唱）刁七早看见。

那边那个人，急走如似箭。

好像裴秀生，要过黄河岸。

快快把他追，害死祸事了。

迈步急急追，（对上三老汉）来了三老汉。

霎时到跟前，四人对了面。

花上路：（唱）上路开言问，你有何公干？

今日是端阳，怎么到河岸？

要是买鱼来，我有鱼几片。

刁　七：（唱）无有啥事情，散步在河岸。

不必问根由，各自讨方便。

说罢往前行，

花上路：（唱）上路面前站。

客人且慢走，我有鱼几片。

俱是鲜鱼子，足有二斤半。

我手无有钱，来买酒和面。

腌鱼把酒喝，香油醋杯半。

咱去喝几盅，也是赴盛宴。

刁　七：（唱）刁七不耐烦，连说莫莫莫。

我有大事情，须得急急办。

说罢扬长走，

花上路：（唱）好个王八蛋。

不懂人语的，牲口一样蠢。

回头叫兄弟，咱们去赴宴。

李四、王三：（白）是。

（上裴秀生）

裴秀生：（唱）裴生船边站。

回头不住瞧，还有三老汉。

挡住刁七贼。我才能方便。

说罢把船移，跳板放上面。

船舱里头藏，不敢来露面。

不言躲祸人，

（上花飞云）

花飞云：（唱）再说飞云来送饭。

来到河岸边，闪目留神看。

瞧见一个人，船舱不出面。

东边有一人，直往这儿窜。

三位老年人，拦住走得慢。

不知啥事情，我去问一遍。

想罢船上登，仔细看一看。

（白）咳，你是何人？大胆来在我家渔船之上？莫非是偷鱼的不成？

裴秀生：咳，姑娘不可高声如此，我是避难之人，望姑娘大发慈悲，救救小生吧。

花飞云：咳，好说。我且问你，是何处人士？姓甚名谁？

裴秀生：姑娘若问，告诉与你，我乃湖广襄阳人氏，姓裴名秀生。

花飞云：哎哟，原来还是你呀，你怎么来在船舱呢？

裴秀生：如此这般，姑娘救命吧。

花飞云：哟，看看你，真是胆小如鼠。不要害怕，有姑娘我呢。

裴秀生：多谢小姐。（下）

（上刁七）

刁　七：船上男子，出来有事。

裴秀生：姑娘，如何是好？

花飞云：无妨，待奴应挡。你是何人？到此何事？

刁　七：不要多问，快些叫船舱内男子出来，我们去喝酒。

花飞云：咳，你们各说不一。他是我们的亲眷，不会前去，请你自回吧。

刁　七：住了！好个不要脸的花奴，竟敢招野汉子。快把野汉子交出，如若不然，叫你难讨公道。

花飞云：住了！好狗子，竟敢胡言。你早回便罢，如若不然，定叫你尸横岸口。

刁　七：来，来。

（大杀，花飞云败）

花飞云：你看狗子剑法厉害，不能与他久战，不免取出降魔神剑，斩他便了。（念念有词）神剑起！（杀刁七）

花上路：（内白）丫头，哪里走？

花飞云：你看刁七似死了呀，爹爹回来？

花上路：（内白）客官，走，咱去喝酒去。（上）哼，怎的了？喝躺下了？怎把脑袋掉了？呀，出人命了。

花飞云：爹爹不知，是女儿方才杀的。

花上路：我不信你一个姑娘，还干过男子了？不信。

花飞云：如此这般，女儿将他杀死。

花上路：咳，这祸事可叫你惹大了。

（唱）一闻此话吓死我，眼睛发直身出汗。

愣怔一会说不好，这祸惹的天地大。

他是卢府一管家，奉令出府把事办。

你今为何把他杀？卢府定来把账算。

花飞云：（唱）原是卢家事不良，要害裴生阎王见。

女儿一见气不平，救了裴生发慈善。

刁七要行事理无，我才叫他阎王见。

花上路：（白）咦。

（唱）纵然一时气不平，打狗该把主人看。

卢家若是知道了，一定要把官府见。

女儿难免去偿命，那时苦了俺老汉。（哭）

花飞云：（唱）爹爹不必自着急，孩儿自然有打算。
虽有人命事关天，我可不在心中惦。
天子若是发来兵，那时女儿把武现。
法术盖今古无双，叫他齐把阎王见。
师父柬帖有建言，如此叫我这么办。
爹爹若是信不真，柬帖在此你老看。

花上路：（唱）拿来急忙捧手中，从头至尾看一遍。
咳，原来还是去为王，事不宜迟往外窜。
若等京城发来兵，外逃不了有大难。

花飞云：（唱）外逃不忙等官兵，叫他知道儿不善。
兵退再上青石山，以后投唐平反叛。
裴生现在船舱中，爹爹快去见一见。

花上路：（唱）上路闻言明白了。
（白）罢了，既有圣母之言，你也把刁七杀了，以后叫咱为王，再以后归了王化，我老汉呢，也只好如此凭天由命。哼，裴公子哪里呢？

花飞云：在船舱呢。

花上路：待我去看看。还有无有哇。（下，又上）船上无有哇。好，看看。（下）

花飞云：姓裴的出来罢，刁七被姑娘我杀了。

裴秀生：（内白）那刁七狗子死了么？

花飞云：死了。出来罢，没事了。

裴秀生：（内白）是，来了。（上）谢姑娘救命之恩。

花飞云：好说，不敢。

裴秀生：咳，老丈与姑娘救了小生，杀了刁七，官府必来纠缠，老丈将小生渡过河去，请老丈与小姐到在我家，免其祸事。

花上路：哼，听口音，看脸相，好像在哪见过。想起来了，你是不是上次襄阳府的裴少爷？

裴秀生：咳，老人家为何知道？

花上路：咳，怎么忘了？二月间，你去京城路中，曾来此渡口，有过言语。我虽年老眼花，总还看出来了。

裴秀生：咳，原来还是恩人。前因渡河，今日又救了残生，真是再造之恩，小生刻骨难忘。

花飞云：爹爹，你老自管说话，正事忘了吧？

花上路：哼，什么事？

花飞云：那宗事。

花上路：咳，什么事呢？吞吞吐吐。咳，想起来了？裴公子，小老儿我有件事不知羞地说出来，还望勿见罪。

裴秀生：老人请讲。

花上路：裴少爷听了。

（唱）你裴生，听我明。

我有一事，要你应从。

老汉呀农辈，打鱼度日生。

也是官宦门第，如今落难下风。

一辈老实又憨厚，老伴早就赴幽冥。

年五旬，苦难明。

膝下无子，只一花容。

如今未受聘，更没婿成龙。

想着招个女婿，终久养老送终。

我女今年十七岁，文武双同人头行。

十二岁，上山峰。

彩霞圣母，传艺五冬。

今年把山下，回家父女逢。

还有一副柬帖，应验救取相公。

说罢柬帖递过去，你老看看行不行？

（递过柬帖）

裴秀生：（唱）裴秀生，细定睛。

看了一遍，口打咳声。

开口尊老者，听我说分明。

我如此受了难，又与你船相逢。

小生本是读书辈，怎敢前来会花容？

花上路：（唱）花上路，口打哼。

这个跟头，栽得不轻。

人家不需要，我女枉相中。

怎想无法可施，不住口打咳声。

花飞云：（唱）花氏飞云见此景，心中小鹿打调停。

裴公子，是书生。

忠义二字，很是明清。

人情大道理，理应胜人聪。

人家必有妻子，定是淑女花容。

如今奴也相中了，哪怕二房三妾心也中。

主意一定把爹爹叫。

（白）爹爹，这里来。

花上路：干啥？

花飞云：你老与他说了吗？

花上路：说了呀，连柬帖都给他看了，就是不应呢。他说自己有媳妇了，不能再娶了。

花飞云：咳，如此说来，你再去说娶上三房四妾的人多着呢。

花上路：咳，人家不需要哇，没法子再去说。

花飞云：爹爹，再去说说吧。

花上路：好！只好不要这张老脸了。裴少爷，我姑娘说了，这世界上娶三房四妾的人多着呢。你多娶几房媳妇，还有亏吃？

裴秀生：老人家，小生难以从命。

花上路：咳，这可没法了。咳，有了，就这么着，裴公子，你应不应罢？

裴秀生：老人家，小生不敢再娶。

花上路：当真不敢？

裴秀生：当真不敢。

花上路：果然不留？

裴秀生：果然不留

花上路：哎呀，裴公子，我姑娘说你不收她，她就要自杀了，那么我小老儿，我也没活路了，望公子开恩吧。

（跪，裴秀生拉）

裴秀生： 呀，这还了得？老人家快快请起，小生应下也就是了。

（拉花上路）

花上路： 这不就结了。如此说来，你是姑爷。姑娘，那公子应了，你快回去收拾收拾，今日正是好日子，咱就走马上任。

花飞云： 那是啥话？

花上路： 实诚话，

（唱）难得遂心乘龙婿，

花飞云：（唱）多亏爹爹方法高。

裴秀生：（唱）如今难中又降喜，

花飞云：（唱）夜烛同眠上九霄。

（白）相公随我来吧。

裴秀生： 是。

（拉下）

花上路： 你看没法子，姑娘大了，由不得做父亲的了，老汉我也回家便了。

（唱）不言话老汉回家转，（下）

众番将：（唱）再表北国众番兵。

当先先锋五十六，后跟叛贼名张成。

逢山就把路来开，逢河就把桥来通。

（上撒里库）

撒里库：（唱）契丹王爷押后队，行了数日来到雁门关。（下）

（升番帐，闹海兔、敖里仑站）

众番将：（唱）闹海兔接驾把位让，敖里仑站大帐中，

棍仓与那五十六，随后又来名张成。

伺候王爷升大帐，愿听王爷将令到。

（上撒里库）

撒里库：（唱）契丹座上开言语，叫声尔等把令听。

就此齐出兵营去，人马围攻雁门关。

说把号令下大帐。（下）

（升正帐，曾杰、终元、金奎、皇甫山、卜阳坤站）

曾　杰：（唱）在座雁门众英公。

当先来了曾元帅，威风凛凛站帐中。

终元上帐来伺候，

皇甫山：（唱）皇甫山来到军帐中。

伺候王爷升大帐，

（上史兴邦坐）

史兴邦：（唱）宝帐坐下大元戎。

兴邦才要点名册，（上卒）

卒：（唱）报事儿郎跪流平。

口称王爷祸事到，

（白）报元帅，祸事已到。今有契丹王，发来万千人马，离城不远，乞令定夺。

史兴邦：再探。（卒下）好个番王，竟敢亲身提兵，前来找死。众将官，一齐杀出，杀他片甲不归便了。（下）

（金奎、五十六对上）

金　奎：来这番将，报名受死。

五十六：住了！唐将要问都督，有名与你，我乃塞北大都督五十六。蛮将何名？

金　奎：吾乃左先锋金奎。知我厉害，下马受绑，如若不然，尸横马下。

五十六：少发狠言，松驹过来。

金　奎：来，来。

（大杀，金奎败下。上终元，终元死。上卜阳坤对闹海兔，卜阳坤败下，闹海兔追杀）

殷金花：（内白）众将闪过。（上）奴殷金花。你看闹海兔，追杀我将，此贼力大无穷，难以取胜，我不免暗祭神器，打他便了。（念念有词）神器起！（闹海兔败下）你看番贼已败，众将官一拥攻杀。（下）

（大杀，上撒里库对曾杰）

撒里库：住了，好个蛮将，报名受死。

曾　杰：番王听真，我乃雁门关元帅曾杰。劝你早早回去，不失封王之位，如若不然，定将尔国扫灭。

撒里库：唔呀呀，好个曾杰，少发狠言，看刀取你。

曾　杰：看刀。

撒里库：来！来！呀，你看唐将力大马快，难以取胜，不免将人马撤回，用宝扇扇他便了。毛袄们鸣金。（下）

曾　杰：你看番兵败走，众将官追杀。（下）

（上撒里库）

撒里库：好个不知好歹的唐将，竟敢赶尽杀绝。追兵已近，待我用扇扇他便了。（扇，烈焰起，唐兵俱败）好也，你看唐兵败走，毛袄们追杀。

（上卒）

卒：报王爷，唐将败进关去。

撒里库：好，就此收兵。（下）

史兴邦：（内白）众将官，多备灰瓶火炮、滚木礌石，严防城池。将马带过了。

（曾杰与众将站，上史兴邦）

史兴邦：一场好杀，一场好战，一场好烧！咳，只怕此城难保了。

（硬唱）兴邦坐在大帐中，不住叹气暗思量。

我自保唐多年来，从来未有打败仗。

今日大战契丹王，大战威风疆场上。

杀得番兵败走逃，谁知这才上了当。

番王回身用火攻，烧得大兵魂胆丧。

见他手拿扇一把，烟火烧起高十丈。

跑得快的未受伤，跑得慢的兔一样。

战将十伤有八九，浑身火烧甲叶烫。

夫人战场形无踪，不知是生还是丧。

她的神通也不中，着急无法把帐升。

还得写表求救兵，京中再发兵与将。

想罢书写管毛竹，霎时写完忙封上。

按上大印往下叫。

（白）卜阳坤上来听令，你未曾伤命，将此表急送京中忠孝王府。曾将军上帐议事。

卜阳坤：得令。（下）

曾　杰：咳，千岁有何吩咐？

史兴邦：曾将军，番王异术厉害，明日他若要攻城，可有什么主意？

曾　杰：千岁，臣倒有一计，不知可否？

史兴邦：有何计策？快快讲来。

曾　杰：今日于城楼之上，炮口朝外，炮尾朝里。明日他来攻城，必用火扇来扇，那时火气很大，城楼大炮必响，炮打城外，番兵必然损伤，番王必然自退。

史兴邦：好哇，此计太妙。众将官依计而行。

曾　杰：（诗）将在谋而不在勇，兵在精而不在多。

史兴邦：（白）请。（下）

（完）

第 四 本

【剧情梗概】裴秀生虽与花飞云结婚，然闷闷不乐。花飞云劝慰丈夫时，方得知裴秀生之前和辛玉兰的盟誓。花飞云便让裴秀生写信给辛玉兰，告知原委。花父将信送至京城辛家，众人因裴秀生平安无事而喜欢。卢杞求父亲卢雄帮助自己娶到辛玉兰，卢雄答应，便一方面对皇帝说花飞云是妖人，请求发兵抓捕，皇帝准许；另一方面要求皇帝委任去云南赏军尚未到家的辛忠为副元帅，回京后立即领兵驰援雁门关，以便寻机害死辛忠，皇帝亦允。镇国公贾英领兵到黄河套花家村，然被花飞云用法术定住，不能动弹。花飞云详述裴秀生被卢家陷害经过，又说明自己不是妖人，贾英收兵回京，花飞云则领着庄农上了青石山避难。

（出裴秀生、花飞云）

裴秀生：（诗）新婚燕尔非本心，

花飞云：（诗）同床共枕恩爱深。

裴秀生：（白）小生裴秀生。

花飞云：奴花飞云。相公，你我已结花烛五日，真是夫唱妇随，你本当欢喜，我总看你双眉紧锁，似有不乐之意，连点笑容也无，莫非奴家有不周之处吗？

裴秀生：非也。娘子不知，若论娘子敬夫如天，无有不周之处，理应欢喜，但鄙人有心事在怀，叫我哪来的欢喜？

花飞云：哎哟，哎哟，我的相公呀，你有什么心事，何不对奴说知？叫奴也明白明白。

裴秀生：咳，不能说。

花飞云：你瞧瞧吧，怎又不说呢？

裴秀生：咳，拙夫若是说了，我怕娘子憋屈。

花飞云：哦，你只管的说吧，奴家不憋屈，能办的还能与你办才是。

裴秀生：好哇，娘子若问，听了。

（唱）未曾开口先叹气，娘子听我说分明。

在辛府如此如此遭了祸，这般这般逃出城。

辛小姐临行之时嘱咐我，拙夫句句记得清。
又说没齿不再嫁，无聘带回作凭证。
鄙人又言心不忍，许下不娶报恩情。
今为解救结亲事，在此结亲有难情。
我虽有了安身处，朝欢暮乐两情浓。
虽然如此情不顺，细想难对女花容。
口说心中曰惭愧，二目之中泪珠流。
低头不语自嗟叹。

花飞云：（唱）花氏飞云笑盈盈。
原来还是这宗事，
（白）说来说去还是为的那个媳妇哇。你不用急躁，妾身自有与你宽心之计。

裴秀生：你有何计？不妨言讲。

花飞云：官人，你将奴家救你之事、招亲之言，恳恳切切写在书上，传于辛氏小姐，叫她放心，日后她也不能责备你停妻再娶之罪，岂不是好？

裴秀生：此策很好，就是愁无人下书。

花飞云：好说，等爹爹打鱼回来，烦他老辛苦一趟。

裴秀生：如此甚好，待我写来。（写介）书已写完，且等岳父回来。
（上花上路）

花上路：姑娘、姑爷在屋么？

裴秀生：岳父来了，请转上坐。

花上路：便坐可以。姑娘、姑爷，今个怕是咱们办那宗勾当要犯事。

花飞云：咳，你老说话糊涂，啥勾当哇？

花上路：咳，啥勾当？你还装不知道？前几天把刁七杀了，那还能白杀吗？

花飞云：莫非官府知道不成？

花上路：是。方才我在河边打鱼，几个小伙子说是奉命找刁七，在河岸上发现了刁七的尸首，停了一会都走了。老汉放心不下，赶紧回家言讲言讲，好有个准备。等明天老爹我再去京城打听打听。

裴秀生：哦，岳父既要进京探事，这里有书信一封，烦岳父送与辛府，小婿感激不尽。

花上路： 姑爷说到哪里去了？你我是翁婿，何谈“感激”二字？岂不闻圣人云：“有事弟子服其劳。”要不了你儿时能得我济呢？

裴秀生： 老人家取笑了。

花上路： 姑爷，书信带在身上了，老汉我早去早回，免去挂念才是。

（唱）上路接书往外走，（下）

去往京都探音信。

不言上路上了路，

裴秀生：（唱）裴生在屋心担忧。

杀了刁七犯祸患，官府必来捉拿我。

若是被擒官府去，必是刀下命呜呼。

不如自尽早早死，免去临期受刀诛。

说到伤心泪如雨，

花飞云：（唱）飞云微笑叫丈夫。

相公却把宽心放，有奴保你万事无。

官府若是来捉你，奴家岂肯舍你去？

放心随奴去休息，何必胆小吓得哭？

来吧，手拉郎君入帷帐，再表卢雄坐书屋。

（上奸官卢雄）

卢　雄：（唱）心中思想家中事，我儿赴考来京都。

总管刁七也来到，苦用功夫读诗书。

为何不见刁七面？丫鬟近期被刀诛。

哼，其中必是有缘故。

（白）我想丫鬟春红乃是孤女，刁七乃是寡男，必是因奸不允，才出此事。五月初四春红被杀，初五刁七不见，定是刁七所做不良之事后罪逃他处。好个奴才，真正的可恼可恨。我已命人去找，将这奴才擒回，老夫定要将他处死，方解心头之恨。

（上卢杞）

卢　杞： 爹爹在上，孩儿一拜。

卢　雄： 我儿免礼，坐下讲话。

卢　杞： 是，孩儿谢坐。

卢　雄： 卢杞，今秋恩科将近，你要苦读诗书，用心作文，努力上进，才是正理。为何今日上街游巷？是何道理？难道你不以功名为重？

卢　杞： 咳，爹爹有所不知，孩儿因一事得病，故而无心用功。

卢　雄： 得了什么病？只管说来。

卢　杞： 爹爹听讲。

（唱）小卢杞，把身躬。

尊声爹爹，听儿细明。

因为今秋后，恩科状元红。

儿子前来赴试，光宗耀显门庭。

思想文章好与坏，去找明人把文评。

辛府里，有一名。

襄阳人氏，姓裴秀生。

本是辛府婿，曾考举人公。

此人才高八斗，故此前去拜迎。

那日孩儿去见姑，遇见表妹女花容。

卢　雄：（白）遇见怎样？

卢　杞：（唱）孩儿见，女花容。

儿思终身事，如今房内坐。

此时魂火颠倒，要娶表妹心诚。

可叹人家早受聘，

卢　雄：（白）聘于何人？

卢　杞：（唱）襄阳府的裴秀生。

那日里，设牢笼。

这般如此，要害裴生。

杀了小侍女，本是刁七行。

谁想人家知道？故此画虎不成。

事到如今无法办，刁七又去害裴生。

端阳节，出府中。

今有五日，不见回程。

莫非走岔路，上了襄阳城？

要不怎么不见？真是闷在心中。

刁七不回不要紧，可是孩儿病不轻。

卢　雄：（白）住了。

（唱）骂了一声小畜生。

再乃无礼，胡为乱行。

不以功名为重，为色迷心中。

为父断然不允，定狠责你才通。

卢　杞：（唱）卢杞起身尊声父。

（白）爹爹，你老不必发威，今日若是大事难成，孩儿也不要功名了，只有一死而已。死了也罢。

（撞墙介，卢雄拉）

卢　雄：哦，我儿不可拙想，你是为父心肝，就依你也就是了。但有一件事难办。

（上二丑）

二　丑：老太爷，可坏了。

卢　雄：哦，有什么坏事，这等惊慌？

二　丑：太爷不知，容禀。

（唱）二人叩下头，细听我们告。

小人奉令行，去到黄河边。

寻找刁七他，河岸来回拢。

遇见一老翁，打鱼在河套。

我们去打听，他说不知道。

我们到处寻，看见吓一跳。

卢　雄：（白）哼，吓什么？

二　丑：（唱）刁七总管他，躺在岸上边。

头身分了家，血早往外冒。

不知被谁杀，魂早阎殿到。

我们问船家，他们向我告。

卢　雄：（白）谁杀的？

二　丑：（唱）说是老花家，上路这老汉。

今年二月间，一女家中到。

说是他闺女，把他爹爹叫。
昨日又一人，他家说又笑。
你说是哪个，是他女婿到。
原来是裴生，举子是名号。
也曾去辛家，入赘把亲招。
因事离了京，才把花家到。
从那至后来，花家青雾罩。
人说有妖精，来把花家闹。
杀了刁七他，人人都知道。
说罢叩个头，

卢　雄：（白）闪过。

二　丑：是。（下）

卢　雄：（唱）卢雄心中躁。
（白）这个事儿奇怪了，卢杞呀卢杞，这都是你惹的是非，害人不成反害了自己，无辜害了两个家人。

卢　杞：咳，爹爹，事已至此，一不做，二不休，杀人不死，反为仇恨。孩儿也无用了，爹爹明早早朝，奏上一本，要朝廷发兵去拿花家与姓裴的，拿住后定然处死，那时爹爹托人去辛家提亲，定然成功。

卢　雄：哦，如拿不来怎样？

卢　杞：如要拿不来，花家也不在此处住了，必然远逃，那时再散布言语，说是裴秀生被女妖带走，辛府闻知，定将小姐另配，此时再谋他计。

卢　雄：咳，只好如此。
（诗）昧心纵子害忠良，

卢　杞：（诗）就为辛府女娇娘。（下）
（升帐，辛忠坐）

辛　忠：（诗）豪气凌云照日月，赤胆忠心保大唐。
（白）本帅辛忠。自三月间奉旨去云南赏军，今日方回，离京只有一站之路。就此起兵回朝，交旨便了。
（唱）吩咐一声下大帐。
炮响三声起大兵，（马上）扬鞭打马奔都京。

不言辛爷路上走，（下）

（摆朝，魏正忠、罗遂合、党进、贾英、卢雄上）

魏正忠：（唱）再表朝中文武情。

当先来了大学士，忠心耿耿魏正忠。

罗遂合：（唱）又来忠孝王一位，随众早已站班中。

党　进：（唱）进来御史名党进，

卢　雄：（唱）后跟奸党名卢雄。

贾　英：（唱）镇国元帅也来到，名闻中外叫贾英。

众　臣：（唱）齐候天子登大宝，景阳金钟响连声。

候主笙簧与箫笛，文武官员把身躬。

（上天子，坐）

天　子：（唱）肃宗坐在龙椅上，吩咐内臣把旨明。

有事出班早起奏，无事圣驾要回宫。

内　臣：（唱）内臣答应不怠慢，晓谕阶下文武官。

哪家有本早早奏，无本散朝主回宫。

卢　雄：慢散朝纲。

内　臣：何人有本？

卢　雄：侍郎卢雄有本。

内　臣：随旨上殿。

卢　雄：万岁。

（唱）卢雄迈步上金殿，三呼万岁把主称。

（白）万岁臣卢雄见驾。

天　子：爱卿有何本章？奏来。

卢　雄：万岁，黄河套出了妖精，昨日臣的家人河中钓鱼被妖所害，此妖又把襄阳裴秀生引去歌舞作乐，以吃人为乐，害得岸中百姓提心吊胆。

天　子：呀，此处离京却近，出妖怪事，必主京城不祥，须得早除才是。爱卿归班。

卢　雄：万岁。

天　子：内臣。

内　臣：伺候。

天　子： 宣镇国公上殿。

内　臣： 领旨。有宣镇国公。

贾　英： 万岁，臣贾英见驾。

天　子： 贾爱卿，今闻黄河套出了妖精，必主京城不祥，须得早除妖命，你带兵一万、战将十员，前去灭妖。退朝。

贾　英： 万岁，万万岁。（下）

罗遂合： 万岁，臣罗遂合见驾。

天　子： 皇兄，有何事奏来？

罗遂合： 万岁，臣接到平北元帅史兴邦急表一道，请主御览。

天　子： 呈上来。

罗遂合： 是。

天　子： 皇兄归班。

罗遂合： 万万岁。

天　子： 不知元帅急表内有何情，待朕拆开一观。

（唱）天子展开置龙案，从头至尾用目观。

霎时之间看完毕，心中慌慌是悚然。

眼望阶下开言道，众卿听朕讲根源。

平北元帅告急表，原来如此是这般。

求救急发人共马，破宝平贼天下兴。

哪家爱卿能为帅？得胜还朝定加官。

天子言语还未尽，

卢　雄：（唱）卢雄俯首金殿前。

口呼万岁万万岁，

（白）万岁，臣卢雄见驾。

天　子： 爱卿有何本奏？

卢　雄： 万岁，塞北契丹造反，大肆猖狂，邪术害人。万岁，须得有谋之能人可破之。

天　子： 不知何人可去？

卢　雄： 万岁，臣观朝中无能破之人。只有一人足智多谋，便可胜任，此人并不在朝。

天　子：何人?

卢　雄：经略元帅辛忠。

天　子：住了。他虽然足智多谋，可赏军未回，这不是妄奏么?

卢　雄：万岁，臣与辛忠乃是郎舅之情，情同骨肉，一月不见，如隔三秋。臣命家人，打探信息。家人探明，今日元帅必然进京。微臣以主江山为重，抛却亲情，才来保举，万岁。

天　子：哦，原来如此。所奏准许，封辛忠为平北副元帅，王浩、张烈为左右先锋，宇文合为运粮官，领兵三万、战将三十员，领旨宣召。明日校场点兵，请勿负朕之重托。

卢　雄：万岁。(下)

天　子：(唱) 远处还未看，近处出是非。

(白) 散朝。(下)

(出辛玉兰坐)

辛玉兰：(唱) 思念裴郎，心悬两地。

恨卢杞万恶奸雄。

(白) 奴家辛玉兰。自从裴郎来在我府，父亲要择日成婚，怎奈奴家怕裴郎贪恋美色，误了功名，岂不可悔?奴要裴郎用心攻读，秋闱之后，再效鱼水之欢。没想到卢杞狗子来府无礼，造了是非，裴郎被迫回乡。自裴郎走后，奴的心中总是悬挂，至今也无信息，因而奴家日夜郁闷，心焦如焚。

(上卢氏)

卢　氏：女儿在房么?

辛玉兰：母亲来了，请转上坐。

卢　氏：便坐可以。女儿，为娘看你这几天面黄肌瘦，茶饭懒食，想来是因为裴郎吧?

辛玉兰：咳，母亲别怪孩儿无耻。孩儿名分已定，裴郎去了五六天了，不知是祸是福，那卢杞又暗算于他，怎不愁烦挂念呢?

卢　氏：哦，为娘也很挂念，但福人自有天相，我儿要放宽心。

(上辛国泰)

辛国泰：姐姐、母亲可好?

辛玉兰： 兄弟来了？请坐。

辛国泰： 好说。姐姐，方才有黄河套一位老丈名叫花上路，说是奉我姐丈之托，来咱府上送信。大哥将他安置于书房用茶，我现将书拿来，请母亲、姐姐观看。

卢　氏： 女儿拿去看，念给娘听听。

辛玉兰： 是，孩儿知道了。

（唱）亲伸玉腕拆书笺，展开了书仔细观。

上写小婿裴生拜，拜见岳母老年残。

又拜闺房辛小姐，身子可安妆次前？

只因拙夫去贵府，又恨卢杞狗男女。

设计要想谋害我，多亏辛青义气男。

又感岳母恩情重，又得小姐志节全。

待俺如此恩情大，立誓结盟没齿不嫁另夫男。

小生闻此心不忍，小姐面前发誓言。

若是得第夫妇会，那时同乐喜团圆。

若是鲁夫未遇险，我情愿终身不娶报红颜。

而今如此又遇难，愧对花氏女婵娟。

父女强招我为婿，万般无奈才从全。

现今如此花家住，拙夫难对妆次前。

万望小姐未退志，不可因此负前言。

小生若是得了第，我定要负荆请罪你面前。

别不多言事如此，万望岳母小姐把我宽。

看罢书字心中喜，还是裴郎量得全。

（白）哦，母亲，裴郎出府已是五六天了，如今不见官府搜拿，又不见卢府前来追究，必是暗中寻访。裴郎在黄河套遇难，多亏花家父女解救在此，无奈招亲。裴郎怕奴责备他停妻再娶之罪，故此来书安慰。

卢　氏： 好哇，如此裴秀生有了安身之处，真是咱辛家之幸也。女儿这回放心了。

辛玉兰： 是。孩儿心病似开也，就不挂念了。

辛国泰： 母亲、姐姐，花老伯父言说，姐丈要你写回书一封，好叫姐丈放心。

辛玉兰： 倒也有理，待姐姐写来。（下，又上）这是纹银十两，交与花老，设酒宴款待。

辛国泰： 是。（下）

卢　氏： 女儿从今以后，要心怀开放，不可忧思。为娘回房去了。（下）

辛玉兰： 裴郎，你知收妻难对我，怎知奴家更喜欢？

（贾英升帐，张永、张风站）

张　永：（诗）赤面赤心怀赤胆，

张　风：（诗）金盔金甲穿金袍。

张　永：（白）俺左先锋张永。

张　风： 俺右先锋张风。

张风、张永： 元帅升帐，大家小心伺候。

（出贾英）

贾　英：（诗）忠心赤胆保唐主，南征北战立功劳。

（白）本帅贾英。只因黄河套花家出了女妖，混乱了社稷，天子大怒，命我领兵前去灭妖。今乃黄道吉日，挑兵已毕，只得应召而行。众将官，就此起兵，出城十里，长亭安营屯扎一夜，明日兵发黄河套花家村，不得有误。

（唱）三声炮，震耳鸣。

人欢马叫，准备出征。（下，又马上）

出了长安地，直奔十里亭。

人马逶迤流水，齐整甚有威风。

不言京都发兵事，（下）

（上花上路）

花上路：（唱）再把花上路明一明。

酒宴毕，笑盈盈。

无故打扰，感谢盛情。

上路告辞，打扰了。

辛国泰：（白）好说。老伯父回去替我向姐丈问好。

花上路： 好说，应当报效。

（唱）躬身施一礼，说是我要行。

辛国泰：（白）老人家保重。

花上路：（拉马）（唱）翻身上了坐马，含笑急催走龙。（下）

辛国泰：（白）花老伯回府中去了。（下）

（花上路马上）

花上路：（唱）上路马上看行踪。

正然走，双目盯。

怎见南街，尘土飞空？

这是何缘故？待俺问一声。

（对上一小丑）

花上路：（唱）开言尊声老弟，这是往哪发兵？

又是哪方造了反？夏季炎热怎战争？

（白）老弟，看样子是哪方造反了吧？

丑： 老者不知，如今黄河套花家村出了妖精，说是迷惑了一个书生，天子大怒，发兵前去捉妖。

花上路：如此，请了。

丑： 请。（下）

花上路：呜呼，这回可不得了。

（唱）花上路，吃一惊。

惊慌失色，回转家庭。

这事真坏菜，活活把人倾。

京中发了人马，定把黄河岸平。

我们父女被拿住，难免刀下丧残生。

心中急，快回家中。

趁着兵没动，明日必起兵。

今晚赶到家里，准备好打调停。

想罢打马疾似箭，转眼出了京都城。

暗思量，细分析。

祸从天降，怎好为生？

不言老汉事，

（上辛忠）

辛　忠：（唱）再把元帅明。

催军回朝交旨，霎时来在都京。

人马就地扎门外，安营不动教场中。

安营事，不必明。（下）

（出卢雄，上小丑）

丑：（唱）卢府家丁，早已探明。

禀知太爷晓，（下）

卢　雄：（唱）卢雄不消停。

急忙吩咐带马，午门去走一程。

快去宣读皇圣旨。

（白）人来，疾速带马，捧着圣旨，一到午门。

侍　卫：哈。

（卢雄下，又上）

卢　雄：（唱）来在午门以外，单等辛忠到来。

（白）呀，你看经略元帅来也，待我迎接。

（上辛忠）

辛　忠：卢大人请了。

卢　雄：元帅请了。圣旨到，跪。

（辛忠跪）

辛　忠：万岁万万岁。

卢　雄：听宣读。诏曰：经略元帅辛忠，云南赏军有功，同赐白旗黄衫一领、彩缎百匹和万两黄金。鞍马劳顿，不必见朕。今有北番契丹造反，雁门关危急，曾杰攻战不胜。朕悉知元帅忠心耿耿，勇冠三军，请不辞劳苦，至雁门关。封辛忠平北副元帅，领精兵三万、战将三十员。得胜还朝，另加升赏。望阙谢恩。

辛　忠：万岁万万岁。人来，将旨带回府中供奉。

卢　雄：妹丈千里赏军，劳乏之甚。

辛　忠：为国尽忠，何言“劳苦”二字？

卢　雄：妹丈今日又挂帅印，征剿番贼，得胜还朝，定升相位，可喜可贺。

辛　忠：为主河山，本是为臣之理，何言升职？人来，带马回府。（下）

卢　雄：好个辛忠，老夫好心安慰于你，反而慢待于我，哼哼，吾岂容你？不免将义子宇文合请到府中，叫他运粮不回，住在我府。辛忠军内无粮，不愁他不死于乱军之中，定是如此。人来，回府。辛忠啊，辛忠，我叫你明枪容易躲，暗箭最难防。

（出卢氏、辛玉兰）

卢　氏：（诗）喜欢裴生逢凶化吉，痛恨卢杞万恶滔天。

（白）老身辛夫人卢氏。

辛玉兰：奴辛玉兰。哦，母亲，自你女婿寄书，已有半月之期，此时孩儿还是神魂不定，不知又为哪事先兆？

卢　氏：哦，为娘也是如此，不知为着何因？

辛　忠：（内白）人来，将马带过。（上）夫人在房么？

卢氏、辛玉兰：回来了，请转上坐。

辛　忠：便坐可以。夫人，快些打点老夫出征之物。

卢氏、辛玉兰：老爷/父亲方才回朝，怎么说又要出征之话呢？

辛　忠：夫人、女儿，今日只得如此这般。必是有人参奏我于圣上，才命我为帅出征。

（唱）辛爷未语先叹气，叫声夫人听我云。

道罢先说一往事，

卢　氏：（唱）母女听罢心内明。

上殿参奏老爷爹爹你，无有疑问是卢雄。

辛　忠：（白）哦，你们从何说起？

卢　氏：（唱）他的儿子叫卢杞，

万恶滔天把人坑。

这般如此害门婿，辛青飞檐走壁智谋有，卢府救出裴秀生。

老爷不在府，我母女处在混头营。

如此不敢留门婿，唯恐卢杞奏朝廷。

无奈让他回乡去，秋闱更名来求名。

辛青送至京城外，见无事宜才回程。

辛玉兰：（唱）谁想回家走至黄河套，遇见恶奴来逞凶。

卢　氏：（唱）多亏花氏救了命，如此如此成婚盟。

辛玉兰：（唱）昨日来了一书字，这般这般赔罪情。

卢　氏：（唱）卢雄怕你究此事，才参老爷领雄兵。

辛玉兰：（唱）出征之后必加害，但愿爹爹谨慎行。

母女两人先后话，

辛　忠：哼，（唱）辛爷闻听怒气生。

骂声卢雄狗奸党，

（白）哼哼，卢雄呀卢雄，奸党啊奸党。我辛忠与你何仇何恨，这样苦害于我，还纵子害我门婿？我辛忠焉能容你？定让你身丧街市。叫辛青哪里？快来。

辛　青：（内白）是，来了。（上）老爷有何吩咐？

辛　忠：快快带马上朝。

辛　青：上朝何事？

辛　忠：上朝参奏卢杞这个奸党，苦害皇家才子。

辛　青：哦，老爷不可急躁。若论老爷参奏舅爷，易如反掌。但是卢府现有死尸为证，裴姑爷不在咱府，无有对证，舅爷必说咱们私放凶手。这事不算，还有一件大事，老爷也有一罪。

辛　忠：何罪？

辛　青：老爷容禀。

（唱）辛青跪在地流平，口中不住把爷奉。

且听奴才诉细情，要留尊步不可动。

事有轻重要分开，不要事急感情用。

当初若是老爷在家中，何惧那些坏事情？

如今要去参卢雄，姑爷远逃无对证。

当下还有事一宗，细听小人细细说。

满城百姓都知闻，卢府之中出人命。

原因如此是这般，卢雄奏主发军令。

钦命贾英为元戎，领兵捉妖黄河境。

擒拿花家父女们，小人闻言心下惊。

故此回府禀爷知，偏偏老爷不在府。

朝廷若是不明查，必说老爷有关联。

辛　忠：（白）如今此事怎办？

辛　青:(唱)若依小人拙见行,老爷领兵奔边境。
　　　　小人先去细打听,姑爷之事轻与重。
　　　　随后再把大队追,疆场主仆有照应。
　　　　倘若卢雄起不良,奴才从中把文送。
　　　　不知可行不可行?

辛　忠:(白)好,辛青,快快起来。(拉起)要不叫你细言,险些误了大事。罢了,就依你所言主意而行,暂且由着奸党也就是了。辛青。

辛　青:在。

辛　忠:方才言道你义气过人,救了姑爷脱险,夫人认你为义子,可是有此事?

辛　青:太太有过此言,小人岂敢上攀?

辛　忠:哦,辛青。

辛　青:在。

辛　忠:既然你太太有过此言,老夫也有此意,你的礼仪不再是以奴侍主,而是父子相待。从今日起吾子国泰是弟,你是兄长,改名辛国安。

辛国安:是,孩儿遵命。父亲在上,义子辛国安叩头。

辛　忠:好哇,我儿免礼,起来。

辛国安:是。

辛　忠:哈哈哈,国安。

辛国安:在。

辛　忠:为父命你去黄河套,探听你妹丈吉凶,回来追赶大队。

辛国安:是,孩儿遵命。

卢　氏:丫鬟。

丫　鬟:在。

辛　忠:就此与你太爷饯行。
　　　　(唱)身遭参奏又领兵,

卢　氏:(唱)老爷忠正受皇封。

辛　忠:(唱)忠正为主何辛苦?

辛玉兰:(唱)心惦裴郎不安宁。
　　　　(贾英马上)

贾　英:(白)众将官,兵发黄河套,不得有误。

（唱）贾元帅，领雄兵。

吩咐众将，拔营启程。（下）

（张永、张风马上）

张永、张风：（唱）二位先锋将，急催马走龙。

挑枪前方开路，直奔黄河村中。（下）

贾　英：（唱）元帅贾英催后阵，奉旨去把妖精平。

不言京中发人马，（下）再把裴秀生花飞云夫妻明。

（出裴秀生、花飞云坐）

裴秀生：（唱）坐卧不安心不定，

花飞云：（唱）新婚燕尔随了心。

裴秀生：（白）小生裴秀生。

花飞云：奴家花飞云。

裴秀生：咳，娘子。

花飞云：哦，相公，你我新婚燕尔，本应欢乐，奴总看你这几天愁眉苦脸、唉声叹气呢？

裴秀生：咳，娘子不知道么？京中已发了人马，今日大兵定至，庄众必因我受累，你一个妇道人家怎能退去官兵？你纯是给拙夫宽心而已。

花飞云：相公不必害怕。奴想昨日发兵，离此二三十里之遥，怎不见官兵来庄安营，一夜又不见动静？

裴秀生：难道是往别处发的人马？如若官兵不来，真是鄙人之幸也。

花飞云：将军不必担心，昨日烦老爹爹前去探望动静，辛家姐姐回书，言语十分谦辞，教妾身保护相公无事，看起来辛氏姐姐真是义德之人。

（上花上路）

花上路：姑爷、姑娘，可不好了。

裴秀生、花飞云：岳父/爹爹为何惊慌？

花上路：姑爷不知，官兵来到村外，领兵元帅是镇国公贾英，此人有万夫不当之勇。姑爷、姑娘快想办法罢。

裴秀生：呜呼呀，官兵来此，阖庄为我受累，小生于心不忍，岳父快拿麻绳。

花上路：拿绳做甚？

裴秀生：快将小生绑上，送于元帅，免去庄亲受累。

花飞云： 哦，相公不必害怕，有妾身我呢。

花上路： 有你我们就不怕了？咳，成天打扮得妖里妖气，把头发梳得光溜溜的，盘了个大发髻，丁点小脚，走起道来乱颤颤的，让你抵挡官兵，不出乱子才怪呢。

花飞云： 你老找芦席，将咱家之物放上好搬家。

花上路： 怎得搬家？咱家这些东西我可拿不动。

花飞云： 你老不必担心，孩儿自有办法。

花上路： 中。（下）

裴秀生： 娘子，又用什么法术？怎能阻挡官兵？

花飞云： 相公不要担心，不怕官兵百万，管叫不战自退。

裴秀生： 如此，全仗娘子你了。

（上花上路）

花上路： 女儿，全都备妥。

花飞云： 如此甚好。

（唱）花飞云，笑盈盈。

尊声爹爹，细听儿明。

金银细用物，衣服上包封。

别的全都不要，要紧的放在席中。

单等官兵来到此，退兵以后上山峰。

花上路：（白）中，中，中。

（唱）花上路，不消停。

急忙收拾，霎时办成。（上）

裴秀生：（唱）进房说快走，不然走不成。

正然说着快走，

（上众丑）

众　人：（唱）众人喊叫连声。

进屋来把老花找，齐说老花把人坑。

叫老花，别装聋。

你家惹祸，连累村中。

你家这闺女，杀人罪不轻。

动了官兵官将，前来抄斩不容。
你应献女去认罪，不该连累众乡农。

花飞云：（白）住了。
（唱）你们是，信口喷。
本是花老女亲生。
奉师之命认父，才有此事一宗。
你们若是愿意走，奴保你们得太平。
如不走，刀下倾。
要咒我家，理是不通。

众　人：（唱）众人闻此话，无奈说应从。

花飞云：（唱）乡亲既然愿走，俱都听奴说明。
这般如此快些办，随我去上青石山。

众　人：（白）好哇。
（唱）众乡农，回家中。
依此行事，忙个不定。
（上秃子福成）

福　成：（唱）又来人一个，名字叫福成。
跑得吁吁带喘，汗流满面气生。
跑到屋来说不好，大兵村外安住营。

花飞云：（白）知道了。
（唱）尊爹爹，与相公。
在屋少等，我去退兵。
说罢回屋去，拿起剑钢锋。
迈步出了院外，秀生拉住不放。

裴秀生：（白）娘子慢着。

花飞云：相公这是为何？

裴秀生：（唱）娘子若去退兵将，千万不可伤元戎。

花飞云：（白）知道了。
（唱）说知道，迈步行。
出了宅院，村外而行。（下）

裴秀生：（唱）秀生回屋等，去把好事听。（下）

花上路：（唱）上路心中害怕，回屋去备西东。

不言翁婿心害怕，（下）

贾　英：（内唱）贾英吩咐安下营。

（内白）军校们安营下寨，二位先锋出营擒妖便了。

张永、张风：（内白）是。军校们马来。

（上张永、张风，张永对上花飞云）

花飞云：住了。来这将官，可是贾元帅么？

张　永：非也。来这妇人要问我的名姓，你乃是谁？

花飞云：将官若问，奴乃花飞云。

张　永：哈哈，原来你就是花家女妖。不要走，看刀。

花飞云：将官且住，奴家有言相告。要你回营，告诉元帅，我非是妖怪，要元帅速速撤兵才是。

张　永：妖妇不要巧舌。看刀！

花飞云：呀，真乃无礼，莫非怕你不成？看剑。

张　永：来，来。

（大杀，花飞云败下，又上）

花飞云：呀，你看这厮倒能战上几合，擒他便了。呀，且住，花飞云呀，呀，呀，怎么这样的粗鲁？不能伤害官兵。有了，不免用定身法将他定住，待元帅来时，说明其故，元帅必然撤兵，就此而行，（口中念咒）呀呸。

（上张永，定住）

张　永：哪里走呀？怎么人马不动了呢？

（急上张风）

张　风：花奴，看枪。

花飞云：来。

（大杀，花飞云败）

花飞云：你看这厮，也能战几合，奴不免用定身法擒他便了。

卒：　呀，不好。报元帅得知。

贾　英：何事？

卒：　二位先锋临阵，不知怎的，在战场人马不动了。

贾　英: 起过。呜呼呀，准是妖人作法。军校们，抬刀备马，待本帅擒妖便了。（马上）本帅贾英，你看女妖来也。

（花飞云对上）

花飞云: 住了，来者可是贾元帅么？

贾　英: 然也。妖妇若知本帅厉害，就该服绑。

花飞云: 贾元帅不必动怒，听民妇言明缘故。

贾　英: 快讲。

花飞云: 是。奴乃花上路之女，彩霞圣母之徒，下山认父、黄河套救夫之事，如此如此。元帅回朝，替我花家父女辩明此冤，恩有重报。

贾　英: 住了。妖妇休得花言巧语，迷惑远来书生，杀死卢府家丁，罪不容诛，此乃一患，必得除之。看刀！

花飞云: 贾元帅，不必动怒。奴本良民之女，非妖非邪，元帅如此做法，欺人太甚。

贾　英: 哇，我本奉旨前来，妖妇花言巧语无用。看刀！

花飞云: 住了。贾英哪贾英，你可欺人太甚了，你不必发威。

贾　英: 不要胡言，看刀。

花飞云:（口念咒语）呀呸。

贾　英: 呀，怎么不能动手？（定住）

花飞云: 贾元帅威风呢？施展呀。

贾　英: 咳。

花飞云: 贾元帅不必害怕，听奴再次细言。

（唱）花飞云，带笑言。

奴本良民女，学艺在高山。

五载师徒分别，回家父女团圆。

临行师父一封柬，五月端阳叫奴观。

那日个，看周全。

数该奴解放，造定并头莲。

他被卢家所害，原是如此这般。

家奴刁七来追赶，被我所杀在河边。

卢父子，狠毒奸。

坏事已露，又行计篇。
故此奏圣主，无辜把奴冤。
大唐江山一统，京门怎出妖仙？
乞元帅能为民女见皇上，为民诉冤雪冤屈。
见圣主，诉根源。
天子准奏，大家得安。
天子若不信，我们把家搬。
青石山聚将，久后再定江山。
当下机关不能泄，自然有日变青天。
元帅你，是忠贤。
不能伤害，快回朝班。
今有多得罪，万乞望海涵。
秋后锄奸灭寇，那时再谢尊言。
说完真言收法术，官兵得动如平常。
身一拜，面堆欢。
说声去也，迈步回还。
还言回庄去，（下）

贾　英：（唱）贾英发怔然。
本帅南征北战，俱是得胜而还。
今日遇见一女子，法术多端胜奇男。
她说事，有数言。
有头有尾，俱有根源。
再若强邀战，必是命儿捐。
不如回朝见主，一命交给老天。
想到此间传将令，

（白）众将官，细听女子所言，很是有理，非是妖言。此女怀有大义，就此回京，奏知圣上。看天子喜怒如何。

（上张永、张凤，又全下）

（对上裴秀生、花飞云、花上路）

花飞云：众位把事办妥无有？

众　人： 俱都办妥。

花飞云： 好。依言行事。

裴秀生： 娘子，官兵俱都退回，一人未损。

花上路： 还是闺女能耐哟。

花飞云： 不必多言。相公坐在奴的身边，其余坐在芦席之上，闭好二目。

裴秀生： 是。

（全坐）

花上路： 姑娘怎治怎受着呗。

花飞云： 好。（左手掐诀，右手掌向东南，巽地一指，口中念咒）芦席不起，等待何时？

（云起）

裴秀生： 我乃好生害怕。

（唱）秀生只觉心发迷，总也不敢睁眼看。

紧紧拉住花氏衣，只觉身轻天地转。

花上路：（唱）不知起了有多时，下地上路出躁汗。

想来是在半空悬，忽上小心胡乱看。

倘要若是掉下去，跌成肉饼饺子馅。

众　人：（唱）阖庄众人魂魄飞，男女都是搭搭颤。

不是花家惹是非，难能此今有这患。

不敢睁眼四处瞧，任她空中打转转。

花飞云：（唱）飞云撑剑催行云，举目又把众人看。

阖庄老幼在空中，各个吓得黄了面。

因我杀了刁七贼，才是连累众乡邻。

看罢也觉痛伤心，不觉目中泪打转。

不言飞云吹行云，

（上辛国安）

辛国安：（唱）再表国安来打探。

探明情况喜心中，妹丈没有遭大难。

脱祸上了青石山，可免义父心中愁。

催马回府告太太，再赶义父征番叛。

不言国安路上行，（下）

（贾英马上）

贾　英：（唱）再表贾英上金殿。（下）

（内白）校御，将马带过。（上）

（唱）迈步上了金銮殿，口呼万岁臣来见。

（白）万岁，臣贾英上殿交旨领罪。

天　子：贾爱卿，何罪之有？可怜花家妖女擒来无有？

贾　英：无有。花家女子乃是良民之女，并不是妖邪。

天　子：卿家如何知晓？

贾　英：万岁，听臣奏来。

天　子：好，奏。

贾　英：万岁，如此这般，将花飞云的法术及言语从头至尾细讲一遍。

天　子：哦，依爱卿的言奏，花家女子非妖，因被屈上了青石山，女子并无反意，日后可以招安，卢侍郎所奏少凭无据。辛忠已去平番不能调回，待平灭番贼还朝，再把花家与裴秀生拿来，要三曹对案，何愁真假不明？爱卿无罪，下殿去吧。

贾　英：谢君恩。（下）

（上宇文合，丑，扎巾）

宇文合：（诗）人马不动，粮草先行。

（白）我乃运粮官宇文合，在辛忠帐下听用。义父卢侍郎待我情真意厚，真如亲生一般，听说他还托媒给我说媳妇呢。哎，这样好的干爹，你问问看有几个？昨日干爹与我商议，要我如此这般，坏了辛忠，回来等着去娶妇。真乃乐事也。

（唱）宇文合，手扬鞭。

急催坐骑，直往向前。

押送粮草队，去往雁门关。

昨日义父把我传，如此定了计连环。

到在那，雁门关。

交与粮草，即便回还。

进京禀义父，他府住几年。

再不运粮前去，成家立业事欢。
辛忠绝粮军心乱，必是乱军命染泉。
心中想，上阳关。（下）

（上辛国安）

辛国安：（唱）再表一人，当是英雄。
原名辛青叫，后改辛国安。
从小忠义救主，帅府才有牵连。
元帅认吾为义子，如此打探黄河滩。
裴妹丈，免祸端。
随着花氏，上了高山。
回府禀义父，说明事委原。
复又追赶大队，雁门关去扫契丹。
杀敌立功杀番叛，誓做国家一忠资。
这一节，且不言。（下）

（升番帐，闹海兔、敖里仑、撒里库上）

众　将：（唱）再表番叛，众将番官。
当先闹海兔，威武站帐前。
又来先锋上将，敖里仑来站班。
毛袄旗牌都来到，专候王爷把令传。
众番将，齐声喧。

撒里库：（唱）契丹上帐，落座话番。
众兵要安静，听孤讲周全。
今日前去会阵，定要攻破高关。
此处归于咱们国，再去夺取太原。
先锋上帐听吩咐，
（白）敖里仑上帐听令。

敖里仑：在。

撒里库：孤家前日大战史兴邦，曾杰那斯十分骁勇，孤家全凭宝扇才能胜他，把他烧得大败而逃。孤家怕曾杰用计才鸣金收兵。今日孤家命你带着宝扇前去叫阵，如要战胜他，一定要用此宝烧之，千万不可兵临城下，因曾杰诡计多端，小心谨慎。

敖里仑： 是，末将遵令。（下）

撒里库： 闹海兔听令，命你带兵五千，场外瞭阵。

闹海兔： 得令。（下）

撒里库：（唱）任你妙策如诸葛，要保雁门关也怕难。（下）

（完）

第　五　本

【剧情梗概】为了得到辛玉兰，卢杞以裴秀生名义伪造休书一封，送给辛玉兰。辛玉兰见信后非常伤心，随即病倒。花飞云带众庄农来到青石山，降服山寇，自立寨主。她请花上路到京中打探消息，花上路回来诉说休书之事。裴秀生决计进京面见辛玉兰，同时参加秋日科考。雁门关前，唐军粮草将尽。因运粮官、催粮官皆被卢雄收买，军中险生哗变，幸得辛忠及部将张烈能动之以情，及时安抚下来。

敖里仑：（内白）番兵们。

卒：在。

敖里仑：人马急奔雁门关。（上）俺敖里仑。今奉千岁之命攻打雁门关。来到关前，上去叫关便了。（下）

（上卒）

卒：报千岁得知。

史兴邦：何事？

卒：番贼前来叫阵。

史兴邦：再探。

卒：得令。（下）

史兴邦：哦，曾将军，番贼厉害，却如何是好？

曾　杰：千岁万安，番贼既有宝扇攻城，必用扇扇火，咱在城楼上，安上震天大炮，炮内放足火药，敌人火烧城楼，大炮必响，番贼必退。

史兴邦：好计。众将听真。

众：在。

史兴邦：各守防地，诸将军就此带马上城。

众：是。

（敖里仑步上）

敖里仑：来到城池以外叫阵多时，不见唐将出马，怕有诡计，不免用宝扇先烧他城楼便了。手拿扇，左扇右扇，大火不起，更待何时？你看大火已起，火苗直奔城楼，哈哈哈。

（炮响）

敖里仑： 呀，不好。（下）

（上卒）

卒： 报千岁得知，城上大炮已响，轰死番兵无数。番将走后，城上大火自灭。

史兴邦： 知道了。众将官，随本公上城一观。

（上史兴邦、曾杰）

史兴邦： 哈哈哈。曾将军真有陈平之智、诸葛之谋，不愧为帅。

曾　杰： 千岁过奖。

史兴邦： 众将官，严守此地。曾将军请。

曾　杰： 千岁请。（下）

（急上敖里仑）

敖里仑： 哇呀哇呀，坏了坏了，只想用火攻城，不料某家几乎丧命。难以取胜，只得回营交令便了。毛袄们，撤兵便了。（下）

（出山大王）

刘礼灯：（诗）威威都聚青石山，抢州夺县集粮钱。

州官县官全不怕，就怕京兵来剿山。

（白）孤家刘礼灯是也，乃是河南开封府的人氏。自幼游手好闲，因酒后打死人命，惧罪逃在这山西代州，以拦路劫财为生。因此处连年荒旱，颗粒不收，饿死庶民无数，百姓各处逃亡，我收罗了灾民五百有余，每日以放抢为生，他们看我有些武艺，立我为王，这也不在话下。今日只觉烦闷不乐，不免去到山前行围散心一回。喽啰们，带马，山前行围不得有误。

（唱）吩咐喽啰快带马，齐到山前把围行。

说罢出了分金帐，提枪上了马走龙。

来在前山撒围场，围住走兽于刀下。

炮打獐狍与野兔，箭射鸿雁与虎熊。

打了一围又一场，不言草寇刘礼灯。（下）

（上花飞云）

花飞云：（唱）接连再表人一个，花氏飞云在空中。

走了一天并一天，此时刚刚到天明。
面前有座大山岭，怪石悬崖峻山峰。
有块平地朝阳处，内有房舍与宫殿。
四面俱是山路口，路口都有把守兵。
山后南北有大陆，西南山口路必通。
先在此地屯人马，胜似长安京都城。
不知此处何地界，何人在此逞威风。
西北倒有碑一面，上面有字看不清。
待奴落云看一看，口中念咒落流平。
众人如同小死样，

（白）你看众人如同小死一样，暂且让他们定定神。让我至碑前看看，是何地界？（下，又上）呀，原来这就是青石山了。（内喊）呀，山中人喊马嘶，必是山中毛寇行围，我不免用风云将他们罩住。呀哈。待我上山便了。（下）

（上二喽兵）

兵　一：大哥，咱们大王行围，叫咱们二人头前开路，咱们还得走哇。

兵　二：是。兄弟，你看西山口有个媳妇，手提宝剑，步行闯上山来。

兵　一：真格的，这娘们手提宝剑，必有本领，大料咱们不是对手，不如告诉大王，愿怎处置就怎么处置。

兵　二：使得。（下，又上）

兵　一：报大王得知。

刘礼灯：何事？

兵　二：西山口来了一位女的。

刘礼灯：怎得女的？

兵　一：是前来闯山，乞令定夺。（下）

刘礼灯：哇呀哇呀，这还了得？小子们就此撤了围场，一起前去捉拿女子便了。

（对上花飞云）

刘礼灯：哎哟，哪里来的小娘子，敢闯孤的山寨？若有买路金银献上，放你过去，如若不然……

花飞云：不然怎得？

刘礼灯：请你上山做一压寨夫人。

花飞云：住了。你奶奶乃是堂堂民女，因家遭不幸，来到高山欲住几时，不想你这毛寇，不务正道，看剑！

刘礼灯：慢着，慢着，我的小娘子，你怎不听劝也？

（唱）刘礼灯开言，连说带着笑。
叫声大嫂子，仔细听我告。
我乃河南人，因把人命闹。
惧罪来此山，原为把脚搭。
王爷本姓刘，礼灯是名号。
因为年景荒，秀才不守道。
众人立我等，山上把房造。
此山我为王，真正是快乐。
就是事一宗，叫人太烦躁。
押寨少妇人，屋里没人靠。
我看大嫂子，人物生得俏。
不如咱两个，去把洞房闹。
我也在年轻，你也在年少。
成就两口子，那有多么妙。
随我上高山，去赴巫山道。
说罢笑嘻嘻，

花飞云：（白）哇。

（唱）飞云心烦躁。
好个万恶徒，说话不正道。
敢惹你奶奶，死活不知道。
叫你归阴城，阎殿去报道。
口中念真言，定身法儿妙。
定住刘礼灯，提剑开言道。
将你首级削，看你还胡闹。

刘礼灯：（白）慢着。

（唱）礼灯忙开言，满心发急躁。

脚手不听使，不知怎么了。
忙叫大嫂子，求你把我放。
情愿认干妈，不然叫姥姥。
又把奶奶叫，太太开恩好。
让我怎都行，以后再不闹。
说罢大嘴哭，

花飞云：（唱）飞云微微笑。
你愿生还是死？

刘礼灯：（白）咳，干妈，我愿意生呗，谁不愿多活几天？

花飞云：你既愿意生，你就把山寨让你奶奶怎样？

刘礼灯：中中中，让让让。

花飞云：你既让于你奶奶，那就是奶奶为王了。

刘礼灯：是奶奶为王。

花飞云：好哇，就封你做个镇山头目。

刘礼灯：谢过寨主。

花飞云：好，（口中念动真言）将法术收回。

刘礼灯：好松快。快待我下马，叩拜大王。请大王上山。

花飞云：好。刘礼灯，派三匹坐骑去西山口接你老爷。

刘礼灯：是，知道了。（下）
（上众人）

众　人：好大的风。

花飞云：爹爹、相公，这里来。

裴秀生：（内白）来了。
（上花上路、裴秀生）

花飞云：相公受惊了。

裴秀生：无妨。

花上路：姑娘，这到在什么地方了？

花飞云：此山是青石山。

花上路：这就是青石山。此山不错，真是好地方。阿弥陀佛，一路真够老头子呛。

花飞云：爹爹，一路劳乏。

花上路：乏倒不乏，就是害怕。

花飞云：爹爹取笑了。

花上路：不是不是，是真的，你看坐在芦席之上，在空中忽忽悠悠，也不敢睁眼，还得紧闭着嘴。你说怎得就睡着了呢？不知怎又刮阵大风，风住，我才敢睁开眼，一看你，你来了，人们也落地了，也把心放在肚子里了，可是肚子还饿了。姑娘你快给老爹找点吃的罢。

花飞云：请爹爹不必着急，有人接你。

花上路：好，好，好。

众　人：花姑娘几时到的地方？

花飞云：这就是了。

众　人：姑娘还得找个地住不？

花飞云：众位乡农不必担心，一会自有办法。

众　人：得。

（上刘礼灯）

刘礼灯：请大王与众位乡农上山。

花飞云：是，头目前面带路。

（唱）飞云吩咐上山去，

众　人：（唱）男女老幼往前行。

花飞云：（唱）不言众人把山上，再表雁门关众英雄。

（曾杰、金奎帐前立，史兴邦坐）

史兴邦：（唱）史爷就把帐来升，方要落座翻册名。

（上卒）

卒：（唱）报元帅，跪流平。

京中发来人共马，元帅辛爷领雄兵。

离此还有十几里，禀报千岁早知情。

史兴邦：（白）再探。

卒：得令。

史兴邦：（唱）兴邦闻听救兵至，心中高兴脸堆笑。

辛忠乃是忠良将，定能灭寇立奇功。

想罢一回忙吩咐，各位将军与兵丁。

快排队伍出城去，迎接救兵快进城。

众　人：（白）是。

（唱）众将答应不怠慢，霎时齐出帅帐庭。（齐上）

霎时之间对了面，人马一起进关城。

行街穿巷来得快，帅府之外下马行。

（辛忠、史兴邦、曾杰全上）一起进了帅帐庭。

史兴邦：（唱）兴邦归了元帅位，

辛　忠：（唱）辛忠上帐至前跪。

口称千岁臣见驾，

史兴邦：（唱）兴邦离座双手擎。

将军一路多辛苦，说声免礼且请坐。

吩咐摆宴好迎风，

辛　忠：（唱）辛忠说声且不必。

还有圣旨没读清，拿出圣旨急转上。

（白）圣旨到，跪听宣读。

史兴邦：万岁万万岁。

辛　忠：诏曰：前尔襄国公急表进京，上言说番兵重重压境，又有宝扇一把，能生烟生火，烧死兵将，关中无能人可敌，圣上素知经略元帅足智多谋，故特命辛忠带精兵三万、战将三十员，封辛忠为平北副元帅，在麾下听用，有事可共商议，平灭番贼还朝，再加封赠。钦此。望阙谢恩。

史兴邦：万岁万万岁。人来，将圣旨供奉龙亭。

辛　忠：千岁在上，请受辛忠一拜。

史兴邦：好说。辛副元帅请坐，共议军情。

辛　忠：是，臣谢坐。千岁，这北国契丹用什么宝贝能生烟生火，这等的厉害？

史兴邦：咳，副元帅不知，番王契丹手下有两员大将，一名闹海兔，金钟罩护身，手使压油锤，厉害无比；一名敖里仑，身着铁布衫，手使狼牙棒。二人行步如飞。番王撒里库有一柄小扇，一扇便能生烟生火烧人，枉你诸葛之谋、霸王之勇，也难免失败。

辛　忠：千岁不知，此乃是夏季五谷生长季节，禾苗在地，不便行兵打仗，单等秋收已过，便可会战，某家自有破敌之策。

史兴邦： 好，副元帅此来，是天助成功。众将官，就此摆宴伺候。副元帅请。

辛　忠： 千岁请。（下）

（出卢杞）

卢　杞： 妙计多谋不遂心，何时能会女衩裙？俺卢杞。让父定计，将辛忠参了一本，天子命他领兵扫北去了，那裴秀生又被花飞云携带上了青石山。姑丈虽不在朝班，姑母已知裴秀生有案在身，不能娶其女儿。咳，不能与表妹成亲，反倒搭上两条人命，细想真是好生无趣。

（唱）闷坐书房心烦闷，辗转反侧自思量。

千方百计害裴生，只为表妹女红妆。

辛氏玉兰虽然在，裴生好好在山冈。

设计害人人还在，白把春红刁七伤。

我如今不得此女，怕是要害病一场。

要娶还无别计策，真是令人无主意。

吾缺乏诸葛周郎计，哪有陈平张子房？

无计可施心头痛，无非玉兰女红妆。

急得只是干搓手，抚面仰天吁声长。

有了，偶然一计有有有，这般这般得主张。

如此这般传书信，才能神女会襄王。

连说此计妙妙妙，这个主意很妥当。

（白）正在焦急之时，忽然想起一计，如此这般，不怕表妹不到我手，说毕将书字写完。我家童哪里？快来。

家　童：（内白）来了。（上）大爷有何吩咐？

卢　杞： 将这封书字送至辛府，你就说你是从青石山来的，奉了裴秀生之命前来将书送至，急急快回。

家　童： 是。（下）

卢　杞：（诗）欲谋窈窕女娇娘，用了巧计和良方。（下）

（出卢氏、辛玉兰）

卢　氏：（诗）人老已失桑榆志，

辛玉兰：（诗）红粉何曾不苍颜？

卢　氏：（白）老身卢氏。

辛玉兰： 奴辛玉兰。母亲，我父被舅父参了一本，领兵去扫北番，裴秀生因上苍保佑，随花氏上了青石山，大约一月有余，音信全无，叫人好生惦念。

卢　氏： 女儿不必担心，吉人自有天相。裴秀生福大，多亏花小姐解救，看起来人生富贵在天，祸福在命了。

（上辛国泰）

辛国泰： 母亲、姐姐在房么？

卢氏、辛玉兰： 我儿/兄弟来了？何事？

辛国泰： 方才青石山来了一人，说是奉姐丈之命前来送书信，将信送上，便急急回去了。我将此信拿来，请母亲、姐姐观看。

卢　氏： 裴秀生的信，快念来为娘听听。

辛玉兰： 哦，不必，待奴看来。（看完）哦，母亲这道文书字，好像文约。

卢　氏： 哦？非也，自古传书，那有文约当书字道理？快些细细看来。

辛玉兰： 是休妻文约。上写裴秀生今年十八岁，乃襄阳人氏，自幼聘定辛忠之女辛玉兰为妻，只因辛玉兰勾引卢杞，有伤风败化之事，他二人为做长久夫妻，两相勾结，谋害亲夫，罪在不赦，休妻应当。我裴某堂堂丈夫，岂娶淫妇之人，有辱家门？故写休书一封。休书既至，可行另聘，任其所往，裴秀生绝不追究。恐而无凭，故作休书文约为证。呀，母亲，这是从何所起？是何缘故？

卢　氏： 哦？女儿，这休书来得蹊跷。前日黄河套来的书简，甚是谦恭和气，却在今日又传来了休书，其中必有些不明。

辛玉兰： 母亲，你想到哪里去了？

（唱）未从开口心疼痛，又羞又气泪涟涟。

母亲看到哪里去？且听孩儿对你言。

裴生本是读书人，仁义道德才貌全。

临行且言永不改，黄河遇难娶婵娟。

传书请罪言语恭，叫我心中暗喜欢。

脱祸避罪青石山，他今必是听邪言。

卢　氏：（白）哦，他听了什么邪言？

辛玉兰：（唱）花氏飞云是仙女，武艺高强法术全。

杀了刁七配公子，花氏岂肯身为偏？

枕边之言听信了，一心回转女红妆。
裴郎啊，只顾听信花氏女，屈死你妻辛玉兰。
你既做了负心汉，停妻再娶背前言。
无缘无故休妻子，不怕头上有青天。
罢了罢了，你既然做了负心汉，奴家岂肯身受冤？
你虽无仁又无义，奴家不能另上船。
不过做了家姑老，不然一命赴黄泉。
说到此处泪如雨，悲悲戚戚泪不干。

卢　氏:（唱）夫人也是心伤感，凄惨一会又开言。
女儿不必悲痛听娘劝。
（白）女儿，不必悲伤，为娘看来，此事蹊跷。我想裴秀生不是负义之人，如此看来，虚实难辨，真假难分，等明日差人前往青石山，打听真实情况回来，自然就明白。

辛玉兰: 呀，不好。

卢　氏: 哦？女儿怎么样了？

辛玉兰: 咦，只觉得一时之间，头昏眼花，四肢无力，心内发慌。

卢　氏: 哦，我儿不必心焦，探信人回来，自有音信。丫鬟，搀你小姐到卧房休息。

丫　鬟: 是，晓得了。

辛玉兰: 咳，罢了罢了。
（唱）无故休妻主何因？家人回来自了然。（下）
（出花上路）

花上路:（诗）不辞跋涉苦，奉命来传信。
（白）老汉花上路。自从来在这青石山，总觉得比在黄河套强得多呢。整天的一点事情也不要做，这些人还称我老太爷，真乃的快活，不觉得有了一月有余。昨日我去后寨瞧探动静，我姑娘、姑爷他们小两口叫我去京城打探一下动静，便到辛府与他送个信，别叫辛府挂念。今日预备启程。喽啰们。

喽　啰: 在。

花上路: 外面带马伺候。

（诗）既受人家托，必当忠人事。（下）

（出撒里库）

撒里库：（白）众将都督，随我前去攻打关口。

（诗）欲要兴王业，须得见战场。

（白）孤家撒里库。前日敖里仑攻城，中了史兴邦悬炮之计，打死番卒五百有余，孤家一气得了一场大病，二月有余，今日痊愈。此时正是中秋，庄稼成熟，本不当行兵，怎奈孤家怒气未消？故此领兵前来，定要打破雁门关，方消我恨。毛袄们，就此杀上前去。（下）

（上卒）

卒： 报千岁得知。

史兴邦：何事？

卒： 番王前来邀战。

史兴邦：再探。

卒： 得令。（下）

史兴邦：（内白）众位将军，哪位前去会敌？

众　将：千岁不可，非我等不愿临敌，而今番王非同小可，千岁须如此而做，谅他才不敢攻城，臣等看他动静。

史兴邦：好，此计大妙。众将军，就此将镇妖大炮装药，北门以内，炮口朝外，炮尾朝内，将城门打开，旌旗不动，众将俱埋伏关内，听信炮一响，众将齐至城墙，大声呐喊。

众　将：是，我等遵令。

（撒里库、张成马上，辛忠、史兴邦对上）

史兴邦：契丹王请了。

撒里库：史千岁请了。史元帅，你乃真是忠心报国、安邦之将，岂不知天时地利？今日紫气北生，孤国兴旺，元帅有此才能，这般韬略，你何必领这无名之师？何不投在明圣之地？孤王劝解于你，不如投顺孤王。倒戈投降，不失封侯之位。若是不听，你看这把小扇，一扇雁门关就会化为灰烬，你就有张良之才，也难以逃走；就有霸王之勇，也难免命归乌江。孤已说明，请你三思。

史兴邦：番王休得胡说，看剑取你。

辛　忠：千岁慢着。千岁，我看番王手中拿的小扇，好像我家厅堂供的蕉叶扇，不知为何到了番王之手，怪哉怪哉。（看介）

辛　忠：呀，此物必是张成奴才盗去献于番王。哼，我要说出此事，怕是不便，暂且不可明告，我自有理。

史兴邦：好。史兴邦低头想了片刻，我暂用缓兵之计。千岁既不嫌我史某少才无谋，情愿归顺贵国。但有一件，我史兴邦是忠臣之后，唐王待我恩深似海，不可不报。我应尽了臣节，尽忠百日，然后再归顺北国，不知大王可准否？

撒里库：哈哈，好哇，你既归顺了孤家，莫说是百日，就是一年，孤王也准了，但怕尔等口不应心。

史兴邦：王爷如若不信，就请进关如何？（下）

撒里库：好哇。毛袄们。

众：　在。

史兴邦：就此进关。

（上卒）

卒：　报！关内放着一架红衣大炮，城门大开，兵将无有，旌旗不见，乞令定夺。

撒里库：再探。

卒：　得令。

撒里库：呀，这是为何？

（唱）契丹王听心纳闷，举目城前看分明。
只见城门大开放，一杆大旗放里边。
兵将一人也不见，就连大旗也不悬。
城上藏有人共马，只有三人把话言。
莫非归顺言是假，欺负愚人看我憨。
如此反复无常信，就该斧剁与锤颠。
何不把城扇几下，让他雁门关化为烟？
才要举扇又犯忌，暂且不可把城扇。
门里现有一座炮，再像前番祸翻天。
不战暂且回营去，另想良谋巧机关。

主意已定忙传令，叫声毛袄众番兵。
史帅既然归咱国，不必进城且回还。
单等百日将城进，过关再去取太原。
言罢马上一招手，说声请了再攀谈。
令旗一举回营去，（下）

史兴邦：（唱）史爷拍手笑声喧。
拉住辛忠开言道，
（白）辛老将军真是韩信，你这一计免了百日众将汗湿征袍，暂时稳住了番王，百日不来征战。咱回帅府，再议破贼之策。众将官，就此回府。（下）
（摆场，曾杰等站）

史兴邦：（内白）众将官，将马带过了。（上）辛副元帅请坐。

辛　忠：请坐。

史兴邦：辛老将军一计稳住番王，但不知此扇如何可破?

辛　忠：千岁，臣要破此扇，才设了稳军之计。臣观此扇来历，是出云南交趾国，今已归中原。此扇有雄雌两柄，必有盗宝之人，盗了此扇，献于番王。雌扇能生烟生火，雄扇生风生水，能克火，故此炼成雌雄二把，现雌扇已落番邦，我想雄扇定在。千岁可差人去找，不过百日，即可找到。

史兴邦：好哇，老将军真乃英才，能知贵宝的出处归落吗?就请老将军差人去寻宝，不得误事。

辛　忠：是，臣遵命。（换座）手拨令箭，往下便叫辛国安上帐听令。

辛国安：在。

辛　忠：这是令箭一支，命你速去代州一带，附耳过来，寻访你妹丈裴秀生，借取宝扇破贼，期限二月，违令者斩。

辛国安：得令。（下）
（上报子）

报　子：报副元帅得知，营中粮草，不足半月之用。

辛　忠：起过。呀，这却如何是好?
（唱）闻听报，面吓黄。
半晌无言，眼望上苍。

领了兵三万，军营无了粮。
可恨宇文合狗子，真该砍杀断肠。
其中必有缘故，奸党害我一命丧。
想到此，把口张。
强背躬身，站在一旁。
连连尊千岁，听臣说其详。
今日断粮之祸，臣早知道其详。
如此这般说一遍，命我带兵灭番王。

史兴邦：（白）哇呀哇呀。
（唱）怒恼了，史兴邦。
卢雄竟敢，陷害忠良。
断绝粮草事，吾必奏吾皇。
将他千刀万剐，让他去见阎王。
骂了一会尊副帅，且未忧虑甚心伤。
史某我，把你帮。
连忙吩咐，四下运粮。
副帅发哀表，前去奏君王。
要把恶奴追赶，定叫宇文合命亡。
副帅快写告急表，未让奸党得安康。

辛　忠：（唱）辛忠闻听说遵命。
（白）千岁，既与微臣做主，臣无忧，待臣写来。（写介）王浩上帐听令。这是求粮表章一道，要你连夜回京，下到忠孝王府，不可有误。

王　浩：得令。（下）

辛　忠：军政司，拿我令箭一支，追赶宇文合，斩杀无误。

军政司：得令。（下）

辛　忠：咳，千岁，虽然为臣写了求救粮草表章，但不知圣主龙意如何。

史兴邦：无妨，本公先让人前去太原府调运粮草一次，能解一月之危，等月后京中发来粮草，还有何愁？

辛　忠：千岁言之有理。
（诗）忠良爱国逼颠危，苦害忠臣是奸贼。（下）

（花上路马上）

花上路：（诗）跋山涉水受辛苦，披星戴月山林中。

（白）老汉我花上路。受了姑爷、姑娘之托，前往长安探听消息，去了半月有余。哨探明白，辛府辛公子说他姐姐如此大病一场，刁七之事朝廷不究，又说九月二十一号，京中大开考场，万岁皇爷招榜，故此急急回山送信便了。

（唱）催马急如箭，疾走不怠慢。

我进京算开眼，许多关官未回返。

又有御林军，上城去要点。

马上儿郎齐声呐喊，城上乱跑真算大胆。

我不敢，我不敢。

想着探新情，必得早点赶。

茶饭中，急着来，仔细探听耳朵放远。

都说朝廷世界无人管，黄河套出妖精把刁七斩。

皇爷发大兵，花家更不软。

贾元帅，也不软。

到了黄河地，返而又复转。

见了朝廷爷，奏明事原委。

皇爷既不究，又不管。

真算懒，真算懒。

又不发大兵，又不把将遣。

这些事，无一点。

到了辛府，也算长脸。

用了酒与饭，细情说长短。

辛公子说他姐姐如此病，

在早晚，在早晚。

如此与这般，休书论长短。

裴公子，坏心眼。

冤枉娇妻，拆散美满。

这次我回山，必问上下款。

说他口服心也服，

心服软，心服软。
不言上路行，（下）

王　浩：（唱）再表王浩崽。
未出京，人找俺。
侍郎卢雄，推杯换盏。
将此事一宗，绝粮方法显。
这次奉令回了京，再也不回转。
谁管营中粮草短？
我不管，我不管。
一来免征杀，二来脱凶险。
侍郎官保护俺，
免去是非，特别安全。
军中无草粮，兵丁必发反，
辛忠猛虎难敌众犬。
被刀砍，被刀砍。
若是他死了，我是要露脸。
卢侍郎，提拔俺。
必做高官，俸禄不浅。
一面在当前，不服别人管。
不去疆场去厮杀，
偷着懒，偷着懒。
不言王浩行，（下）

花上路：（唱）上路回山转。（上）
朝日间，不迟缓。
晓行夜宿，起早睡晚。
并非一日工，来在山前拍打马。
上了后山寨，
天不晚，天不晚。
（白）来在青石山前，走去到姑爷屋里见姑娘去。（下）
（出罗遂合）

罗遂合：（诗）功高地位重，威武站朝班。

（白）本王罗遂合。自陈登老贼兄妹害了老主归天，陈登领兵前往长寿山捉拿当今。那时陈奎负伤，亏了白鹿血治愈。皆因寡不敌众，弱难胜强，万般无奈，本公设了缓和之计，替了当今受辱，当今才脱了大难，我被捉进京，二主见我忠正，保我无事。后来拿了陈登奸党父子，又平了反叛，当今还朝登基坐殿，封了我妹为昭阳正院，封我罗遂合三公之位。今日心中烦闷，不免一到御街潇洒潇洒便了。人来！随本公穿着青衣小帽，御街走走便了。

（唱）吩咐长随快带马，随我上街走一程。

欠身离了书房内，出府上了马走龙。

只因烦闷心不悦，御街之上散心胸。

睁开虎目四下看，瞧见买卖是兴隆。

一边当铺与百货，一边绸缎甚鲜明。

各样买卖真奇多，真是盛京繁华地。

正然行走看街景，

（马上王浩过）

呀，忽然过去一人骑着马走龙。

马上之人好面熟，怎么一时辨不清？想了一时说是了，

他本是辛忠麾下左先锋。

但他何事还朝转？莫非回朝又来搬救兵？

暂且不要管他事，天已午刻该回程。

吩咐一声回府去，

（白）你看辛忠麾下左先锋王浩飞马而过，见了本王装作不见，真是可恼可恨。本该请他回来，但他回京，必有急事，暂且由他去。人来，就此回府。

（诗）闭户不问窗前事，闲居何论他人非？（下）

（出裴秀生、花飞云坐）

裴秀生：（诗）时来秋季求功名，

花飞云：（诗）鸾凤齐俦可人心。

裴秀生：（白）小生裴秀生。

花飞云： 奴花飞云。哦，相公，咱家来在青石山，无拘无束，逍遥自在，何等的快乐？现已半载有余。你这几天愁眉不展，不知啥地方又不对你的心情，整日长吁短叹的？

裴秀生： 咳，是娘子你骗了拙夫。你说完婚之后就保我求取功名，如今八月将尽，九月秋闱，如今你还不放我下山，看来你真是一个贪色的淫妇了。

花飞云： 哎哟，哎哟，你尽胡说，妾身留你，并非淫欲之事，只因前者杀了刁七，惊动了官府，奴恐你下山，遭受官司，故差爹爹前去长安打听信息，等他老人家回来，自然分晓。

裴秀生： 咳，娘子，他老人家年已花甲，行路劳乏，几时能回来？岂不误了科场？

花上路：（内白）姑爷、姑娘在屋吗？（上）

裴秀生、花飞云： 岳父/爹爹回来了？一路辛苦了，请转上坐。

花上路： 坐着坐着吧，我便坐可以。

花飞云： 爹爹，你老进京探得事情怎样？

花上路： 要问事情，如此这般，万岁皇爷不究那杀人之事，已经安全无忧。

裴秀生： 好哇，真是有道明君。请问岳父大人，京中何日开科考试？

花上路： 你问开科考试？

裴秀生： 正是。

花上路： 九月二十一日。

裴秀生： 哦，岳父，你老可到辛府无有？

花上路： 哼，我去是去了，人家说和咱们无有瓜葛。

裴秀生： 这就奇怪了，莫非岳父没找到地方吧？

花上路： 呸，我就不说，你也知道，是你听了。

（唱）花上路，便开言。

口尊小婿，细听周全。

你行的好事，真是太丧天。

辛氏贤德淑女，深知三从四德。

你出辛府怎么讲？如今事儿不一般。

裴秀生：（白）请问岳父我行了什么错事？

花上路：（唱）你行事，太见偏。

既做夫妻，礼仪如山。

从前行节义，而今做事偏。

冤枉嫡妻淑女，昧心羞辱红颜。

你休妻行此不仁事，牵连我父女不仁义。

裴秀生：（白）呀，这事从何所起？真叫小生发闷了。

花上路：（唱）你不用，假装憨。

如此如此，这般这般。

公子对我讲，我是才了然。

故此回来明讲，拍拍良心何安？

不用明说明白了，准是听了枕边言。

花飞云：（白）老爹爹不要取笑了。

花上路：（唱）你不用，混遮拦。

行事应当想，做事该从权。

自顾自己快乐，不管他人心酸。

挑唆女婿休妻子，独占一房乐百年。

花飞云：（白）老爹，可不要血口喷人，可屈死你女儿了。

花上路：（唱）你别赖，事儿全。

你不挑唆，怎把书传？

辛府男共女，俱各都知全。

说你心怀嫉妒，害了辛氏婵娟。

小姐见书得了病，目下就要归九泉。

裴秀生：（白）呀。

（唱）闻此话，吓一跳。

不知头脑，糊涂一摊。

岳父这些话，一点不了然。

望乞明言细讲，不要语四言三。

清清楚楚说来历，免使小婿闷心间。

花上路：（唱）你既要闻听详细，

（白）你二人做的好事，如此这般学说一遍。

裴秀生：哦，小婿断然原无此事。

花上路：罢了罢了，你既传了休书，又要遮盖此举。小姐一见休书，气得发昏，终日啼哭，茶饭不进，奄奄一息，不知现在生呀无有。不是老汉嘴冷，人家辛小姐对你是何等爱护？你在我家招亲，辛小姐并无一点拈酸意思，心中反而高兴。可你们这两口子一合手，反目成仇，又传了休书，言语难听，辛小姐见之而病，你们说有无人性？

裴秀生：呀，此事可是当真？

花上路：怎么不当真？我亲眼见过，谁撒谎谁是王八蛋。辛府无奈，公子托我向你老讨个人情，留下他姐姐，日后必有重谢。

裴秀生：呀，果有此事，可不屈死贤妻了。辛小姐受着不白之冤，可不痛死人也。（倒）

花飞云：呀，相公怎样了？相公醒来。

花上路：贤婿醒来，贤婿醒来。

裴秀生：哎呀。

（唱）三魂渺渺归阴城，七魄悠悠往何处？

花飞云、花上路：（白）相公/姑爷醒来。

裴秀生：（唱）耳旁只听有人叫，睁开二目仔细听。

原是岳父与贤妻。

花飞云：（白）相公醒来。

裴秀生：（唱）二人不住把我叫，双手按地站起身。

是谁与我作冤仇，陷我不仁心万恶？

捶胸顿足连叹息，辛女待我恩情深。

犹如唇齿两相好，我怎弃旧把新迎？

冤枉冤枉向谁告？而今反被小人欺。

叫我秀生怎么好？辛府恨我无义男。

对谁说来谁不恼？我今成了大罪人。

如今畜生不如马，我今担了休妻名。

坏名远近四海表，不如一死作了休。

阎王殿上去点卯，去告做事作恶人。

想到此间心一横，低头闭目把牙咬。

花飞云：（唱）飞云上前拉住袄，相公不可寻短见。

（白）相公不可寻短见。

裴秀生： 唉，娘子，你还还不知，方才岳父言说辛氏玉兰如此被屈，不知何人传去休书，险污小姐美名，伤了我裴秀生之义？我有何面目活在世上？不如一死，免人议论。

花飞云： 相公如此，可愚鲁甚了。

（唱）手拉相公身上袄，且听奴家对你言。

休书不知真与假，大略必是夫人把话传。

恐你不去传谎语，假造非言把谎撒。

况且是爹爹又爱说笑话，假装正经玩笑谈。

花上路：（白）咳，孩子说的啥话？老爹爹我几回说笑话？你们爱信不信。

花飞云： 你老少说一句吧。

花上路： 怎得少说多说？全是真事。

花飞云： 咳，看你还说呢。

（唱）不必信他谎话，何须如此心内慌？

妾身有一全美计，也免相公心内伤。

裴秀生：（白）娘子有什么妙计？

花飞云：（唱）何不再写书与字，澄清此事别隐瞒？

辛家姐姐见书字，心路一开病痊愈。

如此而行必是妥，何必寻思要命捐？

不知说得对不对？

裴秀生：（唱）秀生摆手说不然。

辛氏本是因我病，心急如同火一般。

恨不能今日见到辛小姐，恨不得一步到长安。

见了一面心才安，就是死了也值得。

说到此间泪如雨，

花飞云：（唱）飞云不敢再多言。

有心叫他下山去，怕他一去不回还。

有心不叫他前去，他必是要死要活闹喧喧。

咳，急得奴家泪如雨，

花上路：（唱）上路一旁不耐烦。

你们不必心着急。

（白）你们俩不必留恋，看你们年轻人多没出息，姑爷既要疼爱辛小姐，就得亲身去看望，表白心中之情，安慰辛小姐一番。闺女啊，也不要恋你女婿。咳，倘若姑爷一时不去，大房娘子坏了，不是更逼他了。辛小姐见不到姑爷，心病不去，有个好歹，姑爷就会落个无缘无故休妻之罪名，咱父女也要担个挑唆女婿行此不仁之事。我看目下就叫姑爷前去辛府，说明缘由，辛小姐一见姑爷，心中高兴，说不定一下子心病就痊愈了呢。要是辛小姐病退身安，以后咱们都在一处，那有多乐呵。

花飞云：咳，爹爹言之有理，但是儿才新婚半载，怎好两离呢？

花上路：哎，姑娘，你说这就不对了，咱在家招人家为婿，人家还担着停妻再娶之罪，你光顾你自己好，行吗？本来她先你后，你不让姑爷去看望，人家心疑你定有嫉妒之心，这不是更错了吗？再说日后万一有啥不妥之事，岂不后悔？闺女你再斟酌斟酌。

裴秀生：岳父言成理。娘子，快与拙夫打点行李。

花飞云：咳，相公急要前去，妾身怎敢阻拦？非是奴家不愿，因前者是非不定，怕相公会有不测之事。

裴秀生：娘子不用担心。常言说，生死在天，富贵由命。我前去就是刀山火海，非走一程不可，死而无怨。

花上路：对对对，还是姑爷通情达理。姑娘不要拦着了，快给你女婿打点行李吧。别噘着嘴了，别那么舍不得。

花飞云：呸，好没长辈相，来谈笑女儿。相公既然前去，奴还有一事相告。

裴秀生：什么事？

花飞云：奴下山之时，师父送与奴家三联书柬，一联在端阳，二联在九月重阳，三联在正月元宵佳节，今日已交八月，离九月还有八九天工夫，你忙啥？

裴秀生：咳，娘子不要再取笑了，快快打点行李路费吧。

花上路：姑娘不必如此了。今已天晚，叫姑爷在家住一宿，明天把书给姑爷带上，应期观看，也就完了呗。

花飞云：咳，是，知道了。

（唱）花飞云回绣房。（下）

裴秀生：（唱）秀生心烦，懒食饭浆。

进房不言语，低头坐一旁。

花上路：（唱）上路也把房进，怀揣双手不扬。
推杯换盏霎时散，一夜过罢整行装。

裴秀生：（唱）裴秀生，忙慌张。
上路策马，紧挽丝缰。
急急把山下，大路去奔忙。
不言翁婿赶路，再说陈家儿郎。（下）

（上陈日升）

陈日升：（唱）家住常州无锡县，壬辰中举出地方。
陈日升奔京邦，天下赶考去奔考场。
考取天下士，挑选状元郎。
考上三元及第，何难去站朝堂？
不言日升阳路上走。（下）
（上孙正，武生）

孙　正：（唱）孙正打马走慌忙。
自幼武艺强，壬辰中举，武士儿郎。
这一进京去，争取状元郎。
威威烈烈回转，光宗耀祖换门庭。
孙正赶路且不言，

（梅奎，方巾，马上）

梅　奎：（唱）又来梅奎性刚强。
打马走，自思量。
自幼性烈谈文章。
三场中文章，侥幸状元郎。
虽晓兵书战策，怎奈力气不强？
打马加鞭路上走，（下）
（上辛国安）

辛国安：（唱）国安催马走慌忙。
奉了命，上山冈。
借取宝扇，将灭番王。
访问青石山，昨日知其详。

来在代州南面，此山出了贼王。

裴氏姑爷在哪里？要借宝扇定国邦。

打马走奔山冈。（下）

（云诏众神）

众　神：（唱）卢杞文章好，怎奈心不良？

害苦裴生原配，害人似如虎狼。

裴生遭害实可怜，卢杞罪恶记录上。

其言道，一齐忙。

上了名姓，急忙收起。

吹动登云雾，上天奏我皇。

不言功曹交旨，再表唐营这方。

（摆场辛忠坐）

辛　忠：（唱）辛忠坐在中军帐，（上）

张　烈：（唱）张烈进帐心着忙。

尊声元帅事不好，

（白）元帅，可不好了。

辛　忠：哦，先锋有何大事，这等惊慌？

张　烈：元帅不知，只因营中粮草不足，只能用与十天之内，不见搬运粮草公差回还，营中断粮，三军吃不饱食，战马难见草料，人心惶惶不定，到处风言宣讲，人人议论，军心不稳当，有不良之人，开关顺了番贼。元帅你看如何是好？

辛　忠：呀，此事可有些不好了。

（唱）闻听报，面吓黄。

军心不稳，难战疆场。

多年领人马，不想今一桩。

马无饱草难跑，人无饱食迷惶。

军心自乱要归北，眼看要失我主锦家邦。

圣上圣上，呼我主，尊我皇。

你在京都，怎知其详？

听了奸臣话，苦了我忠良。

如今要将失去，军兵要投番王。

微臣尽忠要战死，一颗赤胆献我皇。

左右为难难死我，哼，忽又想起计一桩。

（白）咳，营中断粮，军心自乱，都是元帅的计谋不高。咳，圣上圣上，微臣为国尽忠十数余载，南征北战，东讨西伐，并无二心。今日圣上不想听了奸臣之言，用我微臣领兵挂帅，奸党从中又耍奸计，军营中不发粮草，军心必乱，难胜必败，败后必失江山，这样我主的江山可就难保了。咳，事到如今，讲不起再把众将军叫在一处，解劝一番，看就是如何？张将军，齐集众将，来大帐听本帅讲话。

张 烈：得令。（下，内白）军士们听真，元帅吩咐大小军兵，齐集军帐听讲。

众 军：遵令。（下）

（上众军）

众 军：元帅在上，众将齐参。

辛 忠：尔等免礼。

众 军：谢元帅。

辛 忠：众位将军，本帅今日有几句言语，要说于尔等，不知愿意否？

众 军：元帅请讲。

辛 忠：既然如此，听了。

（唱）辛忠开言道，尔等听我言。

报国心无二，可以对苍天。

战死疆场上，功名表凌烟。

光宗上三代，英名天下传。

忙离座，站帐前。

口呼众位，细听我言。

我今领人马，为帅扫北番。

本帅忠心无二，可恨朝中权奸。

用了奸计害本帅，断草绝粮毁江山。

尔众将，莫心烦。

且听本帅，讲究一番。

虽然我是帅，与你是一般。

同吃皇王俸禄，为国来灭北番。
而今营中没粮草，并非本帅把赃贪。
我辛忠，有机关。
不叫众位，受此熬煎。
听说尔等众将，齐心要献关。
本帅不能拦挡，任你去投北番。
我今已领皇王旨，与国殉难理当然。
皇上啊，皇上啊，
呼皇上，叫圣天。
叹我辛忠，保主多年。
今被奸臣害，死在雁门关。
忠臣不侍二主，好马不备双鞍。
营中缺粮军心乱，微臣难保雁门关。
咳，将牙咬，眼瞪光。
双足一跺，抽出龙泉，
横剑要自刎，

张　烈：（唱）张烈双手拦。
元帅不可寻短见，且听末将一言。
夺过宝剑扔在地，打躬一礼面带欢。
元帅在上听我劝，
（白）元帅不可呀不可，且听末将一言相劝。万岁皇爷命你领兵来保重地，虽被权奸所害，应当设计保关，阻挡番兵，不应营中缺粮而轻生，少草而自刎。元帅自死，倒还罢了，兵卒可无了主心骨，自投北番，雁门关失守，江山社稷颠覆，那时忠良遭诛，奸党得志，元帅虽死，也难免落个误君之罪。元帅再思再想。

辛　忠：咳，将军言而虽是，但是军中断草绝粮，军心大变。我虽被权奸所害，与奸党结仇，死不足惜，岂能不让众官兵做那饱腹之鬼？你看人心所向，众志难酬，虽有献关之议，按国法理应重责法治，但圣人云，法不责众，诛之者不可胜诛之。咳，我不如早死，任他们自便，省得临危之时，大势所趋，本帅就是奖罚分明，也难免有卖主江山之罪了，就是战死或自死，也是无益。请将军再思再想。

张　烈：元帅说得虽是，但是古人云忠臣为国，捐躯为主。

辛　忠：咳，将军，是你一人之意吧？

张　烈：众位将军、兵士弟兄，今有元帅被奸党所害，军营断草绝粮，并非是元帅克扣众人，知呀不知？

众　军：尔等俱已知晓。

张　烈：好，众位既知，就应懂守规矩，坚守国法，乃是正理，为何而为一时饥饿而改变心肠，背主向番？

众　军：回禀老爷，非是我等不仁不义，而是圣上信宠权奸，苦害元帅，因而不平。朝廷信奸害忠，实在可恨，我等要献关，归顺北番，杀至京城，推倒昏君，杀尽奸党，为元帅报仇。

张　烈：好哇，尔等既有恋主之意，真不愧为帅、士一家。我且再问尔等，你们家中俱为何人？

众　军：家中俱有父母、兄弟、姐妹、妻子、儿女。

张　烈：家居何处？

众　军：俱在长安附近。

张　烈：哦，家中既有父母、兄弟、姐妹、妻子、儿女，又居京都，你们参军出征，家中老少，必然是叩天保佑你们奏捷而还，人身无恙。你们为免饥饿，逼死主帅，而投番王，天子闻知，必是按册点将，阖家老老少少、男男女女拿进云阳市口屈做刀下之冤鬼，那时尔等在北国闻知此凶信，心情如何？

众　军：（哭）唉，先锋言为正理。

张　烈：哦，再问尔等，你们俱各会说番语吗？

众　军：我们不会，连懂都不懂。

张　烈：这就是了，你们不会，又不懂番语，虽暂时献关有功，你们哪里知晓契丹番王是反复无常之辈、忘恩负义之徒，全是畜生一般？他若得了天下，他族受宠，汉人受辱，不是斩杀，就是做奴，那时担着乱臣贼子之名，灭族毁家之祸，上对朝廷不忠，下对父母不孝，岂不成了畜类？

众　军：咳，先锋言为正理，我等听命便了。但营中粮草，不足十天之用。

张　烈：哦，众将不知忠烈则尽命么？某家还有几句言语要讲。

众　军： 请讲。

张　烈： 听了。

（诗）搓手呼列位，你们听我言。
君子固穷志，小人穷思乱。
孔子在陈蔡，绝粮无怨言。
七日不见米，最终脱实难。
吉人有天相，何必生邪念？
宁可尽忠亡，朝廷拍手叹。
凌烟阁表名，英名万古传。
荫子与封妻，后继有香烟。

（唱）张烈说罢一席话，二目之中泪如泉。
元帅待俺如兄弟，难舍尔等如油煎。
闻听尔等投番叛，怕是家眷不得安。
理施军法来治罪，军中缺粮理当然。
无奈抽剑要自刎，任凭尔等去北番。
我今奉劝众位士，不可妄动傻又憨。
宁可为国尽忠死，不可骂名千古传。
凌烟阁上表名姓，不可引狼入中原。
言语非多要醒悟，自作主张不再拦。
张烈言过泪如雨，

众　军：（唱）军兵个个泪涟涟。
一齐跪倒呼主帅，不必忧心要万安。
帅爷对兵如父子，怎能背主投北番？
那是邪念心起火，恼得皇爷信权奸。
元帅既然忠报国。我等怎能忘义恩？
军中无粮全饿死，将帅同殉雁门关。
言罢泪如雨注下，

（白）元帅在上，我等要听元帅之言，宁可饿死，绝不投番。

辛　忠： 好哇，你等起来。

众　军： 是。

辛　忠：尔等与本帅一同尽忠，保护国土，待本帅修表一道，申奏皇爷，表众将士功勋。若是奸党误发粮草，讲不起咱将帅一同饿死关前，不能退志。

众　军：元帅言之正理，我等至死不离元帅。

辛　忠：好，待我修表一道。（写完）张烈。

张　烈：在。

辛　忠：将这道表章，星夜下到忠孝王府。

张　烈：得令。（下）

辛　忠：众将官。

众　军：在。

辛　忠：将全营粮草散发。

众　军：是。

辛　忠：（诗）利口说转反叛意，伶牙忠君保中原。（下）　　（完）

第　六　本

【剧情梗概】辛玉兰病体沉重，生命垂危。裴秀生及时赶到辛府，以字迹不符为证，说明休书为他人伪造，辛玉兰释然，病情好转。卢杞到辛府打探辛玉兰有无改嫁的意愿，姑母卢氏哄他写信，然后将他所写之信与休书笔迹对照，断定休书出自他手。卢氏大怒，将其赶出辛府。辛国安到青石山寻找裴秀生，借取雄蕉叶扇，但扑了个空。他返回雁门关，路过代州，劝服百姓筹集大量粮草，解了雁门关燃眉之急。裴秀生易名裴春发参加科考，金榜题名，高中状元，与辛玉兰成婚。随即，他受封平北大元帅，统军驰援雁门关。卢杞考中榜眼，被任命为平北大军运粮官。

（上报子）

报　子：报姑娘得知。

花飞云：何事？

报　子：西山口来了一位年轻将官要进山寨，说与寨主有事相见。

花飞云：哼，这是何人前来？有何大事？既说有事，必是亲眷至此，就说有请。

报　子：哈。（下，内白）寨主有请。

辛国安：（内白）是，来了。（上）寨主在上，小将辛国安打扰。

花飞云：好说，将军免礼。请问小将军哪里人氏？贵姓高名？到此何事？

辛国安：寨主听了。

（唱）躬背施礼尊寨主，细听小将说分明。
家住长安八景地，家主名字叫辛忠。
如此如此一件事，张成盗取宝一宗。
后来卢杞又作孽，暗害姑爷裴秀生。
小将如此将他救，夤夜姑爷出了京。
黄河套内又遇难，又逢吉人化了凶。

花飞云：（唱）原来还是恩人到，恕奴不知未远迎。

辛国安：（白）好说。

花飞云：（唱）以往之事奴尽晓，相公性命亏义兄。

（白）义兄，

（唱）府中老幼可安好？辛家姐姐可安宁？

太太她老身康健？太爷可曾在朝中？

再问京都刁七事，万岁皇爷可知情？

辛国安：（唱）辛国安带笑忙言语。

（白）我花家妹妹，原是这般如此，天子对此事不究，张成盗宝，献于北番。如今雁门关紧急，襄国公已上急表求救，卢雄奸贼参我家老爷领兵挂印扫北在雁门关，老爷认出了宝扇，故此令小将到此借取，破贼之后一定奉还。

（唱）辛国安，把身转。

尊声寨主，细听分明。

北国撒里库，作反成了势。

张成盗取宝扇，契丹带来番兵。

兵困雁门旦夕日，我才借扇保关城。

花飞云：（唱）面带笑，尊义兄。

且听小妹，说与你听。

你今来借宝扇，往返白费工。

非是小妹不予，内里却是有隐情。

你的妹丈不在此，赴试已去长安城。

辛国安：（唱）闻此话，吃一惊。

妹丈不在，这座山峰。

往返跋涉苦，朝夕奔路程。

叹我白走一趟，枉费许多工夫。

莫非国家不长久，该着反叛国运兴？

花飞云：（唱）你不必，在此停。

急急回转，雁门关城。

帅兵齐努力，设计保关城。

不用个把月之久，京中必发救兵。

你的妹丈领人马，奴家也去走一程。

辛国安：（唱）说多谢，身打躬。

再问贤妹，事儿一宗。

我来借宝扇，为去挡番兵。

妹丈虽然京去，宝扇必在山中。

贤妹私取借于我，保守国土理上通。

花飞云：（唱）忙站起，笑盈盈。

义兄多心，苦苦相求。

宝扇他带去，秋闱把亲成。

兄长为何不问，速去追赶裴生？

他与家父把山下，此时还在半路中。

辛国安：（唱）国安闻听心凉凉。

（白）哦，贤妹，宝扇果然叫妹丈带去，某家就此告辞，前去追赶便了。

花飞云：义兄既要追赶，小妹不敢久留。义兄此去，请转告你妹丈，如有不测，请传书于奴，奴好帮他成功。头目。

刘礼灯：是。

花飞云：就此携带酒饭，与你辛家少爷乘马送下山去。

刘礼灯：是。（同下）

花飞云：你看辛国安去了，奴只得等候音信便了。（下）

（辛国安马上）

辛国安：（诗）去寻宝扇不在，往返白费心胸。

（白）俺辛国安。方才上山，见了花氏，言说妹丈将宝扇带往京都去了，花氏叫我前去追赶。咳，我想雁门关城中绝粮多日，正在危急之中，我此去长安，岂不误了大事？我不免先回营中交令，要义父下了哀表，我就急急接令进京，再借宝扇，岂不更为妥当？定是这般主意，就此回行罢了。

（唱）辛国安，疾如箭。

自然有安排，或是长安借宝，或是另设机关。

向前打马疾似箭，国安回关且不言。（下）

（张烈马上）

张　烈：（唱）勇张烈，在途闻。

自言自语，催马向前。

奉令下哀表，心急奔长安。

出营整整两日，不料疾病来缠。

店中病了半个月，今日方觉身体安。

我只得，奔阳关。

营中无粮，军心不安。

催马急急走，去见主圣天。

见了忠孝王爷，烦他带进朝班。

皇爷见了求救表，定然把奸党用刀铡。

且不言，这一篇。（下）

（花上路、裴秀生马上）

花上路：（唱）再表翁婿，彼此交言。

上路开言道，贤婿听我言。

咱俩先去辛府，探望玉兰婵娟。

到了那里你赔罪，还得诉诉你的冤。

裴秀生：（白）咳。

（唱）裴秀生，说当然。

见了辛氏，礼貌要全。

说清内外事，两家都心宽。

边说边催马快跑，心中好似油煎。

心急只嫌走慢，不住催马急向前。

眼看日影西山坠，只好暂且投店宿。

（白）岳父，你看日影已落西山，咱爷俩还是寻找店家，明天再走，乃为上策。

花上路：贤婿言之有理。（下）

（出店小二）

店小二：开店开店，卖酒卖饭，生意兴隆。此处乃是九路通行，两京交通要道，买卖倒也兴隆，这也不在话下。你看天已不早，咱不免到外面招呼去。（下，又上）东来西往的都来下店，我这里有宽桌洁室上房，喂牲口的有细草细料，你们都到这里来呀。

裴秀生：（内白）岳父，你看那边有人喊店，待咱翁婿前去投店。

花上路：（内白）言之有理。（上）请问兄台，你是此处开店之家么？

店小二：对对对，在下便是。二位想要住店么？

裴秀生：正是。

店小二：好说，就此请。待我给你老拉着马。

花上路：好说。

裴秀生：请。

店小二：这屋来。（下）

裴秀生：是。（下）

（全上，摆场）

花上路：伙计，看净面水、茶来。

店小二：是。

裴秀生：岳父，你看此屋很洁净幽雅，但不知此处离京都还有多远？

花上路：贤婿不必着急，店家来时一问便知。

（上店小二）

店小二：二位客官用什么酒饭？只管吩咐。

裴秀生：好说，请来便菜、便饭可以。

店小二：二位客官，不知此处有个新规矩，近几天得吃套席。

裴秀生：哦，这是为何？

店小二：客官若问，听我道来。

（唱）尊声二位爷，听我说一遍。

今日逢重阳，穷富都摆宴。

凡是开店家，不许卖便饭。

非得八碗席，大米千百碗。

烧酒尽量喝，米酒要随便。

京钱二百文，不许把人赚。

说罢往外行，就去端酒饭。

酒菜全端来，俱都放桌面。

二位请用吧，我得再去看。

说罢要出门，

裴秀生：（唱）上桌不怠慢。

说声店东家，请你站一站。
相陪喝几盅，照样付饭钱。
说罢上前拉，小二笑带面。
坐在桌子旁，斟酒不怠慢。
霎时用完了，秀生笑带面。
请问店家一宗事，
（白）请问店家，此地离京城还有多远？

店小二：客官，若问此处，离京还有三百余里。

裴秀生：哦，这就是了。就此安寝，明日好赶路程。

店小二：请客官自便，在下就失陪了。（下）

裴秀生：岳父，请安寝吧，小婿稍刻再睡。

花上路：使得。

（全下，裴秀生又上）

裴秀生：方才店家言道今日是重阳佳节，我倒想起一宗事来，我临下山之时，花氏与我柬帖一联，叫我九月重阳观看，今日正逢佳节，我不免取出一观，待我拆开，便知分晓。

（诗）九月重阳拆柬封，进京之后更了名。
科场过后登金榜，奸党参本领雄兵。
雁门灭寇用花氏，不要害怕与担惊。
平了番贼除奸党，清理朝纲享太平。

（白）哦，原来柬帖言之，要我更名入场科考，之后必登金榜。我不免按照柬帖行事，改名裴春发。久后有了机会，再奏知天子真名实姓。咳，凭天由命而是。

（诗）祸福由天定，吉凶在上苍。（下）

（步上二小丑、二老丑）

王　五：半载之时起番兵，扰乱百姓不安宁。众位请了。

李　六：请了。

王　五：我王五。

李　六：我李六。

赵　七：小的赵七。

张　八：小的张八。

赵七、张八：二位大叔为何这等惊慌？

王五、李六：咳，二个小侄，北国契丹王造反，兵困雁门，现在已半载有余。番兵屡屡攻城，朝廷几次发兵征讨，但无济于事。最近又命经略元帅辛忠为副元帅，带领雄兵几万，又去征讨。辛经略足智多谋，英勇盖世，然也难灭番叛。番兵要是攻破雁门，兵进中原，咱代州一群百姓，可就受涂炭之灾了。

赵　七：唉呀，那咱们的日子可就难过了，可惜我才结婚三天哟。

张　八：唉，我说没有别的办法，咱就趁早有亲投亲，有友投友，躲灾避难才是。

王五、李六：唉，事已至此，讲不起了。

（唱）父老开言道，列位听分晓。

不过是把命保，家具全丢往外跑。

细软都包封，随手都拿着。

零零碎碎全扔了，

快快跑，快快跑。

父老闻此言，一起都说好。

今日个商量了，快快都要收拾好。

有亲去投亲，无亲远点跑。

再拉驼驸要背好，

就挪脚，就挪脚。

众人正商量，

（辛国安马上）

辛国安：（唱）国安打马跑。

正然行，虎目瞟。

见村中，人家不少。

约有三百家，大街人讥吵。

议论雁门关失守，都要跑，都要跑。

何不如此行，去借粮与草。

军无粮，正凑巧。

下马步行进庄了。

全凭三寸舌，借粮和饲草。

近前口称老乡们，有礼了，有礼了。

（白）众位老乡可好？

二老夫： 好说，不敢。公子你问何事？

辛国安： 唉，老乡你们聚集在此，所论何事？

二老夫： 唉，君子不知，现今北国契丹造反，番兵围困雁门关，危在旦夕，免不了生灵涂炭之苦。

辛国安： 唉，番兵虽兵困雁门，但有忠良上将把守，怕他怎的？

二老夫： 咳，君子，朝廷已发了几次大兵了，你不知内里情由，且听老儿告禀。

（唱）二老夫，把话明。

口称君子，贵耳细听。

雁门曾元帅，乃是大英雄。

与贼大战几次，杀了无数番兵。

贼兵多来将又广，元帅告急奏朝廷。

又来了，襄国公。

带领夫人，随着大营。

一到雁门地，遇贼就交锋。

杀得番兵退去，又来契丹亲征。

他有宝扇一小把，照人一扇烟火生。

伤咱国，无数兵。

官兵无奈，又奏朝廷。

又发兵无数，经略大元戎。

听说智勇双全，谁知本领不中。

自从他来未出战，紧闭城门不出征。

从前是，关门封。

如今胆大，打开关城。

不知是何意，令人胆怕惊。

倘若番兵涌进，必然失落关城。

无奈我们全商议，投奔他乡保性命。

辛国安：（唱）小国安，身打躬。

口尊列位，贵耳细听。

我有一高见，不知行不行？

众　人：（白）请讲。

辛国安：（唱）休看城门开放，乃是元帅计谋。

实话对你说了罢，我是辛府一家将，

名叫国安来公干。

（白）众位不知，原是如此，我名叫辛国安，乃是辛府一名家将，领了元帅将令，前去借取破贼之宝而归。我有个主意，可保众百姓无事。

众　人：那可太好了，请辛爷讲来。

辛国安：好。辛国安把元帅如何守关，却遭朝中奸臣暗害之事一一说了一遍，又把守关的官兵宁可饿死、战死，为国尽忠，不做亡国之犬的豪言壮语说了一遍。

众　人：辛爷，中原人有气概，但我们俱是无能之辈也。

辛国安：各位父老，既有中原炎黄子孙之情，我请各位助元帅一臂之力，请你推选几名首领，与众乡亲豪门说明借粮几万石、草万捆，送与雁门大营。待辛元帅得了粮草，军威一壮，何愁守不住关口？待取来灭贼法宝，何愁犬羊不灭？那时元帅得胜还朝，定奏知皇上，万岁见喜，必然加倍奉还各位父老。父老们既显了中原儿女之志，尽了忠孝之情，又免去了背井离乡之难。这个主意何如？请众位三思。

众　人：对，辛爷说得很是正理。咱们都不要走了，快集借粮草送与雁门，好鼓励官兵保守疆土。就此而行。

辛国安：好，辛国安给各位写下书字便了。

（唱）辛国安一旁写书字，（下）

（上裴秀生）

裴秀生：（唱）众人集粮草且不言。

再表翁婿人两个，打马驾前奔路程。

心急意专去辛府，探望辛氏女花容。

非止一日来到了，京都之事暂不明。（下）

（上卢杞）

卢　杞：（唱）接连再表人一个，卢杞闷坐书房中。

假造休书到辛府，三月有余不知情。
想来又是荒唐了，叫我梦寐惦心中。
朝思暮想心不舍，只好再设计牢笼。
仰面一思有有有，何不如此这般行?
假意去探我姑母，实际去望女花容。
姑母跟前献殷勤，大料此事必然成。
想到此间心得意，吩咐家童备能行。（下）
不言卢杞辛府去，

梅　英：（内唱）再表玉兰与梅英。
扶着姑娘好伤感，眼泪扑扑把话明。
（内白）姑娘啊，奴婢搀你外边歇歇吧。

辛玉兰：咳，便也使得。咳，可罢了我了。（上，坐）想我裴郎绝情断义，恨花氏唆夫休妻。奴辛玉兰，可恨裴郎无故休弃与我，必是听了花氏枕边之言，竟然如此的绝情。咳，裴郎啊，奴对你何等的深情厚意，你竟听信了谗言，忍心休了奴家，可冤枉死为妻了。咳，想你这无义之徒，真叫人又气又恨。

梅　英：唉，姑娘不必气恼，姑爷日后醒悟，定来看望小姐。

辛玉兰：咳，梅英，裴郎再来也是枉然了。梅英，你近前些。

梅　英：是。

辛玉兰：咱们的缘分怕是尽了。梅英也，
（唱）玉腕拉住梅英手，二目滔滔泪如泉。
伤心哽咽难言语，凄惨多会把话言。
开言有语梅英叫，
（白）梅英也，

梅　英：姑娘有话请讲。

辛玉兰：（唱）我的言语记心间。
你自九岁到我府，咱们一见就投缘。
如今姐妹六七载，你的人品我喜欢。
我只说主仆再居三二载，留心给你配姻缘。
贤惠婆婆好女婿，单夫独妻乐安然。

我若有时想了你，还想着呼来唤去两往还。
不想我是短命鬼，我这病要想痊愈是枉然。
我死之后休悲痛，千万把我扔一边。
你若有时想起我，去到坟上化纸钱。
就当尽了主仆义，我在九泉也喜欢。
我的钗环首饰你拿去，几件衣服将就穿。
全当出嫁陪送你，千万不要嫌弃死人衣衫。
说到此处悲啼起，气恨交加把眼翻。
腹内之中咕咕响，痰堵咽喉气不还。

梅　英：（唱）梅英一见说不好，莫非姑娘赴阴间？
抱住尸首大声叫，
（白）姑娘醒来醒来。呀，不好了，姑娘气绝而终。不免快去找太太再作道理。（下，内白）夫人，太太，可不好了。

卢　氏：（内白）怎么样了？

梅　英：（内白）咳，太太，方才奴婢搀小姐在外凉爽，小姐突然气绝而亡。

卢　氏：（内白）呀，我的娇儿也。（上）我儿醒来。

梅　英：姑娘醒来。

卢　氏：咳，我那苦命的儿呀。
（唱）扑在了床上号啕痛，叫声娇儿死得可怜。
只见她紧咬牙关瞪二目，面黄唇青气不还。

梅　英：（唱）梅英一旁哭不止，哭声姑娘叫声天。

卢　氏：（唱）临危未与娘见面，你就狠心归阴间。
没有说句离情话，也没把好言语对娘言。

梅　英：（唱）方才主仆还说话，怎就狠心赴阴间？
梅英止泪把话言，太太不必过悲痛。
姑娘的气色转变气儿还。

卢　氏：（白）哦？
（唱）夫人闻听止住泪，二目仔细观周全。
果然颜色变红气还有，阿弥陀佛念几千。
又见鼻尖珍珠滚，见此光景更喜欢。

开言把梅英叫，快把姑娘抬进房。

（唱）主仆相搀进内室，只见姑娘汗直流。

气儿微微往上转，醒后人事似安眠。

卢　氏：（唱）不可惊动由她睡，叫她出汗在榻前。

夫人正在欢喜际，

（上辛国泰）

辛国泰：（唱）辛国泰进房把话言。

姐丈今日来在此。

（白）禀母亲，今有姐丈与花氏老伯，前来前庭。

卢　氏：唉，你姐丈当真来此？

辛国泰：当真来了。

卢　氏：好哇，你姐姐正在出汗之际，不可惊动，随娘前去中庭。（下）

辛国泰：是。（下，又上）

（上卢氏，坐）

卢　氏：（唱）夫人坐，请秀生，

快请你姐丈中庭叙话。

辛国泰：是。（下，内白）有请姐丈。

裴秀生：（内白）是，来了。（上）岳母在上，小婿拜见。

卢　氏：公子免礼，请坐。

裴秀生：是，告坐。

卢　氏：唉。

裴秀生：岳母为何如此多礼？

卢　氏：嘿，你父与我家老爷同殿称臣，你是年侄，怎敢怠慢？

裴秀生：唉，岳母，辛、裴二家自处结亲前，小婿来贵府已是翁婿之称，今日进府便成了“公子”之称，其意何也？

卢　氏：以前是儿女之亲，当以翁婿来称，如今传出断亲之书，老身便以年侄相称。

裴秀生：呀，岳母之言，小婿不解。

卢　氏：呀呀呀，呸呸呸，你今还装聋卖傻做春梦？

（唱）辛氏夫人冲冲怒，骂声裴生太欺心。

春天来在我家内，我家待你怎么样？

老身待你如宝玉，凡事相应何如云？
我女传书显大志，乃是要你跃龙门。
那时你倒遂其意，书房用心读诗文。
不想遇见贼卢杞，邀你他府会诗文。
我差国安把你救，次日送你出家门。
黄河套里又遇难，你遇花氏结烛亲。
停妻又娶不责你，万不该休书断了亲。
我女哪点玷辱你？因何休我女衩裙？
夫人越说越有气。

裴秀生：（唱）秀生闻言闷在心。
方要开口问仔细，

梅　英：（唱）梅英跑来禀原因。
说声太太可不好，
（白）太太，可不好了。

卢　氏：怎么样了？

梅　英：姑娘又昏迷过去了。

卢　氏：唉，我的儿啦。（下）

裴秀生：咳呀，方才岳母之言说我休妻，此事从何而起？方才丫鬟报说小姐气绝而亡，咳，真叫小生心慌意乱。前去看望，她又在深闺，去又不好，不去，真叫人心中着急牵挂。
（上辛国泰）

辛国泰：姐丈不要发愣了，快随我去中庭稍坐。

裴秀生：是。（下）

卢　氏：我儿醒来，我儿醒来。

梅　英：姑娘醒来，醒来。

辛玉兰：哎呀，母亲，孩儿这几天屡屡发昏，惊吓了母亲，孩儿心中不安。

卢　氏：咳，女儿宽心养病吧。

辛玉兰：咳，孩儿今日总觉得浑身发烧，我要到外面凉爽凉爽。

卢　氏：好，梅英，咱娘俩搀你姑娘外边凉爽凉爽。

梅　英：是。

辛玉兰：（唱）疯发乱缠心思乱，一腔怒气堆在胸。

（白）奴辛玉兰。咳，这几天神魂不定，几次发昏，莫非是我的大限到了？

卢　氏：唉，我儿不要心酸。我且问你，如果将裴秀生带来见上一面，可能你的大病就能好了。

辛玉兰：咳，母亲，孩儿不是贪淫之女，母亲不可耍笑孩儿了。

卢　氏：女儿，非是为娘取笑与你，如今裴秀生与花氏大伯前来，为娘已在前庭发落裴秀生一顿，看他那光景，传休书之事，似有不知之相。

辛玉兰：唉，母亲，非是孩儿无耻，意欲将裴郎请至女儿闺房，问明休书之事，孩儿就是死，也心甘情愿了。

卢　氏：我儿方才出汗，理宜静养，不可劳神过度。要见裴秀生，今已天晚，明日饭后见方可。

辛玉兰：咳，孩儿出汗以后，觉着心中明亮，精神清爽，见见裴秀生是无妨碍的。

卢　氏：女儿既然无妨，今日他远来劳乏，还是明天见吧。梅英，搀你姑娘内室休息。

梅　英：是。

卢　氏：咳，罢了我了。（下）

（出卢杞）

卢　杞：（诗）使尽诸葛计，难得女婵娟。

（白）小生卢杞。昨日想到辛府探望姑母的口气，不料走至街中，听得辛府家人道，辛玉兰小姐见了休书，生气得了一场大病，三月有余，此时正卧床不起，昏厥多次，昨日又不省人事。我想她一见休书气病，自然不甘心再嫁他府。此时已在心烦之际，怎好打扰。吾也未去探望姑母，故拨马而归，今日不免再前去探探消息便了。小子们，带马移到辛府。

（诗）世上无难事，只怕有心人。（下）

卢　氏：女儿今日可觉得好些否？

辛玉兰：咳，娘啊，孩儿今日方觉心内清亮，身上清爽了。

卢　氏：好哇，谢天谢地，阿弥陀佛，我孩儿好了。

辛玉兰：娘，孩儿听说裴郎已在咱府，不知在何处？

卢　氏：现在在书房与你兄弟叙话。

辛玉兰： 如此，梅英搀我外屋凉爽凉爽。

梅　英： 是。

（上辛玉兰）

辛玉兰： 母亲。

卢　氏： 在。

辛玉兰： 请你老不要远离，孩儿有话要讲。

卢　氏： 女儿有话只管说来。

辛玉兰： 是，母亲。孩儿想裴郎此来必有事宜，孩儿要与他见上一面。孩儿因书得病，须分清是非，看他何言答对。

卢　氏： 孩儿想得极是。梅英，到书房，将裴秀生请至此处。

梅　英： 是，知道了。

（唱）梅英答应往外走，（下）霎时之间话说明。

辛国泰：（唱）国泰接言说声请，就请姐丈上楼庭。

裴秀生：（唱）秀生闻言起身走，恨不霎时见花容。

跟着公子往前走，顿时到在后院中。

上得楼梯闪目看，站在门外细定睛。

瞧见小姐床上坐，丫鬟扶住她身形。

头发散乱双眉皱，面如黄纸一般同。

骨瘦如柴形容损，令人一见好心疼。

光景似有无限恨，莫非是应了岳母说的情。

吾今既来得见礼，站在门外把身停。

夫人说声请快进，

（白）小姐，贵体可觉好些否？小生这边有礼了。

辛玉兰： 唉，面前站的何人？

裴秀生： 小生裴秀生。

辛玉兰： 哦？原来是裴公子到了。我你乃官宦之后，读书之人为何不行周礼呢？

裴秀生： 哦？小姐，小生千里迢迢而来，探望贵府小姐，小姐怎言无礼呢？

辛玉兰： 咳，苦读诗书，岂不知男女有别？此处是奴的绣房，你一个堂堂男子汉，又是读书之人，怎随便乱走女子闺房呢？

裴秀生： 哦，小姐你说到哪里去了。你我自幼乾坤已定，虽未同鼓同乐，并无嫌疑，传书笃志，赠念脱祸，见面交言，过去已有。小生闻听小姐贵体不佳，冒着斧砍刀诛之险，前来看望小姐，怎言无用的礼法呢？

辛玉兰： 住了。裴秀生，听听听，你这忘恩负义之徒，实在恨人也。

（唱）未从说话双眉皱，气喘吁吁把话云。

你这忘恩负义汉，弃旧迎新是不论。

你我既然乾坤定，怎又来把休书传？

你本官门贵生子，喜娶淫乱女婵娟。

奴家本是下贱辈，怎配公子结凤鸾？

你本是玉堂金马读书客，有妻不娶心怎安？

听了谗言休了我，冤枉实在有何言？

你在我府何光景？逃窦出府怎么言？

怕你日后无平安，便把蕉叶扇付还。

花氏招亲奴不恼，传来休书羞红颜。

休了奴来还罢了，怎不稳坐青石山？

每天守着你那美貌女，何必又来我府间？

辛裴二家无牵挂，内室外堂应分女共男。

绣楼本是女人住，怎任男子往来还？

开口叫声亲兄弟，快把这浪子撵出门外。

小姐身体不自在，看见强人心中烦。

裴秀生：（唱）秀生闻听直了眼，尊声小姐听我言。

（白）小姐息怒，你所言之事，小生实在是一概不知。

辛玉兰： 呸，你说所言一概不知，你在青石山，奴在长安，奴深闺得病，你怎知道？

裴秀生： 小姐，俺自上了青石山，就差来花家岳父前来送书，一为探听贵府是否因我受累，二为贵府老幼安康。花家岳父回山细说详情，得知小姐受休书而害病。花家父女深明大义，叫我前来探望小姐，并说清休书之事。

辛玉兰： 你说此事不知，现有休书在此。

裴秀生： 哦？书在哪里？拿来我看。

辛玉兰： 兄弟。此书在后屋内，取来现看。

（上辛国泰递书，裴秀生接看）

裴秀生：好，裴秀生从头至尾看了一遍。呀，请问岳母，此书怎么来的？

卢　氏：三月以前，一人来至府前，送上书便回。

裴秀生：哦，此书真乃奇怪。岳母，小生细看，此书笔迹不是小生的，怕是有人陷害于我。

卢　氏：怎是的？

裴秀生：岳母若是不信，请到书房吧，将小生的文章拿来，对看笔迹，便知真假。

卢　氏：是。（下，又上）文章已到。女儿，你看对与不对？

辛玉兰：待奴看来。呀，真是奇怪了。

（唱）拿休书，对文章。
从头至尾，细看其详。
笔迹不大对，令人心儿慌。
看了一遍发怔，暂放一旁。

卢　氏：（唱）我儿看了怎么样？快快告诉说其详。

辛玉兰：（唱）尊声母，听其详。
笔迹不对，写得高强。
休书与文章，大大不相当。
这是何人乱写？真乃奇事一桩。

卢　氏：（唱）夫人闻听心纳闷，这是谁来害裴郎？

裴秀生：（唱）裴秀生，泪汪汪。
尊声伯母，小侄冤枉。
这是哪里事？说吾害妻房。
有口难以分辩，一家虎气昂昂。
花氏父女发落我，说我休妻狠心肠。
我无意，进京邦。
到了贵府，分明冤枉。
见了老伯母，数落休妻房。
小姐也是如此，对文才辨其详。
咳，我在此处难以住，不如奔走去他乡。
说罢回身往外走。

卢　氏：（白）慢着。

（唱）贤婿不必急忙忙。老身还有话来讲。

（白）贤婿暂且留步，老身有话要讲几句，待我讲完再走不迟。

裴秀生： 咳，伯母所讲之言，无非也说小侄忘恩负义、弃旧迎新之语。

卢　氏： 哟，贤婿非也。今日莫怪老身动怒，小女冒犯贤婿，皆因休书。小女见书，得病几乎至死，此事若在你的头上，你怎么想？本来一心无二，突然见此休书，又是断情决意之语，你想恼哇不恼？气呀不气？见了写书之人说呀不说？道哇不道？幸而贤婿从笔迹上找出破绽，大家清楚原委。贤婿千万心宽大量，才为正理。你要如此离去，我一个妇道人家，观看贤婿，非为大才，而只为一般的人了。

裴秀生： 咳，伯母，小侄领了小姐与伯母的美意了。小生非是无恩，更非小人，而是已于花家成亲，有停妻再娶罪名，曾传书与小姐请罪，请小姐宽宏大量。小侄在青石山落草，烦花岳父前来传书问候，得知小姐因休书得病，被花家父女发落，说我忘恩负义，小生有口难辩真假，恨不一时二刻生了翅膀飞来贵府辨明真相。幸得今日辨明真假，洗清冤枉，不然，我在此难见小姐玉兰，难对岳母。呼呀，青石山亦难见花氏父女之面。我想此去一不回山，二不回家。

辛玉兰： 那你去哪？

裴秀生： 咳，天涯海角，四海为家，聊度余生。

辛玉兰： 相公慢走。

（唱）一见裴郎心要走，好叫奴家不安宁。

连忙来把相公叫，且听奴家说分明。

休书之事且过去，不必再提有下情。

裴秀生：（白）有话快快说。

辛玉兰：（唱）你今也是被人害，奴家险些赴阴曹。

如今两家心明亮，两不怀恨在心中。

要相公莫性急，莫言不逊，莫怪奴家面冷清。

你我自幼乾坤定，要怪就是休书不明。

奴家得从一而终是古训，一扇为聘不为轻。

君若海角天涯走，取舍任从把君凭。

既要远走不留你，奴家至死不离相公。

奴家今日命该尽，奴的阴魂跟着郎君走西东。
不等相公出了府，奴家也就归阴城。
生是裴家人来死是裴家鬼，绝不二心把君从。
说到此处泪如雨，

裴秀生：（唱）秀生此时也伤情。
小姐不必说此话，小生在此把身行。
正是秀生话不尽，

（上丫鬟）

丫　鬟：（唱）丫鬟进屋禀一声。
前屋告知有客到，
（白）禀太太，前厅卢大爷求见太太。

卢　氏：哦？哪个卢大爷？

丫　鬟：就是卢杞。

辛玉兰：哦，母亲，卢杞前来必有大事。快去，不可叫他来此。

卢　氏：那是自然。

裴秀生：岳母，小婿此时想起一事。

卢　氏：想起何事？

裴秀生：五月间卢杞约我前去他府会文，我二人谈古论今，提笔作诗，他的笔法小生略记一二，与作此休书的人笔迹有些相仿。

辛玉兰：以相公说来，可倒应了窃文偷卷之便了。

卢　氏：老身也觉得与他相关。丫鬟，送你姑爷花园避暑亭下榻。

丫　鬟：是，姑爷随我来。

裴秀生：是，来了。岳母千万不可说我在此。

卢　氏：知道了。（裴秀生下）梅英，你扶着姑娘房中休息。

梅　英：是。姑娘，待奴婢扶你歇息。

辛玉兰：咳，可罢了我了。（下）

卢　氏：待老身如此这般，便知分晓。
（唱）不言夫人厅去，（下）

卢　杞：（唱）再表卢杞暗心思。
家童献茶外出去，房中剩下我自己。

丫鬟去了不回转，不见姑母来这里。

至亲何分内与外？待我自己自进去。

站起身来刚要走，夫人迈步进屋里。（上卢氏）

开言就是侄儿叫。

卢　氏：（白）侄儿，这儿日怎不到这里？

卢　杞：（唱）卢杞躬背问声好，姑母康健作下揖。

卢　氏：（唱）不必客套快快坐，今见侄儿乐有余。

卢　杞：（唱）小侄今日来这里，探望姑母不是虚。

卢　氏：（唱）何事关心请快讲，快快说来姑母知。

卢　杞：（唱）青石山上裴秀生，传来休书是有的？

卢　氏：（白）咳。

（唱）别提那个裴秀生，提起他来眼气直。

卢　杞：（唱）无故休妻该何罪？姑母心是怎么想？

卢　氏：（唱）老身也无别的计，不过是再给玉兰找好的。

卢　杞：（唱）此事应在意料中，不知看中了哪家子弟？

卢　氏：（唱）如今还没心中客，有了老身不敢提。

卢　杞：（唱）姑母有话只管讲。

（白）姑母有话请讲，侄儿无不从命。

卢　氏：姑母闻听侄儿失偶，至今未续，你表妹被休，姑母有意姑舅结亲，郎才女貌，一对美满夫妻，只恐侄儿嫌弃你表妹是被休之人而不纳。

卢　杞：姑母哪里话来？姑母之话哪敢不听？小侄唯命是从便了。

卢　氏：好哇，既然应允，如此写封信告诉你姑丈便了。丫鬟，看笔砚伺候。

丫　鬟：是，笔砚已到。

卢　氏：闪过。咳，老身眼花，请侄儿代姑姑一写。

卢　杞：是，孩儿从命。（写信毕）请姑母查看。

卢　氏：待我看来。呀，好笔法，待姑母去去就来。（下，又上）卢氏手拿休书一一对照，完全一样，不由心中大怒：卢杞，卢杞，畜生呀，畜生呀，你真可恶，罪该万死了。

（唱）老夫人，气呼呼。

骂声卢杞，真乃可恶。

设计害裴生，法儿真狠毒。
怎知老身发觉，派来心腹家奴？
宗宗件件不用讲，事后定传假休书。

卢　杞：（唱）问姑母，话糊涂。
什么奸计？什么阴毒？
关于休书事，说的不对付。
是谁传来书字？实在冤枉无辜。
小的约他把文会，无有别意害妹夫。

卢　氏：（唱）你不必，混支吾。
你做之事，人伦皆无。
自说来探望，饮酒心狠毒。
害人三番两次，裴生出了京都。
你又差人去行刺，要知苍天有眼珠。

卢　杞：（唱）这些话，人发糊。
一字不知，闷在心腹。
姑母明言语，莫叫吾糊涂。
你我至亲姑侄，何必这样冤吾。
这些事儿我不懂，望乞明言莫含糊？

卢　氏：（白）呀呀呀呸。
（唱）小贱种，害人徒。
实在妄问，听我告诉。
自从前三月，传来了休书。
我女一见气恼，险些赴了阴途。
今日见你思前事，书字对看才醒悟。
（白）哼哼哼，小贱贼，小贱贼啊，你做的好事，还敢分辩，不见棺材不落泪，你写的家书与休书俱在，你拿去对证，如有一字不对，那就是老身冤枉与你，快快对来。

卢　杞：咳，卢杞假意对来。呀，怎么一样？姑母，你老想天下文人之多，此书笔法相同是有的，这……

卢　氏：这什么？

卢　杞: 这可不是小侄写的。

卢　氏: 哇，畜生还敢强辩?

（硬唱）手指卢杞骂畜生，意狠心毒无遗憾。

害得裴生出了京，死有余辜还作乱。

又传休书到我家，吾女险些见阎王。

今日吾才设机关，你才真实露了脚。

老身面前还支吾，怎能还把人来骗?

越说越恼气攻心，叫你去上阎罗殿。

说着拿起棍一根，照准头上往下劈。

卢　杞:（唱）卢杞一见说不好，身子一侧一边站。

卢　氏:（唱）夫人举棍又打来，

卢　杞:（唱）卢杞伸手把棍夺。

转转用手一遮挡，撞倒夫人仰了面。

气恨交加发了迷，卢杞这才得方便。

匆匆迈步回府门，

（上丫鬟）

丫　鬟:（唱）丫鬟进房忙呼唤。

（白）太太醒来，醒来。

卢　氏: 咳呀，可罢了我了，好个卢杞小畜生，真气死吾也。（站，看）卢杞哪去了?

丫　鬟: 方才出门去了。

卢　氏: 哼哼，便宜这小畜生了，明日再去卢家算账。丫鬟，扶老身后堂休息。正是常言道，冷眼看螃蟹，看你横行到几时?（下）

（上二丑）

二　丑: 列位请了。

众　人: 请了。

二　丑: 咱们代州百姓自从辛老爷讲明卫国道理，五日之内，百姓聚起粮草三千石、谷草五千捆。为了保住雁门，咱们还是快快送至军营要紧。

众　人: 对，大家动手便了。

（唱）民子就该有民子义，装粮送草不消停。

霎时之间全都妥，直奔雁门大路行。

不言众人送粮草，（下）再表经略辛总戎。

（上辛忠）

辛　忠：（唱）独坐大帐自嗟叹，嗟我辛忠运不通。

屡次逢凶被人害，官运蹇塞运不行。

如今困在雁门地，粮草皆无怎用兵？

本帅饿死不足惜，可惜三千挂甲兵，

正然发恨更鼓响，不知不觉夜三更。

今日绝粮整三日，三军俱各损身形。

倘要夜间误了事，发兵进城了不成。

待我起身去看看，迈开虎步往外行。

正走中间仔细看，哼，这是什么把路横？

待我上前看一看，原是军卒睡地上。

现在番兵正凶狂，尔等还可自在行？

这样兵丁有何用？气恼抽出剑钢锋。

慢着，他们绝粮已三日，哪有精神来巡更？

要按军令是该斩，是非原委得分清。

想到此间目落泪，拿起更梆去寻营。

东西南北都走遍，回来坐在军帐中。

腹中饥饿精神少，扶桌入了梦乡中。

卒：（唱）一夜情况不细表，鸡鸣五鼓日将升。

军卒伺候军帐内，

（白）你看元帅扶桌而睡，不可惊动，小心伺候。

（辛忠醒来，挽白须）

辛　忠：呀，睡了一觉，好睡好睡。

卒：元帅忠心为国，人人敬重。

辛　忠：怎见为人而敬？

卒：元帅原是童面黑须，几日头发变白，胡须更已皆白了。

辛　忠：哈哈，咳，罢了罢了，为国尽忠，何言“苦楚”二字？中军。聚齐将校。

（众将站）

众　将：元帅有何吩咐？

辛　忠：唉，军校们为何精神短少？

众　将：咳，元帅，几日不进粮食了。

辛　忠：呀，难道军中粮草无有了？

众　将：咳，元帅，仓中粮食，不过数石，留给元帅之用。

辛　忠：咳，本帅早知军中无粮草，连累尔等，尔等不该再留粮草与我。尔等不如将本帅杀死，任你等散去，有家回家，愿投北国，就投北国，免得做饿死鬼。

（唱）辛忠难过长叹气，口中不住直打颤。

咳，欠身离座帐前立，叫声众将听明白。

本帅南征与北战，军中未曾绝粮草。

今受奸臣绝粮计，一身饿死也应该。

你们挨饿我不忍，几日发愁头发白。

忽然想到一条计，总比饿死强百载。

众　将：（白）元帅有何妙计？

辛　忠：（唱）今日你们杀了我，免得饿死身难捱。

愿投北的去投北，愿意回家躲祸事。

我辛忠既做忠臣不惧死，至死不能把名丢。

自古尽忠难全意，连累尔等不应该。

杀了我吧快动手，杀了我来尔走开。

辛忠低头只等死，

众　将：（唱）军校齐跪泪满腮。

元帅待我如赤子，怎能狠心把你杀。

要死咱就一块死，帅卒一起赴阴台。

众将正然在发誓，

（上中军）

中　军：（唱）中军进帐禀事情。

启禀帅爷恭喜了，

（白）禀元帅，有代州百姓数百人护送粮草，现在帐外投送书字一封，请元帅过目。

辛　忠：呈上来，待本帅看来。代州百姓齐聚粮草三千石，谷草五千捆。辛国安呀，辛国安，你真是大将之才、栋梁之木，待本帅回朝，必奏天子启用。今有粮草，何惧番兵？中军，传本帅口令，请代州百姓头领觐见。

中　军：（下，内白）代州头领觐见。

二　丑：（内白）是，来了。（上）

二　丑：帅爷在上，乡民叩头。

辛　忠：好说，请起。请问二位贵姓，怎知本帅短少粮草？

二　丑：是元帅义子辛国安如此这般说明，民人明白此事，齐聚粮草助战，保家卫国。

辛　忠：好哇，待本帅还朝奏知天子，代州百姓爱国之心可敬，免去税粮三年为谢。

二　丑：如此多谢老爷。

辛　忠：中军，摆宴招待代州父老。

二　丑：元帅不必，我们要去邻县，再动员粮草，感谢元帅盛情。

辛　忠：好哇，哈哈。中军，队伍全站，齐鸣奏乐，给二人十字披红，送至营外。

中　军：是，请。

辛　忠：（诗）吉人自有天相，福人自有人扶。（下）

（云降魁星）

魁　星：（唱）寻查善恶与阳功，天宫殿内受旨封。

一到京都科考场，魁斗一动点官星。

（白）吾乃魁星是也。今乃下界大开科考，考功之神已将秀才们道德文章禀告帝君，帝君已命吾神前来查察科场。本来状元乃是勾绞星卢杞，因他损伤他人婚姻，又害死他人性命，损去阳德，点为榜眼。裴秀生文采虽不及卢杞，但人品高尚，故点状元。探花点陈日升，会元点于梅奎。只得走上一遭。

（出魏正忠）

魏正忠：（唱）奉了皇上旨，考取文试魁首。

（白）本院大学士魏正忠。奉了圣旨，考取文魁。点裴春发为状元。人来，调轿上朝。

（出牛猛）

牛　猛：本公保国公牛猛。自辛经略领兵平北去了，天子命我考取武魁，点孙正

为头名武状元。考试已毕，必得奏主。人来，带马上朝。（下）

（出裴秀生）

裴秀生：（诗）经纶满腹点三元，穿红着紫站朝班。

（白）下官裴秀生，自进京以来在辛府替身更名入场考试已毕，御点状元及第。方才在琼林宴上，卢杞目视于我，必怀不良之心，我只得多加防备才是。人来，打道去经略府。

（唱）吩咐一声青衣人，打道去到辛府中。

府门以外上了轿，鸣锣开道往前行。

不言秀生辛府去，（下）

（上卢杞）

卢　杞：（唱）再表卢杞催走龙。

侥幸中了榜眼职，琼林宴上饮刘伶。

状元春发裴是姓，明是秀生裴家根。

他要再来我不便，必要与我把账清。

倒要细心加防备，等待时机再调停。

思思量量回府去，（下）

（出辛玉兰坐）

辛玉兰：（唱）再表玉兰女花容。

独坐绣楼心欢喜，喜之休书两下明。

裴郎辨明冤枉事，奴家觉得病体轻。

心路开阔全好了，考试之后亲必成。

裴郎入场已几日，中与不中不知情。

但愿身体多保重，三元之中中一名。

玉兰正然暗祝告，

梅　英：（唱）梅英上楼笑盈盈。

姑娘今日可大喜，

（白）姑娘，今日你可大喜了。

辛玉兰：哟，死丫头，哪里来的喜事？

梅　英：姑娘，你老还不知道呢？

辛玉兰：啥事哟，这样欢喜？

梅　英： 嘿，姑娘听着，奴家唱着来由。

（唱）梅英未语面带笑，姑娘且听奴婢言。

方才到在中庭内，太太跟前去问安。

忽然来了人无数，府门以外闹喧喧。

不多一时入了府，众人一起到庭前。

奴当有了什么事，还是姑爷中状元。

不多一时太爷到，众人跪在地流平。

姑爷上前把礼施，太太就用双手挽。

花老上前把话讲，尊声夫人听我言。

小姐传书明过志，金榜题名拜地天。

今日已把鳌头占，就叫他们结凤鸾。

太太闻言告诉你，赶快梳洗换衣衫。

今日就是佳期日，白发到老乐百年。

特与姑娘来道喜，小姐可得给赏钱。

梅英正然言未尽，

（上卢氏）

卢　氏：（唱）卢氏夫人把话言。

上得楼来叫爱女，

（白）女儿，快快梳洗打扮，你病已痊愈，裴秀生也金榜题名，为娘与花老伯商量，今日要你拜堂花烛。

辛玉兰： 哦，母亲，孩儿今日拜堂，那梅英呢？

卢　氏： 以后为娘再为她择婿出阁就是。

辛玉兰： 唉，她自小进府，与孩儿如同姐妹一般，孩儿怎好分离？

卢　氏： 女儿之言，为娘明白，但那裴郎一娶小女，二娶花氏，怎能叫梅英做妾？为娘想叫梅英独守一夫同乐才是。

辛玉兰： 那就烦母亲细细择访。

（上辛国泰）

辛国泰： 姐姐，快快梳洗，香案已备。

辛玉兰： 是，知道了。

（唱）粉面绯红把床下，霎时衣服都穿完。

盖上红头床上坐，假意悲啼真喜欢。

卢　氏：（唱）夫人这里忙吩咐，丫鬟快些用手搀。

梅　英：（唱）小姐哭着不怠慢，轻轻来把新人搀。（下，又上）

梅英见情眼含泪，思前想后如油煎。

奴与小姐是同岁，人家是主奴是丫鬟。

人家今日出嫁去，奴还是无家无业做下人。

人家女婿有才貌，不知道奴的夫婿是不是状元？

想到这里泪珠滚，夫人一见心了然。

梅英不必自烦闷，后堂今日有摆宴。

暂随老身去照看，（下）

（内唱）主仆来在香案前。

只听音乐震双耳，霎时拜完地和天。

拜完夫人拜花老，夫妻同入洞房间。

不多一时天大亮，一夜没眠到天明。

不言秀生花烛事，

（出陈日升、梅奎）

陈日升、梅奎：（唱）再表探花与会元。

闲暇无事寓所住，察言观色忠与奸。

梅　奎：（白）陈年兄，观人一面，便知一人之情；见人一事，便知一人之心。

陈日升：贤弟言之甚是。下官陈日升。

梅　奎：下官梅奎。

陈日升：唉，梅弟，你的言语有故。

梅　奎：哦，陈年兄，你明知而故问。

陈日升：贤弟，愚兄却是不知。

梅　奎：咳，年兄，这太平世界又出了奸党。

陈日升：呸呀，贤弟你说大唐又出奸党？是哪个？

梅　奎：咳，年兄，你本是探花之才，还能看不出来吗？

陈日升：愚兄实在不知。

梅　奎：年兄，你在琼林宴上看见状元与榜眼，同桌饮酒，榜眼从眼梢瞄人，对状元的敬酒视而不见，此人必是奸诈之夫。

陈日升: 唉，有我陈日升在朝，决不许此奸党作恶。

梅　奎: 好年兄，无疑是位忠臣。

陈日升: 好说，不敢当。大家莫论，此时不早，且到朝房听事。人来，带马。

（诗）士人虽有你耿直，

梅　奎:（诗）见了奸相气难息。（下）

（张烈马上）

张　烈:（诗）心忙急煎煎，打马走如飞。

（白）俺张烈，奉了元帅将令，回京催调军粮。待我去到忠孝王府，求他代转天子。眼前就是京城，待我打马进城便了。

（出卢杞）

卢　杞:（诗）锦绣珠玑占中元，得沾皇恩站朝班。

（白）下官卢杞，昨日赴宴，看状元裴春发，好似裴秀生。有他在，我多有不便，单等有了机会，待我参他一本，赶他出朝，再置他于死地，免去后患。今日乃是大朝，上朝听事便了。人来，带马上朝。

（出罗遂合）

罗遂合:（诗）位列三公奉君王，无事不朝乐洋洋。

（白）本王罗遂合。昨晚接了辛经略一道表章，参将张烈言道辛经略如何被害，老夫真是气愤。今日大朝之日，待我上朝奏知天子，看天子如何处责。人来，打道上朝。

（诗）忠奸难并立，善恶两分途。（下）

（辛国安马上）

辛国安:（诗）寻宝投了空，回头去长安。

（白）俺辛国安。自从青石山借宝不成，但半路借粮补救，给义父书信一封，说先去京都搬粮运草，再借宝破敌。

（唱）不言国安路上走，

（摆朝）

黄　门:（唱）再表阖朝文武郎。

今逢大朝上金殿，文武百官聚龙庭。

当先来了王一位，罗遂合上前奏主公。

又来朝官一名立，新科状元裴春发。

又来榜眼名卢杞，伺候主公在龙庭。
又来探花班中立，忠心耿耿陈日升。
状元孙正班中站，忽听一阵鼓乐声。
金钟三下王登殿，群臣侍候在班中。
三呼万岁主临座，座下八帝真君龙。
还没传旨把臣传，

罗遂合：（唱）忠孝王爷上龙庭。
口呼万岁万万岁，
（白）万岁万万岁，臣罗遂合见驾。

天　子：皇兄见朕，有何条陈面奏？侍儿，看座。

罗遂合：谢主赐座之恩。

天　子：皇兄久不临朝，今日临朝，见朕有何事上奏？

罗遂合：万岁，臣接到平北元帅表章，请主御览。

天　子：侍儿，呈上来。

侍　儿：是，领旨。

天　子：待朕展开表章，从头至尾看一遍。哼哼，好个王浩、宇文合二贼，真正可恼，残害朕的忠良，真该满门抄斩。

罗遂合：万岁，此表是何言语？

天　子：是宇文合、王浩二奸党如此这般作恶。

罗遂合：哦，原是辛忠被害。二奸断其粮草，其罪难容，就该抄拿问罪。

天　子：朕命皇兄带领御林军五百，抄拿二党九族，云阳市口斩首。

罗遂合：是，臣领旨。（下）

天　子：各位爱卿，宇文、王二党断辛忠粮草，不知哪家爱卿，愿到边关押粮运草？

孙　正：万岁，臣愿往。
（唱）武状元，上龙庭。
跪在丹墀，口呼主公。
状元名孙正，愿押草粮封。
情愿雁门助战，与主保卫边庭。
奏罢主公跪阶下，

天　子：（唱）天子在上喜心头。

开金口，叫爱卿。

你既愿往，听朕加封。

封你督粮将，押送粮草行。

军粮本是五千石，送至雁门关。

辛忠麾下听调用，班师还朝再加封。

说令旨，往下行。

天子玉口，又把话明。

今有辛经略，表章求救兵。

朕想发去人马，不知谁做元戎？

连叫数声无人语，

卢　杞：（唱）卢杞殿下打调停。

趁机会，把本上。

如此这般，来把人倾。

如此这般奏，陷害裴秀生。

想罢上了金殿，扑倒地上呼主公。

连呼万岁臣有本。

（白）万岁，臣卢杞有本奏知我皇。

天　子：奏来。

卢　杞：万岁，雁门关辛元帅被困，应发兵去救。番贼豪强，须差文武双全之人才能破敌。

天　子：依卿之见，谁能胜任？

卢　杞：万岁，依臣保举，就是新科状元裴春发能胜任。万岁，他文能兴国，武能定邦。

天　子：住口。他是襄阳人，你是苏州人，不是一州一县，你怎知他根底？

卢　杞：万岁，臣在辛经略家读书，看过状元骑马射箭，所以臣保举此人，不敢妄奏。

天　子：这等，爱卿归班。

卢　杞：万岁万万岁。

天　子：侍儿，宣新科状元上殿。

侍　儿：是。有宣新科状元上殿。

裴秀生：万岁，臣裴春发见驾。

天　子：爱卿，朕封你为平北大元帅，带兵五万、战将二十员，前去雁门助战。

裴秀生：万万岁。裴秀生心想卢杞要谋害与我，我怎能容你？万岁，臣愿带兵前去助战，然需要一名好运粮官。

天　子：卿看谁能胜任？

裴秀生：依臣之见，卢榜眼为佳。

天　子：好。侍儿宣卢杞上殿。

侍　儿：宣卢杞上殿。

卢　杞：万岁万万岁。

天　子：卢爱卿，朕封你为平北运粮官。

卢　杞：万岁万万岁。

天　子：真是治国忠良，班师还朝，另加升赏。退朝。

卢　杞：万岁万万岁。

天　子：散朝。

侍　儿：陛下，慢散朝纲，有人奏本。

天　子：何人有本？

陈日升：陈日升有本。

天　子：奏来。

陈日升：万岁。

（唱）口呼我皇万万岁，来了探花陈日升。

伏在金殿三叩首，微臣有本奏主明。

榜眼运粮非小可，路途之事不为轻。

臣愿为之来效力，愿意运粮走一程。

我们俱是三丁甲，三人愿去领大兵。

望求万岁接了本，

天　子：（唱）天子座上笑盈盈。

才要开口传旨意，黄门官跪在殿中。

口呼万岁臣有本，

（呈来）

黄　门:（白）会元梅奎有本奏主公。

天　子: 宣上来。

侍　儿: 是。有宣会元梅奎从午门进。

（上梅奎）

梅　奎:（唱）双膝跪在地流平。

口呼万岁臣见驾，

（白）臣听圣上金殿选帅，带兵平北，臣是文官，愿随军做一参谋，助元帅一臂之力。

天　子: 好哇，真是治国忠良。朕封你随军参谋，跟同元帅平北，班师后另加升赏。

梅　奎: 万岁。

天　子:（诗）国家要有忠臣保，何愁天下不太平？

（白）散朝。（下）

（上梅奎、陈日升）

梅　奎:（唱）人来将马带过了，

可恼哪，可恨哪。

陈日升:（白）梅贤弟为何这样怒冲冲？莫非有什么不顺心之事？

梅　奎: 咳，罢了，可叹我梅奎不该与奸党称兄道弟，更不该同桌饮酒，同论诗文。

陈日升: 唉，贤弟言之极是。莫非说奸党是我不成？

梅　奎: 哼，此事是一个奸党又扶持另一个奸党，同害忠良。

陈日升: 怎见得？

梅　奎: 你说卢榜眼参状元挂帅，文官代武职，状元又参榜眼运粮，你看谁奸谁忠？

陈日升: 我看状元老实文雅，不像有害人之心。那榜眼在琼林宴上露出凶相，仇视状元。早朝时参文状元领兵挂帅，文人怎大战疆场？这不是误国害人之计么？此事狠毒奸诈，此人一定是个大眼奸贼。

梅　奎: 好，此人是个奸党，但还有同谋的奸党。

陈日升: 谁？

梅　奎: 是伙同卢杞运粮草的你。

陈日升：哇呀，贤弟差矣。下官讨职，事关重大，你只知其一，不知其二。

（唱）贤弟不必冲冲怒，且听下官说原因。

凡事需要先预备，察言观色奸佞心。

贤弟你看裴状元，乃是老实实诚人。

欣然领旨挂帅印，看他不惧半毫分。

复又参本奏卢杞，让他运粮去雁门。

状元领兵有人助，卢杞运粮是孤身。

学了宇文二奸党，岂不倾了众三军？

我故参本把粮运，严防卢杞用奸心。

他是文来我非武，严防作乱何用云？

梅　奎：梅奎闻听心醒悟，和颜悦色笑盈盈。

站起身来忙施礼，

（白）陈年兄，我梅奎是个鲁莽之人，错怪了年兄，望乞恕罪。

陈日升：好说，贤弟既做参谋，可懂得兵书吗？

梅　奎：哦，我梅奎熟读兵书，深通三韬六略，布阵埋伏，无不精通，怎奈身体瘦小，不能跨马抡刀？思想起来，小弟是个废人了。

陈日升：陈贤弟说哪里话来？我看贤弟是位忠诚直爽之人。我有一本地理书，此书用处无穷，请贤弟收过。

梅　奎：如此，谢过年兄。

陈日升：不必多言，明日就要起兵雁门关，望贤弟细心扶持元帅。

梅　奎：好说。年兄，明日起程，年兄与卢榜眼在一起，多加小心。

陈日升：不须嘱咐。天已不早，就此休息。

梅　奎：（诗）耿直国安定，愚鲁系天生。（下）

（辛国安马上）

辛国安：（诗）忠心耿耿扶我主，芳草叶叶鹦鹉洲。

（白）俺辛国安。吾自代州劝民助粮，缓解了雁门一时之急，使军心不乱。现在自主赶往京都，求主发兵救急，晓行夜宿，非止一日，眼下就是京都。待我进城，先进忠孝王府，诉说情由，求他转奏天子，待我进城便了。（下）

（完）

第　七　本

【剧情梗概】裴秀生奉旨驰援雁门关，同时让花上路告知花飞云同往，他们在代州会合。辛忠察看地理，设计袭击番军。结果，番军大败，叛国贼张成被捉。番王又调来大军，企图卷土重来。恰好裴秀生领军押粮到来，花飞云杀死敖里仑，孙正与辛国安活捉番王的两员大将。辛忠又用裴秀生的雄蕉叶扇扇灭了番王用雌蕉叶扇扇起来的大火，大获全胜。史兴邦记录众将功劳，派人将被俘番将押到京中报捷，并与辛忠、裴秀生分别上本揭发卢雄父子的罪行。

（出卢氏）

卢　氏：（诗）治家当思用奴仆，为儿女操碎心肠。

（白）老身辛夫人卢氏。

裴秀生：（内白）人来，将马带过。（上）岳母在上，小婿作揖。

卢　氏：贤婿免礼，请坐。

裴秀生：是，小婿告坐。

卢　氏：贤婿，今日进堂，为何面带愁容？莫非小女待婿不周？

裴秀生：岳母，非也，是小婿又为人所害了。

（硬唱）口尊岳母仔细听，小婿实言细告诉。

为此这般事一宗，小婿无奈得从命。

本参卢杞运粮官，此去必要他的命。

岳母面前把罪请，明日就去雁门境。

因他是你亲外侄，故而此来把信通。

卢　氏：（唱）夫人闻听吃一惊，害怕心中不平静。

站了一会讲女婿，苦命半儿实苦命。

刚从苦中化了吉，如今才把状元中。

听说领兵灭番贼，文人领兵关系重。

参你之人心不良，暗害儿婿心不正。

叹了多时怒气发，眼泪滚滚双眼瞪。

大骂昏君坐龙廷，听信谗言胡乱动。

怎叫文官领大兵？分明来把江山送。

夫人正然骂昏君，

（上辛国安）

辛国安：（唱）国安下马离了镫。

拴了马后上中庭，去把老母来奉承。

（白）母亲在上，儿子拜叩。

卢　氏：起来。这是你妹丈，上前见礼。

辛国安：是，妹丈可好？愚兄这边有礼。

裴秀生：妻兄免礼，妹丈这边还礼。

辛国安：好说。妹丈金榜独占鳌头，可喜可贺。

裴秀生：哪里，妻兄千里迢迢驱驰而回，多有辛苦！

辛国安：为了保家卫国，何言“辛苦”二字？妹丈你已金榜题名，为何面带愁容？莫不是有不遂心之处？

卢　氏：我儿不知，你妹丈如此这般，所以心中不悦。

辛国安：哦，如此。妹丈不必忧虑，文代武职也是有的。妹夫如不熟军机，依愚兄之见，写信传于青石山，让花氏妹妹前来，此人异术多端，三韬六略、排兵布阵，无所不通，兵至雁门，又有父帅指教妹丈。元帅文韬武略，打仗冲锋，无人能及，又有猛虎上将，怕他番兵何来？

裴秀生：妻兄所言极是。待妹丈写封书字，烦花老急速回山搬取花氏便了。

辛国安：妹丈言之有理，就快快写来。

裴秀生：好。书已写完，人来。

仆　人：有。有请花老。

（上花上路）

花上路：来了。

裴秀生：岳父来了？请转上坐。

花上路：好说，便坐可以。

裴秀生：岳父，小婿有一事请岳父辛苦一趟，去青石山搬取令爱。

花上路：好说。你想她了？中，中，中，就将她接来。

裴秀生：岳父，这是书字一封带去，就此启程吧。

花上路：好，就此请。

裴秀生： 请。

（出卢杞）

卢　杞：（诗）意欲掌权势，亏心把人欺。

（白）下官卢杞。昨日本参裴秀生领兵挂帅。不想反被裴秀生参我运粮之职，吾此去必被他所算。我与父亲商议，如此这般行事，何愁不置他于死地？就此行事，就去仓房装粮便了。人来，带马。

（诗）行权为修行，无毒不丈夫。

（出辛玉兰坐）

辛玉兰：（诗）喜裴郎状元及第，庆奴家病退神安。

（白）奴家辛玉兰。自裴郎来府说明真相，心路开放，病已痊愈。花老成全了奴的大礼，真是心花怒放。

裴秀生： 夫人在房么？

（上裴秀生）

辛玉兰： 老爷来了？请转上坐。

裴秀生： 便坐可以。

辛玉兰： 老爷，今日莫非有何心事？怎么不乐呢？

裴秀生： 唉，如此这般。明日拙夫就要带兵前去雁门助战，娘子快与拙夫打点行李吧。

辛玉兰： 哦，此话当真？

裴秀生： 怎么不真？

辛玉兰： 唉，我的老爷呀。

（唱）玉兰闻听出征话，不由得难舍裴郎泪纷纷。

只骂卢杞小奸党，毒害裴郎畜生心。

又恨当今昏君主，听信谗言害忠臣。

贼卢杞利口残害忠义士，昏君为何信为真？

你叫文官挂帅印，分明断送雁门关。

骂罢又把老爷叫，怎么不分辩武共文？

怎么欣然领圣旨？难道你也昏了心？

裴秀生：（唱）夫人不晓其中故，且听为夫慢慢云。

下官虽然领人马，心中不惧一毫分。

辛玉兰：（白）这是为何？

裴秀生：（唱）文有梅奎为参谋，武有国安忠义人。

到了雁门有父帅，下官已然不出门。

方才又把花氏请，何惧番兵百万人？

娘子你把宽心放，不过几月有捷音。

辛玉兰：（唱）玉兰闻听心中喜，叫声丫鬟听我云。

寝房之中摆酒宴，

（白）丫鬟，摆宴上来。

丫　鬟：是。

辛玉兰：老爷，今日摆宴，与老爷饯行。

裴秀生：好，多谢娘子。

辛玉兰：（唱）手捧盅盏眼含泪，强忍心肠带笑言。

老爷出征路途远，怎知夫妻离别难？

那里苦战加仔细，千万莫要中机关。

言罢一句又斟酌，双手递过泪涟涟。

裴秀生：（唱）秀生接过一饮尽，言来语去一更天。

辛玉兰：（白）老爷请。

裴秀生：夫人请。

（唱）转身进了罗帏帐，一夜好事不用言。（下）

（出孙正坐）

孙　正：（唱）再表忠诚人一个，孙正坐在大帐前。

昨日领了皇圣旨，押粮运草雁门关。

吩咐从人快带马，

（白）众将官，粮草俱已齐备否？

将　官：在，俱已备好。

孙　正：好，就此启程。

（诗）学成文武艺，与主定家邦。（下）

（裴秀生升帐，辛国安、梁世奇、梅奎、陈日升、卢杞站）

众　将：（诗）威名震宇宙，谋略定三军。

循规与蹈矩，送粮与雁门。

辛国安：俺辛国安。

梁世奇：俺正印先锋梁世奇。

梅　奎：俺参谋梅奎。

陈日升：俺陈日升。

卢　杞：俺运粮官卢杞。

众　将：今有元帅升帐，大家小心伺候。

（上裴秀生，坐）

裴秀生：（诗）孔孟文章治国家，前人留下后人读。

文官提笔安天下，武官抡刀定太平。

（白）本帅新科状元平北大元帅裴春发，今日领旨扫北灭寇。今日是黄道吉日，就此兵发雁门，不得有误！（下）

（出辛忠，平桌）

辛　忠：（诗）时至残秋罢干戈，黎民助粮去风波。

（白）本帅辛忠。自从代州百姓助粮，军中安定，军威日益兴旺。现是深秋粮熟季节，不好与敌战争。今日闲散无事，不免带领中军出城游玩一回便了。中军，换上青衣小帽，随本帅出城一游便了。

（唱）叫中军，伴随行。

吩咐开城，上了走龙。

催马到城外，用目观野景。

一片庄稼成熟，看来好个收成。

扬鞭打马奔大路，转到小路上山峰。

走河滩，慢点行。

沟沟涧涧，高低不平。

山中野花草，树木似刀剑。

正然往前奔走（内马叫），忽听马啼之声。

勒住坐骑用目看，一伙人马闹哄哄。

一群兵，真威风。

乃是契丹，撒放驹龙。

谅他不敢战，果然不出兵。

在此正然训马，人闲无事吃粮。

何不就此冲一战？定然扫灭他威风。
想到此，往前行。
不多一时，上了山峰。
举目望北看，瞧见贼的营。
方圆是有一里，不知多少兵丁。
仔细一看哈哈笑，此事该我成了功。
见贼营，真是凶。
连营似水，蛛网紧密。
复又仔细看，心中胆战惊。
前面有山有水，后面紧靠巨峰。
左有深沟右有涧，正好埋伏百万兵。
看罢多时忙吩咐。

（白）中军，此山是什么山？

中　军： 帅爷，小人不知。

辛　忠： 去到村中叫一名百姓，我有话说。

中　军： 是。（下，又上），禀帅爷，人已带来。

辛　忠： 是那一汉子？快来。

百　姓： 来了。元帅老爷在上，民人叩头。

辛　忠： 起来。这一带战火纷纷，番兵压境，你为何不远去避难？

百　姓： 帅爷不知，小人原是雁门关外之人，自番兵进攻之时，小人阖家搬进了这山西黄家湾，居住此处。南有一条蜿蜒小道，直通关上，下则有一条道，通往祝家岭，其他别无道路，就是天翻地覆，番兵也难侵犯此地。

辛　忠： 哦，我再问你，此山叫什么山？

百　姓： 此山名叫断番山。

辛　忠： 哈哈，此乃天助我也。番营前面的河叫什么河？

百　姓： 此河叫黑水河，上游还有三沟呢？

辛　忠： 哪三沟？

百　姓： 河上游有个朝阳沟，西有牛头沟，东有绝番沟。

辛　忠： 好。明日去关内领赏。

百　姓：多谢元帅。

辛　忠：番贼呀，番贼，你的死期到了。中军，带马回关。

（白）无意寻吉地，偶于设埋伏。

（出花飞云）

花飞云：（诗）思夫君，懒食茶饭；

盼情郎，梦中回归。

（白）奴家花飞云。自从裴郎下山到京都赶考，已是几月有余。如今考期已过，为何不见回音？中与不中，好叫人放心不下。

（唱）痴痴呆呆床上坐，孤孤零零正凄惨。

自从相公京都进，奴家觉着家悄然。

他在家说说笑笑多热闹，他去了冷冷清清默无言。

他在家白天说笑夜云雨，他去了无人说话夜孤单。

他在家茶饭同桌夜同床，他去了红绸被里闲半边。

昨日夜里做个梦，梦见相公转回还。

夫妻见面欢又喜，手把手进了罗帐交凤鸾。

夫妻正在情浓处，可恨金鸡闹喧喧。

惊醒奴的南柯梦，翻来覆去睡不安。

睁眼不见奴的夫，心中发痒又发酸。

思情无尽涌海水，生气拉坏罗帷帐。

今日孤坐后室内，恍惚一天又一天。

晴天日还好过，最难熬的是夜间。

飞云正然思夫主，

花上路：（内唱）上路庄外下雕鞍。

喽啰快快将马带，走进内屋便开言。（上）

花上路：（白）闺女在房么？我们回来了。

花飞云：哎哟，你们可回了，待奴去接。

花上路：接谁去？

花飞云：你女婿呗。

花上路：在这呢。

花飞云：哪里？

花上路：我怀里揣着呢。你知道现在是大雨时兴，老爸我怕他在半道淋着，故而放在怀里了。

花飞云：唉，真愁死奴了。

花上路：哎，在这呢。上路从怀中掏出小包，将书字拿给姑娘。你女婿在这呢。

花飞云：唉，原是书字，待奴拆开一观。

（唱）一见相公未回转，心中好似三九冰。
呆了一会开封筒，从头至尾看分明。
上写拜上花氏女，望字见书如晤面。
拙夫进京身得中，辨明休书一假情。
入场又把鳌头占，御笔点了状元红。
又与辛氏合卺了，不料朝中出奸凶。
卢杞又与我作对，参奏下官领雄兵。
下官欣然领了旨，解围救困雁门关。
我知贤妻有异术，故而写信送山峰。
请求娘子把山下，相会就在雁门关。
扫灭契丹回朝转，阖家俱都受皇封。
千万千万要千万，莫要负了夫妻情。
别不多言及如此，看罢了书字笑盈盈。
开言便把爹爹叫，

（白）你姑爷真是中了状元？

花上路：是，姑爷中了状元。帅府入赘，是不是真事，老汉就不知道了。

花飞云：哦，爹爹，你姑爷传书，叫你女儿带兵去代州救急。你老告诉阖庄人等，在此等候。叫头目整顿人马，明日三更造饭，五鼓起兵，代州城下会见状元便了。

花上路：说来说去，原来是这么回事。待我吩咐便了。

花飞云：（诗）见书代州会郎君，

花上路：（诗）因为姑爷跑断筋。（下）

（出辛忠，升帐）

辛　忠：（诗）为国效劳受辛苦，喜之忠臣恨奸臣。

（白）本帅辛忠。昨日观山，看了地理，有破敌之处。禀过千岁，千岁叫本帅调兵遣将，去捣番营。将官们，披挂整齐，辕门候令。

（诗）今日用了埋伏计，要杀番贼百万兵。

（鼓响。上史兴邦、曾杰、金奎等十四人）

史兴邦：众位将军请了。

众　将：史千岁请了，末将参见。

史兴邦：诸位将军免礼。今日本公将兵符箭印交给辛经略，各路人马都听凭经略调遣，无论男女一齐辕门候令。

众　将：遵旨。（鼓响）

辛　忠：众位将军，战鼓已响，元帅升帐，大家小心伺候。

（上卒，手执令箭）

卒：元帅有令，史千岁上前。

史兴邦：遵令。报！史兴邦告进。

众　将：你看史千岁进帐，不知有何军机将令。

（唱）众战将，心不明。

不知何事，将令暗行。

今去史千岁，必有大事情。

为何一去不返？叫人闷心在胸。

众人正然心纳闷，史爷执令往外行。

众　将：（白）千岁进帐，有何大事？

史兴邦：军机不可外传。众军带马一到断番山。

（上卒）

卒：元帅有令，曾杰进帐！

曾　杰：遵令。报门！曾杰告进。

众　将：你看曾镇台进帐，不知有何将令。

（唱）辕门外，站身形。

眼望大帐，目不转睛。

闷得心烦躁，议论不住声。

怎的不能明派？为何暗里行兵？

众将正然心中急，

曾　杰：（唱）曾杰手执令箭往外行。

众　将：（白）镇台，元帅有何将令？

曾　杰：军令严令，不可他人知道。中军人马一到牛头沟。（下）

（上卒）

卒：　　元帅有令，金奎上帐听令。

金　奎：是。报门！金奎告进。

众　将：你看金将军进帐，不知是何将令，闷人呀闷人。

（唱）心胸窄，闷不轻。

辕门以外，足不占行。

自吾成为将，未经这样行。

怎么不发军令？为何暗里布兵？

正然着急瞪眼看，金奎出帐笑盈盈。

众　将：（白）元帅令你进帐，有何差遣？

金　奎：将令机密，不敢泄漏。中军兵马一到朝阳沟。

（上卒）

卒：　　元帅有令，卜阳坤将军上帐听令。

卜阳坤：是。报门！卜阳坤告进。（下，又上）元帅有令，尔等随我一到黑河滩埋伏便了。

辛　忠：方才大帐分兵已毕，天色已晓，众将官，带马，一到牛头岭便了。（下）

（出撒里库）

撒里库：（诗）连战城难取，无计暂休兵。

（白）孤家撒里库。昨日攻城，史兴邦、曾杰智谋多端，屡用奇计，使孤兵败，不敢临城。史兴邦说他倾心归顺于我，要我限期百日，让他尽了臣节，孤家已许。今日孤家不免召来先锋、元帅，为他们庆功便了。令元帅、先锋进帐议事。

卒：　　王爷有令，先锋、元帅进帐议事。

（上闹海兔、敖里仑）

敖里仑：臣敖里仑。

闹海兔：臣闹海兔。

撒里库：二卿平身，坐了讲话。

闹海兔、敖里仑：谢千岁。千岁召臣等进帐，有何大事？

撒里库： 爱卿，并无别事，今已残秋，难以出兵，今日孤王为二卿摆宴庆功。

敖里仑、闹海兔： 我等怎敢受千岁一庆？

撒里库： 不必太谦，按次坐了。

敖里仑、闹海兔： 是，臣等遵旨。

撒里库： 毛袄们，摆宴上来。

（唱）吩咐一声摆筵宴，霎时之间酒宴成。

两家分成左和右，契丹坐在正当中，

吩咐毛袄快斟酒，手捧酒杯笑颜生。

今日闲暇身无事，孤王为卿庆庆功。

敖里仑、闹海兔：（唱）臣等寸功都未立，怎敢庆功在帐中？

撒里库：（唱）成功不在早与晚，二卿勇敢敌人惊。

敖里仑、闹海兔：（唱）我等碌碌少才干，将尽一载未成功。

撒里库：（唱）纣王征战二十载，周家创业八百年。

敖里仑、闹海兔：（唱）臣无姜公之韬略，依仗勇猛取关城。

撒里库：（唱）铁布衫和金钟罩，枪刀不入力无穷。

敖里仑、闹海兔：（唱）总是千岁将令严，都是舍死忘了生。

撒里库：（唱）今乃将尽残秋节，又该打仗又冲锋。

敖里仑、闹海兔：（唱）听从君令听调用，此番一定要成功。

撒里库：（唱）今日摆下庆功酒，明日就去要成功。

爱卿俱是忠良将，来朝大帐听旨令。

敖里仑、闹海兔：（唱）如此臣等回帐息，明朝率众去战争。

二将拱手出帐去，各回帐房睡蒙眬。（下）

撒里库：（唱）契丹也就去安寝，（下）番营之事且不明。

再表史兴邦这人马，

（上史兴邦）

史兴邦：（白）本公史兴邦，奉了副元帅之令，带领人马，埋伏在断番山内，单等三更信炮一响，命我在这山上摇旗呐喊，不去出马，那闹海兔、敖里仑纵然飞也不能窜林而上，我又将山石推下，番兵必退。番王必然用宝扇来攻，满山草木一点着，火海一般，山上又有火箭，射向番营，番营必乱。呀，信炮已响，众将官，就此擂鼓呐喊，不许下山。（下）

（上报子）

报　子：报王爷得知，有无数唐兵偷营，乞令定夺。

撒里库：起过。呀呀呀，这还了得？快传两家都督上山擒贼，不得有误。

（唱）契丹闻听有军情，急忙坐起吓黄脸。

穿上盔甲出帐来，只听西山人呐喊。

金鼓齐鸣如豌豆，火光照明真凶险。

此山高峻人难行，传来兵将声呐喊。

快快叫来二都督，上山擒贼不可缓。

闹海兔、敖里仑：（唱）方要传令都督来，二人一齐面前站。

尊声王爷不好了，何处人马高山占？

撒里库：（唱）王爷害怕喊如雷，快去上山擒唐将。

闹海兔、敖里仑：（唱）二位都督上了山。

（白）毛袄们，随我上山！

毛袄们：是。

史兴邦：（内白）众军校，

众军校：在。

史兴邦：你看番兵上山，快将山石放下。

众军校：放石头了。

（呐喊，番兵报）

毛袄们：报王爷，山上放下礌石，攻山失败。

撒里库：尔等闪过，待孤用宝扇扇他便了。

（上撒里库）

撒里库：用宝扇扇几下，火光四起，大料唐兵有死无生，哈哈。（下）

史兴邦：军校们。

众军校：在。

史兴邦：你看番王。扇起大火，快把火箭放出，回关便了。

毛袄们：报王爷，唐兵放出火箭，烧着了营中草料场，乞令定夺。

撒里库：哇呀呀，罢了，气死人也，这可如何是好？

（上闹海兔）

闹海兔：千岁不要着急，此营难保，王爷上马，出营退走，日后再图别计。

撒里库： 唉，罢了罢了。毛袄们，就此偷偷弃营，带马逃走便了。

毛袄们： 是。

（上曾杰）

曾　杰： 众将官，将牛头沟涧水堵住，此就回关。

（上殷金花）

殷金花： 奉了元帅令，黑河埋伏兵。奴家殷金花，奉了元帅将令，在黑河滩埋伏，截杀番兵。你看番兵营内，火光冲天，叫哭震天，又有无数火把冲这而来。众将官就此截杀，不得有误。（下）

（殷金花对闹海兔）

闹海兔： 好个花奴，快快闪路，如若不然，叫你死无葬身之地。

殷金花： 哇！好个番将，还不投降？待奶奶擒你便了。

闹海兔： 不要胡说，看锤。

殷金花： 看刀！

（唱）催马杀上前，霎时对了面。

闹海兔：（唱）闹海兔当先，抡锤不怠慢。

殷金花：（唱）一见番将来，催马对了面。

闹海兔：（唱）想追万不能，让你阎王见。（殷金花败）

殷金花：（唱）金花催走龙，急急如闪电。

闹海兔：（唱）拿住你花容，去上阎罗殿。

殷金花：（唱）金花回头观，番将在后面。

闹海兔：（唱）海兔飞上前，追了二里半。

殷金花：（唱）金花擎住刀，发箭道暗算。

闹海兔：（唱）正然往前追，不好眼睛中了箭。

殷金花：（唱）殷氏回走龙，进关交令箭。

（上金奎）

金　奎：（唱）再表将金奎，朝阳沟上占。
奉令堵涧水，山坡把兵验。
忽见灯光来，山下左右转。
吩咐众三军，一齐放冷箭。

闹海兔：（唱）海兔着了忙，中石又中箭。

左眼中了箭，疼得蹦和蹿。

毛袄俱有伤，死了一大半。

四散逃了生，霎时四下散。

金奎笑哈哈，回关交令箭。（下）

（上撒里库）

撒里库：（唱）契丹催马行，不住唉声叹。

叹我契丹王，今夜中暗算。

带领众都督，逃走不敢战。

伏兵不来追，逃走行稍慢。

快去北天山，安营必有饭。

催马往前行，（下）

卜阳坤：（唱）卜阳坤看见了。

领兵这边来，想从此逃窜。

必按将令行，不可阵错乱。

吩咐中军们，放石与冷箭。

撒里库：（唱）契丹正然行，石头滚山涧。

说声不好了，快走不怠慢。

绝番沟下行，东走与西看。

前面也有兵，不住放乱箭。

吩咐番兵们，冲围不怠慢。

卜阳坤：（唱）卜阳坤哈哈笑，回关交令箭。

（辛忠马上）

辛　忠：（唱）把住黑河岸，火炮备三千。

弓箭正一方，单等番王来。

定擒拿贼首，率众将身隐。

撒里库：（唱）契丹露了面，正然行走黑河口。

（白）张都督。

张　成：在。

撒里库：孤家来在三岔路口，左边是山，右边是水，中间大路一条，此处静悄悄的，并无一人，番兵们就此缓缓而行。

张　成： 千岁慢着，南朝能人很多，若是在此安上一支人马，千岁插翅难飞。

撒里库： 哈哈，张将军真是陈平之才。毛袄们。

毛袄们： 在。

撒里库： 急速过山。

毛袄们： 是。

辛　忠：（内白）众将官，你看番兵逃来，箭炮齐发。

（上撒里库）

撒里库： 哎呀，一阵的好打，一阵的好打，此处都有埋伏，真是天灭我也！（呐喊声四起）你看唐兵喊杀过来，孤王兵马无几，必然被擒，有死无生，不如拔剑自刎，免得被擒受辱。

张　成： 呀，千岁，不可！不可！不可寻此短见！微臣尽力拼杀，保千岁夺路而逃，也就是了。

撒里库： 凭天由命吧。

张　成： 毛袄们，一齐往外冲杀，不得有误。

（大杀一阵，卒对撒里库，败。上张成，被擒）

辛　忠：（白）将这厮绑了。

撒里库： 唐将休得无礼，将我大将放回，如不然，看孤用扇扇你。

辛　忠： 哈，反贼休言大话，你有小扇一柄，俺有火炮，叫你尸骨无存。

撒里库： 哇呀，看刀取你。

辛　忠： 来了！来了！

（大杀，撒里库败）

辛　忠： 众将官，败将不可追赶，就此押着番将回关。（下）

（急上撒里库）

撒里库： 咳，一场好战，异常的好杀，苦哉！可叹孤王精养的二十万大军，所剩无几。先行元帅不见，张成被擒，几员战将拼力厮杀，才闯出重围。咳，只得聚齐兵将，重新立营，再图报仇之策。毛袄们，选一吉地安营。（下）

（出花飞云升帐，刘礼灯站）

花飞云：（诗）执掌兵权管喽卒，青石山上奴为孤。

习练孙武兵战策，胜似男儿大丈夫。

（白）奴家花飞云。前日夫主来书，命奴带兵雁门灭寇，奴家应书而至，来在代州城下，一面差人送信至雁门，一面差人打探官兵人马。探子报道，官兵大营中有辛国安保护，营中运粮官是榜眼卢杞。唉，官人哪官人，你岂不知卢杞心怀不正？你岂不又要受其害了？

（唱）闷坐大帐心无事，思想官人行事错。

既然领旨带人马，实情就对天子说。

文官领兵灭番叛，必得勇猛武将多。

怎么俱是文墨士？怎么上阵动干戈？

这件事儿行得错，右想左想不合辙。

怎么又让贼卢杞，叫他运粮去作恶？

他若设计残害你，叫你绝命又如何？

越思越想心越焦，只恐官人有风波。

已命探子去打探，如何不回却为何？

莫非路上有更变，叫奴的心犯思索。

正在飞云胡思想？

探　子：（唱）探子上帐把话说。

叫声寨主有话说，

（白）报寨主得知，今有大唐新科状元裴春发领兵发往雁门灭寇，离咱营大约还有一日之遥，乞令定夺。

花飞云：起过。中军，如此吩咐：喽啰饱食战饭，听候号令，迎接大队人马，不得有误。阿弥陀佛。

（唱）忙吩咐，把饭食。

霎时完毕，起了营盘。

说声快带马，出营上雕鞍。

手拿钢刀一把，带领山寨儿男。

不言迎接事，再表北国番将官。

（撒拉干马上）

撒拉干：（唱）撒拉干，掌兵权。

率领毛袄，许多番官。

只因昨日里，王爷把旨传。

命我如此如此，领兵夺取高关。

带领毛袄二十万，大营去参千岁王。
这件事，且不言。（下）

（上闹海兔）

闹海兔：（唱）再表番将，带箭而还。
元帅闹海兔，心中惨惨然。
狠心将箭拔下，疼得紧咬牙关。
叹我本是无敌将，不料今日这样惨。
误中了，巧机关。
兵死将亡，又把营迁。
我领兵十万，剩了只有三千。
不知王爷怎样，哪里去找千岁？
只好顺路往前走，找到营盘再话言。
又不言，番将官。
再表番将，越岭登山。

（上敖里仑）

敖里仑：（唱）敖里仑行步，岭上四下观。
忽然看见山下，乃是北国旗旛。
不由一阵心酸痛，不意兵败这样惨。
我只得，回营盘。
见了千岁，再设机关。
定要擒拿唐军将，斧剁与锤颠。
那时方消吾恨，与主再夺江山。
不言番将回营事，再表唐营运粮官。

（卢杞马上）

卢　杞：（唱）来了个，运粮官。
押粮前行，心如油煎。
直说参裴生，文官去征战。
不料反受其害，做了狗犬下属。
有心绝粮与狗子，又有探花在身边。
我有心，设机关。

怎奈日升，总打阻拦？
终日在左右，有怒不敢言。
若是违了将令，一准被那刀餐。
只是好好把粮运，以后慢慢想机关。

（上陈日升）

陈日升：（唱）陈日升，在后边。
自言自语，暗骂权奸。
那日他上了本，想害裴状元。
只要我在此，不敢设机关。
任你纵有陈平计，想害忠良难上难。
且不言，运粮官。

（上花飞云）

花飞云：（唱）再表飞云，大路遥观。
只见人马到，乃是先锋官。
一队一队过去，个个喜地欢天。
又来一队人共马，俱是年轻文字官。
通名姓，奔阳关。
乃是运粮，文字官员。
又来兵一队，旌旗耀眼翻。
大旗上面金字，状元之姓裴男。
看罢不由心欢喜，可是夫郎到跟前。
吩咐兵卒快带马，

（白）你看这队兵马，旗幡招展，大书一个“裴”字，定是官人呀！果然是他！乌纱帽，插金花，穿红袍，好威风。喽兵们，随我前去迎接。

喽　啰：是。前行军卒听真。

卒：呀，啥事？

喽　啰：烦劳中军，启禀元帅，今有青石山花飞云前来求见。

卒：是，稍等。（下，内白）禀元帅，前面有青石山花飞云求见。

裴秀生：起过。传本帅令旨，代州大营相见。

卒：青石山女将，元帅有令，代州大营相见。

花飞云： 好！军兵就扎在代州大营。（下）

（裴秀生、梅奎马上）

梅　奎： 元帅，方才探子报道，说青石山女将前来投奔元帅，其中必有缘故，好叫我梅奎不解。

裴秀生： 会元不知，此人是本帅的妻室。

梅　奎： 哈哈，原来如此。元帅夫人有此异术，何愁番贼不灭？

（唱）夫人既然有法术，何愁番王兵将多？

他虽有铁布衫金钟罩，难免法术见阎罗。

裴秀生：（唱）参谋说得纵是理，几句古语圣人说。

知己知彼方万全，小胜轻敌会失败。

梅　奎：（唱）元帅之言虽有理，军营之事且莫说。

庆贺元帅有大喜，

裴秀生：（白）喜从何来？

梅　奎： 今日又入洞房中。

裴秀生： 哈哈，参谋休得取笑，要谈正事。

（唱）二人谈笑催军走。（下）

再将辛忠表明白，

（辛忠升帐）

辛　忠：（唱）昨日摆下埋伏阵，杀得番王把营挪。

擒一番将解营内，监在后营莫发落。

今已歇兵整二日，千岁莫来审番贼。

他若说出蕉叶扇，千岁怪罪了不得。

今日军中无事故，花氏前来未曾说。

且等来时再理论，暂时发落那贼子。

（白）中军，将那番将张成带来见我。

中　军： 遵令。

（带上张成，跪）

张　成： 老爷在上，小子张成叩头。

辛　忠： 住了！你哪里人氏？为何助纣为虐，侵犯天朝？是何道理？

张　成： 老爷，难道你老不认识小子张成了吗？

老　爷：住了！快说。

张　成：好，张成如此这般说了一遍。

辛　忠：住了！好个番贼，满口雌黄，一派的胡言乱语，左右拉下去，重责四十军棍，刑过再问。

卒：是。

张　成：老爷，看在多年的情分上，饶了奴才吧。

辛　忠：住了！想你这个奴才，不讲实言，左右将他拉下去，割去舌头，挖去两眼，明日再问。

卒：是。

张　成：张成，张成，你想卖主求荣，不想有今日的下场。

（上报子）

报　子：报元帅得知，今有铁锁环城发来无数人马，乞令定夺。

辛　忠：起过。

报　子：是。

辛　忠：我刚打败北番三日，铁锁环城便发来人马，必有蹊跷。中军，带马衙门议事。

（出裴秀生、花飞云坐）

裴秀生：（诗）锦花帐内新燕尔，

花飞云：（诗）别后夫妻情更浓。

裴秀生：（白）下官裴春发。

花飞云：奴花飞云。

裴秀生：夫人，你看天交五鼓，咱夫妻早起，你收拾行李，准备起兵才是。

花飞云：唉，老爷，昨日见参谋敬酒，二更才入小帐，夫妻见面，只顾云雨，哪论军情？天才五鼓，起床尚早。奴且问你，你今领兵灭寇，为何带文职官员呢？

裴秀生：唉，娘子若问，听了。

（唱）秀生讲述被害事，参那卢杞做运粮官。

花飞云：（唱）你叫他运粮是何意？莫非拿他大报仇？

裴秀生：（唱）正是要报三江恨，他若有错必是刀下鬼。

花飞云：（唱）这个主意难称好，稀里糊涂事不端。

裴秀生：（唱）若依娘子怎么好？快口对吾拙夫言。

花飞云:（唱）眼看来在雁门地，卢杞无过怎刁难？

裴秀生:（唱）此事却也在正理，夫人快快想机关。

花飞云:（唱）依奴说到雁门地，擒贼建功得胜还。

裴秀生:（唱）咱要得胜回朝转，他本有功运粮官。

花飞云:（唱）捷报进京加升赏，就看参本是何言？

裴秀生:（唱）此言说罢心明了，依言而行面堆欢。

正是夫妻议论事，忽听鸡鸣亮了天。

（上辛国安）

辛国安:（唱）辛国安帐外呼妹丈，快些传令把营迁。

裴秀生:（唱）说声知道忙吩咐，

（白）贤妻，吩咐众将急用战饭，天亮拔营直奔雁门。

花飞云: 得令。

辛国安: 妹子，收拾起程。

花飞云: 晓得了。

裴秀生: 众将官起兵，不得有误了。

（唱）春发把令传出帐上坐。

（上甲、乙卒）

卒　甲:（唱）众军卒，长叹气。

起营拔桩，扬长而去。

到在雁门关，先把大营立。

然后一冲一撞，刀枪剑戟展武艺。

别拉后，别拉后。

咱们走着说，听我说几句。

这一回，得出力。

不比从前，随着大队。

俱是文职官，前去临战场。

文官使刀抡枪，

得费劲，得费劲。

卒　乙:（唱）这话我明白，大家拿主意。

到那里，了不得。

打仗冲锋，得使力气。

你看元帅爷，他是文字墨。

列阵前，无力气。

阵埋伏，他不晓得。

深思熟虑，深思熟虑。

卒　甲：（唱）休把人看轻，莫要不当事。

要小心，加仔细。

他虽不中，可有主意。

你看辛国安，武艺无比的。

还有那先锋，耀武扬威的。

二人掌兵权，无有对，无有对。

卒　乙：（唱）还有那队兵，全是女光棍。

包龙盔，锁子甲。

护心宝镜，光明似日。

九股勒甲绦，横扫战群雄。

腰挎弓箭，有武艺，有武艺。

卒　甲：（唱）依你这一说，大帐不用惧。

有他仨，不忧虑。

只管放心，不用介意。

单等将令，引他们冲上去。

杀得番兵们，头一地，头一地。

不言众三军，（下）再把番王说。

（撒里库升帐，撒拉干、闹海兔、敖里仑、耶律占立）

众　将：（诗）头戴雉翎脑后飘，身挎秋水偃月刀。

重整旗鼓中原去，消灭唐室气才消。

撒拉干：（白）二王撒拉干。

闹海兔：兵马大元帅闹海兔。

傲里仓：前部先锋敖里仑。

耶律占：都督耶律占。

毛袄们：今有王爷升帐，大家小心伺候。

（出撒里库）

撒里库：（诗）连战难取胜，失机又损兵。

要夺雁门地，搬兵铁锁城。

（白）孤家撒里库。昨日孤王兵败雁门，误中史兴邦埋伏之计，险些全军覆没。那是上天无路，入地无门，多亏张成将军拼力死战，孤家夺路而来，在这北天山脚下安营。命人连夜去铁锁环城下书，命御弟带兵二十万、战将百员，日夜兼程，前来天山脚下助战。兵马大元帅与先锋早已回至营中，现在兵已聚齐，吉日兵发雁门，报仇便了。（下）

（出史兴邦、殷金花）

殷金花：（诗）统领大兵灭北番，夫妻提刀走在前。

史兴邦：（白）本公史兴邦。

殷金花：奴殷金花。老爷，自咱夫妇领兵前来灭番，首战告捷。番王用了异术，多亏曾镇台用计破了番王。辛副元帅又献了稳军之计，不来攻城，出其不意，设下埋伏；用火攻之计，杀得番王死走逃亡。此二人真是栋梁之材也。

史兴邦：唉，固然二人有将才，只怕是番王去而复返，如何是好？

（唱）兴邦未语先叹气，夫人听我说根由。

番王虽然败回去，大略仍然不罢休。

殷金花：（唱）若依老爷怎么办？或是对垒设计谋？

从来做事有远虑，无有远虑必有近忧。

依我还是先设计，事后再想巧计谋。

史兴邦：（唱）夫人是个仙弟子，法术多端有计谋。

殷金花：（白）哟。

（唱）实杀实砍奴不怕，法术左道不发愁。

唯有那把小扇子，实在叫奴闷悠悠。

史兴邦：（唱）提起那把小扇子，无人敢破挠破头。

就是副帅知出处，派人去寻无由头。

殷金花：（唱）既然派人把扇找，必然找到别发愁。

正是夫妻来议事，丫鬟进房禀情由。

（上丫鬟）

丫　鬟：（唱）外面中军有事告，

（白）禀千岁，外面中军传禀千岁上帐议事。

史兴邦：是，知道了。事关至大，夫人就此请。

殷金花：老爷请。

（诗）为国勤劳莫由心，一心想计破敌人。（下）

（升帐，上辛忠、曾杰、金奎、卜阳坤）。

辛　忠：（白）众位将军请了。

众　将：请了。

辛　忠：今有番王败走，突然复返，我想番王此来，必有一场大战。大家伺候千岁上帐议事。

（出史兴邦）

史兴邦：（诗）位在三公做统帅，计策无穷破贼奴。

（白）本公史兴邦。方才中军报道，番邦又发来无数人马，必有一场鏖战。众位将军，俱都献策，说说如何对垒。

辛　忠：千岁康安，不必忧虑，番兵此来，未必死战。方才长探报道，京中发来无数人马，离城只有数里之遥。新元帅来此，必有破敌之策。

（上报子）

报　子：报千岁得知。

史兴邦：起来。所报何事？

报　子：京中发来救急粮草，押运粮草的是新科武状元孙正，乞令定夺。

史兴邦：起过。

报　子：报千岁得知。

史兴邦：何事？

报　子：京中发来人马，领兵元帅是裴春发，参谋会元梅奎，运粮官卢杞，运粮参谋陈日升。元帅左营中，还有无数女将，乞令定夺。

史兴邦：再探。

报　子：遵令。

史兴邦：皇上呀，皇上呀，此时番兵压境，正是用武之时，你怎发来一伙无用的文官？莫非不想你的江山了？

辛　忠：千岁不必烦躁，圣上发来文官领兵，番邦内奸死期到了。

史兴邦：怎见得？

辛　忠： 千岁，罪臣不敢相告。

史兴邦： 本公保你无事。

辛　忠： 谢千岁，听臣细细禀来。

（硬唱）深深一躬谢了恩，千岁细听臣告诉。

当初如此是这般，蕉扇为凭红媒定。

以后出了事一宗，张成盗宝往北送。

臣领大兵到雁门，才知此宝在北境。

这是从前事一宗，后来微臣又不幸。

裴卢二家生歹非，这般这般害裴生。

花家村内花飞云，救他上了青石境。

一柄宝扇他带着，雄扇能把此山定。

故遣家将去找寻，彼此不敢明言诉。

卢家父子设计谋，天运时转他不幸。

如此如此免饥饿，多亏代州众百姓。

家将进京把粮催，女婿裴生状元中。

史兴邦：（唱）既然如此无话说，全仗天子鸿福定。

副帅快快去迎接，

（白）众位将军，天朝人马来在城外，尔等随本公迎接便了。

众　将： 是。（下）

众　人：（内白）元帅可好？千岁可好？

史兴邦： 哈哈哈，众位将军，城外安营下寨，鞍马劳顿，先去歇息。

众　人： 各位大人请，千岁请。

（史兴邦、辛忠、裴秀生、梅奎、卢杞、陈日升全上）

众　人： 千岁在上，臣等参见。

史兴邦： 免礼，诸将请坐。

众　人： 是，谢坐。

史兴邦： 四位先生是乌纱锦袍，不知哪位是领兵元帅？

裴秀生： 千岁，臣不敢当。

史兴邦： 本公看你温雅，舌战群儒可以，智退贼人可以，如何上阵抡枪呢？

裴秀生： 唉，千岁，圣上下诏，岂敢不遵？微臣兵书战策，一处不晓，望乞千岁指点。

史兴邦：哦，这就是了。皇上呀，你真是昏头了。此位先生是谁？

梅　奎：臣梅奎，会元，职任裴元帅参谋之职。

史兴邦：是了，此位先生姓字名谁？

卢　杞：卑职是新科榜眼、运粮官卢杞。

史兴邦：哦？你是卢侍郎之子卢杞？

卢　杞：卑职是，千岁。

史兴邦：哼，好哇。此位先生是何人？

陈日升：卑职是探花陈日升，运粮参谋之职。

史兴邦：是了。哦，裴元帅，你今领兵前来灭寇，就请传令吧。

裴秀生：千岁，臣今日领兵，文有参谋梅奎，领兵有先锋梁世奇、爱妻花飞云、妻兄辛国安，臣对出兵对垒之事，一窍不通。

史兴邦：哎，像你这样的文官，就不如我们武将了。那请先生下令，让我看看怎样用兵吧。

裴秀生：千岁你看。梅奎听令。

梅　奎：在。

裴秀生：本帅将令箭交付于你，快些传令。

梅　奎：是，遵令。常言说兵马未动，粮草先行。运粮官卢杞听令。

卢　杞：在。

梅　奎：接我令箭一支，前往邠州运粮，按路程计算日期，及时运回，违令者斩。

卢　杞：遵令。（下）

梅　奎：中军。

中　军：在。

梅　奎：接我令箭一支，晓谕营中大小头目，小心放哨，违令者斩。

史兴邦：梅先生，莫非你是员武将？

梅　奎：千岁，臣自幼熟读兵书，三韬六略记在心中。可惜臣身无缚鸡之力，不能跨马抡刀，无奈弃武习文。

史兴邦：好哇，原来梅先生是文武全才之人。梅先生，那卢杞是运粮官，陈日升怎是运粮参谋？

梅　奎：千岁，如此这般，梅奎说了一遍。

史兴邦：好哇，尔等幼年科考，就能舍生为主，可喜可贺可敬。

报　子：报千岁得知。

史兴邦：何事？

报　子：今有番王带兵无数，离城十里之遥，安下大营。

史兴邦：起过。辛老将军，番兵又临城下，你看如何迎敌？

辛　忠：千岁不必担心，今已天晚，明日再调用诸将。

史兴邦：副元帅言之极是，中军小心巡营。

（步上敖里仑）

傲里仑：番兵们，押住阵角。俺北国先锋傲里仓，奉千岁之命，前去邀阵。毛袄们，冲上前去！城上唐将听真，叫你家好将出来受死。

（上报子）

报　子：报千岁得知，番将阵前叫关邀战。

史兴邦：呀，这还了得？哪位将军愿去会敌？

梁世奇：千岁莫讲，梁世奇愿往。

花飞云：臣妻花飞云愿去为梁将军瞭阵。

史兴邦：好，多加小心。

花飞云：不劳嘱咐。军校们，马来。

史兴邦：众将军，上城擂鼓助威。

（梁世奇对敖里仑）

梁世奇：番将报名受死。

敖里仑：哪有闲工夫与你通名道姓？看棒打你。来！来！

（梁世奇败）

梁世奇：呀，你看番贼勇猛，将某家战杆打断，只得拨马游走便了。

敖里仑：看打！

梁世奇：呀，不好。

敖里仑：毛袄们，冲杀呀！

梁世奇：呀，可有些不好了。

（唱）回马走，心惊骇。

　　这个番贼，真正吊歪。

　　力大棒又重，令人是难挨。

　　将我战杆打断，虎口疼痛裂开。

听说此人金铜背，刀枪剑戟不能伤。

敖里仑：（白）哪里走？

（唱）敖里仑，步甩开。

你想逃走，实实难哉。

今日拿住你，割头把膛开。

吆吆喝喝赶去，世奇催马跑开。

梁世奇：（唱）眼看赶上说不好，吓得世奇脸发白。

（上花飞云）

花飞云：（唱）又来了，女裙衩。

急催坐马，迎面而来。

此贼武艺好，实战尽是白。

必须用起宝贝，方能取胜他来。

急忙取出红云箭，搭弓扣弦手张开。

推前拳，后手开。

嗖的一声，红云起来。

照了番贼去，在此看明白。

敖里仑：（唱）眼看赶至马尾，举棒怒满心怀。

大叫唐将哪里走，箭中咽喉呜呼哉。（死）

花飞云：（唱）花飞云，笑颜开。

叫声将军，莫要傻呆。

回马快去战，带兵杀上来。

把他兵营捣乱，让他头滚尘埃。（下）

梁世奇：（唱）世奇催马杀上去，（下）城上四帅喜心怀。

史兴邦：（唱）史兴邦，笑颜开。

花氏夫人，果有将才。

箭射敖里仑，贼兵锐气衰。

真是国家有幸，神女下了天台。

正然夸奖花氏女，呀，忽见番兵又过来。

回头叫声裴元帅，

（白）裴元帅，你看花氏夫人神通广大，神箭射死敖里仑，又率众冲杀番营。常言说穷寇莫追，以本公看来，鸣金罢战为好。

裴秀生： 好，就依千岁之言。众军鸣金收兵。（下）

（摆场，辛忠坐）

辛　忠：（诗）带领雄兵扫北番，中了奸党断粮计。

（白）本帅辛忠。昨日救兵到来一战，花氏射死了番兵先锋，我想番王必来决一死战，本帅只得请新元帅商议军情。人来，有请新元帅。

卒： 是，有请新元帅。

（上裴秀生）

裴秀生： 是，来了。岳父大人在上，小婿行礼。

辛　忠： 免礼，贤婿请坐。

裴秀生： 是，告坐。

辛　忠： 贤婿，你今领兵前来灭寇，明天必有一场鏖战，贤婿就应分派才是。

裴秀生： 唉，岳父哇。

（唱）连连叹气尊岳父，细听小婿把话明。

小婿本是遭陷害，领兵来在雁门关。

前有先锋他料理，后有忠义辛国安。

先锋挑哨前引路，国安在后催大兵。

外有梅奎参谋职，文官随征非谈兵。

内有花氏相指教，用兵如神大英雄。

一路起居与行动，俱是他们把令行。

军机之事我不懂，依赖着千岁、岳父好看成。

辛　忠：（唱）辛忠听罢将头点，骂声卢杞小奸凶。

有朝一日回朝转，拿你父子大开杀。

骂罢一会开言道，

（白）贤婿，此事不必多谈，那把蕉叶扇可带来无有？

裴秀生： 岳父，此物是小婿随身之宝，日夜带在身边。宝扇在此，岳父请看。

辛　忠： 好哇，正是此扇，本帅代你保存是了。

裴秀生： 是，任凭尊意。

辛　忠： 贤婿，就此军帐候令。

裴秀生： 是，请。

辛　忠： 请。（下）

（升帐，站史兴邦、曾杰、金奎、卜阳坤、孙正、辛国安、裴秀生）

史兴邦：（诗）身披战袍抖威风，齐心合力破番兵。

（白）本公史兴邦。

裴秀生： 平北元帅新科状元裴春发。

曾　杰： 曾杰。

金　奎： 金奎。

卜阳坤： 卜阳坤。

孙　正： 武状元孙正。

辛国安： 俺辛国安。

众： 今有元帅升帐，大家小心伺候。

（出辛忠坐）

辛　忠：（诗）执掌兵权做元戎，要破番邦鞑子兵。

（白）本帅平北副元帅辛忠。今日聚齐众将，要擒贼首，大家分立两旁，听本帅一一点将。

众　将： 是。

辛　忠： 史兴邦听令。

史兴邦： 在。

辛　忠： 命你与夫人紧守关城，无令不可妄动。

史兴邦： 遵令。（下）

辛　忠： 裴春发听令。

裴秀生： 在。

辛　忠： 令你与花氏夫人守护两营，无令不可妄动，违令者斩。

裴秀生： 遵令。（下）

辛　忠： 其余众将随本帅上阵，不得有误。（下）

（撒拉干对孙正）

孙　正： 住了！来这番贼，报名受死。

撒拉干： 幼儿问爷名讳，坐稳鞍桥听真，你爷爷契丹王御弟撒拉干是也。幼儿何名？

孙　正： 番贼听真，我乃状元老爷孙正。劝你下马投降，饶你不死，如若不然，叫你死无葬身之地。

撒拉干：哇呀，少发狠言，看叉取你。

孙　正：看枪。

（大杀，孙正擒撒拉干）

孙　正：中军，将这厮绑了。众将军，往前攻杀。

（大杀，金奎对耶律占，金奎败，卜阳坤上，败下，辛国安上）

辛国安：你这番贼，少要逞能，看擒你。

耶律占：不要胡说，看叉！

辛国安：来，来。（擒耶律占）

辛国安：军校们，将这厮绑了。众将官，往前攻杀。（下）

（上撒里库）

撒里库：哇呀，你看蛮将好生厉害。

（唱）喊杀声连天心中害怕，看见了众蛮将齐出关城。

一个个恶狠狠枪刀并举，人如那出水蛟马似欢龙。

我国的人共马一起杀伤，只听得呐喊声山裂地崩。

只杀得天昏地暗愁云滚滚，只见那尘土起日被土掩。

见我那皇御弟被人擒去，眼看着耶律也上了绑绳。

只见那众兵卒死了无数，毛袄们一个个赴了阴城。

我只得使宝扇解救众将，想到此提缰绳催马前行。

叫一声毛袄们快快退后，好用宝烧蛮将搭救重生。

众番兵齐鸣金锣声震耳，慢慢地随王爷往后退兵。

辛　忠：（唱）辛副帅见番王鸣金收兵，必定是想用宝败中求胜。

我叫你枉用心白白费事，你岂知这宝扇还有雌雄？

想到此忙传令鸣金退后，众军卒急敲锣锣不住声。

辛忠回头叫众将，

（白）众将听真，尔等打开阵门，待本帅上前擒贼。本帅银枪一摆，大小儿郎往上攻杀，枪头不摆，不可妄动，待本帅杀上前去便了。（下）

（上撒里库）

撒里库：呀，你看辛忠一人匹马单枪杀来，必有蹊跷，待孤用宝扇扇他便了。好千岁，手拿宝扇，扇了三下。（火起）大刀一摆，毛袄们就此攻杀。

辛　忠：呀，你看番王用扇扇了三下，大火冲天而起，漫地而来。本帅不免取出宝扇也扇他三下，风雨交加，直奔火光而去。众将官，往上攻杀，擒拿番王，不得有误。（下）

（上撒里库）

撒里库：哇呀，哇呀，可不好了，辛忠一把小扇，破了孤的宝扇，众蛮将一齐杀来。毛袄们，赶快逃跑。

毛袄们：是。

辛　忠：众将官，一齐追杀到他营盘。

报　子：报元帅得知，番兵去远。

辛　忠：穷寇莫追，鸣金回关便了。（下）

（摆场，上史兴邦、裴秀生、辛忠）

史兴邦：辛副元帅来了，请坐。

辛　忠：是，臣谢坐。

史兴邦：辛副元帅杀敌有功，可喜可贺。

辛　忠：千岁，此功非我一人之力。

史兴邦：既然如此，副元帅报功，本公好记在功劳册上。

辛　忠：千岁，听臣细细报来。

（唱）有辛忠打下躬口呼千岁，且听臣报众将莫大之功。

头一阵花飞云射死番将，除了那北国的大将一名。

武状元名孙正擒一番将，又杀了北名将也算英雄。

还有那辛国安也擒番叛，杀了番兵卒数有十名。

其余的众将官都有功劳，杀北国众番兵死走逃生。

眼看着写完了复又开口，向千岁赔着笑礼貌谦恭。

臣有本奏千岁伏乞允诺，

史兴邦：（白）请讲。

辛　忠：（唱）听微臣从头至尾细说清。

今日个擒住了北国二逆，他本是北国的两个臣兄。

一个是契丹王他的亲弟，一个是大都督本有名声。

应当的将二逆解送京去，这本是献一捷以慰圣聪。

史兴邦：（唱）兴邦听了心大悦。

（白）副元帅言之有理。哦，副元帅，本公还想起一事，今解二逆进京，副元帅何不把卢雄作弊、断草绝粮、代州百姓助粮成功之事，写在本章之上？何愁天子不杀卢贼？

辛　忠： 千岁所言极是，那裴元帅这般如此，挂印征北，都是卢家父子所为，何不也让状元写道本章上奏是好？

史兴邦： 好，好，原该如此，这两个大小奸党死期到了。如此，大家回到自己帐房写表，本公便上本章申奏天子。副元帅本章下到太师府，状元本章下到并肩王府，本公本章下到忠孝王府，将二逆的参本发到平西王府，有四道本章，又有四大功臣申奏，卢家父子定死于刀斧之下。

史兴邦： 张烈上帐听令。

（上张烈）

张　烈： 在。

史兴邦： 拿我令箭一支，押解二逆回京献捷。这是功劳册，与捷表一起下到忠孝王府。这是参本一道，下到平西王府。不得有误。

张　烈： 得令。（下）

史兴邦：（诗）人得喜事精神长，参奸党本章齐发。

（白）请。

辛　忠： 请。（下）

花飞云：（诗）虽是闺中女婵娟，擒贼灭寇胜奇男。

（白）奴花飞云。今日大战契丹，大获全胜，老爷进城参见千岁去了，为何还不见回来？

裴秀生：（内白）夫人在房吗？（上）

花飞云： 老爷回来了？请转上坐。

裴秀生： 便坐可已。

花飞云： 老爷，今日去参见千岁，有啥不爽之事，这样唉声叹气的？

裴秀生： 唉，夫人哪，今日之事，下官一则是喜，二则是忧。夫人，听我道来。

（唱）面带愁容呼娘子，今日拨云见青天。

花飞云：（唱）既有喜事当欢喜，却为何愁眉不展心内烦？

裴秀生：（唱）我今进城参千岁，一闻将令为了难。

花飞云：（唱）又是传了什么令？老爷快对妾身言。

裴秀生：（唱）他叫我如此如此上参本，一并捷报见龙颜。
千岁倒是忠良将，叫咱实名参佞奸。
我总觉这事不妥，露了真名祸塌天。

花飞云：（唱）有何祸事奴不懂？倒叫妾身闷心间。

裴秀生：（唱）改名春发欺圣主，露真名天子恼怒刀下餐。

花飞云：（白）裴郎啊，裴郎，
（唱）咱们今日把功立，天子一见必喜欢。

裴秀生：（唱）依你之言有道理，可我的心不安然。

花飞云：（唱）若依此事今朝错，我的老爷见事偏。

裴秀生：（唱）你言极是可以办，只好写本奏龙颜。
急急忙忙来写本。
（白）夫人言之极是，待我写来。好，本已写完，咳。

花飞云：唉，老爷又咳啥？

裴秀生：夫人，我总觉着不妥，唯怕画虎不成反伤身，露了真名怕天子问罪。

花飞云：哟，老爷你真胆小怕事。如今妾身杀敌有功，你献扇破敌有功，天子见本，定是不胜欢喜，哪能加罪呢？

裴秀生：好好好，对对对。丫鬟，将这道本章，让张烈随着囚车进京，将本下到并肩王府。全凭贤内助立奇功。

花飞云：妾身保你受皇封。

裴秀生：请。

（完）

第　八　本

【剧情梗概】皇帝见到辛忠、裴秀生的参本，令朱贵等四位大臣审问卢雄。然卢雄一口咬定是裴秀生杀了府上的丫鬟，至于断绝军粮，更与他毫无关系。虽被严刑拷打，卢雄仍大喊冤枉。朱贵等无奈之下，只得抬着受了刑的卢雄到午门交旨。

（上二丑）

丑　甲：（诗）助粮有功劳，杀贼得太平。

（白）众位请了。

丑　乙：请了。咱往雁门三次助粮，保住了军威，使辛忠大元帅领兵连胜番王几战，番王大败，咱们百姓得以安居乐业。今日咱又聚集粮草三千担，送往雁门，大助军威。

丑　甲：老兄言之有理，就此快走便了。

（唱）草民笑盈盈，俱都心中乐。

辛老爷，是好的。

足智多谋，心计难测。

用兵如神仙，武艺也不错。

一个埋伏计，等贼过，等贼过。

丑　乙：（唱）单等三更天，信炮震天响。

都杀来，不容赦。

要把番王用刀削，火箭打贼营。

兵马全被烧，粮草都燃尽。

都把头来过，都把头来过。

番王挪了营，心中不大乐。

领番兵，往北过。

复返又杀来，大战了不得。

因此又送粮草，车拉与马驮。

今日去交纳，晚了了不得。

不言众草民，再表人一个。

（辛国安马上）

辛国安：（唱）辛国安，心快乐。

打马紧加鞭，穿州把县过。

这次到长安，进府就说破。

然后把本交，卢雄罪难赦。

用刀剁，用刀剁。

不言辛国安，（下）再表帅府人一个。

（上辛忠）

辛　忠：（白）本帅辛忠。昨日一战杀败番奴，史千岁命我与裴元帅各写奏本一道，进京参奏奸党卢雄，若是准本，必将奸党千刀万剐，那时方解我恨。

报　子：报元帅得知，有代州百姓送来粮草，关外候令。

辛　忠：传本帅旨意，请头领帅府说话。

报　子：得令。（下，内白）帅爷有令，代州送粮头领，进帅府说话。

二　丑：（内白）来了。（上）元帅在上，小民叩头。

辛　忠：起来，坐下说话。

二　丑：谢元帅。今日代州百姓又聚粮食三千石，饲草二万捆，望乞元帅笑纳。

辛　忠：哈哈，尔等真是炎黄子孙、忠义之民，令人可敬也。

（唱）辛忠喜悦呼二位，一齐落座听我言。

二　丑：（白）谢坐。

辛　忠：（唱）本帅绝粮遭陷害，自觉死在雁门关。

谁知大唐洪福胜，代州出了忠义男。

皆因借粮供本帅，才能定军灭羟膻。

番贼兵败已二次，接连又来将魁元。

我已写表奏天子，助粮之事奏龙颜。

早晚荒野必降旨，免去国课还封官。

昨日发粮十五万，你们粮草拉回还。

对了帐本还本主，还完赶车再来关。

本帅还尔粮与草，加倍偿还心也甘。

吩咐军校快摆宴，大摆酒席敬乡贤。

不言辛忠安百姓，（下）再表国安到长安。

（辛国安马上）

辛国安：（唱）打马加鞭将城进，回府送信不用言。（下）

再表辛府母女俩，

（上卢氏、辛玉兰，坐）

卢　氏：（唱）双双坐在大厅间。

夫人回头叫爱女，

（白）老身辛夫人卢氏。

辛玉兰：奴辛玉兰。

卢　氏：女儿，自你父亲上表进京求救，圣上发出粮草，又命姑爷领兵挂印，现已出兵三月有余，不见音信，好叫人牵挂。

辛玉兰：母亲，孩儿也是如此，莫非他翁婿有什么不测之事？

卢　氏：唉，且愿苍天保佑，得胜还朝，唱戏三天。

辛国安：（内白）家将，将马带过。（上）母亲在上，不孝孩儿叩头。

卢　氏：不必，起来。

辛国安：是。妹妹可好？

辛玉兰：好说，不敢。义兄万福。

辛国安：谢妹妹。

卢　氏：我儿坐下讲话。

辛国安：孩儿告坐。

卢　氏：我儿，你今回京有何大事？

辛国安：母亲，孩儿奉令回京押送本章。这里有花氏妹妹书字一封，母亲请看。

卢　氏：女儿看来，上面是何言语，念与为娘听听。

辛玉兰：是，母亲听了。

（唱）撕去封皮铺桌上，从头至尾看书信。

上写拜上老太太，又拜闺中裴夫人。

小妾花氏飞云拜，夫人前面把罪申。

自从老爷身被害，小奴救他结姻缘。

他曾传书请过罪，夫人回书也见真。

说叫小妾把他保，飞云无有不尽心。

老爷闻信想妻子，也曾痛苦发过昏。

一心要上尊府去，辨明冤枉与忠心。

进京幸得状元中，又传书信找妾身。

小妾接书把山下，雁门关上助夫君。

如此如此得了胜，这般这般奏主君。

小妾传书又请罪，三个多月没拜夫人。

望乞见面别生气，高看一眼感天恩。

别无多言是如此，只求免罪要欢心。

看罢书字面带笑，

（白）母亲，花氏传书请罪，看来倒是个贤淑之人了。

卢　氏：女儿，花氏他们班师还朝，必受皇封，你与她何分大小？要以姐妹相称，毕恭毕敬才是道理。

辛玉兰：是，孩儿遵命。

卢　氏：我儿，今要投递公文，天已不早，前去投递才是。

辛国安：是，孩儿遵命。

卢　氏：真有大英雄气派。老身不免将梅英认为义女，许配于国安，倒是一对义气夫妻，女儿你看如何？

辛玉兰：母亲所言极是。

卢　氏：如此，丫鬟。

丫　鬟：在。

卢　氏：唤梅英前来说话。

丫　鬟：晓得。梅姐快来，老太太叫你呢。

梅　英：（内白）来了。（上）太太有何吩咐？

卢　氏：梅英，老身无事不叫你前来，我有件心事与你商议，不知你意下如何？

梅　英：太太请讲。

卢　氏：梅英，因你服侍你姑娘，勤劳如同姐妹，并无过错。今你姑娘出阁月余，将你托付与我，老身另有丫鬟侍奉，我有心送你回家，又舍不得，有心把你认为义女，与你挑选佳婿，在老身身边，不知你意下如何？

梅　英：太太，你是一品夫人，奴是个侍女，实不敢从命。

卢　氏：哼，老身一言既出，你如不从命，敢让老身面上无光？

梅　英：老太太，如不嫌奴婢卑微下贱，奴婢愿认你为义母。母亲在上，女儿叩头。

卢　氏：起来。

梅　英：孩儿遵命，小姐在上，奴婢叩拜。

辛玉兰：哟，梅英，从今以后，不必如此，咱二人要以姐妹相称。我的小妹妹哟。

（唱）自从你到我家内，并无过犯很用心。

为姐看你如珠玉，太太看你掌上珍。

奴家出阁把你闪，太太难舍你离门。

老太太因此认义女，用不上一年半载保你做夫人。

贤妹随我绣房去，姐妹相伴好欢心。

手拉手儿回房去，

卢　氏：（唱）夫人欢喜笑盈盈。

回到中庭且不表，（下）

（出史文宋坐）

史文宋：（唱）再表皇家干国臣。

文宋坐在书房内，茶罢多盏自思寻。

方才国安来下表，如此如此对我云。

本要参卢雄老奸党，老夫只得进朝门。

吩咐左右快顺轿，（下）轿出府门快如云。

不言文宋上朝去，再表朝房武共文。

（摆朝）

黄　门：（唱）冯乐天在朝房站，御史党进也来临。

又来问官名朱贵，王忠进了车朝门。

殿前台下分班立，宫门开放二下分。

忽听左右金钟响，必是天子把朝临。

冯乐天：（诗）淡淡云中月，翠翠岭上松。

文官朝地站，武将拜龙庭。

（白）下官吏部左侍郎冯乐天。

党　进：下官西台御史党进。

朱　贵：下官三法司问官朱贵。

王　忠: 下官户部侍郎王忠。

黄　门: 圣驾临朝，文武分班侍候，大开宫门。

（摆朝，出天子坐）

天　子:（诗）紫烟升起宇宙来，笙箫齐鸣奏御街。

（白）大唐天子肃宗在位，御讳李玉龙。自从新科状元裴春发领兵雁门解围，也不知胜败，叫朕放心不下，这也不在其言。今乃大朝，侍儿伺候，传朕口旨，哪家大臣有本早奏，无本散朝。

侍　儿: 领旨。阶下文武老先生们听真，皇爷有旨，哪家大臣有本早奏，无本散朝，圣驾就要回宫。

史文宋:（内白）慢散朝纲。

侍　儿: 何人有本？

史文宋:（内白）臣史文宋。

陈　奎:（内白）陈奎。

罗遂合:（内白）罗遂合。

秦　海:（内白）秦海。

史文宋等四人:（内白）有本奏于陛下。

侍　儿: 听旨上殿。

史文宋等四人: 万万岁。（上）

史文宋: 臣史文宋。

陈　奎: 陈奎。

罗遂合: 罗遂合。

秦　海: 秦海。

史文宋等四人: 臣见驾。

天　子: 史老伯与三家皇兄绣墩坐了。

史文宋等四人: 万岁，臣等谢坐。

天　子: 众位爱卿，久不临朝，今日临朝，必有大事。有何本章？慢慢奏来。

史文宋: 万岁，臣接到平北副元帅辛忠本章一道，臣不敢自专，请主御览。

天　子: 侍儿，呈上来。

侍　儿: 领旨。

天　子: 陈皇兄，有何本章？

陈　奎: 万岁，臣接到平北扫寇大元帅裴春发表章一道，请主御览。

天　子: 侍儿，呈上来。

侍　儿: 领旨。

天　子: 罗皇兄有何本章?

罗遂合: 万岁，臣接到平北大元帅史兴邦本章一道，请主御览。

天　子: 呈上来。

侍　儿: 领旨。

天　子: 秦皇兄有何本章?

秦　海: 万岁，臣接到雁门三帅共本一道，功劳册一本，参奏大逆王浩、宇文合二名，发到臣府，特来启奏。

天　子: 侍儿，呈上来。

侍　儿: 领旨。

天　子: 皇兄，那二逆既发到你府，何必见朕?

秦　海: 万岁，他是叛主的大逆，臣怎敢自专?

天　子: 罢了。御林军速将二逆绑赴云阳市口斩首。

御林军: 领旨。

天　子: 雁门关三道表章进京，必有大事。待朕先看功劳册后，再看本章便了。

（唱）展开文册铺龙案，从头至尾看分明。

头阵曾杰杀番叛，调虎离山计策精。

殷氏金花胜番叛，左右先锋立大功。

终元死在两军阵，辛忠领兵到贼营。

副帅设了一条计，杀退番王退了兵。

先锋张烈胜几阵，宇文合王浩运粮不回营。

状元献扇功劳大，打杀番将与兵丁。

花氏箭射先锋将，也是军中第一功。

武状元孙正擒了番王弟，功劳册上有大功。

还有辛忠认义子，国安擒了一巨雄。

世奇胜了好几阵，目下就要起大兵。

看完册簿心大悦，又把本章看分明。

霎时之间看完毕，龙心恼恨怒冲冲。

拍案叫声刀斧手，

（白）刀斧手何在？速去拿卢雄上殿见朕。

刀斧手：领旨。

（上卢雄，跪）

卢　雄：万岁，臣不知犯了何罪，将臣绑来？

天　子：哼，卢雄呀，你个奸党，你纵子谋杀朝廷士子，又与宇文合、王浩狼狈为奸，断其扫北军中粮草，苦害忠良，其情可恼、可恨。金瓜武士，将卢雄推出斩首。

卢　雄：冤枉啊，万岁。

罗遂合：刀下留人。

天　子：罗皇兄，莫非要与奸党求情？

罗遂合：万岁，非是臣为卢雄求情。前日，臣青衣小帽闲游，见过宇文合、王浩在卢府门前，臣没有想到他们竟是一党。前日抄斩二奸家口，不见二贼，必有缘由。卢雄纵子行凶，残害忠良，实是可恨，可这奸贼拒不认罪，还口喊冤枉。臣想这样斩了老贼，人会说圣上以权压臣，不如将老贼送三法司，细细审问，拷究宇文合、王浩二逆的下落。那时老贼在证据面前，不得不低头，万岁再斩老贼，也不为迟。

天　子：好哇，就依爱卿所奏。平身。

罗遂合：谢万岁。

天　子：侍儿伺候，传朱贵、王忠上殿。

侍　儿：领旨。圣上有旨，宣朱贵、王忠上殿。

（上朱贵、王忠）

朱贵、王忠：万岁万万岁，臣朱贵、王忠见驾。

天　子：二卿，今有卢雄纵子行凶、毒害忠良一案，由二卿审出口供真情，不可舞弊私情，如查出一同论罪。退朝。

朱贵、王忠：臣领旨。（下）

（上冯乐天、党进）

冯天乐、党进：万岁，冯乐天、党进见驾。

天　子：二卿还有何事？

冯乐天、党进：万岁，臣等愿去三法司，与朱大人、王大人同审卢雄一案。

陈　奎： 万岁，辛忠忠心耿耿。

罗遂合： 裴状元是干国忠良，扫北有功。

秦　海： 辛经略、裴状元是个忠臣啊，万岁。

天　子： 是，朕明白了。

众　臣： 臣等告退。

天　子： 回府去吧。

众　臣： 万岁万岁。（下）

天　子： 卢雄，任你人心坚似铁，怎知王法胜似炉？（下）

（出四官会审）

朱　贵：（诗）身受皇封做问官。

王　忠：（诗）赤胆忠心对苍天。

冯乐天：（诗）忠于圣主心无二。

党　进：（诗）位列御史站朝班。

朱　贵： 下官三法司问官朱贵。

王　忠： 下官户部侍郎王忠。

冯乐天： 下官吏部侍郎冯乐天。

党　进： 下官西台御史党进。

王忠等三人： 朱大人请了。

朱　贵： 请了。咱们四人审问卢雄的口供，众大人请升正位吧。

王　忠： 大人说哪里话来？咱四人何分偏正？一齐坐了，中央供奉圣旨，岂不是好？

冯乐天： 大人说得极是，就此落座吧。

王　忠： 是。咱们四人，怎么问事？一个一个问，还是二人一班呢？

冯乐天： 如此就请朱大人与王大人同审一堂，如有口供便罢，若无口供，我与党大人再问一堂。

朱　贵： 冯大人说的是便是，就此审来。人来！带犯官卢雄。

（上卢雄，跪）

卢　雄： 万岁万万岁。

朱　贵： 卢雄，快讲讲纵子行凶、毒害忠良之事，从实招来，免得用刑。

卢　雄： 朱大人听了。

（唱）眼望圣旨双足跪，口内又把大人称。

听我从头言始末，众位大人心就明。

起初这桩是如此，状元书房杀春红。

朱　贵：（白）住口！裴状元是个文人，怎么能提刀杀死你家丫鬟？又如何去你家里？

卢　雄：大人听了。

（唱）只因皇爷开大比，我子卢杞进了京。

请了裴生把文会，书房之内尽调情。

丫鬟拒绝声呐喊，裴秀生因奸不遂杀春红。

王　忠：（白）住口。他既因奸不遂，杀了你家丫鬟，你就该启奏圣上，问他之罪，为何不奏明圣主呢？

卢　雄：大人哪，

（唱）辛青救他回府去，

朱　贵：（白）辛青是何人？

卢　雄：（唱）他乃是辛府一家丁。

朱　贵：（白）那辛青是辛府家丁，为何去救姓裴的呢？真是言语不通。

卢　雄：大人，此事就在五月上旬之内。

王　忠：住口。那是五月上旬之事，你不去辛府拿人问罪，又不奏知圣上，怎到大祸临头才说？是何道理？

卢　雄：哎，大人。

（唱）怕的是辛忠为经略职，我的官小是不中。

朱　贵：（白）你家丫鬟被杀却不究，为何又差家人刁七去黄河套截杀裴秀生呢？

卢　雄：大人哪。

（唱）要问黄河套里事，并非其中事一宗。

王　忠：（白）却是为何？

卢　雄：（唱）只因花家出妖怪，特叫刁七看分明。

不料又被妖杀死，万岁也曾发大兵。

赶出妖怪出境去，一同状元上山峰。

朱　贵：（白）住口？你苦害忠良，该当何罪？哼！

卢　雄：大人。

（唱）下官苦害哪一个？要把凭据说个清。

王　忠：（白）辛经略赏军方回，你就参他领兵扫北，又令宇文合、王浩断他粮草，是何意也？

卢　雄：大人哪。

（唱）保他领兵是为国，何知苦害是屈情？

王　忠：（白）那辛元帅领兵雁门，你为何与宇文合、王浩断其营中粮草？

卢　雄：大人。

（唱）要问断粮绝草事，这叫下官心不明。

我本不是先行将，我又不是运粮兵。

为啥这样冤枉我？圣上真是心不公。

偏信辛裴二人本，叫我卢雄话难明。

我卢雄今日做了屈死鬼，正应了“君叫臣死臣不敢不死”。

说罢哭倒大堂上，

朱贵、王忠：（唱）朱贵王忠把话明。

二位大人可听见？

（白）冯党二位大人，听见无有？

党　进：二位大人，你们略略问了几句，又未深究，岂能招认供词？无有供词，怎能去交旨？

冯乐天：依下官之见，再审一堂，看是如何？

党　进：使得。

冯乐天：人来！看大刑伺候。卢雄，将你所做之事，从实招来。圣上问罪，我们四人担保，可以免罪。

卢　雄：冯大人，言之差矣。我卢雄为官多年，我招什么？

党　进：住了，说你害人之事。为何谋害裴秀生，断辛忠粮草？此事从实招来，免得皮肉受苦。

卢　雄：唉，党大人，你是朝廷命官，那裴秀生杀死丫鬟，辛忠无故参我，你们为何不审？为何不问？

党　进：住口！是天子让我们在三法司审你口供。裴状元、辛经略在雁门抵挡番兵，表章面圣，万岁命我们四人审理此案。你若不招，大刑可就不认人了。

卢　雄：哼，我卢雄也是朝廷命官，你们审问不着。

党　进：哇，好个恶徒，你看这圣旨上有无拷问二字？

卢　雄：唉，我卢雄无有害人之事，要拷问我什么？

党　进：好个利口之徒。人来拉下去，重打四十，然后再问。

卢　雄：罢了罢了。

卒：　　行刑已过，

党　进：带上来。

卢　雄：罢了罢了。

冯乐天：卢雄，从实招来。

卢　雄：冯大人，你们真要与我作对，我姓卢的，两朝大臣，从无过错，让我招的什么？

党　进：哼，住口，好个泼皮犯官，真是不打不着。人来，看大刑伺候。

卢　雄：犯官卢雄招来。这个裴秀生、辛忠妄参于我，别无可招。

党　进：好个铁嘴的犯官。人来，上刑。

卒：　　禀爷，犯官昏过去了。

党　进：用水喷来。卢雄，从实招来。

卢　雄：唉，招的什么？

（唱）三魂无，七魄杳。

死去多时，复又知晓。

二目睁开看，卢雄知道了。

浑身好似火烧，疼痛来把嘴咬。

苏醒多会口打哼，原来是三法司受刑拷。

党　进：（唱）从实招来。

卢　雄：（唱）忍着疼，把话表。

二位大人，细听分晓。

辛忠妄参某，状元上参表。

卢雄身为唐臣，深知罪过不小。

谨守臣节受其冤，这可叫我招啥好？

党　进：（唱）这厮真能挺刑，人来与我敲他牙齿。

卒：　　（白）禀爷，卢雄昏过去了。

党　进：用水喷来。

卢　雄：（唱）又还魂，精神少。

苏醒多时，连叹冤枉。

党　进：（白）倒是招不招？

卢　雄：（唱）叫我招什么？与我打草稿。

你们替我画押，我去阴间点卯。

宁可倒在刑下死，不在刀下鬼买药。

冯乐天：（唱）冯乐天，暗计较。

党　进：（唱）党进无言，眼往上瞟。

冯乐天：（唱）老贼不招认，这可怎么好？

若是去把旨交，天子必然烦恼。

这事可是怎么行？汗流满面说怎好。

朱　贵：（唱）朱贵懵，点头脑。

王　忠：（唱）王忠在旁，用话讥诮。

二位好问法，此堂问得巧。

我等用尽法，问事不能颠倒。

用了刑法也无用，怎把此案了结了？

冯党二人心不悦。

冯乐天、党进：（白）二位大人言之差矣。你们略略问上几句，卢雄不肯招，我二人用了大刑苦拷，尚且不招，你二人还用言语讥笑下官。罢了，我等无能，问事不明，妄用刑具，不该与二位同堂审问。人来，顺轿回府，明日上朝复旨。

王　忠：你看二位大人急了，这么脸薄，我二人说的本是玩笑之话，何苦当作真语？

朱　贵：二位大人，恕我二人说话不周。

冯乐天：好说，我二人问事无能，面上讨愧。

王　忠：这也无妨，大家同去交旨，任凭天子发落。

冯乐天：哦？众大人，天子限咱们三日取他口供，这才一日，等明日再问一堂，看他招与不招，再去交旨，不为晚矣。

朱　贵：就依大人所言。人来，将卢雄抬到刑部监中，明天庭审。

冯乐天、党进：人来，顺轿回府。

（诗）人心似铁非如铁，王法如炉不如炉。

王　忠：哼，一对大眼奸臣，那卢雄与你何仇何恨，竟用大刑拷问？

朱　贵：王大人不必发烦，咱二人只好听之任之。

王　忠：言之有理。

（诗）只顺人情两不伤，何必惹气干饥荒？（下）

冯乐天：（内白）党年兄，请到我府，有事相议。

党　进：下官正要到贵府，有话相告。（同上）

冯乐天：请，党年兄请坐。

党　进：大家同坐。

冯乐天：家童，看茶来。党年兄，那卢雄石心铁嘴，连问二堂，用刑拷问，竟是不招。无有口供，这如何复旨呢？

党　进：冯大人，下官倒有一个主意，不知可行否？

冯乐天：你我弟兄，但说无妨。是何主意，只管说来，可行则行，可止则止。

党　进：大人听了，这个官司有一法审问，叫卢雄无话云。

冯乐天：有何方法可问呢？

党　进：（唱）当下就得快点办，大家齐到辛府中。

见了夫人如此讲，烦她上朝见主公。

叫她如此去启奏，何愁卢雄不招供？

冯乐天：不妥，不妥，此事不可如此。

党　进：依年兄怎样？

冯乐天：（唱）明日提审有时限，刻下就得把文引。

党　进：（白）往何处引文？

冯乐天：（唱）一会文书下辛府，把夫人召到衙门问口供。

大料夫人未必到，非得去请才成功。

党　进：（唱）年兄说得虽然是，引文里面写得清。

冯乐天：（唱）乐天提笔不怠慢，刷刷点点就成功。

党　进：（唱）党进接过看一遍，一口大印按当中。（下）

（文书送辛府，上卢氏、辛玉兰）

卢　氏：（唱）女儿展开念一遍，为娘一旁听周全。

辛玉兰：（白）是。

（唱）辛氏玉兰说啥事，拿过字书念一番。

从头至尾念一遍，玉兰念着心喜欢。

卢　氏：（唱）夫人沉默不言语，低头暗想自详参。

（上辛国安）

辛国安：（唱）国安躬身问老母，为何低头不言语？

卢　氏：（白）唉。

（唱）老身心事怎知晓？

（白）国安，为娘问你，你父与你表章进京见主，天子恩准，拿奸臣处死，一来与你父报了绝粮之仇，二来与你妹丈报了谋婚之恨，固然是喜，但为娘与卢雄一母所生，怎忍心看着他被斩云阳市口呢？这是骨肉相残呢。

辛国安：母亲何必忧虑？如今天子已命四家大臣三法司审问。如今无有口供，天子若是怪罪下来，我父不是妄参大臣，我妹丈不是欺骗君王么？天子一怒，他二人都是刀下之鬼了。

辛玉兰：母亲，我义兄之言极是。母亲顾到同胞之情，难道不念夫妻之义么？当初卢雄苦参我父，怎不念骨肉之情？如今母亲不去三法司与他对词，我父必受其累，裴秀生必受其害，母亲只念手足之情，不念夫妇、翁婿之重义？母亲如不去三法司对审，难免传丑名与后世。

卢　氏：唉，罢了，罢了。老身明日去三法司对审，倒觉着不强，不如与他个快刑，免得兄妹强词。

辛玉兰：怎么做呢？

卢　氏：明日为娘上朝面君，动本参他，天子必准，定将他斩首，也省得我看他受此非刑之苦哇。

辛玉兰：母亲言之有理。

（唱）幸喜官人得了胜，才能露名见青天。

花氏争功奴享受，老爷回朝必封官。

（白）我与她不分大小，相互敬恭，姐妹相称，理所当然。

（诗）缓缓回房去，小姐安寝不用言。

差　人：（唱）再表开了三法司，青衣站立分两班。

当先来了名朱贵，

朱　贵：（唱）安心坐上问官位。

王　忠：（唱）又来户部侍郎职，三法司上不言语。

差　人：（唱）又来二人督察院，党进陪同冯乐天。

四人见面行了礼，礼过按序坐堂前。

茶罢各盏有吩咐，快提犯官升堂前。

青衣答应不怠慢，（下，又带卢雄上）霎时来至刑部狱。

提着犯官往外走，慢慢腾腾往前挪。

吆喝一声犯官进，

卢　雄：（唱）跪在大堂不言语。

朱　贵：（唱）朱贵复又开言问。

（白）卢雄，你所做之事，天子俱已知晓，故命我四人审你，要取你的口供，为何不说呢？若说了，一来免去非刑，二来省了我们问罪之事。我四人出头保你，虽不能保你无罪，可能保你不死。你要是再不招哇，看到无有？大堂样样刑具，又有圣旨拷问二字，你可难免皮肉遭苦了。

卢　雄：哈哈哈，朱大人说得好听。我卢某没有犯法，是众位大人强迫我说卢某做了非理之事，我可不能屈招呀。我今已遇见仇人审问，我卢雄就死也不能屈招。

王　忠：住了！好个狂徒，你说你今遇见仇官审问，这并非我四人参你，仇也罢，不仇也罢，我等是奉旨而来。昨日审你无有口供，又浪费一宿之工，今又一派胡言乱语。大丈夫何去何从，自己定夺，难道不怕大刑吗？

卢　雄：哎，众位，既叫招，你们听了。

（唱）见此情境气满胸，众位大人听告奉。

既然叫我服屈招，听我从头细告诉。

起初状元杀春红，因奸不遂出人命。

既至河套杀刁七，乃是花家出妖精。

抗拒天兵反了唐，圣上不究成了性。

怎么到头冤枉吾？可见大唐法偏用。

说到辛忠绝草粮，也赖卢某行不正。

卢某为官亦多年，也曾忠烈尽过命。
天子偏信那辛忠，状元造反得龙心。
既叫我招无得说，怎说冤屈不中用？

朱贵、王忠：（白）我看冯大人怎么问法？

冯乐天：二位大人问了一堂，下官与党大人再问一堂，看是如何？他要再不招，只好交旨复命便了。

王　忠：大人说得有理，就此再问一堂。

冯乐天、党进：如此不客气了。人来，圣旨悬起，大刑伺候。

卒：是。

卢　雄：（跪下）万岁万万岁。

王　忠：哎哟，我还忘了这个。何不令人抬着卢雄上朝交旨？

朱　贵：对对，就这么办。

冯乐天：人来，抬着犯官，午门外候旨，就此顺轿上朝。

王　忠：（唱）金殿审臣有何冤，

朱　贵：（唱）卢雄无供命得全。

冯乐天：（唱）虽然无有山海恨，

党　进：（唱）众位为国锄奸理当然。（下）

（完）

第　九　本

【剧情梗概】卢雄拒不认罪，辛夫人上朝奏本，拿出卢杞伪造的休书。天子将卢杞在科考时的试卷与休书笔迹对照，完全符合，便亲自审问卢雄。卢雄抵赖不过，一一招供。卢府被抄，卢雄夫人王氏自杀。西凉国主欲报当年之仇，进犯锁阳城。唐将宇文太保劫营未成，反被杀死。其部将一边守城，一边上表求援。在雁门关，梅奎深入研究地理，制定战术，欲一举擒拿番王。裴秀生受圣母柬帖点化，深知此举必能成功，遂保举梅奎代行指挥之权。梅奎多方分派，设下梅花阵，单等与番兵一战。

（上辛国安、卢氏）

辛国安：启禀太太，来至午门。

卢　氏：将轿停在午门一旁。

（摆朝，天子坐，卢氏上，跪）

卢　氏：万岁万万岁，臣妻卢氏见驾。

天　子：哦，辛夫人到了？平身。

卢　氏：万岁。

天　子：老夫人见朕，有何大事？一一奏来。

卢　氏：万岁，臣妻修本一道，启请万岁恩准。

天　子：好，侍儿呈上来。

侍　儿：领旨，万岁御览。

天　子：待朕看来。天子将本章从头到尾看了一遍。老夫人真是明智之人，不怜同胞手足之情，以国为重，乃是大贤也。哦，老夫人，这本章上写着卢杞假传休书一并家书，可曾带来？

卢　氏：万岁，俱已带来。

天　子：如此，侍儿呈上来。

侍　儿：领旨。

天　子：天子从头到尾看了一遍。侍儿，急去翰林院，将卢杞中榜眼的文章拿来。

侍　儿：领旨。（下，又上，文章取来）

天　子：好。天子将文章看了一遍，又细细对了一回。

天　子：哼哼，这就是奸党的证据了。老夫人，朕已准下你的本章，与你做主，回府去吧。

卢　氏：万岁。（下）

天　子：哼，卢雄哪，卢雄，你父子用计谋人之妻，苦害朕的忠良，真正可恼可恨，等四家爱卿会审回来，看朕处置于你。

（上四官朱贵、王忠、党进、冯乐天）

四　官：万岁，臣等交旨。

天　子：众家爱卿，可取卢雄口供有无？

四　官：万岁。

（唱）如此将他问，这般刑法严。

两日四堂无口供，臣等交旨见圣颜。

天　子：（唱）肃宗听了微微笑，众卿平身且归班。

四　官：（白）万岁。

天　子：（唱）复又开口传圣旨，叫声两旁御林军。

御林军：万岁。

天　子：（唱）速将卢雄抬上殿，看朕亲身审一番。

御林军：（白）领旨。御林军校不怠慢，霎时抬上殿，放在丹墀一旁立。

卢　雄：（唱）卢雄跪倒口喊冤。

万岁快与臣做主，

天　子：（白）哇。

（唱）肃宗座上怒冲冠。

骂声奸党该万死。

（白）哼，哼，卢雄哪卢雄，你夺人之权，纵子谋人之妻，暗设牢笼，假传休书于辛府，苦害烈女，又毒害辛忠，绝其军粮，隐藏逆贼，你真是死有余辜，事实面前，还敢叫屈？

卢　雄：哇呀，万岁！万岁说臣纵子行凶、谋人之妻，有何见证？

天　子：哼，奸贼还敢与朕索取凭证，你子卢杞谋害裴秀生，却是为何？

卢　雄：万岁，微臣一点不知。

天　子：是你也不敢招认。朕再问你，杀死丫鬟，赶裴秀生于黄河套，阻天兵于村庄，逼反花氏上山冈，惊吓草民与庄农，都是你父子所为。以后又假传休书，谋人之妻，辛小姐乃是烈女，险些气死。今日你还敢与朕要凭证？朕若不拿凭证与你，非说朕冤枉于你。这是你子卢杞假造的休书，拿去看，是也不是？（扔下）

卢　雄：好。卢雄捡起卢杞所写休书，一看不好，口喊可有些不好了。

（唱）卢雄一见假休书，心中害怕不言语。

暗叫我儿行事错，不该如此行无礼。

凭证落在人手中，纵然口硬也难洗。

天子已经知内情，要是不招定不许。

这个逆子行不仁，罪在其父一定理。

何不暂且稍招供，求饶不做刀下死？

直呼万岁把头磕，口中可是不言语。

天　子：（白）卢雄为何不语？

卢　雄：（唱）跪趴半步呼我主，此事实把臣屈死。

这张休书能对证？臣看笔迹不一样。

天　子：（唱）你说此书不对头？竟是瞒哄与昧己。

你说怎么笔不对，还有凭证送与你。

遂将文章往下扔，看看对笔不对笔？

卢　雄：（唱）卢雄接过看一会，心中暗说了不得。

何不如此这般说？万岁听臣说根底。

（白）万岁，臣子无行，做此无耻之事，微臣一点不知啊，万岁。

天　子：这文卷是不是卢杞的？

卢　雄：是臣子笔迹。

天　子：与休书笔迹对呀不对？

卢　雄：倒也相对。

天　子：你父子谋害状元，屈呀不屈？

卢　雄：嗯，不屈。

天　子：好，这一件案子真是定了？还有你父子定计，绝了辛忠粮草，也因裴秀生所起吧？要你从实招来。

卢　雄：万岁，臣子做此不良之事，微臣不知。

天　子： 哈哈哈，大料此事你更不敢招认。听朕说了你心疼之处，你是因害裴秀生不成，反叫裴秀生漏网，你又差刁七黄河套截杀裴秀生，才有花飞云杀刁七一事。你知裴秀生没死，便启奏朕，要朕发兵黄河套捉妖，那花氏带裴秀生上了青石山。那时辛忠不在朝中，你怕他还朝，找你算账，你又参他领兵平北，又与宇文合、王浩密谋绝粮之计，苦害辛忠，整治忠良于死地。朕的话对呀不对？

卢　雄： 万岁，我主说的此话，真叫臣越发糊涂了。

天　子： 哈哈哈，你哪里是糊涂不知？分明是违抗朕旨，死不招供。

卢　雄： 万岁，臣冤枉。

天　子： 朕再问你，宇文合、王浩现在何处？

卢　雄： 臣不知。

天　子： 哼，好个狂徒。不怕不招。侍儿，传党进上殿。

侍　儿： 领旨。

党　进： 万岁，臣党进见驾。

天　子： 爱卿，奉旨审问卢雄，用的什么刑法？

党　进： 臣用的夹棍、竹板，非刑未动。

天　子： 哦，可有什么刑法叫奸党招认呢？

党　进： 万岁，别的非刑不可，除非红鞋、玉带使奸贼招供。

天　子： 此刑怎样做法？此称呼何由来历？

党　进： 万岁，将一只铁套用火烧红，往犯人足上一套叫作红绣鞋。

天　子： 那玉带呢？

党　进： 将铁链烧红，将犯人上衣扒光，往腰上一绕，便叫作玉带。

天　子： 好哇，就此命爱卿将卢雄拉下丹墀用刑，朕立即要听口供。

党　进： 万岁，臣遵旨。卢雄，你是招哇不招？

卢　雄： 唉，可有些不好了。

（唱）闻听动非刑，垂头吓黄面。
后悔行事奸，不该做恶事。
断草与绝粮，自觉方法善。
不想代州民，献粮行方便。
如何表进京，参我把章上？

天子怒声嗔，定不容分辩。
巧辩是不中，定把口供现。
不然动非刑，令人心胆颤。
有心不招供，非刑可不善。
当下就是招，难免用刀劈。
挺胸要坚持，皮肤非法坏。
不如招了吧，省得昏几遍。
一道命归阴，也免心悬念。

党　进:（白）来人，刑具列在丹墀之下。

卢　雄:（唱）大人免动刑，愿招在金殿。
口呼万岁爷，听臣说一遍。
如此这般行，才把巧计现。
义子宇文合，在臣府中藏。
先锋王浩他，臣府不露面。
这是一实情。

天　子:（白）奸贼，真正的可恼可恨。御林军，速去侍郎府拿宇文合、王浩前来见证。

御林军: 领旨。（下）

天　子: 卢雄，你行此伤天害理之事，屈呀不屈?

卢　雄: 万岁，臣不屈。

天　子:（诗）要使大唐久太平，除尽奸臣贼子们。
（白）散朝。（下）
（出王氏，老旦）

王　氏:（诗）规劝老爷弃恶从善，恐怕将来祸事塌天。
（白）老身卢夫人王氏。老爷卢雄身列侍郎之位，在朝常残害忠良，损人利己。老身常以善言劝解老爷，不但不听，反而恶言中伤老身，我想久后不得正死。
（上二丑）

二　丑: 太太夫人，可不好了。

王　氏: 何事这等惊慌?

二　丑：夫人听了。

（唱）冯包二人说不好，夫人此祸要塌天。

只因老爷行不正，苦参经略与状元。

雁门得胜上捷表，天子龙庭怒冲冠。

钦命送到三法司，用刑拷问实可怜。

老爷忍刑不着住，辛老夫人上金銮。

天子准了她的本，拷问老爷招实言。

挺刑不过招了供，他二人被斩云阳地下餐。

家奴回来禀知晓，故此告诉太太言。

王　氏：（唱）夫人闻听痛流泪，哭声老爷太可怜。

当初不听老身话，自作其孽受刀餐。

扔下阖府老与小，骂名流于万古传。

哭了一回止住泪，默默不语自伤残。

丫鬟进房把事报，

丫　鬟：（唱）启禀太太祸塌天。

（白）启禀太太，可不好了，朝廷发来御林军前来抄家，阖府男女老幼一人不准在府，府中金银财宝、所有物件全然缴收入库。太太，你看怎么是好？

王　氏：哎呀，苍天哪。

（唱）夫人含泪口叫苦，老爷惹的祸不浅。

只因害人行事非，才惹阖家人遭贬。

你今掉头合天理，祸及全家有多冤。

现今已经抄了家，男女老幼赶外边。

身边无有半分文，这可怎么回家转？

上下人等五十多，一齐嚎哭实在惨。

老身本是一妇人，这样丢丑多可怜。

不如一同老爷亡，免得之后再丢脸。

想到此处把心横，衣袖盖住头和眼。

撞向桌角下绝情，一道灵魂阴间转。

众家人：（唱）丫鬟仆人放悲声，哭得愁云团团转。

校　尉:（唱）校尉进府声呐喊，快些出去莫迟疑。
不然就用鞭子赶。
二　丑:（唱）万般无奈把脚挪。
校　尉:（唱）一群一伙往外转。
校尉吵闹不消停，立刻完毕不迟晚，
抄完府邸把门封。
众家人:（唱）卢府男女齐伤感，不多一时出了城。
万般无奈原乡转，不言卢府被抄事。
再表梅奎自辗转。
（出梅奎坐）
梅　奎:（诗）独坐小帐筹谋划，为国忠心献计策。
昼夜朝夕谈兵机，早日灭番报皇恩。
（白）下官会元、行军参谋梅奎，字伯高。自从前日大战番王，大获全胜，至今已二月有余没动干戈。时至残冬，军中无事，不免在灯下观看兵书，趁此良夜便了。
（唱）将兵书，用手摩。
放在桌上，急忙开封。
翻了多一会，忽然细定睛。
乃是韩信故事，九里山前排兵。
一共一百单八阵，神机莫测鬼难揣。
山前后，河西东。
布下兵将，经略安营。
阵式摆得妙，兵将用得精。
霸王死得甚苦，定汉四百余冬。
看到此间心又想，可在何处用奇兵？
想到此，打调停。
忽然想起，地理全经。
兵书已烂熟，又取书一卷。
展开挂在桌案，细看雁门地形。
看了多时猛瞧见，过去关门有险峰。

断番山，可用兵。
按兵埋伏，可也合情。
设下埋伏计，破敌显奇能。
复又寻找吉地，必然大立奇功。
怎奈没有安营地？急得二目冒火星。
往后看，地兴龙。
掀过几页，地理现呈。
有一伏山岭，山势实在凶。
崎岖峻岭高耸，怪石相错云峰。
山前有河又有水，直往东流在山东。
看到此间说奇怪。

（白）你看雁门关外，倒有几处可埋伏之地，俱都用过。再看这座高山，倒也峻险，从西而下，一条大河绕山而过，从山西流至山东，自东山角下顺北而流。又有一座大山，山上有座大庙，庙下有条大路，此地倒也适合伏兵。往北甚宽，往南甚大，其中大约有十里之远。这山、河、庙、路俱有名字，待我看此山何名。哦，此山名为天山，此河名为黑水河。山上一庙乃昭君庙，山腰有一条大路，左临黑水河涧，深邃无底，右是天山，怪石高耸。这庙中不知有僧道无有？要无有僧道，这庙可安一支人马。真是一夫把关，万夫难攻。哈哈哈，我梅奎若有兵权在手，摆一个梅花阵，何愁番王不灭？我明日何不与状元商议，叫他与史千岁说知？定要到此埋伏，计擒贼首，一举消灭番寇。

（诗）不使万丈深潭计，怎得骊龙颔下珠？（下）

（升番帐，单林豹、车元烈、宁国臣、欧阳春、单林广立）

众　将：（诗）铁锁惊神鬼，刚杀取人魂。
坐骑花斑豹，临阵斩敌人。

单林豹：我乃西凉保国大元帅单林豹。

车元烈：我乃镇国大都督车元烈。

宁国臣：酋长宁国臣。

欧阳春：我乃欧阳春。

单林广：我乃单林广。

众　将： 今有王爷升帐，小心伺候。

（出西凉悦王莫永）

莫　永：（诗）独居西凉地，聚义世称王。

富旺民强盛，一心征大唐。

（白）孤家西凉悦王莫永是也，在这西凉称王。自从唐玄宗被害，我起兵伐唐，攻取锁阳，不料唐王发来大兵，兵多将广，又有法术多端的女将，我王兄丧于他手，此人名叫于文美。那时孤家无奈，献了降书顺表，才在西凉为王，现今八载有余。孤家常想为父兄报仇，今已兵足将广，粮草丰足，今岁又是进贡之年，我便暗暗引兵，夺取锁阳便了，定是这般主意。手发令箭，便叫单林豹上帐听令。接我令箭一支，带兵十万，攻打锁阳，不得有误。

单林豹： 得令。

莫　永： 车元烈听令，孤令你接我令箭一支，领兵三万，做开路先锋，违令者斩。

车元烈： 得令。

莫　永： 宁国臣、欧阳春听令，你二人各接孤令箭一支，各带兵五千为左右护卫，违令者斩！

宁国臣、欧阳春： 得令。

莫　永： 单林广听令，接孤令箭一支，押运粮草，违令者斩。

单林广： 得令。（下）

莫　永：（诗）要与父兄报仇恨，定夺大唐锦江山。（下）

（出裴秀生、花飞云坐）

裴秀生：（白）下官裴春发。

花飞云： 奴家花飞云。哦，老爷，表已进京两月有余，怎不见皇宣到来？莫非有变不成？

裴秀生： 唉，娘子，下官初登云路，文代武职，皇宣不降，准有事宜。

花飞云： 莫非表章落入奸党之手？

裴秀生： 唉，凭天由命罢。娘子，这番王何时可灭？

花飞云： 老爷不必心烦，听妾身说明底理。今乃年底，并非引兵之时，何必心急？自有灭寇之时。

（唱）飞云未语先赔笑，老爷听我讲分明。

擒贼自然有时候，何必这事放心中？

裴秀生：（唱）娘子不知其中事，恨不能一时把那北番平。

夫人只说擒贼日，何不告诉拙夫明？

花飞云：（唱）此乃天机不敢漏，到时自然有分明。

番王难免身受苦，咱们自然立大功。

裴秀生：（唱）秀生闻听长叹气，叹我时衰运不同。

将帅参本担惊怕，到了何时可运丰？

花飞云：（唱）老爷不必心烦躁，听奴说来仔细听。

下山师父三联柬，应了二桩事和情。

裴秀生：（唱）秀生听了牙笑掉，心中欢喜笑盈盈。

何妨取来看一看，柬中写的是何情？

花飞云：（唱）飞云答应说知道。

（白）老爷不必心烦，待妾身取来柬帖，便知分晓。请老爷观看。

裴秀生：待我看来。封皮写着元宵佳节方许拆开，内中自有应验。娘子，今才腊月，离元宵佳节还有二十余日。

（上花上路）

花上路：姑爷、姑娘在屋吗？

裴秀生：岳父来了？请坐。

花上路：今有辛国安从京返回，要见姑爷。

裴秀生：好哇。他不是外人，快请进帐说话。

花上路：使得。（下。内白）辛将军有请，入帐叙话。

（上辛国安）

辛国安：来了。元帅在上，末将交令。

花飞云：好说。义兄内堂相见，不必拘礼，坐下讲话。

辛国安：是，告坐。

花飞云：义兄可好？一路劳乏了。

辛国安：好说。夫人可好？

花飞云：不必如此，以后便以兄妹相称。

辛国安：如此，妹丈恭喜了。

裴秀生：喜从何来？

辛国安：当今天子见了三道表章，龙心大怒，将卢雄、宇文合、王浩三个奸党问斩，等平灭番王，必有厚封。

裴秀生：好哇，天子真是有道明君。

（上丫鬟）

丫　鬟：禀老爷，今有梅参谋求见。

裴秀生：是，知道了。

（唱）秀生答应往外走，不知参谋有何情。（下）

辛国安：（唱）国安也就随在后，大帐之上把事听。（下）

花飞云：（唱）花氏自己回后帐，等着老爷回帐中。（下）

梅　奎：（唱）梅奎禀了埋伏事，今冬讨伐把贼平。

裴秀生：（唱）秀生回言不着急，且等来年再行兵。

梅　奎：（唱）梅奎应诺回帐去，

裴秀生：（唱）裴生回帐也不明。

接连再表单林豹，

（单林豹马上）

单林豹：（唱）威威烈烈往前行。

报子跑来忙跪倒，人马围住锁阳城。

林豹吩咐安营住，歇兵三日再攻城。

不言西凉番兵事，

（升帐，邱思安、曹永、魏全、毛文早立）

众　将：（唱）再表锁阳城内将。

上班来了邱副将，披挂上帐显威风。

来了参将名曹永，游击魏全大有名。

又来都司毛文早，耀武扬威站班中。

齐聚大帐听将令，又听云片响连声。

（上宇文太保）

宇文太保：（唱）宇文太保大帐升。

（上报子）

报　子：（唱）报子上帐禀一声。

（白）报元帅得知。

宇文太保：何事？

报　子：今有西凉悦王发来无数人马，离营十里安营，乞令定夺。

宇文太保：起过。

报　子：得令。（下）

宇文太保：哇呀，好个贼王莫永，当今圣上何曾亏待于你？你竟敢起心谋反，岂容你侵境？众位将军，上帐听令。今有西凉悦王谋反，兵临城下，尔等意下如何？

众　将：愿听将令。

宇文太保：好，咱给他个出其不意，攻其不备。偷营劫寨，在此一举。

众　将：我等愿听将令。

宇文太保：好。邱副将上帐听令。

邱思安：在。

宇文太保：你接本帅令箭一支，带长枪手三千，从贼营东门杀入，违令者斩。

邱思安：得令。（下）

宇文太保：魏全听令，你接本帅令箭一支，带三千短刀手，从贼营西门杀入，违令者斩。

魏　全：得令（下）

宇文太保：曹永听令，你接本帅令箭一支，带火炮手三千，从贼营南门杀入，违令者斩。

曹　永：得令。（下）

宇文太保：毛文早听令，你接本帅令箭一支，带弓箭手三千，从贼营北门杀入，违令者斩。

毛文早：得令。（下）

宇文太保：本镇带兵五千，四门接应。军校们，就此饱餐战饭，三更天起兵，违令者斩。

（诗）计谋多端出奇兵，攻其不备取贼营。（下）

（邱思安马上）

邱思安：众将军，天交五鼓，就此出城，杀入贼营便了。

（唱）思安催马，心中暗思想。

元帅爷，把话讲。

他要劫营，不敢拦挡。
就请把令行，带兵一同往。
夜间偷营就请，把法想，把法想。
到了敌的营，大炮隆咚响。
进贼营，不用讲。
叽咕隆咚，直往里闯。
遇着就得杀，碰着用刀枪。
见着强的就逃跑，不用讲，不用讲。
正然忽思想，大炮轰隆响。
回过头，把话讲。
叫声中军们，快往内里闯。
使上劲，晃开膀，大喊一声把营抢。
不就言，邱思安，
番营锣声响。

单林豹：（唱）单林豹，把话讲。
帅字旗儿，无风自晃。
难道是敌人，前来把营抢？
只好安排布阵，把贼挡，把贼挡。
叫声番兵们，本帅把话讲。

车元烈：（唱）车元烈，东门挡。
防备唐兵，来把营抢。
又叫宁国臣，南门兵要广。

宁国臣：（白）得令。

欧阳春：（唱）欧阳春，去西门。
设下埋伏，不可粗心。

单林广：（唱）北门埋伏官，本是单林广。
领兵卒，快安排，
小心把贼防。

单林豹：（唱）单林豹，安排完。
假装床上躺，思想今夜鏖战，

怎么防，怎么防？

（上邱思安）

邱思安：（唱）思安马上忙吩咐。

（白）众将官，（鼓响）现鼓打二更，八成得动手咧。众军校们，就此动手，不得有误。（下）

（车元烈对上）

车元烈：住了，好个唐兵，早就知道你们前来劫营，你老爷在此已等候多时。唐将报名受死。

邱思安：哪有闲工与你通名道姓？看家伙。

（打，杀邱思安死）

车元烈：你看这唐将废命，只得去中营保卫元帅便了。（下）

（上曹永）

曹　永：校尉们，押住阵脚。奉了元帅之命，来攻番邦阵营。（鼓响）呀，鼓号一响，众将官往前攻杀便了。

（曹永对宁国臣，杀，宁国臣败）

（魏全对欧阳春，打杀，毛文早对单林广，毛文早死）

（上宇文太保）

宇文太保：军校们，杀上前去。（对单林豹）

单林豹：住了，好个唐将，竟敢前来偷营，看枪取你。（下）

宇文太保：看家伙。（对杀）来！来！

（唱）这时气坏单林豹，用手抡开大钢刀。

二人用力打一处，彼此双双武艺全。

刀来剑去乒乓响，双方用力喊声喧。

林豹用个拖枪计，太保大刀劈华山。

林豹用个藏身计，太保力猛抱珠鞍。

林豹复又打一枪，太保吧噔掉下鞍。（死）

单林豹：（白）呀。

（唱）叫声番兵杀上去，

（上曹永）

曹　永：（唱）再表曹永与魏全。

二人霎时对了面，如今双虎进羊圈。

魏　全：（唱）怎么不见咱国将？难道都死在阵前？

（对上，宁国臣死）

曹　永：（唱）刀劈宁贼死，（下）

魏　全：（唱）魏全下打将魁元。

单林豹：（唱）二人马蹈南门去，闯出南门回了关。

林豹传令收兵将，赶快打扫兵营盘。

不言番兵扫场事，再表锁阳将二员。

（摆场，上曹永、魏全）

魏　全：（唱）一场的好杀，一场的好战。

曹　永：（白）贤弟，你看镇台宇文太保废命疆场，看来你我二人，不能保住锁阳关了，如何是好？

魏　全：曹将军不必着急，你快写封告急表章，末将连夜赶奔京城，叫万岁增兵，保护锁阳才是正理。

曹　永：好，待我写来。表已写完，就请将军辛苦。

魏　全：好说，曹将军保城更为辛苦。（下）

曹　永：你看魏将军前去告急。众将官，多加灰瓶火炮、滚木礌石，防守城池。（下）

（出裴秀生、花飞云坐）

裴秀生：（诗）忧闷连日心中愁，文官怎会带雄兵？

（白）下官裴春发。

花飞云：奴花飞云。

裴秀生：唉，夫人，昨日梅参谋烦下官进帅府参见千岁，他要讨令，领兵破敌，下官想他是文官，怎么能领兵参战呢？由此我心内忧闷，不知怎么是好。

花飞云：老爷不必担心梅参谋，既要讨令，必有安排，能有什么差错？给参谋担保是了。

裴秀生：如此，下官明日进府讨令便了。

花飞云：老爷，我想起一件事来。

裴秀生：什么事？

花飞云：老爷听了。

（唱）尊老爷，且消停。
突然想起，大事一宗。
还有一联柬，至今未开封。
就在元宵节日，正是应验之时。
之前两封全如此，料着这封更不空。
急急忙，把身行。（下）
打开包裹，取柬一封。
放在桌案上，俩人拆开封。
原是七字诗句，从头细看分明。
头写着正月十五拆开看，自有应验在其中。
今日里，正应灵，胜贼兵。
梅奎讨令，去抄番营。
他有埋伏计，处处用兵精。
尔等齐心努力，番王不可倾生。
活擒住撒里库，叫他口服心服写降书。
看完毕，柬一封。
口尊老爷，可否听清？

裴秀生：（唱）秀生微微笑，口说此事行。
单等聚将鼓响，带着此柬而行。
说罢夫妻进寝帐，一宿事儿且不明。（下）

（摆场，史兴邦坐）

史兴邦：（唱）再表那，襄国公。
坐在二堂，等候英雄。

（上辛忠）

辛　忠：（唱）辛忠也来到，见面打下躬。
口禀千岁可好？臣等前来参恭。

史兴邦：（唱）副帅免礼且请坐，

辛　忠：（唱）辛忠答应把礼行。

裴秀生：（唱）新科状元也来到。
（白）千岁在上，臣裴春发参见。

史兴邦： 状元免礼，请坐。

裴秀生： 告坐。

史兴邦： 先生昨日见本公，说梅参谋讨令破敌，他真能胜任吗？

裴秀生： 他要不能，臣怎敢胡来？

史兴邦： 好，他要能胜任，本公将兵符箭印交付于他。可军无戏言，若不能胜任，待本公处治于他。

裴秀生： 千岁放心，臣愿以人头担保。

史兴邦： 好，一言为定。副元帅，那梅参谋既然为帅，请大家就全听他的了。

辛　忠： 那是自然。

史兴邦： 且不知何日布兵调将？

裴秀生： 事不宜迟，今日正是元宵佳节，为行兵之日。

史兴邦： 如此，裴先生，请梅参谋大帐拜印。

裴秀生： 臣遵旨。（下，内白）中军擂鼓聚将。吩咐中军快擂鼓，

中　军：（唱）中军答应不消停。

史兴邦、辛忠：（唱）兴邦与那副元帅，一起离座上中庭。（下）

众　将：（唱）三通鼓打聚众将，个个懵懂心不明。
今日本是元宵节，帅府何事动大兵？
辛忠暗想来得快，各下战马帐外候。
（摆场升帐）

梅　奎：（唱）应命来伺候，等候拜印为元戎。

辛　忠：（唱）又来副帅忠良将，站立班中听令行。

曾　杰：（唱）雁门总镇也来到，闷在心中不吱声。

金　奎：（白）金奎。

张　烈： 张烈。

卜阳坤： 卜阳坤。

孙　正： 孙正。

梁世奇： 梁世奇。

辛国安： 辛国安。

殷金花：（唱）又来殷氏金花女，后跟飞云女花容。

众　将：（唱）男女齐聚大帐上，伺候千岁把帐升。

史兴邦：（唱）兴邦落座把话讲，

（白）众将听令，今有梅奎讨令调将擒贼，尔等聚齐帐下，连本公也听将令，众将有何看法？

众　将：我等愿听调遣。

史兴邦：既然如此，梅参谋，上帐听令。

梅　奎：千岁。

史兴邦：梅参谋，今有兵符箭印，调兵遣将，非同儿戏。

梅　奎：千岁，臣懂军规，愿立军令，行令若错，愿拿首级请罪。

史兴邦：罢了。敢担当此任，就请拜印。

梅　奎：谢千岁。

（梅奎坐，史兴邦站）

梅　奎：众位将军听真，千岁命我为帅，调兵遣将，我今已接箭印，尔等有不服者，请大帐叙话。

众　将：我等愿听调遣。

梅　奎：这等，有心了。

（梅奎坐，众将站）

梅　奎：列位将军，听我号令。

众　将：愿听将令。

梅　奎：好。曾杰、金奎、张烈、卜阳坤，上帐听令。曾杰接我令箭一支，带兵三千，去闯番营东门；金奎接我令箭一支，带兵三千，去闯南门；张烈接令箭一支，带兵三千去闯西门，卜阳坤接令箭一支，带兵三千去闯北门。密地埋伏，信炮一响，一齐杀入番营，违令者斩！

曾杰等人：得令。（下）

梅　奎：（唱）手执令箭往前叫，满面含春千岁称。

今日接我一支箭，率领马步众三军。

番营四门去邀战，马上邀战引贼兵。

若要引出闹海兔，急忙向北转为行。

只许败来不许胜，紧遵军令不专行。

史兴邦：（白）得令。（下）

梅　奎：（唱）执箭又把夫人叫，殷氏金花听吩咐。

要你断送贼归路，躲避支出去炮兵。

单等信炮一声响，立刻杀出擒贼兵。

带领一万长枪手，若违我令定不容。

殷金花：（白）得令。

梅　奎：（唱）带笑又叫辛副帅，我有一事要说明。

此处将成埋伏地，崇山峻岭动军兵。

辛　忠：（白）原是这般如此。

裴秀生：（唱）要你带兵三千整，暗暗埋伏黑水滨。

单等番王从此过，杀将出来要成功。

辛　忠：（白）得令。

梅　奎：（唱）又拔令箭往下叫。

（白）辛国安上帐听令，你带火炮手三千在黑水河南山头埋伏，等番兵从此经过时，火炮齐发，违令者斩。

辛国安：得令。（下）

梅　奎：孙正上帐听令，你带短刀手三千，埋伏北天山左松林内，单等贼兵一到，一齐杀出，违令者斩。

孙　正：得令。（下）

梅　奎：梁世奇听令，你带盾牌手在昭君庙北埋伏，不可放走番王，违令者斩。

梁世奇：得令。（下）

梅　奎：（唱）手执令箭又分派，不怒而威带笑容。

花氏夫人，细听分明。

接我一支箭，道东埋伏兵。

你是仙家弟子，此去必须成功。

昭君庙内把兵伏，不放番王去逃生。

遇番王，把兵行。

生擒活拿，不可要命。

捉住去献捷，回朝见圣公。

拿住功劳莫大，放走定然不容。

花飞云：（唱）花氏答应下大帐，吩咐军校带走龙。

梅　奎：（唱）又开言，叫兵丁。

三千人马，快快出城。

掘开山间水，淹死众贼兵。

死死守住对岸，番王难过河东。

就留黑水一条路，花氏好去把功成。

吩咐完，又传令。

（白）众将官，传我将令，人用战饭，马用饱草，三鼓出城埋伏，准备天明交战。

（诗）今日摆下梅花阵，自把番王擒拿来。（下）

（完）

第 十 本

【剧情梗概】在梅奎的周密安排下，番军连连失败，损兵折将，最后，花飞云活捉番王撒里库。辛国安因押解番王回京，卢氏夫人撮合了他与原为丫鬟、现为义女的梅英的婚姻。朝廷在接到锁阳关告急奏本后，急派贾英领兵解围。皇上本要处死番王撒里库，经过大臣们讲说宽恕他的道理后，放他回国，仍为番王，但要他年年进贡，岁岁来朝。平叛战争胜利后，襄国公史兴邦、经略辛忠、雁门关守将曾杰、新科状元裴秀生及夫人花飞云等一帮有功之人，皆受到封赏，唯有卢杞因罪被贬为庶民。

（出撒里库，平桌）

撒里库：（诗）英雄半世化虚名，雁门关上损将兵。

（白）孤家撒里库。前日大战唐将，实指望能攻取雁门，易如反掌。谁想史兴邦、曾杰不是等闲之辈，死守关城，不出马会战。只有辛忠老将出城，一场的好杀，一场的好战，孤王眼看着御弟被活活擒去，都督也被拿去，无奈之下，欲用宝扇救下二人。不想辛忠也有一把小扇，能生风生水，孤王小扇被他降服，先锋死在阵前，孤家大败而逃，在这断番山后扎下大营。连日来，孤王气恼不过，发去檄文，调三川六国九沟十八寨人马，好与唐军决一死战。如今二日有余，为何不见到来？

（上报子）

报　子：报王爷得知，今有三川人马到来，候王爷升帐点兵。

撒里库：起过。三川人马到来，大料雁门可破了，待孤升帐。

（唱）出后帐，往前行。

不多一时，来在帐中。

只听毛袄喊，站立众番兵。

上帐急忙吩咐，快宣三川元戎。

毛袄闻听不怠慢，霎时帐外说得清。

（上闹海、克尔吉能、赤林）

闹海等三人：（唱）三川帅，上帐中。

口称千岁，一齐打躬。

声声呼千岁，我等参主公。

撒里库：（唱）一闪双睛观看，不由喜在心中。

你看三帅真威武，心中欢喜眉开颜。

三川帅，快报名。

领兵多少，战将几名？

关前得了胜，册封好记功。

克尔吉能：（唱）臣乃花马川帅，名叫克尔吉能。

带兵整整五十万，要为千岁定江山。

撒里库：（白）好哇。

闹　海：（唱）图思川，大元戎。

名叫闹海，率领番兵。

人马整三万，大将二十名。

俱是能征惯战，久战疆场英雄。

赤　林：（白）臣是赤林大元帅，领兵三万，大将数名。

撒里库：（唱）契丹王，喜心中。

三川之将，俱是英雄。

这次去会阵，必取雁门城。

拿住辛忠曾杰，熬油点了天灯。

正在番王来发恨，

（上报子）

报　子：（唱）番兵上帐禀一声。

营外唐将来邀战，

（白）禀王爷，营外唐将邀战。

撒里库：再探。

报　子：得令。

撒里库：呜呼呀，好个史兴邦，胆敢前来邀战，孤家岂能容你猖狂？望下便叫，哪家爱卿出马会唐将？

赤　林：有赤林川元帅愿往。

撒里库：可要小心。

赤　林：不劳王爷挂怀。毛袄们。

番　兵：在。

赤　林：带马。

（上报子）

报　子：报王爷得知，赤林川元帅落马而亡。

撒里库：呜呼呀，这还了得？众毛袄们，随孤一齐出战，不得有误！

番　兵：是。（下）

（史兴邦马上）

史兴邦：本公史兴邦，奉了将令，来在北门诱敌，方才斩了一名番将，等候番王出营。呀，你看番营炮响，出来无数人马，头前正是番王，待我迎将上去。（下）

（史兴邦对撒里库）

撒里库：住了。好个史兴邦幼儿，你反复无常，还敢前来邀战？今不拿你，誓不收兵。

史兴邦：反贼，今日是你死期到了。不要多言，放马过来。

撒里库：来来来。

（大杀，史兴邦败下）

撒里库：哈哈哈，史兴邦今日大败，竟往北跑，真正的可笑。众毛袄们，随孤追杀。

闹　海：千岁不可。

撒里库：为何？

闹　海：史兴邦诡计多端，恐有不测。

撒里库：哎，元帅多心了。他今前来邀战，是欺孤刚败。他现在见咱国兵强将广，害怕了，往北逃去，是自投罗网。众家都督不可疑心，紧随追杀。

（上无名）

无　名：我乃南唐兵将，名叫无名，绰号大老黑。你看番王出营，追赶史千岁去了，待我点起信炮便了。

（炮响，上曾杰）

曾　杰：你看信炮已响，必是走出番王，就此杀入贼营，不得有误。

（唱）曾杰率众催征驼，杀入东门声如雷。

纵有贼兵不挂怀，一冲一撞马上落。（下）

（上金奎）

金　奎：（唱）南门金奎喊连天，抖擞精神把门过。

抡开大刀取人头，杀得番兵胆吓破。（下）

张　烈：（唱）张烈西门杀进来，杀得番兵首级落。

番将遇上枪下亡，毛袄碰上阴间客。（下）

卜阳坤：（唱）北门杀进卜阳坤，贼兵想跑跑不了。

死的死来生的逃，鬼哭狼嚎躲不过。（下）

四将霎时进中营，见面彼此心中乐。

吩咐军兵俱听真，收拾器械回城中。

（上军校）

军　校：（唱）军校答应不消停，蹈如平地扫战场。

不言劫营众军兵，（下）

（上殷金花）

殷金花：（唱）再表金花放贼过。

只听信炮响一声，劫贼归路不可错。

吩咐众将杀上前，拿住立功好庆贺。（下，又上）

兵丁答应往前杀，耀武扬威声断喝。

不言殷氏杀上前，再表番王把马策。（下）

（撒里库马上）

报　子：报王爷得知。

撒里库：何事？

报　子：祸从天降，蛮将将咱营四门攻开，咱国兵将死走逃亡大半，大营被捣。

撒里库：呜呼呀，呜呼呀，可恼啊，孤家今日中了蛮人之计了。番兵们，就此回兵，救护大营。（下）

（上殷金花）

殷金花：呀，你看番王兵将铺天盖地而来，大料难已抵挡，先前一将乃是闹海，不必与他交战，不免祭起打神杆，打他便了。（口中念念有词）神杆起！

闹　海：呀，不好。（下）

殷金花：你看贼将败将下去，众将官，往上攻杀。（下）

（上撒里库）

撒里库： 好一个花奴，待孤擒来。众番兵们，今要决一死战。

闹　海： 千岁，不可决战，蛮将甚多，咱要决战，岂不自讨灭亡？

撒里库： 咳，孤王要早听元帅之言，何苦今日遭此大祸？毛袄们，从正南黑水河逃走，奔向昭君庙便了。

（史兴邦、殷金花马上）

史兴邦： 夫人，你看番王已从大路西逃，咱们夫妻大功已立，回关交令便了。

殷金花： 老爷言之有理。众将军回关。（下）

（上撒里库）

撒里库： 众番兵，蛮将不来追赶，奔向黑水河，不得有误。

（唱）契丹自叹息，自悔自己错。

不听都督言，以至有此祸。

大营一概无，孤兵难回去。

去奔黑水河，那里把河过？

不言契丹王，

（上辛忠）

辛　忠：（唱）辛忠把兵设。

岸上埋伏兵，自己岸上坐。

遥见番兵来，叱咤声不断。

番王且慢来，此处不容过。（下）

撒里库：（唱）番王听此言，一看胆儿破。

原是老辛忠，在此埋伏着。

此人杀法精，宝扇更可恶。

不可与他杀，趁早绕过去。

还从黑水河，东边把河过。

立即把令传，人马往里撤。

再奔黑水河，队伍不可错。

不言番王回，（下）

辛　忠：（唱）辛忠喜又乐。

番王去远了，只得回城去。

下令众三军，回关等庆贺。

撤兵且不言，国安等番客。

号令火炮兵，久等番兵过。

坎下把兵藏，下马坎上坐。

虎目四处观，尘土满天扬。

必是番王来，时机不可错。

吩咐军校休错乱，

（白）众将官，番王来也，火炮伺候，待我上马迎敌罢了。

（上撒里库）

撒里库：众家都督，你看黑水河岸之上，静悄悄的，并无人马埋伏，就此处过河便了。（下）

（内炮响）

撒里库：呜呼呀，一炮的好打，蛮人竟在此设埋伏，使我大兵不能过河。可叹我一国之君，岂不落他人之手？待我拔剑自刎罢。

闹　海：千岁不可，要从长计议才是？咱君臣还是从黑水河过河，岂不是好？

撒里库：唉，元帅，此处偏僻小路，俱有埋伏，何况大路？那里必有人马，孤家今逢绝路了。

闹　海：千岁不可嗟叹，到了那若无有埋伏，乃是王爷洪福。若有埋伏，臣拼命保护。

撒里库：唉，罢了，就听元帅之言。想我撒里库一国之君，今犯南朝，遭此诡计，只落得投西有兵，投东有将，只有一条出路。此处再有人马，那我撒里库就难逃了。

（唱）可恨我，枉称孤。

胸无韬略，休掌兵符。

累次中诡计，恨我少智谋。

伤了不少兵将，到处都是封堵。

番邦人马死无数，三川都赴幽途。

那辛忠，更可恶。

诡计多端，能调兵卒。

各处设埋伏，杀得人胆突。

只有一条路径，不知有无埋伏。

思思想想催军走，昭君庙里聚兵将。

且不言，番兵卒。（下）

孙　正：（唱）再表孙正，闷在心腹。

领兵松林内，等待番王赴。

怎么不见到此？莫非失算糊涂？

番王不来哪里去？若要逃走贼怎除？

只急得，瞪眼珠。

出林张望，是否有无？

拍马出林内，黑水渡番奴。

一见心中不悦，参谋用兵糊涂。

黑水怎不安人马？叫他过河太唐突。

我只得，等贼徒。

他若到此，定把他诛。

不言小孙正？再表众鞑虏。

刚刚过了黑水，才放了心腹。

撒里库：（唱）契丹马上催众将，赶那个昭君庙内再驻足。

正然走着勒住马，

（白）众家都督莫往前行，前面松林杀气冲空，莫非此处还有埋伏不成？

闹　海：千岁万安，待臣领兵前去哨探。

撒里库：可要小心。

闹　海：不必挂怀。毛袄们，随我前往。

撒里库：众家都在此等候。（下）

孙　正：俺孙正，奉令在此埋伏，你看来了一员番将。军校们，将牛腿大炮，装足火药，放在松林边，等番王用扇之时，大家进林，从林后齐奔昭君庙，就此杀出便了。

（对闹海）

闹　海：何处人马在此？

孙　正：番贼不必多言，看枪取你。

闹　海：看叉。

（大杀，闹海死）

孙　正：你看这厮枪下废命，大料番王必来，必得早早预备。（下）

报　子：（内白）报王爷得知，图思川元帅落马而亡。

撒里库：起过。呜呀呀呀，这还了得？待孤王杀上前去。

（孙正对撒里库上）

撒里库：住了，幼儿慢来，王爷到了。

孙　正：好个番王，不要费舌，看枪取你来。（大杀，败）

撒里库：你看蛮将逃脱松林去了，看来松林必是埋伏之处，我何不趁此机会，用宝扇将树林扇着，破他埋伏之计。好，契丹手拿宝扇，照树林扇了三下，只见林中大火骤起。众番兵们，将松林围住。

孙　正：（内白）众将官，随我到昭君庙便了。

撒里库：毛袄们，往上攻杀。（炮响）（急下，又上）呜呼呀呀呀，又是一炮好打。

（唱）契丹王心着忙连声发喊，恨蛮将心毒狠恶如蛇蝎。

各处埋伏捉拿我，好教我无路可走。

却不免在此处又有人劫，刚刚的过黑水心才放下，

莫非说该着孤国运已尽，今日里在此地该我命绝。

我今日来到了自己境内，不成想在此处还有人劫。

众都督死在了他人之手，倒不如自刎了倒也决绝。

想到此拔出剑才要自刎，

番　将：（唱）一番将忙把话曰。

尊千岁切不可自寻短见，咱君臣走右边快往东边。

撒里库：（唱）到那里尚要是有唐兵蛮将，回不来去不了那可怎办？

番　将：（唱）路右边通山坡不通正路，我料着也不能安排豪杰。

撒里库：（唱）说不了就依着你言而走，忙传令众毛袄快快过河。

且不言契丹王兵往东走，（下）

梁世奇：（唱）再表那梁世奇埋伏起来。

耳边里忽传来大炮声响，番王走这路不用再说。

我只得在此处默默预备，

（白）俺梁世奇，奉了参谋将令，在此埋伏。耳听连声炮响，当是番王已从这路而来，我不免早早预备。军校们，将大炮排列林边，番王前来，

藤牌手齐出；若是番将前来，就大炮齐发，不得有误。

（上众番）

撒里库： 哦，将军，孤王看此处又有杀气，莫非右路又有埋伏不成？

番　将： 千岁万安，待臣去打探此处。若无有埋伏，臣再来请千岁；若有伏兵，他也奈何不了臣，咱君臣再从正路逃走，岂不是好？

撒里库： 急去快回。

番　将： 臣领旨。（下）

梁世奇： （内白）众将官，你看番将来也，大炮伺候。

（炮响。上番将）

番　将： 千岁，不好，此处果有伏兵。大炮厉害，打死番兵无数。

撒里库： 呜呼呀，这却如何是好？唉，总该早死为好。

番　将： 千岁休要这样想。请看上下林中，俱有埋伏，不能大战蛮将。依臣看来，从中路而行，就有蛮将，咱也能大战几合，有臣保护，好夺路而逃。

撒里库： 唉，就依将军之言。毛袄们，从中路而行。（下）

（上花飞云）

花飞云： （诗）奉令擒番寇，埋伏北天台。

（白）奴家花飞云。奉了参谋将令，在这昭君庙里埋伏，等候擒拿番王。方才孙正、梁世奇到来，言说番王从正路而来，孙正带兵又去右路截杀，梁世奇从左路截杀，奴从中路等候二人，按兵不动。呀，你看迎面有一将官来也，真乃凶恶也。

（唱）花飞云，细定睛。

迎面一将，貌似狰狞。

手使压油锤，步走快如风。

直奔大路而来，不住张望西东。

此人必是一大将，北国有名大元戎。

只见他，出林中。

睄见奴家，喊叫连声。

此人多厉害，不可与他争。

定然番王随后，还有许多兵丁。

多等他们来靠近，再取宝扇就不中。

想到此，不消停。
急忙取宝，又取刀弓。
当先搭上箭，红云箭手中。
推去前拳弓满，后手一松腾空。
红云箭急飞去，直奔番将下绝情。（下）

番　将：（唱）那番将，往前行。
红云一朵，直奔前胸。
心忙说不好，哎呀，身子倒流平。
呜呼一命而亡，魂魄进了阴城。（死）

撒里库：（唱）契丹一见迎上去，大叫丫头少逞能。
催马舞刀杀上去，（对上花飞云）
（白）住了，好个花奴，伤吾大将，真正可恼。看孤擒你。

花飞云：看刀。

撒里库：来！来！

花飞云：众将官，往上攻杀。

撒里库：你看花奴，刀法精通，哪有闲工耐战？不免去取宝扇，扇她便了。
（火起）

花飞云：呀，你看番王用扇扇火，待奴收火便了。（口中念念有词）大火熄灭。番王还不下马投降，等待何时？

撒里库：呀，不好。逃命要紧。

花飞云：呀，你看番王要逃，（口中念念有词）定身法起呀，呸。（下）
（撒里库定）

撒里库：咿呀，怎的了？不好了。

花飞云：众将官，将番王绑了。

众　将：是。

花飞云：众将官，就此打得胜鼓回关便了。（下）
（出史兴邦坐）

史兴邦：（诗）文官调将胜英雄，敢比前朝诸孔明。
（白）本公史兴邦。可喜梅奎设此一计，杀得番国兵死将亡，我国一将未损。获得粮草器械不少，那番王大败而逃。哈哈，梅先生真是孔明重生，陈平再世。此战全胜，但孙正、梁世奇、花飞云，一去三日不见回来，不知是何缘故？

（上报子）

报　子： 报千岁得知。

史兴邦： 何事？

报　子： 禀千岁，帅府门外，梅参谋求见。

史兴邦： 好哇，快快有请。

报　子： 有请梅参谋。

梅　奎： 是，来了。千岁在上，梅奎参拜。

史兴邦： 梅先生请坐。

梅　奎： 是，臣谢坐。

史兴邦： 梅参谋，今来见本官，又有何大事？

梅　奎： 千岁，臣差裴夫人在北天山昭君庙埋伏，裴夫人已将番王擒来，特来交令。

史兴邦： 哦，梅参谋，此北天山昭君庙离此有百里之遥，难为你还安了一支人马。

梅　奎： 是，千岁，北天山是番兵必经之路。千岁，你想咱国兵将，蹈破他的连营，收了他的器械粮草，番王只好回国，重整旗鼓，但各处要道，有咱重兵把守，只有黑水河可过，番兵已大战三天三夜，疲惫不堪，北天山松林上下之路，又有伏兵攻其不备，番王无奈，只好走了正路，不想正路有法术多端的花氏飞云，箭射番将，又用法术活擒番王，现在云门外候令。

史兴邦： 梅先生，你乃大才，快快请坐。

梅　奎： 谢千岁。

史兴邦： 唉，本公乃是当朝国公，但是一介武夫，远不如参谋也。

梅　奎： 千岁，万不可这样讲，末将也是侥幸而已。番王现在辕门之外，请千岁发落。

史兴邦： 好哇。他乃天子重犯，今已被擒，要解进京去，凭天子发落。

梅　奎： 好，千岁。就此起解吧。

史兴邦： 好，现已大捷，歇兵三日再解。

梅　奎： 好，千岁。

（唱）弯背躬身呼千岁，臣有一言禀驾前。

番王虽然被擒获，也是他的时运蹇。

咱国虽然三十省，他有六国与三川。

咱有雄兵与猛将，他有毛袄与番官。

军内虽有花氏女，圣母之徒是仙传。

自己必灭番邦国，应运不中事枉然。

曾言道知己知彼战必胜，怕只怕轻敌必败是真言。

怎知道他国无能将？再有能人后悔难。

依臣不如快解去，命人押解去长安。

一则防贼来解脱，二则报捷面圣君。

杀剐存留凭天子，咱的功劳表凌烟。

不知说得是不是？

史兴邦：（唱）兴邦点头说当然，吩咐众军摆筵宴。

（白）好，就依参谋之言。中军，全军大摆宴席庆贺。

（诗）常言武将胜文怎知道，文官智谋超武将。

梅　奎：千岁请。（下）

（出卢杞，马上）

卢　杞：（诗）随军运粮经西行，朝朝不敢误途程。

（白）下官卢杞，奉了元帅将令，从邠州押运粮草。自从随军来在雁门，运送粮草，从未敢误了日期。那裴元帅倒也奖罚分明，待下官倒也可以，从未看穿我毒计。然虽厚待于我，总不如置他于死地，方解后患之忧。有心暗害于他，怎奈外有辛国安，内有花氏。有心断决其粮草，又有陈日升不离左右，好叫我无可奈何。

（上陈日升）

陈日升：卢年兄，天已不早，该催车辆赶路了。

卢　杞：探花言之有理。军校们，就此启程便了。

（唱）卢榜眼，催军卒。

陈日升：（唱）探花也就，上了走龙。

卢　杞：（唱）卢杞前挑哨，一路受怕担惊。

陈日升：（唱）日升压着后队，慢慢催车而行。

卢　杞：（唱）运粮不操军中事，不然一定项冒红。

且不言，运粮兵，（下）

（上辛国安、张烈）

辛国安：（唱）再表雁门二英雄。

国安催军走，押解二巨雄。

张　烈：（唱）张烈提着钢枪，来回抖着威风。

急忙传令快快走，晓行夜宿奔京城。

且不言，二英雄。（下）

（上魏全）

魏　全：（唱）再表锁阳，搬求救兵。

只因西凉国，莫永叛朝廷。

杀了宇文元帅，副将赴了幽冥。

魏全心急催马走，这日来在京城边。

将城进，且不明。

（摆朝，陆续上尉迟怀、党进、魏正忠、贾英）

黄　门：（唱）再表阖朝，文武臣工。

齐进朝房内，候主把基登。

当先走进一位，赤胆的国公。

御史党进也来到，恭恭敬敬站龙庭。

又来了，人一名。

魏正忠：（唱）学士名叫，魏姓正忠。

贾　英：（唱）镇国元帅到，名字叫贾英。

黄　门：（唱）单等金钟一响，天子好上龙庭。

太监开宫一声喊，出来天子唐肃宗。

（上天子，坐）

天　子：（唱）刚开口，问事宜，

黄　门：（唱）黄门官进殿奏主公。

（白）万岁，臣黄门官杨贵见驾。

天　子：杨爱卿见朕，有何本奏？

黄　门：万岁，臣接锁阳关急表一道，不敢自专，请主御览。

天　子：侍儿，呈上来。

黄　门：领旨。

天　子：爱卿列班。

黄　门：万岁。

天　子：不知锁阳有何大事，待朕看来。

（唱）展开来，仔细观。

从头至尾，细看一番。

上写曹永拜，起奏龙圣颜。

西凉悦王造反，困住锁阳高关。

元帅副将阵前死，都司疆场染黄泉。

兵无数，困了关。

关内人马，不过几千。

以少难胜众，写表把兵搬。

求主速发人马，好保锁阳高关。

微臣为国战疆场，捐躯难以见圣颜。

看完表，怒冲冠。

手指西凉，大骂腥膻。

好个贼莫永，胆大包了天。

谅你犬彘之辈，吾岂容你犯边？

骂罢复又往下问，何人领兵为朕扫西番？

魏正忠：（白）万岁万岁。

（唱）口呼万岁臣有本。

（白）万岁，臣魏正忠见驾。

天　子：魏爱卿见朕，有何事要奏？

魏正忠：万岁，西凉悦王大肆猖狂，兵围锁阳，我主当急差将灭寇才是。

天　子：朕想发人马，怎奈无能人领兵？

魏正忠：万岁，臣保举一人，可以为帅。

天　子：爱卿保举何人？

魏正忠：万岁，臣保举镇国公贾英，此人智勇双全，韬略过人，此人前去，定能成功。

天　子：就依爱卿所奏。

魏正忠：万岁。

天　子：侍儿，宣贾英上殿。

侍　儿：领旨，圣上有宣贾英上殿。

贾　英：万岁，臣贾英见驾。

天　子：贾爱卿，今有西凉悦王造反，兵困锁阳，锁阳守将发来急表，朕欲命爱卿领兵前去解救，不知爱卿愿意去否？

贾　英：万岁，臣食君禄，哪有不去之礼？臣愿往。

天　子：好哇。朕封你平西都招讨大元帅，赐精兵十万、战将五十员，吉日出兵，得胜还朝，定再赏赐。不许再奏，退朝。

贾　英：臣领旨。

黄　门：万岁，臣杨贵有本奏知陛下。

天　子：奏来。

黄　门：今有雁门关三道表章，有二将押解番王，午门外候旨。

天　子：杨爱卿晓谕诸爱卿各自回府，明日早朝，午门外候旨。

黄　门：臣领旨。（下）

天　子：待朕看来。哈哈哈，花飞云助夫擒贼，辛国安不食君禄却数次参战，梅奎文代武职，调兵遣将，活擒番王，真是国家栋材，朕当厚禄他们。今天当发落番王。御林军，将番王绑上金殿。

御林军：领旨。

（上撒里库，跪）

撒里库：万岁万万岁，臣叩拜圣上，臣罪该万死。

天　子：哇，好个反贼，朕待你有何错处，竟兴心谋反？你也真该万万死了。

（唱）拍案大骂契丹王，好个万恶撒里库。

朕在哪点把你亏？兴心谋反是何苦？

免你进贡整十年，从此你国才强富。

今日领兵叛了朕，死有余辜不容恕。

总觉自己兵将足，怎知朕有圣人助？

金钟罩来铁布衫，难免箭下鬼引路。

你觉你的国运强，朕有百神来相助。

今日被擒有何说？有啥不服从头诉。

撒里库：（白）万岁。

（唱）契丹见问低下头，望乞我主把臣恕。

微臣一时心内昏，带兵犯边不自度。

我今被擒死该然，只求万岁免臣死。

再也不敢来犯边，年年进贡把京入。

说罢不住连叩头，

天　子：（白）哼。

（唱）肃宗在上冲冲怒。兴心叛朕夺江山，

反复无常真可恶。越说越气怒冲冠，

口咬金齿瞪龙目。叫声殿前御林军。

（白）御林军何在？

御林军：在。

天　子：将番王午门外处死。

御林军：领旨。

魏正忠：刀下留人。

（上党进、魏正忠）

党进、魏正忠：万岁，臣党进/魏正忠见驾。

天　子：二卿有何本奏？

党进、魏正忠：万岁，臣等冒犯天颜，不可斩首番王啊，万岁。

天　子：爱卿，番王造反，死有余辜，怎说斩他不得？

党进、魏正忠：万岁，听臣细奏。

（唱）连叩首，尊吾皇。

且听微臣，细奏其详。

老主殡天去，我等扶持圣上。

狼主闻听此事，气得领兵过疆。

不为天下而征战，为除奸党报吾皇。

潼关地，见吾皇。

罢兵不战，下马拜王。

南北结亲近，和好两相帮。

北国二位公主，许配咱国二王。
二位公主仙弟子，法术多端武艺强。
振国威，立朝纲。
胜他姐妹，独居兰房。
若知兄被斩，心内自然伤。
自古胡人无德，性情反复无常。
倘若思兄新烦恼，大反京都谁来降？

天　子：（白）哦？那番王起心造反，在雁门杀了多少兵将，难道还放他回国不成？莫非你二人是他的同党？

党进、魏正忠：万岁，万岁呀，
（唱）连叩首，心惊慌。
口禀吾主，细听其详。
微臣为社稷，不是为番王。
今日若把他斩，逼反二位娇娘。
姊妹反出长安地，定然前去至锁阳。
大营内，见夫郎。
虚情假意，激发忠良。
夫妻征战际，难免动刀枪。
雁门又遭涂炭，兵将又受奔忙。
锁阳无人挡反叛，狼烟又起国受伤。

天　子：（白）你二人所说倒也合乎情理。那依卿之见，怎样处置番王呢？

党进、魏正忠：万岁。
（唱）依臣等，放回乡。
年年进贡，岁岁来朝。
他若反叛，有人把他降。

天　子：（白）何人降他？

党进、魏正忠：（唱）别人全然不要，二位公主承当。
不杀那番王是把公主看，他再反公主自然把他伤。
一则是，主恩光。
二则兄妹，百世不忘。

南北安稳定，免去动刀枪。

多了一国进贡，也免劳费钱粮。

贾英锁阳灭贼寇，必然尽心灭西凉。

奏罢不住连叩首，

天　子：（唱）天子座上喜洋洋。

二卿平身朕准奏，

（白）二卿所奏有理，朕准奏归班。

党进、魏正忠：万岁。（下）

天　子：将番王放回。

御林军：领旨。

（上撒里库，跪）

撒里库：谢万岁不斩之恩。

天　子：非是朕不斩你，是魏、党二卿苦苦保你，朕才放你归国，仍为国主。一看二卿苦求，二看你两个妹妹是我爱卿的夫人，朕念她们忠心，故此放你归国。这回知恩在你，不知恩也在你，下殿去吧。

撒里库：谢主隆恩。

天　子：侍儿，宣魏正忠上殿。

侍　儿：宣魏正忠上殿。

魏正忠：万岁，臣魏正忠见驾。

天　子：魏爱卿，朕命你明日代朕雁门关加封将士，同时遣送番王回国。不许再奏，退朝。

魏正忠：臣领旨。（下）

天　下：散朝。（下）

（出卢氏）

卢　氏：（诗）思老爷出征在外，想何时得胜还朝?

（白）老身辛夫人卢氏。老爷雁门关平叛一年有余，几次遭险，全靠义子辛国安解救。唉，辛国安虽是义仆义儿，可好与亲生骨肉一样也。

（唱）卢氏夫人中庭坐，思想往事心中烦。

思想老爷出征去，几次多亏国安男。

（上梅英）

梅　英:（唱）梅英进房把安问，

（上辛玉兰）

辛玉兰:（唱）又来小姐辛玉兰。

梅英、辛玉兰:（唱）一齐问安面带笑，母亲万福身可安？

卢　氏:（唱）夫人说是快免礼，一起落座把话言。

梅英、辛玉兰:（唱）姐妹答应说谢坐，坐在床上面带欢。

母亲今夜可安好？为何面带不悦颜？

卢　氏:（唱）非是老娘心不悦，只因雁门信不传。

如今又是几个月，不见音信心不安。

故此心中才烦闷，

梅英、辛玉兰:（唱）姐妹二人把话言。

此事自有天爷护，

辛国安:（唱）门外来了辛国安。

走进房来使下礼，

（白）母亲在上，孩儿国安拜见。

卢　氏: 我儿免礼，一旁坐了讲话，

辛国安: 是，孩儿告坐。

梅英、辛玉兰: 义兄可好？小妹万福。

辛国安: 好说，愚兄有礼。

卢　氏: 儿们一起坐了。

合: 是。

卢　氏: 国安，边关之事怎么样了？你今回京又有何大事？

辛国安: 母亲，孩儿这次原是这般如此，番王被擒，元帅命我与张烈押解番王进京见主，我父在雁门关候旨。

卢　氏: 阿弥陀佛，谢天谢地。国安，我且问你，你不在花名册上，千岁是否忽视你，你可立过战功无有？

辛国安: 母亲，孩儿名字早已入册，孩儿大功也早已件件入册。

卢　氏: 好哇，有功必然会封官，有官必得有人掌印，为娘为你挑选一个掌印的夫人，此人与你还是年貌相当。

辛国安: 不知何人？

卢　氏： 我儿听了。

（唱）就是梅英你义妹，她也是娘的义女女花容。

容貌不在人之下，生成一堆好心肠。

老身难舍她出府，认在膝下做义女。

有心外聘心不忍，忽然间想起我儿房内空。

你在疆场把功立，天子一定把官封。

故而叫她匹配你，不知愿从不愿从？

辛国安：（唱）国安闻听不言语，低头不语暗调停。

早看梅英是淑女，如今果然得高升。

若得此女倒罢了，不知梅英何心胸？

含笑不语头低下，

卢　氏：（唱）夫人看出内里情。

回头转面开言问，女儿愿从不愿从？

梅　英：（唱）梅英闻听心中喜，早看国安是英雄。

母亲当面问此话，对着他怎叫奴家说愿从？

打心眼里是愿意，

（白）当面要是应了，

（唱）辛郎必把奴看轻。

面带笑容躲出去，

卢　氏：（唱）夫人一见喜心中。

（白）国安，为娘方才说的，愿意否？

辛国安： 任凭母亲做主。

卢　氏： 好，你既愿意，今乃吉日，你们就拜堂成亲。丫鬟们，香案伺候。

丫　鬟： 晓得了。

卢　氏： 女儿，叫你妹妹，精心打扮，好拜花堂。

辛玉兰： 好的，孩儿知道了。

卢　氏： 国安，你也穿起新妆，好拜花堂。

辛国安： 是，孩儿遵命。

卢　氏：（唱）亲生义子一般同，莫把螟蛉当外人。

（出梅英）

梅　英：（诗）婚姻要配英雄将，因此心乐更愿从。

（白）奴家梅英。方才老夫人将奴许与辛国安为妻，正遂奴意。叫奴当面怎么应允？奴故此含笑而出。那辛国安低头不语，也不知道他是否愿意。如要是不愿意，唉，那是奴痴心妄想了。

辛玉兰：妹妹在房么？

梅　英：我姐姐来了？请坐。

辛玉兰：妹妹，愚姐不坐了，院里已摆香案，母亲吩咐叫你梳洗打扮，快去拜堂。

梅　英：哎哟，哎哟，小妹听说过此事，可这话小妹不懂。

辛玉兰：呸，什么不懂？入了洞房，夜间就懂了。

梅　英：哦，什么东房西房的？奴不愿去。

辛玉兰：好啦，好啦，既不愿意，愚姐告诉母亲，撤去香案。（欲下，梅英拉）

梅　英：姐姐不用着急，慢走，小妹还有话说呢。

（唱）手拉衣襟叫姐姐，粉面绯红把话言。

非是小妹不愿意，也非小妹有傲气。

他是咱府一义仆，奴是咱府一丫鬟。

他得高功成义子，只因忠孝节义全。

奴家虽然为义女，并无孝心到尊前。

他已名入兵符册，功高必定要封官。

他本该娶个窈窕贤淑女，怎能娶我小丫鬟？

他有功来奴无孝，虽然是口应可也是不得已。

母亲说出这句话，谅他不敢违母言。

目下屈心成配偶，怕他日后把我冤。

辛玉兰：（唱）玉兰小姐心暗想，

（白）你看这丫头，说出一片情理。哼，待我要笑她一番，看她怎样？哦，妹妹说的是为正理，依妹妹说来，这门亲事是不愿意了。

梅　英：不愿意。

辛玉兰：不愿意就算了，省得以后两口子打架。待愚姐告诉人家，别等着拜堂啦，以后各找各的吧。（欲下，梅英拉）

梅　英：姐姐慢走。

辛玉兰：还有啥话可说？

梅　英：咳，姐姐，我，我，我……

辛玉兰：你，你，你，啥呀？

梅　英：我愿意。

辛玉兰：哟，愿意就愿意，嘴硬什么？

梅　英：姐姐，一个姑娘结婚，愿意也得假装不愿意。

辛玉兰：呸，男女花烛，人间正礼，有啥害羞的？

梅　英：呸，别胡说，别胡说的了。

辛玉兰：那好，妹妹快梳洗打扮，拜天地吧。

梅　英：是，知道了。

辛玉兰：丫鬟，搀着你梅姑娘，香案前伺候。

（唱）玉兰小姐出房去，香案旁边站身形。

（上梅英、丫鬟）

梅　英：（唱）梅英霎时装扮好，换上衣服袍大红。

两个丫鬟忙搀起，出了绣房到前庭。

香案之前止住步，

辛国安：（唱）国安跪在地流平。

霎时拜罢天和地，又朝夫人双双拜。

拜罢母亲平身起，

卢　氏：（唱）老夫人吩咐送房中。

丫　鬟：（唱）丫鬟搀着洞房入，献上交杯与香茗。（下）

辛国安、梅英：（唱）夫妻吃罢交杯酒，忽听谯楼起了更。

丫鬟撤去酒和菜，出了洞房把门封。

夫妻进入销金帐，宽去衣服卧床中。（下）

贾　英：（内唱）再表豪杰名贾英。

（内白）中军带马，到军校场。

（摆场，升帐，二将站）

铁赤端、王胜威：（诗）大将南征胆气豪，腰挎秋水雁翎刀。

风吹战鼓山河动，电闪旌旗日月高。

铁赤端：（白）俺左先锋铁赤端。

王胜威：俺右先锋王胜威。

铁赤端、王胜威：今有元帅升帐，在此伺候。

（出贾英）

贾　英：（诗）耀武扬威掌兵权，呐喊三声江河翻。

大刀一摆惊人胆，扬鞭跑马似云烟。

（白）本帅平西都招讨大元帅贾英。领圣恩，封我领兵元帅，带兵前去锁阳关解围。教场挑兵已毕，今乃黄道吉日，就此炮响起兵，直奔锁阳，不得有误。（下）

卢　杞：（内白）军校们，急催粮草车辆，快快赶路。（马上）下官卢杞，押运粮草，走了数日，现已离雁门不远。今日早起，总觉心中精神恍惚不定，不知有何不吉之事。我想运送粮草无头日，元胡焉能奈我何？

（陈日升马上）

陈日升：卢年兄，急催车辆快行。我闻圣旨到来，擒住了番贼，已押解进京，天子见喜，必有荣升之兆。现已离雁门不远，速速进关才是。

卢　杞：言之有理。军校们，急急催车快走，不得有误。

（唱）卢杞马上心不定，只觉着神魂失却少精神。

陈日升：（唱）日升早知其中故，隐而不言又不云。

卢　杞：（唱）吩咐兵丁快快走，今日一定到雁门。

陈日升：（唱）今日进城听圣旨，卢杞他虽然不死必为民。

不言二将临城下，再表雁门众三军。（下）

（升帐，辛忠、曾杰、裴秀生、孙正、梅奎、梁世奇、卜阳坤、金奎、殷金花、花飞云十人站，史兴邦坐）

众　将：曾杰帐下停住身，副帅辛忠站帐下。

裴生也来大帐内，又来孙正小将军。

参谋梅奎来伺候，又来先锋梁将军。

金奎听令也来到，护国将军卜阳坤。

殷氏金花听号令，花氏飞云进院门。

众将齐列中军帐，伺候千岁把帐进。

史兴邦：（唱）鼓声响动归了座，打开册簿点三军。

报　子：（唱）报子进帐禀报事，（上）

（白）启禀千岁。

史兴邦：何事？

报　子：圣旨到来，现离关二十里之遥，乞令定夺。

史兴邦：再探。

报　子：是。（下）

史兴邦：众位将军，圣旨到来，必有受封之兆，大家出城迎接才是。

众　将：遵令。

史兴邦：如此，大家排开队伍，出城迎接才是。（下）

报　子：（内白）报元帅得知。

史兴邦：何事？

报　子：还有二位运粮官回营，乞令定夺。

史兴邦：起过，令两位运粮官随大队听旨。众将官带马，大人们请。

众　将：请。

（摆场，上魏正忠）

魏正忠：圣旨到，跪！

众　将：万岁万万岁。

魏正忠：听宣。诏曰：兹尔撒里库兴心谋反，抗拒天兵，攻打天朝之关口，杀害国家之大将，本该处死，朕念其父曾忠保国家，讨贼除奸，扶朕登基，朕宽宥其罪，令其归国，仍为契丹王，如若再犯，朕定罚不饶。望阙谢恩。

众　将：万岁万万岁。

魏正忠：兹尔卢雄与宇文合、王浩结党为奸，绝副元帅粮草，罪不容诛，下旨抄斩三奸满门，赶出京城，家资归入皇库。又兹卢杞奸心歹毒，杀害使女，谋人妻子，害朝廷良士，本当诛之，但朕念讨贼运粮有功，免其死罪，贬为庶民。望阙谢恩。

卢　杞：万岁万万岁。

魏正忠：兹襄国公史兴邦平北有功，助粮与副元帅共守关城，朕封为襄王。望阙谢恩。

史兴邦：万岁万万岁。

魏正忠：兹尔辛忠忠心耿耿，功垂乾坤，关城设埋伏杀败番叛，封晋国公之职，外加经略大帅。望阙谢恩。

辛　忠：万岁万万岁。

魏正忠：曾杰劫营杀敌，设计守关，忠心报国，朕封平北候之职，永镇雁门。望阙谢恩。

曾　杰：万岁万万岁。

魏正忠：兹裴秀生文代武职，献扇破敌有功，朕封为翰林院大学士，其妻封为节烈妇人。望阙谢恩。

裴秀生：万岁万万岁。

魏正忠：梅奎谋略过人，熟读兵法，设计活擒番王，为国除了外患，朕封雁门刺史，在曾杰麾下任参谋。望阙谢恩。

梅　奎：万岁万万岁。

魏正忠：兹陈日升虽为文官，然运粮有功，防奸护忠，报效朝廷，封为江南巡按，巡查完毕，还朝任常州知府。望阙谢恩。

陈日升：万岁万万岁。

魏正忠：孙正押运粮草有功，阵前擒拿番将，封为雁门副将，在曾杰麾下听用。望阙谢恩。

孙　正：万岁万万岁。

魏正忠：辛国安借粮于民间，擒贼于疆场，忠心保主，可称义勇，朕封尔镇京总兵，回京赴任。望阙谢恩。

辛国安：万岁万万岁。

魏正忠：张烈保主帅而承受艰难，劝众死守关口，劫营杀敌于阵前，朕封尔东路总营，回京赴任。望阙谢恩。

张　烈：万岁万万岁。

魏正忠：金奎忠心保主，战场有功，调回朝中，封镇殿将军。望阙谢恩。

金　奎：万岁万万岁。

魏正忠：卜阳坤，封为潼关总镇，梁世奇封为副将。望阙谢恩。

卜阳坤、梁世奇：万岁万万岁。

魏正忠：殷金花随夫勇冠三军，杀敌有功，封治顺侯之职，外加俸粮千石，黄金千两。望阙谢恩。

殷金花：万岁万万岁。

魏正忠：花飞云弃邪归正，助夫扫北有功，阵前杀敌勇猛，活擒番王，朕封治北侯之职。望阙谢恩。

花飞云： 万岁万万岁。

魏正忠： 兹代州乡民助粮于阵前，真是赤子忠民，晓谕代州府县，免去三年国课。望阙谢恩。

众　民： 万岁万万岁。

魏正忠： 皇旨宣毕。

史兴邦： 来人，将旨供奉龙亭。魏大人请坐。

魏正忠： 谢千岁。

史兴邦： 众军，晓谕大小三军，摆宴三天。大家请到前厅用宴。

魏正忠： 好说，谢千岁，请。

史兴邦： 请。

（唱）没有昔日征战苦，怎得今日受皇封？

（全剧终）

灵 飞 镜

杨明忠　倪恺祺　整理

【故事梗概】太傅谢灵运之子谢珍和镇北大将军檀道济之女檀梦兰为金童玉女转世。谢珍与姐夫王虎山进京求取功名，行前让家仆谢松接姐姐谢冰姿回娘家居住。随后，他们在经过月勾山时遭遇强人，虎山被擒，谢珍逃脱。谢珍独自到了京城，与梦兰在梦中约下婚姻。紫云仙姑和谢珍有九个月姻缘，便化作了梦兰模样，与之成亲。谢冰姿在回娘家的路上险被运粮官刘门劫夺，幸得檀道济之子檀直救助。刘门怀恨，烧毁檀道济军粮，并写信透露给北魏敌军；又企图买凶月勾山首领崔云霞、崔明霞，请她们劫杀檀直。崔云霞姐妹乃忠臣之后，父亲遭冤杀，二人落草前曾随慈云圣母学艺。她们派人擒来檀直，见他样貌俊朗，心生爱慕，檀直被迫与云霞成亲。后檀直灌醉云霞，逃回滑台关。檀道济欲斩之，正值奸王刘义康矫诏赚道济进京，檀直保住了性命。道济进京后，被奸王以私通北国、暗收反女的罪名杀死，全家八十余口遇害。檀梦兰被紫云仙姑救脱，却又落入谢松之母强氏手中。谢松与丫鬟飞燕通奸，杀死乳母，嫁祸谢冰姿。王虎山在月勾山遭擒后，被迫娶了崔明霞。王虎山回乡探亲，得知谢冰姿冤情，他怒杀飞燕，救出了冰姿。谢松母子密谋霸占檀梦兰，梦兰察觉后逃走。谢松在追赶时巧遇王虎山，虎山杀死谢松，带梦兰同归山寨。奸王令御史张松用大金牌骗檀直来京，张松不忍，将真相告知檀直。事情泄露，张松被奸王斩首。其子张海报仇失败，幸得紫云仙姑相救，与家人逃归原籍。北魏大将王会龙得元鼎真人相助，攻打滑台关。檀直被元鼎真人所伤，崔云霞前来寻夫，将其治愈，檀直却记恨强婚之事而将云霞赶走。元鼎真人又来攻打，檀直被俘。护卫包管奔月勾山报信，崔云霞夺回檀直，并将其救醒，但檀直再次赶走了云霞。檀梦兰来到滑台关与母、兄团聚，檀夫人迫令檀直向崔云霞谢罪。崔云霞姐妹火烧山寨，率众共守滑台关。王会龙之女赛花也是慈云圣母的弟子，她见檀直英武，主动求婚，被拒绝。崔云霞告诉王赛花，自己可以成全她，但要赛花杀父投宋。赛花不允，带云霞回营一起劝降王会龙。崔云霞突然袭杀王会龙，赛花欲为父报仇，被云霞劝止。谢珍将紫云仙姑赠予的灵飞镜献与天子，治好天子沉疴，被封为进宝状元。此时他与紫云仙姑的姻缘已满，紫云仙姑撮合他与檀梦兰的婚姻。谢珍至滑台关宣诏，命檀直铲除朝中奸党。崔云霞姐妹先后击败元鼎真人及其师父蚧蛤祖师，魏国献上降表。檀直、张海等人消灭奸王刘义康一党，天子大赏功臣。

主要人物及行当表

谢　珍：太傅谢灵运之子、左金童子转世，正生
谢冰姿：谢珍之姐，小旦
王虎山：前总兵王振鹤之子、谢冰姿之夫，黑净
火　氏：王虎山之母，老旦
檀道济：镇北大将军，白面长髯
黄　氏：檀道济夫人，老旦
檀　直：檀道济之子，俊扮扎巾
檀梦兰：檀道济之女，小旦
崔云霞：月勾山首领、慈云圣母弟子，旦
崔明霞：月勾山首领、慈云圣母弟子，旦
韩如虎：鲁国公，老黑脸
包　管：檀道济部将，丑扮扎巾
谢　松：谢珍家仆，丑
飞　燕：谢冰姿陪嫁丫鬟，丑
强　氏：谢松之母，老丑旦
小　红：月勾山头目，武旦
小　绿：月勾山头目，武旦
刘义康：镇北王
刘　占：兵部尚书，奸面
刘　门：刘占之子，丑
张　松：御史，丑
吴　氏：张松之妻，老旦
张月桂：张松之女，小旦
张月素：张松之女，小旦

张　海：张松之子，小黑丑
振开江：北魏王
米　雷：北魏丞相，丑
振　山：北魏大太子
振　虎：北魏二太子
孙叔见：北魏大元帅
王会龙：北魏大元帅
王赛花：王会龙之女、慈云圣母弟子
元鼎真人：鼋精
蚧蛤祖师：元鼎真人师父

第　一　本

【剧情梗概】谢灵运之子谢珍与姐夫王虎山进京求官，让仆人谢松照顾姐姐谢冰姿与虎山之母。谢松与冰姿使女飞燕私通，他们在接冰姿回来的路上，遭遇镇北大将军檀道济麾下押送粮草的大军，便抛下冰姿而走。军官刘门要强抢冰姿，恰好檀道济之子檀直赶到，痛打刘门，救下冰姿。刘门怀恨，火烧粮草，并将此消息暗告正与朝廷交战的魏军；又连结勾月山女寇崔云霞、崔明霞，截杀檀直。崔氏姐妹将檀直擒上勾月山，新心爱慕，皆欲与檀直成亲。后通过抓阄，云霞获胜，强嫁檀直。刘门又怂恿其父兵部尚书刘占，与奸王刘义康合谋，陷害檀道济。谢松与飞燕回到谢宅，因嫌谢珍乳母碍眼，便将其毒死，并嫁祸给谢冰姿婆媳。

（出谢珍，正生，平桌）

谢　珍：（诗）闭户潜修读圣贤，苦志琢磨铁砚穿。
倘得青云直上日，敢把丹桂一枝攀。
（白）学生谢珍，字宝树，德城县人氏。先父谢灵运，扶保先皇，做过太傅之职，然被奸臣陷害。母亲去世，抛下我孤苦无依，幸有家资可以度日，还有家姐出嫁王家堡的王虎山为妻。小生一十六岁，尚未成室。虽然身游泮水，尚未青云得路。如今南宋北魏，刀兵相争，国家正在用人之际，正好前去求名。约定姐丈王虎山同行。盘缠路费，俱亦备妥，如何不见姐丈来到？

（上谢松，丑）

谢　松：（白）禀爷，姑爷已到。

谢　珍：这等看茶伺候，待我迎接。（下，内白）姐丈哪？姐丈请入书房。

（上王虎山，黑净）

王虎山：贤弟请。

谢　珍：姐丈请坐。

王虎山：大家同坐。

谢　珍：伯母与家姐可好？

王虎山：多谢贤弟费心。

谢　珍：谢松，看茶来。

王虎山：贤弟，你我今日上京，家中无人料理，我还放心不下。

谢　珍：有何挂念？

王虎山：贤弟听了。

（唱）你我住在德城县，正是南北大街里。

谢　珍：（唱）南宋北魏相争斗，莫非因此惦心里？

王虎山：（唱）此处乃是过兵地，怕是有人把咱欺。

谢　珍：（唱）如要两国成一统，黎民庆贺太平时。

王虎山：（唱）你我今日离家下，老母年高无所依。

谢　珍：（唱）此事固然心悬挂，此一去龙门高跳听消息。

王虎山：（唱）一则为国遭荒乱，二则家中少倚居。

谢　珍：（唱）此事却也无妨碍，奈何不接来一处居？

王虎山：（唱）若得如此成心愿，叨扰贤弟礼不宜。

谢　珍：（唱）骨肉之亲何客套？等我吩咐谢松知。

开言又把谢松叫。

（白）谢松。

谢　松：有。

谢　珍：明日你到王家堡，把你太太、大姑接来咱家居住。你要好好照管家务。

谢　松：是，小人遵命。

谢　珍：拿行李马匹。

谢　松：哈！

谢　珍：姐丈请。

王虎山：贤弟请。（下）

谢　松：（内白）请姑爷、大叔上马吧。

谢　珍：要你好好看家，回去吧。

谢　松：是。（下，又上）哈哈哈，好也呀好也，我谢松主人上京，正好由我做主。我家有个梅香，名叫飞燕，生得十分好看，千般俊俏，万种风流，我二人在那年她恩我爱，已有半载露水夫妻，不想到了冬天，我大姑出嫁去了，生生地棒打鸳鸯，分为两下。想得我废寝忘食，十分难受。方才我大叔吩咐，把我大姑接来这里居住，我想飞燕来了，还能成其好事。我大姑和她婆母在这里居住，多有不便，这却如何是好？哦哦，有了，我何不如此这般将大姑稳住，单接飞燕我那心上的人？那时我二人朝欢暮乐，岂不是好？哇呀，好是好，我家还有老太婆子，乃是我大叔乳母。她无儿无女，在我家居住，那老现在嘴又不稳，十分讨人嫌，不免叫她出来好言好语，安慰安慰，待我招呼她一声。大婶子这里来呀。

（上老丑婆）

大婶子：来了。谢松小子，直声怪叫的做啥也？

谢　松：哈哈哈，大婶子，方才公子上京，叫我去接飞燕到咱家做活，她要来了，不论我二人做什么，不必多管闲事。大婶子你和我亲妈一样，我们再也不敢错待你老。

大婶子：哪里来的这些闲话？你们爱怎着就怎么着，我没大工夫管你们，滚开吧。

谢　松：是。（下）

大婶子：我把你这个小杂种，当家的刚走，又闹故事呢。就这样说罢，要待我当妈了没事，要不了，想着舒坦，万也不能。

正是（诗）闭门不管窗前月，一柱梅花自主张。（下）

（升帐，一丑一俊，扎巾站）

檀直、包管：（诗）豪气冲长空，英风贯九重。

将军经百战，常胜见奇功。

檀　直：（白）俺檀直。

包　管：俺包管。

檀直、包管：元帅升帐，在此伺候。

（上白面长髯，坐）

檀道济：（诗）慕府雄兵映日霄，生平志勇达上曹。

旌旗一点龙蛇动，镇守边庭展略韬。

（白）本帅镇北大将军檀道济，只因先皇得了宋室江山，不幸大皇子辞世，二皇子义隆登基，三皇子义康甚是专权。我蒙圣恩镇守这座滑台关，时常与北魏对垒。前者我国刘彦芝统领大兵，又被孙叔见所杀。孙叔见来乘势攻城，那时本帅出城，两军阵前一场的好杀，一场的好战，只杀得横尸遍野，血水成河，孙叔见弃甲曳兵，大败而逃。虽然得了全胜，只是滑台关兵将不多，粮草不足，昨日命刘门前往济洲运粮，至今未归，倘若北魏去而复返，军中缺补，那还了得？我儿檀直听令。

檀　直：在。父帅有何吩咐？

檀道济：你拿我令箭一支去上荥阳勾兵，限期半月，必须归回，倘有迟误，按军法斩首。

檀　直：是，孩儿遵令。（下）

檀道济：众将官。

众将官：有。

檀道济：用心操练人马，防守城池！

众将官：哈。

檀道济：正是

（诗）自古救兵如救火，缺少军粮待如何？（下）

（出老旦、小旦坐，香梅丑立）

霍氏、谢冰姿：（诗）桑榆已至愁白发，菱花镜照理红妆。

霍　氏：（白）老身霍氏。

谢冰姿：奴家谢冰姿。

霍　氏：先夫王振鹤，曾做过总兵之职，早年去世。我儿虎山，同他妻弟上京去了。

谢冰姿：母亲，你儿求名是好，只是家下无人料理，甚是为难。

霍　氏：咳，家里少柴无米，倒是件难事。

谢冰姿：婆母放心，待媳妇托人与我娘家送信，叫家奴谢松送柴米来就行了。

谢　松：（内白）来此本是大姑门首，拴上马匹，待我进去便了。（上）老太太、大姑可好？小人谢松叩个头吧。

霍　氏：是你？快起来。

谢　松：是。

霍　氏：你做什么来了？

谢　松：我大叔走后，叫我送来五十吊钱，以作日用之费，叫我妹飞燕去做活。

谢冰姿：我也要看看去。

谢　松：我拉两匹马，并未套车，你老哪能去呢？

谢冰姿：不必多言，快喂牲口去。用完了饭，我与飞燕好同去。

谢　松：是。（下）

霍　氏：媳妇家中无人，必须早点回来。

谢冰姿：那是自然。飞燕。

飞　燕：有。

谢冰姿：快快收拾，同我前去。

飞　燕：晓得了。

霍　氏：正是

（诗）愿我儿名登金榜，

谢冰姿：（诗）祝丈夫早登青云。（下）

刘　门：（内白）军校们，押着粮草款款而行。（马上）奉了元帅令，运粮到边庭。我刘门，外号刘后手。家爹刘占现做兵部尚书，我在滑台关檀元帅帐下，身为大将前部先锋。元帅有令，命前往济洲运粮。军校们呢？

军　校：有。

刘　门：急急趱行。

（唱）叹我出征好几载，常在营中不得闲。

不是上阵争与战，就是打仗我占先。

可得几时回家转，行茶过礼把婚完。

定亲就娶不耽误，郎才女貌配良缘。

越思越想得益处，抓耳挠腮只不言。

压下刘门且不表，（下）

（檀直马上）

檀　直：（唱）再表檀直小魁元。

昨日奉了父帅命，荥阳勾兵走一番。

心忙唯恐误了事，连催坐骑走如烟。

不言公子路上走，（下）

（谢冰姿、飞燕马上，谢松步上）

谢冰姿、飞燕、谢松：（唱）再表谢松三人言。

谢冰姿：（唱）冰姿飞燕上了马，

谢　松：（唱）谢松跟随在后边。几个月呀未见面，

越发长得真新鲜。

飞　燕：（唱）正是年轻花时节，打扮时兴鲜又鲜。

谢　松：（唱）二人彼此偷眼看，一心合意把情传。

飞　燕：（唱）奈这冰姿她在此，不好实说意中愿。

谢　松：（唱）谢松想把冰姿闪，怎奈无有巧机关？

刘　门：（内白）军校们。

军　校：有。

刘　门：走哇。

谢　松：呀。

（唱）忽然看见大兵过，心生一计闹喧喧。

单催飞燕马儿走，假作惊慌急加鞭。

（代白）快走吧，来兵啦。（下）

谢冰姿：（唱）冰姿这里心害怕，眼看大兵到跟前。

佳人不住连打马，慢走，谢松，只叫谢松不答言。

越发胆战心害怕，咕咚栽下马雕鞍。（摔下）

谢　松：（白）呀，不好了。

（唱）坐马如飞扬长去，

谢冰姿：（唱）心忙意乱泪涟涟。

正是佳人哭又叫，

（上卒）

卒：（唱）运粮兵丁到跟前。

（白）呀，好个妇人，你如何孤身在此呀？

卒：先锋老爷，你看。

刘　门：咳呀，女子倒也不错。军校们呢？

军　校：哈。

刘　门：将马带过。

军　校：哈。

刘　门：咳呀，那一女子，你老爷大兵经过，你在途中不早躲避，看你这般风流俊俏，孤身在此，快说你是何人之女？何人之妻？说明来历，你老爷自然给你个好处。

谢冰姿：爷爷容禀。

（唱）王振鹤，我公公。

谢老太傅，名头京中。

我乃是他女，丈夫出门庭，

上京求名而去，兄弟与他同行。

娘家奴才来接我，坠马跌在地流平。

刘　门：（唱）原来是，小花容。

犯官之女，遇在途中。

老爷是刘姓，现为大元戎。

看你风流俊俏，快些与我回城。

前生有缘今日定，管保你我乐无穷。

谢冰姿：（白）哇!

（唱）休胡讲，少胡行。

明有王法，暗有神灵。

劝你休妄想，不必损阴功。

奴乃名门之后，自负玉洁冰清。

如要强霸行胡事，唯有一死赴幽冥。

刘　门：（唱）说闲话，无有功。

吩咐左右，众将兵丁。

你们齐下手，拉她到后营。

与她说说心事，细讲姻缘婚盟。

见色迷心胆子大，哪管王法与朝廷?

谢冰姿：（白）救人哪，救人!

刘　门：（唱）正然要，抢花容。

（上檀直）

檀　直：（唱）来了檀直，从北路行。

闻知有此事，怒气满心中。

正要问个底细，翻身下了能行。

兵　丁：（唱）兵丁一见全躲过，（下）

檀　直：（唱）公子一见二目红。

刘　门：（唱）刘门带笑开言语，

（白）檀大哥从哪里而来？莫非来接粮草吧？

檀　直： 俺奉父命荥阳勾兵。我且问你，为何围着一个女子？

刘　门： 原是如此这般，是个跑头子①。

谢冰姿： 爷爷呀，原是这般如此，他要强占奴家，望乞军爷救命吧。

檀　直： 哦，刘兄，你我身为大将，何故欺人欺心，不遵天理？强占民妇，岂不知王法甚严？

刘　门： 你我离家日久，凄清孤独，檀兄何必多管闲事？

檀　直： 哇！哼哼，一派胡言。那一女子，有我在此，快快回家去吧。

谢冰姿： 是，多谢爷爷天地之恩。（下）

刘　门： 哟，我说檀直呀，你真无礼。你为何放那女子？莫非仗着你父压我不成？

檀　直： 哇！胡说。明明世界，朗朗乾坤，竟敢抢掠民妇，有犯军规，咱正言相劝与你。刘门哪刘门，你自己想想，是我欺你，还是你欺我？

（唱）喝叫刘门真禽兽，无德无义不怕天。

刘　门：（唱）老天不管闲人事，我抢其女有何干？

檀　直：（唱）抢民妇女犯条例，犯罪岂不连累咱？

刘　门：（唱）我自作罪自己受，怎么连累话胡言。

檀　直：（唱）你在我父大帐下，犯罪岂不把我连？

刘　门：（唱）我父在朝是兵部，保证不与你相干。

檀　直：（唱）王子犯法与民同罪，休得仗势作此冤。

此事父帅要知道，军规法度不容宽。

刘　门：（唱）不容却也不要紧，佛爷眼珠谁敢弹？

檀　直：（唱）有罪当罚有功赏，军法无私重如山。

刘　门：（唱）打狗看主古人语，我父势压全朝班。

檀　直：（唱）仗势欺人行霸道，你也不怕人笑谈？

刘　门：（唱）我爹叫你三更死，谁敢留人五更天？

檀　直：（唱）莫非仗势不讲理，抢夺民女理当然？

刘　门：（唱）我没抢你姐和妹，何必多管来找咱？

檀　直：（白）咳呀！

---

① 跑头子：不正派的女人。

（唱）豪杰气得连声喊，

刘　门：（唱）你别发威来吓咱。

檀　直：（唱）伸手抓过衣和带，

刘　门：（唱）动动汗毛乱子山。

檀　直：（唱）扬拳执掌打下去，

刘　门：（唱）刘门跌倒地平川。

檀　直：（唱）连三并四又几下，

刘　门：（唱）打得浑身筋骨酸。

檀　直：（唱）定叫狗子归阴去，

刘　门：（唱）檀直咱俩哪有冤？

檀　直：（唱）狗子回心饶你命，

刘　门：（唱）乞命不算好儿男。

檀　直：（唱）少爷扬手又一掌，

刘　门：（唱）浑身着重血直窜。

檀　直：（唱）扑面复又踢一脚，

刘　门：（唱）昏迷不醒也不言。

檀　直：（唱）少爷扬拳又要打，

兵　丁：（唱）兵丁一旁劝一言。口称少爷抬贵手。

（白）少爷请抬贵手，光景怕是死了。

檀　直：死活凭他，我就去也。（下）

兵　丁：咳呀，老爷的脑袋打了个大窟窿，身子也挺啦，二目双合，见阎王了吧？看看还有气息没有？（摸介）还有点气呢。叫叫如何？老爷醒来，醒来。

刘　门：咳呀，罢了我啦。

兵　丁：老爷醒过来了？

刘　门：咳呀，我是死啦还是活着呢？

兵　丁：活着呢。

刘　门：檀直呢？

兵　丁：他走啦。

刘　门：（立起）好打呀！呀呀，险乎丧命。这口恶气，如何得出呢？哦，哦，有了，我何不如此这般？管叫他全家一死。家将刘大胆，快来！

（上刘大胆）

刘大胆： 来了。老爷有何吩咐？

刘　门： 你把小搭子毛砚取来。

刘大胆： 是。（下，又上）

刘大胆： 毛砚取到。

刘　门： 待我写来。（写介）这是两封书，一封下到月勾山，一封下到北魏。月勾山那里有一伙毛寇，为首的是两个女子，你骑大马快去，带上千两银子交与毛寇，叫她荥阳三岔路口劫杀檀直，然后再到北魏孙叔见那里，就说滑台关无粮无草，外无救兵，何愁檀道济不死？快去！

刘大胆： 是。（下）

刘　门： 军校们，将粮堆到山坳，用火焚之。

军　校： 我们不敢。

刘　门： 有我做主。

军　校： 是。（点火介）着啦！

刘　门： 军校们，回京便了。（下）

（谢冰姿步上）

谢冰姿： 苦哇。奴家谢冰姿，方才被狂徒羞辱一场，多得那位少年军士救奴，方保贞节。谢松与飞燕被官兵冲散，不知哪里去了。奴家想回家，怎奈鞋弓袜小，浑身疼痛，寸步难行，如何是好？

（上邻居赶车）

邻　居： 那不是隔壁的王大婶子么？待我上前。大婶子在这里做啥呢？

谢冰姿： 原是这般如此，被人冲散。

邻　居： 方才我从柳家庄回来，送我姐姐去，你老上车回家吧。

谢冰姿： 如此，多有借仗了。

邻　居： 不是外人，上车吧。（下）

（二武旦马上）

小红、小绿： 奉了寨主令，拦路劫行人。

小　红： 奴小红。

小　绿： 奴小绿。

小　红： 寨主接了南宋刘门一封书字，纹银一千两，在三岔路口劫杀檀直。姑娘吩咐，若是寻常之辈，掠杀一阵，叫他过去；若是美貌人儿，拿上回山，去见姐姐。你说咱姑娘是什么心思呀？

小　绿：那还用说？不过是招个女婿啦。你看路上行人不少，可知道哪个是檀直呢？

小　红：行人最多，自然别样呀。你看那边来了一员小将，擎枪骑马，想必是他。你我在此等候便了。

（对上檀直）

檀　直：你们哪里来的女子？想是毛寇拦路不成？

小　红：哼，我俩乃是月勾山头目，名唤小红。

小　绿：小绿。

小　红：莫非说你是滑台关檀元帅之子檀直么？

檀　直：正是你少爷到了。尔等意欲怎样？

小　红：并无别事，我家姑娘闻听公子之名，如雷贯耳，请先临荒山，未知可否？

檀　直：住了。你爷爷是名门之后，怎入毛寇窝巢？一派胡言，看枪！

小　红：呀，好好的人儿，怎么这样愣怔？

檀　直：不要胡说，看枪。

小　红：你消停消停，差一点儿没叫你扎上。

檀　直：不是你少爷急急赶路，不然叫你枪下做鬼。

小　红：咳，你这小将出口伤人，真乃无理。妹妹闪开，待我与他比武，看他的武艺如何。

小　绿：是。（下）

小　红：看刀！

檀　直：来来。

（杀，小红败）

小　红：这员小将果然骁勇，又是美貌，不免擒上山去。喽啰们。

喽　啰：有。

小　红：下上绊马索。

檀　直：反女哪里走？（掉下马）

小　红：喽啰们，绑了回山。（下）

（二反女升帐）

崔云霞、崔明霞：（诗）妙质生来别样姣，一嗔一喜鬼神毛。

世上女子我为首，闺阁英雄万丈高。

崔云霞：（白）奴家崔云霞。

崔明霞：奴家崔明霞。

崔云霞：父亲崔江，曾在魏王驾下称臣，因被陷害，问罪抄家。那时咱姐妹多亏慈云圣母救上高山，学艺三年。师父命咱下山，占在这座月勾山，召集兵将，也有三千，单等兵足将广，与父报仇。方才命小红、小绿劫杀小将檀直，临行吩咐，要遇见英雄好汉，擒上山来，怎么还不见动静？

小　绿：（内白）喽啰们，将马带过。

小　红：哈。（上）二位寨主在上，奴婢交令。

崔云霞：你们把事办得怎样？

小　红：我们在三岔路口擒来一员小将，请寨主发落。

崔云霞：好哇，这等闪过。

小　红：是。

崔云霞：喽啰们，将小将绑上来。

喽　啰：是，绑着绑着。（带上檀直，不跪）跪下。

檀　直：住了！你爷爷这双膝，上跪天子，下跪父母，岂肯跪你这毛寇丫头不成？

崔云霞：咳呀，你不跪就不跪吧，还这等样口口声声丫头丫头的，叫得那么硬气，莫非我们吃你饭长大的？

檀　直：住了。你少爷被擒，杀剐存留，任凭你们，何须唠叨？

崔云霞：咳哟，咳哟，真乃一个刚直的男子，好一个风流人物也。

（唱）这个人儿天下少，算是英雄小豪杰。

面如团粉花又嫩，眉清目秀长得个别。

天庭饱满多主贵，虎背熊腰与众别。

威风凛凛带杀气，天姿一表福不缺。

自负奴家模样好，叫他一比差好些。

说话刚强性子急暴，嫁了他必免不了受他力。

要得与他成连理，挨打受骂也熨帖。

女儿之家难出口，怎提婚姻把话曰？（代白）哦哦，有了，

何不如此烦媒证？撮合婚姻理才贴。

主意一定开言道。

（白）小红，你上前些。

小　红： 是。

崔云霞： 如此如此，事情不成，你就不用活着。（下）

崔明霞： 小绿，过来。

小　绿： 是。

崔明霞： 这般这般，事情不成，你就得死。（下）

小　红： 人家要不愿意，你还不急死？绿妹妹，你看她两个，见了男子，不分青红皂白，也不问人家有媳妇啦没有。她俩好有一比。

小　绿： 比作何来？

小　红： 苍蝇抱牛尾巴——盯上那块臭肉啦。你看她俩同归后寨去了，把这宗事情托付咱俩，只得说说才好。

小　绿： 红姐姐，我看这事情难办哪，她俩都要招他，事情不成，你我就得受难。咱也不知道，人家要哪个，咱也只得问问。哦，那一个小将，你家之事我们都知道，但不知你贵庚多大啦？有媳妇没有？

小　红： 妹妹，你问问去吧，我可不问啦，挺大的闺女怎说呢？

小　绿： 看你真封建，待我去问问。那一小将，你可有了媳妇没有？

檀　直： 要杀就杀，何用问长问短？

小　绿： 不是我们好问，有件好事要与你商议商议。方才那俩寨主，长得貌似天仙，你也见过，又是圣母之徒，也是名门之女，只因父亲得罪奸臣，抄家问罪，如今来到这里为王，乃是替天行道。小将，你也是宦门之子、忠臣之后，与你做媳妇，你可愿意么？

檀　直： 住了！你少爷名门之后，岂肯与你这反女丫头婚配？要想我应，怎得能够？

小　绿： 我们好意与你提亲，你反来拿搪①。喽啰们！

喽　啰： 有。

小　绿： 把他绑上剥皮厅，等寨主吃他的肉，喝他的血。绑下去！

喽　啰： 哈。（下）

小　红： 绿妹妹，只顾把他绑下去，亲事未成，二位姑娘知道怎样？

---

① 拿搪：端架子。

小　绿：咱就后寨去报喜去，就说公子应下啦，如此这般，凭他闹去吧。

小　红：倒也有理。走，见他们去。（下）

（上崔云霞、崔明霞，平桌）

崔云霞、崔明霞：（诗）静坐兰房等喜事，安排锦帐候新郎。

崔云霞：（白）奴家云霞。

崔明霞：奴家明霞。

崔云霞：方才打发小红、小绿与那人试讲婚姻，也不知怎样？

（上小红、小绿）

小红、小绿：大姑娘与二姑娘可大喜啦，奴婢为媒，人家愿意啦。姑娘快快打扮吧，今日正是良辰吉日，好拜堂成亲。

崔云霞：哦，可是当真哪？

小　红：哪敢撒谎？

崔云霞：小红。

崔明霞：小绿，听我吩咐。

崔云霞：小红，听我吩咐。

（唱）叫声小红休怠慢，与我打扮换衣衫。

崔明霞：（唱）小绿快取菱花镜，我要梳洗把水端。

崔云霞：（唱）妹妹梳洗为什么，你忙梳洗主何缘？

崔明霞：（唱）姐姐可听小绿话，奴与妙人拜地天。

崔云霞：（唱）小红方才传来话，那人与我把婚完。

崔明霞：（唱）你我吩咐是一样，小红小绿一同言。

崔云霞：（唱）先论大来后论小，妹妹当后我当先。

崔明霞：（唱）小呀大的不用讲，姐姐让我这一番。

崔云霞：（唱）丫头莫非争女婿？你今休要讨人嫌。

崔明霞：（唱）开口休要把人骂，此事要想让你难。

崔云霞：（唱）你不让我谁让你？不怕与你到天边。

崔明霞：（唱）天边地边我不怕，讲打讲骂快上前。

崔云霞：（唱）娼妇你真好大胆，

崔明霞：（唱）只是不让这一番。

崔云霞：（唱）一伸玉腕打下去，

崔明霞:（唱）用手一拨巴掌还。

崔云霞:（唱）单峰贯耳往下打，

崔明霞:（唱）顺手牵羊不正反。

崔云霞:（唱）这个黄鹰来拿兔，

崔明霞:（唱）那个金丝把雀缠。

崔云霞:（唱）自显奇能加手戏，

崔明霞:（唱）只打乒乓响连天。

崔云霞:（唱）姐妹私打无完了，

小　红:（唱）丫鬟上前用手拦。

小　绿:（唱）姑娘且等消消气。

（白）姑娘消消气吧，听我们劝解，大姑娘为大，二姑娘为小。

崔云霞: 我不干，我为大。

崔明霞: 我为大。

小　红: 姑娘别让，一人一宿，轮班值宿怎样?

崔云霞: 我不愿意。

小　绿: 不愿意，我有主意，抓阄怎么样?

崔云霞、崔明霞: 行行行。

小　红: 拿纸写上，谁抓着配谁。

崔云霞: 好，快写。

小　红: 是。（下，又上）

（唱）二人答应把阄写，写阄不许你俩观。

崔云霞:（唱）云霞闻听转过脸，

崔明霞:（唱）明霞也就扭一边。

崔云霞、崔明霞:（唱）二人答应把阄写，

小　红: 两个阄儿放桌上边，抓吧。

崔云霞、崔明霞: 我先抓。

崔云霞:（唱）手疾眼快抓一个，扒开一看喜心间。

伸手抓个成双字，

（代白）阿弥佛陀，抓到我手了!

崔明霞:（唱）二姑娘抓住心内烦。一怒抽身回房去，（下）

崔云霞：（唱）大姑娘欢喜乐无边。叫声丫鬟听吩咐。

（白）小红、小绿，吩咐快备香案，好拜天地，待奴家重新打扮便了。（下）

小　绿：红姐姐呀，这可咋好哇，姑娘等着拜天地呢，这事情还没办好，这可咋好哇？

小　红：不怕，我有道理。头目李狗有蕙草药，叫他朝小将一吹，叫他人事不知，再把瞌睡虫偷来与他扑上，说是醉了，扶入洞房，凭他们去吧。

小　绿：好，此计大妙，你我办来。（下）

（上崔云霞，平桌）

崔云霞：已经办妥当啦！天色已晚，咳，咋还不来拜天地呢？咳，两个无紧慢的丫头。

（上小红、小绿）

小红、小绿：禀姑娘，头目敬酒，姑爷喝醉了，也拜不成天地啦，这怎好哇？

崔云霞：咳呀，怎么醉呢？

小　红：姑娘呀，不用拜天地啦，把他搀上洞房来。

崔云霞：可也中。

小　红：走，搀姑爷去。（下，搀上檀直，坐）还用我们吧？

崔云霞：你们二人把合欢酒送来，大小兵丁都吃酒肉。

小　红：是。（下，又拿酒上）酒已齐备，灯也来啦。

崔云霞：你二人也喝去吧。

小红、小绿：是。（下）。

（崔云霞看介）

崔云霞：咳哟，你看檀郎生得天仙似的，真是郎才女貌，倒也随心如意。只是洞房花烛，你看他沉沉大醉，待奴唤他一声，自觉羞口，如何是好？（打一更）咳，谯楼上起更了。咳，小爷爷，你怎么还不醒呀？我的爱人，我的将军吔。

（唱）满脸含羞生欲念，羞看新郎不错珠。

打量妙人天生美，潘安之貌世上无。

怎就如此沉沉睡？待我呼唤看何如。

才要开口将他叫，

（白）叫他啥呢？叫他什么才贴乎？（二更）

（唱）羞臊了一会憨了憨脸，手扶肩膀叫声丈夫。

醒醒吧来醒醒吧，交杯换盏更不孤。

叫罢多时为不动，只见他口内不住打呼噜。（三更）

又听谯楼三更鼓，心内着急汗湿衣服。

暗咬银牙自发恨，怎么呆傻又糊涂？（四更）

不知不觉四更鼓，欲火烧身似火炉。

这才叫我干着急，眼睛瞅着不舒服。

（白）嗐，你醒醒吧，一会天亮啦。

（唱）摇动多时总不醒，叫人着急恨不得哭。

莫非你是泥儿塑，木头雕成一画图？

（白）你怎的啦？你迷糊啦？喝点水吧，小东西，嗐嗐嗐！

手端着茶碗嘴边放，

檀　直：（唱）英雄立刻就醒苏。微睁二目四下看，

（白）哦，这是什么所在？你这女子是谁？

崔云霞：咳哟，你瞧瞧，才醒啦又发愣呢。你说我是谁？

檀　直：哦，毛寇丫头，着打。

崔云霞：（定身法定住）呀啐，我叫你动。

檀　直：咳，这是什么缘故？

崔云霞：檀郎檀郎，你真是负义也。

（唱）云霞女，气叹惊。

心中乱跳，粉面通红。

开言呼郡马，情理太不通。

洞房花烛大喜，何故反把气生？

莫非酒儿还未醒，先与奴家下马风。

檀　直：（唱）丫头你，不正经。

既要招亲，也得说明。

提亲我不允，绑在剥皮亭。

怎么到你房内？叫我心内不明。

留我在此整一夜，无羞无耻主何情？

崔云霞：（唱）做月老，是小红。

因你酒醉，扶入房中。

分明你情愿，反倒发愣怔。

休要出口伤我，你还立刻不容。

生米已经做熟饭，一夜事儿无改更。

檀　直：（唱）自思忖，暗调停。

从权得便，才是英雄。

若是不应允，难以下山峰。

丫头羞恼变怒，必要叫我受刑。

委委屈屈算了吧，不如暂且假应承。

想罢开言呼娘子，恕我醉后话蒙胧。

崔云霞：（唱）这时候才醒过来。

檀　直：（唱）此时如梦方才醒，

望乞娘子把我容。

崔云霞：（唱）佳人闻听心欢喜，

（白）天不早啦，咱俩快到锦帐中。

檀　直：娘子快收了法术吧。

崔云霞：呀啐，小东西你快来吧。

檀　直：是。（下）

（出刘占，奸面）

刘　占：（诗）位列三台压文武，正居司马在朝廷。

（白）老夫刘占，夫人李氏，所生一子名叫刘门，现在滑台关檀道济帐下为先锋。老夫进京，与三王义康相契，结为心腹之人，满朝文武无不敬服。真是一人之下，万人之上。

刘　门：（内白）左右。

卒：（内白）哈。

刘　占：（内白）将马带过。

（上刘门）

刘　门：爹爹在上，儿子拜揖。

刘　占：我儿免礼，坐下。

刘　门：是。

刘　占：我儿，你不在滑台关，来在京中有何大事？

刘　门：咳，爹呀，说不来了。刘门把奉命运粮草、路遇檀直，被他打了一顿说了一遍。

刘　占：咳，我儿，如此官报私仇，那檀道济闻知必要奏知朝廷，其罪不小。你又烧粮草，又私通毛寇，倘若走漏风声，祸灭九族。

刘　门：咳呀，爹爹，事已至此，须得早想良谋，檀道济招子进京可就晚了。

刘　占：不妨。招子进京，必从兵部所过。为父压下，不去奏主，倒也无有啥事。

刘　门：哦，爹爹，孩子我一路之上，思想良谋，管保变祸为福。

刘　占：有何妙策？快快说来。

刘　门：爹爹容禀。

（唱）义康三王爷，平常怀异志。

想着坐朝廷，奈何不得第？

爹与千岁他，对劲又相契。

你到王府中，去探他口气。

引语把话言，说那檀道济。

刘　占：（白）说他什么？

刘　门：（唱）说他有沟通，有了谋反意。

早已怀歹心，蓄意背朝廷。

暗与北国通，将来主不利。

必得早想法，王爷必中计。

大事算已然，

刘　占：（白）那檀道济功乃盖天，不可擅动。

刘　门：（唱）为儿还有计。

私用假金牌，调进京都地。

王府问口供，预备非刑具。

孩儿平素事，会写他笔迹。

假书写一封，赖他私通弊。

如此事这般，害他何足虑？

刘　占：（唱）妙计果然是，此乃真算密。

（白）哈哈哈，我儿此计甚妙，今日我上京去与三王商议商议才是。

这正是：金风未动蝉先觉，暗算无常死不知。（下）

（出义康，奸王）

义　康：（诗）玉叶金枝贵又尊，一呼百应人上人。

（白）孤家镇北王义康。只因先皇刘裕得了大晋天下，大皇兄义符辞世，二皇兄义隆登基，本王心怀不忿，欲要争取大宝，唯恐檀道济、韩如虎二人不服，因此未敢擅动。

（上公公）

公　公：禀王爷，兵部刘占求见。

义　康：哦，刘占是我心腹之人，就说有请。

公　公：领旨。（下，内白）王爷有请。

（上刘占）

刘　占：来了。王爷千岁，臣刘占参见王驾千岁。

义　康：亲家免礼，请坐。

刘　占：为臣告坐。

义　康：刘贤契，孤家看你面带忧容，莫非有何大事不成？

刘　占：王爷所见不差，只为国家祸不远矣。

义　康：哦，有何大事？请说其详。

刘　占：千岁，赦臣无罪，方可明言。

义　康：有话只管说来。

刘　占：千岁容臣细奏。

（唱）当今主，太昏蒙。

好色过度，乱性无能。

信宠檀道济，欺压文武卿。

真是横行四海，骄傲欺压才能。

阖朝文武把他怕，万岁皇爷将他擎。

义　康：（唱）檀道济，本领精。

孤家早已，惦在心中。

奈何兵权重，威振在边庭？

况且忠勇素知，寻他渗漏不能。

孤欲图谋天下事，怎奈英雄不能行？

刘　占：（唱）当此计，有调停。

趁着圣上，正在病中。

先拿檀道济，然后斩群英。

扫灭朝中奸党，图谋大计可成。

正值此时先下手，错过机会不能行。

义　康：（唱）好，贤弟你，有才能。

孤王定罢，自能治国。

倘能成大事，重用老贤卿。

乃是开国元老，本御定把王封。

只是此事非小可，还须早定计牢笼。

刘　占：（唱）为臣自有良谋计。

（白）现今圣上卧病深宫，都是王爷理事，天假其便，何不早图大事？

义　康：恐怕文武不服，怕是杀虎不成反被噬。

刘　占：大大的无妨，阖朝文武多半是王爷的心腹。

义　康：唯恐韩如虎不服，如何是好？

刘　占：他又无权，不足为虑？圣上卧病，王爷用假金牌，将檀道济调进京来，再叫臣子刘门写下一封假书，如此这般，硬要他的口供，有何不可？然后再拿他满门家眷，绑赴法场斩首。再将韩如虎擒住，大事可成。

义　康：哈哈哈，贤契真是治国之才，就依计而行。侍儿。

侍　儿：伺候。

义　康：传孤口旨，宣刘龙、李虎。

侍　儿：领旨。（下，内白）有宣刘龙、李虎。

（上刘龙、李虎）

刘龙、李虎：来了。千岁在上，刘龙、李虎参驾。

义　康：孤命你二人领二十名校尉，捧定金牌，密到滑台关，将檀道济调进京来。勿得走漏风声，快去。

刘龙、李虎：遵旨。（下）

义　康：正是：意欲图大事，先把外患除。（下）

（上谢松、飞燕，平桌）

飞　燕：哥哥请。

谢　松：妹妹请。

（唱）人过中年万事休，

飞　燕：（唱）得风流来且风流。

谢　松：我谢松。

飞　燕：奴飞燕。

谢　松：美人，自那日接你回府，正遇官兵所过，把大姑扔在半路，也不知回家没有，我有心去看看，又舍不得你呀。

飞　燕：咳，哥哥，你若把大姑接来，岂不是又碍眼啦？

谢　松：妹妹呀，你我这几天朝欢暮乐，真是夫妻一样，比着露水夫妻，十分美满，但只是那个代婆子真讨人嫌，整天串门子，各处嗒嗒，叫人可恨。就欠把她害死，才解我的心头之恨。

飞　燕：害她不难。那老东西最馋，做点饽饽，里面下上毒药，叫她吃了不怕她不死。

谢　松：人命关天，非同小可。

飞　燕：咱们这深宅大院，没人来往，死了就埋了，可怕啥吔？咱们就办上一回有何不可？

（唱）自从那日回家转，咱俩恩爱十分甜。

大姑扔在半路上，打马飞跑到家园。

欢欢喜喜多么好，可恨代婆那老鼋。

问我大姑何处去，混咬舌头乱说颠。

谢　松：（唱）那个闲话可不少，昨日亲口说咱有奸。

隔壁对门嗒嗒去，传出此事闹塌天。

飞　燕：（唱）今日定要将她害，害了她来乐无边。

你我如何离一点？离你茶饭不能餐。

（白）情哥，你看我好吧？

谢　松：我看你，真好美人吔。

（唱）你恩我爱是一样，怎说怎笑不麻烦。

飞　燕：（唱）奴爱你好似身上掉的肉，

谢　松：（唱）我爱你如同活宝一样般。

飞　燕：（唱）奴爱你的性儿好，

谢　松：（唱）我爱你百般风流意而甜。

飞　燕：（唱）但愿你我常如此，

谢　松：（唱）哪怕一死到九泉？

飞　燕：（唱）闲话少叙书归正，

谢　松：（唱）说起话来心里馋。

飞　燕：（唱）咱俩快把饽饽做，

谢　松：（唱）用点红糖加油煎。

飞　燕：（唱）快烧火来快和面，

谢　松：（唱）笼屉放在锅里边。

飞　燕：（唱）霎时之间做熟了，

谢　松：（唱）端着好给老疯颠。

（白）大婶子，快吃饽饽来呀。

（上代婆）

代　婆：来了。

（唱）代婆闻听谢松唤，急忙来到上房间。

（白）叫我干啥吔？

谢　松：大婶子，这有白面饽饽，与你留的，快吃去吧，上岁数人嘴馋。

飞　燕：大婶子快用，干粮里面有糖有蜜还有油，快去吃吧。

代　婆：哟，可不错，真惦着我，真没把我忘了，这比亲儿子还好呢。待我吃来。

（唱）眼睛瞅着唾沫咽，不知不觉口流涎。

你们好心尊敬我，好像媳妇儿子男。

哪天吃东西都惦着我，真正叫我心内欢。

用手拿起饽饽来，狼吞虎咽好乐然。

个儿不大滋味好，又脆又香口内甜。

霎时之间吃完毕，咳呀，怎么肚子疼又酸？

飞　燕：（白）可能受了风寒了，一会就好啦。

代　婆：咳呀，呀呀呀！

（唱）一阵更比一阵紧，活活疼死我老年。

想是他俩下毒药，看我活着讨人嫌。

（白）咳呀罢了我了。

（唱）说着倒在流平地，七孔流血归九泉。（死）

谢　松：（唱）谢松一见心欢喜，

飞　燕：（唱）飞燕害怕把话言。

（白）哥哥呀，她死了怎好哇？

谢　松：死了把她埋起来，不怕。

飞　燕：哥呀，我倒有一计。把她背到王家，扔在院内，明日有人看见，报到城区，烦人把她送到当官，一定害她婆媳，叫大娘子偿命，岂不是好？

谢　松：不错，等夜晚背出。真要走漏风声怎好？

飞　燕：等平静了，咱俩去走他乡，方为稳定。

谢　松：有理有理。

（诗）忽听谯夫打三更，夫妻二人睡蒙胧。

（白）美人请。

飞　燕：美哥请。（下）

（完）

第　二　本

【剧情梗概】王宅尸体被发现，谢松又加诬陷，知县爱川钱将谢冰姿屈打成招，问成杀人凶犯。檀道济设计打败魏军，杀死魏将孙叔见，夺取了敌军的粮草。檀直将崔云霞灌醉，逃出勾月山，勾来兵马，回到边关。檀道济要将其正法，正赶上刘义康派人以金牌调檀道济回朝，檀直免于一死。崔云霞酒醒不见檀直，羞愤而病，令小红、小绿下山寻找。二人遇见了谢珍和王虎山，王虎山被擒到山寨，与崔明霞成亲；谢珍逃到京城，正赶上檀道济之母受封，府内演戏，他前往观看，在紫云仙姑的安排下，与檀道济之女梦兰在梦中云雨，并暗许终身。

（上孙叔见及众将）

孙叔见：（白）众将官。

众　将：有。

孙叔见：杀奔滑台关，不得有误。我北魏大元帅孙叔见。前月兵困滑台关，檀道济老儿英勇无敌，战他不过，杀得我大败而逃，跑到石岩屯兵。昨日南宋先锋刘门命人下书说与檀道济结仇，烧了粮草，叫我攻打。命人打探，果然无假。故此叫张熊、李豹二将领一万兵卒，前去攻打。众将官。

众　将：有。

孙叔见：兵围滑台关，不得有误。（下）

（升帐，包管站，檀道济坐）

檀道济：（诗）功事盖天地，无补甚为难。

（白）本帅檀道济，只因杀退孙叔见，军威大振，怎奈城内无补？差刘门运粮，谁知奸贼烧了粮草两千余石。我儿檀直荥阳勾兵，至今未回，这却如何是好？

卒：报帅爷得知，北魏孙叔见发兵攻城，乞令定夺。

檀道济：起过。

卒：哈。

檀道济：众将官，大开城门，枪马伺候了。（下）

孙叔见：（马上）你看城门大开，敌将来也。待我迎将上去。（下）

（上张熊对包管）

包　管：来者魏贼，报名受死。

张　熊：俺北魏大酋长张熊。小将何名？

包　管：你爷爷包管。看枪取你。

张　熊：来来来。

（杀，包管败，檀道济杀张熊，又杀一将。孙叔见上）

孙叔见：好个檀道济，你外无救兵，里无粮草，还不下马投降，方才杀败我两员大将。

檀道济：孙叔见哪孙叔见，你为漏网之鱼，还敢在本帅面前发此狠言大话，撒马过来。

孙叔见：来，来，来！（杀，败）

檀道济：你看孙叔见大败而逃，就此杀上前去。（下）

（檀道济又杀，孙叔见败下，又上）

孙叔见：兵丁们，檀道济入了阵式，一起围裹上去，如要放走，斩首。（内喊）

（上檀道济）

檀道济：呀，不好，只顾贪功，中了贼计，误入重围。眼看四面八方，人马无数，围得水泄不通。事已至此，只得奋勇杀敌便了。（下）

包　管：众将官，孙叔见倚多为胜，料想元帅难出阵中，大家努力杀出重围。

卒：　　老爷，说是杀出重围，我们三天没吃一顿饭，今日上阵，还饿着肚子呢，你想想我们还有劲没有？

包　管：不必胡说，快救元帅要紧。

卒：　　咳，我的包老爷。

（唱）众军卒，嗒嗒战。

打仗冲锋，我们都干。

怎奈缺了补，不能见饱饭？

肚子犹如刀扎，身子软得塌塌。

怎么前去与敌杀？真是白把马蹄占。

包　管：（白）住了！

（唱）休胡说，话休乱。

元帅被困，大家眼见。

北魏众贼兵，一齐举刀剑。
若不上前解围，眼见元帅有变。
何待尔等恩德高，况且军法日中见。
（白）快快冲杀，不然立斩。

卒：（唱）无奈何，奔前面。
慢慢腾腾，好似病汉。
呐喊无高声，刀枪要得慢。
钢刀到了眼前，

包　管：（唱）北魏兵丁瞧见。如狼似虎冲了来，

卒：（白）咳呀不好！
（唱）只恨大腿跑得慢。（下）

包　管：（唱）剩一人，急得转。
元帅被困，兵丁都散。
这可怎么行？着急出了汗。
若不舍命杀敌，我这英雄不算。
（白）也罢！
（唱）舍着这块生灵骨，死在阵前是好汉。
催马行，疾似箭。
往里冲杀，气冲霄汉。（对杀，贼败）
单马入重围，混杀兵刃乱。
舍命奋勇杀敌，往里冲杀征战。
兵刃乱砍尘土飞，杀得天昏与地暗。

檀道济：（内唱）檀总兵，得方便。
只见西南，人马大战。
急得出重围，银枪如捣蒜。
使得汗湿一身，身上中了刀剑。
舍命厮杀往外冲，

檀道济：（唱）恰与包管对了面。

包　管：（白）咱国兵丁一个不见，不可恋战，末将保护，杀出重围便了。

檀道济：咳呀，包将军，本帅身中雕翎，几处着伤，力尽难支，如何是好？

包　管： 元帅在前，末将在后，你看北魏兵少至此，可冲出重围，不可怠慢，往外冲杀要紧。

檀道济： 有理，一齐杀贼便了。（下）

（上孙叔见）

孙叔见： 众兵将，檀道济闯出重围，一起追杀上去。（下）

（内喊一阵）

檀道济：（内白）众将官，城门紧闭，严加防守。

（上孙叔见）

孙叔见： 众兵将，他城门紧闭，多用云梯火炮，四方攻打，不得有误。（下）

（上飞燕、谢松）

飞　燕： 我说情郎哥吔，天交三鼓咧，快背尸首送出去吧。

谢　松： 是咧，妹妹关门睡觉，我就去也。（背一过，下，又上）咳呀，好沉哪，好沉。我叫谢松，你看，来到王家堡，那边就是我大姑宅院，扔将进去便了。（下，又上）刚刚把尸首扔进去，回家便了。（下）（打五更）

火　氏：（内白）哦，媳妇，天色大亮，快到厨房做饭去吧。

（上谢冰姿）

谢冰姿： 是，晓得。

（诗）奉亲侍早膳，只得下东厨。

（白）奴家谢冰姿。奉命来做饭，只得一到厨房便了。（下，又上，见尸）咳呀，吓死人也，这是哪里来的死尸？婆母快来！

（上火氏）

火　氏： 来了。哦？媳妇大声喊叫，是何缘故？

谢冰姿： 婆母，你往那边看哪。

火　氏： 呀，这是哪里来的死尸到咱院内？

谢冰姿： 哦，婆母，奴家看她好像是我娘家乳母代婆。你看七孔流血，遍体发青，光景是中毒而死，不知是被何人所害，扔在咱家。人命关天，活活吓死人也。

火　氏： 可了不得了。

（唱）火氏夫人吓一跳，着急害怕战兢兢。

谢冰姿：（唱）代婆怎么到此处？不知何故赴幽冥？

火　氏：（唱）七孔流血中毒死，必是被害把命倾。
谢冰姿：（唱）却是何人送到此？哪个与我结仇恨？
火　氏：（唱）我儿在外家无主，不知此事怎调停？
谢冰姿：（唱）塌天大祸怎消灭？倘若经官必遭凶。
火　氏：（唱）不如暂且掩藏了，后厢房内藏尸灵。
谢冰姿：（唱）门儿插销无人见，悄悄而作莫高声。
婆媳二人正商议，
（上众邻）
众　邻：（唱）惊动邻舍好几名。
乱乱哄哄齐来到，七嘴八舌不住声。
又来牌头与地保。
地　保：（白）哇呀，你们两个害了人命咧，还想着藏了尸首。我们是乡约地保，专管这些事情，快些跟我们进城见官吧。
谢冰姿：这个人不是我们害死的，爷爷们不可送官，容我细说情理。
地　保：什么情理？杀人偿命。这样凶案是我们担待不起的。牌头呢？带着她们娘俩进城，你在这里看尸。
牌　头：自然你不肯说是你们害的。不用唠叨，拉着走吧。
谢冰姿：咳，苦哇。（下）
地　保：你俩在这里看守，不可离远。（下）
众　邻：咱们把死尸抬在一旁看着，占着窗户，没法出场。有理，大家着手。（抬下）
（出丑官）
爱川钱：（诗）做官要懂串眼，告状必须打点。
有理无钱不中，无理有钱满脸。
（白）本县承德县正堂，加三级，录五次，爱川钱是也。方才有乡绅举人，送我纹银五两，说少刻有事，报告王家堡人命一案，必须如此。受人之托，必当中人之事。我的人呢？
卒：有。
爱川钱：放告牌抬出去。
（上衙役）
衙　役：报事。禀爷，有乡约地方报告人命。

爱川钱：可将凶手拿到？

衙　役：将凶手拿到啦。

爱川钱：这等吩咐乡约地方伺候，带凶手上堂。

（上火氏、谢冰姿）

火氏、谢冰姿：青天大老爷在上，民妇叩头。

爱川钱：你们姓甚名谁？因何害人？一一说来，免得三推六问、七敲八打。

火　氏：老爷容禀。

（唱）民妇王氏火氏女，

谢冰姿：（唱）奴乃谢氏女红颜。

火　氏：（唱）早晨媳妇到厨下，

谢冰姿：（唱）做饭供养老年残。

火　氏：（唱）忽见尸首人一个，

谢冰姿：（唱）真是凭空祸塌天。

火　氏：（唱）细看死尸媳认得，

谢冰姿：（唱）本是娘家代婆一命捐。

火　氏：（唱）七孔流血身直挺，

谢冰姿：（唱）横在厨房门外边。

爱川钱：（白）既是你娘家代婆，必是你害的了。人役前去验尸。

衙　役：哈。（下）

爱川钱：谢氏为何害命？快讲。

谢冰姿：（唱）太爷怎说是我害？

爱川钱：（白）是谁害的？

谢冰姿：（唱）代婆多时未到我家园。

爱川钱：（白）她在哪里呀？

谢冰姿：（唱）在我娘家为乳母，

爱川钱：（白）你娘家可有何人呢？

谢冰姿：（唱）兄弟外出去求官。

只有谢松与飞燕，一是奴才一丫鬟。

爱川钱：（唱）爱川钱坐上忙吩咐，

（白）人呢？快把谢松拿来听审。带上来！

衙　役：是。（下，内白）带谢松。

（带上谢松）

谢　松：（跪）大老爷在上，小人谢松叩头。

爱川钱：你叫谢松么？

谢　松：小人便是。

爱川钱：代婆可是你害的吗？她是你家的奶婆，她中毒而死，想必是你害的了。

谢　松：不是不是。

爱川钱：不是你害的，她怎死了呢？

谢　松：代婆子前去王家堡看望咱大姑去了，好几天啦，哪知是怎么死的？

谢冰姿：谢松，你是胡说，前日你接飞燕，并未将代婆送到我家。她年已七旬，途长路远，如何去得？你休要血口喷人！

谢　松：你也不用胡赖，代婆是我前日套车送去的，左邻右舍俱都看见。

谢冰姿：谁见你送来代婆？真乃满口胡道。

谢　松：你才胡道呢。尸首可在你家躺着呢，不知你家咋害的。

谢冰姿：老爷休听一面之词，代婆未到我家。

爱川钱：难道说她飞到你家的不成？

谢　松：老爷，抄手问贼，如何肯招？还得动刑哪，老爷。

爱川钱：住了。我把你这个刁嘴的奴才，你要会问，替你老爷问吧。

谢　松：小人不敢。

爱川钱：谢氏，你速速招上来，是怎么害死的代婆？免得你的老爷动刑拷问。

谢冰姿：咳呀，青天大老爷，小民妇实实不知，望爷爷高悬明镜，以照曲直，不能冤枉民妇哇！老爷。

爱川钱：哼哼哼，谅你一个年轻的妇人，如何敢害人呢？

谢　松：老爷，常言说得好，最毒不过妇人心。怎说不敢呢？况且赌博出盗贼，奸情出人命，老爷你实实不明白。

爱川钱：哦，是呀，若不是你说，险乎错断。谢氏你害人的情由，你老爷算明白八九。你必是与人家通奸，被代婆看见，恐其口角不稳，走漏风声，故此用毒，将她害死，免得声扬出丑，是也不是？

谢冰姿：哇呀，大老爷，小妇人哪有什么奸情？老爷这是糊涂话了。

爱川钱：好个刁嘴的妇人，你老爷清如水，明如镜，你敢说我糊涂？料你也不肯实说。来人。

衙　役：有。

爱川钱：把她与我枷起来。

火　氏：咳呀，我媳妇善待中馈，贤孝无比，岂有因奸害命之理？望老爷善断复查。

爱川钱：你这个老婆子休要多言。上刑。

衙　役：当堂上刑。

谢冰姿：咳呀，罢了我了！

火　氏：咳呀，媳妇儿啦，可苦死你了。

爱川钱：叫她招上来。

衙　役：招上来。

谢冰姿：咳呀，爷爷呀。

（唱）十指连心疼难忍，忽忽悠悠叫声冤。

爱川钱：（白）招上来。

谢冰姿：你叫民妇招什么？实实在在不了然。

爱川钱：既不肯招，与我狠敲！

谢冰姿：咳呀！

（唱）只觉一阵更难受，活活疼死在堂前。

一阵昏迷不知晓，苏醒一会把阳还。

爱川钱：（白）谢氏你快招，不然一会动大刑了。

谢冰姿：我招我招。

火　氏：我儿不可。

（唱）人命关天罪不小，不可招认莫胡言。

爱川钱：（白）招上来。

谢冰姿：是，我招呀。

（唱）自古杀人者偿命，

火　氏：（唱）一招性命活归难。

谢冰姿：（白）我的妈呀。

（唱）孩儿也知是如此，怕只怕夹上十指也得言。

不如胡乱招了吧，求得一死倒安然。

爱川钱：（白）谢氏快招，到底为何害她？

谢冰姿：（唱）害人之事不知晓，事实无有不会胡言。

吓得佳人连打战，罢也，须得暂时顾眼前。

说了个因为有仇将她害，

爱川钱：这就是了，叫她画招吧。

谢冰姿：（唱）就要拿笔往上填。

火　氏：我儿不可。

（唱）老妇人一见魂不在，只叫媳妇莫胡言。

代婆本来是我害，快拿笔来画周全。

爱川钱：（白）哇！老婆子你又打搅来咧。方才怎不说？刚刚有了头啦，怎么又是你害死的呢？

谢冰姿：你老休疼儿了。

（唱）你老休要疼儿媳，也是我命该如此死得当然。

爱川钱：（白）快些画招吧。

谢冰姿：（唱）用笔把供画一下，

衙　役：（白）请爷过目。

爱川钱：这不就完了嘛？

火　氏：（唱）老夫人哭声儿啦叫声天。

今日画招无更改，免不了一刀之苦赴九泉。

可惜年轻多娇女，冤枉冤哉一命捐。

可惜你深明孝道侍奉我，

爱川钱：（白）谢松，与你无干，回家去吧。（下）

谢冰姿：妈呀，你回去吧。

火　氏：（唱）同来到此不能还。

谢冰姿：（唱）婆媳二人哭死了，血泪千行湿衣衫。

爱川钱：（唱）钱爷座上冲冲怒。

（白）杀人偿命理所当然，难道你还冤屈吗？混哭什么？人来。

衙　役：有。

爱川钱：把谢氏钉杻收监，把这个老婆子掐出去。

衙　役：犯人当堂钉杻收监，老婆子出去吧。

火　氏： 咳，苦哇！（下）

爱川钱： 正是：有钱谁管曲与直，算他情屈命不屈。（下）

（升帐，上檀道济，众将站）

檀道济：（诗）能出奇功为主帅，虽缺粮草保平安。

（白）本帅檀道济。前日一场好杀，险些被孙叔见困住。如今敌兵势重，围困关城，如何是好？

（上卒）

卒： 报元帅得知，北魏兵丁攻城甚紧，眼看难以保守。

檀道济： 再去打探。

卒： 得令。（下）

檀道济： 咳呀，可不好了。

（唱）元帅檀爷心好怕，不由顶上走真魂。

城中多日缺粮草，军卒饿得病来临。

可恨刘门贼狗子，济州运补用火焚。

檀直此去把兵调，至今无信又无音。

昨和敌兵打一仗，被他困在正中心。

若非我的枪马勇，免不了一命定归阴。

我死可倒不要紧，大宋江山如浮云。

只恐此城不能保，灰瓶火炮枉劳神。

罢罢罢，舍着一命出城去，哪管先死与后存？

吩咐左右看枪马，且住！

不可不可且不可，一人怎挡数千军？

左右为难团团转，口打咳声自思忖。

哦哦，是了，忽然想起一条计，心中得意笑盈盈。

如此这般将门放，叫他进了此关门。

背地埋伏人共马，管叫敌将他被擒。

就此去抢他粮草，反败为胜算超群。

手拔令箭往下叫，

（白）护卫包管上帐听令。

包　管： 在。

檀道济：你拿令箭一支去到粮草之处，单等魏兵到来，里面俱装沙土，外面盖上粮米，孙叔见看咱无补，必将攻城，而见此光景，他必惊慌而走，趁此杀上前去，可获全胜。

包　管：是，末将遵令。（下）

檀道济：众将官，四门大开，看枪马伺候。（下）

包　管：（上包管）奉了元帅令，用斗去量沙。我包管。军校们快来！

军　校：来了。

包　管：你们还有劲没有？

军　校：有点呢。

包　管：元帅有令，斗量里面是沙是土，外面盖上粮米，等魏兵跑来就杀上前去，夺他粮草，就有你们吃的了。快到仓处装斗量沙，不得有误。（下）

军　校：得令。

（唱）众军卒齐声唱，跑了一趟又一趟。

量着沙子往上堆，外面有米盖在上。

三千斗五十斛，八百一千不一样。

粮草堆积如泰山，其实是假混装相。

声要高，音要亮，竟哄魏兵他上当。

喊声吆喝只管量，不怕敌兵他吊棒。（下）

魏　兵：（唱）有魏兵，见此样，立刻前来报主将。

孙叔见：（唱）孙叔见闻听吃一惊，如此粮多我上当。

众良谋，真上当，都是下书人混账。

檀道济诡计又多端，怪道四门都开放。

急忙跑回莫迟挨，只怕回营无指望。

一声令下回人马，

（白）众兵将，檀道济粮草如山，这是中了诡计，一齐跑出城去，不得有误。（下）

檀道济：（内白）好魏贼，哪里走？

（孙叔见、檀道济对上，杀孙叔见死，上包管，杀二魏将死。）

檀道济：众将官，一齐踏他营盘，不得有误！

（内报）报元帅得知，魏兵大败夺了粮草两千余石，车马器械不计其数。

檀道济：这等，打得胜鼓回关。

（唱）不言檀爷全得胜，（下）

（刘龙、李虎马上）

刘龙、李虎：（唱）再表校尉在路行。

刘龙李虎催马走，带领校尉四十名。

奉了千岁王爷旨，捧定金牌上边庭。

滑台关去把檀帅调，饥食渴饮奔路程。

眼前到了边庭地，压下二人且不名。（下）

檀　直：（唱）再表檀直小英雄。坐在房中长吁气，

无端被陷月勾山，如坐针毡一样般。

（白）俺檀直，被陷于此，迫不得已与崔氏成亲。她虽有情，总是女寇，声名太差，况且奉命荥阳勾兵，不当久恋于此。昨晚思得一计，如此这般，将她灌醉，脱身而走。

（上崔云霞）

崔云霞：驸马自言自语地说什么呢？

檀　直：未说什么。

崔云霞：奴看你自到山寨，总是闷闷不乐，到底为啥呢？

檀　直：各人天生的性情，不像他们似的平白无故轻轻浅浅，嬉皮笑脸，若遇说笑之人，方为快乐。

崔云霞：不知驸马一生，所好的是啥？

檀　直：卑人一生所爱的是醉美人。

崔云霞：何为醉美人？

檀　直：若遇见有姿色的女子，喝得沉沉大醉也，乜斜二目，更有春色，我看着才乐呢。

崔云霞：如此说来，奴家只是丑陋不堪的妇女，喝醉了也能供郡马一乐呀。

檀　直：娘子这是过谦了。娘子天色美貌，犹如天仙一样，再添春色，更显千娇百媚，卑人自然大乐，只是娘子不肯。

崔云霞：若得郡马一乐，奴家就喝醉死了，也是千肯万肯。小红、小绿，快来！

小红、小绿：来了，郡主有何吩咐？

崔云霞：快摆酒宴上来，我与郡马对饮。

小红、小绿： 是。

（唱）小红小绿不怠慢，霎时酒宴摆满桌。

崔云霞：（唱）云霞捧杯双手递，郡马请饮快接着。

檀　直：（唱）娘子美貌如仙女，敝人奉陪必多喝。

崔云霞：（唱）奴家舍命陪君子，虽然量小难推脱。

檀　直：（唱）娘子请饮休多礼，再醉了哇必袅娜。

崔云霞：（唱）喝到大醉方休也，只求郡马你快活。

檀　直：（唱）说话之间天色晚，金乌西坠落山坡。

崔云霞：（唱）叫声红绿把灯点，去罢，不用你们伺候着。

小红、小绿：（白）是。（下）

檀　直：（唱）娘子你需尽量饮，酒醉美人好看得多。

崔云霞：（唱）一直喝到三更鼓，不觉醉了前仰后合。

檀　直：（唱）英雄一见心欢喜，

（白）郡主，怎么不喝啦？无有多半夜了，要不咱俩睡觉去吧？郡主请入罗帐。

崔云霞： 哎呀，你呀你呀，单要看个醉美人，这可有啥看头？快随我来吧，小东西。

檀　直： 是，来了。

（唱）夫妻同入销金帐，恩爱交欢何用说？

眼见郡主睡着了，暗暗便把宝贝摸。（下，又上）

早已备下一匹马，急快如飞走如梭。

不言檀直悄悄走，（下）

崔云霞：（唱）崔氏云霞闭秋波。

只见天色已大亮，郡马却往何处挪？

穿衣坐起呼使女，快请郡马把茶喝。

小红、小绿：（白）是。

崔云霞：（唱）从他到此有数日，总是愁闷不快活。

昨日饮酒甚高兴，翡翠衾中恩爱多。

阳台梦里多快乐，酒是色媒不用说。

睡到此时我才醒，他先起去我不晓得。

一定是往前帐去，

（上崔明霞）

崔明霞：（唱）姑娘明霞进绣阁。

崔云霞：（白）妹妹来了？请坐吧。

崔明霞：有坐。我姐夫他往哪里去了？

（唱）比翼的鸳鸯怎离窝？

崔云霞：（白）清晨起来，不知他往何处去了。

崔明霞：此时天有小晌午，你怎么还未梳洗？呵呵。

崔云霞：只因晚上多贪几杯，方才睡醒。

崔明霞：（唱）两口子黑天白日闹了个性，不早起来干点活。

崔云霞：（白）别瞎说啦，等你有女婿也是这样。

小红、小绿：（唱）二姑娘正打抓皮将，进来小红小绿把话说。

（白）启禀二位郡主得知，奴婢前帐去，我姑夫并没找到。听喽啰说是五更以前的时候，见姑爷手持令箭，骑着那匹大马，说有急事下山。有令箭在手，喽啰不敢拦挡，下山去了。

崔云霞：不用说了，趁着奴家酒醉，脱身而走。咳，可倾死人啦，我的妈呀！

崔明霞：姐姐你是哭啥吔？哪家两口子总是在一块？再等几天他还不回来呀？

崔云霞：咳，妹妹，昨夜如此这般将奴灌醉，看这光景，早就有心舍我，要想他自己回来，那是妄想。小红，小绿。

小红、小绿：有。

崔云霞：奴家酒醉，你二人也该防备那强人逃走，你二人却为何躲静求安，看奴家笑话？是何道理？

小红、小绿：郡主莫要怪罪我俩，奴在旁伺候，你老怕我们碍眼，打发我们出去，谁知他私自逃走？怎么怪我们？这不是拿闲人吗？

崔云霞：娼妇们不要犟嘴，速速备上快马，将郡马赶回，算你们奇功一件。

小　红：姑爷骑的那匹火龙马，快如闪电一般，已去多时，如何赶得上呢？

崔云霞：要不来咱那个人，要你们给我。

小　红：给你干啥？

崔云霞：做饭吃，快去。

小　红：是咧，倒是拿着我们撒气。（下）

崔云霞：咳，可罢了我了。

崔明霞：姐姐怎的了？

崔云霞：一阵头迷眼黑，只怕是病了。

崔明霞：姐姐乐极生悲，昨夜两口子不是作乐来呢？今日又该烦恼啦？

正是：痴心女子负心汉，俗语相传果其然。（下）

（上檀道济，升帐，众将站）

檀道济：（诗）智勇双全无对手，一阵成功参地天。

（白）本帅檀道济。昨日装土量沙，诱杀了孙叔见，得了粮草两千余石，大振军威？可恨檀直上荥阳勾兵，将近一月不见回转，令人可恨。

（上卒）

卒：禀爷，公子荥阳勾兵回来，辕门候令。

檀道济：怎么？小畜生回来了？

卒：正是，来了。

檀道济：哼哼哼，他来得忒也慢了。叫他随令而进。

卒：哦，少爷随令而进。

（上檀直）

檀　直：是，来了。父帅在上，孩儿参拜，调来五千人马，面前交令。

檀道济：哼，你好大胆，你调得兵来多少日期？

檀　直：一月方回。

檀道济：住了，限期半月，你为何一月方归？你不知道军令如山，救兵如救火？不但违抗军令，更又不遵父命。哼哼哼，畜生哪畜生，你敢胆大误期不到，你在外面做了什么？快讲！

檀　直：咳呀，父帅息怒，且容孩儿告禀。

（唱）孩儿去勾兵，误期是不敢。

行走那一天，正然把路赶。

途中遇刘门，济州运补转。

小子敢胡为，欺心真大胆。

抢掠女花容，王法全不管。

孩儿起不平，与他论长短。

不但不服说，反倒横了眼。

一时火星窜，怒气攻心坎。
我俩把手交，那厮遭了贬。
再打他一伤，由着不服软。
放了女红妆，脱身回家转。
孩儿不敢停，也就把路赶。
因此误期限，故而回来晚。
还要往下说，

檀道济：（白）帅爷一声喊。哇，怪不得刘门烧毁粮草两千余石，还是你这小畜生惹的塌天大祸。若不巧计良谋，这座滑台关早已属了北魏。哼哼哼，畜生哪畜生，你真死有余辜，令人发指。刀斧手何在？

卒： 有。

檀道济：与我绑了。

卒： 我等不敢。

檀道济：住了！本帅有令，何言不敢？速速绑了。

檀　直：咳呀，爹爹，孩儿虽有罪，望求看父子之情，饶过孩儿这一次吧。

檀道济：哇！哼哼哼，自古军规如山，王法无亲，你还讲什么父子之情？逆子哪，逆子哪。

（唱）连拍案，响噼啪。
喝叫逆子，该剐该杀。
军令如山重，竟敢抗军法。
违令期限不到，还敢胡扯乱拉。
你要不把刘门打，怎有大祸把天塌？

檀　直：（唱）望父帅，气且压。
刘门仗势，心性乖滑。
抢掠民间女，不怕犯王法。
若不将他教训，惹祸连累咱家。
恶霸豪强人人怕，打他一顿理不差。

檀道济：（白）哼哼！
（唱）你还敢，混磨牙。
紧急军令，自古不假。

刘门纵不对，何须你管辖？
那厮因此怀恨，粮草俱用火伐。
致使我外无救兵里无粮草，兵将险乎染黄沙。

檀　直：（唱）贼刘门，理太差。
不惧神鬼，暗里详查。
吉人有天相，神佛保佑咱。
一旦调来人马，以外还有兵加。

檀道济：（白）又有何处人马？

檀　直：月勾山上二女将，智勇双全武艺可夸。

檀道济：你怎知晓？

檀　直：（唱）那一日，走路差。
狂风大作，误入山崖。
正遇贼毛寇，围住便厮杀。
贼人倚多为胜，孩儿误被擒拿。
强逼成亲住几日，如此招赘一枝花。

檀道济：（唱）咳呀一声气死我，平身栽倒紧咬牙。

众　将：（唱）众人上前忙扶住，
（白）元帅怎么样了，元帅醒来，元帅醒来！

檀道济：咳，可叹我檀门忠孝节义，如何不幸生此不孝之子？怪不得违令误期，原来招赘女寇，贪图快乐。逆子，我把你剖腹剜心、万剐凌迟，方消我恨。刀斧手！

卒：在。

檀道济：将逆子推出辕门斩首。

众　将：慢着，元帅不可。自古道千军易得，一将难求。公子英勇，北魏闻名丧胆。当此两国争斗，正在用兵之际，枉杀大将，真乃如去爪牙。私收反女，虽然有罪，但只要她们归降王化，便是一家，何罪之有？况且得贤之助。正是天便成功如虎添翼，北魏犹羊一鼓而成也。

檀道济：住了！你等仅重人情，一派胡言。他私通反女，按律应该祸灭九族。哼，你等并非来讲人情，敢是要我谋反大逆。

众　将：我等不敢，只求元帅看末将们面宽恩。

檀道济：逆子罪恶滔天，万不能赦。你等不必与他讲情，速速退下。

众　将：哇呀，少将军乃国家之栋梁，我等朽木之庸才，宁替公子受戮，也不忍国家栋梁受损。

檀道济：哼哼哼，你等反了，敢违本帅军令，不容本帅施行，莫非一党同谋？现有龙泉宝剑，你等来来来，尔等先把我的人头割下。

众　将：我等不敢。

檀道济：不敢，回避了。

众　将：是。（下）

檀　直：望父帅开天地之恩，容孩儿见我母亲一面，死也瞑目。

檀道济：哇！你今死有余辜，还见你母亲怎样？刀斧手。

卒：有。

檀道济：推出去开刀。

黄　氏：（内白）刀下留人，且慢动手！（上）我的儿啦！

檀　直：娘呀！

黄　氏：孩儿呀，不知你所犯何罪，你父亲要将你斩首？

檀　直：原是如此这般，我父亲要孩儿一死，母亲讨个情分，饶了孩儿吧。

黄　氏：是，为娘知道。（回身）哦，老爷，咱孩儿犯了何罪，至于斩首？

檀道济：住了！你一裙钗之人，只要谨守闺门，擅闯大帐是何道理？

黄　氏：妾已年过中旬，也是一品诰命夫人，来至中军，问个详细，也不为越礼。

檀道济：国家大事，岂用你问？快快回避了。

黄　氏：妾身问问，要是儿罪当诛，即便正法，死而无怨。

檀道济：咳，若说起这逆子的罪孽来，真是叠叠重重。自古军令如山，犹如圣旨，他竟敢违令不到，其罪一也；赘婚反女，乱法胡为，其罪二也；因他殴打刘门，才惹出孙叔见困城一事，这座关城险些失陷，此关一失，大宋的江山却要丧在他手，世间最重莫过于此。乞婆，还问他怎的？

黄　氏：咳，老爷，咱孩儿纵然有罪，乞看妾身薄面天性之情，饶过他吧。

檀道济：住了！你生此不孝之子，险乎害了一群生灵，就是千刀万剐，死有余辜，何故替他分辩？还讲什么人情？

黄　氏：老爷，不孝有三，无后为大，你我年过中旬，只有这点骨血，只顾将他处死，岂不断绝祖宗香烟？老爷须要三思而行。

檀道济: 哇！妇人家只顾儿女之情，不知军法无情。我要免去其罪，帐下千人万马，怎么再正军规？自己不正，焉能正人？不能齐家，焉能治国？

黄　氏: 老爷且息雷霆之怒，少息虎狼之威，妾身与你下全礼吧。（跪）

（唱）夫人跪倒泪如雨，尊声老爷在上听。
你我一辈只一子，娇生惯养长成丁。
好容易抚养十八岁，相貌堂堂有威风。
枪马纯熟无人当，也曾屡次建大功。
如今要将他斩首，可叹你我无人送终。
祖上香烟谁接续？到老回头谁见行？
老爷上裁想一想，饶过他吧算有情。

檀　直:（白）爹爹，饶过孩儿吧。

檀道济: 檀直。

檀　直: 有。

檀道济: 我的儿。

檀　直: 在。

檀道济: 咳，我的儿啦。

檀　直: 爹娘啦。

檀道济:（唱）莫怪为父心肠狠，因你做事太胡行。
命你荥阳勾人马，怎么迷路到山中？
既被反女擒拿你，何必怕死定婚盟？
私收反女该何罪？触犯何律岂不明？
我今若是饶了你，众将犯罪怎施刑？
说着说着无名动，钢牙一咬把心横。
怒发冲冠开言道，

（白）罢了罢了，妇人既然苦苦讲清，与这逆子留个囫囵尸首就是了。旗牌官何在？

卒: 有。

檀道济: 将这逆子绑赴法场，一到午时三刻，用乱箭射死。

卒: 是。

黄　氏: 你们哪敢动手？

卒：　　我等不敢。

黄　氏：（唱）夫人双手忙，抱住亲生子。

　　　　　　谁敢动娇儿，老身决不饶。

檀道济：（白）哇！

　　　　（唱）王法无亲皇王立，乞婆你竟敢无法乱胡言。

黄　氏：（唱）常言虎毒不食子，你为何自己亲生一命捐？

檀道济：（唱）因他犯了逆天罪，军法无情不得不然。

黄　氏：（唱）依我看来无甚罪，总是狠毒太悲惨。

檀道济：（唱）非为狠毒碍着国法，朝廷律例难自专。

黄　氏：（唱）老爷功高爵位重，朝廷也得把命宽。

檀道济：（唱）王子犯法与民同罪，速速回避莫多言。

黄　氏：（唱）要想杀我亲生子，不如叫我一命捐。

檀道济：（唱）乞婆你是无道理，

黄　氏：（唱）断绝祖脉罪怎担？

檀道济：（唱）妇人道理你不懂，

黄　氏：（唱）父子天性你不全。

檀道济：（唱）大乱军法该万死，

黄　氏：（唱）性命抛至肚外边。

檀道济：（唱）恕你无知速速退，

黄　氏：（唱）要杀我儿万万难。

檀道济：（唱）喝令旗牌推下去，

黄　氏：（唱）哪个敢动把眼剜。

檀道济：（唱）乞婆真要讨无趣，

黄　氏：（唱）单等一死赴黄泉。

檀道济：（唱）气得帅爷打一掌，

　　　　（白）乞婆着打。（打）

黄　氏：（白）咳呀！（倒）

　　　　（唱）夫人跌倒地平川。

檀道济：（唱）拍案大叫刀斧手，

　　　　（白）旗牌官听令，速将逆子绑下去，违令者斩首。

卒：　得令。（绑下）

（元帅一人坐，上校尉、钦差）

校　尉：众家弟兄捧定金牌，来至帅府门前，为何一人不见？方才听说檀道济要杀其子檀直，因为忙乱，故此无人。不必管他许多，你我招呼一声。

钦　差：呀，嗨！檀道济听真，金牌调你进京，朝命谨记，不误时刻。

檀道济：呀，原来钦差大人到来，请入大帐。

钦　差：请。

檀道济：不知朝中出了何事，发出金牌调我？

钦　差：连我们也不知道，金牌到日，即刻进京，时刻莫误。一齐起身便了。

檀道济：是，我知道。大人且请馆驿安息片刻，容我收拾收拾，即便启程。

钦　差：快些收拾，勿得迟误。

檀道济：是。（送下，又上）军校。

军　校：有。

檀道济：快传包管。

军　校：是。（下）

包　管：（内白）来了。（上）元帅唤来末将，不知有何差遣？

檀道济：如今朝廷发来金牌调我即刻进京，时刻不容，不知何故。

包　管：哦，元帅，以末将看来，如今朝中出了奸党，虎不离山，龙不离海，万一金牌是假，恐入奸臣之计。

檀道济：真假难辨，若不即刻进京，犯有抗旨之罪。

包　管：末将看元帅气色不对，若是进京，倘有不测，不如不去。

檀道济：咳，我檀道济秉性忠贞，赤心贯日，岂肯违抗圣旨？纵有不测，万死不辞。

包　管：元帅要去，末将不敢拦挡。孙叔见虽死，王会龙尚在。元帅去了，边庭之事，有谁做主呢？

檀道济：你且执掌军机，等我回来自有处理。

包　管：是，末将遵命。

檀道济：待我急速打点行李，启程便了。（下）

包　管：你看元帅去了，不听解劝，执意而行。我想此时未到午时，大料公子不能丧命。军校们。

军　校： 有。

包　管： 快快报与公子、夫人，不必害怕，等元帅去了，即便回府。（下）

檀道济：（内白）军校们，带马以奔京都。

（上檀直、包管、黄氏）

黄　氏： 将军，金牌来到，却因何故？

包　管： 不知何故，看那钦差必无好事。

檀　直： 细想父亲此去大料凶多吉少，须得命人暗到京中打探便了。

包　管： 有理。元帅临行，命我执掌军机，包某无才，恐众不服，还是公子执掌帅印。

檀　直： 父帅既托将军执掌，何必太谦？

黄　氏： 此乃国家重务，你二人不必推脱，同心协力，保守关城就是了。

包管、檀直： 我等遵令。

包　管： 正是：绝处逢生虽云喜，主帅离关又可忧。（下）

（上王虎山、谢珍，坐）

谢　珍：（诗）学成文武艺，卖与帝王家。

王虎山：（白）俺王虎山。

谢　珍： 学生谢珍。

王虎山： 咳，贤弟，你我离家日久，指望上京求名，偏偏病在店中多日，方才大愈。

谢　珍： 姐丈，如今宋、魏交兵，听说大路甚是荒乱，你我何不绕路进京？荥阳往北有一条山路，绕道京城，大家就此一往。

王虎山： 有理，速速备马则可。

王虎山、谢珍：（唱）二人一齐去备马，（下，又上）各个乘马走得速。

压下二人且不表，（下）

（上小红、小绿）

小红、小绿：（唱）再表那小红小绿在路途。

奉命追赶檀小将，带领喽啰转故庐。

可叹你我为奴婢，凡事总得听人言。

自从拿了檀公子，强扭强拽招大姑。

好容易夫妻恩爱热如火，不知道怎么乐得喝了几壶。

沉沉大醉不防备，走了牛郎出壁屋。
织女床前也病倒，叫咱追赶大姑夫。
找遍东南与西北，不知可是滑台关去转故庐。
回山诉大寨主，大姑必定气扑扑。
拿着咱俩要撒气，免不了地受凌辱。
二人正在回山走，呀，见那边二人走得速。
只一个风流俊俏文士样，那一个威风凛凛像个武夫。
何不如此这般做？

小　红：（白）妹妹，你看那小路之上有两个骑马的汉子，内中有白面书生，甚是美貌风流，何不擒上山来，与二姑娘配偶？你我岂不将功折罪？

小　绿：可也是呢。

小　红：这一来大姑娘纵然不乐，二姑娘必然欢喜，大姑娘即便责备咱俩，二姑娘还不讨个人情？闲言少说，喽啰们。

喽　啰：有。

小　红：那边来了二人，一齐上前生擒活捉，不得有误。

（内喊，上王虎山、谢珍）

谢　珍：哇呀，姐丈，那边来了一伙毛寇，直奔你我而来，如何是好？

王虎山：贤弟放心，不是俺自夸海口，凭他有多少毛寇，还要与他要些路费，你且闪开在一边，待我杀上前去。（下）

谢　珍：呀，你看姐丈与贼打仗去了。自古寡不敌众，若有一失，那还了得？不如趁此忙乱之时逃走便了。（下）

（王虎山对小红、小绿）

小　红：哦，那位壮士不要动手，快将那位壮士一同请上山来，还有多少的好处。

王虎山：丫头，休得胡言，看剑取你。

小　红：来！

（杀，小红败下，又上）

小　红：喽啰们！

喽　啰：有！

小　红：下上绊马索。

王虎山：丫头哪里走？（掉下马）

小　红：喽啰们，绑着回山。（下）

（上崔明霞，升帐）

崔明霞：（诗）红罗帐内娇娆女，分金亭上冠中王。

（白）奴二寨主崔明霞。姐姐招了檀直，过了几夜朝欢暮乐，不曾想两口子熬了半宿，姐姐睡着，他竟偷着逃下山去。打发小红、小绿下山追赶，多日不见回来，姐姐茶饭懒食，堪堪病倒。咳，姐夫哪姐夫，若是不回来，我的姐姐又添加烦恼啦！

小红、小绿：（内白）喽啰们。

喽　啰：（内白）有。

小红、小绿：（内白）将马带过。（上）启禀二寨主，奴婢奉命追赶檀姑爷，踪影不见。走到红雁岭下，遇见二位客人，内中有一个年轻的秀士，我们指望擒上山来与你配偶，不料黑汉武艺绝伦，动手厮杀起来，不知那白面的书生逃往何处去了。我们将黑汉拿来，乞寨主发落。

崔明霞：你二人闪过。喽啰们，将那黑汉绑上来。

（绑上王虎山，不跪）

喽　啰：跪下。

王虎山：嗨，囚攮的叫你祖宗跪哪？

崔明霞：哟，这个人虽然面黑，生得虎背熊腰，天武神威，倒也不错。

（唱）这人生得有福相，双睛如电射光辉。

如同霸王名项羽，又像三国猛张飞。

有日发达时运至，可与皇家为栋梁。

试与英雄配成偶，何必区区嫌他脸黑。

况且是强女必得配硬汉，要配了弱书生嫌他累赘。

开口便把红绿叫，

小红、小绿：（白）有。

崔明霞：（唱）如此替我说一回。

他要应允算一定，

小红、小绿：（唱）不如意必闹是非。

小红小绿微微笑，莫非不嫌他脸黑？

崔明霞：（白）不必瞎说，快与我说说去吧。

小　红：（唱）小红回身开言道，那汉子家住哪里？姓字名谁？

王虎山：（白）俺王虎山，家住承德县。

小　红：（唱）有件好事与你讲，

（白）那汉子，你今被擒，愿吃一招是愿吃一刀呢？

王虎山：我这人是天生的糊涂，什么叫作招，什么叫作刀呢？

小　红：愿招就是上面坐着那个人。

王虎山：那个人可也吃的了么？

小　红：不是叫你吃她，要招你个女婿。你仔细地看看，招了她是个有福的。

王虎山：我要不招呢？

小　红：不招就把你一刀砍了。

王虎山：不论怎的，我要活着，抱点屈招了罢。

崔明霞：这等，喽啰们，快些松绑。小红，小绿。

小红、小绿：有。

崔明霞：快些预备香案，好拜天地。

小　红：咳呀，也得等着个好日子。

崔明霞：我看不用挑日子啦，就撞婚而做吧，哪天结婚哪天好。

小　红：奴婢遵命。喽啰们，快排香案伺候。

崔明霞：将军，请到后面拜天地、入洞房呀。

王虎山：好爽快的勾当。如此，寨主请。（下）

（上张氏、檀梦兰坐）

张　氏：（诗）满堂荣耀沐皇恩，阖家共乐太平春。

（白）老身张氏。

檀梦兰：奴檀梦兰。

张　氏：只因我儿滑台关镇守，媳妇与孙子俱在任上留下，孙女陪伴老身，在这京中葵花巷内居住。

檀梦兰：祖母，昨日边庭报道，说我父在滑台关立了莫大之功，朝廷见喜，封祖母为荣寿夫人，又封太君之职。阖朝文武俱来庆贺，府前看戏，院子照看待客，真乃喜不可言。

张　氏：孙女，咱家如此荣耀本是大喜，老身为何连做凶梦，肉跳心惊？却是何故？

檀梦兰：从来梦凶是吉，太太不必过虑。

（上梅香）

梅　香：启禀老太太，院子传话说，文武官员俱在大厅之上，定要面见太太贺喜。

张　氏：如此搀扶老身前去。

梅　香：是。（下）

檀梦兰：你看祖母前庭去了，奴家无事，只得看个热闹。哦，丫鬟。

梅　香：有。

檀梦兰：随我上楼。

梅　香：晓得。（二人同下）

（上谢珍）

谢　珍：（诗）自古楼门高万丈，全凭鱼化只听雷。

（白）学生谢珍，字宝树，前日与姐丈王虎山同行，误被毛寇冲散，也不知姐丈怎么样了。学生自己来到京城，寄身旅店，不意科场尚远，只得等候。今日闷闷不乐，何不到外面散步一回？

这正是：孤身多寂寞，散步且开怀。（下）

（上紫云仙姑）

紫云仙姑：（诗）渺渺碧霄朝王母，迢迢紫云出瑶池。

（白）小仙紫云仙姑，只因在蟠桃会上与左金童子对面一笑，被王母看见，把左金童子降落凡间。小仙与他有姻缘之分，只有九个月的夫妻，便当回转瑶池，如有违误，定遭诛灭。现今到了京中，不免驾云前去寻他便了。

（唱）紫云仙姑驾云走，（驾云）招展凌霄一片光。

一身生就神仙骨，焦梨火枣任口尝。

蟠桃千日皆成果，姐妹二人共看防。

群仙多赴蟠桃宴，仙童与我有衷肠。

相见一笑瞒王母，被她瞧见降凡乡。

左金童推到凡尘去，今又贬我到下方。

姻缘定了九个月，相亲相爱妻与郎。

若是贪欢误了限，免不了天宫内里闹一场。

拿双去到天上去，一定受罪必受伤。
不言仙姑空中走，（下）

（上谢珍）

谢　珍：（唱）再表宝树谢家郎。
出店而来闲玩耍，走到东边又西方。
大街之上人无数，军民百姓闹嚷嚷。
人人都夸檀元帅，装斗量沙计策强。
杀了北魏孙叔见，现在捷报到朝纲。
龙颜大悦加封赏，悬花结彩乐洋洋。
老太太加封诰命，府前唱戏喜非常。
似此将才真堪美，功高盖古永流芳。
我谢珍有日发达在朝内，须要学他美名扬。
我何不凑在人群内，看看热闹怎荣光？（下）

（上檀梦兰、梅香）

檀梦兰：（唱）再表梦兰女红妆，带领丫鬟把楼上。
（白）梅香。

梅　香：有。

檀梦兰：支起楼窗。

梅　香：是。

檀梦兰：上得楼来，但见悬花结彩，好不热闹也。
（唱）梦兰这里用眼看，男男女女闹吵吵。
呀，忽见一人相貌好，头戴儒巾多俊俏。
（白）丫鬟，打茶去。

梅　香：是，晓得。（下）

檀梦兰：（唱）人群里面真出色，好像仙童下九霄。
越看越爱无主意，直瞪二目魂魄消。

谢　珍：（唱）书生谢珍也看见，心中打量女多娇。
莫非误把天宫入，遇见神女下九霄。
面如桃花娇又嫩，柳眉杏眼口樱桃。
金莲虽然未看见，细看此人何处不娇？

正是二人来观看，

（云上紫云仙姑）

紫云仙姑：（唱）紫云仙姑半空飘。

早知二人怜情处，须得撮合赴桃夭。

（云照，楼上小姐睡着）

用手一指发黑暗，

谢　珍：（唱）谢珍回身跌一跤，绊倒墙角入梦了。

紫云仙姑：（唱）紫云仙姑使法术，收云落在地当央。

（白）哦，花神何在？

花　神：（内白）来了。（上）仙姑有何法旨？

紫云仙姑：谢珍与梦兰有夫妻之分，如此快去。

花　神：是。（下）

紫云仙姑：待我隐在深山便了。（下）

（内白）檀梦兰随我来。

檀梦兰：是，来了。（魂出窍）

（唱）连声答应移莲步，魂灵出窍往前行。

但只见百花齐放多娇美，来了浪蝶与狂蜂。

围绕花心不肯去，又如我夫妻贪恋那恩情。

佳人正观花内景，（下）

（紫云仙姑领谢珍魂）

紫云仙姑：（白）谢公子这里来。

谢　珍：是，来了。

（唱）谢珍闻听有人声。

忽然瞧见多娇女，（对上）走至近前把礼行。

檀梦兰：（唱）佳人一见往后退，杏眼一溜面绯红。

低下头来心不悦，

谢　珍：（白）小娘子，咱二人郎才女貌，成就百年之好吧。

檀梦兰：这可叫我怎说呀？

谢　珍：（唱）手拉小姐到前庭。（下，又上）

如鱼得水多美满，襄王神女乐无穷。

彼此不舍难分手，霎时云散雨也冲。

（白）小姐，我回去了。

檀梦兰： 公子，咱二人海誓山盟。

谢　珍： 我非你不娶。

檀梦兰： 我非你不嫁。

谢　珍： 小姐请。

檀梦兰： 公子请。（下）

（二魂入窍，丫鬟上）

梅　香： 小姐，醒醒吧。

檀梦兰： 咳，一觉睡得好，方才明明白白做了一梦。哦，丫鬟。

梅　香： 有。

檀梦兰： 看看楼下有人无有。

梅　香： 是。有一个书生。

檀梦兰： 如此，丫鬟。

梅　香： 有。

檀梦兰： 搀我一把。这是怎的了？

梅　香： 准是在楼上受了邪啦。

檀梦兰： 梦中之人姓谢名珍字宝树。罢了，奴既失身于他，若非此人，终身不嫁。
正是：梦魂鱼水偕连理，海誓山盟结姻缘。（下）

谢　珍： 学生记住了。哼，方才在花园中夫妻恩爱，真也奇怪，不知怎么忽忽悠悠躺在这里做了一梦。哦，是了，必是月老助我姻缘。学生自有发达之日，若非此人一生不娶。回店便了。
正是：人生梦中非知己，亦不二念得贪情。（下）

（完）

第　三　本

【剧情梗概】 义康用金牌骗回檀道济，将其折磨致死，并抄斩檀道济全家。刘门垂涎檀梦兰美貌，将其留下，欲强娶作妾。紫云仙姑令九尾狐救出梦兰，九尾狐又变成梦兰模样，戏骗刘门。紫云仙姑亦化作梦兰容貌，与谢珍完结九个月的因缘。梦兰逃出后，遇到谢松之母强氏。王虎山带崔明霞回家探亲，正赶上谢冰姿即将被斩首。他们先杀死飞燕，却让谢松走脱；又杀死县令爱川钱，救走火氏、谢冰姿婆媳。

刘龙、李虎：（内白）兄弟们走哇！（马上）

（诗）奉了三王旨，金牌调将来。

刘　龙：（白）俺刘龙。

李　虎： 我李虎。

刘　龙： 贤弟，你我捧定金牌，将檀道济调来，离京不远，只得王府去见千岁。

李　虎： 大哥不可，王爷也曾吩咐，若得调来，必须夜晚进京，白日耳目昭彰，走漏了风声可就不妥。大家何不在昆仑山打尖？天晚进京，有何不可？

刘　龙： 言之有理。

李　虎： 咱就走走。（下）

（上崔明霞）

崔明霞：（诗）芙蓉帐里忆为梦，翡翠宫里妙入神。

（白）奴家崔明霞。自从姐夫偷下高山，打发小红、小绿追赶，杳无音信，不免把王虎山擒来，我二人以成夫妇，久后夫君必成大名。

（上王虎山）

王虎山： 娘子在房么？

崔明霞： 将军来了？请转上坐吧。

王虎山： 便坐可以。娘子快与我打点行李，我要走啦。

崔明霞： 咳哟哟，可倾杀人啦！你往哪里去呢？

王虎山： 不必管我，快些收拾。

崔明霞： 我偏问你，要往哪里去呢？

王虎山： 咳，好生的唠叨。

（唱）连日尽做那凶梦，想是家中有灾殃。

崔明霞：（唱）从来梦是心头想，心惊肉跳是寻常。

王虎山：（唱）定要回家去探母，快去收拾备行囊。

崔明霞：（唱）如此奴家随你去，

王虎山：（白）你去做什么呢？

崔明霞：（唱）媳妇问安理应当。

王虎山：（唱）汉子出门登途路，老娘们跟着不在行。

崔明霞：（唱）难道还是吃你了？任你骄傲奈何方？

王虎山：（唱）遇见小伙对了眼，怕你叫我王八当。

崔明霞：（白）呸。你别净瞎说啦！

（唱）奴算是瞎子放驴不放手，一定随你转家乡。

王虎山：（唱）你姐现今身有病，你去何人掌山岗？

崔明霞：（唱）现有小红与小绿，二人执掌实在强。

王虎山：（唱）妇人行路无好处，穿街过巷不妥当。

崔明霞：（唱）奴怕你去不回转，忘了奴家娶新娘。

王虎山：（唱）一定要去不阻挡，必得改换男子装。

崔明霞：（唱）奴家就把男装换，收拾收拾就妥当。

王虎山：（唱）不言这里回故土，（下）

（义康坐）

义　康：（唱）再表三王名义康。

刘占坐在大厅上。

（白）人无害虎心，虎有伤人意。本王义康。

刘　占：下官刘占。

义　康：刘贤契，方才刘龙、李虎报道，将犯贼拿到，夜晚进城，为何不见到来？

（上公公）

公　公：禀王爷，刘、李二人候旨。

义　康：宣上来。

公　公：是，领旨。（下，内白）有宣二将。

（上刘龙、李虎）

刘龙、李虎：是，来了来了。王爷在上，我等叩头。

义　康： 起来。

刘龙、李虎： 是，多谢千岁。

义　康： 可将逆贼拿来？

刘龙、李虎： 现在外面。

义　康： 好。你二人在外面，可听到什么动静？

刘龙、李虎： 听说檀直招了月勾山的毛寇。

义　康： 真是天助成功。将檀道济带上来。

刘龙、李虎： 是。

（上檀道济）

檀道济：（跪）千岁千千岁，臣檀道济参驾。不知把臣调来，所为何事？

义　康： 住了。檀道济呀檀道济，你可知罪么？

檀道济： 为臣不知。

义　康： 哇！哼哼哼，檀道济呀，檀道济，你私通北国，还装作不晓，你真正胆大。

檀道济： 呜呼呀，千岁从何说起？为臣一字不知。

义　康： 住了！你不必装腔。

檀道济： 咳，千岁，为臣为国尽忠，哪有谋反？有谁见证？

义　康： 哇！哼哼哼，若非无证，怎么说你私通北国？书字在此，你焉能不承认？你且看来。（扔下去）

檀道济： 好。檀道济从头至尾将书字看了一遍，呀，天呀，冤哉呀，呀，冤哉！

（唱）元帅看罢心乱跳，惊慌失色只叫天。

是谁这样把我害，凭空无故遭事端？

义　康：（白）檀道济，真赃实犯，还有何说？你讲。

檀道济： 咳！

（唱）为臣世代扶圣主，赤胆忠心无二三。

此必奸臣将我害，伪造假书把人冤。

书信怎到王爷手？望乞千岁细详参。

义　康：（白）如此，为刘门所得。

檀道济：（唱）刘门运粮往关去，抢劫民女做不端。

我儿看见对他讲，放了女子回家园。

刘门仇恨生毒计，

刘　占：（唱）刘占一旁便开言。

叫来臣子来对证，是非曲直自了然。

义　康：（白）侍儿。

侍　儿：伺候。

义　康：宣刘门。

侍　儿：有宣刘将军。

（上刘门）

刘　门：来了。

（唱）刘门进来跪平川。

（白）千岁千岁千千岁，宣为臣有何大事？

义　康：刘门。

刘　门：有。

义　康：檀道济私通北国，书信是你伪造吗？

刘　门：不是不是。现有画押，怎么是我写的呢？

檀道济：刘门，不要欺心灭理，血口喷人。

刘　门：我刘门自不会赖人。那一日我从济州运粮而遇檀直，我二人在馆驿饮酒至三更，他大醉后酣睡如雷，说起梦话，我听半天未了，从他身上摸出书字，那时我一怒之下烧了粮草，咋说血口喷人呢？

檀道济：哇！刘门，我把你这个恶贼，岂不知为人不做亏心事，神目如电无不见？

刘　占：王爷抄手问贼，枉费唇舌。

义　康：校尉们，将檀道济重打四十，然后再问。

（上校尉）

校　尉：是。（拉下打完，带上）

义　康：檀道济，从实地招上来。

檀道济：千岁，为臣实实不知呀，千岁。

义　康：檀贼，把你儿子私通反女，从实地说来。

檀道济：这个……

义　康：哪个？

檀道济：千岁，臣子私收反女，已正国法。

刘　占：哇，檀道济，你私通北国，罪其全家，事关九族，全家该斩。

檀道济： 刘占，我与你势不两立。你个助纣为虐的奸贼，残害忠良。

（唱）双眉皱，气昂昂。

大骂刘占，万恶豺狼。

竟敢对君逆，欺心害忠良。

早知奸贼肺腑，欺心内里暗藏。

同心要把忠良害，欲败南宋锦家邦。

刘　占：（唱）刘占恼，怒满腔。

喝叫道济，太也猖狂。

当着王爷骂，竟敢把人伤。

汝子私收反女，满门罪已难当。

谋反实情想不认，拉下去打要急忙。

（白）哦，千岁，这厮口出狂言，欺臣罪小，谤君罪大，无法无天，何不施刑处置？

义　康： 好哇。校尉们。

校　尉： 有。

义　康： 将檀道济绑在明柱以上，把茶碗打碎，叫他跪在上面，用铁链一把，上下打来。

校　尉： 哈。檀元帅受刑吧。

檀道济： 罢了我了。（打昏过去）

校　尉： 启禀千岁，昏过去了。

义　康： 容他苏醒，叫他招来。

校　尉： 是。抬上来。

檀道济： 咳，千岁开天之恩，容臣见见圣上，死而无怨。

义　康： 圣上卧病深宫，你见不着了。

檀道济： 呜呼呀，苍天哪苍天，我檀道济死在九泉。咳，奸王哪奸王，你的心事我已明白了，杀死我，再害万岁，便好篡位。

义　康： 这厮刁嘴。校尉们。

校　尉： 有。

义　康： 用铁链、木嚼与他嗑上，着甚地打来。

校　尉： 哈。

（唱）校尉答应不消停，将那木嚼放嘴里。
如狼似虎恶狠狠，举手无情打遍体。
打得足有顿饭时，方才住手看端的。
见他闭目紧咬牙，只有微呼一气息。
打得皮开肉也焦，鲜血直流如下雨。
刷刷不住响连声，苦刑太多真无比。
摘下木嚼放一边，快些苏醒休装死。

檀道济：（白）哼。
（硬唱）元帅哼声又还魂，心发糊涂头发迷。
挨迟一会才明白，遍体疼痛软如皮。
大喊一声叫苍天，报应循环在哪里？
奸党奸凶任纵横，忠臣良将遭屈死。
叹我盖世英雄将，忠心赤胆无私取。
怎得临危不善终？满腔冤枉向谁提？
我死心屈命也屈，唯有一事真可惜。
临危不得见吾皇，为臣不能保护你。
为臣不能保江山，相逢除非在梦里。
叹罢多时骂奸党，万恶欺心伤天理。
一党同谋害忠良，终究害人如害己。
剥皮剜眼把筋抽，刮骨熬油冤难洗。
帅爷骂得不住声，

义　康：（唱）义康气得自发急。
（白）这厮挺刑不招，大骂不止，无法可使。

刘　占：千岁，圣上卧病深宫，百事全由千岁做主，不如活活把他勒死，无人说长道短。

义　康：哼，有理。校尉们。

校　尉：有。

义　康：将檀道济用绒绳勒死，尸首扔在井内，快去。

校　尉：领旨。（下）

义　康：刘门。

刘　门： 有哇，千岁。

义　康： 你带领十名校尉，抄拿他满门家眷，云阳市口餐刀。

刘　门： 是，为臣领旨。（下）

刘　占： 千岁，将其子檀直拿住，方无后患。

义　康： 好哇。不知何人前去？

刘　占： 臣的义子张松，乌台御史，此人舌尖嘴巧，定能把他诓来。

义　康： 就命他前去。

刘　占： 为臣领旨。（下）

义　康： 正是：害人须害死，剪草要除根。（下）

（出檀梦兰平桌坐）

檀梦兰：（诗）月色沉沉夜，花芳寂寂春。

（白）奴家檀梦兰，前日做了一梦，与谢郎成为夫妇。也不知谢郎在于何处？奴家说非他不嫁。

（上丫鬟）

丫　鬟： 小姐呀，可不好了！

檀梦兰： 何事这样惊慌？

丫　鬟： 方才奴婢正在上房伺候太太，院子说老爷调进京来被活活勒死，说是要来拿家口呢。

檀梦兰： 呀，此话当真？

丫　鬟： 奴婢不敢说谎。

檀梦兰： 咳，可不疼死人也。（倒）

丫　鬟： 小姐醒来，小姐醒来。

檀梦兰： 咳，爹爹呀！

（唱）悠悠气转还阳世，只叫爹爹死得可伤。

可叹你赤胆忠心扶圣主，怎么被害丧无常？

果然是伴君如伴虎，虎发威风羊必亡。

不知行毒计者是哪个？暗使亏心害忠良。

世代忠臣簪缨后，哪有叛反事一桩？

可怜太太年事迈，临危一命上天堂。

母亲哥哥在任上，此时难免受灾殃。

正是佳人号啕痛，

校　尉：（内白）将檀府团团围住，莫要放走一人。

檀梦兰：（唱）忽听一阵闹嚷嚷。

必是官兵拿家口，不由体战筛了糠。

正是：惊慌无惜手，遇事心慌忙。

张　氏：（唱）老太太她又进了房。

（白）咳，孙女，可苦了咱家了哇。

刘　门：校尉们，拿人！

张　氏：你是何人，竟敢闯入后宅？是何道理？

刘　门：嗨，住了。檀道济私通北国，檀直收了月勾山女寇。皇上有旨，拿你全家问罪。校尉呢？

校　尉：有。

刘　门：将她娘俩上绑，各处搜寻。

校　尉：是。（下，又上）禀爷，拿住他全家八十余口。

刘　门：好。将家物入库，一家老幼推到云阳市口斩首。人呢？

校　尉：有。

刘　门：押下去。

校　尉：是。（同下）

刘　门：哎呀，檀道济闺女果然不错，是一个美人。少刻出斩，必将此女留下，收在身边为妾。走，监斩去。

刘　门：（唱）刘门欢喜说带马，欢欢喜喜乐个非。

到了法场下了马，（坐）洋洋得意把座归。

吩咐一声将人带，老爷点点把笔挥。（点介）

一个个地俱点过，留下梦兰女花魁。

忙把此女带下去，如此这般把我陪。

校　尉：（白）是。（拉下檀梦兰）

刘　门：（唱）复又吩咐刽子手，时刻一到别发愣。

校　尉：哈。（下）

刽子手：（唱）刽子闻听不怠慢，手使钢刀头上挥。

太老夫人头儿掉，阴风冷气鬼神悲。

刘　门：（唱）刘门这才开言道。

（白）刽子手呢？

刽子手：施刑已毕。

刘　门：如此待我回府。（下）

（步上紫云仙姑）

紫云仙姑：（诗）蟠桃会上结仙缘，其中变化妙无边。

（白）小仙紫云仙姑。因为与左金童子有九个月夫妻之分，有心说明，又怕他说我是妖。前日点化谢郎与梦兰相会，今日檀元帅被害，刘门将小姐留下，欲行苟且，我不搭救，难保贞洁，不免将九尾狐唤来，如此如此。九尾狐快来。

（上九尾狐）

九尾狐：来了。仙姑唤我哪边使用？

紫云仙姑：今有檀梦兰大难临头，命你变化她的容颜，移花接木，将她送出城去。

九尾狐：是。（下）

紫云仙姑：哼，今日变化檀梦兰的模样，好与左金童子成亲便了。（下）

（步上谢珍）

谢　珍：（诗）旅店多寂寞，散步到外边。

（白）学生谢珍。一阵心慌意乱，不免到万花山散步。你看那边有一女子，生得风流。哦，好生的面善哪。

（唱）冷眼瞧见多娇女，怎么与我甚面熟？

细想何时曾见过，见面追思想当初。

（白）哦，哦，是了，那日檀府见小姐，正是那人我认出。

（唱）三生有幸今日见，不觉唐突话说出。

（白）那边不是檀小姐吗？

紫云仙姑：正是。你是何人？

谢　珍：姓谢名珍，住承德县，自幼生来就读书。小姐为何到此呢？

紫云仙姑：相公听了。

（唱）仙姑一见假落泪，尊声相公听清楚。

因为我家遭大祸，无奈离家苦又孤。

自从那日来到此，万花山下有家屋。

说道此间悲啼起，二目扑簌湿衣服。

如今倒想找一个，

谢　珍：（白）找个什么？

紫云仙姑：咳呀，

（唱）找个人儿把我扶。

君子若要垂怜悯，情愿与君把床铺。

谢　珍：（唱）如此学生承情也，我也一身独又孤。

紫云仙姑：（唱）奴家所谓终身事，不是苟且便招夫。

谢　珍：（唱）如此就请我家住，拜了天地结花烛。

谢珍、紫云仙姑：（唱）二人成就且不表，（下）

（上刘门）

刘　门：（唱）再说刘门恶贼徒。

（白）哈哈哈，我大爷刘门，外号叫刘后手。哈哈，将檀直一家都害死了，只留一个美貌出色的女子。废话少说，丫鬟呢？

丫　鬟：有。

刘　门：把美人领到这屋里来。

丫　鬟：是，晓得。（下，领檀梦兰又上，檀梦兰背脸站）

刘　门：那一女子，你别害怕，我大爷是好人。我救了你的性命，你怎么不言语吔？

（唱）刘门乐得笑哈哈，你这美人真算强。

一双杏眼樱桃嘴，不言不语礼不当。

两眼落泪湿粉面，头发蓬松云气霜。

风吹杨柳身子弱，爱你点点脚儿强。

真是画上美人也，一朵鲜花无处藏。

我今比作楚襄王，神女到了巫山旁。

一夫一妻多和美，就入洞房再商量。

说着说着往前凑，刘门上前拉衣裳。

檀梦兰：（白）狗子着打。

刘　门：咳呀，别打。

檀梦兰：（唱）开言大骂贼狗子，害我一家命俱亡。

狗子你竟行强霸，天打霹雷把你伤。

刘　门：（唱）刘门一见把气生，手拿鞭子身上量。

刘门回身取鞭子，

九尾狐：（唱）九尾狐仙早知详。（风）

一阵妖风吹进房，刮去梦兰无影相。（云送檀梦兰下）

送到城西百余里，（又上）摇身一变得而强。（变）

变做小姐人不晓，但等狗子来进房。

迷乱与他出洋相，

刘　门：（唱）刘门取鞭进了房。

指定小姐开言道，

（白）哈哈哈，小贱人，不识抬举，着鞭子吧。

九尾狐：大爷不必动刑，依着你就是了。

刘　门：好，哈哈哈，依着我，这话真有音，真有音了。

（唱）刘门他笑满脸，小姐对我有心眼。

今日咱俩成了双，烈火干柴在今晚。

九尾狐：（唱）九尾狐对心坎，双目一溜转了眼。

尊声大爷你快关灯，云雨就在今日晚。

你我先饮酒几杯，就是新婚与尔燕。

二人携手入罗帐，（同下）

（出檀梦兰）

檀梦兰：（唱）梦兰小姐遭了贬。

被风刮得难睁眼，

（白）咳呀，可罢了我啦。可叹我檀梦兰阖家被害，刘门将我留下，欲行奸骗。咳，天色已晚，并无去处，如何是好？

强　氏：（内白）姑爷把筐子给我，你回去吧。

姑　爷：是。

檀梦兰：咳，苦哇！

（上强氏）

强　氏：咳呀，你是哪里的青年少妇？在这路边啼哭，为啥呢？

檀梦兰：咳，说不来奴的苦处。

强　氏：咳，挨女婿打的吧？呸，还是没开脸的呢。

檀梦兰：那位老妈妈，奴家京都人氏，因家遭到大祸，奴家自己逃出避祸。不知这是何地界？

强　氏：这是荥阳县，东边是桃花镇。老身我强氏。我问姑娘，你几时逃出来的呢？

檀梦兰：午时。

强　氏：（背面想）哼，且住。这个女子来路不明，京都离此百里之遥，可是才半天，咋就能走到这里？就是飞，飞也飞不来。这光景必是个跑头子。不免把她诓到我家住了几日，把她卖了，岂不是发了横财？请问姑娘，天道黑了，何处存身呢？

檀梦兰：我哥哥在滑台关贸易，投奔那里。

强　氏：滑台关离此百里之遥，你如何能去呢？不嫌弃，到我家住下吧。

檀梦兰：怎好打搅？

强　氏：无妨，哪不是修好呢？

檀梦兰：哦，不知妈妈家中还有何人？

强　氏：咳，就是有个闺女，昨日得了外甥啦。

檀梦兰：如此，多有借仗。

强　氏：请。（同下）

（上火氏）

火　氏：（诗）贤良媳妇遭冤枉，人命关天得一偿。

（白）老身火氏。我儿上京求名，杳无音信。咳，恶奴害死代婆，媳妇被知县屈打成招，问成死罪。咳，我这老命活不成了。

（上秃子）

秃　子：大奶奶，可不好了。

火　氏：秃子，有何不好，这等惊慌？

秃　子：原是如此这般，我大婶子，明日就要处决了。

火　氏：此话当真？

秃　子：哪个王八蛋才撒谎呢？

火　氏：咳，我那贤孝的儿媳妇哇！二秃子与我看门，我去进城，好祭法场。

秃　子：咳，天黑了，明日再去吧。

火　氏：咳，儿啦！（下）

（王虎山、崔明霞马上）

王虎山：（诗）双飞不如美雎鸟，并在还生连理枝。

（白）俺王虎山。

崔明霞：奴崔明霞。将军，你我走了几日，离家不远了吧？天色将晚，快快催马。

王虎山：言之有理。

（唱）从前离家多半载，只为求名枉费功。

崔明霞：（唱）小登科更比为官好，如鱼得水似乘龙。

王虎山：（唱）你我恩爱虽然好，惦着老母在家中。

崔明霞：（唱）母亲在家必想你，朝朝盼望在家庭。

王虎山：（唱）还怕一时缺供养，去到谢家过秋冬。

崔明霞：（唱）怎么又到谢家去？是何亲故说个清。

王虎山：（唱）你当谢家是哪个？我的妻子女花容。

崔明霞：（白）咳。

（唱）既然娶妻怎不讲？将军做事理不通。

王虎山：（唱）冰姿素日多贤惠，你两个姐妹一般相称。

崔明霞：（唱）一夫二妻无妨碍，只是份量要公平。

王虎山：（唱）你俩一样别打仗，

崔明霞：（白）姐姐在家想你了。

王虎山：她想我干啥吔？

崔明霞：（唱）你看看倒是何人把你疼？

王虎山：（唱）我看还是你疼我，

崔明霞：（唱）奴家疼你算一定。

所差的我是小军她是元帅，诸般让于她上风。

王虎山：（唱）准不打架把佛念，

崔明霞：（唱）怕你吃个不均把嘴争。

二人正然说笑话，忽见对面一老翁。

王虎山：（唱）原来我屯萧老者，马上开言把娘子称。

（白）娘子，面前老人乃是我屯的萧老者，平素为人忠厚无比，咱将马拴上，上前问问家中之事。

（上萧老者）

萧老者：嗐，你不是王虎山表侄吗？

王虎山：正是。表叔你往哪里去来着？

萧老者：老汉进城赶集来着。请问贤侄，上京应功名如何？

王虎山：如此，北魏、南宋交兵，科场未开，在路上遇见一朋友，在他家住了多日，今日回家。表叔，我老母亲和谢氏在我家还是在谢家呢？

萧老者：表侄，你问的是你妻和你母？咳，不提还则罢了。

王虎山：提起怎样？

萧老者：若是提起，一言难尽。

王虎山：表叔快说。

萧老者：贤侄听了。

（唱）自你上京离家去，不想平地起波澜。

婆媳闭户家中坐，此时却已祸塌天。

王虎山：（白）有何祸事？

萧老者：咳，自从侄子你去后，谢松来接你妻和飞燕，走至半路，被官兵冲散，那谢松带着飞燕骑上那匹马如飞而去，将你妻子如此这般被官拿去霸占。

王虎山：哇呀、可恼可恼。后来怎样？

萧老者：你要问后来，听了。

（唱）遇一青年小将官，救你妻子回家园。

只说回家平安了，谁想又起大祸端？

王虎山：（白）有什么大祸？

萧老者：你妻回家之后，那日早晨起来做饭，走至院中，见一死尸，一看认得是老谢家代婆，被人害死。那奴才与飞燕通奸，他俩把代婆害死，我可是听人传说。自古说杀人者偿命，那奴才用钱买通赃官，那县官受贿，并不追情。

王虎山：后来怎样？

萧老者：听了。

（唱）谢氏状词到当官，屈打成招掐入监。

你母疼媳哭个死，不想又有祸塌天。

王虎山：又有什么祸事？

萧老者：方才听说公文到来，明日把你妻就要处决了。

王虎山：呀，如此说来，可不疼死人也。（倒）

萧老者：贤侄醒来。

崔明霞：大哥醒来。

王虎山：咳呀，母亲呀，妻子呀，呀！

（唱）英雄疼，倒平川。

倏时半晌，又把阳还。

先把贤妻叫，可叹真可怜。

你今遭屈被斩，怎不叫人心寒？

我今要到法场去，解救妻子回家园。

我自想，老年残。

必然过痛，两泪不干。

日夜无忧虑，难免病来缠。

家中无人扶持，苦处何日再言？

越思越想心越闷，站起身来喊连天。

（白）谢松哪谢松，

（唱）恶奴你，太无端。

自己害人，误把人冤。

把你活拿住，斧剁与锤颠。

剥皮摘心喝血，难解咱俩仇冤。

风么一样就要走，

崔明霞：（唱）佳人拦住便开言。

（白）大哥千万不可粗鲁，我自有道理。

萧老者：侄儿，千万不可前去杀恶，还不如明日去上告吧。我走啦，请。（下）

崔明霞：将军，你我并未到家，未见真假，咱何不到家看看？如果是真，再到谢家去拿狗子杀死，然后再祭法场，得便杀死贪官，救出谢氏姐姐，岂不是两全其美？

王虎山：好，如此上马，回家便了。（下，又上）一心疾似箭，两足跑如飞。俺王虎山，方才到家，母亲城中探监去了。我想明日老母必祭法场，我前去劫法场，背老母，救出谢氏。闲话少说，你看明月当空，一到谢家镇，

将恶奴谢松、飞燕千刀万剐，走走便了。（下）

（上谢松、飞燕）

飞　燕：哥哥呀！

谢　松：妹妹说啥吔？

飞　燕：你我起来喝一壶子吧，我的哥呀。

谢　松：我说，你别叫哥啦。

飞　燕：叫啥呢？

谢　松：叫孩子他爹吧，中不？

飞　燕：孩子他爹。

谢　松：哈哈哈，孩子他妈，你关上灯吧。

飞　燕：中不来，孩子他爹。

（唱）飞燕关灯斟上酒，蹄髈肉一盘桌上搁。

这个酒有人参和麻黄素，能治肾虚你快喝。

谢　松：（唱）我腰疼腿酸虚火盛，必得酒药才使得。

飞　燕：（唱）你怎端着酒杯不下饮，两眼不转把我瞅着？

谢　松：（唱）我看你长得十分好，喝点酒脸上红扑扑。

长在一块看不够，下作不堪头一个。

飞　燕：（唱）咱俩不久要分手，今日下世不用说。

谢　松：（白）孩子他妈，你怎说这短话呢？

（王虎山拿刀听）

飞　燕：（唱）你我害死代婆子，

谢　松：（唱）谁叫她嘴爱吃饽饽。

将尸扔在王家院，这事做得多么得。

明日要把谢氏斩，可怜她冤死见阎罗。

谢松、飞燕：（唱）二人正自喝了个饱，

王虎山：（唱）虎山门外气勃勃。

大喊一声气死我，

（白）呀嗨！谢松开门来。

飞　燕：了不得啦，有贼啦。

谢　松：遭了！不是贼，好像姑夫，快从后门跑了吧。（下）

飞　燕：坏了！

王虎山：待我将门撞开。恶奴是你！着打！

（飞燕倒）

飞　燕：姑夫饶命吧。

王虎山：哇呀呀呀，恶奴，你们好大胆，气死我也！

（唱）英雄恼，气攻心。

抓住头发，细问深根。

代婆因何死？怎到我家门？

手拿钢刀高举，看定淫婆妇身。

快快实说其中故，一字言差劈顶门。

飞　燕：（白）是，我实说呀，姑夫。

（唱）谢松他，不是人。

勾引于我，相爱相亲。

代婆嫌碍眼，这才下狠心。

饽饽下上毒药，害死代婆她身。

尸首背在你家内，谢松做事太不仁。

王虎山：（白）后来怎样？

飞　燕：（唱）到后来，是实云。

地方牌头，去把冤申。

当堂挨了打，屈招苦难云。

明天就要出斩，托人花了钱银。

王虎山：（唱）虎山听闻冲冲怒，恶奴你俩敢害人。

哇呀呀呀，举着刀，（砍死飞燕）血淋淋。

飞燕命尽，见了阎君。

怒气冲霄汉，连把宝刀抡。

一连砍了几下，叫她死无存身。

回店去把娘子见，夫妻那时再议论。

英雄回店但不表，（下）

谢　松：（唱）谢松逃跑无有门。

（白）咳呀，我的妈呀，吓死我也。那一黑小子进房，把飞燕杀死，我就跑了。黑小子走了，我不免悄悄进房，将银子拿着，骑大马一匹，逃回家去，找我妈强氏，过上几年好日子，岂不是好？待我办来。（下，又上，拉马）哈哈哈，不错，发了财了，回家走走。（下）

（步上火氏）

火　氏：（诗）人生皆苦事，无非死共生。

（白）老身火氏。可怜我那个媳妇，今日处决，我买来吃的食物、纸张去到监中走走。（下，又上）监公哥，开门来。

（上监公）

监　公：是谁看监来了？待我开门看看。

火　氏：我是谢氏之母，前来探监。

监　公：拿上来。

火　氏：老身与你跪下了。

监　公：哎呀，我的妈呀，你咋跪下了？起来起来，我是心软之人，待我与你叫来谢氏，叫你婆妇相见。谢氏，火氏来看你来啦。

火　氏：在哪里？媳妇在哪里？

（火氏、谢冰姿对）

谢冰姿：母亲在哪里？

火　氏：娇儿啦。

谢冰姿：婆婆哇。

（唱）婆媳二人忙抱住，号啕痛哭放悲声。

火　氏：（唱）火氏夫人泪如雨，眼望媳妇痛伤情。

可怜你年轻遭冤枉，儿啦，披枷戴锁受苦刑。

牢狱之中苦受罪，难免一死不相逢。

怎么你三分像人七分像鬼，去了你的美颜容？

谢冰姿：（白）婆婆哇！

（唱）也是媳妇该如此，婆婆年老受苦情。

你的儿子求名去，何人侍奉哪个疼？

有灾有病无人管，我死谁把你老疼？

你媳妇这一入狱唯一死，休指望替你儿子把孝行。

也不能早晚侍奉家属敬，再不能寒冷问一声。

再不能想你儿子相劝解，诸般检点到厨中。

婆媳正然哭无了，

监　公：（唱）禁子跑来喝一声。

（白）你们婆媳不要哭了，少刻就要处决了，刽子手提犯人来了。

火　氏：罢了，娇儿啦！

谢冰姿：婆婆哇。

（上刽子手）

刽子手：（提刀）呀嗨，哪个是谢氏？

监　公：就是这年轻的妇人。

刽子手：就此上绑。（绑介）

火　氏：（拉）我的儿啦！

刽子手：老婆子好生可恶，着脚！（脚踢，火氏倒）呀嗨，闲人闪开，犯人快走。（下）

火　氏：（起）我的儿啦！（追赶）

（硬唱）火氏着忙跑出监，磕磕绊绊往外赶。

刽子手：（唱）刽子手提刀似凶神，

火　氏：（唱）跌倒爬起吁吁喘。

刽子手：（唱）绑着犯人走如飞，喝叫旁人一边闪。

火　氏：（唱）火氏赶上用手拉，只叫儿啦哭声软。

刽子手：（唱）老婆子可恶着脚踢，（脚踢）踢倒在地去得远。

火　氏：（唱）夫人跌倒地平川，苏醒半晌气儿软。

不顾疼痛爬起来，哭哭啼啼往前赶。（下）

（上爱川钱）

爱川钱：（唱）再表知县爱川钱，芦棚下马做监斩。（坐）

吩咐一声绑犯人，待我与她点一点。

刽子手：（唱）刽子手闻听不消停，推搡犯人不迟缓。

点了红点往下推，绑在桩橛一旁闪。

爱川钱：（唱）左右时刻一到就劈，两旁侍立莫离远。

谢冰姿：（唱）佳人被绑在桩橛，忽忽悠悠双合眼。

（上火氏）

火　氏：（唱）火氏夫人跑上前，双手抱住只叫喊。

（白）我儿醒来！

谢冰姿：（唱）苏醒一会把眼睁，只见婆婆甚凄惨。

火　氏：（白）我儿，苏醒苏醒。

谢冰姿：（唱）定定神思把眼睁，只叫婆婆回家转。

（白）面前站立的，不是吗？

火　氏：正是为娘在此。

谢冰姿：咳，母亲，孩儿少刻刀下废命，你老有几岁年纪，又且身体不甚强壮，千万不可过于痛苦，死也是无济于事了，我的妈呀！

（唱）奴家造定短命死，你老不可痛伤情。

火　氏：（白）儿啦，冤屈死你了。

谢冰姿：（唱）孩儿别无屈情处，唯有那三件大事在心中。

火　氏：（白）哪三件？

谢冰姿：头一件。

（唱）孩儿自把王门入，服侍婆婆五月零。

媳妇年轻缺孝道，你老担待总宽容。

婆婆哇，白疼孩儿未得济，报恩问好在来生。

爱川钱：（白）好困哪，先睡一觉。

谢冰姿：二一件，妈呀，

（唱）你的儿子娶我只有五个月，只如今棒打鸳鸯阴阳离分。

再休想相亲相爱如鱼水，至今可有信与音？

火　氏：（白）哪有音信？

谢冰姿：（唱）谅他不知我被斩，与奴见面只怕难。

今日若得见一面，就死黄泉心也安。

三一件孩儿少刻刀下死，可怜咱尸首两断血涟涟。

望你老找个胆大年老妇，将儿尸首一处缝连。

有棺无棺不要紧，买领芦席把儿卷。

火　氏：（白）儿啦。

谢冰姿：母亲哪。

（唱）说到此处肝肠断，痛苦无声泪直倾。

一阵昏迷说不出话，

火　氏：（白）我儿，醒来醒来。

谢冰姿：咳。

（唱）苏醒一会把话明?

开言又把婆婆叫，

（白）婆婆，娘哪，眼看着时刻一到一会便要开刀，你老若见血淋淋人头落地，岂不害怕呀？不看吧，吓着你老。妈呀，你回家去罢。

火　氏：咳，儿啦，你说哪里话来？为娘到了这步地位，还顾得什么害怕呀？一则等着缝连你的尸首，二则略备清浆、纸钱，虽未焚化，预备你在阴间路上好做盘费。

谢冰姿：娘哪，孩儿我还有一言奉禀。

火　氏：我儿，有话只管说来。

谢冰姿：你回家去把奴家衣服等物什都烧毁了吧。

火　氏：这却是为何？

谢冰姿：妈呀，你老要不把东西烧了，一时间看见我的东西，未免见物思人，还不想我呀？想又不得见面，还不哭哇？万一哭个好歹的，你儿子又不在家，有谁服侍你老？我的苦命的妈呀！

火　氏：咳，我的贤惠的儿媳妇，临死还惦着为娘，你叫我怎么好哇？你看我儿二目双合，面如黄纸，又昏过去了。待老身背在身后，不要惊动于她。

谢冰姿：母亲，妈呀，婆婆，你老去了么？竟自去了。咳，怪不得的人家说狠心的婆婆，善心的娘，到底不像我亲娘疼我。咳，要是我亲妈，任凭怎么也等三声炮响，人头落地，好装殓装殓我的尸首？你老就抛下我狠心去了？咳，我那早死的妈呀！

火　氏：咳，为娘未曾回去。罢了，我的儿啦！

（唱）火氏夫人更酸痛，大放悲声泪纷纷。

为娘恨不能替你阴间去，怎舍抛你转家门？

可叹你年轻少妇遭屈死，不白之冤向谁云？

可恨苍天无报应，善恶皂白看不真。

叹我传家为忠厚，却为何无端大祸降善门？

眼看媳妇无人救，为娘我也跟你去见阎君。

娘俩作伴在地府，幽冥路上不孤身。

老夫人抱着媳妇哭个痛，死去活来发几遍昏。

不言婆媳等时候，

（上崔明霞）

崔明霞：（唱）来了明霞女钗裙。

还换女装到法场，将军一旁暗藏身。

兵刃马匹都备妥，

（白）闲人退后，奴家来祭法场。

（上衙役）

衙　役：站住！禀爷，有一妇人来祭法场。

爱川钱：一觉好睡。啥的勾当？

衙　役：有一女人来祭法场。

爱川钱：举人？

衙　役：女人。

爱川钱：时刻到了没有？

衙　役：未到。

爱川钱：罢了，时刻未到，又是个女人，容她一祭。看个媳妇，听个娇声，也是好的，叫她祭吧。

衙　役：那一妇人，容你一祭。

崔明霞：来了。

爱川钱：（白）哎呀，真好人头哇！

（唱）老爷爱川钱，心中又好色。

这个小花娘，长得雪白脸。

不擦胭脂桃花脸，真稀罕真稀罕真稀罕。

弯弯柳叶眉，水灵灵的杏子眼。

杨柳腰如风摆，口似樱桃鼻如悬胆。

鲜花配着人头显，算起眼算起眼算起眼。

耳上戴金环，乌云如墨染。

扎花衫儿可身板，腰儿香袋，真正喝彩。

又见金莲裙下显，一点点哪一点点一点点。

手上戴金镯，又把袖子挽。
也不哭，笑满脸，怎么拿出一根宝剑？
哎哟，要切西瓜给我一点，不失抶不失抶不失抶。
她往这里来，要到我跟前。
她与我对心坎，缘分带来有深有浅。
怎么立起眉，瞪着杏眼拿剑砍？

崔明霞：（白）狗官，着剑。

（爱川钱死，王虎山抢人，同下）

衙　役：（内白）报总爷得知，今有强盗抢夺法场，将县爷杀死，乞令定夺。

把　总：（内白）这等带兵马杀上前去。（内喊）

王虎山：哦，娘子，你看后面官兵追来，你保护她婆媳在密松林中，待我挡退官兵。

崔明霞：将军可要小心。

王虎山：不劳嘱咐。嗨！囚攮的慢来。

（把总对上）

把　总：你这黑小子，耀武扬威直奔我来，莫非还敢动手吗？

王虎山：俺特来取你的狗命。

把　总：哈哈哈，劝你少发狠言大话。我乃承德县把总，名叫壮灯，智如韩信，勇似霸王，常骑烈马，惯使刀枪，腰粗力大，赛如金刚，常在山上抓虎捉狼，轰轰震耳，四海名扬，知我厉害，下马投降，不然叫你，一刀就亡。

王虎山：嗨，狗官不要唠叨，待我送你老家去吧。（杀把总死）狗官一死，待我赶上母亲与妻，回山便了。（下）

（完）

第　四　本

【剧情梗概】义康与刘占为斩草除根，令御史张松手捧金牌到滑台关骗回檀直。张松在妻女的劝说下，将真相暗告檀直。北魏统帅王会龙得元鼎真人相助，进兵攻打滑台关。檀直被元鼎真人所放臭气所伤，幸得崔云霞赶到，击退元鼎真人，救活檀直。檀直醒后，深恨云霞，将其赶走。檀梦兰羁留强氏家中，偶然听到强氏与谢松对其图谋不轨，立即出逃，谢松随后追赶。他们巧遇王虎山、崔明霞，王虎山杀死谢松，将梦兰带回月勾山。元鼎真人闻知檀直与崔云霞不睦，就变作檀直模样，来到月勾山，意欲骗奸云霞并乘机加害。恰好王虎山等回到山寨，檀梦兰和崔明霞识破骗局，元鼎真人逃走。

（上刘占）

刘　占：（诗）量小非君子，无毒不丈夫。

（白）老夫刘占。前者将檀道济全家斩首，只有檀直小冤家还在滑台关上，是我一块心病，必须将他处置谋害才好。等扫清满朝佞党，三王便好登基坐殿，那时老夫便是开国元勋了。命人去叫御史张松，如何不见到来？

（上卒）

卒：禀爷，御史张爷到了。

刘　占：叫他进见。

卒：哈。（下，内白）叫你进见。

张　松：（内白）来了。（上）义父老大人在上，孩儿拜揖。

刘　占：我儿免礼。

张　松：义父呼唤，不知有何吩咐？

刘　占：我命你捧三王爷金牌一面，到滑台关去调檀直，必须用计将他诓来，急去莫误。

张　松：是，孩儿遵命。（下）

刘　占：张松此去，但愿把檀直调进京来，大事可成。

正是：不做惊天动地事，难为人间人上人。（下）

（出吴氏、张月桂、张月素母女三人坐）

吴　氏：（诗）怕临青镜悲白发，喜对菱花理红妆。

（白）老身吴氏。

张月桂：奴张月桂。

张月素：奴张月素。

吴　氏：哦，女儿们，你爹爹被兵部差人请去，不知所为何事？

张月桂：母亲，可恨爹爹翰林出身，官为御史，虽不十分尊贵，也觉有些荣耀，为何趋奉权臣，竟拜在奸贼刘占门下？又认义父，岂不自愧么？

吴　氏：咳，女儿哪里知晓？你爹爹生平软弱无能，只因为办错一件公事，几乎丢官罢职，多得刘占保护，故此拜在他的门下，如今沾光莫大，有何不可？

张月桂：咳，那奸贼刘占与奸王义康二人结成一党，常常陷害忠良，现在借光，唯恐后来祸生不测。

吴　氏：事已至此，只好由他去吧。

张　松：（内白）夫人在房么？（上）

吴　氏：老爷来了？请转上坐吧。

张　松：便坐可以。

吴　氏：老爷，兵部请去所为何事？

张　松：原是令我上滑台关去调檀直，这般如此，欲行谋害。

吴　氏：老爷，你可愿去吗？

张　松：大人所差，怎敢不去？

张月桂：咳，爹爹差矣。

（唱）想那奸贼老刘占，他与三王一党同谋。

这如今趁着皇爷身有病，专权当道总不合。

满朝臣顺者生来逆者死，想着登基把位夺。

前日个害死道济忠良将，令人闻之泪如梭。

这如今命你去调少公子，诓入京来命难活。

爹爹别事还可听其令，断不可随着奸党损阴德。

张　松：（白）咳，王爷金牌、义父命令，怎敢不去？

张月素：（唱）虽然不敢违其令，也只好将计就计设良谋。

张　松：（白）有何良谋之计？

吴　氏：（唱）捧定金牌过关去，实情就对公子说。

张　松：（白）说些什么呢？

吴　氏：（唱）就说他家俱被害，叫他防备把身脱。

张　松：（白）如此说，调不来人，怎复命呢？

吴　氏：（唱）就说是檀直知道家中事，不随金牌入网罗。
故此急急回朝转，两全其美不好么？

张　松：（白）好，倒也使得。

吴　氏：（唱）母女正然相解劝，

张　海：（内唱）进来公子愣二哥。
（上）花园耍完枪马将房进。
（白）爹妈在上，孩儿张海拜揖。

张　松：我儿免礼。你往哪里去来着？

张　海：孩儿在花园玩了一会儿枪刀，拿了回石头。

张　松：放着书你不念，玩耍那个做什么呀？

张　海：孩儿懒怠坐在屋子里，哼哼唧唧的。请问父母与姐姐们都在一块做什么呢？

张　松：我儿，为父如此这般，要上滑台关去调檀直，你在家好好念书，不可外出惹祸。

张　海：咳，莫怪孩儿说你，那刘占与三王义康，背地里人人咒骂，你老何必随他们一党呢？

张　松：不必胡说，兵部大人是你干爷爷呢。

张　海：哼，他是我干爷？我不看你老面上，我不骂他什么东西呢。

张　松：哼，好冤家，十五六岁的孩子不服管教，将来必是败家之子。哼哼哼，你真该死。

张　海：是，孩儿再不说了。

吴　氏：小孩家不知好歹，老爷为何生气？

张　松：天色将晚，收拾收拾，准备明日登程。
正是：委任必须知礼仪，处事应当要存德。（下）
（出王会龙升帐）

王会龙：（诗）大将南征胆气豪，腰横秋水雁翎刀。

辕门日暖观三略，虎阁风和玩六韬。

（白）本帅北魏大元帅王会龙。前者孙叔见被檀道济所杀，本帅惊魂丧胆。又有长探报道，檀道济被金牌调去，进京废命，已被处死。本帅还怕哪个？不免杀奔滑台关，好与先锋报仇雪恨。

（上卒）

卒： 禀爷，有一道人求见。

王会龙： 就说有请。

卒： 哈。（下，内白）里面有请。

元鼎真人：（内白）来了。（上）元帅在上，贫道稽首。

王会龙： 仙长免礼，请坐。

元鼎真人： 贫道谢坐。

王会龙： 请问仙长，何来何往？请道其详。

元鼎真人： 元帅容禀。

（唱）贫道住在青石谷，连珠洞内水滔滔。

元鼎真人是法号，生成仙骨壮云霄。

修炼也有一千载，道高法高算为高。

学成呼风与唤雨，排兵布阵韬略高。

北魏之君洪福天，故此辅佐立功劳。

愿助元帅兴人马，就是带兵发南朝。

王会龙：（白）好。

（唱）本帅何幸得仙助，天意该当旺北朝。

正要兴兵发人马，仙长来助有神超。

何策可把此关取？先使虎略与龙韬。

元鼎真人：（唱）元鼎摇头说不必，见景生情走一遭。

哪怕敌兵有百万，管保不落人下梢。

不见其人怎用计？只管前去见低高。

王会龙：（唱）会龙闻言心欢喜。

（白）仙长言之有理，既肯相助，何功不成？

元鼎真人： 不是贫道自夸海口，要取滑台关易如反掌。

王会龙：但得如此，本帅幸甚，朝廷喜甚。众兵将。

众兵将：有。

王会龙：就此杀奔滑台关，不得有误。

正是：今日取关用仙长，管保此去可成功。（下）

（出崔云霞病妆坐）

崔云霞：（诗）不如意事常八九，可与人言无二三。

（白）奴崔云霞。只因那负义的强人逃下山去，恨得奴茶饭懒食，卧床不起，看看瘦得形容憔悴。妹妹与妹丈回家探母，也不见回来，不知怎么样了？

（上小红、小绿）

小红、小绿：姑娘可大喜了。

崔云霞：诸日忧愁不完，喜从何来呢？

小　红：方才喽啰报道，说滑台关檀爷被京里调去，我姑夫檀直现在做了元帅，你老不是大喜吗？

崔云霞：这话可是真哪？

小　红：你老病得那样光景，谁还哄你不成？

崔云霞：阿弥陀佛，可有了信了。

（唱）闻檀直有了信，满心欢喜长笑容。

不觉精神加百倍，立刻眼亮头也清。

病儿好了全大愈，咳嗽去了体也通。

眉开眼笑心畅快，连把丫鬟叫一声。

你二人快与我梳洗，待奴重新把衣更。

小红、小绿：（唱）小红小绿微微笑，姑娘养病且从容。

如今秋天八月景，软弱身体怕怪风。

崔云霞：（白）不怕呀。

（唱）奴家之病算大愈，颠什么憨来莫要消停。

小红、小绿：（白）姑娘用什么灵丹妙药咧，好得这么快呀？

崔云霞：呸！

（唱）不许打奴的瓜皮匠，我本是忧虑成病在心中。

小红、小绿：（白）奴婢还不知道，为啥忧虑呢？

崔云霞：（白）你俩别装憨咧。

（唱）为你姑夫连夜走，一去不来无影踪。

小红、小绿：（白）他去他的，哪家汉子常守着老娘们哪？

崔云霞：（唱）怕他一去不回转，可不活活把奴倾？

小红、小绿：（白）如今有了信，他要不回来呢？

崔云霞：（唱）哪个男人肯下气？奴要找他下山峰。

小　红：（白）二姑娘又不在山上，你怎能去呢？

崔云霞：（唱）妹妹不久必回转，且叫小绿掌喽兵。

红儿同我下山去，你快去备马咱起程。

小　红：（白）晓得了。（下）

崔云霞：绿儿呀。

（唱）服侍奴家快改扮，

小　绿：（白）是。

崔云霞：（唱）顶盔贯甲换妆容。（下）

梳洗已毕往外走，（又上）绿儿呀，要你好好守山峰。

小　绿：（白）是。

崔云霞：（唱）不言云霞把山下，（下）

（上张松）

张　松：（唱）再表御史老张松。

奉了刘占兵部令，再诓檀直进京都。

晓行夜宿来得快，眼前不久到边庭。

吩咐众人快快走，（下）

众　将：（唱）再表那滑台关的众英雄。

（升帐，包管站）

包　管：（唱）护卫包管排班站，伺候元帅把帐升。

（上檀直）

檀　直：（唱）檀直披挂上大帐。（坐）

（诗）兵马无敌美名传，自古英雄出少年。

龙韬虎略胸中求，铁马金戈扫狼烟。

（白）本帅檀直。自从父帅被金牌调进京去，这几天总是坐卧不安，不知所为何事。命人去探，不见真假，总有些闻风的，不足为凭，好叫人忧思莫解。

卒：（内白）金牌到。（上）禀爷，金牌到来。

檀　直：只得大开辕门，待我迎接。（下，内白）钦差大人哪里？

（上张松、檀直）

张　松：元帅哪里？

檀　直：钦差大人请。

张　松：元帅请。

檀　直：不知钦差大人到来，未去远迎，面前恕罪。

张　松：不敢哪，不敢。

檀　直：大人请坐。

张　松：大家同坐。

檀　直：请问大人，我父被金牌调去，不知怎样了？又来金牌却是何故？

张　松：元帅，你问那金牌的缘故吗？

檀　直：正是。

张　松：咳，前日那面金牌乃是令尊的取命牌，今日这面金牌，乃是元帅的勾魂牌。

檀　直：咳，大人此话令人难解。莫非我父亲到京，有什么祸事不成？

张　松：若提起你家的祸来，铁石人闻之也伤心落泪。

檀　直：哦，我家有何祸？快求大人说来。

张　松：元帅听了。

（唱）说起祸事来，令人心胆战。
令尊进了京，算是遭了难。
义康三王爷，还有那刘占。
一党是同谋，害人行暗算。
硬赖令尊他，真心为反叛。
如此是这般，刘门为证据。
说你月勾山，招了女反叛。
如此与这般，北魏有勾串。
老爷气满胸，自然要分辩。

奸王动非刑，可叹真可叹。
受刑不肯招，勒死把气断。
又把校尉差，帅府拿家眷。
可怜老太君，临危死不善。
还有小姐她，满门众家眷。
一齐餐了刀，俱把阎君见。

檀　直：（白）呀！
（唱）公子闻此言，魂飞魄也散。
面上颜色无，心里肉也战。
说不出话来，跌倒心迷乱。（倒）

张　松：（白）元帅，怎么样了？元帅醒来。

檀　直：咳呀。
（唱）苏醒半晌连叫苦，大放悲声泪纷纷。（立起）
爹爹呀，叹你盖世英雄将，空怀赤胆与忠心。
汗马功劳今何在？负屈含冤命归阴。
可叹年事老祖母，妹妹年幼正青春。
仆妇丫鬟八十口，一齐餐刀好伤心。
哭罢多时又痛恨，捶胸跺足咬牙根。
大骂奸贼老刘占，两个奸贼恶心人。
倘要有日拿住你，剥皮剜眼定抽筋。
怒骂一阵又急问，眼望钦差呼大人。

张　松：（白）元帅说什么？

檀　直：（唱）奸王命你到来此，不知却是主何音？

张　松：（白）咳。
（唱）元帅要诓你到京都地，不过剪草要除根。

檀　直：（白）既命大人来诓，怎又实言相告呢？

张　松：（唱）奸贼同谋将人害，令人闻之气在心。
故此实言俱告诉，须做准备早调陈。

檀　直：（白）大人进京怎么回答呢？

张　松：（唱）下官自有回答话，勿劳元帅记在心。

檀　直：（唱）大人如此洪恩重，令人难报德深恩。

元帅正自话未了，

（上卒）

卒：　（唱）报事儿郎跪在尘。

（白）报元帅得知，今有北魏王会龙统领大兵数万，关下扎营，有一妖道前来要阵。

檀　直：再去打探。

卒：　得令。（下）

檀　直：咳，苍天哪苍天，我檀直何其不幸，外逢大敌，内遇奸党，如何是好？

张　松：元帅不必灰心，你一家虽然被害，乃是奸贼同谋，却与圣上无干。如今圣上正在病中，故此奸贼才敢蒙君作弊。元帅若能退了北魏，然后杀奔京都，拿住两个奸贼，一则报了自己仇恨，二则匡扶爷家江山，岂不是两全其美？

檀　直：大人言之有理。但是魏兵困城，难以回京，且请馆驿存宿。待等退了贼兵，再回京亦不为晚。

张　松：就此请元帅排兵。下官且回馆驿去也。

檀　直：大人请。

张　松：请。（下）

檀　直：（送张松下，又上）包管上帐听令。

（上包管）

包　管：在。

檀　直：奋勇齐出杀出城去，不得有误。（下）

（步上元鼎真人）

元鼎真人：（诗）道行修炼几千年，呼风唤雨妙无边。

（白）出家人元鼎真人，乃是多年老鼋得道，变化人形，扶保北魏。如今临阵当先，只得显显威风。兵将们，杀上前去。（下，又上对包管）祖师爷爷道号元鼎真人，你叫何名？

包　管：我乃檀元帅麾下大将包管。我看你青头绿尾巴，不像人样，你是什么妖精？快现原形。

元鼎真人：胡说，看剑吧。

包　管: 来，来，来。

（杀，包管败下。檀直上，对元鼎真人）

元鼎真人: 来这小将莫非就是檀直吗?

檀　直: 正是你少爷，妖道何名?

元鼎真人: 你祖师爷爷元鼎真人。知我厉害，下马投降，免得剑下做鬼。

檀　直: 不要胡说。看枪。

元鼎真人: 来，来，来!（对杀，败下，又上）咳哟哟哟，幼儿好生厉害，哪有闲工与他斗战? 等他赶来，用臭气喷他便了。

檀　直: 妖道，哪里走?

元鼎真人: 呀啐。

檀　直: 呀，不好!（下）

元鼎真人: 幼儿中了恶气，虽然跑回关去，管叫他人事不省，七日内必亡。兵将们，杀呀。

（唱）元鼎妖，心里乐。

今日临敌，真乃得合。

臭气将他喷，眼看把马落。

檀直着了重伤，守关还有哪个?

吩咐兵将往上杀，哪怕杀到太阳落。（下）

（上包管）

包　管:（唱）包管他，失魂魄。

心内着急，并无良策。

元帅受了伤，叫人转抹抹。

妖道后面追来，怎么脱此大祸?

打马加鞭把命逃，恐怕性命脱不过。（下）

元鼎真人:（唱）叫兵卒，休懒惰。

急速上前，一齐杀过。

今日炸了关，本领当不错。

取他兵马几群，得他粮草成垛。

元帅跟前去报功，赠我高官相庆贺。（下）

包　管:（内白）众将官，快跑。

（唱）跑得急，声断喝。

个个贪生，还怕箭射。

又怕魏兵追，又怕妖道恶。

保着元帅死尸，只愿脱离大祸。

自己断后挡贼兵，妖道追赶真可恶。

不言兵败有人追，（下）

（上崔云霞、小红）

崔云霞：（唱）再表佳人充行客。

主仆二人齐催马，

（白）奴崔云霞。前者下山，滑台关寻我檀郎，离关不远。哦，小红快走。

小　红：姑娘你看那边。

崔云霞：杀气冲空，想必是两下交兵。咱主仆上前助战，有何不可？

小　红：有理。但见追兵甚急，却是北魏的旗号，必是南朝大败，大家杀上前去便了。（下）

（元鼎真人对崔云霞）

崔云霞：妖道慢赶。

元鼎真人：哎呀，你是哪里来的花奴，敢上阵出丑？报上名来。

崔云霞：你奶奶崔云霞，乃檀元帅之妻，特来擒你。看刀。

元鼎真人：消停消停，我看你美貌无比，不忍伤你性命，劝你随出家人回山，贫道收你做个门徒弟子，修个长生不老，岂不是好？

崔云霞：不要胡说，看刀！

元鼎真人：来来来。（杀，败下。又上）好个花奴，甚是骁勇，不免用臭气喷她便了。（下）

崔云霞：呀，你看妖道喷来一股恶气。急忙取出露水瓶，收他的恶气便了。（气入瓶）妖道，哪里走？

元鼎真人：（又杀，败）呀，花奴收了我的恶气。念动真言，连珠剑起。

崔云霞：呀，妖道又祭来宝剑，忙取出落剑旗。宝剑咳，不落地等待何时？（剑落）你看妖人怒气冲冲，直奔我来，哪有闲工与他斗宝？右手掐诀，口中念咒，左手一伸，乾雷响动。

元鼎真人：呀，不好，借遁逃走。（下）

崔云霞：你看妖道借遁逃走，暂且回关便了。（下）

（包管、崔云霞对上）

包　管：你是哪来的大姑？多谢救命之恩，请到城中致谢。

崔云霞：不要胡说，我是你家檀元帅的夫人崔氏云霞，你倒看看开了脸啦没有哇？

包　管：哦，原来还是元帅嫂嫂到了。我哥哥中了妖人邪术，昏迷不醒，就请嫂嫂进城搭救我哥哥要紧。

崔云霞：如此，头前引路。

包　管：是，嫂嫂随我来。

崔云霞：来了。（同下）

包　管：（内白）众将官，将元帅抬入大帐，老太太正在病中，不便惊动。

众将官：是。（抬上）

包　管：嫂子与那位姑娘就请入大帐。

（上崔云霞、小红）

崔云霞：来了。

（唱）主仆二人移莲步，跟着包管往里行。

只见将军床上卧，一阵紫来一阵青。

紧咬牙关闭了气，虎目双合闭二睛。

摸摸心口还有气，奴不解救必倾生。

看罢郎君这光景，不由心内暗伤情。

包　管：（白）嫂子，你倒有法无有？

崔云霞：（唱）才要上前去解救，复又回思问一声。

望着包管开言道，你家元帅有救星。

但只是月勾山上连夜走，怕他病好忘了疼。

要是憎嫌不留我，叫我如何把身停？

包　管：（白）不怕。

（唱）包管说是无妨碍，嫂嫂只管放心胸。

我的名字叫包管，包管包管我担承。

崔云霞：（唱）这等快取无根水，（水到）调开灵丹药一盅。

撬开牙关灌下去，只听腹内响一声。

顷刻之间药力散，

（白）将军醒来。

包　管：哥哥醒来。

檀　直：哼。

（唱）元气复还口打哼。

血脉周流睁开眼，面前站着女花容。

看着面熟不敢认，你是何人在大厅？

崔云霞：（唱）将军怎还不认得？莫非还是心发蒙？

檀　直：（白）你到底是哪个呢？

崔云霞：（唱）奴家崔氏云霞女。

包　管：（白）是我嫂子来到啦，哥哥。

（唱）前来救你立大功。

檀　直：（白）你就是月勾山上的女寇么？

包　管：别这样说呀。

（唱）哥哥方才身亡故，我嫂一粒仙丹救你生。

在疆场杀败妖道逃遁走，才得全军进了城。

不亏嫂嫂来得巧，滑台必得占不成。

功劳莫大难以报，却为何口出不逊把人轻？

莫非还是病未好？奉劝哥哥细推情。

檀　直：（白）咳。

（唱）贤弟不知其中故，我从头再对你来明。

无耻无羞头一个，强与本帅把亲成。

昼夜里相伴不容把山下，耽误荥阳去勾兵。

那夜里用酒灌醉无知晓，我才脱身下山峰。

回关父帅明军法，我命险乎赴幽冥。

听说是父帅因此遭冤枉，可怜勒死苦伶仃。

有何面目找到此？要想留你万不能。

包　管：（唱）元帅不可绝情意，这如今用人之际想牢笼。

况且早已成恩爱，生米熟饭无改更。

而且今日功劳大，将功折罪理才通。

奉劝元帅留下吧，

檀　直:（唱）要留她除非改姓另改名。
　　　　吩咐军卒往外撵，
（白）众将官。
众将官: 有。
檀　直: 将这女子打出去。
包　管: 谁敢动手?
崔云霞: 将军，你当真绝情断义吗?
檀　直: 贱人不必多言，快快出去。
崔云霞: 我把你这负义的冤家，你，你，你真绝情到底了么?
（唱）气满心怀朱颜变，大骂强人理不端。
檀　直:（唱）贱人休得将人骂，该骂自己太不贤。
崔云霞:（唱）奴家有何不贤处? 倒要领教讲一番。
檀　直:（唱）我家被害遭屈死，却因贱人起波澜。
崔云霞:（唱）遭屈被害怎因我? 总是朝内有权奸。
檀　直:（唱）若非因我招女寇，奸党怎得起祸端?
崔云霞:（唱）听说你因为打了刘占子，因此怀恨结下冤。
檀　直:（唱）此事听得外人讲，胡言乱语信口传。
崔云霞:（唱）方才包管对我讲，因你惹起祸塌天。
檀　直:（唱）因你也罢因我也罢，快快出去免歪缠。
崔云霞:（唱）出去不难我有话，说个语四与言三。
檀　直:（唱）什么话儿不用讲，本帅听了嫌絮烦。
崔云霞:（唱）想你前在高山住，哪点待你不周全?
檀　直:（唱）不是贱人贪恋我，一家怎得被刀餐?
崔云霞:（唱）前事抛开讲目下，奴不救你怎把阳还?
檀　直:（唱）本帅命大不该死，岂用贱人你周全?
崔云霞:（唱）不亏奴家来解救，焉能不破滑台关?
檀　直:（唱）此关得失皆在我，并非人力总在天。
崔云霞:（唱）强人哪，天理良心你丧尽，好个绝情负心男。
檀　直:（唱）非我绝情你无耻，有何面目来找咱?
崔云霞:（唱）强人绝情不留我，叫奴进退两为难。

檀　直：（唱）本帅要留贱人你，万人咒骂玷辱祖先。

崔云霞：（白）咳，贼呀！

（唱）如要不怕人耻笑，定叫你无义之徒丧九泉。

檀　直：（唱）不必胡言少发性，无耻无羞脸太憨。

（白）快走！

崔云霞：罢了。

（唱）不用你撵我就走，从今后绝恩断义两无干。

叫声小红听吩咐，

（白）小红，你看这无义强人，忘恩负义，有心害了他的性命，恐人说我不贤，就此带马回山。

小　红：是。（下）

崔云霞：气死人也！

包　管：（拦）嫂嫂慢去，元帅是病得糊涂啦，等我劝他，没有不回头的。

崔云霞：不必多言，快快闪开。（下）

包　管：嫂嫂回来！回来！回来！元帅，你这就不对了。有此一助，求之不得，如今人家去了，明日妖人再来要阵，何人去挡？

檀　直：自古说是邪不能侵正，本帅自有破敌之策。

包　管：你有策，为何叫妖人把你治个人事不知？看那个反叛丫头，不见到哪里去了，怎了呢？叫我真没办法。

正是：负义男人痴心女，丧尽良心狠到底。（下）

（出火氏、崔明霞坐）

崔明霞：（诗）身虽离难心忧虑，奉劝萱堂且开怀。

火　氏：（白）老身火氏。

崔明霞：奴崔明霞。

火　氏：哦，媳妇，自从你谢氏姐姐误遭冤枉，前日在法场出斩，眼见着性命顷刻就完，多得你夫妻解救法场，将我婆媳救出法地。可叹我那谢氏媳妇，虽然得了活命，只因在法场惊吓，大病缠身。因此走了几天，在这双风堡住下养病。唯恐走漏风声，官兵前来捉拿，那却怎了？

崔明霞：婆母，请放宽心，莫说不会走漏消息，即便是兵将前来，管叫他丢盔弃甲，有何惧哉？

火　氏：哦，媳妇，你姐姐今日料觉好些，不能坐车，我儿外面去雇车轿，准备行程，怎还不见到来？

崔明霞：大料不久就来了。

（上王虎山）

王虎山：母亲，孩儿雇来车轿，母亲坐车，谢氏坐轿，孩儿骑马头前开路，叫崔氏骑马押着后边。娘子，快搀你谢氏姐姐出来，就此登程。

崔明霞：是，妾身知道。（下，搀上同下）

（上檀梦兰）

檀梦兰：（诗）世上莫道黄连苦，奴比黄连苦十分。

（白）奴，檀梦兰。自我一家被害，法场餐刀，狗子刘门将我领到他家，指望着欲行苟且。正在无所措手，幸遇神佛，将奴救出虎穴来，在这荥阳交界，路遇强氏，将奴领到她家。指望她雇车将奴送到滑台关去找我哥哥檀直，怎奈她总不肯应下。昨日被奴哀求，她料有一点意思，偏偏又来了她的儿子，名叫谢松，见奴是个孤身女子，便起不良之意，妄想与奴成为配偶，真叫人又羞又恼，又悲又气。奴总不允，怎奈我是笼中之鸟，倘要欲行强霸，贞洁难保。方才见她儿子出去，不免到她房中，将奴怀金送给与她，她也许将奴送到滑台关。到了滑台关，再有重谢。倘得退了邪念，奴之幸也，不然奴家有死而已。苦哇。（下）

（出强氏坐）

强　氏：（诗）每日天长无别干，拉舌倒勾家家窜。

白日偷米去游湖，夜里点灯才纺线。

（白）老身强氏。老头子叫白费蜡，早年死了，一辈子一儿一女。女儿白鸦子，出嫁北庄货郎儿子为妻。前日得了个外甥，我去做满月子回来，路遇一个孤身女子，被我哄到家中。那个人头子总值一千两银子，正要给她找个主儿卖了，不想我儿子回来啦。儿子当年被他死爹一骰子输了，卖给承德县谢御史家为奴去咧。昨日呢，他又骑着大马回来，还拿着不少的银子，我这真是后老婆子嫁官，晚来的福嘞。

（上谢松）

谢　松：舍妈在上，舍儿子偏了。

强　氏：咳呀，小子你复姓归宗，怎还叫谢松？

谢　松：那我叫啥也?

强　氏：你名字叫鸡飞，号叫蛋打吧。

谢　松：这个名字很好。我说妈呀，我说的那宗勾当到底怎的啦?

强　氏：不中不中。听妈我告诉与你小子，为娘说了好几次，（上檀梦兰，偷听）那女子再三不允，哭哭啼啼。

谢　松：（唱）我跨马金刀回家转，嫁了我她是个有福的。

强　氏：（唱）她说是癞蛤蟆想吃天鹅肉，驴头上怎能戴花枝?

谢　松：（唱）她本是个青楼女，不着抬举着脚踢。

强　氏：（唱）小子你有钱何愁说不到媳妇?强求不是好亲戚。

谢　松：（唱）纵然有钱无处找，不如她美貌似妲己。

强　氏：（唱）你爱她可她不爱你，执意不从枉费心机。

谢　松：（唱）不从她也无处跑，看她也是网中鱼。

强　氏：（唱）网中之鱼怎么讲?莫非别有巧关机。

谢　松：（唱）今夜晚间将房进，硬做一番她会怎的?

强　氏：（唱）她要喧喊怎么样?（檀梦兰下）邻居听见成何体?

谢　松：（唱）孤身幼女无依靠，谁能替她来出气?

强　氏：（唱）如此今晚咱就做。

（白）我儿一心如此，为娘也不强拦?等到今晚，娘在她屋睡觉，等到三更以后，为娘假装出去，你便悄悄进房硬做一番。那时生米煮成了熟饭，她也无的说了。

谢　松：事情到这里，天道也。晌午拉你老去收拾酒饭，咱娘俩先喝点喜酒吧。

强　氏：我去看看那姑娘来，叫她帮我做饭。（下，又上）咳呀，可不好了。

谢　松：怎的了?

强　氏：那丫头没在屋里，院中都找遍了，未见踪影，想是跑咧。

谢　松：她一个幼女可往哪里跑呢?必是串门子去了。

强　氏：咱娘两个快快找来。

谢　松：走，我找找去。（同下，又上）

谢　松：咳呀，好个娼妇养的。我只说是她串门子去啦，谁知她竟自逃走?方才有人看见她哭哭啼啼往西南而去。谅她一个女子走不甚远，待我迈开大步追赶便了。

（唱）谢松我，气昂昂。（鬼上跟）

甩开大步，走得慌忙。

忽然失了脚，跌倒在路旁。（鬼变蝎子）

才待奋力爬起，袖子里面痒痒。

伸手一摸说奇怪，却是什么内里藏？

伸手拿，一鼓囊。

原是蝎子，爬入袖囊。

蜇了我胳膊，又蜇我胸膛。

蜇了我的肚腹，又蜇我的脊梁。

浑身乱摸拿不住，这个蝎子真异样。

咳呀，疼得我，遍体伤。

浑身疼痛，甚是难挡。

疼得满地滚，连声叫亲娘。

忽又爬起乱跑，着急汗湿衣裳。

不言谢松将毒中，（下）

（上檀梦兰）

檀梦兰：（唱）再表梦兰女娥皇。

（白）苦哇，奴檀梦兰。可恨强氏母子背地商量倾害奴家，幸而被奴听见，因此暗暗逃走。还恐恶奴随后追赶，叫奴何以为情？又恐鞋弓袜小，几时得到边关之地吔？

（唱）梦兰小姐往前走，两泪直流不住哭。

自幼何曾出闺阁？走路侍女还得扶。

况且又是无盘费，幼女行程苦又孤。

见人不敢抬头见，羞羞惭惭在路途。

何日到了边庭地，见了母亲诉根由？

思思想想往前走，不住回头胆突突。

唯恐贼奴后面赶，脱身之计半点无。

小姐正自心害怕，

谢　松：（白）哪里走？

檀梦兰：（唱）忽听后面大声呼。

回头一看说不好，原来恶贼追赶奴。

战战兢兢往前跑，（下）

谢　松：（唱）谢松追，跑得速。

面前看见，那个女奴。

最可恨蝎子，蜇人误功夫。

相离不远二里，跑得上喘气粗。

又叫女子休要跑，快来随我洞房花烛。

不言谢松赶小姐，（下）

（王虎山骑马上）

王虎山：（唱）王虎山乘马在路途。

母亲坐车谢氏坐轿，崔氏催马后面跟。

吩咐车夫轿夫快快走，莫要怠慢误功夫。

英雄正自催马走，呀，有一女子跑得速。

又见一人后面赶，

（上谢松、檀梦兰）

谢　松：（白）哪里跑？

檀梦兰：救人哪，救人哪！

王虎山：咳呀，那女子为何喊又哭？不知因何缘故，我何不上前去问清楚？

檀梦兰：救人哪。小姐跑上双膝跪，那位老爷救人吧。

王虎山：哦，那一女子这样喊救命，所为何事？

檀梦兰：咳呀，后面追赶那人原是劫路的强盗，望爷爷救奴一命吧！

王虎山：哇呀，好个大胆的强盗，青天白日，竟敢拦路劫财？待我下马寻他，你且站在车旁。

檀梦兰：是，晓得了。（下）

谢　松：哪里跑？

王虎山：你这奴才，不是谢松么？

谢　松：咳呀，不好，跑了吧。

王虎山：哪里跑？（按住谢松）

谢　松：咳呀，我的妈，这回可坏了，姑夫饶了我吧。

王虎山：恶奴啊，恶奴，只说冤仇无日可报，谁知狭路相逢，你也有了今日了。

（唱）按在地，二目红。
高声大骂，喝叫谢松。
奴才真胆大，竟敢乱胡行。
我家与你何仇恨？何故作恶行凶？
因奸暗把我代婆害，怎把尸首我家扔？

谢　松：（唱）魂吓掉，胆吓崩。
勉强分辩，战战兢兢。
奴才有天胆，不敢把人倾。
本是梅香飞燕，暗自设下牢笼。
事情与我无干涉，只求姑夫把我容。

王虎山：（唱）你休想，再活生。
冤家路窄，恶贯满盈。
千刀与万剐，难消气满胸。
急忙抽出宝剑，先剜你的眼睛。（剜眼）
复又一剑把头剁，开膛破肚血流红。
英雄正自气未了，

崔明霞：（唱）来了明霞女花容。走上前去开言道。
（白）哦，将军，若遇不平之事，不过打他一顿也就是了，何故伤害人命呢？

王虎山：咳，娘子不知，原是如此这般，害你姐姐就是这个恶奴。

崔明霞：如此说来，真是天网恢恢，疏而不漏了。

王虎山：娘子，那女子可曾去了没有？

崔明霞：将军，你当那女子她是何人？

王虎山：不知是谁，莫非你还认识不成？

崔明霞：那女子来到车上，母亲问她，只是含糊不言，奴喝斥她一顿，她才说了实话。

王虎山：想是来路不明吧。

崔明霞：那人原是滑台关檀元帅之女、檀直之妹，如此阖家被害，这般逃走在外，不巧遇了亲戚呀。

王虎山：好，真是吉人天相，巧遇奇缘。娘子就叫檀小姐同母亲坐在车上便了。

崔明霞：晓得了。（下）

（上元鼎真人）

元鼎真人：（诗）几经碧海洗龙甲，愿到青山拔虎毛。

（白）俺，元鼎真人。那日临阵用臭气将檀直喷伤，看看滑台关要破，谁想来了个崔云霞。那个小贱人拔刀相助，斗宝厮杀，俱落下风。不想她又手掌乾雷，只听得咕咚咕咚的响，出家人的脑袋险乎震碎。多得我道行广大，借遁逃走。如今养了七八天，功行足满。昨日去攻关城，怎奈她闭门不出？探子报道说，那崔氏贱人被檀直羞辱一场，竟自回山去了。有心再攻城去，又怕那丫头复来相助，如何敌她？哼哼哼，有了，我何不变作檀直的模样去上月勾山，假装与那丫头赔罪，混她一番？谅她难辨真假，欢乐一宿，然后再将她杀死，又得近看美人，真乃两全其美。好计，待我变来。（变介）变得不错，走走便了。（下）

（出崔云霞坐，小红站）

崔云霞：（诗）关山隔断姻缘路，河海难移一念愁。

（白）奴家崔云霞。可恨强人恩将仇报，夫妻情分半点全无，当着众人羞辱于我，断绝恩爱，撵出关来，又羞又气。

小　红：姑娘不必生气，万一人家回心转意，命人来请也未可定。

崔云霞：莫说强人不来请我，就是亲自来请，我也不能去了。

小　红：罢哟，只怕人家不来吧？要是来了，你也拿不住劲呀。

（上喽啰）

喽　啰：报大姑娘得知。

崔云霞：报的何事？

喽　啰：檀姑爷亲自到此，与姑娘赔罪来啦。

崔云霞：你休得胡说，就欠打嘴。

小　红：姑娘，人家来了，有个回心转意，亲自到此，你老可怎这样呢？

崔云霞：快把他与我撵下山去，我情愿一辈子守着活寡。

小　红：着，着，只道算你有志气啦。喽啰们，把他撵下山去，他要不走，拿箭着实地射。

崔云霞：消停，消停，谁要是动了我那个人，我就宰了他！

小　红：方才你老那样嘴硬，这么一会，就挺不住劲啦！

崔云霞：你管我呢！

小　红：我看尽闹假局。喽啰们，快请姑爷去吧。

喽　啰：是。（下，内白）有请姑爷。

元鼎真人：来了来了。娘子在上，敝人有礼了。恕我遇事莽撞，千不是，万不是，都是我的不是。

崔云霞：哎呀，哎呀，你还这等做什么吔？

（唱）一见将军自施礼，鞠躬恕罪在面前。

满怀怒气全消退，带笑含春把话言。

请坐吧，将军怎么回心了？却为何把奴撵出滑台关？

当着众人羞辱我，口口声声不要咱。

元鼎真人：（白）娘子。

（唱）那都是敝人一朝错，多得你亲自到城边。

多谢你杀退贼妖道，多谢你救我把阳还。

多谢你灵丹好妙药，多谢你保护众将官。

千不是万不是全都怨我，复又一揖礼貌谦。

崔云霞：（白）咳呀。

（唱）多情佳人实不敢，只得顶礼也相还。

叫声小红快看酒，收拾酒宴共杯盘。

小　红：（唱）一点屈儿没叫受，倒好个快。

崔云霞：（白）别闹嘴啦，快点去吧。

小　红：是。

（唱）小红小绿不怠慢，霎时酒菜往上端。

崔云霞：（唱）奴与将军亲把盏，开怀畅饮解愁烦。

元鼎真人：（白）娘子请吧。

（唱）从前俱是我的错，从今以后一夜夫妻恩百年。

崔云霞：（唱）恩爱二字你怎懂？这怎不是那一番？

元鼎真人：（唱）不敢答言只顾饮酒，偷眼观看女红颜。

脸儿白得如同粉面，发儿黑得似墨团。

樱桃小口牙似玉，弯弯三寸小金莲。

崔云霞：（白）将军请饮。

元鼎真人：请哪。

（唱）真是美貌如仙子，万种风流长得全。

崔云霞：（白）将军，你怎么不喝呀？

元鼎真人：（唱）是咧是咧待我饮，心中一乐一口干。

料想今日必恩爱，办那好事乐无边。

崔云霞：（唱）将军放着酒不饮，怎总是瞅着奴家不认咱？

元鼎真人：（唱）拙夫醉了我不饮，快叫他们撤杯盘。

吩咐快把床铺上，

小　红：（白）是。（下）

崔云霞：将军乏啦，快歇息吧。

元鼎真人：（唱）还得娘子陪伴咱。

崔云霞：（白）你罢哟，大天白日睡觉被人看见，那是啥样子？

元鼎真人：（唱）娘子还是嫌弃我，我就走了下高山。

崔云霞：（唱）佳人拉住不放手，

元鼎真人：（白）不用拉我，一定走了。

崔云霞：小爷爷呀。

（唱）你怎这么脸子酸？

元鼎真人：（白）我走，我走。

崔云霞：（唱）云霞也觉春心动，暗里出神甚欢喜。

叫声小红出去吧，我们夫妻有话言。

小　红：（白）是。（下）

崔云霞：（唱）奉劝将军休生气，请入销金帐里边。

元鼎真人：（白）请吧。

崔云霞：（唱）才要同入销金帐，

（上小绿）

小　绿：（唱）小绿跑来把话言。

姑娘快去迎接客，

（白）启禀姑娘，二姑娘回了山了，还有她婆婆王老太太与姑爷前妻谢氏，都在前庭喝茶呢。二姑娘领着檀小姐拜望你来了。

崔云霞：哪个檀小姐？

小　绿：就是大姑爷亲妹妹。如此这般，半路遇见，一同上山，听说她哥哥在此，前来看望兄嫂来了。

崔云霞：原来还是姑姑到此。小绿呀，就说有请，奴家随后就到。

小　绿：晓得。（下）

元鼎真人：娘子莫去，咱俩快入罗帐，不必见她。

崔云霞：将军说哪里话？妹妹来了，哪有不见之理？

小　绿：（内白）檀小姐，随我来。

（上檀梦兰、崔明霞）

檀梦兰：来了。哥哥在哪里？哥哥可好？

元鼎真人：我是好的。妹妹来了么？

檀梦兰：哥哥几时到此？

元鼎真人：也是今日来的。

檀梦兰：这位想是嫂嫂，小妹有礼了。

崔云霞：不敢，还礼过去。

崔明霞：姐夫可好？

元鼎真人：我是好的呀。

崔明霞：小檀，我问问你，我姐姐待你哪点不好，你偷跑下山，一去不来？我听说我姐姐找你上滑台关，降服妖道，救了你的性命，不说承情道谢，反把我姐姐撵出关来。

元鼎真人：那是我的不是，今日特来赔罪。

崔明霞：罢哟，必是你叫妖精杀败了，用着我们姐们啦，要不再也不来。

元鼎真人：叫你猜着了，我叫那祖师爷杀怕啦。

崔明霞：我要不看妹妹在此，二姨打你个大耳光子。

元鼎真人：二丫头，少要厉害，我要急了，咬你的脚指头。

崔云霞：妹妹不用说了，看你姐夫生气，贤妹请坐。

檀梦兰：大家同坐。哦，哥哥，咱家遭了横祸，你可知道么？知道父亲几时调去京都，怎么安排的？哥哥告诉小妹。

元鼎真人：哦，这个……

檀梦兰：哪个？

元鼎真人：咳呀。

（唱）贼妖道，不明白。
猛然间问，口儿难开。
照着影儿讲，一概说不来。
不知何日调去，不知什么金牌。
边关之事俱不晓，瞪着王八眼只翻白。

檀梦兰：（唱）檀小姐，闷心怀？
莫非兄长，未在滑台？

元鼎真人：（白）哦，我在关上。

檀梦兰：（唱）你上哪里去？哪时才回来？
父亲死得太早，连累家中奶奶？
怎么一切不知晓？见了奴家也不悲哀？

崔明霞：（白）可真的呢，贼眉鼠眼的不像好人。

元鼎真人：（唱）忽装作，假悲哀。
父亲死去，祸胎祸胎。
（白）我的爹爹呀！

檀梦兰：（唱）你今来到此，滑台怎安排？
军情何人执掌？母亲可没祸灾？

元鼎真人：（唱）张口结舌说不上，变毛变色只发呆。
（白）问这个做什么？

檀梦兰：（唱）兄长你，太不该。
小妹到此，因为祸害。
受尽千般苦，一路罪难挨。
见面怎无一语，好像不关心怀。

元鼎真人：（唱）我不知道那些事，生来糊涂不明白？

崔明霞：（唱）明霞女，犯疑猜。
兄妹见面，怎不悲哀？
变毛又变色，张口说不来。
莫非有了诡计，他是顶替而来。

元鼎真人：（白）妹妹不必哭了，我一阵糊涂，忘了那些事情了。

崔明霞：（唱）光景形异大不对，青面长相似婴孩。

元鼎真人：（白）天道黑了，你们出去吧，我们两口子要睡觉了。

崔明霞：（唱）何不用降妖宝剑将他吓，是真是假自明白。

主意一定取宝剑，只叫妖人少发呆。

（白）妖人是你，着剑。

元鼎真人：呀，不好！（下）

崔云霞：妹妹，这是什么缘故？

崔明霞：咳，我那姐姐，你还发糊涂呢。你看方才这个东西，毛头鼠尾，像我姐夫哇？

崔云霞：你怎见到不是？

崔明霞：方才檀小姐问他家中之事，十问九不语，又且说话轻狂，和原先那姐夫大有各别，小妹心中犯疑，故用降妖宝剑试探真假，宝剑一举，他就一溜火光，踪影不见了。

崔云霞：好妖精，敢来捉弄奴家，真叫人又羞又气！

崔明霞：这个妖精真也奇怪，竟会变我姐夫，前来哄人，要不着妹妹前来，你两个还哪门着了呢。

崔云霞：哪门着？

崔明霞：你或许失了贞洁啦？

檀梦兰：怪不得见了我好似旁人，谁知是我假哥哥？

崔云霞：要提起你哥哥，真叫人痛恨。

檀梦兰：嫂嫂不要痛恨，待你小妹写一封书字，管叫你们和美。

崔云霞：那也不一定哟。

檀梦兰：嫂子放心，全仗小妹一面承管就是了。

崔明霞：妹妹言之有理，明日差小红、小绿将书下到高关，我姐夫岂肯再绝情？

檀梦兰：当今之时，魏兵犯界，我哥哥求之不得。

崔云霞：全仗妹妹了。

崔明霞：现今你妹丈的前妻谢氏和他母亲都在前庭，看看便了。（下）

（完）

第　五　本

【故事梗概】因家奴卜良告密，张松救护檀直之事被义康得知，义康将张松杀死。张海到王府报仇，然寡不敌众，幸亏得到紫云仙姑的救助，一家人才得以逃离京城，回到原籍。慈云圣母之徒王赛花习得一身武艺，受师父指点，下山与父亲相聚。北魏大军攻打滑台关，檀直被元鼎真人活捉。包管到山寨向崔云霞求救，云霞看在夫妻的情分上，带着檀梦兰赶赴滑台关前线。

（上谢珍、檀梦兰）

谢　珍：（诗）有才多伴娇娆女，有情人伴有情郎。

（白）学生谢珍。

紫云仙姑：奴家檀梦兰。

谢　珍：娘子，你我夫妻如鱼似水，纵然快乐，但是当今病卧深宫，奸王义康与兵部刘占秉政专权，科场不开，功名未得，如何是好？

紫云仙姑：相公不必惦在心上，奴家受过异人传授，能知未来之事，算好不久，就要发达了。

谢　珍：哦，娘子是与我宽心吧。

紫云仙姑：俱是如此。相公，你说明日是去世的公爹祭日，何不到街上买些香纸祭礼，以尽为人之子的孝道。

谢　珍：咳，那是自然，尽心而已。

紫云仙姑：不用讲啦，你快些个买去吧。

谢　珍：是，拙夫去也。（下）

紫云仙姑：你看将相公支出，早知黑煞大帅临凡，乃御史张松之子，他一家目下有难，小仙只得暗中保护才是。

正是：欲展神仙术，保护难中人。（下）

（奸奴卜良马上）

卜　良：（诗）欲图身免祸，要安虎狼心。

（白）俺御史张松的家人卜良是也。我老爷上滑台关去调檀直，命我打着前站。昨日在杨柳镇上偶遇一个绝色的女子，一时色心旺盛，硬行奸事。

不想那女子告到老爷面前，将我打了四十大板，还说到京之时，定要斩首，不由地令人害怕，因此想了一计，先到京中去到三王爷府中，倘得重用，岂不是因祸得福？眼前到了京都，进王府便了。（下）

（上义康、刘占）

义　康：（诗）图谋大事乃遂心，管保王爷坐五尊。

（白）孤三王义康。

刘　占：老夫刘占。

义　康：哦，刘贤契，事到如今，檀道济一死，其他不足为虑了。其子檀直尚在边关，还是块大病。

刘　占：王爷放心，臣已命御史张松捧定金牌边庭去调檀直，倘若成功，先将小畜生斩首，然后再将朝内奸党除去，千岁何难登基坐殿？

义　康：贤契真有王佐之才。孤要得了天下，必封卿为丞相，天下之事任卿掌管。

刘　占：（跪）谢过千岁。

义　康：爱卿平身。

刘　占：千岁。

（上公公）

公　公：启禀千岁，今有御史张松自边庭而回，还未到京，其家奴卜良先至，说有机密之事告诉千岁。

义　康：如此，叫他进来。

公　公：领旨。（下，内白）王爷有令，命你进见。

卜　良：（内白）来了。（上，跪）王爷千岁在上，卜良叩头。

义　康：你就是御史张松的家人么？

卜　良：正是小人。

义　康：有何密事？一一地诉上来吧。

卜　良：千岁容禀。

（唱）叩头呼王爷，容我从头讲。

家主捧金牌，边关去得莽。

到了滑台关，就把坏心长。

见了小檀直，就把实话讲。

他说千岁爷，都是蛇蝎蟒。

兵部刘大人，同谋是一党。

苦苦害忠良，常把毒计想。

害了你一家，俱都死法场。

今又捧金牌，叫你入罗网。

你若进了京，莫把活命想。

暂且休回京，别把火坑闯。

退了北魏兵，再把兵权掌。

杀奔到京都，捉拿众奸党。

雪恨报了仇，才算智谋广。

小人气不平，来对千岁讲。

千真与万实，并无一字谎。

义　康：（白）竟敢如此，可恶可恨。

（唱）义康闻此言，气得连声嚷。

好个大胆贼，敢把金牌抗。

背反违孤家，不怕头难长。

正自怒冲冠，

（上公公）

公　公：（唱）宫官把话讲。

双膝跪倒呼千岁。

（白）禀爷，御史进京复命。

义　康：叫他进来。

公　公：领旨。（下，内白）命你进见。

张　松：千岁千千岁，臣张松交牌复命。

义　康：可曾将檀直调进京来？

张　松：未曾调来。为臣见了檀直，指望将他调进京来，谁知他早知家中之事，不但不肯迎接金牌，还要将为臣斩首，多得我苦苦求饶，方饶为臣一条性命。

义　康：此话可乃真么？

张　松：为臣不敢撒谎。

义　康：哼哼哼，我把你这个大胆的奸贼，孤命你滑台关调取檀直，谁知你反顺他人。装腔作势，瞒哄哪个？

（唱）哼哼哼，双眉皱，怒冲冠。

喝叫御史，胆大包天。

孤家命令你，去上滑台关。

调来檀家之子，回来重赏封官。

你敢实话对他讲，反顺他人主何因？

张　松：（唱）心害怕，战一团。

只见卜良，跪在下边。

必是他报信，与我作孽冤。

叩头口呼千岁，勉强分辩一番。

千岁此话因何起？为臣一字不了然。

义　康：（白）哇！

（唱）你休得，把孤瞒。

你的家将，告诉孤言。

你到边关去，如此是这般。

檀直待你何意？孤家与你何冤？

快把私通檀直事，件件招来莫遮瞒。

张　松：（唱）头碰地，只叫冤。

卜良之话，俱是谎言。

因他杨柳根，硬把民妇奸。

臣要处他一死，因此结下仇怨。

将无作有把臣害，伏乞千岁细详参。

义　康：（唱）义康闻言方消气。

（白）孤家想你既是刘占心腹之人，断不能如此寻思，但你未曾调来檀直，其罪当诛，孤家轻责尔罪。公公。

公　公：伺候。

义　康：将张松推下去重打四十御棍，掐出府门。

公　公：领旨。（带张松下，又上）禀王爷，施刑已毕，推出府门去了。

义　康：起过了。

公　公：是。

义　康：卜良，你这恶奴，因仇谋害家主，真该千刀万剐。

卜　良：咳呀，千岁，奴才就有熊心豹胆也不敢欺哄王爷，如若不信，命人去上边关打听，如有虚言假告，就把奴才粉身碎骨，死而无怨。

刘　占：千岁不必再问，那张松未曾调来檀直，其中必然有诈，而且一见卜良就变毛变色，依臣看来，张松私通檀直，必是情真，卜良强奸民女惧罪而陷害其主，其情亦不假。

义　康：如此说来，真乃气死人也。侍儿。

侍　儿：伺候。

义　康：吩咐校尉刘龙、李虎赶到张松府内，将张松首级割来见孤，把卜良拉出府门斩首。

侍　儿：领旨。

卜　良：我好后悔也，我好后悔也！（下）

义　康：刘贤契，檀直闻知阖家被斩，倘若带兵来报此仇，如何是好？

刘　占：千岁放心，如今北魏人马在关前挑战，为臣挑一员无敌上将，前往边关去拿檀直，管叫他腹背受敌，何愁檀直不灭？

义　康：有理。

这正是：若得祸福全消灭，方能登基坐九重。（下）

（上吴氏、张月桂、张月素，坐）

吴　氏：（诗）心惊肉跳不安宁，不知却是主何因？

（白）老身吴氏。

张月桂：奴家张月桂。

张月素：奴家张月素。

张月桂、张月素：母亲，院子报道说我爹爹自边关回来，上王府交旨去了，这么晚为何不见回来？

吴　氏：女儿，为娘一阵心惊肉跳。莫非你父亲有什么祸事不成？

张月桂、张月素：孩儿们也是如此。我兄弟自清晨起来，想是外事惹祸去了，也未可定。

吴　氏：咳，那冤家生性粗鲁，不服管教，真乃可恨。

（院子扶上张松，坐）

母女三人：（白）呀，老爷/爹爹，这是怎么了？院子快些说来！

院　子： 禀夫人，原是卜良如此这般陷害家主，被奸王打了四十御棍，疼痛至此。

母女三人：（白）老爷/爹爹，你心中觉着怎样？

吴　氏： 呀，问着不言不语，浑身只是乱战。看此光景，只怕有些个不好了。

母女三人：（唱）母女三人说不好，止不住两眼泪直倾。

见老爷/爹爹双合二目不言语，浑身乱战心如油烹。

光景疼得实难忍，叫着十声九不应。

也不知何处疼来何处痛，但只见血流衣襟遍体红。

（白）老爷/爹爹呀！这样重伤怎么受？怪不得如此发迷昏。

（唱）母女三人声声叫，（张松打咳）忽听得只打咳声气儿通。

张　松：（唱）哎呀一声罢了我，苏醒一会把眼睁。

（白）罢了我了。

母女三人： 老爷/爹爹醒来，醒来。

张　松：（唱）瞧见夫人与二女，不觉一阵痛伤情。

母女三人：（白）老爷/爹爹为何这样？

张　松：（唱）从头至尾说一遍，恨只恨卜良恶奴狠又凶。

因他强奸民间女，被我痛打结仇恨。

恶奴偷跑将京进，见了奸王诉实情。

边关之事实说了，奸王闻听动无名。

把我重打四十棍，皮开肉绽遍体红。

又气又恨又疼痛，虚火上升故发蒙。

此时心中忙又乱，只怕难保命残生。

老爷正在话未了，

（上李虎、刘龙）

李虎、刘龙：（唱）来了校尉李虎与刘龙。

闯进房内声断喝，

（白）呀嗨，你一家勿得哭啼，快些闪路。

吴　氏： 你是何人？手提宝刀，这凶狠狠地闯入内宅，是何道理？

李　虎： 着刀！（张松死，提人头下）

母女三人： 哇呀呀呀，疼死人也！（母女同倒）

（上丫鬟、院子）

丫　鬟：夫人、小姐，醒来，醒来，醒来！

院　子：老太太醒来，小姐醒来！

张月桂：咳呀爹爹呀！

（唱）母女三人魂吓掉，平身栽倒发了昏。

丫　鬟：（白）夫人、小姐们醒来！

母女三人：（唱）苏醒半晌还阳世，好一似剑刺肺腑刀刺心。

老爷/爹爹你可疼死我，项上无头血淋淋。

爬将起来往上扑，抱住了半截尸首泪纷纷。

今年方交六十岁，一世忠良义气存。

怎么临危遭横死？尸首两地好可怜。

冤枉冤哉何处诉？闪下一家靠何人？

可恨卜良万恶首，陷害家主太欺心。

又恨奸王毒又狠，你比虎狼恶十分。

四十御棍实难受，绝不该割去人头太狠心。

可恨老天无应报，善恶皂白看不真。

母女痛哭无完了，死去活来几个昏。

张　海：（内白）公子张海回家奔，一闻凶信走真魂。

跑进后堂连叫苦，

（急上）母亲、姐姐，是奸王削去我父的首级么？

吴　氏：正是如此。

张　海：哎呀呀，可不苦死人也！（倒）

吴　氏：我儿醒来。

张月桂：兄弟醒来。

张　海：我那屈死的爹爹呀！

（唱）咳呀一声还阳世，咧着大嘴放声哭。

爹爹呀，叹你一生多忠厚，如此结果怎何如？

越哭越痛悲切切，越想越恨气扑扑。（站身）

站起身来一声喊，

（白）奸王哪奸王！

（唱）杀父之仇你与吾。

又尊母亲和姐姐，办事要紧不必哭。
暂且莫把尸首装殓，

张月桂：（白）却是为何呢？

张　海：（唱）略等片时就请出。
孩儿去到王府内，拿住奸王贼囚奴。
千刀万剐方消恨，然后再拿刘占剜他眼珠。
将我爹爹首级找，缝在一处才贴乎。
将二贼摘心沥血灵前祭，叫我爹爹看看就死心也服。
张海迈步就要走，
（白）走，杀囚攮的去。

母女三人：我儿/兄弟，不可如此粗鲁。

张　海：杀父之仇怎么能容忍呢？

吴　氏：（唱）杀父之仇应要报，但你怎么有勇无谋太糊涂？

张　海：（白）我也顾不了许多，只要报仇就行了。

吴　氏：（唱）你想想奸王王府深似海，门外许多兵与卒。
纵有万夫不当勇，怕你好入不好出。
岂不是飞蛾投火自送死？自己想来莫要粗。

张　海：咳！
（唱）凭着什么定要走，不过豁上命呜呼。
此一去杀父之仇定要报，就是死了也心意足。
况且一人要舍命，可敌千人与万夫。
快些放手我要走，
（白）快放手吧！（下）

母女三人：（唱）母女着急放声哭。
（白）我儿你回来。
（唱）他头也不回竟自去，院子快去莫迟误。

院　子：（白）公子那般光景，叫老奴如何追得上呢？

母女三人：咳，可也是呀。
（唱）无法可办只发怔，

吴　氏：（唱）夫人吓得胆突突。

又是悲来又是怕，
两事交加病来速。
站起身来床上坐。
（白）咳，罢了我了。

张月桂： 母亲怎么样了？

吴　氏： 我自觉头迷眼黑，坐立不安。

张月桂： 咳，母亲你老人家不必担忧。自古吉人自有天相，我兄弟此去大料无妨。

吴　氏： 咳，你们这都是与我宽心话。院子，快些招呼家将，将你老爷的尸体抬到中堂，快去打听你公子消息，回来禀我知道。

院　子： 是，老奴遵命。（抬下）

张月桂： 母亲，待孩儿搀扶你老床上躺着去吧。

吴　氏： 咳，罢了我了。

张月桂： 苦哇。（下）

（上义康）

义　康： 御林军。

御林军： 有。

义　康： 将张松的首级号令，送在分水街上。

御林军： 领旨。（一过）

张　海：（内白）闪开闪开，祖宗来也。（与御林军对上）尔等小卒听真，祖宗姓张名海，要找奸王算账，与尔等无干，快些闪路，保全性命，不然我就是一鞭。

御林军： 哟，你是哪里来的疯子，拿钢鞭硬往里闯，胡言乱道？这是王府哇，你瞧瞧吧，两边红油杠子，打死无偿，还不快跑？我们奉了王爷旨意去送号令首级，没工夫理你，跑开去吧！

张　海： 咳，是谁的首级呀？

御林军： 就是御史张松的首级，这不是在匣子里盛着吗？

张　海： 呀，原来是我父亲的首级。好好送还与我则罢了，要不然狗命难保。

御林军： 呀，原来是犯官之子，怪不得这样凶狠。他是反了，大家动手打来。

张　海： 囚攮的，着鞭吧！

（乱打一阵，御林军败，张海夺匣下，又上）

张　海：好也呀，好也，将我父首级夺来，带在身边。不免闯进贼府，捉拿奸王，再擒刘占，将二贼心肝取出祭了我那屈死的爹爹，方是大丈夫所为也。（下）

（上众卒、张海）

御林军：（白）众家弟兄们呢？一齐围裹上去不得有误。

张　海：不怕死的你们来呀。

（硬唱）大叫一声对了阵，不怕死的来纳命。
任你势众与人多，真是鸡蛋石上碰。
抖展神威这一杀，闯了一条大胡同。
个个东倒与西歪，相互踩踏跑不动。
一边一个响咕咚，也有着伤与丧命。

御林军：（白）我的妈呀。（下）

张　海：（唱）众人害怕把命逃，连跑带爬回里奔。哪里跑？（下）

（上卒）

卒：（白）霎时报与王爷知，

义　康：（唱）义康吓得发了愣。
吩咐快将府门关，拦住府门再传令。
门楼上边快安排，箭要备足弓要硬。
奸王传令不敢出，

张　海：（内唱）公子越杀越高兴。
兵卒四散无一人，闯到重门猛又愣。（上排楼门）
开门！大叫奸王快开门，出来将你死一赠。
杀父之仇不共戴天，你死我活拼了命。
谅你不敢把头出，试试祖宗张老愣。
双手擎鞭把门敲，震得上下一起动。
着着打开两扇门，

卒：（白）放箭了！放箭了！

张　海：（唱）门内雕翎往外送。
呀，箭似飞蝗扑面来，鞭打箭落不漏空。
急得豪杰喊连声，我今上去杀个净。

才要用力往上杀，一眼未看把箭中。

咳呀，左膀之上中雕翎，不管疼来不管痛。

依然还是往上冲，

白大用：（白）众将官，随我上前捉拿刺客，不得有误。

张　海：（唱）忽听门外传将令。

定是官兵来拿咱，我且不往门上纵。

大叫奸王你听真，暂且留你这狗命。

杀退官兵我再来，看你可往何处藏？

说罢回身往外杀，

（上白大用）

白大用：（唱）来了守备白搭称。

叫声众将把我跟，大家使力方高兴。

才要催马往前杀，

张　海：（白）哇呀！

（唱）刺客来了把手动。（对杀）

一言不发把手交，

白大用：（唱）这人可是青头愣。

大战不过十回合，

张　海：（白）哟，我可不中啦。

白大用：哪里跑？

（唱）众将你们齐上前，你们怎么往后蹭？

眼见他们战一堆，好像猛虎羊群冲。

杀条血路人家溜，不来找我是万幸。

拿他不住不用追，快到王府听将令。

重挑大兵随后追，再拿刺客将功定。（下）

张　海：（唱）张海得便脱了身，左膀雕翎还扎定。

歇歇又要回里杀，力量使尽难扎挣。

咕咚栽倒地流平，带着人头身子重。

院　子：（唱）院子内里看得真，急忙搀扶家里送。（下）

（云上紫云仙姑）

紫云仙姑：（唱）再表空中紫云仙，暗中早已观动静。
御史张松该命满，黑煞大帅还有命。
小仙要不保护他，阖家被擒是一定。
须得如此与这般，保他一家逃性命。
不言仙姑暗里行，太阳一落归山境。（下）

张月桂：（唱）再表张家二花容，搀扶母亲哭得痛。（扶上母，坐）
（白）母亲，这时候可觉好些了吗？

吴　氏：咳，罢了我了！
（诗）天有不测风云至，人有旦夕祸福来。
（白）老身吴氏。

张月桂：奴张月桂。

张月素：奴张月素。

张月桂、张月素：（白）母亲，你老觉着身体怎样呢？

吴　氏：咳，总是忽忽悠悠，心神不定。

院　子：（内白）众家弟兄们，快将老爷的首级缝连在一起，成殓起来，待我搀扶公子以进上房。咳，夫人、小姐，可不好了。
（扶上张海，坐）

张月桂：哦，兄弟这是怎么样了？院子，快些说来。

院　子：原是如此这般，闯出重围，雕翎入肉已深，老奴不敢擅动。

吴　氏：我儿张海，可不疼死为娘了？（倒）

张月桂：母亲醒来，母亲醒来。

张月素：兄弟怎么样了？咳，这才是福无双至，祸不单行也。
（唱）急得姐妹左右转，举止失措更慌张。
看看兄弟心痛碎，回头复又叫声娘。
（白）母亲醒来，醒来。

吴　氏：哎呀！

张月桂：母亲苏醒！
（唱）刚刚转过一口气，不住口内叫声娘。
附耳低言相解劝，母亲哪兄弟大料也无妨。
拔下箭去他就好，妈妈何必痛悲伤？

姐妹二人安慰母，

张　海：（白）咳哟哟哟。

张月桂：（唱）又听见兄弟身体似健康。

光景疼痛实难忍，双合二目咬牙帮。

张　海：（白）快些拔下箭去。

张月桂：（唱）你须坐稳把身定，院子快些把手帮。

院　子：（白）是。

张月素：（唱）见佳人忍着心痛把牙咬，挽了挽袖子心不慌。

往后一仰跌在地，（箭出）

张　海：（白）疼死我也！

张月素：（唱）随箭而出冒血光。

站起身来软怯怯，兄弟你去母亲面前说其详。

张　海：（白）我好了。

（唱）说是好了忙站起，母亲怎么扶着床？

趴在床头说我好，

（白）妈呀，我好了。

（唱）睁眼看看我的娘。

着伤之处不理论，不过是长个疤啦有何妨？

膀臂腿儿已如故，不信我把拳头扬。

（白）妈呀，不信你看看。

吴　氏：（唱）吴氏夫人长叹气，喘喘息息叫儿郎。

一句话还未说出口，忽听响亮冒红光。

院子快些出去看，

院　子：（白）是。（下，又上）

（唱）出房一看甚惊慌。

手拿锦囊说奇怪，

（白）启禀老太太，老奴出去一看，但见空中一片红云，从云中掉下一个锦囊，老奴拿来。不知内有何物？请太太观看。

吴　氏：如此，女儿拆开看来。

张月桂：孩儿知道。（看介）哦，母亲，这锦囊之中并无别的，只有一个柬帖，两粒仙丹。

吴　氏： 将柬帖拆开，念来我听。

张月桂： 是。

（诗）我本上界紫云仙，特来保护你家园。
锦囊内有灵丹药，母子用下保平安。
少刻义康拿家口，疾速逃走免祸端。
小仙暗中加保护，管保无事到故园。

吴　氏：（白）原来乃神人暗中保护，前来点化，真是吉人天相了。

张　海： 母亲，既是神仙指点，又有妙药，咱母子何不用在腹内，看是如何？

吴　氏： 倒也有理。梅香，快取水来，将药研在碗内。

梅　香： 晓得。（下，又上）水已取到，将药研开，公子、夫人饮吧。

张　海： 妈呀，咱母子就此用来。（喝介）咳呀，这才是仙丹妙药呢，吃下去只听咕噜咕噜的连声响亮，只觉一阵头清眼明，伤处一点也不疼啦。妈呀，你老人家可觉好了哇？

吴　氏： 哦，这个神仙真是好神仙，咱一家快些烧香磕头，报谢神恩才是。

张月桂： 兄弟，既是神人指点，不可怠慢，速速收拾，走为上策。

张　海： 姐姐所言有理。院子快去吩咐阖府人等，急急收拾车辆，装载财物，将你太爷尸首装殓入棺，抬在车上，回转原籍，不得有误。

院　子： 是，老奴遵命。（下）

张月桂： 兄弟，此时天已定更，军兵不放出城，如何是好？

张　海： 不怕，神仙也说暗中保护，想来必有法儿。要想出城，姐不必多虑，快些收拾，逃走便了。

这正是：奸王逼追回故土，神仙护送返故乡。（下）

蔡　合：（内白）众将官们呢？

众　将：（内白）有。

蔡　合：（内白）随我前去捉拿御史张松家口，不得有误了。（扎巾骑马上）俺京营团练蔡合，外号蔡瓜货。

白大用： 俺京营团练使白大用，外号白搭称。

蔡　合： 白老爷。

白大用： 蔡老爷。

蔡　合: 你我奉王爷的旨意，捉拿张松的家口问罪，我这一走一则看看有没有好东西，二则看看有没有好媳妇，真是一个美差事吔。

白大用: 你罢呀，御史公子黑眉虎眼，力大无穷，他家女子恐怕长得都不好看，再叫人家打了吧。

蔡　合: 任他是英雄好汉，咱们现有一万人马，怕他什么？趁着月色明亮，前去抄家便了。（下）

（云上紫云仙姑）

紫云仙姑: 善哉善哉，小仙紫云仙姑。你看那里无数人马，急忙掐诀念咒，鬼怪妖魔，速降！

（上妖魔）

妖　魔: 来了。哈哈哈，仙姑有何法旨？

紫云仙姑: 御史张松一家有难，要你们如此这般，前去保护，只可惊吓，不可伤人，违旨遭贬。

妖　魔: 遵法旨。（下）

紫云仙姑: 小仙只得暗中保护，吹口仙气，叫门军俱各昏迷，黑煞神便可出城，然后云红神风送他一家，转回原籍便了。（下）

蔡　合:（内白）众将官不许怠慢，速速把御史府团团围住，不许放走一人。

（上妖魔）

妖　魔: 哈，（对蔡合）唔唔唔，我吃肉的哇。

蔡　合: 我的妈呀，有了妖怪了，快跑吧。

（唱）兵丁俱无魂，一齐吓破胆。

正然往前行，鬼怪恶又喊。

妖　魔:（白）我吃肉哇！

白大用:（硬唱）哪里鬼怪妖，前来把魂显？

趁着月光中，眼睁瞧得远。

只见众怪妖，后面来追赶。

也有两丈高，也有粗与短。

五色放毫光，青红绿花脸。

怪声恶又凶，龇牙又瞪眼。

害怕跑无门，使得吁吁喘。

也有叫亲妈，也有哭与喊。

叫声众兵丁，快快把路赶。

霎时出了城，心中自辗转。

张　海：（唱）公子张海他，大叫高声喊。

也有跌倒的，也有难动转。

飞跑乱如麻，如飞把云卷。

门军也不追，官兵也不赶。

此事主何因？叫人闷心坎。

想是那仙家，暗中来助咱。

吩咐车夫们，急走莫发懒。（下）

蔡　合：（唱）再表老货他，去而又复返。

白大用：（唱）白搭称也回去。

蔡　合：（唱）蔡瓜货勒马开言道。

（白）白老爷。

白大用：蔡老爷说啥？

蔡　合：咱俩领兵正要围困张御史之府，忽然一阵鬼哭神嚎，吓得兵丁东西乱跑，俱各四散，连你我也吓得屁滚尿流，及至查点人马，并无损伤一人一马，此事真乃奇怪。

白大用：蔡老爷，这宗事情我算醒腔了。

蔡　合：怎么说呢？

白大用：清平世界，哪来的妖魔鬼怪？不过吓唬而已，并不伤害人命。常听人说掌会万法归宗，用毛头纸剪些纸人马，再吹口法气，就出来些人马。看那些妖魔鬼怪并不伤人，想必是哪里小子学了万法归宗，弄了一些邪术，不然要是活人见了鬼，焉有这些人命在？管他真的假的呢，方才听说他一家俱已逃命出城去了。讲不起，壮着胆子追赶一回便了，不然怎么回去复命，向王爷交旨呢？

蔡　合：有理。他就真是鬼，常言说得好，是邪不能侵正，你我就此追上前去。天有三更，月色明亮，正好追赶。众将官，不必害怕那些鬼怪，原是如此这般，俱是用纸剪的，放心吧。随我二人追赶，不得有误。（下）

张　海：（上）呀，只听得后面呐喊摇旗，必是贼兵追赶。众家将听真，你们催着车辆急行，待我打发官兵回去便了。（下，又上）（对蔡合、白大用）嗨！囚攮的慢行，祖宗来也。

蔡　合：哈哈哈，你这黑小子，大闹王府必是乱臣贼子，还不下马受绑？这样擎枪跨马而来，莫非还敢动手么？

张　海：囚攮的，不要胡说，待我送你姥姥家去吧。（大杀，下）

（上紫云仙姑）

紫云仙姑：呀，你看黑煞大帅被官兵困住，虽是英雄好汉，怎奈寡不敌众？小仙只得用飞沙走石助他一臂之力。

（唱）紫云仙，站云端。

手中掐诀，口诵真言。

霎时狂风起，牛吼一样般。

飞沙走石乱打，只听喊杀连天。

蔡　合：（白）哇呀，我的妈呀。

紫云仙姑：（唱）又把御史全家送，神风裹定转家园。

蔡合、白大用：（唱）众将兵，吓软瘫。

飞沙乱打，叫苦连天。

东西全不顾，飞跑走如烟。

彼此互相踏绊，乱如麻绳一般。（下）

蔡　合：（唱）蔡合着急回里跑，（下）

白大用：（唱）大用拨马一溜烟。（下）

张　海：（唱）小张海，暗详参。

奇怪异事，真也罕然。

正自遭围困，忽然狂风起。

飞沙单打敌将，某家并不相干。

哦，哦，是了，必为仙家来助我，打得官兵大败还。

须得急急将车赶，连连打马紧加鞭。（下）

紫云仙姑：（唱）紫云仙姑看得准，用手一指起云烟。

裹定张海随风去，千里途程顷刻间。

仙姑拨云回里转，（下）

（上吴氏、张月桂、张月素）

吴氏母女：（唱）五鼓鸡鸣亮了天。

夫人小姐到家内，忽忽悠悠不了然。

看见家人来迎接，阖家人等入房间。

二位小姐说奇怪，

（白）哦，母亲，方才离京正往前行，忽听一阵呐喊，追兵赶到，我兄弟回去挡退官兵，正在害怕，无可措手，忽然一阵大风，刮得忽忽悠悠，不知不觉到了家中。三千里途程，顷刻便到，莫非真是做梦不成？

吴　氏：女儿不必狐疑，柬帖说叫咱一家速速逃走，他暗中保护，用神风将咱送到家中，也是有的。不知你兄弟怎么样了，好叫人放心不下。

张月桂：哦，既然神风保护，我兄弟大料无妨。

张　海：（内白）家将们，带马。（上）好，母亲、姐姐都到家了，真是万幸。

吴　氏：哦，我儿，怎么回来的？

张　海：母亲、姐姐，方才我在门外，听见你们说是被风刮来，我也是如此而回，细想这都是那位神仙之力了。

吴　氏：咱家何幸，得此仙相助，令人思想，无可报答深恩，略表寸心而已。

张　海：柬帖上说是紫云仙，也不知这紫云仙是公的还是母的，真乃是好神仙，好神仙。

吴　氏：咱一家逢凶化吉，遇难呈祥，理当叩谢大恩。

这正是：三生有幸转家中，全赖神仙保佑功。（下）

（上元鼎真人）

元鼎真人：（诗）计谋巧算总成空，无缘对面不相逢。

（白）我元鼎真人。只想变作檀直模样，去混那美人，正在极乐之时，偏偏檀直的妹子又来搅乱我们，好事未成。她又问我家中之事，我哪里知道。言语答不上来，偏被那二丫头看破我的形象，执着宝剑，照我就刺，一下不着，亏我眼快，几乎废命在她手上，白白地走了一趟。元帅命我前去邀阵，务要一阵成功，拿住檀直，破了此关，不得有误哇。（下，又上）

城上小校听真，报与你家元帅知道，出城领死。

（出檀直坐，上卒）

卒：报元帅得知，妖道又来邀阵。

檀　直：再去打探。

卒：　　得令。

檀　直：妖道又来邀阵，依仗他的邪术，出城会他一会。众将官。

众　将：有。

檀　直：看本帅枪马伺候了。（下）

（檀直对上元鼎真人）

元鼎真人：幼儿松驹过来，你祖师爷等你多时了。

檀　直：妖道休走，看枪取你。

元鼎真人：来，来，来。（大杀，元鼎真人败下，又上）哇呀，幼儿杀法厉害，难以取胜，不免祭起愰魂旗，擒他便了。

檀　直：妖道哪里走？哇呀，不好！（落马）

元鼎真人：兵丁们，与我绑了。

魏　兵：绑着了，绑着了。

包　管：兵崽子们呢？杀呀！（对元鼎真人杀，败下，又上）众将官，快些将城门紧闭，严加防守，不得有误了。

（升帐，包管扎巾上）

包　管：咳呀，了不得了。

（唱）包管冒真魂，急得连跺脚。

说声把我倾，真真可不好。

哭声元帅哥，你觉不分晓。

妖道有邪术，竟把弯子绕。

败走不该追，你仗武艺好。

栽下马能行，身子重法宝。

有心赶上前，难把公道讨。

被人绑进营，生死有谁保？

无奈闭城门，难想良谋巧。

要想救你回，万万不能了。

老母在病中，怎让她老晓？

（白）哦，哦，有了。

（唱）忽然想起来，如此去才好。

急上月勾山，去找我嫂嫂。
又恨我哥哥，做事令人恼。
前日他来时，救你得活了。
不该赶出城，夫妻全拉倒。
要有嫂嫂她，妖道早就跑。
今日你被擒，谁能把你保？
我今上高山，见她法儿巧。
诓哄破妖精，好把城来保。
急忙把令传，众将听分晓。

众　将：（白）有。

包　管：（唱）你等守滑台，昼夜把心小。

（白）高将军，你须保守关城，不许出城迎敌，我急上月勾山便了。众将官紧守城池，不得有误。（下）

（上慈云圣母）

慈云圣母：（诗）修真养性几千年，静闭古洞念经篇。

（白）山人慈云圣母，在黄花山青仙洞修身养性，也曾赴过几次蟠桃会。救过姐妹二人，一名崔云霞，一名崔明霞，原是南宋功臣之女，学艺三年。打发她二人下山以后，又收了一个徒儿，名叫王赛花。她原是北魏王会龙之女，与我有师徒之分，故此度上山来。如今缘分已满，该她下山，骨肉团圆。徒儿哪里？

王赛花：（内白）来了。（上）师父在上，弟子稽首。

慈云圣母：罢了，一旁坐了。

王赛花：是，弟子告坐。

慈云圣母：徒儿，你听为师吩咐与你。

（唱）自你上山三年整，为师我传你刀马件件通。
今该师徒缘分满，该你下山父女相逢。
你父现今为元帅，北魏驾前立奇功。
怎知道宋王天子洪福大？魏国屡屡苦相争。
如今虽是先得胜，还怕有日败下风。
天机暂且不可破，后来自然就分明。

徒儿虽然生北国，你丈夫本是南朝人。

这一下山见你父，还须弃暗要投明。

不然身定遭凶险，见机而作莫愚蒙。

为师没有什么赠，赠你宝物整三宗。

回身忙取佛家宝，（下，又上）徒儿要你仔细听。

一件名为混天锁，降妖宝剑二刃锋。

这是避火旗一杆，紧紧收藏在身中。

今日就此将山下，

王赛花：（白）咳！

（唱）赛花闻听吃一惊。

师父既然将奴度，怎么叫我下山峰？

这如今富贵荣华不愿想，愿随师父奉黄经。

徒儿我凡尘不想无二样，甘心不入五行中。

仰望师父留弟子，情愿服侍师父把茶烹。

说罢双膝跪在地，

慈云圣母：（白）咳！

（唱）徒儿不必痛伤情。

天意造定该如此，不可久恋古洞中。

事不宜迟速速去，后日相逢再叙情。

徒儿不可违天意，

（白）咳，徒儿天意造定，不可久恋于此，咱师徒自有相逢之日。

王赛花：咳，罢了罢了。师父在上，受弟子一拜而别罢。

慈云圣母：你去吧。

王赛花：是。（下）

慈云圣母：你看徒儿去了，只得闭上洞门。正是：

（诗）神仙还得神仙做，哪有凡人做神仙？（下）

（上崔云霞素装）

崔云霞：（诗）终朝每日恨悠悠，自叹自解自己愁。

（白）奴崔云霞。可恨妖道，竟敢变作强人来混奴家，若非妹妹看破，咳，只怕叫他闹个不浅。昨天檀小姐苦苦命我差喽啰送她到滑台关与我讲个情分，叫那强人前来请我。檀小姐虽是如此，那强人负义忘恩，我只怕也是枉然了。

（唱）自坐床头思往事，秋波杏眼泪交流。

想起强人气又恨，竟把夫妻恩爱丢。

想你前在高山住，奴家哪点待你不周？

黑夜竟把奴灌醉，只等夫妻罗帏乐悠悠。

谁知你是脱身计，连夜逃走下山丘？

刚刚探听有音信，不避风霜把你投。

奴家怎么搭救你的命？怎么破围解困囚？

强人你不报恩将仇报，当着众人把奴羞。

世人心狠谁像你？只羞得我一怒回来赴山丘。

恨起来就是恨个小死，怒气加攻又添愁。

你待我是绝情断了爱，终身无果无有收。

若说是忍爱苦守光阴度，强人决意不能回头。

指望他有回心意，何时再展鸾凤俦？

至今不见音和信，似这样衾单被冷几时休？

果然痴心女子负心汉，总是女子下场头。

正是佳人心伤感，

（上崔明霞）

崔明霞：（唱）明霞小姐进后楼。

崔云霞：（白）妹妹来了？请坐吧。

崔明霞：（唱）姐姐要把宽心放，何必日夜泪交流？

眼见你形容憔悴无人样，伤了身体怎讲究？

虽是姐夫负了义，他妹妹相劝与他可回头。

姐妹二人闲谈论，

（上小绿）

小　绿：（唱）小绿进来禀情由。

（白）启禀二位姑娘，山下来了一位将官，口称说是滑台关来的，叫什么包管，求见寨主。

崔云霞：咳，我与滑台关结下仇恨，差官见我何故？

崔明霞：姐姐，想是我姐夫回了心意，差人来请你，就来了吧。虽是如此，叫他进来，问个详细。

崔云霞：罢了。小绿。

小　绿：有。

崔云霞：将那差官领来后寨见我。

小　绿：是，知道了。（下，内白）那一将官随我上后寨见我家姑娘。

（上包管）

包　管：来了，来了，来了。寨主嫂子在上，小弟包管过礼了。

崔云霞：住了，哪个是你嫂子？休得胡说。我且问你，你不在滑台关，来此高山何事？

包　管：咳，嫂子，大姑容禀。

崔明霞：好个厉害的孩子。

包　管：听我告诉与你。

（唱）寨主要问我来历，留神听我说一番。

自从嫂嫂将关进，我哥做事太不堪。

不念夫妻恩爱重，绝情断义撵出关。

他虽从前无情义，如今觉着悔也难。

崔云霞：（白）你来此何事呢？

包　管：（唱）偏偏昨日遭贼手，生死存亡一旦间。

无奈我把嫂嫂请，解救我哥把城还。

嫂嫂若肯将山下，此番不比那一番。

寨主要把前仇记，只怕我哥保命难。

总望嫂嫂开怜悯，把事说了泪涟涟。

（白）我的哥呀，佛心的嫂子将山下吧！

崔云霞：咳。

（唱）云霞低头不语言。

又是疼来又是恨，心中辗转好为难。

崔明霞：（唱）明霞忙把姐姐叫，事不宜迟快下山。

崔云霞：（白）咳，妹妹。

（唱）我与强人仇似海，哪怕他叫人斧剁与锤颠？

崔明霞：（唱）姐姐不要如此讲，

小　绿：（唱）小绿一旁也答言。

千万你老可得去，岂不知藕断丝儿也相连。

崔明霞：（唱）你今不去将他救，他死了你是守寡嫁夫难。

姐姐你细想一想，

崔云霞：（唱）佳人无语自详参。

如果他被妖人害，我得一世守孤单。

欲要下山将他救，怕他无义反为怨。

（白）咳，罢了，我就去去吧。妹妹所言有理，他人尚且见怜，我哪能袖手旁观？今日就此下山，如要救他出来，还是翻脸无情，愚姐也就死在关内，无颜回山了。

崔明霞：哦，姐姐与檀小姐同去，一家相会，有何不可？

崔云霞：倒也有理。哦，包将军。

包　管：在。

崔云霞：你随檀小姐进关，奴家先去打听则可。

包　管：在下遵命。（下）

正是：痴心女子负心汉，夫妻恩爱重如山。

崔云霞：妹妹看守山寨。

崔明霞：姐姐路上保重吧。（下）

（完）

第　六　本

【剧情梗概】慈云圣母打发弟子王赛花下山，与其父王会龙相会。崔明霞又来到滑台关，救回檀直，檀直却再次将其赶走。由九尾仙假扮的檀梦兰在与奸贼刘门行欢作乐时，将其杀死。真正的檀梦兰来到滑台关与母亲黄氏、哥哥团圆。黄氏得知崔云霞两次救了儿子的命却被休弃时，迫令檀直前去谢罪。檀直无奈，带着包管到山寨与崔云霞和解。崔氏姐妹烧了山寨，带着喽啰一起来到滑台关。明霞与元鼎真人大战，失败的元鼎真人决定求助师父蚧蛤祖师。此时，义康正借朝廷之名，张榜招贤。紫云仙姑赠谢珍以灵飞镜，指引他到午门叫卖。张海为报家仇，也化名揭榜，被义康收为义子。

（出魏军大堂，王会龙升帐，那金、那良站）

那金、那良：（诗）魏国洪福惊天地，感动神仙立奇功。

那　金：（白）我乃那金是也。

那　良：我乃那良是也。

那金、那良：元帅升帐，在此伺候。

（上王会龙）

王会龙：（诗）展土开疆扩地域，排兵布阵建奇功。

（白）本帅北魏大元帅王会龙是也。可喜仙家将檀直拿来，且等明日打入囚车，押解回朝报功。本帅要点大兵攻取滑台关，仙长言讲，此关险峻，不可力取，故此未去攻关。

（上卒）

卒：报元帅得知，营外有一女子，口称王赛花，要见元帅。

王会龙：“赛花”二字乃是小女之名，前者被风刮去，并无下落，又有什么赛花？叫她进帐。

卒：哈。（下，内白）元帅有令，叫那女子进帐。

王赛花：（内白）来了。（上）上面坐的莫非就是我的爹爹么？

王会龙：你这女子是谁？怎么口称我是你父，快把家中之事一一诉上来。

王赛花：咳，爹爹，容孩儿细禀。（跪）

（唱）孩儿花园去玩耍，被风刮去影无踪。

王会龙：（白）你父母姓什么？

王赛花：（唱）爹爹会龙王是姓，北魏现做元帅公。
母亲柳氏四十九岁，

王会龙：（白）住在哪里？

王赛花：（唱）黄延县里有门庭。

王会龙：（白）我且问你，你这几年在何处存身？何以至此？

王赛花：（唱）那一日原是慈云圣母度，跟随圣母在洞中。
如此这般学武艺，刀马纯熟件件通。
今日命我把山下，她说此地父母逢。

王会龙：（白）你今年多大了？

王赛花：（唱）孩儿今年十六岁，岂有冒名来顶充？

王会龙：（白）呀。
（唱）元帅闻听心欢喜，真是我儿转回城。
急忙下帐忙拉住，儿啦，左看右看一般同。
自你被风刮了去，你父母想你哭得眼睛红。
只说我儿废了命，那只是慈云圣母度上山峰。
我儿且在大营住，迟几日着人送你上京城。

王赛花：（唱）孩儿不想回北去，愿随爹爹立奇功。

王会龙：（白）好。
（唱）快随为父后帐歇息去，用了午膳叙离情。

王赛花：（白）是。

王会龙：（唱）吩咐一声下了帐，压下此节不再明。（下）

（慈云圣母云上）

慈云圣母：（唱）再表慈云老圣母，足驾祥云在空中。
早知徒儿云霞女，再入高山甚苦情。
虽是檀直绝恩爱，这也是夫妻犯了离悖星。
他虽如此身有难，还得崔氏救他生。
徒儿她一剑之灾无改定，我只得命她防备免灾星。
夫妻虽然今不睦，日后团圆立大功。

一按云头落在地，

（白）呀，你看那边来了一朵祥云，必是徒儿所过。好圣母，用手一指祥云落地。徒儿慢行，为师在此。

崔云霞:（落地）呀，原来是师父在此。师父在上，弟子叩头。

慈云圣母: 徒儿起来。

崔云霞: 是。师父今离古洞，降下凡尘，不知有何指教？

慈云圣母: 我从聚仙山赴宴而回，路过此地。我看你面带不祥之气，为师有一联柬帖在此，你须照柬帖行事，不可轻生才是，为师就此去也。（下）

崔云霞: 你看师父去了，不容我问，杳然不见。留下一联柬帖，不知是何言语，待我拆开看来。

（唱）为师为你下仙山，敕赐你柬帖细详参。

夫为天来妻为地，天动地也不安然。

对面须防宝剑落，千万不可记仇冤。

高山忍耐等机会，夫妻不久就团圆。

谨记谨记须谨记，违背我命命难全。

（白）呀，此语也明白了。咳，莫非救出强人，仍是决意要休我？我又救他何用？咳，天哪，天哪，天哪，奴家哪世造下此孽，如此命难？有心回山，不去救他，师父又言天动地也不安。其中命我须防一剑之灾，这话叫我不解。怎敢违背师父之命？咳，罢了罢了，事已至此，万一强人有个回心转意，夫妻团圆也未可定。咳，只可听大由命吧。（下）

（上那金）

那　金: 兵丁们，押住囚车，急急攒行。

（唱）奉命押囚车，去把功劳报。

传令叫魏兵，快走休误道。

自我跟都督，把那高关要。

谁知道济他，厉害武艺好。

杀得我国兵，都把阎王叫。

元帅动了嗔，与他把仇报。

大营把兵排，来了一老道。

脸青须又红，眼光流星耀。

骑的那能行，令人吓一跳。

对阵不用杀，变的法儿妙。

大嘴这一张，黑烟往外冒。

来的将与兵，都把马儿掉。

拿住小檀直，庆贺把军犒。

压下且不言，（下）

（上崔云霞）

崔云霞：（唱）佳人早知道。

驾云赶囚车，低头往下瞟。

看见众卫兵，强人遭围套。

口中念真言，狂风和雨暴。

飞沙与走石，一齐往下掉。

魏　兵：（唱）好大风，好大风！（乱跑）

魏兵乱哄哄，各把脑袋抱。

飞沙把眼迷，各自把身靠。

不顾那囚车，风住再走道。

那　金：（白）咳呀，猫着吧。

（唱）那金着了忙，马上直乱叫。

不顾将与兵，只把脑袋抱。

咳呀，栽下马能行，（掉下马）活该我倒灶。

不顾路面低，土坎把身靠。

崔云霞：（唱）佳人一见喜心中，收住云头往下落。

（白）呀，你看贼兵被沙吓得无影无踪，将囚车丢下，待奴用剑劈开，救出将军便了。（下，扶上）将军醒来，将军醒来。叫着不应，想是中了妖人的邪宝。待奴救进城去，然后救他醒来。好崔云霞，（念念有词）把手一拍，变作一块床云，把他托出北魏便了。（下）

魏兵甲：（内白）风也住了，快赶路吧。

魏兵乙：有理。（同上）找找老爷在哪儿背风呢，大家找来。（下，又上）哟，老爷在土坎底下猫着呢。嗨，老爷别蒙着脑袋，风也住了，赶路吧。

那　金：怎的风住了？

魏兵甲： 正是住了。

那　金： 如此，快找囚车，赶路吧。

魏兵甲： 哈。（下，又上）咳呀，老爷可不好了。

那　金： 怎么了？

魏兵甲： 囚车打开，犯人不知哪里去了。

那　金： 哎呀，这还了得？待我前去看来。（下，又上）哎呀，我的姥姥，可倾死我了。

魏兵乙： 老爷，不必着急，南宋必有能人用飞沙走石之法解救犯人。咱们不必回北魏京城，报元帅得知便了。

那　金： 回复容易，见了元帅，可怎么说呢？只可原告实诉吧。

魏兵乙： 咳，实诉不行，轻则打，重则斩首。

那　金： 到了这个时候，只好哀告元帅。

魏兵乙： 老爷你的马不知跑到什么地方去了。

那　金： 咳，把你的马借我一匹骑骑吧。

魏兵乙： 如此，老爷上马。

那　金： 咳，真正丧气。（下）

（崔云霞、檀直落云）

崔云霞： 来在关外，待奴叫开城门。城上兵卒听真，你家元帅回来，快些开城。

（出高将军坐，上卒）

卒： 报将军得知。

高将军： 何事？

卒： 北门外有一女子，将元帅救出魏营，前来叫关。

高将军： 如此登城看来。（上城）你不是崔夫人么？

崔云霞： 正是。奴家将你家元帅救回，快些开关。

高将军： 这等，军校们，开放城门。（下，又上）请夫人进城。

崔云霞： 快将你家元帅抬进帐来。

高将军： 是，抬着。（下，又抬上，坐）哎呀，夫人，元帅牙关紧闭，如何是好？

崔云霞： 无妨，快取水来。

高将军： 是。（下，又上）水已取到。

崔云霞： 待奴将灵丹研开，尔等与他灌下。

高将军： 是。（灌介）

崔云霞： 尔等唤他醒来。

高将军： 是。元帅醒来，元帅醒来。

檀　直： 咳呀，妖道哪里走？

高将军： 此处不是战场。

檀　直： 却在哪里？

高将军： 现在自己大帐。如此这般，多得崔夫人救你出了贼营。

檀　直： 哪个崔夫人？

高将军： 哦，将军，那个。

檀　直： 怎么来在大帐？

崔云霞： 妾身救你回来。

檀　直： 哦，你不是月勾山“女寇”么？

崔云霞： 将军莫非心中还糊涂，怎言“女寇”二字？

檀　直： 哼哼哼，并非是我糊涂，哪个是你将军？不必胡说，快走快走。

（唱）英雄一见虎眉皱，大骂无耻贼贱人。

崔云霞：（唱）将军这是何光景？莫非心中是发昏？

檀　直：（白）哼哼哼。

（唱）并非是我心迷乱，我问你哪是你将军？信口胡云。

崔云霞：（唱）夫妻燕尔十数日，哪点待你不随心？

檀　直：（唱）住了，若非女寇留恋我，一家怎能被刀分？

崔云霞：（白）咳，将军哪。

（唱）此事并非因我起，不过遇着贼奸臣。

檀　直：（唱）贱人前番话已说尽了，快些出去免费唇。

崔云霞：（白）咳，将军哪。

（唱）妾身纵有不周处，（跪）望将军回想夫妻几夜恩。

檀　直：（白）住了。

（唱）本帅堂堂簪缨后，岂肯与贼结朱陈？

崔云霞：（唱）纵然不把夫妻恩爱看，奴家我几次救你主何因？

檀　直：（唱）谁叫你把本帅救？咱俩结下冤仇深。

崔云霞：（唱）奴家不把高山下，你就有千个元帅命归阴。

檀　直:（白）哇!

（唱）闲话少说快出去，想要留你无半分。

崔云霞:（白）咳!

（唱）强人绝情绝到底，不怕头上有鬼神。

檀　直:（白）哼哼哼!

（唱）哪像贱人你无耻？羞耻是你自己寻。

崔云霞:（白）强人哪!

（唱）奴我哪点失大义？强人你也摸摸良心。

檀　直:（唱）女寇不知五伦大，大逆之中第一人。

崔云霞:（白）强人哪!

（唱）你今只顾将情断，怕你后悔把奴寻。

檀　直:（唱）本帅既悔不如此，要你快去休把脸存。

崔云霞:（白）我把你这绝情断义的冤家。

（唱）从今再想我到此，算你妄想达死心。

檀　直:（唱）气得英雄把牙咬，暗暗拿起剑一根。

（白）贱人着剑。

崔云霞:呀呸!（退）

（唱）佳人使个定身法，强人竟敢下狠心。

檀　直:（唱）贱人竟敢制住我，欺压本帅罪难分。

（白）咳呀，你就把本帅一刀两断，要想留你也是不行的。

崔云霞:（唱）从今夫妻断恩爱，呀呸，阻隔万里不能亲。

罢罢罢，又羞又气出城去，（下）

檀　直:（唱）英雄才得步站尘。

（白）哼哼哼，气死人也。

高将军:元帅决意断绝夫妻之情，妖人再来邀阵，何人可去抵挡？况且她又神通广大，岂不是一条膀臂？

檀　直:本帅堂堂男子，岂收女寇？岂不有辱家门？

高将军:纵然如此，妖人前来如何是好？

檀　直:咳，自古道是邪不能侵正，大料无妨。

高将军:哼，要依你说，倒不相干。我想她要羞恼变怒，又有邪术，大起山上人马杀上关来，再者又有魏兵攻城，凭你怎么勇猛，杀前不能顾后，杀左亦不能顾右，我想难守此关。

檀　直： 谅她可也不敢。

高将军： 她还不敢哪？无非使个定身法，就可以制服了。

檀　直： 休要取笑了。

正是：有刚有志奇男子，无耻无羞是妇人。（下）

（上刘占）

刘　占：（诗）真心扶主无二意，怎奈君王宠信奸？

（白）老夫刘占。可恨张松竟把机关泄露与檀直，千岁将他首级取来，其子张海大闹王府，有官兵未曾拿住，谅他也成不了大事。千岁欲挂招贤榜文，若遇英雄，可作为心腹。千岁又命我提兵捉拿檀直，带去人马叫他首尾不能相顾，大事必然成功。须得我儿，命他前去便了。

这正是：倾心扶保三千岁，何愁不做第一臣？（下）

（上刘门、九尾狐）

刘　门：（诗）朝云暮雨两情浓，情深义重乐无穷。

（白）我刘门，外号刘后手。

九尾狐： 奴檀梦兰，实际上是九尾狐所化。自从咱俩成为夫妇，朝欢暮乐，也随心如意。

刘　门： 美人，自古夫妻情浓比鸳鸯。可惜人生一世，光阴似箭，日月如梭，一旦苍颜白发，难得再享人间之乐。

九尾狐： 可不是嘛？今逢青春，真是美玉如也。

（唱）奴家多把将军爱，结成如意美鸳鸯。

刘　门：（唱）美人真是达时务，从今以后多衬帮。

九尾狐：（唱）总是你的洪福大，不忍分离居一旁。

刘　门：（唱）我是爱你多美貌，多蒙惜玉与怜香。

九尾狐：（唱）可怜我家遭屈死，被人谋害弃家乡。

刘　门：（白）美人哪。

（唱）难过之事休提起，那是我和爹爹想的计良方。

九尾狐：（唱）自从你我会一处，别的事儿搁一旁。

刘　门：（唱）我爱你犹如佳人身上肉，恨不得一口吞在肚腹肠。

九尾狐：（唱）你我真是极乐也，颠鸾倒凤乐无疆。

刘　门：（唱）你怎长得那样好？犹如仙女降下凡。

九尾狐：（唱）奴家生得多丑陋，你看奴家哪点强？

刘　门：（唱）可爱之处说不尽，美人哪，随心如意甜又香。

九尾狐：（唱）奴爱将军哪一件？

刘　门：（白）哪一件？

九尾狐：（唱）出兵临阵那条枪。

刘　门：（唱）若不然怎做先锋将，不是瞎吹武艺强。

九尾狐：（唱）床上还有一壶酒，可与足乐是非常。

刘　门：（唱）快些取来咱好用，吃了咱俩再商量。

九尾狐：（唱）轻移莲步将床下，燕语莺声唤情郎。

刘　门：（唱）你我吃个交杯酒，足我一乐才算强。

九尾狐：（唱）夫妻何事都许作，二十四般美事在西厢。

刘　门：（唱）夫妻正在欢乐处，

刘　占：（唱）刘占迈步进了房。

（白）我儿在房？

刘　门：这门关住啦，你往这屋来做啥来了？

刘　占：哼，如今有莫大军情事务，你还在屋里作乐呢。

刘　门：哼，你住了吧，什么军情事务用着我了，不叫我在这屋作乐，难道你在这屋作乐不成么？

刘　占：少要胡说。千岁命我提兵捉拿檀直，少刻就要点将，不要迟误，还不快去调兵？

刘　门：知道了。

刘　占：疾速前去。

刘　门：是，知道了，这絮叨劲儿。

刘　占：哼。（下）

刘　门：好个不提情的东西，竟来打搅。

九尾狐：将军，三王差遣，你可愿去么？

刘　门：咳，美人，军情事务重大，又有父命，怎敢不去呢？

九尾狐：咳，将军要去，我可咋好？

（唱）九尾狐，假意哭。
拉住将军，掉下泪珠。
奴家蒙不弃，与你结花烛。
你今去领兵将，又可倾死小奴。
热扑扑的夫妻生拆散，将军哪，要你自己细想乎。

刘　门：（白）咳。
（唱）刘门我，气长出。
叫声美人，莫要哭乎。
我今不由己，为帅领兵卒。
军命严，紧甚重，父命怎敢说不？
我今去个一两月，自然就会转京都。

九尾狐：（唱）你去后，只剩奴。
锦帐以里，怎得舒服？
孤床与冷枕，空房待何如？
不如将军不去，在家欢乐风流。

刘　门：（唱）不要拉扯我定去，不遵王法命当诛。

九尾狐：（唱）你当真，把兵出。
等等奴家，脱了衣服。（脱介）
拉住贼刘门，不由瞪眼珠。

刘　门：（白）你怎急了？

九尾狐：霎时身形出现，（现狐狸身形）

刘　门：哇呀，我的妈呀！

九尾狐：（唱）前去吞下入腹。
不言妖狐去复命，（下）

（上刘占）

刘　占：（唱）刘占进房气扑扑。
（白）哼，冤家哪里去了？呀，房中尽是血迹，衣服满地，我儿头发尽落在地，还有血迹。呀，只是有些个不好了，我的儿啦。
（唱）面改色，魂吓崩。
四肢无力，跌倒流平。（倒）

半晌还过气，把儿叫几声。
只见满屋是血，娇儿命丧残生。
不见他夫妻在何处，这样光景甚是惊。
见头发，带血红。
大小衣服，满地乱扔。
方才见他俩，还是饮刘伶。
怎么变作如此？这才活把我倾。
是谁今将我儿害？为何不见死尸灵？
咳，忙爬起，手捶胸。
双足乱跳，眼泪直倾。
这事真难解，一定有别情。
急得团团转，忽然想起事情。
哦，哦，是了，不用胡思与乱想，我儿一定遇妖精。
想那日，起黑风，
留下檀氏，就把亲成。
风儿满堂刮，不离这房中。
女子一定是怪，迷魂我儿命倾。
今日竟把我儿害，这才叫我难为情。
我须到，王府中，
奏知千岁，再做调停。
另差智勇将，领兵早出征。
咳，老父作下何孽，降下这样灾星？
（白）咳，儿啦。
（唱）哭哭啼啼王府去，（下）
（上张海）
张　海：（唱）再表张海小英雄。（坐）
（诗）不管戴天仇似海，一心图报恨难消。
（白）吾张海。可恨刘占与三王一党同谋，杀死我父，还要杀我全家。幸而有神风救护，回归故土，得免灾星。昨日闻听京中挂榜，欲招聚天下英雄，业已禀过母亲、姐姐，我上京揭榜。还得改姓更名，一则谋取功名，二则报仇雪恨，拿住奸王、刘占，摘心喝血，祭我父之灵，方消我恨。行李俱全，只得走走。

（唱）一心报仇无机会，终朝每日闷忧愁。

幸而闻挂招贤榜，报仇之日到来临。

更名改姓功名取，得便再杀那奸臣。

想到此处离了座，府门上马离家门。

不言英雄京中去，（下）

（上包管）

包　管：（唱）再表包管下山林。

押着人马路上走，嫂嫂神通会驾云。

她自前去把危解，要到何用两时辰？

路上行走非一日，眼前就是滑台关门。

吩咐众人将关进，

（白）到咧。押着车辆行走，非是一日到了关前，只觉放心只得进关便了。（下）

（出黄氏坐）

黄　氏：（诗）福无双至言非假，祸不单行果然真。

（白）老身黄氏。可怜老爷死于非命，阖家八十余口俱赴阴间，婆母老人家业已被斩而亡，又要调檀直进京，多得御史张松实言相告，未曾赴京。不意又有魏兵犯境，我儿被妖人拿进营去，得便逃回，方才查点人马去了。

（上院子）

院　子：禀夫人，咱家小姐来了。

黄　氏：啊，哪个小姐？

院　子：就是咱家小姐逃生性命，此刻来到了。

黄　氏：咳，胡说，哪有此事？

院　子：老夫人不信，那不是包将军领进来了？

（上檀梦兰）

檀梦兰：（白）母亲在哪里？咳，我的娘哪！

黄　氏：你，你，你，不是女儿檀梦兰么？

檀梦兰： 正是你的业障丫头。今见母亲，亦是两世为人了。

黄　氏： 哦？我儿莫非梦中相会么？

包　管： 伯母不要犹疑，原是如此这般，才得脱了大难。

黄　氏： 好哇，谢天谢地。女儿且免悲啼，你把那脱难之事慢慢说来。

檀梦兰： 咳，母亲，容儿细禀。

（唱）未曾说话先掉泪，说起缘由话更长。

金牌调去我的天伦父，设计刘占与三王。

只说我父通北魏，捏造假书字一张。

严刑拷打叫招认，我父不认剥衣裳。

铁鞭一把轮流打，血流遍体全身伤。

绒绳勒死我的父，八十余口刀下亡。

黄　氏：（白）你怎么未死？

檀梦兰：（唱）儿与先祖母俱被绑，贼刘门将奴留下起不良。

硬要与奴成婚配，

黄　氏：（白）那时你便怎样呢？

檀梦兰：（唱）不过一死凛冰霜。

黄　氏：（白）好，这才不愧将门之女。

檀梦兰：（唱）贼手正然急如火，大风一阵刮进房。

风把儿体刮千里，

黄　氏：（白）你怎路经月勾山呢？

檀梦兰：（唱）忽忽悠悠到了强家庄。

遇一婆儿领家去，住了三日待我强。

又遇她儿回家转，见色迷心起不良。

黄　氏：（白）咳，竟遇此恶人了。

檀梦兰：（唱）母子商量儿听见，开了后门奔他乡。

谁知贼人心不死？随后追赶跑慌忙。

多得虎山将我救，

黄　氏：（白）却是哪个王虎山？

檀梦兰：（唱）寨主明霞他夫郎。

前日包管将山上，说我兄长受灾殃。

妖人拿入贼营去，我嫂前去把妖降。
想来兄长得了命，怎不见我嫂在哪方？
梦兰还要往下讲，

黄　氏：（唱）夫人闻听痛断肠。
你兄得便逃了命，未见你嫂一形相。

包　管：（唱）包管闻听说不对，伯母哇，元帅如今在哪乡？

黄　氏：（白）他查点人马去了。

檀　直：（唱）正然说话脚步响，檀直迈步进了房。
（白）包管，你往何处去来着？

檀梦兰：你不是哥哥么？

檀　直：有鬼有鬼。

包　管：元帅不必惊怕，原是如此这般小姐到来。

檀梦兰：原是如此这般，才得活命。

檀　直：如此说来，你真未死？咳，我那妹妹呀！

檀梦兰：我那哥哥呀！听说你被妖人擒去，怎得回来？

檀　直：原是崔氏贱人救出我来。

檀梦兰：我嫂嫂今在何处？

檀　直：却被我撵出城去了。

檀梦兰：哥哥，你太也无情到底了。

包　管：元帅你撵出她去，真真的负义太甚了！
（唱）包管面带嗔，哥哥无情义。
本是你负她，并非她负你。
你中妖人毒，是谁救活你？
那样羞辱她，大帐发诳语。
无奈回了山，然后病而起。
你又被妖人，擒入贼营里。
我上月勾山，请来她救你。
你还是这般，负义负到底。
自己拍拍心，合理不合理？
若是退魏兵，好把京都取。

拿住众仇人，好把沉冤洗。

不想惹是非，谁知今如此？

妖道再攻城，事关真紧急。

可怜满城中，男男与女女。

兄长无天理。

黄　氏：（唱）黄氏老夫人，气得站不起。

（白）哼哼哼，檀直！

檀　直：母亲。

黄　氏：我把你这个小冤家，竟敢欺哄老身。

檀　直：咳呀，孩儿有何欺哄之处？

黄　氏：哼哼，小冤家，你被妖人擒住，明是崔氏救你，你说自己逃出，崔氏大德被埋没，两次辱她，恩将仇报。崔氏一去，谁与你共图大事？真正是智不高，谋不到。岂不闻圣人云，小不忍则乱大谋？好好去请崔氏到来还则罢了，不然休来见我！女儿随我来。

檀梦兰：来了。（下）

檀　直：咳，这可难死本帅了。

包　管：元帅，你的智谋强，武艺高，主意多，志气广，要那毛寇丫头有何用呢？

檀　直：贤弟不必取笑，我母命难为，如何是好？

包　管：那事我管不着哇！我且喝酒呢，点好东西吃，等着城破再说吧。（要走，檀直拉）

檀　直：贤弟慢行，有话商量。

包　管：你别拉我，那事情我不管。

檀　直：贤弟，且看愚兄面上，敢劳贤弟随我一往，感恩匪浅。

包　管：元帅哥呀，我与你相契不是一天，你如此哀求我，叫我上哪去？

檀　直：上月勾山一往。

包　管：那条路儿，去着容易，回来难哪。

檀　直：贤弟，愚兄同你一往如何？

包　管：咳呀，站住站住。她来了，你是那样厉害。这一回去，只怕人家生气不来，我出不来，进不去，倒叫我进退两难，哥呀。

檀　直：咳，好心的兄弟，去去吧。

包　管：哼，你既叫我去见我嫂嫂，就得依着我了。

檀　直：咳，到了那里，任凭贤弟就是了。

包　管：着，这么一说，方觉妥当。

檀　直：罢了，依着贤弟就是了。待我吩咐众将，紧闭城门，就此一往便了。

包　管：那咱们就走。（下）

（上谢珍、紫云仙姑扮假檀梦兰）

谢　珍：（诗）恩爱情为密，功名志气必。

（白）学生谢珍。

紫云仙姑：奴檀梦兰。哦，相公，自从花园你我相会，天定良缘，不觉你我夫妻成就七月有余，真是鸾凤齐鸣，鱼水合欢。

谢　珍：娘子，虽然如此，自我来到京都，偏遇宋、魏交兵，大动干戈，不开科场，昨日早晨，闻听京中挂榜招贤，欲召集天下英雄比武夺魁。

紫云仙姑：相公愿去求名，何不前去揭榜呢？

谢　珍：娘子说哪里话来？自幼读孔孟之书、讲道说理，哪晓冲锋打仗、马上枪刀呢？

紫云仙姑：相公，妾身从小受过异人传授，善观气色，我看相公喜气洋洋，自有飞腾之日。

谢　珍：咳，又是与我宽心，怎得功名临身？

紫云仙姑：妾身有一宝镜，助相公封官赠职。

谢　珍：娘子，这话可是当真么？

紫云仙姑：谁还哄你不成？

谢　珍：我又不信哪。

紫云仙姑：相公不信，待奴取来你看。

（唱）回身忙把宝镜取，双手托出放光毫。

谢　珍：（白）呀，原来是个小小镜儿。

紫云仙姑：（唱）自幼受过异人教，

谢　珍：（白）此镜从何而得呢？

紫云仙姑：（唱）仙人赐我说根苗。

自从混沌初分开，阴阳两气相交融。

凝练形成灵飞镜，价值连城不算高。

谢　珍：（白）有何用处呢？

紫云仙姑：（唱）春避温来夏避暑，冬天能把灾风消。

能挡昆虫与毛雨，专避毒物一挥毫。

如遇临头灾难日，用这宝镜一照消。

便救天昏与地暗，护住身形更蹊跷。

若遇人有病症者，水洗宝镜见功劳。

又观人的恶与善，过去屈情见得着。

如今皇爷身染病，相公前去把名标。

午朝门外卖镜子，你就说要买须得亲手交。

若非朝廷你休卖，那时自然把名标。

谢　珍：（白）这个镜子怎肯轻卖？

紫云仙姑：（唱）你我夫妻难使用，师父他临来之时向我教。

该你显名使其物，除非皇爷用不着。

且等八月十五日，见主悬镜立功劳。

平常休要使此镜，怕的是冲散灵光就坏了。

求名除非时期至，且等机会把名标。

说罢将镜收拾起，

谢　珍：（唱）书生闻听乐逍遥。

此镜果是无价宝，娘子赐我恩太高。

（白）娘子，你我夫妻几月，今日才现，想此宝实贵重，就此拿它进京。

紫云仙姑：也得择个吉日才好。

谢　珍：那是自然。

正是：全凭一面灵飞镜，夺魁何用笔一支？（下）

卜士秦、祁克长：（内白）军校们，急急趱行。

（上卜士秦、祁克长）

卜士秦：俺卜士秦。

祁克长：俺祁克长。

卜士秦：兄弟，你我奉王爷之命，带领一万人马去上滑台关捉拿檀直。

祁克长：纵然受此风沙之苦，比起在京都守城，倒也逍遥得很哪。

（唱）催促车辆急急走，不得有误紧加鞭。

卜士秦:（唱）你我奉了三王旨，领兵去到滑台关。

祁克长:（唱）听说道济多英勇，檀直也是骁勇男。

卜士秦:（唱）边关能有几个人马？寡不敌众古人言。

祁克长:（唱）我是不乐疆场去，不如在家得安然。

卜士秦:（唱）咱俩须得相帮助，我们不如把婚连。

祁克长:（唱）我现有个小闺女，你家有个小儿男。

卜士秦:（唱）你女十三未受聘，我儿十二未续弦。

祁克长:（唱）不言二人胡叨念，（同下）

崔云霞:（唱）再表云霞病来缠。

（出病崔云霞坐）

（诗）恼恨强人真负义，忘恩生恨病临身。

（白）奴家崔云霞。自从下山救了强人，指望夫妻和美，谁知反讨了个无趣？我一怒回山，忧思成病。咳，苍天哪苍天，只怕奴家不久辞于人世。

（唱）佳人病得心酸痛，思前想后泪涟涟。

恼恨强人心太狠，夫妻隔断万层山。

珍馐美味难下咽，形容憔悴貌枯干。

如醉如痴如做梦，糊里糊涂背倒颠。

大料不久辞人世，不定早晚归九泉。

今生不能见你面，单等阴曹讲一番。

正是佳人胡思想，

（上崔明霞）

崔明霞:（唱）来了明霞女婵娟。

崔云霞:（白）妹妹来了？请坐吧。

崔明霞:（唱）眼望着姐姐流痛泪，姐姐呀，你觉今朝可安然？

劝你宽心养身体，休要诸日泪不干。

忍着时光混过去，苦若尽了必有甜。

佳人解劝还未了，

（上梅香）

梅　香:（唱）梅香跑来把话言。

（白）哦，二位姑娘，大姑夫来了，你老咋还不迎接去呀？

崔明霞：在哪儿呢？

梅　香：到了山下啦，还有一将相随呢。

崔云霞：妹妹，我想那强人无难万不能来。待我升帐，将这强人千刀万剐，解解我心中之恨。

崔明霞：姐姐，你病得那个样子，还升什么帐？

崔云霞：妹妹，强人此来，我满腔怒气，有消恨之日，病退身安。不必拦阻，我就此升帐去也。（下）

崔明霞：你看姐姐带病升帐去了，我倒要看看与我姐夫怎使威风？走，瞧瞧去。（下）

（崔云霞升帐，小红、小绿站）

崔云霞：（诗）威风凛凛杀气重，大帐独坐女英豪。
一朝得志权衡重，恩怨分明仇恨消。
（白）奴家崔云霞，今朝该我拨云见日。喽啰们。

喽　啰：有。

崔云霞：弓上弦，刀出鞘，命来人钻刀而进。

喽　啰：来的人听真，寨主有令，叫来人钻刀而进。

包　管：（内白）哇呀呀，哥哥，这个样子是下上梁子啦！

（上檀直、包管）

檀　直：小姐在上，敝人这边有礼了。

包　管：嫂子在上，小叔子行个礼吧。

崔云霞：帐下说话是何人？奴家一时不敢相认。

檀　直：敝人檀直。

包　管：小弟包管嘛。

崔云霞：怎么，你就是滑台关上的元帅檀直么？

檀　直：不敢，正是敝人。

崔云霞：哇，哼哼哼，你是名门之后，忠臣之子，来见我这毛寇丫头，岂不失了体面么？

檀　直：拙夫前日辜负娘子，后悔不已，特来负荆请罪。

崔云霞：住了！你倾奴家足以够了，还提什么夫妻？什么请罪？说起你来，真叫人气冲两肋，恨入骨髓。

（唱）杏眼圆睁柳眉立，无情却作有情哥。

想你从前做的事，令人恼怒气堵脖。

前日包管把山上，说你遭擒入网罗。

奴家不把前仇记，不辞辛苦下山坡。

包　管：（白）只管骂吧，再也不恼了。

崔云霞：（唱）杀退贼兵将你救，实望你会感恩德。

谁知你竟绝情义？一剑险乎见阎罗。

奴家幸得眼力好，将你定住不能挪。

奴家一怒归山寨，至今痛你在心窝。

今日冤家相逢会，满腔怒气怎消得？

你今落在我的手，莫非你就死不得？

喝令一声刀斧手，

喽　啰：（白）有。

崔云霞：（唱）推出大帐把头割。

檀　直：（唱）娘子暂息雷霆怒，乞恕敝人罪过多。

论我从前绝情义，本该刀下见阎罗。

但是小姐明大义，三从四德正明白。

岂比寻常度量小？竟在当面念旧恶。

敝人来与你赔罪，母亲小姐苦苦说。

说罢含羞跪在地，

包　管：（白）哥哥，你怎短了半截？

檀　直：娘子消消气吧，我把头磕了。

崔明霞：姐姐，他与你跪下了，饶了他吧。

包　管：哥哥，你那硬功哪去了？咋跪下磕头呢？

崔云霞：（唱）佳人闻听心更恼。

（白）你可记得，前日在高关那样威武，你曾说过有天大之事不来求我？你既堂堂大丈夫，为何言而不信？你想你来岂不是飞蛾投火，自来送死？

檀　直：娘子，且念夫妻之情吧。

崔云霞：住了！哼哼哼，你前日不认奴家，亦不容分辩，今日奴家岂肯容你花言巧语哄我？我把你这个狠心的贼呀。

（唱）连拍案，喊声高。

强人说话，也该想着。

那时你毒狠，谁像你要刁？

你并无容之处，怎么叫奴家饶？

喝令喽啰拉下去，重打四十再开刀。

崔明霞：（白）且慢动手。

（唱）明霞女，魂吓消。

且莫动手，还有计较。

姐姐且息怒，气儿也消消。

只顾一时怒恼，后来到自怎着？

姐夫虽有千般错，姐姐开恩把手高。

师父怎么嘱咐你？柬帖也曾叫你瞧。

奉劝姐姐和美吧，终身还能有下梢。

（白）姐姐且恕过他吧。

崔云霞：（唱）说得云霞不言语，止不住的泪双抛。

崔明霞：（白）姐姐开恩吧。

崔云霞：（唱）哭哭啼啼回房去，（下）

崔明霞：（唱）二姑娘座上把话学。

（白）小檀哪，你起来吧，你二姨疼你，若非姨娘讲情，只怕你那个小脑袋就掉了。

檀　直：多谢妹妹救命之恩，异日再报吧。

崔明霞：报啥吔？多给你二姨磕几个头都有了。

檀　直：取笑了。

崔明霞：喽啰们。

喽　啰：有。

崔明霞：把你郡马爷请到东书房排宴伺候。

喽　啰：哈，郡马随我来。

檀　直：来了。（下）

包　管：走，跟着。（下）

正是：痴心女子负心汉，下贱女孩非枉谈。（下）

（出崔云霞坐）

崔云霞：（诗）回思往事悔前非，自叹自解自发愣。

（白）奴家崔云霞。方才在大帐将夫主凌辱一顿，细想他不仁，还是奴家不甚贤德，只一时恼怒于他。咳，你看天色已晚，以送被子为名前去赔罪。待奴重新打扮，一则前去赔罪，二则会合佳期。（下）

（上檀直）

檀　直：（诗）投入罗网内，身似坐针毡。

（白）我乃檀直。方才在大帐，被崔氏凌辱一顿，险乎就要斩首，多得二寨主相救，方才恕我。虽是崔氏强横，也是我从前之错。

（上崔云霞）

崔云霞：（咳嗽）将军，你可喝茶呀？

檀　直：娘子来了？请坐。

崔云霞：有坐。

檀　直：哦，娘子来此，有何贵干？

崔云霞：咳呀，你猜猜我来做啥来啦？

檀　直：黑夜之间，我不知你来做啥。

崔云霞：奴的将军哪，因为夜晚方与你送……

檀　直：送什么来了？

崔云霞：被子呀。

檀　直：倒也不必。

崔云霞：你罢呀，奴怕你躺在床上冻得肉疼么？

檀　直：如此，娘子多有费心了。

崔云霞：费啥心哪？你不恼我，我就念佛。

檀　直：恼你什么？

崔云霞：白天在大帐，那样得罪将军，还不报复呀？

檀　直：拙夫从前负义忘恩，理当如此。

崔云霞：奴怕将军怀恨于我，因此前来赔罪。将军哪，千万不要记着，我的将军哪。

（唱）坐在床头腮含笑，总怪奴家礼不到。

泼妇性儿谁像我？后悔不及已过咧。

檀　直：（白）说起你在大帐上那样厉害，令人害怕呀。

崔云霞：（唱）奴家不过吓唬你，岂肯将你用刀切？

檀　直：（白）你这一吓唬不大紧，此时见你总觉害怕。

崔云霞：你也太胆小咧。

（唱）如要杀你我怎过？

檀　直：（白）你再另嫁一个吧。

崔云霞：（唱）人是旧的古人曰，奴与你拜拜你休要恼。

檀　直：（白）恼什么？

崔云霞：（唱）你不恼怎把小嘴噘？口里不恼心里恼。

且将前仇一笔消？将军不要拉着脸，

你怎不笑混装噘？

檀　直：（白）平白无故哪里来的笑呢？

崔云霞：（唱）不笑奴家咯吱你，

檀　直：（白）咯吱我也不笑哇。

崔云霞：（唱）脖子里头咯不歇。咯吱咯吱。

檀　直：（白）哈哈哈！有人听见。

崔云霞：（白）谁家烟囱不冒烟哪？

（唱）云霞说着春心动，烈火烧身杏眼乜。

（白）好困呐，天不早了，快安息。

檀　直：安息，你回房去吧。

崔云霞：（唱）与你同床不离别。

檀　直：（白）使不得。

崔云霞：使得了哇。

（唱）今宵全当西厢事，不用跳墙鱼水偕。

（白）走吧，我那将军哪。

檀　直：（唱）英雄只得把罗帐入，（下）

（出包管坐）

包　管：（唱）再表包管冷屋歇。

（诗）命运不幸真不幸，人家吃喝我看着。

（白）俺包管。嫂嫂和我玩笑干啥啦？命我在这小屋子里受罪。咳，一时也睡不着，天色也不知多时了。嫂子去不去，我哥哥可也不着急。那丫头把他混住了，忘了滑台关了。

（上喽啰）

喽　啰：禀包爷，寨主有令，今日弃了山寨，兵合一处，将打一家，同归滑台关，用了早饭就要起程。

包　管：阿弥佛陀，刚刚有盼望了。

喽　啰：就请你老吃饭去吧。随我来。

包　管：来了。（下）

崔云霞：（内白）小红、小绿，吩咐喽兵将金银财宝装入车内，就此放火烧山，同归滑台关，不得有误。（下）

（出王明贵坐）

王明贵：（诗）奉了三王命，专等揭榜人。

（白）下官御史王明贵。奉千岁之命，看守招兵贤榜，至今月余，并无一人前来揭榜。

（上卒）

卒：　禀爷，有人揭了榜文。

王明贵：如此，叫那揭榜人进来见我。

卒：　哈，（下，内白）我家老爷命你进见。

张　海：（内白）来了。（上）大人在上，揭榜人有礼。

王明贵：哟，你这厮黑眉虎眼的，有何本领，敢揭此榜呢？

张　海：要是无用的，焉敢揭此榜文？

王明贵：如此头顶皇榜，随我去见千岁。

张　海：是，头前引路。

王明贵：随我来。

张　海：来了。（同下）

（上义康）

义　康：（诗）雄心不得遂，终日想良谋。

（白）吾三王义康，一心图谋大事。前日，夏、祁二将提兵捉拿檀直去了。自从那日挂了榜文，招聚英雄好汉，结交心腹大将，至今不见一人揭榜，好叫孤家愁闷。

（上卒）

卒：　　启禀千岁，有一壮士揭了榜文，引见千岁来了。

义　康：如此，叫他进见。

卒：　　哈。（下，内白）千岁有令，揭榜人见驾。

（上张海）

张　海：千岁千千岁，小人见驾。

义　康：呀，好一威风之将。孤家问你，家住哪里？姓字名谁？有何本领前来揭榜？

张　海：千岁容禀。

（唱）英雄低头暗思想，仇人见面眼气红。

不动声色压怒气，千岁倾耳留神听。

草臣家住承德县，姓弓名长十六冬。

自幼随师学武艺，各样兵器件件通。

闻听挂了招贤榜，招聚天下众英雄。

故此来接招贤榜，愿扶国家锦江山。

千岁想看哪一路？十八般武艺样样通。

义　康：（白）好哇！

（唱）奸王一见心欢喜，连连夸好带笑容。

看你不是寻常辈，虎背熊腰有威风。

本王怜才又惜将，何用比武费些功？

哼，你要不嫌孤家我，情愿认你作螟蛉。

张　海：（唱）英雄低头心暗想，默默无言自叮咛。

这个奸王将我爱，仇人怎结父子情？

我今要是不应允，惹他烦恼定不容。

屈着心腹认了吧，报仇才能反掌中。

想罢多时尊王父，跪倒叩头把礼行。

义　康：（白）哈哈哈！

（唱）急忙搀起说免礼，我儿随我到后宫。

压下奸王认义子，（同下）

（出元鼎真人坐）

元鼎真人：（唱）再表北魏作怪精。

（白）我乃元鼎真人。自从拿住檀直押解报功，谁知又被人解救去了？今日定去攻城，拿住檀直一刀两断，方解我胸中之恨。军校们。

军　校：有。

元鼎真人：看我坐骑伺候。

（出檀直等众人，上卒）

卒：报元帅得知，妖人带来无数人马前来攻城，不敢不报。

檀　直：呀，妖人攻城，谁敢临敌上阵？

崔云霞：待妾身会会妖人。

崔明霞：不劳姐姐出马，待我前去擒他。

崔云霞：妹妹多加小心。

崔明霞：不劳嘱咐。众将官。

众将官：有。

崔明霞：看刀马伺候了。

（与元鼎真人对上）

元鼎真人：站住站住，原来不是别人，还是小姨子到了，不要动手。

崔明霞：哇！妖道休得胡说，看刀取你。

元鼎真人：哇呀，哇呀，我好意与你叙叙情意，你不识抬举，强要动手，莫非你不认你姐夫了？

（唱）元鼎妖，笑满脸。

尊声她姨，你且缓缓。

如今临阵来，不顾亲戚脸。

前在月勾山上，把我接得老远。

虽然未拜地与天，与你姐姐有勾连。

崔明霞：（白）妖道不要胡说，着刀。

元鼎真人：（唱）且住了，少变脸。

还有话说，休要无情。

要把时务达，跟我回营转。

你快随着我来，不算失了你脸。

如要不听我的言，那时后悔就算晚。

崔明霞：（白）住了！

（唱）将大刀，搂头砍。

大骂妖精，算你命短。

竟敢行暗算，你真好大胆。

来到沙场之中，刀下叫你命染。

恶狠狠地举起刀，喝叫妖人好大胆。

（白）妖道不要胡言，着刀取你。

元鼎真人：来吧！（杀，败下，又上）咳呀呀呀，哪有闲工与她奈战？等她赶来，用臭气喷她便了。

崔明霞：妖道，哪里走？呀，好个妖道，竟敢使毒气喷我，怎得能够？不免用宝瓶收他臭气便了。妖道，你往哪里走？

元鼎真人：咳呀，可气死我了，看剑头子吧。

崔明霞：（杀，败下，又上）呀，妖道杀法骁勇，（念念有词）降妖宝剑起呀，呸。

元鼎真人：呀，但见空中霞光万道，一口宝剑直奔我来，只怕难讨公道，不免借着霞光逃走便了。（下）

崔明霞：你看妖道，如此这般逃走了。众将官。

众将官：有。

崔明霞：打得胜鼓回营。（下）

（上元鼎真人）

元鼎真人：吓死我也，吓死我也，好个丫头，真正厉害，不是她的对手，这却如何是好？哦，哦，有了，我何不去奔东洋海岛，哀告蚧蛤祖师下山与我报仇便了。（下）

（完）

第 七 本

【剧情梗概】宋、魏交兵，王赛花对檀直一见倾心。崔云霞声称愿与王赛花共劝王会龙倒戈，然后与之共侍檀直。赛花相信，云霞却突然出手，杀死王会龙。赛花追杀云霞，反被云霞劝归宋营。魏王率军亲征，兵分两路，一路增援滑台关，一路进攻泔水关。泔水关守将王忠将告急文书递到鲁国公韩如虎府上。韩如虎与前来拜访的张海相认，决定合力除去奸党。接到文书后，他进宫面圣。谢珍午门卖灵飞镜，也被带到御前，治好天子病患，受封进宝状元。天子听闻韩如虎奏事，大怒，派谢珍赴滑台关调檀直回兵除奸。元鼎真人来请师父蛤蚧祖师为之报仇，见师父不在洞府，便盗取法宝，再到军前。蛤蚧祖师归来，发现宝贝被盗，追下山来。

（出老黑脸韩如虎坐）

韩如虎：（诗）东挡西杀英雄在，南征北讨颇有名。

（白）老夫鲁国公韩如虎，为东兴人氏，蒙皇恩封为国公之职。膝下生有一子，方交十九岁，倒也英勇过人。可恼奸王义康，圣上命其掌管全朝，竟敢与兵部刘占私通北魏，暗出金牌，谋害忠良。可怜檀道济空怀忠心赤胆，却被废命，不无可惜。老夫气愤不过，然圣上病得昏昏沉沉，兵权又在奸王之手，老夫只得忍气吞声，单等圣上大病痊愈，那时奏之天子，将二贼活活拿住，千刀万剐，才解我心中之恨。

（上韩公子）

韩公子：父亲在上，孩儿拜揖。

韩如虎：罢了，我儿何处去来？

韩公子：方才孩儿在街上听得人说，有人揭了榜文，奸王认作义子。那人出府拜客，儿碰见了，见他好似御史张松之子张海。

韩如虎：哦，听说张海全家逃走，怎敢前来揭榜？

韩公子：父亲不信？他姓弓名长，岂不是个“张”字？更名进京，报仇雪恨，藏在贼府，正好下手。

韩如虎：哦，定是他无疑了。

（上院子）

院　子：（跪）禀老爷，有三王义子来拜。

韩如虎：呀，他来得正好，我儿闪在一旁。

韩公子：是。（下）

韩如虎：就说有请。

院　子：哈。（下，内白）里面有请。

张　海：（内白）来了。（上，戴太子盔）国公在上，末将弓长拜揖。

韩如虎：将军免礼，坐下讲话。

张　海：末将告坐。

韩公子：（上，对张海）呀，不是张兄弟么？

张　海：不是不是。

韩公子：贤弟难道不认得愚兄了么？

张　海：哦，公子你认错人了。

韩如虎：左右回避了。

卒：　　哈。（下）

韩如虎：张将军，不必隐瞒于我，自有好处。

张　海：哦，什么隐瞒？国公不要误认。

韩如虎：住了！哼哼哼，张海呀张海，你不思戴天之仇，来侍奉奸王，贪图富贵，我儿将他拿下。

张　海：（跪）哇呀，且慢动手，老国公息怒，末将还有下情回禀国公。言道戴天之仇，我张海特为此事而来见国公大人。

韩如虎：请起讲话。

张　海：是，容末将告禀。

（唱）可恨三王与刘占，谋害我父死得苦。

我也曾大闹王府把奸王找，真是孤掌也难鸣。

兵多将广难抵挡，保护全家闯出京。

追兵甚重多厉害，多得空中众神灵。

霎时狂风护住我，千里途程一刻工。

戴天之仇难以报，才听得京中挂榜招英雄。

故此更名来揭榜，有日报仇气才平。

谁知奸王认义子，结为心腹作螟蛉？
奸王如今兵权大，刘占与他图事情。
设计要害忠良将，篡位登基把国倾。
八月十五中秋节，会集阖朝文武卿。
刘占保他登九五，逆者死来顺者生。
我今得便假拜客，同灭国家天贼星。
说罢复又跪在地，

韩如虎：（白）哈哈哈！
（唱）急忙搀起带笑容。
将军不愧名门后，善懂三纲贤与忠。
可怜令尊死得苦，义康刘占毒又凶。
老夫早有灭贼意，怎奈孤独无所能？
偏偏圣上病实重，兵权都在贼手中。
看看宋室不能保，天差将军下九重。

张　海：（白）过奖了。

韩如虎：（唱）且等遇着好机会，我与你协力拿贼凶。
但愿圣上洪福大，你我留下美英名。
说罢吩咐看酒宴，你我后堂叙别情。
手拉手儿说声请，压下忠良且不明。（下）

（出丑米雷坐）

米　雷：（唱）再说魏国名米雷。
（诗）五经四书脑中藏，天文地理自然明。
（白）我北魏丞相米雷。前日王会龙领兵攻打滑台关，不久将城攻破，说是有一仙长来助我国，不免奏知千岁，大发倾国人马，一鼓而下，灭了宋将，那时就是魏主一统天下。机会不得错过，前去启奏我主便了。（下）

（升帐，四将站）

众　将：（诗）英雄胆气豪，长悬带血刀。
三川与六国，闻名魂胆消。

黄　龙：（白）我左都督黄龙。

黄　虎：我右都督黄虎。

振　山：我大太子振山。

振　海：我二太子振海。

众　将：千岁升帐，在此伺候了。

（出振开江）

振开江：（诗）镇守北魏统雄兵，凛凛威风杀气腾。

战将千员龙虎健，六国三川享太平。

（白）孤家北魏国王振开江，镇守三川六国，雄兵百万，战将千员，外邦闻名，顺风归服，只有宋朝刀兵未息。王都督攻打滑台关，阵阵成功，不日可得。

（上米雷）

米　雷：（跪）千岁千千岁，臣米雷见驾。

振开江：哦，丞相有何事奏？

米　雷：为臣有重大军情来奏千岁。

（唱）米雷跪倒呼千岁，为臣有事奏龙颜。

昨日臣观天星象，但只见宋朝天子星不全。

正应都督连取胜，天差仙长降下凡。

真是我主洪福大，何愁不取滑台关？

那座关正是南宋咽喉路，杀奔南朝无阻拦。

遇此机会不可差，须发大兵杀进关。

一拥而进京都地，推倒宋主取江山。

那时扫平南宋地，我主稳坐在中原。

扫灭众雄成一统，世世代代把位传。

奏后俯伏丹墀下，

振开江：（唱）魏主闻听心喜欢。

丞相深明天地理，孤家因你把身安。

要是得了南宋地，封你天下一品官。

（白）黄龙、黄虎封为前部，振山、振海封为护卫，丞相与孤同行，就此前去，不得有误了。（下）

（卜士秦、祁克长马上）

卜士秦、祁克长：军校们，来到滑台关下，离城十里安营下寨，前去叫阵，不得

有误。（下）

卒：（内白）报元帅，得知北魏京中发来无数人马，现在城下叫阵，乞令定夺。

檀　直：再去打探。

卒：得令。（下）

檀　直：众将官，随我杀出城去，不得有误。（下，又上，对卜士秦、祁克长）来将何名？

卜士秦：哟，你不是檀直么？

檀　直：哇，既知我名，竟敢前来送死？

卜士秦：檀直呀，檀直，你今刀在头上，还敢出城抵挡，等我们把你拿住，死而无怨乎了。

（唱）提起我二人，休把活命想。

（白）我叫卜士秦。

（唱）京中人人知，四海声名广。

团练大总兵，麾下把兵掌。

一同那三王，刀枪熟又爽。

奉了千岁差，旨意灭奸党。

特来把你捉，进京去受赏。

要把时务达，下马快受绑。

檀　直：（唱）气坏小英雄，气大精神长。

拧拧小银枪，狗子命难想。

提起你帅爷，天下名声广。

世代本忠良，来把此关挡。

有日杀进京，拿住众奸党。

尔等来提兵，该把爷爷想。

说着手拧枪，恶狠奔胸膛。

（白）好二贼，哪里走？看枪取你。（杀卜士秦死）

祁克长：咳呀，你看卜大哥被他杀死，我只得壮着胆子盯一窗户。众将官，杀上前去呀。（对檀直）来者敌将是谁？报上名来。

檀　直：哪有闲工与你通名道姓？看枪。

祁克长：来，来，来！（杀，死）呀，你看两个贼将俱已废命。众将官，就此踏他营盘，不得有误。（下）

（内喊一阵，上王赛花）

王赛花：军校们，努力攻杀。奴家王赛花。方才探子报道说，京中发来人马，捉拿檀直，我父命我乘机攻城。军校们，杀上前去。（下）

卒：（内报）报元帅得知，北魏有一女子杀至城下。

（上檀直）

檀　直：呀，好个魏贼，趁此机会杀来。众将官。

众　将：有。

檀　直：不必回关，随本帅杀上前去。（下）

崔云霞：（内白）众将官，开放城门！（马上）奴崔云霞。方才听说北魏发来人马，又来攻城，将军临阵，倘有失落，那还了得？我只得杀上前去。（下）

檀　直：（对上王赛花）丫头，哪里走？

王赛花：呀，好个风流人物哇！来这小将报上名来。

檀　直：你帅爷檀直。花奴你何名？好作枪下之鬼。

王赛花：呀，师父命我下山，只说认父之后，弃魏归宋；临行之时，说道我终身许配宋将。我观此人真是金童转世，幸遇他人到此，待奴试探试探。哦，你问我名，我叫王赛花，是魏国元帅之女。知我厉害，下马受绑。

檀　直：住了，丫头有何本领？松驹过来！

王赛花：咳哟哟，你且消停，奴家还有话对你说！

檀　直：丫头有何话？快讲！

王赛花：咳哟哟，你忙啥吔？是你听了。

（唱）马上带笑把将军叫，不要烈性心太粗。

奴家虽是外邦女，自幼读过列女书。

三从四德我都晓，当堂也会侍翁姑。

十五奴把高山上，圣母教我五遁书。

奴家今年十八岁，鲜花一朵露凝珠。

昨日下山认我父，要选个有才女婿意才舒。

今日一见将军面，倒不如咱俩回营结花烛。

真是夫妻直到老，强如那两动干戈费工夫。

奴家言的实情话，将军你意下是何如？

檀　直：（唱）住了。英雄闻听冲冲怒，大骂无耻反贼奴。

爷爷南朝忠良将，岂与贼辈结花烛？

说罢拧枪分心刺，

王赛花：（唱）佳人一见瞪眼珠。

（白）好个无义的匹夫，看刀取你。

檀　直：来，来，来。（大杀一阵，下）

崔云霞：（内白）将军闪过，待奴擒她便了。（上）

王赛花：来这女子何名？

崔云霞：奴乃檀元帅之妻崔云霞，原是慈云圣母之徒。知我厉害，快些下马受绑。

王赛花：呀，原来是如此？奴家王元帅之女，也是慈云圣母之徒。哦，前后算来你还是师姐姐，我还是你师妹妹了。

崔云霞：你也是慈云圣母之徒么？

王赛花：正是。咳，可叹呀可叹，师姐姐，你我一师之徒，你怎就有这样福分，早早配了元帅？可叹小奴在外邦，料想今生总无有结果了。

（唱）赛花连连尊师姐，咱俩是一师之徒把艺学。

可叹奴家外邦国，还是黄花女多娇。

父亲为我终身事，也曾着意把婿挑。

虽想不遇才郎貌，至今也没挑得着。

临下山师父亲自嘱咐我，叫奴家认父之后救宋朝。

说我该配檀元帅，一同到老乐逍遥。

恰巧遇他来临阵，一见心头烈火烧。

有心向他提亲事，又羞又臊话怎说？

一绷脸儿说出去，他恶言恶语向我嘲。

正自征杀无胜败，正好师姐你来了。

谁知姐姐将他配？姐姐呀，可要成全作鹊桥。

赛花还要往下讲，

崔云霞：（唱）云霞连连说是好。

贤妹，我倒有一计。

（白）贤妹，此时两国交兵不息，你婚姻之事，莫说你父不容，就是容，我家元帅临阵收妻，国法大乱也，断断不准。

王赛花： 姐姐，你千万成全小妹吧。

崔云霞： 咳，姐姐倒有主意成全，只怕贤妹不从。

王赛花： 哦，姐姐既然见顾，小妹无有不从之理。

崔云霞： 依奴之见，你回到营中将你父亲杀死，平了大营，再来投降，那时你我姐妹同侍一夫。

王赛花： 姐姐言之差矣，焉有为夫妻事，就杀天伦之理？妹妹倒有一计，咱姐妹一同去见我父，就说你奉师父之命，竟自到此，指引我父弃暗投明，归于王化，以投宋国，日后封为公侯之位。

崔云霞： 此计甚妙。但奴家到你营中单人独马，如何去得呢？

王赛花： 不妨，自有小妹保护。

崔云霞： 妹妹先回，我随后就到。

王赛花： 是。（下）

崔云霞： 包管哪里？快来。

包　管：（内白）来了。（马上）嫂嫂有何事故？

崔云霞： 奴家如此这般，一到魏营中，便要一举成功。你与虎山带领人马暗暗追赶，恐有贼兵追来，故做预备。

包　管： 得令。（下）

崔云霞： 正是：一到魏营杀反叛，何愁丫头不归来？（下）

（王会龙升帐，四将站）

众　将：（诗）甲兵叮当响，刀枪耀眼明。

齐集大帐下，且听将令行。

张　文：（白）我张文。

刘　春： 刘春。

赵　奎： 赵奎。

冯　五： 冯五。

众　将： 元帅升帐，在此伺候。

（上王会龙）

王会龙：（诗）忠心耿耿扶魏主，排兵布阵立奇功。

（白）本帅北魏大元帅王会龙是也。前日仙长临阵，不知去向，生死未定。方才远探报道，我主御驾亲征，离此五百余里。我国大兵已来，何愁此关不破？又听说南宋发来人马捉拿檀直，不知却为何故？命女儿带兵急取关城，也不知胜败如何？

王赛花：（内白）军校们，将马带过。（上）父帅在上，孩儿交令。

王会龙：我儿胜败如何？

王赛花：不分胜败，收兵而回。走到半路遇见我师姐姐，奉了师父之命，下山来见爹爹，有话面讲。

王会龙：哦，这等，快些有请。

王赛花：是。（下，内白）有请姐姐。

崔云霞：（内白）来了。（与王赛花同上，便衣）叔父在上，侄女有礼了。

王会龙：哦，你是何人？口称叔父，家住哪里？到此何事？

崔云霞：叔父容禀。

（唱）云霞未语先暗笑，叔父连连尊又称。

我姐妹一师之徒好几载，不亚同胞一母生。

前者打发妹妹把山下，今日命我到北营。

说是北魏出人马，滑台关下大交锋。

领兵的便是我的师妹妹，各为其主保江山。

南宋天子洪福大，八方小国停战争。

快去叫他归真主，凌烟阁上自标名。

师徒关系父与子，故此差我又叮咛。

倘若不听我的话，后悔不及难改更。

佳人还要往下讲，

王会龙：（唱）会龙怒恼喝一声。

自古忠良不二主，小姐说话理不通。

本帅既食魏主禄，理当东挡与西征。

好容易领兵来到此，本帅阵阵立大功。

眼看滑台关要破，奋勇而进任纵横。

平灭宋朝魏为上，我国君臣享太平。

若听你说归宋主，污名当被万人轻。

劝你不必做说客，回山复命是正经。

要不看你们同师父，本帅军法岂肯容？

快走快走快快走，

王赛花：（唱）赛花一旁怒气生。

上前连把爹爹叫，师父之言你要听。

爹爹还须想一想，

崔云霞：（唱）云霞早想计牢笼。

护身宝贝手中捧，暗暗手摸剑钢锋。

（白）叔父休要做梦，我师妹早已归降宋营，妹妹与檀直俱已谈妥。

王会龙：哇呀，我的儿，此事可真？

王赛花：一字不假。

王会龙：咳呀，气死我也。（倒）

崔云霞：着剑！（提王会龙人头下）

王赛花：我的爹爹呀，疼死我也！

（唱）王赛花，走真魂。

抱住尸首，直叫天伦。

恨奴生邪念，叫父命归阴。

早知事到如今，哪怕总不嫁人？

早知云霞心毒狠，定什么计策来见父亲。

咳，爹爹呀！

（内同白）贼呀！

众　将：（唱）大营内，乱纷纷，

兵将无主，散乱军心。

可恨赛花女，引来那贼人。

大帐杀了元帅，快快去拿贱人。

（呐喊）先锋副将去追赶，

王赛花：（白）咳呀，爹爹呀！

（唱）佳人哭得泪纷纷。恼又恨，气冲心。

什么师姐？什么意深？

竟敢害我父，罪在奴的身。

咱在疆场斗一斗，哪怕你死和我存？

吩咐备马杀出去。

（白）众将官，且将帅爷尸首抬在一旁，就此出营追赶便了。（下）

（内喊，上王虎山、包管）

包　管： 咳呀，你看魏营喊杀连天，定是嫂嫂得了胜了，大家攻杀上去。

王虎山： 有理。（下）

崔云霞：（急上）呀，你看后面追赶甚快，幸得包管、王虎山敌住那边，可是王赛花怒气冲冲直奔我来。

王赛花：（内白）贱人慢走！（上）崔云霞呀崔云霞，我把你这贱人，竟敢谋杀我父，真正可恼！奴家特来拿你，与我父亲报仇。

崔云霞： 咳，贤妹，你这何苦哇？愚姐今日之事，也是为你才想出这个主意，也是迫不得已啊。

（唱）尊贤妹，把气压。

一师之徒，何用自杀？

我杀你的父，你恨我奴家。

你说看中檀直，恨不一时同榻。

左思右想无有计，才想这个毒方法。

王赛花：（唱）住了，柳眉立，咬银牙。

大骂崔氏，该剐该杀。

竟敢诓哄我，说顾我奴家。

中了你的诡计，杀了我的父他。

戴天之仇我共你，一师之徒拉倒吧。

（白）贱人，着刀。

崔云霞： 你且消停。

（唱）你真是，傻呆瓜。

人无常在，日影常斜。

你父全节死，你结并头花。

快些招安众将，一齐归降宋家。

试看洞房花烛夜，管叫你千愁尽快乐无涯。

你要是，来磨牙。

你说报仇，咱俩就杀。

哪怕斗法宝。哪怕动杀伐。

奴也看看你武艺，你也试试奴家。

美满夫妻不成就，只落得单寝孤眠遍体麻。

（白）妹妹，你去想想，你要杀，我还怕你不成？若依我说，叔父已经死了，还有什么牵挂？你纵回到北魏，要想找我那人，只怕你打着灯笼也是难找，贤妹你想。

王赛花：（唱）闻此话，把头低。

心中抱愧，两泪干滴。

看中檀小将，只想配夫妻。

实话对她言讲，不想她弄玄虚。

谁想中了她的计，杀死我父甚惨凄？

咳，奴家怒，把兵提。

来在营外，要把她劈。

怕她本领大，我又难对敌。

回家却将谁靠？佳期结果何时？

罢了罢了，杀父之仇丢了吧。

不如抓住好佳期，开言又把姐姐叫。

（白）咳，罢了，罢了。姐姐，事已至此，我也无的说了，全仗姐姐成全于我，不弃也就是了。

崔云霞：着着着，那是自然。明日就是吉日良辰，你们就拜天地，入洞房。

王赛花：小妹还有一事，你把我父的首级交给我，我好缝在一起埋葬，略尽父女之情吧。

崔云霞：罢了，妹妹放心，自然将叔父首级缝在一起，用棺木装殓。就此先同我进城便了。

王赛花：咳，我那爹爹呀！（下）

（出青蛤童子）

青蛤童子：（诗）玄玄玄来，妙妙妙，潭里水物成大道。

脱毛换骨变化多，修仙得禄有名号。

（白）我乃青蛤童子得道，在东洋海岛跟着蚧蛤祖师养性。今日师父万花山去赴会，留我看守洞门。只觉心中烦闷不乐，只得到洞外玩耍玩耍。（下，又上）呀，那边来了一人，好像元鼎师兄。

元鼎真人：（急上）师弟可好？

青蛤童子：师兄可好哇？

元鼎师兄：我是好的。

青蛤童子：师兄，你不在北魏扶保魏主，来在这里何事呢？

元鼎师兄：咳，师弟不消问了。

（唱）还未张嘴，咳，先叹气，师弟不必问根苗。

青蛤童子：（唱）师父命你把山下，扶保北魏去效劳。

元鼎师兄：（唱）如此投到北魏去，真正叫我气难消。

青蛤童子：（唱）有何仇恨对我讲，自能与你定计谋。

元鼎师兄：（白）不用说了。

（唱）谁知来了一女将？她比愚兄法力高。

青蛤童子：（唱）难道不是她对手？哪里来的女多娇？

元鼎师兄：（唱）就是檀直他妻也，崔氏云霞生得标。

青蛤童子：（唱）师兄你该使法宝，何愁她不归阴曹？

元鼎师兄：（唱）宝贝被她收去了，我命险乎被挨刀。

青蛤童子：（唱）如此也算是丢脸，且在东海古洞猫。

元鼎师兄：（唱）这口恶气怎么办？无奈到此向师说。

青蛤童子：（唱）师父被友请去了，我可有一计策高。

元鼎师兄：（唱）什么妙策快快讲，恩有重报不敢消。

青蛤童子：（唱）师父现今不在洞，何不如此把宝掏？

元鼎师兄：（唱）纵有法宝不中用，起落咒语我未学。

青蛤童子：（唱）如此这般我全会，带去北魏把仇消。

元鼎师兄：（唱）如此你我进古洞，

青蛤童子：（白）有礼。（同下，又上）

（唱）打开石匣放光毫。

元鼎师兄：（唱）元鼎取宝腰中带，

青蛤童子：（唱）青蛤就把咒语教。

元鼎师兄：（白）是，我记住啦。

（唱）急忙出了蚧蛤洞，

青蛤童子：（唱）小青相送把尾摇。（下）

元鼎师兄：（唱）不言元鼎北魏去，（下）

（上周高）

周　高：（唱）再表太监名周高。

（白）咱家司礼太监周高是也。奉旨去到宝市买些解闷宝器，这得走走便了。（下）

（上谢珍）

谢　珍：（诗）全赖灵飞镜，直欲见真龙。

（白）学生谢珍。我来到皇宫外，将宝镜带在身边，未曾去卖。今日天气晴朗，不免去到午门走走，碰碰机会，也许得遇一位大臣，请他引见圣上，也未可定。

（唱）欠身离了小客店，早把宝镜带身边。

自我来在京都地，谁知竟逢雨连连？（下，又上）

今日天气多晴朗，定到午门走一番。

临来娘子吩咐我，午门之外念诗篇。

自有宫官来相问，直言相告不可瞒。

思思想想往前走，手拿宝镜喊声喧。（下）

（白）卖宝镜呀。

（内唱）有个人来卖宝镜，（上）连城之璧不必玩。

除非当今真龙主，别人要买千万难。

谢珍不住卖宝镜，

（上周高）

周　高：（唱）司礼太监走上前。

（白）你这秀才的胸前小镜，怎称价值连城，除非当今天子可买呢？

谢　珍：老公公，我这镜虽小，价值连城，若非真龙天子，再也不卖。

周　高：如此说，这镜有何用处呢？

谢　珍：老公公有所不知，此乃灵飞镜，妙用之处多端，一言难尽，见了天子方才说明。

周　高：如此，你不要说谎。如果见了天子，要是假的，你也休想有命。

谢　珍：学生礼仪、王法甚懂，若要欺君，罪灭全家。

周　高：罢了。咱家往宝市置买宝玩之物，以作解闷之用，并无一件得意的。依你说来，此镜妙处多端，咱家就引你去见圣上，有何不可？

谢　珍：多谢老公公引见之恩。

周　高：如此，随我来。

谢　珍：来了。（下）

（上韩如虎）

韩如虎：（诗）忠心存社稷，赤胆保明君。

（白）老夫鲁国公韩如虎。方才有泔水总兵王忠急表进京，说是北魏王亲提十万大兵取滑台、泔水二关。本章报到我府，命我奏知天子，不让奸王知道。咳，看看宋室江山不久就要属于他人了，我只得暗暗进宫，假意探病，奏知我主便了。左右。

卒：　有。

韩如虎：打道上朝进宫。（下）

（出天子）

天　子：侍儿。

侍　儿：有。

天　子：扶朕上凉亭凉爽凉爽。（扶上，坐）

（诗）欲求龙体多清爽，再理朝纲不思愁。

（白）朕义隆，承父兄基业而有天下。谁知我朕久病缠身，不能亲理朝政，天下之事，俱命我御弟义康执掌。

（上周高）

周　高：启奏万岁，奴婢去到宝市，走至午门，遇一个秀士，胸前戴着一个小镜，口称价值连城，公伯王侯俱不肯卖。他又言道，若非当今我主，再不能卖。现在午门外候旨，伏乞上裁。

天　子：哦，此必是异人，快些宣进来见朕。

周　高：领旨。（下，内白）圣上有宣，卖镜人凉亭见驾。

谢　珍：（内白）来了。（上，跪）万岁万万岁，草臣谢珍见驾。

天　子：哦，你就是卖镜人么？

谢　珍：草臣就是。

天　子：你小小一镜，怎称至宝，价值连城，非我朕不卖呢？

谢　珍：万岁，听草臣将所贵之处奏知我主。

（唱）此镜非是世间物，听草臣奏知我主明。

此镜名为灵飞镜，天地阴阳气结成。

天　子：（白）此镜从何而得？

谢　珍：（唱）自有异人赠给我，宝镜妙用不可轻。

天　子：（白）此镜有何用处呢？

谢　珍：（唱）善避五毒蝎蛇类，又避水来又避风。

冬避雪来夏避雨，又避疾病十二经。

如此小用不足论，镇宅清宁宝一宗。

擅照为人忤与孝，又照善恶奸与忠。

人要含冤遭屈死，不论年久见分明。

八月中秋庚卯日，把它悬挂正殿中。

天　子：（白）依卿所奏，此镜能治十二经络之病，怎么一个治法呢？

谢　珍：万岁。

（唱）治病不用别的法，只用无根水一盅。

天　子：（唱）忙开金口把谢珍叫，

谢　珍：（白）万岁。

天　子：（唱）快把宝镜案上呈。

谢　珍：（白）请主御览。

天　子：（唱）一闪龙目留神看，治病依方照法行。

连洗三遍方完了，

谢　珍：（白）请主用药。

（天子用介）

天　子：（唱）只觉着头也清来目也明。

当时龙体病大愈，真如仙丹妙药同。

龙心大悦开金口，谢珍你真是莫大盖世功。

我朕今得灵飞镜，朕封你进宝状元官一名。

谢　珍：（白）谢主隆恩。

天　子：（唱）吩咐偏殿排御宴，

（上太监）

公　公:（唱）宫人跪倒奏分明。

（白）启奏万岁，今有鲁国公进宫来见圣驾，现在午门候旨。

天　子: 哦，老国公进宫必有大事，宣进宫来见朕。

公　公: 领旨。（下，内白）圣上有旨，宣鲁国公见驾。

（上韩如虎）

韩如虎: 万岁，万岁万万岁，臣鲁国公见驾问安。

天　子: 老国公进宫有何事故？

韩如虎: 哦，万岁，此位是谁？

天　子: 老贤卿有所不知，原是如此这般，朕病方愈。

韩如虎: 哦，那位先生，老夫问你家住哪里？姓甚名谁？先祖何名？有何异术？

谢　珍: 咳呀，学生家住承德县，先祖谢灵运，扶保先皇。

韩如虎: 你真是谢太傅之子么？

谢　珍: 正是。

韩如虎: 真是忠臣之后。况且治好圣上病体，其功莫大，真乃我主洪福齐天。万岁，臣接得泔水总兵王忠告急表章一道，请主御览。

天　子: 二位贤卿平身，待朕看来。

韩如虎、谢珍: 万岁。

天　子:（唱）拆开急表从头看，总兵王忠拜吾皇。

为臣受职食君禄，奉旨泔水守边疆？

昼夜巡城身不离甲，日日用功演刀枪。

谁知北魏干戈动，魏主亲身犯边疆。

滑台泔水咽喉路，如有差迟是怎当？

为臣遇事先防备，急表一道奏君王。

我主快发人共马，多遣能征惯战郎。

哦，天子看罢头低下，口中不语自惊慌。

反贼要袭泔水地，何人领兵把他帮？

况且远水怎得解渴？无有勇将在朝纲。

哦，忽然想起人一个，檀道济英名四海扬。

叫他分兵去解救，再挑良将到边疆。

主意一定忙传旨。

（白）老国公，朕的主意且叫檀道济分兵把守，然后再发兵前去，有何不可？

韩如虎：（跪）哇呀，万岁休提那檀道济了。

天　子：提他怎样？

韩如虎：提起他来，哼，臣不敢奏。

天　子：哦，老贤卿岂不知，对君隐瞒，卿就有蒙君之罪了？

韩如虎：咳，万岁。

（唱）忠良未语先叹气，皇爷龙耳请听知。

量沙计斩了孙叔见，我主格外把恩施。

刘门烧粮把事起，刘占反间计更奇。

天　子：（白）反间计怎样？

韩如虎：（唱）捏造假书三王府，三千岁不问情理与曲直。

金牌调进京都地，不顾忠良自徇私。

各样非刑都受尽，可叹他盖世忠良身受屈。

绒绳勒死忠良将，枯水井内抛死尸。

王爷又命拿家口，云阳之上血淋漓。

王爷总是害忠义，偏遇圣上有病疾。

那时为臣不敢奏，怕的是惹着王爷罪难离。

忠良还要往下讲，

天　子：（唱）天子闻听眼气直。

吩咐一声快传旨，

（白）哼哼，竟有此事，气死朕也！鲁国公领朕旨意，带领御林军急将刘占父子一并三王一齐拿来见朕。

韩如虎：哇呀，万岁此事不可声扬。原是如此这般，三王、刘占现掌兵权，如要走漏风声，其祸不小。

天　子：难道他不遵我朕旨意么？

韩如虎：咳，万岁，还讲什么国法？便将奸王欲要篡位始末，从头至尾说了一遍。

天　子：咳呀，真正反了，难道阖朝就无忠良之辈扶保我朕？朕即临朝，看看是如何光景。

韩如虎：咳呀，万岁快传旨，将宫门紧闭，不许外人出入。

天　子： 爱卿有本奏来。

韩如虎： 咳，万岁容臣细奏。

（唱）可恨三王与刘占，一党同谋篡江山。
自从我主龙体弱，都是三王把朝权。
御史张松多忠正，为人耿直又清廉。
如此也被奸王害，他子张海勇非凡。
这般如此逃出去，如今张海又回还。
更名改姓揭了榜，三王重用收身边。
谁知他拜客来在臣的府，一往实情对臣言？
他又说如今奸王兵权大，不便杀他大报冤。
他又说三王定于中秋节，便要登基坐金銮。
为臣与他定下计，孤掌难鸣枉徒然。
我主须要刷圣旨，暗暗差人上滑台关。
道济之子多骁勇，命他提兵如此这般。
我主虽是龙体愈，还要装作不安然。
忠良奏罢忙叩首，

天　子：（唱）气得皇爷龙眼圆。
外遇北魏犯边界，内遇奸党起祸端。
也是朕的洪福小，弄得江山不得安。
皇爷带怒刷圣旨，
（白）哼哼哼，气死朕也。事已至此，全仗老贤卿念先皇之恩，托孤之重吧。

韩如虎： 我主万安，有老臣在朝，岂容奸党篡位？圣上快些刷旨，命心腹之人去到滑台关招檀直进京，好拿奸王保主。

天　子： 可命哪个去呢？

谢　珍： 万岁，臣蒙恩重用，无可报答，情愿一身前去。

韩如虎： 谢状元，你自情愿去招安檀直，真不愧是忠臣之子。

天　子： 哦，谢爱卿去到滑台关，千万要替朕用好言招安檀直，有功回京，另加封赏。

谢　珍： 为臣领旨。（下）

韩如虎：万岁，还须发一道旨意，为臣放在身边，好传旨令讨贼。

天　子：国公所言有理，千万不可负朕旨意。

韩如虎：老臣岂敢别生出坏心？

天　子：侍儿，开放宫门。

侍　儿：领旨。（下）

韩如虎：万岁善保龙体，老臣去也。（下）

天　子：正是：但听宋室百灵助，又托大将逞威风。（下）

（上黄龙）

黄　龙：军校们。

军　校：有。

黄　龙：急急杀奔泔水，不得有误。（马上）

（诗）奉命取泔水，一举要成功。

（白）我乃北魏都督黄龙是也，奉命分袭泔水。呀，你看前面就是泔水。大小三军，急急杀奔泔水，不得有误。（下）

（出红面帅，升帐）

王　忠：（诗）戴月披星勤王室，威震三军镇边疆。

（白）本帅泔水总兵王忠是也。可恼北魏番兵犯境，来袭泔水。前者急表进京，圣上必选大将统兵前来保守此关，那时再与他交战，何愁番兵不退？

（上卒）

卒：报元帅得知，魏兵城下声言，要不交战，即刻献关，不然就要攻城，乞令定夺。

王　忠：尔等不要惊慌。此关虽小，城池坚固，西边山岭多备滚木礌石，昼夜防守。贼兵虽多，万不能破，以待大兵到来再议。如有妄自出城，定按军法斩首。

众　将：我等遵命。

正是：众心如一平法立，一心无二验行人。（下）

（出米雷、振山、振海站）

米　雷：（诗）宝剑系腰中，威风建大功。

杀气高万丈，疆场逞英雄。

（白）我乃丞相米雷。

振　山： 我大太子振山。

振　海： 我二太子振海。

众　将： 千岁升帐，在此伺候。

（上振开江）

振开江：（诗）御驾亲征统雄兵，滑台泔水动刀兵。

（白）孤家北魏国王振开江是也。领兵来在滑台关下，才知都督废命。宋兵甚是厉害，依孤家便要两罢干戈，各守境界。丞相又道，谅滑台小小一座关城，能有多少人马？便要一力攻城，与都督报仇雪恨。又命黄龙攻取泔水去了。

（上卒）

卒： 报千岁得知，营外来了一位老道，法号元鼎，有密事要见千岁。

振开江： 原是仙长。就说有请。

卒： 得令。（下，内白）千岁有令，请仙长进帐。

元鼎真人：（内白）来了。（上）千岁在上，出家人稽首。

振开江： 仙长免礼，请坐。

元鼎真人： 谢过千岁。

振开江： 仙长，孤闻名久矣，今又从何而来？见孤有何见教？

元鼎真人： 千岁容禀。

（唱）千岁爷，倾耳听。

贫道之为，顺天而行。

北魏洪福大，故此下山峰。

都督帐下听用，也曾立过大功。

谁知遇见崔氏女？姐妹两个有神通。

振开江：（白）难道仙长不是她们的对手？

元鼎真人：（唱）贫道我，落下风。

借着土遁，回到洞中。

借来仙家宝，下山再交锋。

回来大营已破，元帅命也倾生。

才知千岁发人马，御驾亲征领大兵。

振开江：（白）仙长有何本事能破滑台关呢？

元鼎真人：（唱）这如今，有牢笼。

北魏兵将，如虎似龙。

谅此滑台关，怎挡众雄兵？

一齐四门攻打，昼夜不可放松。

管保一阵将功立，

振开江：（白）哈哈哈！

（唱）魏王闻听喜心中。

亏仙长，计策能。

神通广大，变化无穷。

孤家幸遇见，何愁不建功？

如要得了南宋，定把仙长面封。

如今先封军师职，

元鼎真人：（跪，白）谢主隆恩。

振开江：（唱）事成再封老仙翁。

元鼎真人：（白）千岁请。

振开江：仙长请。

（唱）摆酒宴，回后营。（下）

（出蚧蛤祖师坐，青蛤童子立）

蚧蛤祖师：（唱）再表蚧蛤，回了洞中。

（白）我乃蚧蛤祖师。只见洞中灵气不好，宝光散乱，这是何缘故？待我算来。哇呀，不好不好，两个贼徒，竟敢盗去我的法宝下山生事。哼哼哼，我把你这个小畜生，竟敢将法宝让人偷去，你真该万死。

青蛤童子：咳呀，师父容禀。

（唱）青蛤战兢兢，双腿跪在地。

连把师父称，休动雷霆怒。

要问宝贝真，其中有关系。

蚧蛤祖师：（白）啥关系？

青蛤童子：（唱）自从那一天，师父人请去。

徒儿在洞中，静坐练仙力。

来了我师兄，提起北魏事。
受了人家欺，不能将功立。
气恨实难出，来到东海地。
哀求老师父，与他报仇去。
见你出洞中，心中生巧计。
与我要宝贝，北魏报仇去。
徒儿岂肯应？他便动了气。
使个法定身，我就心迷虑。
见他开石匣，宝贝都拿去。
这是一往情，不敢虚一句。

蚧蛤祖师：（白）哇呀，可恼可恼。
（唱）蚧蛤闻此言，眼睛气得立。
大叫元鼎妖，做事了不得。
命你保北朝，五六三十日。
救下数万军，算报前恩去。
竟敢不回山，贪恋红尘地。
上天把罪加，与我有关系。
气罢一会叫徒弟，
（白）徒儿看守洞门，待我下山将宝贝要回，免上天之怒。待我去到北魏找元鼎要回贵宝要紧。（下）

青蛤童子：你看祖师已去追宝，我只得闭上洞门走走。（下）

（完）

第　八　本

【剧情梗概】元鼎真人携带偷来的法宝关前挑战，三件法宝被崔云霞击碎两件。蚧蛤祖师赶到，被元鼎真人欺骗，以为法宝在崔云霞处。讨宝之时话不投机，二人动手，蚧蛤祖师败走。谢珍在紫云仙姑的帮助下，乘云来到滑台关宣旨；又在紫云仙姑的撮合下，与檀梦兰订立婚盟。崔云霞摆下八卦乾雷阵，大败蚧蛤师徒。蚧蛤祖师对元鼎真人充满愤恨，决定抛下他独自遁走。

（升帐，包管、王虎山站）

包管、王虎山：（诗）威镇滑台关，英名四海传。
辕门听将令，重整旧江山。

包　管：（白）我包管。

王虎山：我王虎山。

包管、王虎山：元帅升帐，在此伺候。

（上檀直）

檀　直：（诗）大将征北镇边疆，冲锋打仗逞英豪。
虎略龙韬决胜败，赏罚公平自无伤。
（白）本帅檀直。自从收了王氏，破了魏营，方才探子报道，如今魏主亲统大兵无数前来攻城，只恨本帅兵寡将稀不能退敌，不免请出二位夫人商议商议。二位夫人哪里？

（上崔云霞、王赛花）

崔云霞、王赛花：来了。将军呼唤妾身，有何事故？

檀　直：咳，夫人们不知，原是这般如此，魏兵齐至，夫人们有何退兵之策？

崔云霞：咳，将军不必忧虑，管保高枕无忧。请放宽心吧，管保无事。
（唱）将军请把宽心放，此事不必忧心间。
自古兵来有将挡，水来土掩古人言。

檀　直：（白）咳，只怕寡不敌众。

崔云霞：（唱）兵不在多只在勇，只要良谋计多端。

檀　直：（白）你们有何计策呢？

崔云霞：（唱）滑台关中兵虽少，现有几位将魁元。
妾身管保无甚事，杀他片甲不能回家园。
哪怕魏兵有百万？要想得胜难上难。
休等贼兵临城下，妾身们就此前去走一番。

檀　直：（白）可带多少人马呢？

崔云霞：（唱）人马只带一千整，哪怕魏兵万万千？
吩咐一声快带马，二夫人急忙披挂上雕鞍。（下）

众　将：（唱）众将一齐上了马，奋勇杀出滑台关。

（内喊，上众将一过）

（魏营大帐）

魏　卒：（唱）魏兵一见忙禀报，

振开江：（唱）魏王闻听把令传。
哪位将军去临阵？

元鼎真人：（唱）元鼎说是我当先。

振开江：（白）可要小心。

元鼎真人： 不劳嘱咐。
（唱）急忙上了斑斓兽，提剑喊叫急上前。（下，又上）
（上崔云霞）

崔云霞：（唱）云霞一见忙挡住。
（白）妖道哪里走？

元鼎真人： 哇呀，原来是娘子到了。快些随我回营，好交杯取乐。

崔云霞： 住了，妖道休得胡说，看刀取你。

元鼎真人： 哎呀，我的美人，不要绝情断义，一日的夫妻，恩成百世，今来临阵，要杀要战，岂不被人耻笑？

崔云霞： 哇，妖道不要胡说，着刀。

元鼎真人： 贱人，你真不认亲夫，断义绝情。罢了罢了，看剑取你！

崔云霞： 来，来，来。（大杀，元鼎真人败下，又上）

元鼎真人： 呀，丫头有些杀法，何不用销魂锣擒她便了？

崔云霞： 呀，你看妖道祭来邪锣。想要伤我，怎得能够？（念念有词）渗金锤起！

（捶打锣坏）

元鼎真人: 哎呀，可罢了我啦！我的宝贝叫她打碎了，何不再祭起勾魂瓶，拘她的小命？起呀！

崔云霞: 呀，你看妖道又祭来勾魂瓶，我不免取出金砖，照瓶儿打去！

（砖打瓶碎）

元鼎真人: 哎呀，可气死我啦。两件宝贝俱被丫头打碎，待我把她生擒活捉了吧。丫头哪里走？

崔云霞: 你看妖道怒气冲冲直奔我来，将左手一伸，乾雷响动。

（元鼎真人入地，崔云霞上云）

崔云霞: 你看妖道逃了性命。众将官，追杀上去，不得有误。（下）

（内喊，振山对上王赛花）

振　山: 花奴，哪里走？

王赛花: 来的贼将，报名上来，你奶奶刀下不死无名之鬼。

振　山: 住了。要问有名与你，我乃北魏大太子振山。丫头何名？

王赛花: 奴家王赛花。知我厉害，快快下马受绑。

振　山: 哎呀，就是你这个禽兽。丫头不要走，看枪取你！

王赛花: 来，来，来！（大杀，败下，又上）你看贼将勇猛无敌，哪有闲工与他恋战？等他赶来，用金锤打他便了。

振　山: 丫头，哪里走？

崔云霞: 着打。

振　山: 哎呀，不好！（下）

（内喊，同上檀直、崔云霞、王赛花）

檀　直: 夫人们，败将不可追赶，打得胜鼓回关。

崔云霞、王赛花: 言之有理。（下）

（云上蚧蛤祖师）

蚧蛤祖师:（诗）离了东洋海，一直奔魏营。

（白）我蚧蛤祖师是也。来到北魏，只听喊杀连天，必是北魏与南宋交兵。呀，那正是徒儿元鼎败下阵来，待我迎将上去。徒儿慢行。

（上元鼎真人）

元鼎真人: 原是师父到来。弟子叩头。

蚧蛤祖师: 元鼎呀，元鼎呀。

（唱）用手指，气满胸。

大骂元鼎，你这畜生。

我只吩咐你，下山来立功。

以报魏主之义，不过一日之情。

原是你不回山去，贪恋红尘罪不轻。

哼哼哼，你还敢，到洞中，

偷我法宝，来害生灵。

快些归还我，免得惹灾星。

为师今日到此，怕你祸害生灵。

快把宝贝还给我，跟随为师回洞中。

元鼎真人：（唱）元鼎怕，自叮咛。

三件法宝，已损两宗。

只剩装仙袋，还在我腰中。

有心交还师父，他必回转洞中。

哦，哦，有了，何不如此将他激怒，叫他替我报仇恨？

蚧蛤祖师：（白）畜生快将法宝归还与我，我好回山。

元鼎真人：师父哇，三件宝，俱都倾。

蚧蛤祖师：怎么坏了呢？

元鼎真人：（唱）俱被崔氏，拘在手中。

丫头神通大，胜她万不能。

弟子失宝有罪，只求师父宽容。

就把弟子我打死，法宝不能到手中。

蚧蛤祖师：（白）哎呀！

（唱）只气得，瞪双睛。

有心今日，叫你命倾。

念你苦修炼，脱胎换人形。

我今前去要宝，见了丫头说情。

说罢跺足我去也，（下）

元鼎真人：（唱）元鼎一见乐盈盈。

（白）你看师父气昂昂地去了，只怕见了崔云霞岂肯甘休？要是斗上气

来，师父得了胜，给我报报仇。我且回营去见千岁便了。（下）

（上紫云仙姑）

紫云仙姑：（诗）夫妻恩爱难割舍，不久到了九月情。

（白）奴家紫云仙姑。可喜谢郎见了天子，封为进宝状元，今日回来，领了圣旨去上滑台关，宣召檀直进京保驾，我只得跟他前去，成就檀梦兰终身之事。哦，门外正是谢珍来也。

（上谢珍）

谢　珍：娘子可好？拙夫有礼了。

紫云仙姑：呀，相公一路辛苦，功名想必成就。

谢　珍：幸得娘子之福，馈赠宝镜，如此这般，圣上亲赐状元。

紫云仙姑：哦，既然身受皇恩，得中状元，乃是天下贵荣，却为何一人而回？不知是什么缘故呢？

谢　珍：娘子不知，听拙夫告诉与你。

（唱）只因宝镜朝天子，谁知天子病来寻？

紫云仙姑：（唱）既是天子龙体弱，宝镜可治帝王君。

谢　珍：（唱）如此这般将功立，钦封状元荣了亲。

紫云仙姑：（唱）既如此为何这样身如故？你就该衣锦荣归回家门。

谢　珍：（唱）只因朝中出奸党，搅乱天下起烟尘。

紫云仙姑：（唱）君王施德行仁政，何愁四海不来宾？

谢　珍：（唱）三王义康多奸佞，刘占设计害忠臣。

紫云仙姑：（唱）想是天子多软弱，信宠奸王起歹心。

谢　珍：（唱）如此这般要篡位，有一个国公韩爷奏主君。

紫云仙姑：（唱）就该领旨拿奸党，立刻斩首除祸根。

谢　珍：（唱）只如此文武俱是贼一党，哪有忠心赤胆臣？

紫云仙姑：（唱）难道纵贼乱天下，万里江山贼为君？

谢　珍：（唱）国公如此定下计，今日领诏蒙他们。

紫云仙姑：（唱）正好滑台关见兄长，明日你我就起身。

谢　珍：（唱）莫非娘子你也去？

紫云仙姑：（白）正是。

谢　珍：使不得呀。

（唱）一路不便怎起身？

紫云仙姑：（白）相公哪，

（唱）一路不用打尖与下店，一天可就到关门。

谢　珍：（唱）娘子说的取笑话，一天要到除非驾云。

紫云仙姑：（唱）妾身受过异人训，两匹纸马便起身。

谢　珍：（唱）娘子此话我不信，倒要领教见假真。

紫云仙姑：（唱）回身取出纸剪的马，（下，又上）

（白）你瞧瞧吧。

谢　珍：这一纸马怎么会走路呢？

紫云仙姑：（唱）你我出门见假真。

（白）相公随我出房看来。（同下，又同上）

谢　珍：倒要试试这个，真叫人难信。娘子真能如此，拙夫情愿拜你为师。

紫云仙姑：咳哟，相公请看吧。好仙姑掐诀念咒：纸马不起，等待何时？

（紫云仙姑托马走）

谢　珍：真乃奇怪也。

（唱）猛瞧见，马两匹。

六尺多高，身有丈余。

浑身红似火，毛色真出奇。

见它摇头摆尾，真是犹如活的。

娘子真是一神女，我情愿要拜你为师。

紫云仙姑：（唱）相公你，可见实？

且听为妻，告诉你知。

夫妻乘此纸马，更比风云快急。

口中念咒收了法，依然还是纸剪的。

谢　珍：（唱）哈哈哈，心欢喜，尊贤妻。

天色已晚，且请安息。

准备明早走，就把家门离。

紫云仙姑：（白）咳！

（唱）不由一阵伤感，只剩一夜夫妻。

谢　珍：（白）去吧，发啥呆呢？

紫云仙姑：（唱）压下夫妻且不表，（下）

蚧蛤祖师：（内唱）再把蚧蛤祖师提。

（内白）我乃蚧蛤祖师。来至城下，待我叫阵。（上）呀嗨，城上小校听真，我乃蚧蛤祖师，快请你家崔氏夫人答话。

卒： 往后些。（下，又上）报元帅得知，妖道又来邀阵。

（出檀直坐，众将站）

檀　直：再去打探。

卒： 得令。

檀　直：妖道又来邀阵，哪位前去迎敌？

崔云霞：将军放心，待妾身崔云霞去会会妖人。

檀　直：可要小心。

崔云霞：不劳嘱咐。众将官。

众　将：有。

崔云霞：抬刀备马，杀出城去。

蚧蛤祖师：呀，你看城门大开，闪出一员女将，乃是崔云霞，待我迎将上去。

崔云霞：（白）妖道哪里走？

蚧蛤祖师：来这女将可是崔云霞么？

崔云霞：住了。你既知我厉害，何敢前来送死？

蚧蛤祖师：咳，你且不必动怒，山人并非临阵来也。

崔云霞：来此何干？

蚧蛤祖师：听我告诉与你。

（唱）蚧蛤祖师尊小姐，不要动怒与厮杀。

山人不是来临阵，听我对你说根芽。

崔云霞：（白）快说。

蚧蛤祖师：（唱）我住东海大海岛，蚧蛤大仙就是咱。

只因有个徒弟子，不守清规不遵法。

偷着下山保北魏，不知逆天罪自加。

前者偷我三件宝，倾害宋营天上查。

崔云霞：（白）哇，既知上天不容尔等，何敢违反杀戒？

蚧蛤祖师：（唱）故此急急将山下，取回贵宝任凭他。

听他说宝贝俱被你收去，千万退还交与咱。

崔云霞：（白）住了。

（唱）大叫妖道休胡讲，什么祖师什么仙家？

可恼你这伙贼妖道，竟敢逆天行不法。

不去修真与养性，贪恋红尘动杀伐。

劝你早早回山去，祸到临头必该杀。

蚧蛤祖师：（唱）忍气吞声哈哈笑，小姐必须把理察。

我好不容易修炼几件宝，怎肯舍得不要它？

小姐千万归还我，承情莫尽异日报答。

崔云霞：（唱）妖人你今来晦气，什么宝贝我未拿。

蚧蛤祖师：（白）小姐千万把宝贝给我，我好回山。

崔云霞：（唱）你看这个贼妖道，哪里像个修道仙家？

休等妖人先下手，早早打发染黄沙。

好，崔云霞双手齐伸，只见金光乾雷响动。

蚧蛤祖师：（白）哎呀，不好！（下）

崔云霞：呀，你看妖道果然有些神通，竟自逃走，谅他不敢再来。众将官。

众将官：有。

崔云霞：就此回关。

（急上蚧蛤祖师，坐地）

蚧蛤祖师：呀，可真吓死人也。好个丫头，不还宝贝倒也罢了，不该下此毒手，倾害我的性命。崔云霞呀崔云霞，你我何愁何恨，暗下毒手？一眼未见，将我头上金蝉击去，幸得我运用仙气，未曾伤命。咳，我还要什么宝贝？修什么仙气？养什么性？存什么慈悲？这口恶气如何得出？咳，罢了，罢了，豁出这把生灵骨与她闹闹吧。我今要治了那丫头的性命，才解我心头之恨，只得去见徒儿便了。崔云霞呀崔云霞，正是：你惹旁人我不恼，竟敢与我作冤仇。（下）

（上紫云仙姑）

紫云仙姑：（诗）一朝春心将要消，万花山下永桃夭。

（白）奴紫云仙姑。方才到了滑台关，命谢郎帅府去了，被奴支吾在外，奴在旅店等候，再来接我。咳，奴与他九个月的夫妻缘分已满，不免与他写下两封辞书，店中留下一封，等候来取。我只得去到帅府花园，惊动檀梦兰，好成全她终身便了。

这正是：逢缘了却围云路，九月恩情一旦休。（下）

（上檀直，升帐，包管立）

檀　直：（诗）寝食不忘君王禄，梦寐思报戴天仇。

（白）本帅檀直。自与北魏大动刀兵，多亏崔氏姐妹，杀得敌军退出十里安营。

（上卒）

卒：　报元帅得知，京中来了一位文官，命元帅接旨。

檀　直：起过了。

卒：　是。

檀　直：呀，哪里来的圣旨？分明又是奸王的诡计。

包　管：元帅，既是文官到来，且去接旨，看其光景，可遵则遵，如有片言渗漏，再为定夺。

檀　直：罢了。左右，看香案伺候。

谢　珍：（内白）圣旨到，跪听宣读。

檀　直：万岁万万岁。

谢　珍：诏曰：兹尔滑台关总兵、兵马大元帅檀道济，忠义素著，误被奸臣陷害，朕闻其子檀直英勇无敌，可代父袭元帅之职，文官武将，任你调遣，抵挡北魏，奏凯回朝，参奏奸党，与其父报仇雪恨。内有密旨，卿自开读，望诏谢恩。

檀　直：万岁万万岁。人来，将圣旨供奉龙亭。钦差大人请。

谢　珍：元帅请。妻兄在上，小弟谢珍有礼。

檀　直：哦，大人，本帅与你素不相识，怎称妻兄二字？令人不懂。

谢　珍：元帅听了。

（唱）你我并未见过面，有个缘故在其中。

檀　直：（白）什么缘故？

谢　珍：（唱）只因令尊遭了害，奸王他拿问全家上绑绳。

八十余口死得苦，只有令妹逃了生。

那时我万花山前去散步，却与令妹两相逢。

如此这般结秦晋，

檀　直：（白）哦。

谢　珍：（唱）就在那里过岁冬。

赐我宝镜朝天子，因此才封我进宝状元公。

暗领圣旨到家下，

檀　直：（白）此话，本帅一点不明。

谢　珍：（唱）与令妹一起到在滑台关城。

她在城外旅店等，先命小弟见妻兄。

檀　直：（唱）英雄闻听不自在，带气连把大人称。

方才你说这些话，实实令人不分明。

什么令妹我不懂，莫非大人中邪风？

谢　珍：（白）妻兄，怎么言及于此？

檀　直：（唱）本帅有个同胞妹，如今现在后堂中。

如此这般多半载，你为何信口胡言称妻兄？

明明藐视本帅我，

谢　珍：（唱）谢珍闻听吃一惊。

（白）在店中等候怎么到了这里？

（唱）元帅，下官要有一句错，情愿认罪把身倾。

令妹在那店中等，怎说早到后堂中？

妻兄休要取笑我，

檀　直：（白）哼哼哼！

（唱）仗着钦差胡乱行。

等我唤出同胞妹，叫你认罪死不明。

大帐正然吵吵起，

（上王虎山）

王虎山：（唱）虎山辕门下能行。

手持令剑来交令，

（白）元帅在上，末将交令。（看谢珍）你不是谢珍贤弟吗？

谢　珍：你不是姐丈王虎山吗？

王虎山：正是。

谢　珍：你我分手至今，为何来在此处？

王虎山：贤弟听了。

（唱）自从那日间，我把山贼挡。

误遭绊马索，喽兵把我绑。

到山把亲招，不费银半两。

住了半月多，忽然把家想。

谁想到了家，闹出大祸场？

谢　珍：（白）什么大祸？

王虎山：（唱）谢松与飞燕，他将家占据。

暗地把奸偷，怕是代婆嚷。

毒药害了她，尸首我家扛。

谢　珍：（白）真是可恶的奴才！

王虎山：（唱）无赖将令姐，拉着县衙往。

谢　珍：（白）到在县里怎样呢？

王虎山：（唱）屈打又成招，

谢　珍：（白）可不苦死我姐姐了。

王虎山：（唱）云阳身受绑。

正遇我到家，杀官劫法场。

婆媳离了家，避祸住山冈。

这是一往情，缘由对你讲。

谢　珍：（唱）谢珍闻此言，只觉精神恍。

可怜我姐姐，受罪在法场。

提起我情由，从头至尾讲。

九月夫妻间，如此受恩赏。

领旨到家中，一同这里往。

她在旅店中，我先见兄长。

谁想元帅他，说是我胡讲？

王虎山：（唱）虎山闻此言，心中只暗想。

名姓也是真，日月都对当。

路上我救她，住在高山冈。

原是这里来，何曾到外乡？

莫非你遇妖，魑魅与魍魉？

元帅说得真，你是尽撒谎。

慢慢再调停，元帅听我讲。

（白）咳，元帅，这位钦差原是末将至亲，方才他此话必有缘故，莫非他遇妖精了？

檀　直：等我细细问来。包管上帐听令。

包　管：在。

檀　直：你到城外旅店之中，将谢珍所言之人领到帅府。

包　管：得令。（下，又上）元帅在上，末将交令。

檀　直：可将那人领来？

包　管：店中并无一人，现有书字一封，末将拿来，元帅请看。

檀　直：这是八言诗词，待我念来。

（诗）室字本是空，仙家妙用功。

姻缘前生定，九月夫妻情。

银河双星渡，巫山叠叠峰。

当日花园梦，滑台喜相逢。

（白）呀，这诗令人不解，但这有滑台相逢，其中必有缘故。哦，王将军，既是你的至亲，领去款待。我回到后堂，自然分晓。

王虎山：末将遵令。贤弟随我来。

谢　珍：是，来了。（同下）正是：

（诗）八字诗词人难解，滑台相逢令人惊。（下）

（出黄氏、檀梦兰）

黄　氏：（诗）秋风几度愁无限，往事追思泪自多。

（白）老身黄氏。

檀梦兰：奴檀梦兰。咳，母亲，孩儿自从来到此关，虽乃母女相依，追思往事，总是心神不定。

黄　氏：儿啦，你只管宽怀，不要悲伤过度，损伤身体，更叫为娘愁闷。

（急上梅香）

梅　香：咳呀，太太、小姐，可欢喜煞呢。

黄　氏： 你这奴才，有何可喜之处？

梅　香： 咳呀，太太、小姐，方才我到花园，忽然从半空中掉下一封书信，正打在我的头上，你们瞧瞧是啥书字呢？

黄　氏： 哪有这样奇事？我儿，你看看，是啥书字？

檀梦兰： 拿来我看看。呀，上写“檀梦兰拆开”。此五字书，好生奇怪。

黄　氏： 女儿拆开看看，是何言语。

檀梦兰： 是，待奴看来。原是几句诗词。

黄　氏： 念来我听。

檀梦兰： 是。

（诗）花园梦里配姻缘，内中情肠向谁言？

假充真身恩爱满，你俩夫妻我周全。

（白）呀，还有几句五言诗，待我念来。

（唱）不必自惊疑，飘风送你生。

我从假姓氏，你该我会成。

梦中终非梦，檀谢结婚盟。

眼下两相会，凤交与鸾倾。

谨记须谨记，紫云上天庭。

黄　氏：（白）哦，我儿，这书中之言，你可晓得么？

檀梦兰： 孩儿虽不是尽知，但这花园之梦、檀谢之盟，女儿倒有些疑念。

黄　氏： 我儿疑念什么？

檀梦兰： 咳，母亲，听孩儿告诉与你。

（唱）未曾启齿先赔笑，母亲哪，算我不孝罪非轻。

自从那先父杀死孙叔见，捷报面君进了京。

我祖母封为荣耀夫人职，亲友庆贺在大厅。

太太前堂去见客，门前演戏乐无穷。

孩儿静守闺门里，无所事儿到楼中。

打开楼窗四下看，男男女女来往行。

后来看见一秀士，举止端正少年童。

只说过去无了事，谁想梦里把情通？

彼此通名与道姓，结为秦晋把亲成。

姓谢名珍字宝树，承德县里有门庭。
携手送出花园外，我二人私定姻缘海誓山盟。
孩儿已然无心耻，忽然梅香把信通。
但儿只知梦中事，只可乱在我心中。
偏遇奇巧这封信，望母亲原谅此事把儿疼。

黄　氏：（唱）黄氏夫人说奇事，说来此事好蹊跷。
（白）哦，女儿，你梦中之事，你要不言，人必不晓。今据诗中之言，“飘风送你生，紫云上天庭”，这两句都是神仙的话语，想当初必有神仙解救。眼前相会，必是谢珍前来也未可定。且等你哥哥前来，命他访问这个谢珍，看是何等人物，自然便有分晓。

檀梦兰：母亲言之有理。正是：
（诗）遇难之中逢奇事，神仙惊醒梦中人。（下）
（出檀直便坐）

檀　直：（诗）仙家瑶函示，小妹有仙缘。
（白）本帅檀直。方才见了母亲、妹妹，谁知她们在花园之中，从空掉下一封书字，与旅店里的那封书字一对，说的是一回事。妹妹又将梦中之事相告，看来这事必是紫云仙姑借着妹妹之名，与谢状元成其夫妇，如今归天去了。想来钦差谢珍必是与妹妹有夫妻之分。方才命人去请王虎山前来，烦他做一冰人月老，如何不见到来？
（上卒）

卒：　　禀帅爷，王将军已到。

檀　直：有请。

卒：　　哈。（下，内白）有请王将军。

王虎山：（内白）来了。（上）元帅在上，末将打躬。

檀　直：贤弟免礼，请坐。

王虎山：元帅唤末将前来，有何差遣？

檀　直：贤弟听了。
（唱）方才大帐那件事，不过只为钦差临。

王虎山：（唱）小弟领他回营内，说起原因才知音。

檀　直：（唱）如今我也醒悟了，后堂如此对我云。

王虎山：（唱）想来必乃神仙事，紫云名字诗上存。

檀　直：（唱）花园中巧得一信事，那一封笔迹好似一个人。

王虎山：（唱）想是一定无疑了，不是谢珍他胡云。

檀　直：（唱）仙家即便留诗句，小妹与他有缘分。

王虎山：（唱）依着元帅怎么做？或长或短说个真。

檀　直：（唱）小妹摽梅期已到，烦贤弟做一冰人结朱陈。

王虎山：（唱）小弟生来嘴儿笨，保媒的勾当不会哄人。

檀　直：（唱）不过是三言并两语，事成再谢感大恩。

王虎山：（白）哈哈哈！

（唱）如此说来全在我，事不妥当枉为人。

檀　直：（唱）事不宜迟急为妙，千万在意多劳心。

王虎山：（白）现成。

（唱）说罢告辞离了座，元帅等着听喜音。

檀　直：（唱）英雄相送说请了，（下）

王虎山：（唱）元帅请回把手分。

崔云霞、王赛花：（唱）再表二位女佳人。（上）

崔云霞：（白）奴家崔云霞。

王赛花：奴家王赛花。哦，姐姐，你我帮助将军抵挡北魏，连胜数阵，然战到几时才能把妖人消灭，以息干戈？

崔云霞：咳，我想妖人神通广大，前者用双手乾雷击他，竟自逃走，奴倒想起师父给我的一卷天书，上有请神灵符，能摆八卦乾雷阵式，如要摆成，何愁妖人不灭呢？

王赛花：姐姐，既有此天书，何不照法施展？

（唱）姐姐既然摆此阵，就该显显手段高。

崔云霞：（唱）有心要摆乾雷阵，遵照师父嘱咐记得牢。

王赛花：（唱）什么话儿相嘱咐？只不败阵就好说。

崔云霞：（唱）一卷天书非容易，不能够乱把生灵糟。

王赛花：（唱）此乃国家关心事，不算轻动除怪妖。

崔云霞：（唱）可也是妖道几次来邀阵，三番五次把命逃。

王赛花：（唱）咱若不把方法想，何日才把刀兵消？

崔云霞:（唱）妹妹呀，未见将军那密旨，圣上要把他调回朝。

王赛花:（唱）赶中秋北魏之兵败不了，怎能够领兵进京除奸曹?

崔云霞:（唱）事在紧急两难处，摆此阵不算把师命抛。

王赛花:（唱）姐姐你要能退了贼妖道，千载万年女英豪。

崔云霞:（唱）今日就把香案设，沐浴身体把神邀。

王赛花:（唱）姐姐你所用之物请吩咐，免得临时找不着。

崔云霞:（唱）别的物件全不用，只用贤妹你跟着。

说话之间天色晚，吩咐梅香听我说。

（白）梅香。

（上梅香）

梅　香: 有。

崔云霞: 快将花园打扫干净，准备香案伺候。快去。

梅　香: 是，晓得。（下）

崔云霞: 妹妹，你我快沐浴身体，素装打扮。你在一旁看愚姐请神如何?

王赛花: 小妹遵命。

（上梅香）

梅　香: 启禀夫人，花园香案齐备。

崔云霞: 如此，尔等不许前去。

梅　香: 是。（下）

崔云霞: 妹妹随奴前去。

王赛花: 晓得。（下）

（摆香案，素装上崔云霞、王赛花）

崔云霞: 贤妹，你且闪在一旁。

王赛花: 是。（下）

崔云霞: 进得花园，你看月朗风清，银汉耿耿，星斗灿烂，一轮皓月，当空照得花影横斜，真乃好天气也。待奴作法便了。

（诗）沐浴将身戒，神书手中折。

口内喷法水，要请众神来。

（唱）崔氏云霞不怠慢，心存恭敬秉心诚。（跪）

两手焚香忙跪倒，叩拜已毕把身平。

按着天书口念咒，火焚灵符起在空。

一道金光冲霄汉，霎时之间影无踪。

一请降魔大元帅，二请揭地恶神灵。

忽听空中云闷响，但见二神显神通。

飘飘荡荡落在地，

（上降魔元帅、揭地神）

降魔元帅、揭地神：（唱）香案以前忙打躬。

（白）法官相召吾神，哪边使用？

崔云霞：（唱）无事不敢动神灵，只为南宋锦江山。

北魏偏邦行反逆，滑台关下动刀兵。

有两个妖人多厉害，仗着邪术扭天行。

弟子我要摆八卦乾雷阵，借仗尊神护法灵。

妖人要从天道走，降魔大帅莫宽容。

倘若要从地道走，揭地尊神把地封。

齐门五道严防守，莫要放走二妖精。

降魔元帅、揭地神：（白）遵法旨。

崔云霞：（唱）请神已毕将符化。

（白）请神已毕，符已化完，且等明日排兵则可。哦，妹妹，哪里？

（上王赛花）

王赛花：姐姐，多有辛苦了。

崔云霞：好说。你快伸出你的手来，奴与你画上一道灵符，准备明日好引妖人入阵。

王赛花：正是：妖人虽有降龙手，难逃天罗地网中。（下）

（升帐，檀直坐，众将站）

檀　直：（诗）旌旗招展日月飘，盔明甲亮放光毫。

各个甲士威风凛，四面八方列戈矛。

（白）本帅檀直。

包　管：我包管。

王虎山：我王虎山。

王赛花：奴王赛花。

崔明霞：奴崔明霞。

小　红：小红。

小　绿：小绿。

众　将：元帅升帐，在此伺候。

（上崔云霞，帅盔）

崔云霞：（诗）谁说女子多温柔？威风凛凛胜王侯。

一声令下山摇动，杀气冲空鬼神愁。

（白）本帅崔云霞，暂接兵符箭印，好遣将发兵。手持令箭，众将官！

众　将：有！

崔云霞：奴昨日晚摆成一座阵式，尔等各宜努力上前厮杀，务要成功。如有怠慢，按军法斩首。

众　将：元帅神通广大，我等愿听调遣。

崔云霞：如此，男东女西，听本帅调遣便了。

（唱）手持令箭往下叫，将军檀直把令听。

檀　直：（白）在。

崔云霞：（唱）你带人马三千整，正东埋伏听炮声。

如遇妖人把阵闯，火焚灵符往上攻。

檀　直：（白）得令。（下）

崔云霞：护卫包管听将令，

包　管：有。

崔云霞：（唱）你领三千步马兵。

正西以上去埋伏，号炮一响往上攻。

如遇妖人把阵赴，火焚灵符雷发声。

包　管：（白）得令。（下）

崔云霞：王虎山上帐听调遣，

王虎山：在。

崔云霞：（唱）带领人马三千名。

正南去把兵埋伏，遇着妖人休放松。

灵符一道火光化，竭力攻杀休宽容。

王虎山：（白）得令。

崔云霞：（唱）妹妹明霞快上帐，

崔明霞：（白）在。

崔云霞：（唱）正北领去三千兵。

灵符一道火光化，莫要放走作怪精。

崔明霞：（白）得令。（下）

崔云霞：（唱）又叫小红与小绿，

小红、小绿：（白）在。

崔云霞：（唱）你姐妹东西南北去伏兵。

各带三千人共马，遇见妖人休宽容。

灵符一道火光化，自有乾雷击妖精。

小红、小绿：（白）得令。（下）

崔云霞：（唱）吩咐到此把妹叫，

王赛花：（白）有。

崔云霞：（唱）贤妹上帐把令听。愚姐有话吩咐你。

（白）贤妹，你领三千人马，倚仗你手心灵符西北埋伏。妖人定从西北而来，你且引他入阵。你将手一伸，自有乾雷发动，回身去守地，不可放走妖人。

王赛花：得令。（下）

崔云霞：众将调毕，八卦俱有埋伏，奴在东南方攻杀，借着离火，捉拿妖人。众将官。

众　将：有。

崔云霞：随本帅杀出营去，不得有误。（下）

（振开江升帐，蚧蛤祖师、元鼎真人和众将官站）

振开江：（诗）兴师巧遇神仙助，何愁不取宋江山？

（白）孤家北魏国主振开江是也。可恨滑台关内竟是一伙丫头，倚仗邪术，杀得我国之兵倒退二十里，扎下御营。幸得二位仙长法术惊人，帮助孤家行兵。要取滑台，择定今日黄道吉日，大起人马，务要一战成功，将关攻破。

（上卒）

卒：报千岁得知，今有南宋女将前来邀阵。

振开江：再去打探。

卒：　　得令。（下）

振开江：咳呀，好个宋营女将，竟敢前来要阵，哪家前去临阵？

蚧蛤祖师：千岁放心，女将叫阵，待我与徒儿前去取女将的首级，献与千岁。

振开江：仙长可要小心。

蚧蛤祖师：不劳千岁嘱咐。嗨，众将官，看坐骑伺候。（下）

振开江：众将官。

众　将：有。

振开江：随孤努力追杀上去，不得有误。（下）

（上王赛花）

王赛花：（诗）奉命守西北，捉拿恶妖人。

（白）奴王赛花。将人马埋伏，遁地自去北魏叫阵。呀，你看妖道前来，待奴杀上前去。妖道，哪里走？（下）

（对上蚧蛤祖师）

蚧蛤祖师：嗨，来这女将，报名上来，好在你祖师爷爷剑下作鬼。

王赛花：住了。哪有闲工夫与你通名道姓？今日要不将你们这伙妖道活捉，誓不回关。

蚧蛤祖师：哇，好个丫头，谅你有多大本领，敢出此大话？看剑取你。

王赛花：来，来，来！

（大杀，王赛花败下）

蚧蛤祖师：呀，你看这丫头，战不数合，败将下去，我哪里容得？花奴，哪里走？

（下，上元鼎真人）

元鼎真人：呀，你看丫头战不数合，败下阵去，师父追赶前去，恐被丫头暗算，不免领兵追杀，上去助战。嗨，众兵将。

众兵将：有。

元鼎真人：随我追杀上去，不得有误。（下）

（上王赛花）

王赛花：你看妖道一齐入了阵，我不免弃了坐骑，驾云回守，放起号炮便了。（驾云下，内白）众将官，妖人进了阵，放起信炮，不得有误。

（炮响，内喊，上蚧蛤祖师）

蚧蛤祖师：哇呀，你看丫头弃了坐骑，驾云直奔他营去了，只听号炮连天。

（急上元鼎真人）

元鼎真人：哇呀，师父，可不好了。

蚧蛤祖师：何处号炮连天？有何不好？

元鼎真人：咳，师父，你我入了贼人阵式了。

蚧蛤祖师：咳呀，坏了坏了，满耳俱是雷声，眼见四面八方，人马如潮水一般。咳呀，徒儿，可不好了。

（唱）算入了，阵九宫。

敌兵人马，乱乱哄哄。

四面八方看，人马儿百层。

远处雷声震耳，只觉震得头疼。

徒儿你跟为师往外跑，（下）

崔明霞：（唱）正遇明霞女花容。（对上）

骂妖道，少胡行。

要想逃走，万万不能。

今日死期至，叫你赴幽冥。（与蚧蛤祖师对杀）

蚧蛤祖师、元鼎真人：（唱）二妖气得乱嚷，丫头不要逞凶。

恶战仇敌多一会，杀她不过回里行。（下，又上）

无奈何，扑正东。

檀　直：（唱）遇见檀直，带领兵丁。（下，又上）

一见二妖至，圈马回里行。

忙把灵符焚化，只听雷声响动。（下）

蚧蛤祖师、元鼎真人：（唱）二妖一见说不好，抱头鼠窜往南行。（急下）

王虎山：（内唱）王虎山，守兵丁。（上）

看见二妖，直奔南行。

灵符火焚化，雷声震九宫。（下）

（上蚧蛤祖师、元鼎真人）

蚧蛤祖师、元鼎真人：（唱）二妖闻雷丧胆，一直便往西行。（下）

包　管：（内唱）包管一见来妖道，（上）灵符焚化雷发声。（下）

蚧蛤祖师、元鼎真人：（唱）二妖怕，魂吓惊。

弃了坐骑，驾起妖风。（驾云）

要想驾云走，

降魔元帅：（唱）神帅看得清。

钢鞭往下一指，

（蚧蛤祖师、元鼎真人落地）

蚧蛤祖师、元鼎真人：（唱）二妖落在流平。

上天不能怎么好？借着土遁逃性命。（内入地）

揭地神：（唱）揭地神，不容情。

叫声孽畜，少要胡行。

吾神在此等，（蚧蛤祖师、元鼎真人上，急下）叫你血染红。

（上蚧蛤祖师、元鼎真人）

蚧蛤祖师：（唱）咳呀，不好不好不好，地神也把地封。

虽然有宝难施展，上天入地是不能。

元鼎你真倾了我。

（白）元鼎你可活活倾了我啦！

元鼎真人：师父神通广大，你我逃出此阵要紧。

蚧蛤祖师：住了，你这畜生，惹下此祸，连累于我。罢罢罢，既然到了这步地位，不过舍了我头上四个金蝉，逃了性命，扔了五千年的道行。你这畜生，要想逃命，怎得能够？是我去也。

元鼎真人：（拉住蚧蛤祖师）咳呀，师父哇，救我性命回山，再也不敢惹祸了。

蚧蛤祖师：自己顾不了自己，是我去也。（下）

元鼎真人：你看师父竟自去了，我只得用心闯阵便了。（下）

（完）

第 九 本

【剧情梗概】八卦乾雷阵中，蚧蛤祖师损功逃脱，元鼎真人现形殒命。魏王退守鸡鸣关，遭到檀直率军围困，无奈献上降书顺表。泔水关之围亦解。八月十五，刘占等拥立义康篡位。金殿之上，韩如虎痛斥群奸，张海袭杀义康。此时，檀直率兵赶到，众奸人全都落网。天子登上金殿，拿出灵飞镜，从中看到了过往的情由。他亲自带人从枯井中抬出檀道济尸首，并派檀直、张海监斩刘占全家，以报大仇。最后，天子大封功臣。

（上蚧蛤祖师）

蚧蛤祖师：（白）呀，你看正北人马不多，蚧蛤我将自己化成金蝉，顶在头上跑了吧。（下）

（上崔云霞）

崔云霞：呀，你看妖道直奔我来了。双手一伸，乾雷响动，妖道哪里走？

蚧蛤祖师：崔云霞呀，崔云霞，我亦不与你厮杀，跑他娘得了。（下）

崔云霞：呀，那妖人道行不浅，竟自闯出阵去了。众将官。

众　将：有。

崔云霞：一齐围裹，休要叫妖人逃走。（下）

元鼎真人：（内白）老师父等等我呀。（上）（雷声）咳呀，不中不中，师父闯出阵，这可叫我怎好？上天无路，入地无门，各处雷声震耳。咳，不过就等着死吧，再也不能活啦。（内喊，乱跑）咳呀，了不得了。

（唱）害怕着急胡乱跑，妄想再把性命逃。

低头塌耳东西望，贼眉鼠眼南北瞧。

咳呀，四面八方兵无数，周围雷声震天曹。

师父神通逃了命，活活倾了元鼎妖。（下，又上）

左冲右挡不中用，不中了，坐在地上哭号啕。

后悔当初行得错，圆满不回把祸招。

绝不该落嘴说些厉害话，扶保偏邦灭宋朝。

明知北魏福分小，扭着心肠天不饶。

如今到了尽头日，怎把九转丹儿瞧？
叹我苦修与苦炼，千年的道行火化消。
妖道正然自后悔，

（上崔云霞）

崔云霞：（唱）云霞看见这恶妖。
伸手忙把宝剑取，念念有词空中飘。（下）

元鼎真人：（唱）咳呀，妖道一见说不好，宝剑飞来无法逃。
说着说着往下落，（剑下）现了原形形似鼋。

（斩元鼎真人死，现形王八）

崔云霞：（唱）云霞一见收了宝，催马上前仔细瞧。
原来乌龟得了道，妖道一死功算高。
口中忙念送神咒，
（白）众神退位。

众　神：（白）遵法旨。

崔云霞：（唱）复又传令叫军校。
（白）妖道已死。众将官。

众　将：有。

崔云霞：就此奋勇齐出，杀奔魏营，捉拿魏主不得有误。（下）

（内喊，急上蚧蛤祖师）

蚧蛤祖师：咳呀，可吓死我了。吾乃蚧蛤祖师。幸得我道行深厚，闯出乾雷阵，将我头上炼就的金蝉击将去了，坏了我五千年的道行。悔我当初不该下山，招灾斗气，如今悔之晚矣。从今回洞，只得复了原功，还得七千余年。咳，只得回洞便了。（下）

（上卒）

卒：报元帅、千岁得知，二位仙长阵亡，宋兵齐杀而来，请令定夺。

振开江：再去打探。

卒：得令。（下）

振开江：咳呀，仙长神通广大，俱已废命。宋兵齐至，料难迎敌，这却怎好？

众　臣：千岁，事已至此，快些上马，臣等保护千岁逃入鸡鸣关便了。

振开江：言讲有理。众番兵，拔营起寨，退入鸡鸣关，不得有误。

（唱）心乱跳，把令传。（内喊）

急速上马，弃了营盘。

（上米雷、振山、振海）

米雷、振山、振海：（唱）米雷二太子，齐上马雕鞍。

一齐保着主驾，直奔鸡鸣高关。

离营跑出十里路，（内喊）又听后面喊连天。

众　兵：（唱）众魏兵，心胆颤。

各顾性命，连跑带颠。

如同出笼鸟，丧家犬一般。

不顾王法军令，一齐叫哭连天。

霎时之间散一半，从此各自回家园。

（白）跑了吧。（下）

檀　直：（内唱）檀元帅，把令传。（上）

催动人马，努力上前。

不分昼与夜，（内喊）追杀莫容宽。

要拿住魏国主，扫灭北魏狼烟。

一直到了鸡鸣关，

（上卒）

卒：（唱）报子跑来跪马前。

（白）报元帅得知，魏主退入鸡鸣关，四门紧闭，乞令定夺。

檀　直：再去打探。

卒：得令。

檀　直：众将官。

众　将：有。

檀　直：急将鸡鸣关团团围住，不得有误。（下）

振开江：（内白）众兵将，（上）紧闭四门，多备滚木礌石，严加防守，不得有误。

（升帐，米雷、黄虎站，振开江坐）

振开江：（白）哇呀，可不好了。

（唱）气喘吁吁坐帐中，连叫苍天要我命。

恨孤不该反大宋，不该擅把刀兵动。

谁知南朝有能人？一伙丫头神通大。

伤了元帅王会龙，二位仙长俱丧命。

谅孤插翅也难飞，哪个能保孤家命？

米　雷：（白）咳！

（唱）米雷跪倒呼主公，事已至此早把计定。

振开江：（唱）丞相有何妙计保孤回国？

米　雷：（唱）别的计策算不中，须把降书顺表送。

振开江：（白）丞相不思别计，何出此言？

米　雷：（唱）不过忍耐且救急，能把宋兵哄出境。

养成锐气再调兵，那时报仇必得胜。

千岁要不投了降，不久破关难逃命。

主公上裁细详参，

振开江：（白）哼！

（唱）魏主也觉心酸痛。

只说江山一统成，谁知今日反归宋。

正然要献降表书，

（上卒）

卒：（唱）报子跑来把头碰。

（白）报千岁得知，都督黄虎杀出关外，死于非命。

振开江：咳，孤家无令，私自出关，可叹哪，可叹！

米　雷：千岁言说大兵无用，都督一怒，杀出关去，谁知阵亡，真乃可惜。

振开江：咳，事已至此，丞相快与副将手捧降书到宋营投降去吧。

米　雷：为臣领旨。（下）

（上黄龙，升帐）

黄　龙：（诗）奉命攻打泔水城，连日不下枉费功。

（白）我乃副将都督黄龙是也。自从领兵攻打泔水关，守将防守甚严，攻打不下。

（上卒）

卒：报都督得知，祸从天降了。

黄　龙：有何祸事？慢慢报来。

卒： 都督听报。

（唱）报都督，急军情。

两国交战，滑台关中。

咱国败了阵，仙长一命倾。

黄　龙：（白）哦。

卒： （唱）宋兵甚是厉害，一直冲入御营。

众将保护逃了命，宋兵围困鸡鸣城。

黄　龙：（白）再去打探。

卒： 得令。（下）

黄　龙：咳呀！

（唱）闻此报，魂胆惊。

着急害怕，大祸不轻。

千岁今有难，被困鸡鸣城。

如要失了关隘，北魏难保安宁。

我得急急退人马，急去救驾挡宋兵。

咳，又怕这泔水关，城内兵多将勇。

王忠智谋广，守关甚有能。

若知我兵退去，定然乘乱来攻。

哎呀，事已到了为难处，何惧死来何惧生？

忙传令叫兵丁，就此悄悄一齐拔营。阵脚不可乱，

卒： （白）哈。

黄　龙：以备挡追兵。某家亲自断后，直奔鸡鸣关城。（下）

（唱）急忙出营去上马，

众兵将：（唱）忙了全营将与兵。

离营寨，且不明。

（出王忠坐帐中）

王　忠：（唱）再说城内，总兵王忠。

清晨升了帐，调点众兵将。

盼望救兵不到，慢慢坐在帐中。

（白）圣上哪，圣上。

（唱）再要不发人共马，只怕关隘保不成。
咳，贼辱骂，语难听。
关内众将，俱要出城。
有心去交战。兵寡胜不能。
如依本帅之意，疆场战死有功。
本帅一死如蒿草，可惜众将丧残生。
帅爷正然思此事，
（上卒）
卒： （唱）报子跑来报军情。
（白）报元帅得知，探得滑台关檀元帅大破魏营，将魏主困在鸡鸣关内，魏兵俱都退去了。
王　忠： 再去打探。
卒： 得令。（下）
王　忠： 正是：我主洪福齐天，魏主受困魏兵退去。
众将官。
众　将： 哈！
王　忠： 一齐努力，趁其回兵，大追乱杀，不得有误。（下）
（内喊，黄龙马上）
黄　龙： 咳呀，你看后面喊杀连天，必是追兵来也。众兵将。
众兵将： 有。
黄　龙： 休要乱队，准备抵挡追兵。（下）
王　忠：（内白）反贼哪里走？（上）
黄　龙： 嗨，来者宋将不是王忠么？
王　忠： 正是你帅爷，来取你的首级。
黄　龙： 前者败将，今来送死，哪里走？着刀取你。
王　忠： 来，来，来。
（大杀一阵，黄龙败下，上卒）
卒： 报元帅得知，贼兵四散逃去，夺得粮草马匹不计其数。
王　忠： 败将莫追。众将官。
众　将： 有。

王　忠：打得胜鼓回营。（下）

（急上黄龙）

黄　龙：咳呀，好生厉害。可恼众将，俱无战意，各自四散逃跑，我不能抵挡，只剩我单人独马，只得急奔鸡鸣关便了。（下）

（出檀直升帐，王赛花、包管站）

檀　直：（诗）英雄流入不毛地，要把北魏一扫平。

（白）本帅檀直。大兵深入魏境，将魏王困在鸡鸣关内，怎奈他坚守不出？夫人们攻打，看看将破，魏王要献降书顺表，情愿前来投降。因此本帅退兵五里，扎下行营。

（上卒）

卒：　报元帅得知，关外来了文、武二官，手捧降书顺表，现在辕门候令。

檀　直：如此，闪过了。

卒：　哦。

檀　直：众将官，弓上弦，刀出鞘，披挂整齐，命来将上帐。

卒：　是。来将听真，我家元帅有令，命尔等进见，小心着。

（上米云、米雷）

米　云：来了。（上）元帅在上，魏主麾下米云。

米　雷：丞相米雷打拱。

檀　直：二位将军，你主已受危困，何不早归王化？

米　云：元帅，我主归心已久，恐怕元帅不容。会蒙恩准，故命我二人来献降书，乞元帅过目。

檀　直：尔等侍立两旁，待我看来。

（唱）中军帐内观降表，闪目留神看一番。

上写北魏国主拜，诚惶诚恐拜君颜。

自立乾坤归二主，恪守宇宙万民安。

只因一时不自揣，误听文武献谗言。

妄动干戈刀兵起，不该反心犯边关。

惹得元帅动了怒，檀元帅威风服弹丸。

这正是马到临崖收缰晚，总望天王赦罪宽。

从今后子子孙孙不敢反，恪守边界万民安。

所进之物礼单点，黄金玉珠样样全。

我皇须要开怜悯，免得黎民遭倒悬。

看罢降书心大悦，眼望二人把话言。

（白）罢了罢了，汝王既然归降王化，纳贡称臣，我主宽宏大德，不肯绝灭偏邦小国，本帅回京奏主，岂不前来封赠示赏？本帅就此退兵回国。

米　雷：元帅虎驾进京，我国君臣在十里长亭饯行。

檀　直：这个免劳。二位回城，言与汝主，以候皇恩。

米　雷：谢过元帅，请。

檀　直：请。（下）

包　管：咳呀，元帅大兵既至魏地，看看鸡鸣关要破，魏主何愁不擒？扫清此地，岂不是宋室一统天下？何必容他投降呢？

檀　直：咳，贤弟有所不知。兵死将亡，况且外国又有三川六国人马，倘若闻之魏主受困，一齐来攻，滑台关之众将，怎能抵挡？如今容他投降，年年进贡，岁岁称臣，岂不是宋主养兵之资？岂不是两全其美？

包　管：原来如此。元帅所见，我等敬服。

檀　直：众将官。

众　将：有。

檀　直：就此退兵回关，不得有误。（下）

（上韩如虎）

韩如虎：（诗）为国忧思良谋计，倾心吐胆扶圣明。

（白）老夫韩如虎。方才有张海密差心腹之人下来一封书字，定下八月中秋金殿捉拿奸王、刘占，以目视为令，他便先斩奸王，我便捉奸党，眼看着只有十日之限，不见滑台关消息怎样，何不命我儿前去迎接大兵，说明此事，便好杀进京来？定是这个主意。我儿哪里？

（上韩公子）

韩公子：父亲呼唤孩儿，有何教训？

韩如虎：为父命你单人独骑，如此这般，出京见了檀直，定下如此的号令，不得有误。

韩公子：孩儿遵命。（下）

韩如虎：奸王哪奸王，谅你总把心使碎，要想登基枉徒然。（下）

（出崔云霞、王赛花）

崔云霞：（诗）扫灭狼烟干戈净，依仗法术定太平。

（白）奴家崔云霞。

王赛花：奴家王赛花。哦，姐姐昨日降服了北魏，送来了降书顺表，大兵齐归了高关，将军就要起身杀奔京都，捉拿奸王群党，况且又有密诏调取，一来报了仇恨，二来扶了江山，岂不是两全其美？

崔云霞：可不是呢？

（上崔明霞，咳嗽）

崔云霞、王赛花：妹妹来了？请坐吧。

崔明霞：二位姐姐，都在这里呢？

崔云霞：妹妹，你不在你房里，来此何事呢？

崔明霞：咳，妹妹来此，有件心事，来与姐姐商议商议。

崔云霞：妹妹请讲。

崔明霞：姐姐们听了。

（唱）未曾说话先赔笑，姐姐留神听我言。

来此不为别的事，

崔云霞：（白）为啥呢？

崔明霞：（唱）为只为小红小绿二婵娟。

想咱前在山中住，收她姐妹作丫鬟。

无事传与刀和马，可喜她天生的伶俐件件全。

你我事儿亏她俩，终身事儿她周全。

如今急把高山弃，随夫见主理当然。

你我今时得了地，却怎么旁人事情忘一边？

况且她俩年纪长，生得如花貌似仙。

又不呆来又不傻，什么事儿不了然？

只顾随咱苦效力，何时结果与收元？

将心比心是一样，这个话心里虽有口里难言。

（白）姐姐你自己想一想，

也该为她俩结姻缘。

崔云霞：嫁什么人好呢？

崔明霞：（唱）我看包管很忠义，既无妻室又孤单。
年纪正好成配偶，叫他们一夫二妻拜地天。
不知我说得对不对？

王赛花：（唱）赛花一旁也答言。
姐姐说得真有理，就对包管说一番。

崔云霞：（唱）回头就把丫鬟叫，
（上梅香）

梅　香：（白）啥事也？

崔云霞：（唱）快叫包管到面前。

梅　香：（白）晓得了。（下，内白）包将军，夫人们叫你。
（上包管）

包　管：来了。
（唱）包管闻听嫂嫂叫，欢欢喜喜往后颠。
进门先就施下礼。
（白）哈哈哈，嫂子们都在这呢？请你大叔有啥勾当呢？

王赛花、崔云霞：（白）咳呀，他还滑嘴溜舌的呢。包管哪，快与我们磕个头吧，有一宗好事成全与你。

包　管：咳呀，嫂嫂们说得错了，我不像我哥似的，拿着我们作大丈夫的，岂肯与你们老娘们下跪？看人家瞧见笑话说我们没规矩。

崔云霞：咳呀，小包儿，你真不下跪呀？我们念个咒把你吊起来，看你跪呀不跪？

包　管：咳呀，嫂嫂们千万不可，我跪下也就是了。（跪下）有啥勾当呢？

崔明霞：我当你不跪呢。

包　管：咳，还得叫我起来吧，嫂子。

崔云霞：还得跪着。小包儿，听娘有事告诉与你。

包　管：是。（起来）你们说吧，这个娇声嫩语，我更受听哪。

王赛花：少说，跪下。

包　管：是，是我跪。（跪）

崔云霞、崔明霞：（唱）姐妹启齿先带笑，小包仔细听清楚。

包　管：（白）说吧，嫂子我听着呢。

崔云霞：（唱）今日我们把你叫，有件事儿告诉你。

包　管：（白）什么事，叫我起来听吧？

崔云霞：（唱）好好地跪着算便宜你，说起来叫你磕头也乐乎。

只因你平素多忠正，三番几次把力出。

不惜生来不怕死，舍命救帅令人服。

包　管：（白）那是应当的嘛。

崔云霞：（唱）如今安定算无事，大兵就要归京都。

事成无可赠送你，

包　管：（白）送我什么？嫂子。

崔云霞：小包儿，娘与你娶个好媳妇。

包　管：嫂子要给我娶媳妇？像你俩那样，我才要呢，嫂子。

崔云霞：癞蛤蟆想吃天鹅肉，要是差的待何如？

包　管：我就是稀罕你俩那样的。

崔云霞：小红、小绿姐妹俩？

包　管：她俩怎么的？嫂子。

崔云霞：与你叠被把床铺。

包　管：哈哈哈，要是她们俩就得将就点吧，嫂子。

崔云霞：（唱）莫非还是屈尊你？把她俩另与旁人结花烛。

包　管：（白）嫂子别生气，我给你磕头啦，嫂子。

崔云霞：（唱）二佳人故意说要往外撵，

（白）你出去吧，我们不管啦。

包　管：（唱）包管连忙把嫂子们呼。

崔云霞：（白）你滚开吧！

包　管：（唱）嫂子们，千万不要计较我，事成谢你一口大肥猪。

崔云霞：（唱）佳人不住抿嘴笑，当你是个傻孤独。

包　管：（白）我本来不奸么。

崔云霞：（唱）闲话少说前帐去，事成莫忘一口猪。

明日正是黄道日，等候夜晚洞房花烛。

（白）小包哇，话已说完，滚出去吧。

包　管：得令。（下）

崔明霞：姐姐们，把他耍了个厉害呀。

崔云霞： 谁叫他那样轻薄呢？事已算妥，只得去告诉小红、小绿便了。

正是：姻缘本是前生定，完成你我一片心。（下）

（升帐，站包管、王虎山）

包管、王虎山：（诗）魁元辉虎帐，剑彩映龙韬。

北魏归王化，功名四海飘。

包　管：（白）俺包管。

王虎山： 王虎山。

包管、王虎山： 元帅升帐，在此伺候。

（上檀直，帅盔）

檀　直：（诗）辕门日暖观三略，虎帐春风玩六韬。

熟成兵机降魏主，献来顺表立功劳。

（白）本帅檀直是也。北魏归降天朝，大兵回关，歇兵三日。今乃八月初三，密旨调取，赶在十五日务必进京捉拿奸党，一则复了社稷，二则大报冤仇，择定今日回京。包管，上帐听令。

包　管： 在。

檀　直： 要你拿我令箭，急到校场，挑选五千人马，以备行兵。

包　管： 得令。（下）

檀　直： 王虎山，上帐听令。

王虎山： 在。

檀　直： 我今行兵，保主拿贼，以报冤仇。滑台关军机事务，命将军执掌，可要小心。

王虎山： 得令。（下）

（上包管）

包　管： 元帅在上，末将奉命到校场点兵，众将不遵号令，异口同音，都要去与老爷报仇，容去也去，不容去也要去。

檀　直： 呀，众将俱有此意，难以调拨，不然散了军心。咳，罢了哇，罢了，难得他们一片诚心，谅此滑台关也无军情，纵有差池，况且还有二位夫人保守。众将官。

众　将： 有。

檀　直： 请你谢老爷一同起身，杀奔京都，不得有误。

（唱）一声令下山摇动，

众兵丁：（唱）忙了大小众兵丁。

听说与元帅报仇去，各个都要去战争。

只为元帅恩德重，被贼害得甚苦情。

可恼奸王和刘占，蒙君作弊太行凶。

咱们到了京都地，要与元帅报仇恨。

纵然奸王兵权大，大家努力莫贪生。

如要不把冤仇报，别想回到滑台城。

众人越说越有气，三军俱各一齐同。

不言兵丁俱发恨，

包　管：（唱）包管催马往前行。

大兵行走非一日，天晚传令扎下营。

不言大兵安营寨，（下）

张　海：（唱）再说张海小英雄。（上）

（诗）报仇雪恨时来到，忍气吞声保恶人。

（白）我张海，假名弓长。前与鲁国公暗通，合心拿贼，铲除奸党。方才暗差心腹之人送去一封密书，金殿以目视为号，便要下手。密诏调去檀直，至今不见音信。看看到了眼前，大兵不至，好不叫人急躁。咳，大事临头，只得前去保护，也只得通知各家心腹便了。（下）

（上韩如虎）

韩如虎：（诗）会合檀元帅，暗定巧计谋。

（白）俺韩如虎。方才见了檀元帅，大兵离京只剩百里之遥，扎下行营，今晚便要起身，明晨齐集城外。号炮一响，大开城门，好捉拿奸党。我只得急急回家便了。（下）

（出义康、刘占对坐）

义　康：（诗）百计莫如今日妙，正是新君换位时。

（白）孤家义康。

刘　占：老夫刘占。哦，千岁，今到中秋，就请备辇入朝，齐备文武，便可登基，以成正统，有不服者立斩午门。

义　康：哈哈哈，贤卿真是开国的元勋了。但是那个有病的昏君，如何处置？

刘　占： 千岁，登基完毕，将传国玉玺索出，将昏君贬入彭城，方才稳便。

义　康： 哈哈哈，正合孤意，就依卿所奏。皇儿哪里？

（上张海）

张　海： 来了，父王千岁千千岁。（跪）

义　康： 孤家今日登基，要你手提单刀，紧紧保护着孤家，不可远离。有不服者，只看孤家眉头一皱，你就一刀挥为两断。

张　海： 领旨。（下）

义　康： 大将马飞熊何在？

（上马飞熊）

马飞熊： 千岁千千岁。（跪）

义　康： 孤家今日登基，要你带领御林军保驾，准备有不服者拿下。

马飞熊： 领旨。（下）

义　康： 刘贤卿，你就吩咐入朝。

刘　占： 为臣领旨。

义　康：（诗）正是：今日得遂平生志，

刘　占：（诗）上得金殿坐九重。（下）

（上太监拿锤）

太　监：（诗）奉了三王旨，去打景阳钟。

（白）咱家方不圆，奉旨去打景阳钟，会聚阖朝文武，只得前去便了。

（唱）急忙上了景阳阁，手举钢锤不消停。（打三下）

连连打了三下整，

众文武：（唱）忙了阖朝文武卿。

金钟一响齐离府，侍候君王议国情。

刘　占：（唱）顶头来了名刘占，专候千岁把基登。

文武心腹埋伏妥，洋洋得意在心中。

韩如虎：（内唱）鲁国公午门下了轿，暗藏防身剑钢锋。

里外号令齐预备，（上）准备金殿动无明。

大学士：（内唱）随后来了个大学士，捐那职儿数不清。

今晚该把新君换，（上）准备该我要高升。

王明桂：（内唱）又来御史王明桂，（上）摇摇摆摆立朝中。

马飞熊：（内唱）飞熊领兵来保驾，（上）保着千岁把基登。

众文武：（唱）霎时文武齐来到，

张　海：（内唱）再说张海小英雄。

　　　　　　搀扶奸王下了辇，手提钢刀忍气吞声。

（上义康，张海后跟）

张　海：（唱）急急相随奸王后，

义　康：（唱）义康归座喜心中。

众文武：（唱）文武一齐呼千岁，

（韩如虎立，众跪）

（白）千岁千千岁，臣等参见王驾。

义　康：众卿平身。

众文武：千岁千千岁。

义　康：侍儿，与国公看坐。

侍　儿：领旨。

义　康：今乃八月中秋，众位爱卿俱已齐至。孤有一言，要与众卿商议。

众文武：（白）不知千岁，有何见论？

义　康：自从先皇得了江山，传至如今，不想皇兄病入膏肓，不能经理朝政，却命本王裁处。谁知刀兵四起？主上昏昏沉沉，不久就要驾崩，依孤裁处，不如将江山让与孤家，以免负天下之望。众卿以为如何？

刘　占：（跪）千岁圣论，既是圣上病得沉重，理当千岁早登大宝，真是名正言顺，亦免万民之望。

韩如虎：住了，刘占哪刘占，我把你这个奸贼，满朝大臣，竟不敢言，都是你进此谗言，乱纲失国。

刘　占：国公言之差矣。常说国无二主，如今圣上卧病在宫，三王爷不过暂摄国政而已。

韩如虎：主上虽然沉重，岂可说是无主？你竟然说出废君篡位之言。你，你，你该当何罪？

义　康：咳，老国公，你想先皇传位与孤兄义符，今又是二兄义隆坐殿。现今他又病入膏肓，他让与孤家来执掌，况且天下大乱，岂不是君危已至，四海不宁？孤家重整华夷，清平天下，阖朝文武，都言顺天应人，你偏阻挡，意欲怎样？

刘　占：正乃一人难挡大事。

韩如虎：刘占，我把你这惑君作恶的奸贼，设此毒计，害了多少忠良？竟敢倾覆宋室，真是死有余辜。

义　康：哼哼哼，我把你这老贼，竟负国公之职，金殿辱骂孤家，罪应斩首。念你有功，众武士，将他驱赶出午门。

韩如虎：住了！哪敢上前？谁敢动手？奸王哪奸王，你的心恶如狼虎，陷害忠良，听信奸邪，老夫尽知。以此所为，何能得有天下？今想图谋篡位，是你怎得能够？哼哼哼，奸王哪奸王。

（唱）忠良气得连跺脚，大叫奸王太狠毒。

义　康：（白）住了。韩如虎你怎敢越国礼，金殿竟敢把孤辱？

韩如虎：（唱）哼哼哼，奸王你已是金枝玉叶，何等尊贵你不足。

义　康：（唱）先皇立后传玉玺，今日也该轮着孤。

韩如虎：（唱）现有真龙掌天下，奸王你图谋篡位人怎服？

义　康：（唱）天下万民归心久，今朝哪敢说个不？

韩如虎：（白）住了。

（唱）满朝早已无义士，俱是一伙反贼奴。

义　康：（唱）孤家今日登大宝，谅你难把孤家阻。

韩如虎：（唱）手足情分你不念，万里江山敢倾覆。

义　康：（白）哼！

（唱）孤要不把同胞看，该当废他出京都。

韩如虎：（唱）自败自家真可恨，奸王哪，你比禽兽还不如。

义　康：（白）哇呀！

（唱）毁骂孤家该万死，念你前功赦罪驱逐出。

韩如虎：（唱）我今还要将功立，捉拿助恶众贼徒。

义　康：（白）咳呀！

（唱）老贼你真不怕死？

韩如虎：（唱）死在朝纲心清楚。

义　康：（唱）气得孤家忙传旨，

韩如虎：（唱）国公目视不转珠。

张　海：（唱）张海一见对了意，
义　康：（唱）皇儿急忙速动粗。
（白）皇儿何在？
张　海：孩儿在此。
义　康：即将韩如虎拿下斩首。
张　海：哼，是，我知道，奸王着刀。
（杀死义康，众跑下，韩如虎踢倒刘占，内喊报）
（上报子）
报　子：报国公得知，檀元帅大兵到了午门。
韩如虎：快把奸臣绑在一处，捉拿奸党便了。（下）
（步上檀直、包管）
檀　直：贤弟把住午门，待我进殿捉拿奸党便了。
包　管：得令。（下）
（上马飞熊对檀直）
檀　直：恶贼哪里走？（下）
马飞熊：咳呀，不好。
（杀死马飞熊，众贼乱跑，对韩如虎众跪）
韩如虎：奉旨讨贼。
众　人：国公大人饶命吧。
韩如虎：可恨尔等这些贪生怕死之徒，枉食君禄，不思报效朝廷，反倒从贼篡逆，一党同谋，真是死有余辜。
众　人：咳呀，老大人，这是我等不知，总求老大人开恩吧。
（上檀直）
檀　直：国公大人在哪里？
韩如虎：哦，贤契来了？奸王被斩，刘占被擒，大事已定。
檀　直：好，幸托圣上洪福与老国公的虎威，才拿住奸党。
韩如虎：好说。
（上张海）
张　海：这位将军莫非就是檀元帅么？
檀　直：不敢，就是在下。莫非你是张将军？

张　海： 在下便是。

檀　直： 咳，可怜令尊为我一家受害。

张　海： 咳，那事休提。方才我将刘占全家拿住。呀，你看这伙都是奸贼的爪牙，杀了就完了。

檀　直： 哦，公子不可枉杀群臣。如今奸王已斩，刘占已拿，国事既定，大家请圣上登殿。

韩如虎： 言讲有理。（下）

（摆朝，上韩如虎、檀直、张海）

太　监：（内白）开宫门。

（出天子坐）

众文武： 万岁万岁万万岁！

天　子：（诗）心惊肉跳不安然，耳听金殿闹声喧。

就知忠良除奸党，共扶我朕坐金銮。

（白）我朕，大宋义隆皇帝。

众文武：（跪）万岁万万岁，臣等捉拿奸贼，惊动圣驾，罪该万死。

天　子： 哦，众位贤卿，奸王群党今已拿下，全亏众卿之力。哦，那位将军当是檀直，这位将军必是张海了？

檀直、张海： 罪臣保驾来迟，望我主恕罪。

天　子： 哦，二位功莫大焉。众卿归班。

众文武： 万岁。

天　子： 金瓜武士将刘占绑上来。

金瓜武士： 万岁。（下）

（绑上刘占，跪）

刘　占： 万岁与臣做主吧。

天　子： 哼哼哼，刘占哪刘占，朕把你这万恶的奸贼，哼哼哼。

（唱）冲冲怒，龙眼圆。

大叫刘占，你这佞奸。

食禄不报效，心毒为不端。

奸王面前设计，倾害我朕江山。

哼哼哼，奸贼，檀道济与你何仇恨？张御史与你有何冤仇？

刘　占：（白）万岁。
（唱）心害怕，战一团。
磕头碰地，连连呼冤。
臣保三千岁，竭力把朝专。
千岁毒心异志，却与为臣无干。
图谋设计臣不晓，望乞万岁把臣宽。
天　子：（白）住了！
（唱）骂奸党，莫巧言。
我朕早已知其弊端。
奸贼呀，死尚有余辜，妄想命不捐。
喝令武士何在？
（上金瓜武士）
金瓜武士：（白）万岁。
天　子：绑赴云阳市边。领朕旨意拿家口，
金瓜武士：领旨。（绑下）
天　子：（唱）钦命檀直大报冤。
忽想起，事一端。
灵飞宝镜，今日可观。
檀直取宝镜，悬挂玉案前。
檀　直：（白）领旨。（下，取镜又上）
天　子：正临中秋之日，倒要看看机关。（天子对镜）
（唱）一闪龙目留神看，但见宝镜放光寒。
真乃不愧世间宝，神机巧妙变化无边。
小如手掌一般大，内好似锦绣世界不平凡。
呀，忽然现出关一座，怎么里面有滑台关？
又瞧见城外无数人共马，为首正是元帅檀。
现有北魏贼旗号，无数贼兵齐上前。
道济当先去临阵，只杀得贼兵弃甲俱逃还。
正然观看得胜阵，呀，忽然变作一座山。
明见粮草无其数，刘门旗号在上边。

却怎么刘门拉着一女子，当面来了一英贤？
年纪不过十五六，拉住刘门有怒言。
其中情由人难解，是了，一定是，哦，哦，刘门强占女红颜。
此人路遇不平事，解救民女走如烟。
忽然刘门传将令，粮草之处火化烟。
（白）可恼哇可恼。
（唱）可恼刘门心毒狠，带气又向镜里观。
又只见刘门就地写书信，勾串北魏围困关。
诓哄贼人将城入，伏兵四起齐上前。
乘机杀死贼无数，抢了粮草进了关。
皇爷正然看得意，呀，忽瞧见义康刘占二佞奸。
低言巧语说什么，假传金牌调来元帅檀。
晚刻绑进王府去，只见忠良跪平川。
刘占义康上面坐，还有刘门在后边。
一封假书把忠良害，御棍打得血直窜。
（白）真乃气死朕也，哼哼哼，奸王哪奸王！
（唱）忍气吞声复又看，瞧见非刑拷打苦不可言。
用手指定二贼骂，二贼座上更恶顽。
木嚼戴在英雄口，见忠良又拜我朕似在金銮。
绒绳勒死忠良将，尸首扔在井里边。
见二贼私动官兵拿家口，八十余口用绳拴。
官兵押在云阳市，冤枉冤哉谁了然？
可怜张松死得苦，忠心赤胆却未得安然。
看罢又气又是恨，泥塑木雕一样般。
咳呀，半晌气死我朕！咳，手拍玉案喊连天。
（宝镜落地，灵气飞空）
震得宝镜落了地，粉碎灵气飞在云端。
咳呀，又恨又气说不出话，（太监扶住）

众文武：（唱）忙了阖朝文武官。
一齐上前呼万岁，

（白）万岁醒来！

天　子：（唱）苏醒一会缓过气，

众文武：（白）万岁醒来！

天　子：（唱）龙面之上泪满腮。

叫声贤卿檀道济，被贼害得实可哀。

可叹你心怀赤胆扶我朕，绝不该钦命奸王把朝政裁。

图谋篡位把忠良害，岂知神妖暗里差？

又可惜灵飞宝镜全毁坏，一股灵气飞下来。

想是神仙来指示，宝镜灵气上天台。

悲感一会开金口，

（白）哦，众位爱卿，今扶朕扫灭群奸，其功盖世，听候我朕加封赏赐。檀爱卿。

檀　直：万岁。（跪）

天　子：北魏之事怎么样了？

檀　直：万岁，北魏偏邦，贼兵犯界，臣奉旨平定，托圣上洪福、将士努力，索来降书顺表，请主御览。

天　子：侍儿，呈上来。

侍　儿：领旨，请主御览。

天　子：好。将降书顺表从头至尾看了一遍。好哇，檀爱卿，真不愧是将门之后，才有此功。朕今亲临枯水井边抬出卿父的尸首，朕要当面封王厚葬。

檀　直：谢主隆恩。（下）

天　子：侍儿。

侍　儿：伺候。

天　子：看辇排銮。

侍　儿：领旨。（下）

（出檀直监斩）

檀　直：（诗）君恩浩荡难补报，今日监斩大仇人。

（白）我檀直。方才圣上亲临枯井边，将我父尸首抬出，并未朽烂，颜色如生，装殓已毕。圣上命我大报冤仇，把刘占任我处置。刀斧手何在？

刀斧手：有。

檀　直：将刘占满门家口绑上法场，以待开刀。将刘占推上来！

刀斧手：得令。（下）

（绑上刘占。张海、包管同上）

张海、包管：嗨，刘占醒来。

刘　占：咳呀！

檀　直：恶贼，你可认得我么？

刘　占：咳呀，不好不好！

檀　直：恶贼呀，哼哼哼，恶贼。

（唱）一见仇人虎目红，用手一指骂刘占。
哼哼哼，奸贼你也有今天，恶贯满盈今日见。
我父与你有何仇？无故设计行暗算。
贼呀，不过只为贼刘门，押粮敢把民女占。
是我一怒打了他，敢烧粮草三千石。
关内无粮人马危，不能出城去交战。
我父设计把沙量，杀了贼兵有几万。
谁知你设计更狠毒？奸王面前把计献。
蒙君作弊害忠良，私发假金牌一面。
贼呀，我父入了罗网中，夜晚绑入奸王院。
捏造假书字一封，说与北魏有勾串。
各样非刑问口供，乱棍打得皮肉绽。
用绳勒死我爹爹，官兵又去拿家眷。
八十余口被刀餐，一家死得真可叹。
贼呀，暗暗保护贼奸王，敢把宋室江山篡。
哼哼，越说越恼心火攻，急忙现出防身剑。
檀直用剑割下头，供在张檀二灵案。
心肺供在灵牌前，吩咐家将听分判。
将他家眷俱都杀，一个一个莫逃窜。

（内白：开刀！）

檀　直：（唱）这才消了胸中气。

（白）今日报了大仇，方尽人子之情，你我上朝交旨。

张　海: 有理。(下)

檀　直: 万岁万万岁，臣子已将刘占家口俱各施刑已毕，特来交旨。

天　子: 二卿今日大仇已报，可为全忠尽孝，使人大悦。

檀　直: 总是我主洪福齐天，皇恩浩荡。先父有灵，暗助我主的江山永固，国福绵长。

天　子: 罢了，伏阶下听朕加封。

檀　直: 万岁。

天　子: 朕封檀道济为护国伯，御史张松追封左敕正神，在午门外修盖祠堂以祭祀。钦赐元帅之子檀直袭父职，外加镇北王，仍镇滑台关。其妻崔氏云霞，封为治国夫人。封包管智勇总镇，张海为忠孝王。韩如虎，朕封贤王之职。王虎山封为副将，其妻谢氏封为灵孝夫人，崔明霞封为顺义夫人。谢珍为翰林院大学士。凡是滑台关众将，高升三级。显庆殿排宴，庆贺功臣。

正是:社稷归复蒙神佑，剪恶安良赖将扶。

　　国福绵长江山固，万国来朝尽属孤。(同下)

(全剧终)